中国古代文学双城书系　　　孙 逊 主编

北京与南京

明清小说中抹不去的京都之恋

张 旭 著

图书在版编目(CIP)数据

北京与南京：明清小说中抹不去的京都之恋 / 张旭著. —上海：上海古籍出版社，2021.12
（中国古代文学双城书系）
ISBN 978-7-5732-0194-2

Ⅰ.①北… Ⅱ.①张… Ⅲ.①古典小说—小说研究—中国—明清时代 Ⅳ.①I207.41

中国版本图书馆CIP数据核字(2021)第244139号

本书为江苏高校哲学社会科学研究一般项目"明清通俗小说江南城市书写研究"（项目编号：2020SJA0922）及无锡职业技术学院博士科研课题"明清通俗小说江南城市书写研究"（课题编号：BS202003）成果

中国古代文学双城书系
北京与南京
——明清小说中抹不去的京都之恋
张 旭 著
上海古籍出版社出版发行
（上海市闵行区号景路159弄1-5号A座5F 邮政编码201101）
（1）网址：www.guji.com.cn
（2）E-mail: guji1@guji.com.cn
（3）易文网网址：www.ewen.co
常熟文化印刷有限公司印刷
开本635×965 1/16 印张32 插页2 字数460,000
2021年12月第1版 2021年12月第1次印刷
印数：1—1,300
ISBN 978-7-5732-0194-2
I·3602 定价：128.00元
如有质量问题，请与承印公司联系

中国古代小说中的"双城"意象及其文化蕴涵

（序　一）

孙　逊

古代小说与城市的结缘由来已久，尤其是古代通俗小说，其问世、发展、演进无不与城市声息相关。古代小说这种在血缘上与城市的先天联系，两者在发展中的交错影响，注定了古代小说与城市关系的研究无论对于古代小说研究，还是城市研究，都具有突出的意义。城市影响古代小说，古代小说反映城市，城市映像具体投射在小说中，是作家主观之情与城市客观之景的融合，它生动地从不同侧面反映了小说家对于各个时代城市的想象和追忆。而在不同时期小说家对于城市的描写中，前后不同时期的两个首都或同一时期一个首都、一个陪都所构成的"双城"文化现象，成为一道独特亮丽的风景线。宋前的长安和洛阳、两宋的汴州和杭州、明清的北京和南京，乃是我国古代小说中描写最多、最充分的三对"双城"。本书系即以小说文本为出发点，尝试就古代小说中所描写的几对"双城"，作一纵向的、历时性的考察，并在此基础上，探讨我国古代小说中的双城意象及其文化蕴涵。

一、长安与洛阳：宋前小说中的帝都气象

我国自汉代起，就形成了一种吟咏京都的文学传统，《文选》中所收的班固《两都赋》、张衡《西京赋》、《东京赋》以及左思《三都赋》，即是这一传统的具体体现。受汉代咏京都赋的文学传统的影响，唐前

有关城市描写的小说,诞生了以《西京杂记》和《洛阳伽蓝记》为代表的城市笔记小说,其内容主要是描绘城市景观、名胜风物。传为汉代刘歆所撰、晋人葛洪汇集的《西京杂记》,描写了汉代长安宫室之雄伟,如未央宫、昆明池之类的宏伟工程,亦状写了内苑台阁之秀丽,如月光殿、月影台、九华殿、开襟阁等,"皆繁华窈窕之所栖宿焉"①。《洛阳伽蓝记》为北魏北齐间的杨衒之所作,以描写洛阳的佛教建筑为主要内容,大力刻画了寺院的雄伟壮观,来渲染洛阳在北魏时的繁荣景象,表达的是对洛阳城市气派乃至北魏国家力量的颂扬。这两部书一写汉之长安,一写北魏之洛阳,都是较早正面描写都城景观的笔记小说,在一定程度上表达了一种带有历史主义的追思情怀。

到了唐代,唐人小说在精神上与汉代以来的咏京都赋、城市笔记所体现的对上国都城的歌咏和颂扬情绪一脉相承,不同的是它将情绪进而变为情境,通过文采斐然的文字营构了深情绵邈的城市生活空间,并把这种情绪注入一个个实在的故事场景中。唐人小说中所表现的长安无不与帝国首都的雍容气度联系在一起,我们可以从城市内容的表现、士人心态的反映、城市意象的开创三方面看到这种城市映像的形成。

许多唐人小说之所以选择长安作为故事发生地或背景,是因为那些故事题材都与长安有关。我们可以把这类小说归为三大类,即宫廷娱乐类、举子生活类、对外交流类。这三部分占了唐人写长安小说的绝大部分,反映出丰富的城市内容。写宫廷娱乐的有《长恨歌传》、《东城老父传》、《集异记·叶法善》以及《明皇杂录》、《开元天宝遗事》等;举子生活的有《李娃传》、《霍小玉传》、《樱桃青衣》、《逸史·李君》、《集异记·王维》、《本事诗·崔护》等;对外交流类的如《杜阳杂编·日本王子》、《原化记·胡芦生》等。这些内容的产生都与长安帝都的属性相联系,比如宫廷发生的逸事和从宫廷流落民间的艺人故事,总是让人们津津乐道;由于帝王的爱好,长安音乐文化

---

① 《西京杂记》,中华书局,1985年,第5页。

非常普及，谙习乐器、比赛技艺、自制新声、梦中得曲等，也都演为一个个传奇故事；还有举子进京赶考，在天子脚下经历了人生的磨难、命运的选择、爱情的奇遇后的自叙心曲；以及作为煌煌上国的首都，在对外交流中时时显示出的帝都风范。在这三大类中，我们尤可关注长安的娱乐技艺从宫廷流向民间的趋势。娱乐已不再是帝王贵族的专利，几乎所有的民众都感受着唐王朝的恢弘之音，那种用音乐和才艺表达出来的昂扬勃发、乐观向上的情绪，生动地体现了长安的城市文化精神。

唐代小说集中反映了当时士人的心态，一个明显的特征是小说描写城市平民生活的典型篇章很少，只有《李娃传》、《北里志·张住住》、《大唐奇事·昝规》等寥寥数篇。这是由于小说作者往往是居于长安的文人，准确地说一部分乃是进士。每年的长安城里都云集了大量的各地举子，参加科考，这成为京城的一大景观。唐代的小说和笔记一方面表现了士子难解的科举情结，如《唐摭言》、《隋唐嘉话》等中的记载；另一方面将进士与妓女的故事提炼成主要的小说母题，如《开元天宝遗事》卷上《风流薮泽》："长安有平康坊，妓女所居之地，京都侠少萃集于此，兼每年新进士，以红笺名纸游谒其中。时人谓此坊为风流薮泽。"①再如同卷《颠饮》："长安进士郑愚、刘参、郭保衡、王冲、张道隐等十数辈，不拘礼节，旁若无人。每春时，选妖妓三五人，乘小犊车，指名园曲沼，藉草裸形，去其巾帽，叫笑喧呼，自谓之颠饮。"②唐代士子作意好奇，围绕这一母题，营构了种种离合聚散的故事，展示了长安进士放浪的生活及其微妙的心态。

更突出的是城市意象的营造，在唐人小说中，某些故事场景由于经常出现而成为一种城市意象。曲江是唐人小说里经常提到的长安景点，农历三月三上巳节游曲江是长安的一大习俗，是时曲江边丽人如云，许多士人胜日寻芳，一些爱情传奇由此展开。如温庭筠《华州参军》："华州柳参军，名族之子，寡欲早孤，尤兄弟，罢官，于长安闲

---

① 《唐五代笔记小说大观》，上海古籍出版社，2000年，第1725页。
② 同上书，第1727页。

游。上巳日,曲江见一车子,饰以金碧,半立浅水之中,后帘徐褰,见掺手如玉,指画令摘芙蕖。女之容色绝代,斜睨柳生良久……"唐人小说以曲江为爱情奇遇的发生地可谓开创了一个传统,引领了后代小说中的一系列城市意象,如东京之有金明池,临安之有西湖,南京之有秦淮河,苏州之有虎丘,扬州之有平山堂,等等。值得注意的是,唐人小说中的曲江故事明显表现出与后代小说中城市情境的不同,它们都是以王公贵族、士人淑女为主要人物,充满帝都的富贵气,因而与后来的金明池故事、西湖故事等主体多是市井人物大不相同,从这个角度来说,依然能让我们感受到非凡的"帝都气象"。

作为陪都的洛阳在唐人小说中也较多扮演了政治中心的角色。唐朝初年的君王就喜往洛阳,如《大唐新语》卷八:"太宗在洛阳,宴群臣于积翠池。酒酣,各赋一事。"①其后的武则天和玄宗的洛阳生活更多地见于小说记载中,如《大唐传载》:"洛东龙门香山寺上方,则天时名望春宫。则天常御石楼坐朝,文武百执事班于外而朝焉。"②《隋唐嘉话》卷下:"武后游龙门,命群官赋诗,先成者赏锦袍。左史东方虬既拜赐,坐未安,宋之问诗复成,文理兼美,左右莫不称善。乃就夺袍衣之。"③唐玄宗在洛阳的活动大多是游赏、娱乐活动,如《教坊记补遗》:"上于天津桥南设帐殿,三日。教坊一小儿,筋斗绝伦,乃衣以彩缯,梳洗,杂于内妓中……"④《明皇杂录逸文》:"上在东都,遇正月望夜,移仗上阳宫,大陈影灯,设庭燎,自禁中至于殿庭,皆设蜡炬,连属不绝。时有匠毛顺,巧思结创缯彩为灯楼三十间,高一百五十尺,悬珠玉金银,微风一至,铿然成韵。乃以灯为龙凤虎豹腾跃之状,似非人力。"⑤从中可以见出这位君主爱好都市奢华的生活习性。

与长安略有不同,表现洛阳帝都奢华更多的是它的宗教建筑。《朝野佥载》卷一:"景龙年,安乐公主于洛州道光坊造安乐寺,用钱数百万。"卷三:"洛州昭成佛寺有安乐公主造百宝香炉,高三尺,开四门,绛桥勾栏,花草、飞禽、走兽,诸天妓乐,麒麟、鸾凤、白鹤、飞仙,丝

---

①②③④⑤ 《唐五代笔记小说大观》,上海古籍出版社,2000 年,第 287、889、109、130、978、11、41 页。

来线去,鬼出神入,隐起钑镂,窈窕便娟。"朝廷贵戚对佛教的推崇和倡扬,推动了当时的信佛热潮,如《朝野佥载》卷五:"周证圣元年,薛师名怀义造功德堂一千尺于明堂北。其中大像高九百尺,鼻如千斛船,中容数十人并坐,夹纻以漆之。五月十五,起无遮大会于朝堂。"① 由以上记载不难看出,佛教建筑的奢华已成为洛阳帝都奢华的一个缩影,而唐时对佛教的迷恋和狂热,承自北魏以来的传统,庶几成为洛阳城市情境的一大特色。

二、汴州与杭州:两宋双城的追忆与重塑

如果说唐人小说中的城市还是充满了士人的浪漫情怀,那么宋人小说中的城市则表现为浓郁的市井气息。宋代是城市发展的一个重大转折期,由于商业发展,市民的文化消费急剧增长,说话和话本广泛流行。说话人生活于城市,对城市有着天然的亲和,他们在面对听讲者时,努力唤起听众亲切的现场感,因而小说中的城市弥散着市井气息,叙述的也是身边"发迹变泰"的市井故事。同样是写京城景象,话本已不再着意于帝都恢弘华贵的气度,穿行于街头巷尾的市井细民成为话本的主角,并真实地描绘出从地处中原的东京到偏于东南的临安的文化中心的迁移和城市图景的变异。

宋元话本②主要反映了两宋双城各具特色的城市映像:一是北宋移民追忆中的东京梦华,二是效学汴京气象的临安风貌。在南宋人的追忆里,东京风物中最让他们魂牵梦绕的是那些标志性的建筑,它们频频在话本中出现。它们是:金明池、樊楼和相国寺等景点,其中最让人追怀不已的首先是金明池。东京城外有许多皇家和权要的园林别墅,以金明池名声最著。金明池在话本小说中是满城男女最喜前往游赏的去处,《金明池吴清逢爱爱》写道:"即今清明时候,金明

---

① 《唐五代笔记小说大观》,上海古籍出版社,2000年,第66页。
② 这里所讲的宋元话本,是指学术界多数研究者取审慎态度考定的40篇左右篇目,参见《中国古代小说百科全书》,中国人百科出版社,1999年。

池上,士女喧阗,游人如蚁。"《志诚张主管》中亦叙及:"当时清明节候……满城人都出去金明池游玩。张小员外也出去游玩……"金明池是宋元话本中爱情故事发生的重要场景,正如唐时的青年士人总是在曲江附近遇见淑女佳人,宋元话本所描写的市井子弟的艳遇也多在金明池边。《闹樊楼多情周胜仙》就写道:一年"时值春末夏初,金明池游人赏玩作乐。那范二郎因去游赏,见佳人才子如蚁。行到了茶坊里来,看见一个女孩儿,方年二九,生得花容月貌。这范二郎立地多时,细看那女子……那女子在茶坊里,四目相视,俱各有情"。一段市井的爱情故事由此展开。《志诚张主管》、《金明池吴清逢爱爱》等篇也都是如此。

其次是樊楼,"如今且说那大宋徽宗朝年东京金明池边,有座酒楼,唤作樊楼",这是话本《闹樊楼多情周胜仙》中开篇的描写。樊楼富丽高峻,在当时极为著名。《东京梦华录》卷二《酒楼》曰:"宣和间,(樊楼)更修三层相高,五楼相向,各有飞桥栏槛,明暗相通,珠帘绣额,灯烛晃耀。"《赵伯昇茶肆遇仁宗》中就写道:"将及半响,见座酒楼,好不高峻!乃是有名的樊楼,有《鹧鸪天》词为证:'城中酒楼高入天,烹龙煮凤味肥鲜。公孙下马闻香醉,一饮不惜费万钱。 招贵客,引高贤,楼上笙歌列管弦。百般美物珍羞味,四面栏杆彩画檐。'"樊楼之所以声名极著,还与误国的徽宗有关。《宣和遗事》后集:"樊楼乃丰乐楼之异名,上有御座,徽宗时与师师宴饮于此,士民皆不敢登楼。"后集还引刘屏山《汴京杂诗》:"梁园歌舞足风流,美酒如刀解断愁。忆得少年多乐事,夜深灯火上樊楼。"[①]由此引发的感叹,其意义要比一座建筑物深沉隽永得多了。

另外,东京城里有许多寺院,最著名的要数相国寺。相国寺在宋元话本中不仅是游人观瞻和烧香礼佛的去所,如《简帖和尚》:"(皇甫松)只得勉强着一领罗衫,手里把着银香盒,来大相国寺里烧香。"由于游人来往众多,因而也是东京商业贸易的重要场地。如《宋四公

---

① 《宋元平话集》,上海古籍出版社,1990年,第344页。

大闹禁魂张》中的赵正、王秀等闲汉和生意人就于此频繁出入。《燕翼诒谋录》卷二:"东京相国寺乃瓦市也,僧房散处,而中庭两庑可容万人,凡商旅交易,皆萃其中,四方趋京师以货物求售转售他物者,必由于此。"①《麈史》卷下:"都城相国寺最据冲会,每月朔望、三八日即开,伎巧百工列肆,罔有不集,四方珍异之物悉萃其间,因号相国寺为'破赃寺'。"②作为反映市井生活的话本小说,其故事背景地发生在这样的"破赃寺",正是情理使然。

其二是宋元话本中作为东京真实映像的临安风貌。林升诗云:"暖风薰得游人醉,直把杭州作汴州。"对于南渡后的临安,人们总是习惯拿东京汴梁作比,话本中同样如此:"却说高宗时,建都临安,繁华富贵,不减那汴京故国。"(《错斩崔宁》)明代学者沈士龙在秘册汇涵本《东京梦华录》跋中的一段话很能说明这个事实,其文曰:"余尝过汴,见士庶家门屏及坊肆阛扇,一如武林,心窃怪之。比读《东京梦华录》,所载贵家士女小轿不垂帘幕,端阳卖葵蒲艾叶,七夕食油面糖蜜煎果,重九插糕上以剪彩小旗,季冬二十四日祀灶,及贫人妆鬼神逐祟,悉与今武林同俗,乃悟皆南渡风尚所渐也。至其谓勾栏为瓦肆,置酒有四司等人,食店诸品名称,武林今虽不然,及检《古杭梦游录》,往往多与悬合。惟内家游览,民俗炫夸,《梦游》多逊《梦华》盛耳。"③直至明代,东京的习俗还保留在杭州人民的日常生活中,由此可见出,东京文化作为京师文化所具有的极强辐射力。

当然,外来的影响毕竟不能掩盖临安自身山水风物的独有特色和夺目光彩。《武林旧事》卷三:"西湖天下景,朝昏晴雨,四序总宜。杭人亦无时而不游,而春游特盛焉……日糜金钱,靡有纪极。故杭谚有'销金锅儿'之号,此语不为过也。"④《警世通言》卷二十三《乐小舍拼生觅偶》中就有杭州人春游西湖的描写:"……时值清明将近,安三老接外甥同去上坟,就便游西湖。原来临安有这个风俗,但凡湖船,

---

① 《燕翼诒谋录》,中华书局,1981年,第20页。
② 《麈史》,上海古籍出版社,1986年,第88页。
③ 转引自程民生《宋代地域文化》,河南大学出版社,1997年,第382—383页。
④ 《东京梦华录》(外四种),文化艺术出版社,1998年,第376页。

任从客便,或三朋四友,或带子携妻,不择男女,各自去占个座头,饮酒观山,随意取乐。"另如《西湖三塔记》、《白娘子永镇雷峰塔》、《西山一窟鬼》等话本中都有游览西湖的记载。

此外,临安的商业景观也自具特色。就商业属性而言,如果将宋与唐相比,两者的差异是明显的,唐代基本上属于消费型商业,生产的产品大部分只是为了满足城市主体——那些不事生产的官宦士大夫的需要,而宋代的商业属于流通型商业,商品在不断的交换中产生出价值,原料生产到产品发卖、转卖,形成了商品流通的系列环节,市场因此被激活。临安的商品体系更趋系统,流通更广泛,城市内外的贸易显得十分兴盛,如话本里就写道,每天清晨在城门口都聚集着赶着进城的生意人,"城门未开,城边无数经纪行贩,挑着盐担,坐在门下等开门。也有唱曲儿的,也有说闲话的,也有做小买卖的"(《任孝子烈性为神》)。临安手工业的分工也更细,《西湖老人繁胜录》:"京都有四百十四行",并列出了川广生药市、象牙玳瑁市、金银市、珍珠市、丝绵市、生帛市等一百四十多行。其中最能说明南宋临安商业繁荣的,是宋元话本中反复出现的丝织行业。北宋时江南的丝绸工业并不很发达,而到了南宋,整个江南地区,"缫车之声连薨相闻,非贵非骄,靡不务此"①,丝织业成为临安最发达的手工业之一。这在话本里也有比较充分的体现,《新桥市韩五卖春情》:"(吴)防御门首开个丝绵铺,家中放债积谷,果然是金银满箧,米谷成仓。去新桥五里,地名灰桥市上,新造一所房屋,令子吴山,再拨主管帮扶,也好开一个铺。家中收下的丝绵,发到铺中,卖与在城机户。"吴家铺子经营的就是收丝、发卖的生意,由于城中的机户不少,所以卖丝的生意不错,以至于规模扩大了。此外如《错认尸》、《错斩崔宁》、《裴秀娘夜游西湖记》、《沈鸟儿画眉记》等都提到了当时机户的商业活动,足可见当时丝织业的发达。

在两宋城市商业的发展中,一个值得一提的现象是,城市里出现

---

① 李觏:《直讲李先生文集》卷十六《富国策》第三,《四部丛刊》本。

不少无业游民,即宋元话本里的"闲汉"、"泼皮",如果说在东京这类人还不多见,对于临安来说,这类人就显得很突出了。这是因为江南地区人口密集,人多地少的矛盾十分突出,加上豪族势家大肆兼并,许多农民纷纷失去土地,或沦为佃农,或涌入城市和市镇谋生。如《武林旧事》卷六《游手》:"浩穰之区,人物盛伙,游手奸黠,实繁其徒。"①《随隐漫录》卷五:"钱塘游手数万,以骗局为业。"②他们游手好闲,并不时地为非作歹,是宋元话本里经常出现的人物。例如《沈鸟儿画眉记》中记载了西湖边一老二小三个无业游民;"且说南高峰脚下,有一个极贫老儿姓黄,浑名黄老狗,一生为人鲁拙,抬轿营生。老来双目不明,止靠两个儿子度日,大的叫做大保,小的叫做小保。父子三人,正是衣不遮身,食不充口,巴巴急急,口食不敷。"这还是一般的无业者,小说还出现了穷凶极恶的无赖,《错认尸》中写道:"当时有一个破落户,叫名王酒酒,专一在街市上帮闲打哄,赌骗人财。"后来因为敲诈乔家不成,出首告状,使得乔家家破人亡。城市无业游民在宋前的文学作品中较为少见,这一社会群体在宋元话本里的出现有着特殊的意义,这是城市变得商业化和世俗化后的必然产物。

  与宋元时期相比,明清小说中的开封和杭州发生了重大的分化,在这一时期中,两宋时代的双城仍成为小说作者挥之不去的记忆,只是如果说宋元时两个城市还是双峰并峙的话,那么到了明清,开封明显走下坡路,只是维持了中等商业中心城市的地位,而清代的杭州,人口超过百万,是全国一流的大都市。

  明清时期的小说作者仍然习惯于讲述北宋时的东京,但是,由于时代毕竟久远,他们对东京景象的书写呈现出虚化的倾向,这种虚化表现为两个方面:一是正面描写东京的城市景观,但不能做到真实和详尽,更多地只是继承以往的小说传统。比如《三遂平妖传》第一回介绍北宋东京:"话说大宋仁宗皇帝朝间,东京开封府汴州花锦也似

---

① 《东京梦华录》(外四种),第444页。
② 陈世崇:《随隐漫录》卷五,《笔记小说大观》第九册,江苏广陵古籍刻印社,1984年,第380页。

城池,城中有三十六里御街,二十八座城门;有三十六花柳巷,七十二座管弦楼,若还有答闲田地,不足栽花蹴气球。"就属于概括式的套话,移用至其他城市也无不可。二是极少对东京的正面描写,城市隐入小说描写的背后,作为一种符号,它的王朝政治中心的意义被凸现出来。我们从《宣和遗事》—《水浒传》—《金瓶梅》中东京故事的承袭,可以看出东京怎样从一个世俗化、享乐化的都城演变成为一种政治强权的象征。

产生于宋元时期的《宣和遗事》,写的就是宋徽宗如何纵欲逸乐,以致误国的故事。写徽宗如何不惜民力,采花石纲,建造艮岳;写东京元宵节的穷奢极欲,粉饰太平;写徽宗与名妓李师师相好,常常夜宿民家而不上朝等等,都是正面的实写。

取材于《宣和遗事》的《水浒传》,保留并发展了其中的部分故事。《水浒传》中与东京联系的故事不少,但在鲁智深相国寺出家、林冲被诱白虎堂、杨志东京卖刀等故事中,东京的背景显得极为模糊。值得注意的是,小说第七十二回"柴进簪花入禁苑,李逵元夜闹东京",出人意料地描绘了东京的一些城市面貌,而这回文字另一主要内容却是梁山好汉大闹东京,写李逵痛打杨太尉,放火烧房,好汉们杀出小御街,梁山的五虎将、一千马军在城外接应。如果将这些内容与东京的城市景观对看,作者似乎有意识地描写了两种力量的对立,一种是以巍然的城池、森严的禁苑为象征的封建王朝的政治专权,而另一种则是来自民间山林的反抗力量。从这个角度来看东京的有关描写,一些程式化的语句如回前"州名汴水,府号开封"那段赋体文,以及文中对元宵节的描写,都只是起着烘托东京政治中心气氛的作用,而并非实写。

从《水浒传》的一些情节脱化而出的《金瓶梅词话》,将东京的这种政治象征表现得更加充分。《金瓶梅词话》共有三回文字写到东京。第十八回写西门庆派"来保上东京干事",通过打点当朝右相,使自己逃过一劫。第三十回,西门庆派来保向太师蔡京送上生辰担,蔡京接受重礼后,送给西门庆一个山东提刑所理刑副千户的官。于是,西门庆由一个只以暴发出名的土财主变成了掌握一方生杀大权的理刑官。最后一次是第五十五回,西门庆亲自往东京庆祝蔡京的寿旦,并觐见皇帝,此刻的西门庆在清河县乃至山东省都是如日中天。以上三回描写,小说对东京几乎未置笔墨或只是一些程式套语,但是东京作为巍然的政治中心,却始终存在于幕后,总是在关键时候对西门府产生重大的影响,关系着西门庆的性命和前程。而且,封建政治的特权扶助西门庆攀上了人生的最高点后,东京意象开始淡出西门府,五十五回后的西门府开始遭遇种种灾难,西门庆按照自己纵欲的人生轨迹执着前行,直至死亡。显然,与前一种注重文字表述层面不同,后一种虚化更注重内涵意蕴层面。

与明清小说中东京景象逐渐虚化的同时,清代也出现了正面描写开封的长篇世情小说,其中最充分、最典型的,是河南人李绿园的《歧路灯》。此书堪称18世纪理学家视野中的开封生活志,体现了小说家对历史名城风貌新的把握和塑造。李绿园在小说中细致描绘了当时与宋元时期有别的城市风貌,特别是开封作为中州理学名区与商业都会之间的文化冲突和矛盾。《歧路灯》一直将开封作为理学名区来写,也多次提到"我中州乃理学名区"之类的话,因而写理学也时时带上了地域的特色;同时作者明显地感受到商业文明对传统观念的强烈冲击,开封是清代河南的省会,南与湖广相通,北可直达京津,经商成为一种城市风气,在经济上是当时中州的商业都会,商人和商品观念不时地体现出新的活力。正因为开封处在商业繁荣的背景下,种种不良的社会习气也如同遭遇了温润的土壤,借势疯长,《歧路灯》中有大量的篇幅写戏和赌,这两方面集中表现了赌徒、滑棍、妓女们声色犬马的城市生活。小说中的开封已经洗去旧都奢华逸乐的铅华,在历史淘漉中,转换出新的城市形象——既富理学气,又讲求生活化,可视为对古代东京故事的一次总结。

这一时期的杭州在小说中却获得了更强的生命力,小说变成了一种接力活动,出现了一系列"西湖小说"①。西湖小说无疑是古代小

---

① 首先提出"西湖小说"概念的是刘勇强教授,参见刘勇强《西湖小说:城市个性和小说场景》,载《文学遗产》2001年第5期。

说中表现城市映像最为成功的作品系列,其内容包括三种类型:风物传说、世俗写真和风月言情。

从某种意义上来说,西湖小说就是一部形象的西湖文化史,它们抒写西湖,描画西湖,如《西湖二集》之《序》所说:"苏长公云:'杭州之有西湖,如人之有眉目也。'……西湖经长公开浚,而眉目始备;经周子清原之画,而眉目益妩。然则周清原其西湖之功臣也哉!"①经苏轼、白居易等开浚疏通的乃是西湖有形之山水,而经小说家周清原诸辈以巨笔描画的乃是西湖无形之山水,它凝固着岁月的流痕,交汇着文化的光色。风物传说主要包括景物传说、人物传说等内容。景物传说与人物传说很多时候是联系在一起,很难分开,但也会有所侧重,比如《西湖佳话》又名《西湖佳话古今遗迹》,就是一部以描写西湖风物传说为主要内容的短篇小说集,共包括《葛岭仙迹》、《白堤政迹》、《六桥才迹》等内容。

明清时代的西湖小说无疑对杭州世俗生活有着更充分的体现,在许多方面对我们了解杭州的历代风俗提供了有益的补充材料。西湖小说中的城市描写一部分是采摭旧闻,因袭笔记中的描写,继承的成分居多,比如小说中的临安妓家酒楼,《西湖二集》中的有关描写就多是依据《武林旧事》等宋人笔记中的材料;另一部分则出自作者的创造,这些形象的故事中包含着丰富的社会史材料,又可以将它们作为正史之补充。在各种史料中,反映最充分的是民俗,阿英先生就认为:"《西湖二集》里也有不少的关于杭州风俗的记录……若细加择录编排,那是有一篇《杭州风俗志》好写的。"②

西湖小说中的风月题材则充分体现了文人的情趣和眼光,如果将这一题材的西湖小说放到小说史的流程中,我们可以发现这一时期文人通过创作拟话本,超越了话本的世俗性,所描写的城市风月故事,加强了文人色彩,并开始趋向于独立创作;同时这也预示着,在世情小说之后,才子佳人小说开始大行其道。

---

① 《西湖二集》,浙江人民出版社,1981年,第11页。
② 《〈西湖二集〉所反映的明代社会》,《西湖二集》,第673页。

西湖小说反映出杭州这一城市的各个侧面,变化的是人事,不变的是景致,静止的西湖和光同尘,融入到现世人们的生活中,而文化的西湖却是流动的,它贯穿古今,预示未来,体现出幽深的历史意识。

三、北京与南京:明清小说中抹不去的京都之恋

与上述两个都城相比,明清时代的"两京"在通俗小说中受到更多的关注。南京作为六朝故都,它在明清小说中有许多表现,最典型的是在《儒林外史》和《红楼梦》两部巨作中,投射出具有时代特色和作者个性的城市映像。

这两种城市映像是在比较中生成的。我们说,小说对城市的描写,有的是实在的景象,可以量化统计的,有的则是作为内在的意绪,弥漫在字里行间,无法用数字来计算。《红楼梦》中较多的是后一种情况。小说中关于南京的写实内容较少,如第二回:"雨村道:'去岁我到金陵地界,因欲游览六朝遗迹,即日进了石头城,从他老宅门前经过……'"第四十六回:"那边邢夫人因问凤姐儿鸳鸯的父母,凤姐因回道:'他爹的名字叫金彩,两口子都在南京看房子,从不大上京……'"这里的南京都是实际的城市,但都只是提及,未作深入描述。另一些在小说中则因为反复出现而有了明确的指向性,如第四回:"阿房宫,三百里,住不下金陵一个史","东海缺少白玉床,龙王来请金陵王","且说那买了英莲打死冯渊的薛公子,亦系金陵人氏,本是书香继世之家";第五回:"宝玉道:'常听人说,金陵极大,怎么只十二个女子?……'""宝玉听说,再看下首二厨上,果然写着'金陵十二钗副册',又一个写着'金陵十二钗又副册'";第六回:"刘姥姥道:'……当日你们原是和金陵王家连过宗的,二十年前,他们看承你们还好。……'"第五十六回:"史湘云道:'如今有了个对子,闹急了,再打狠了,你逃走到南京找那一个去。'"等等。这里的南京就暗指贾府故籍、贾母娘家,四大家族中的王、薛故籍,处处与贾府形成对应的甄家所在地,"金陵十二钗"的所属地。这里的南京更像是个意象符号,它笼括

了以上各种层面的含义,虽然隐藏在文字叙述的背后,每一次被提及,却都或多或少地显露出小说背后一个内涵更为丰富的地理空间,含蓄地表达出作者潜伏的思想和意趣。曹雪芹笔下的南京,"作为一种精神和心理氛围弥漫于整部《红楼梦》中,又似乎作为一种与现实隐然相对并可以连接过去与未来的精神象征高悬于《红楼梦》的现实时空之上。有时你虽然未见'金陵'一词,但你却同样可以在'金陵'与'金陵'的间隙中强烈而真切地感受到它的存在"①。

而《儒林外史》则是完全写实性的,它细致地描绘南京的世态人情,真实地展示了以文人为中心的南京众生之相,树立起南京较为真切的城市形象,小说中的南京是个实在的、立体的、多方位的南京。《儒林外史》写到了南京的许多著名习俗,第四十一回:"转眼长夏已过又是新秋,清风戒寒,那秦淮河另是一番景致。满城的人都叫了船,请了大和尚在船上悬挂佛像,铺设经坛,从西水关起一路施食到进香河。十里之内,降真香烧的有如烟雾溟濛,那鼓钹梵呗之声不绝于耳。到晚,做得极精致的莲花灯点起来浮在水面上。又有极大的法船,照依佛家中元地狱赦罪之说,超度这些孤魂升天。把一个南京秦淮河,变做西域天竺国。到七月二十九日,清凉山地藏胜会。人都说,地藏菩萨一年到头都把眼闭着,只有这一夜才睁开眼,若见满城都摆的香花灯烛,他就只当是一年到头都是如此,就欢喜这些人好善,就肯保佑人。所以这一夜,南京人各家门户,都搭起两张桌子来,两枝通宵风烛,一座香斗,从大中桥到清凉山,一条街有七八里路点得像一条银龙,一夜的亮,香烟不绝,大风也吹不熄。倾城士女都出来烧香看会。"这一段优美的描写,把一个民俗的南京形象地再现在我们眼前。

在民俗的南京之外,吴敬梓还写了一个声色的南京。描画南京秦淮河,《儒林外史》表现出很高的艺术水准,如第二十四回:"那秦淮到了有月色的时候,越是夜色已深,更有那细吹细唱的船来,凄清委

---

① 梅新林:《〈红楼梦〉的"金陵情结"》,《红楼梦学刊》2001 年第 4 期。

婉,动人心魄。两边河房里住家的女郎,穿了轻纱衣服,头上簪了茉莉花,一齐卷起湘帘,凭栏静听。所以灯船鼓声一响,两边帘卷窗开,河房里焚的龙涎、沉、速,香雾一齐喷出来,和河里的月色烟光合成一片,望着如阆苑仙人,瑶宫仙女。"这种笔法纯用白描,格外引人入胜。秦淮河的声色在当时极有名,钱泳《履园丛话》之"醉乡"条云:"时际升平,四方安乐,故士大夫俱尚豪华,而犹喜狎邪之游,在江宁则秦淮河上,在苏州则虎丘山塘,在扬州则天宁门外之平山堂,画船箫鼓,殆无虚日。"①

除此之外,吴敬梓还努力挖掘南京文化中的深层蕴涵,描述他所推崇的真名士。吴敬梓比较赞赏"真名士乃在民间"的观念,他在第二十九回写道:"……坐了半日,日色已经西斜,只见两个挑粪桶的挑了两担空桶歇在山上。这一个拍那一个肩头道:'兄弟,今日的货已经卖完了,我和你到永宁泉吃一壶水。回来,再到雨花台看看落照。'杜慎卿笑道:'真乃菜佣酒保都有六朝烟水气,一点也不差。'"至小说结尾,南京名士消歇,而市井中却出现了几位奇人,一是"会写字的",一是"卖火纸筒子的",一是"开茶馆的",一是"做裁缝的",皆生性恬淡,以山水自遣。此辈固非儒林中人,却是被作者赞赏的"奇人"。

就小说的结局而言,《红楼梦》与《儒林外史》都表达了一种历史情结,那是古代长篇小说共同的空幻结局,同时掺和了古都南京的文化韵味。"六朝往事随流水",变迁和流逝似乎是南京文化的固有品格,在南京的舞台上演过太多江山争霸、兴衰更替的历史活剧,从某种意义上说,南京是一座悲情城市,就是风云流散、人非物换的象征。《红楼梦》描写的是真美人的凋零与亲骨肉的离散,《儒林外史》则是真名士的老去和美风物的消歇。

两书在叙述的美学意味上存在不同,就叙述姿态来说,《红楼梦》表现出忏悔情绪,这与作者写作时的立足点有关。《红楼梦》中的金陵意象更多的来自童年记忆,感性而遥远,朦胧又真切,作者不断地

---

① 《履园丛话》,中华书局,1979 年,第 193 页。

回顾和追忆,将过去和现在进行对比,同时不自觉地美化过去。这种叙述在将南京美化的同时又将它幻化了,因而产生了忏悔和赎罪的意识,那种淡淡的留恋和感伤始终笼罩在小说中。而吴敬梓所采取的是近距离审视的姿态,由于经历过由盛而衰的家事之变,饱尝世间冷暖,谙熟儒林的种种陋习,因而笔下充满了理性的批判精神。小说既真实地写了名士对南京礼乐的大力弘扬,也写了若干年后,在名士们已经老去和凋零时,南京充斥的是假名士的无聊和低劣;在描绘秦淮河声色繁华的同时,也刻画了丑陋的人情世故。作者认真地解剖和分析了一个世俗化的南京,同时把他的社会理想深刻地寄寓其中。《红楼梦》中的超验和《儒林外史》中的经验,这是古代小说史上关于南京的最美妙的两种文学形象。

与之截然有别的是明清小说中的北京,它大气醇和的景象源于三种文化:宫廷、缙绅和庶民文化的交织,表现为两种文化精神:官派气度和市井情味的融合。

以《红楼梦》和《儿女英雄传》为代表,清代中期和中后期的京味小说,主要表现了北京作为京都的官派气度。《红楼梦》侧重描绘了权贵豪门、簪缨世族之家的豪奢景象,以及那庞大无比而又高度集中,相互勾连而又彼此牵制的宗室内臣政治姻亲关系网,从而勾勒出帝京独有的政治人文氛围,显示了与外省上层社会不同的京都统治集团的特点。《儿女英雄传》作者为满族贵胄之后,其家道也已中落,但他以理想化的笔触,写了"京都一桩公案",即一个汉军旗人世家经历世运变迁而最终家道中兴的故事,其中渗透着京都上层社会官员之间的倾轧与复仇,失意与得意,贬谪与升迁。它和《红楼梦》旨趣迥异,但在反映和表现京都特有的官派气度上,却有着异曲同工之妙。正是在这个意义上,《红楼梦》和《儿女英雄传》以京城贵族家庭为描写对象,塑造了一种属于帝都的官派气度,这种气度慢慢积淀为北京人的一种普遍的文化心理。

因为生活在天子脚下,济济的京官之中,好排场和摆架子是北京人最为显著的文化心理,即使是已经没落的官僚子弟,也无法改变这种深入骨髓的官派作风。《负曝闲谈》第二十四回写了一个绰号叫"老不要脸桐"的破落的贵族子弟,写他如何"满口大话,架弄他的身份",明明一贫如洗,却要在外人耳里摆架子,将捡来的砖头说成"枕头",把刚卸下来的门说成"被窝铺",酒坛子是"靴子",酒是"皮袍",结果惹出一场笑话。这正是破落旗人子弟的德性。

讲排场、讲体面是官派的一种表现,而北京士大夫当然更有其优雅的一面,因为京城官员生活多有闲暇,收集和评赏古玩字画成为士大夫官僚阶层的一种风尚;与之密切联系的是清代北京琉璃厂的兴起,这里几乎成为考察北京士文化的一个重要窗口,是缙绅士人最喜流连之处。《永庆升平前传》第九十五回:"前门外南孝顺胡同住着一个人,姓张,名奎元,家中富丽,在琉璃厂开设四宝斋南纸铺的买卖……"《负曝闲谈》第八回写清末北京琉璃厂已经颇有规模:"这番光景竟不同了,只见一家一家都是铺子,不是卖字画的,就是卖古董的,还有卖珠宝玉器的。有一家门上贴着'代办泰西学堂图书仪器'。劲斋进去一看,见玻璃盒内摆着石板、铅笔、墨水壶之类,向掌柜的要一本泰西的图书看看。……又到隔壁一家,见玻璃窗内贴着许多字样儿,都是些状元,什么翁同龢、骆成骧、张謇。进去一问,可以定写,连润笔、连蜡笺纸价,一古脑儿在内,也不过三四钱银子。"至《孽海花》所写时代,北京士大夫们与琉璃厂更是声息相关,第五回说朝廷将要大考,一班久疏文墨的老翰林急得要命,于是"琉璃厂墨浆都涨了价了"。

如果说以《红楼梦》、《儿女英雄传》为代表的清中期和中后期京味小说,多表现了官派气度,那么晚清小说《小额》、《春阿氏》则主要体现了市井情味,特别是旗人的生活习俗。以婚俗为例,满人结婚在合八字帖、放小定、放大定之后,乃是通信过礼,一些礼仪就颇有地域民族特色。《春阿氏》第十三回写道:"只见一抬一抬的往院里抬彩礼,小孩们爬头爬脑,又说又笑。两位放定的女眷自外走来。这里亲友女眷按着雁行排列,由街门直至上房,左右分为两翼,按次接见新亲,从着满洲旧风,皆以握手为礼。"在北京,女方送嫁妆,物以抬计。

《民社北平指南》曰:"物以抬数计,中等之家,大半为二十四抬、三十二抬、四十八抬,富者则自数十抬至百余抬不等,贫者则十六抬、十二抬,再次则仅备女子常用之物若干,雇扛肩人送去,不上抬。"①至于握手为礼,李家瑞在《北平风俗类征》中写道:"满人相见,以曲躬为礼,别久相见,则相抱。后以抱不雅驯,执手而已,年长则垂手引之,少则仰手以迎,平等则以立掌平执。"②这种礼节俗称"拉手儿"。由此婚俗就可见出北京地区一套带有满人特色的礼仪系统。

作为"礼仪之邦"的"首善之区",许多北京人从旗人那里学到了一套繁复的礼仪规矩,就像南京的"菜佣酒保都有六朝烟水气"一样,老舍也认为,北京城中"连走卒小贩全另有风度"③;但值得注意的是,北京人并不都是优雅而多礼的,因为尚武同样也是北京的特色风习,也有悠久的历史传统。北京位于旧时燕赵之地,既多豪侠之士,同时也承袭了《燕丹子》以来尚勇不惜身的精神。这种传统延续到清代,满洲习骑射,尚武功,并以此立国,更是强化了这一传统。《红楼梦》里写到贾家一班子弟也要拉弓习武,《儿女英雄传》里的十三妹更是一位武艺超群的奇女子。《春阿氏》中旗人子弟春英在三伏大热天,用石锁练臂力,号称"尚武的精神,是满洲固山的本等",表明这种观念的深入人心。这一习俗同时表现为北京民众好急喜斗的性格,比如在《小额》中,"(楞祥子)一瞧青皮连这分儿不说理,真气急啦,说:'小连,咱们俩外头说去。'青皮连说:'外头也不含糊哇。'"然后两人就动起手来了。作为首善之区的北京,北京人向来又是以文化素质高于外省而自负,两种传统的碰撞,无疑产生了奇怪的文化现象,这就典型地展示了北京文化的多元性。

曲艺是北京最具市民性的一种娱乐活动,主要的曲艺形式一是说书,一是唱戏。小说关于这方面的描写也较多,如《小额》写道:"第二天是四月初七,河沿儿上通河轩,是初七初八两天的随缘乐。小额

---

① 参见《春阿氏》,吉林文史出版社,1987年,第219页。
② 同上。
③ 老舍:《四世同堂》第1部,百花文艺出版社,1979年,第78页。

吃完了早饭儿,带着一个童儿,得意扬扬的","来到通河轩门口儿……那天书坐儿,上的还是真不少,天才一点多钟,人已经快满啦。可是生人很少,反正是那把子书腻子占多数。内中废员也有,现任职官也有,汉财主也有,长安路的也有,内府的老爷们也有"。小说还介绍了当时的说书名家,"那个老者说:'啊,这两天我倒是见天来,昨儿个是哈辅元的末天吗(原注:哈辅元是个说评书的,能说《济公传》跟《永庆升平》)。过了这两天随缘乐,还是双谭坪过来,要讲说评书里头,真得数的着人家。'"再有是看戏。京戏之有名,闻于全国,清代许多写北京的小说中多有写及。《红楼梦》写的是贵族家庭演戏看戏的场景,《负曝闲谈》第八回写的是市井戏院嘈杂的情形:"劲斋久闻京师的戏子甲于天下,今番本打算见识见识,焉有不往之理?午饭后同车而出,到了一个很窄很窄胡同里面。门口花花绿绿,贴着许多报条。门口有块匾,叫'同庆园'。……其时台上正唱着《天水关》。子蛰道:'这些都是乏角儿,不用去听他。'劲斋不懂,回脸一望,只见嚷卖冰糖葫芦的、瓜子儿的,川流不息。……一会台上唱过了四五出戏,大家嚷道:'叫天儿上来了!'原来叫天儿这日唱的《空城计》。二人听过一段摇板,便有人哄然喝彩。还有闭着眼睛,气都不出的。也有咕咕嚷嚷在那里骂的,说:'你们老爷别只管喝彩,闹得我听不着!我今天好容易当了当,才来听戏的。'"典了家当听戏,这段描写真实地写了北京民众对京戏的痴迷,京戏已成为北京文化的重要组成部分,只有在浸润其中之时,才消弭了宫廷、缙绅和庶民文化之间的种种界限。

　　以上我们对中国古代小说中"双城"现象作了纵向的、历时性的描述,在我国古代城市发展的历史进程中,上述三对"双城"、六大古都正代表了我国古代最重要的都市群体,它们都是当时的政治、经济和文化中心,是全国一流的大都市。就地理位置而言,它们分别位于黄河流域和长江流域,而联系和沟通这两大流域的是京杭大运河,三对"双城"有两对坐落在两大河流和大运河的交汇点上,并呈由西向东、自北而南的发展态势。其实,明清小说中的"双城",除了北京和南京两座首都与陪都外,集中描写到的还有苏州和扬州两座商业都会城市,它们也构成了一对"双城",同是所谓"红尘中一二等富贵风流之地",只是其城市性质与作为首都、陪都的北京和南京不同;而当19世纪中期扬州开始衰落时,隔江而南的上海便以惊人的速度崛起,成为晚清小说集中描写的一座都市。因限于篇幅,本文没有把这三座商业都会城市纳入研究视野,但综合整个小说城市描写史来看,我国古代小说中所反映出来的城市映像的演进,正和我国古代城市的实际发展相吻合。

这里,有两个现象是饶有趣味的:一是前后不同时期的两个京都,往往构成古代小说反复描写的一种"双城"模式,最典型的就是汴州和杭州。前者是北宋的首都,后者是南宋的首都,前者为后者的故都。因此,对于生活在北宋时代的人们来说,汴州是他们的自豪和骄傲,而对于生活在南宋时代的人们来说,故国之思、故都之思则成了他们挥之不去的记忆。而作为南宋首都的杭州,一方面自然会竭力效仿当年的汴京气象,习惯于拿汴州与杭州作比,所谓"直把杭州作汴州",以及将杭州改称为"临安",都反映了南宋王朝和市民对于杭州的心理错位;另一方面,杭州自身的山水风物和四时无休的"西湖歌舞",又使他们乐而忘忧,乐不思蜀,陶醉在山水歌舞的享乐之中。所以,汴州和杭州作为故都和现都,分别代表了不同的意象,反复出现在宋元至明清四代的小说描写之中,形成一种绵延不绝的"双城"文化传统。

另一个有趣的现象,是同一时期一个首都和一个陪都所构成的"双城"现象,例如唐时的长安和洛阳、明清的北京和南京,就属于此种情况。唐代以长安为首都,洛阳为陪都;明代开国之初以南京为首都,后迁都北京,南京成了陪都。清代基本沿袭了这种格局。首都是国家政治、经济和文化中心,它自然成为包括小说在内的各种文学所描写的主要对象;而陪都由于其独特的政治地位,也成为小说和其他文学样式竞相表现的对象。这样,首都和陪都又形成了一种"双城"

的并峙与对应,这种"双城"不仅在小说中,而且在其他各种文学样式中都同样存在。它们虽然在本质上并不具备前朝移民的故国故都之思,但由于南京曾经是六朝古都和南明王朝的故都,因而多少烙上了一种感伤的历史情怀,渗透和流淌在《红楼梦》、《儒林外史》和其他小说的血液之中。从这个意义上说,在成为历史陈迹之后,任何"双城"都会成为城市悲情的载体和源泉。

在古代社会的任何时期,京城都是国家政治、经济和文化的中心,它的兴衰足以显示国家政治、经济和文化的发展方向。所以,古代小说对城市、特别是对京城的描绘,蕴涵着极其丰富的文化信息。城市的兴衰,城市在小说中是否频繁出现,都有着历史的必然性,都有内在的规律可循。本文对"双城"的论述,即着力于展示城市、特别是京城在不同时代中的地位与作用。必须强调:虽然我们力图以城市为视角,找到小说史研究的一条新途径,并尽可能为当代的城市研究提供一份形象的、被忽略的历史素材;但是这一课题本身的广度和深度,又几乎是言说不尽的。

中国古代小说中的
城市书写及现代阐释

(序 二)

孙 逊

近年来,讨论中国古代小说与城市关系的文章陆续出现。城市如何通过成为故事叙事中的重要元素,从而影响小说的写作,小说中有关城市书写包含了怎样的文化内涵,仍然是值得进一步探讨的学术课题。

基于此,本书系所探讨的中国古代小说中的城市书写,不是一般性地研究小说中所描写的有关城市的内容,而是特别关注作为空间性存在的城市与小说的内在关系,将城市作为列斐伏尔在《空间的生产》中所指出的,具有多重空间性特征的物质与文化存在来加以认识和思考。在这一认知下,研究古人生活于其间的城市空间与小说叙事之间的相互关系,探索具有时代特征的城市多重空间对于小说的深远影响,并尽可能地给予现代的阐释,便是本书系的目的和出发点。

一、城市地理空间在小说中的展示和聚焦

城市如同建筑,是一种空间的结构,只是尺度更巨大,需要用更长的时间过程去感知。[1]

——凯文·林奇

---

[1] 凯文·林奇:《城市意象》,方益萍、何晓军译,华夏出版社,2001年,第1页。

城市空间,作为一种物质性存在,不仅会影响作家的小说写作,而且由于城市的变迁,作为不同时代的作家,在再现其城市空间以获得真实感和现场感的时候,其城市书写也就必然受制于具体的城市地理空间,从而使其书写具有特定历史时期的城市空间特征。

在中国古代小说中,有不少作品都对所描写的城市从整体上进行了描绘。然而,由于小说家毕竟不是地理学家和城市学家,他们对于城市整体的宏观把握,往往比较笼统,除了一些专门性的地理类笔记,如《东京梦华录》等之外,多数小说只是把城市作为人物活动和故事发生的背景来予以处理。但即便如此,由于小说文体的特殊性,其对城市的描写并不缺乏细节的真实性。例如在《任氏传》这则著名的唐代传奇中,许多重要情节描写都与唐代都城长安真实的城市地理空间联系在一起:

> 唐天宝九年夏六月,岊与郑子偕行于长安陌中,将会饮于新昌里。至宣平之南,郑子辞有故,请间去,继至饮所。岊乘白马而东,郑子乘驴而南,入升平之北门……①

唐代都城长安,原为隋代起建的新都大兴城,先制定规划,修筑城墙,开辟街道,逐渐筑成坊里,采用严格而整齐的坊制。宋程大昌撰《雍录》卷三《唐朱雀门外坊里》:"京都四郭之内,纵横皆十坊,大率当为百坊,而亦有一面不啻十坊者,故《六典》曰一百一十坊也。"②新昌里,坊名,在长安城市东面延兴门旁。宣平,坊名,东面紧邻新昌里。升平,坊名,为宣平坊南面的邻坊。③ 可以看出,郑子所走的线路是符合长安真实的地理空间的。将会饮于新昌里。至宣平坊之南,推托有事离开,郑子乘驴而南,入升平坊北门,于道中偶遇任氏等三

---

① 李昉等编:《太平广记》卷452《狐》六,中华书局,1961年,第3692页。
② 程大昌:《雍录》,黄永年点校,中华书局,2002年,第52页。
③ 参见杨鸿年:《隋唐两京坊里谱》,上海古籍出版社,1999年。

妇人,郑子随之,东至乐游园,于是在任氏家中发生了一段"一夜情"。按:乐游园即乐游原,为长安游览胜地,其位置正在升平坊东面的升道坊内。郑子所经过的四个坊恰好在空间位置上形成一个"器"字形,左上为宣平坊,左下为升平坊,右上为新昌坊,右下为升道坊。郑子走的是一条逆时针的线路。这里,可以说城市地理空间的展开一丝不乱,达到了惊人的真实;而在这真实地理空间中所发生的故事,则是人与狐的"一夜情"。小说以真实的长安为故事情节的发生地,以真实的坊市名称来反映城市空间,小说中的人物就在这些真实的坊市之间往来活动。而小说中一个比较关键的情节是:"将晓,任氏曰:'可去矣。某兄弟各系教坊,职属南衙,晨兴将出,不可淹留。'乃约后期而去。既行,及里门,门扃未发。门旁有胡人鬻饼之舍,方张灯炽炉。郑子憩其帘下,坐以候鼓。"这一情节也真实反映了唐代的城市制度:唐代长安每天入夜即在承天门(宫城正门)击鼓,各坊里闭里门,街上禁止通行。到五更三筹,再击鼓,坊、里门才开,恢复交通。宋程大昌撰《雍录》卷三"自朱雀门南即市井邑屋,各立坊巷,坊皆有垣有门。随昼夜鼓声以行启闭。……启闭有时,盗窃可防也。"①坊门关闭后,街上就断绝行人,否则就是犯禁,或者叫做"犯夜"。法律规定:"诸犯夜者笞二十。"②小说中这一反映城市制度的情节正可以文史互证。

在唐传奇中,以真实的坊市名称来描写长安是比较常见的。然而,在这些早期的小说中,对于长安的描绘也只停留在仅仅提及坊里名称的水平上,直到宋元以后,情况才有所变化。例如小说中的北宋首都汴梁的描写,就远比唐传奇中的长安来得丰满充实。如在《三遂平妖传》第一回中介绍北宋汴州:"话说大宋仁宗皇帝朝间,东京开封府汴州花锦也似城池,城中有三十六里御街,二十八座城门;有三十六条花柳巷,七十二座管弦楼。"③在《水浒传》第七十二

---

① 程大昌:《雍录》,第53页。
② 《唐律疏议》卷26《犯夜》条,《文渊阁四库全书》本。
③ 罗贯中:《三遂平妖传》,北京大学出版社,1983年,第1页。

回中描写东京:"果然好座东京去处!怎见得:州名汴水,府号开封。透迤按吴楚之邦,延亘连齐鲁之境。山河形胜,水陆要冲。禹画为豫州,周封为郑地。层迭卧牛之势,按上界戊己中央;崔嵬伏虎之形,象周天二十八宿。金明池上三春柳,小苑城边四季花。十万里鱼龙变化之乡,四百座军州辐辏之地。霭霭祥云笼紫阁,融融瑞气照楼台。"①

这里,小说对于汴京的地理位置、历史沿革、城市建筑的富丽堂皇等都有所涉及,但也是十分笼统的,就如同中国传统绘画中的写意画,不在精雕细刻其形,而重在写出一种整体的精神、意态和氛围。这种城市书写特征,在古代小说中是十分普遍的。如《红楼梦》开篇第一回写苏州:"这东南一隅有处曰姑苏,有城曰阊门者,最是红尘中一二等富贵风流之地。"②《醉醒石》第一回写南京:"南京古称金陵,又号秣陵,龙蟠虎踞,帝王一大都会……其壮丽繁华,为东南之冠。……及至明朝太祖皇帝,更恢拓区宇,建立宫殿,百府千衙,三衢九陌,奇技淫巧之物,衣冠礼乐之流,艳妓娈童,九流术士,无不云屯鳞集。真是说不尽的繁华,享不穷的快乐。"③《儒林外史》对于南京市面的繁华、人气的旺盛更作了细腻传神的描绘:"这南京乃是太祖皇帝建都的所在,里城门十三,外城门十八,穿城四十里,沿城一转足有一百二十多里。城里几十条大街,几百条小巷,都是人烟凑集,金粉楼台。城里一道河,东水关到西水关,足有十里,便是秦淮河。水满的时候,画船箫鼓,昼夜不绝。城里城外,琳宫梵宇,碧瓦朱甍,在六朝时是四百八十寺;到而今,何止四千八百寺!大街小巷,合共起来,大小酒楼有六七百座,茶社有一千余处。……到晚来,两边酒楼上明角灯,每条街上足有数千盏,照耀如同白日,走路人并不带灯笼。"④

可以看出,我国古代小说对于城市空间的整体书写,多数是比

---

① 《水浒全传》,上海人民出版社,1975年,第988页。
② 《红楼梦》,人民文学出版社,1987年,第3页。
③ 东鲁古狂生:《醉醒石》,上海古籍出版社,1956年,第3页。
④ 《儒林外史》,人民文学出版社,1977年,第293页。

较笼统的,只有少数作品着墨较多,显示了细腻写实的特点,但即便如此,也是无法与西方小说对于巴黎、伦敦等城市的细致书写相比的①。

小说中真实的地理空间描写,在中国古代小说中,往往以城市地标为主要对象,围绕着能够代表城市特征的地标性建筑展开故事情节。这样,城市的地标常常作为故事场景而经常出现,并逐步演变沉淀为一种城市意象。曲江是唐人小说里经常提到的长安景点,农历三月三上巳节游曲江是长安的一大习俗,是时曲江边丽人如云,许多士人胜日寻芳,一些爱情传奇由此展开。如温庭筠《华州参军》:"华州柳参军,名族之子,寡欲早孤,尤兄弟,罢官,于长安闲游。上巳日,曲江见一车子,饰以金碧,半立浅水之中,后帘徐褰,见掺手如玉,指画令摘芙蕖。女之容色绝代,斜睨柳生良久……"②从而引发了一段浪漫的男女恋情。唐人以城市地标为爱情故事的场景,开创了一个传统,引领了后代小说中的一系列城市意象,如汴梁之有金明池,杭州之有西湖,南京之有秦淮河,苏州之有虎丘,扬州之有瘦西湖等。周城《宋东京考》卷十引《归叟诗话》:"王荆公有诗云:'却忆金明池上路,红裙争看绿衣郎。'"③北宋东京城市地标以金明池最为著名,在话本小说中往往成为城市市民游赏的去处和市井男女艳遇的场所。如《闹樊楼多情周胜仙》的入话:"从来天子建都之处,人杰地灵,自然名山胜水,凑着赏心乐事。如唐朝便有个曲江池,宋朝便有个金明池,都有四时美景,倾城士女王孙,佳人才子,往来游玩。天子也不时驾临,与民同乐。"而小说中所叙故事就发生在"春末夏初,金明池游人赏玩作乐。那范二郎因去游赏,见佳人才子如蚁。行到了茶坊里来,看见一个女孩儿,方年二九,生得花容月貌。这范二郎立地多时,细看那女子……那女子在茶坊里,四目相视,俱各有情"④。于是一段

---

① 参见 Richard Lehan, *The City in Literature: An Intellectual and Cultural History*, Berkeley: University of California Press, 1998。
② 李昉等编:《太平广记》卷342《鬼》二七,第2713页。
③ 周城:《宋东京考》,中华书局,1988年,第186页。
④ 程毅中辑注:《宋元小说家话本集》,齐鲁书社,2000年,第186—187页。

市井爱情故事由此展开。《志诚张主管》的故事同样从"清明节候……满城人都出去金明池游玩。张小员外也出去游玩……"开始①。

明清时代南京的城市地标之一就是秦淮河了。《儒林外史》第二十四回:"那秦淮到了有月色的时候,越是夜色已深,更有那细吹细唱的船来,凄清委婉,动人心魄。两边河房里住家的女郎,穿了轻纱衣服,头上簪了茉莉花,一齐卷起湘帘,凭栏静听。所以灯船鼓声一响,两边帘卷窗开,河房里焚的龙涎、沉、速,香雾一齐喷出来,和河里的月色烟光合成一片,望着如阆苑仙人,瑶宫仙女。"第四十一回:"转眼长夏已过又是新秋,清风戒寒,那秦淮河另是一番景致。满城的人都叫了船,请了大和尚在船上悬挂佛像,铺设经坛,从西水关起一路施食到进香河。……到晚,做得极精致的莲花灯点起来浮在水面上。又有极大的法船,照依佛家中元地狱赦罪之说,超度这些孤魂升天。把一个南京秦淮河,变做西域天竺国。"②《儒林外史》中描写的诸多人物和故事,都是和秦淮河相关联或以秦淮河为背景,而小说对秦淮河描写所达到的深度和广度,又是以前有关城市地标描写的小说所远远不及的,它反映了我国古代小说有关城市书写的不断进步和深化。

上述小说中故事发生的具体场景,往往是一个城市中真实的地名,皆有文献笔记材料可征,这就给人一种感觉,即小说家分明是要突出和强化故事时空的当代性和真实感,故而才刻意地表现出一种写实或仿真的创作意向。小说的时代感和真实性的增强,能够使同时代的读者对于故事世界产生一种感同身受的幻觉,从而激发起阅读的兴趣。

在小说中,反映城市地理空间的方式除了上述以真实城市空间为基础的方式之外,还有大量的是以虚构的地理空间来展开叙事的。在虚拟的城市地理空间中,可以更自由地展开各种故事叙事;

---

① 程毅中辑注:《宋元小说家话本集》,第725页。
② 《儒林外史》,第297—298页。

同时也有利于表现和建构理想性世界。《红楼梦》所描写的发生在京都贾府中的故事,便是在虚拟的城市地理空间展开的。在这样的一个虚拟城市空间中,作者可以尽情施展笔墨,发挥丰富想象,演绎复杂曲折的故事,正如《红楼梦》第一回卷首脂批所点明的:"书中凡写'长安',在文人笔墨之间,则从古之称;凡愚夫妇儿女子家常口角,则曰'中京',是不欲着迹于方向也。盖天子之邦,亦当以中京为尊,特避其'东''南''西''北'四字样也。"①《红楼梦》故事的发生地似是在长安,小说第十五回写王熙凤弄权铁槛寺,让来旺儿找人修书一封,"连夜往长安县来,不过百里路程"可证。但小说中更多的是出现"都中"、"京中"、"京都"、"神京"等字样,是一座虚化了的都市空间,其实暗指的是北京。这种把真实的城市空间予以虚化处理的手法,更强化了《红楼梦》"假作真时真亦假"的艺术特色和效果。

小说中虚拟的地理空间,也可以是理想性世界的建构。《红楼梦》中的大观园就是这样一个空间书写。以往红学家们孜孜不倦地找寻和考证"京华何处大观园",其实这完全是徒劳的,因为大观园是一个虚拟的乌托邦,它与外部的肮脏世界相对立,而且被外在的世界所侵扰和摧残②。这种虚拟空间的描写,形成了作品虚幻的梦境式的艺术特征,而这些虚拟性描写又往往与前述真实性的城市书写结合在一起,真假相杂,虚实相生,丰富着小说的内涵与意象,体现着中国美学的精神和理想。因为正是在小说真实与虚拟的城市书写的对立与对比中,展示了作者的社会理想与价值取向,体现了作者因为不满足于当下的现实空间而对于理想空间的建构。这种理想空间也已不再是一个地理或者几何学的存在,而是人类经验和文化想象的产物。

---

① 《脂砚斋甲戌抄阅再评石头记》,上海古籍出版社,1985年,第2页。
② 参见余英时:《〈红楼梦〉的两个世界》,胡文彬、周雷编《海外红学论集》,上海古籍出版社,1982年,第31—55页。

二、作为政治与文化表征的都市及其在小说中的书写

> 都邑者,政治与文化之标征也。①
>
> ——王国维

城市是人口最密集,也是经济最发达的地区,古今中外莫不如此。然而,和西方的城市相比,中国的城市具有一个显著的特点:它首先是政治的中心,士人到都城来追寻自己的政治前途,即选择了或者说无奈地卷入了城市中的政治漩涡和斗争。

发生在唐代最重要的政治空间——长安城中的,有著名的牛、李党争。唐穆宗、宣宗年间,以李吉甫、李德裕父子为首,和以牛僧孺、李宗闵为首的两大官僚集团之间,展开了数十年之久的朋党斗争。自陈寅恪、岑仲勉一直到傅璇琮、黄永年等,众多学者对此均有研究,成果丰富而聚讼纷纭,因与本文主旨无关,故不深论。本文关注的是,在运用小说进行政治攻击的唐传奇中,往往是联系到长安的居住空间的描写,来达到讥刺、攻击甚至毁谤对方的目的。丰富而真实的城市政治生活,为小说叙事提供了曲折生动的素材,而牛李党人在长安城中的居住空间,也成为政治斗争的曲折反映:安邑坊在朱雀街东第四街,新昌坊在第五街,分列朱雀门南第四横街的北边和南边。因此,李德裕在安邑坊东南隅的住宅与牛僧孺在新昌坊西北隅的住宅正好隔街犄角相望②。杨虞卿是牛党重要人物之一,其宅位于靖恭坊,钱易《南部新书》卷丙:"咸通中,杨汝士与诸子位皆至正卿,所居靖恭里第,兄弟并列门戟。"③靖恭坊正南与牛僧孺所在的新昌坊南北相对,正西与李德裕所在的安邑坊东西相对。

---

① 王国维:《殷周制度论》,《观堂集林》卷10,《史林》二,中华书局,1959年,第451页。
② 参见杨鸿年:《隋唐两京坊里谱》。
③ 钱易:《南部新书》卷丙,《宋元笔记小说大观》,上海古籍出版社,2001年,第309页。

李党文人擅长以小说影射异己和毁谤对手,李党文人所写的《牛羊日历》,《新唐书·艺文志》入小说家。《牛羊日历》中有这样的描写:"(牛)僧孺新昌里第,与杨虞卿夹街对门。虞卿别起高榭于僧孺之墙东,谓之南亭,列烛往来,里人读之'半夜客',亦号此亭为'行中书'。"作为牛党领袖的牛僧孺与杨虞卿,在居住地理空间上夹街对门仍然不满足,杨虞卿又别起高榭于牛僧孺宅之墙东,想必一方面更便于牛党人物之间的联系,另一方面也更便于监视和观察街对面的李党的活动情况。如此密切往来和对于李党的监视,自然成为李党政治攻击的口实。而揭露牛党"列烛往来",一方面揭露了其政治活动的密切与频繁,另一方面也恰好反映出李党对于牛党活动的密切关注和监视,否则,又如何知晓牛党之间"列烛往来"的情形?在如此特殊的城市居住空间中,提供了政治斗争双方近距离观察对方的有利地形,彼此对对方人物的来往可谓洞若观火,所以才会有以上借居住空间的生动渲染来攻击的影射文学出现。

作为政治象征的都城往往并不在小说中正面展开,而是隐入小说描写的背景,作为一种王朝政治中心的象征,在背景中被凸现出来,例如《水浒传》和《金瓶梅词话》中的东京,《红楼梦》中的神京等。在《水浒传》中,与东京相关的故事不少,但在鲁智深相国寺出家、林冲被诱误入白虎堂、杨志东京卖刀等故事中,东京的背景显得极为模糊,在第七十二回"柴进簪花入禁苑,李逵元夜闹东京"中,描绘了东京的一些城市面貌,也写到了东京的元宵,但是,正如前面所指出的,仍然是一种比较笼统的描绘。有关东京这一城市的描写,只是起着烘托东京作为政治中心气氛的作用,而并非实写。《金瓶梅词话》将东京的这种政治象征表现得更加充分,小说中共有三回文字写到东京(详见序一)。在小说中,对东京城市空间很少具体描述,但是东京作为君临天下的政治权力中心却始终对西门府产生重大的影响,关系着西门庆的命运和前程。隐匿的城市政治空间,作为一种权力象征,在西门庆的人生经历和清和县的日常生活中,发挥着无处不在的重大影响。《红楼梦》中的神京也是如此,从贾雨村的复职到王熙凤的弄权,它时时暗示作为政治权力中心的京城,其影响力是无处不在的,以笼统的神京掩盖真实的京都地名,更赋予了京城象征符号的意义。

因此,无论是东京还是神京,在作品中,更多地就像卡夫卡笔下的城堡,它是一个象征符号,是一种权力的象征,是整个国家机器的缩影。这个高高在上的城市政治空间,对于众多士子和广大百姓来说,它是可望而不可即的。它似乎是一个虚无的幻影,一个抽象的所在,但同时它又确确实实地存在着,并且主宰着国家的政治生活、官员的身家性命和百姓的日常生活。这些京城意象,作为政治中心弥漫于整部作品之中,虽然未见确切具体的细节描写,但你却时时可以在作品的字里行间,强烈而真切地感受到它的真实存在和对于小说人物命运的巨大影响。

西方城市学家芒福德指出:"城市……不单是权力的集中,更是文化的归极。"城市作为政治空间的同时,也是一座文化的空间,而作为文化空间的城市,则承载着国家典礼、大型祭祀、节日庆典和人才选拔等文化活动,其中尤以科举选拔对于士大夫及其小说创作影响深远。科举制度在中国历史上存在了一千多年,长久影响着中国知识分子的生活、思想、情感与命运。而决定命运的考试,都是在各级行政权力所在地的城市中举行,参加科考的举子在城市中的活动,也自然成为小说书写城市所必不可少的内容。自中唐以后,进士科越来越受到统治者及士人的重视。通过进士科考试,博得功名利禄,是人生正途,是实现政治抱负及人生价值最主要的渠道。而在唐代,由于科举还没有形成宋代以后严格的考试制度,士子的名气在科考中有比较重要的影响,因此,为达此目的,士子们在京都竞相上演着各种活动。

一个著名而且典型的故事是《王维》。讲王维年未弱冠,文章得名。游历诸贵之间,尤为岐王之所眷重。时进士张九皋声名籍甚,公主以词牒京兆试官,令以九皋为解头。这时王维也将应举,言于岐王,也想为解头。岐王于是给他出计,赍琵琶,同至公主之第。令王维独奉新曲,声调哀切,满座动容。公主大奇之。王维乘机献怀中诗卷呈公主。公主既读,惊骇曰:"此皆儿所诵习,常谓古人佳作,乃子之为乎?"岐王又乘机为王维说项:"此生不得首荐,义不就试,然已承贵主论托张九皋矣。"公主便召试官至第,遣宫婢传教,王维遂如愿作了解头,而一举登第①。这则故事,虽然不符合历史事实②,却真实反映了当时的社会风气,具有历史的意义与价值,从而为古代城市文化空间的展示,提供了丰富的历史细节和具体的生活情景。

作为文化空间的城市,同样也是市民节日庆典和民俗活动的场所。这里仅以上元节为例,来透视这一城市多重文化空间交织起的文化场域(皇权、士大夫、市民、游客)及其在小说中的书写。

中国古代小说中,许多发生在城市中的故事,都是以上元节为背景展开的。《包龙图百家公案》中的《金鲤鱼迷人之异》,是从"上元佳景,京中放灯甚多"生发出来;《东京判斩赵皇亲》也是从"是时正月上元佳节,西京放灯甚盛",刘娘子出门观灯,引出一段悲剧故事;③而话本《张生彩鸾灯传》,同样是从张生元宵观灯,引出一段佳话。④话本小说《戒指儿记》中的陈玉兰,是在元宵灯夜听到阮华吹出的箫声清圆悠扬,"一时间春心摇动",萌生"窥玉"之意;《志诚张主管》写张胜与小夫人"鬼魂"的遇合,也发生在元宵灯夜……可见上元灯节,是引发和产生小说故事的不竭源泉。

对于诸如上元灯节这类发生在城市公共空间中的文化活动,巴赫金的狂欢节理论可给予深刻的揭示和解释。巴赫金指出,在狂欢节式的节日庆典中,距离感消失在狂欢中,人们暂时从现实关系中解脱出来,相互间不存在任何距离,致使秩序打乱,等级消失,从而产生出一种乌托邦式的人际关系。人们在常规生活中为不可逾越的等级屏障分割开来,相互间却在狂欢广场上发生了随便而亲昵的接触。"在狂欢中,人与人之间形成了一种新型的相互关系,通过具体感性

---

① 李昉等编:《太平广记》卷179《贡举》二,第1332页。
② 参见傅璇琮:《唐代科举与文学》,陕西人民出版社,2003年,第65页。
③ 安遇时编集:《包龙图百家公案》,浙江古籍出版社,1998年,第147、163页。
④ 程毅中辑注:《宋元小说家话本集》,第561页。

的形式、半现实半游戏的形式表现了出来。这种关系同非狂欢式生活中强大的社会等级关系恰恰相反。人的行为、姿态、语言,从在非狂欢式生活里完全左右着人们一切的种种等级地位(阶层、官衔、年龄、财产状况)中解放出来。"①正是上元灯节中城市市民的狂欢,使小说人物打破了平时森严的等级秩序,为他们彼此亲密和亲昵的接触提供了最佳的时机。而宋代社会经济的繁荣与城市市民的急遽增长,也使元宵节的狂欢有了坚实的物质基础和庞大的消费群体。难怪众多宋人笔记对元宵灯夜都有动人的记述,吴自牧《梦粱录》卷一《元宵》载:元宵灯夜,汴京城里,"公子王孙,五陵年少,更以纱笼喝道,将带佳人美女,遍地游赏。人都道玉漏频催,金鸡屡唱,兴犹未已。甚至饮酒醺醺,倩人扶着,堕翠遗簪,难以枚举"。周密《武林旧事》卷二《元夕》则记载临安元夕,不仅"效宣和盛际,愈加精妙",而且"终夕天街鼓吹不绝,都民士女,罗绮如云"。如果说笔记所载是一种历史的真实,那么小说所写则是艺术的真实。《大宋宣和遗事》中讲述了这样一个故事:上元看灯的人丛里,一个妇人吃了御赐酒,将金杯藏在怀里,当下被拿住,有阁门舍人将偷金杯的事,奏知徽宗皇帝。圣旨问取原因。妇人奏道:"贱妾与夫同到鳌山下看灯,人闹里与夫相失。蒙皇帝赐酒,妾面带酒容,又不与夫同归,为恐公婆怪责,欲假皇帝金杯归家与公婆为照。"并有一词上奏天颜。徽宗览毕,就赐金杯与之,再令妇人做一词。女子领了圣旨,口占一词,徽宗见了此词,大悦,不许后人攀例,赐盏与之②。无论是笔记还是小说,这些描写都真实反映了在节日的狂欢中,颠覆了日常生活原来预设的礼法和时空秩序,打破了日夜之差、男女之防、贵贱之别,从而提供了男女相处的机会,于是许多小说中的幽会与艳情,便放置在这样的公共空间中,演绎出种种悲欢离合的浪漫故事。透过小说元宵夜狂欢节的有关描写,我们可以大略窥见作为文化表征的城市文化空间所蕴含的

---

① 巴赫金:《陀思妥耶夫斯基诗学问题》,白春仁、顾亚铃译,三联书店,1988年,第176页。

② 《大宋宣和遗事·亨集》,商务印书馆,1937年,第77—78页。

丰富内涵,以及作为这个空间主体的市民的梦想与追求。

三、市民生活空间:城市的灵魂与血肉

房屋只构成城镇,市民才构成城市。①

——卢梭

市民构成了城市日常生活的主体。然而,市民阶层的崛起和壮大,是伴随着城市空间由比较单纯的突出其政治功能,到发生了西方学者所称的"至北宋而达于顶点"的"城市革命"②,形成政治功能与商业功能并重的城市才出现的。正是市民日常生活的丰富性,使城市的空间变得更加生动鲜活。

使城市变得鲜活的,首先是发迹变泰的平民梦想。宋灌圃耐得翁《都城纪胜·瓦舍众伎》:"说话有四家:一者小说,谓之银字儿,如烟粉、灵怪、传奇、说公案,皆是搏刀赶棒,及发迹变泰之事。"③发迹指由卑微而得志显达,或由贫困而富足。变泰犹言否极泰来,谓逢凶化吉,遇难成祥。发迹变泰可谓画龙点睛,彰显出了古代小说在反映市民日常生活方面的重要内容与特征。

在城市,特别是京都,人员构成中普通士子和军人是重要群体,他们无不梦想着一种好运的突然降临,而城市即为他们提供了政治机遇和命运的转机。《警世通言》卷六《俞仲举题诗遇上皇》,开篇就点明了"司马相如本是成都府一个穷儒,只为一篇文字上投了至尊之意,一朝发迹"的主旨,小说中重点讲述的就是俞仲举八千里路来到临安,指望一举成名。争奈时运未至,金榜无名,于是无脸回乡,流落杭州,饱受艰辛,在酒楼题诗后准备自尽。而上皇(按:指宋高宗)由于晚上忽得一梦,第二天就扮作文人秀才,带几个近侍官,行到丰乐

---

① 转引自刘易斯·芒福德《城市发展史:起源、演变和前景》,第100页,译文有改动。
② 施坚雅主编:《中华帝国晚期的城市》,叶光庭等译,中华书局,2000年,第23页。
③ 《都城纪胜·瓦舍众伎》,古典文学出版社,1956年,第98页。

楼,读到俞的诗,认为此人正是应梦贤士,当下御笔亲书六句:"锦里俞良,妙有词章。高才不遇,落魄堪伤。敕赐高官,衣锦还乡。"故事的结局是俞仲举授成都府太守,加赐白金千两,被"前呼后拥,荣归故里"。而《喻世明言》卷十一《赵伯昇茶肆遇仁宗》,说的也是"有一个秀士,姓赵,名旭,字伯昇",他"下笔成文,是个饱学的秀才。喜闻东京开选,一心要去应举"。就在状元几乎到手之际,只为一字之错,被仁宗黜落,流落汴京。谁知命中该发迹,就在樊楼上,巧遇扮作白衣秀才的仁宗,于是拜敕授西川五十四州都制置。这类小说中,士子的发迹都与巧遇皇帝联系在一起,其发生的空间场所,丰乐楼是南宋都城杭州最著名的酒楼,杭州的地标性建筑①;樊楼则是北宋都城汴京最著名的酒楼,汴京的标志性建筑②。这两个发生在都市空间中的故事,既反映了士子的心态,同时也参与了国家意识形态话语的建构与再生产。它们真实地反映了处于科考激烈竞争的士子,在都城政治空间中,幻想通过偶然机缘来获得命运转机的共同心理。

城市也为市井下民的变泰提供了机遇。《初刻拍案惊奇》卷二十二《钱多处白丁横带　运退时刺史当艄》,写的就是"贫贱之人,一朝变泰,得了富贵,苦尽甜来,滋味深长"的故事。《喻世明言》卷十五《史弘肇龙虎君臣会》,讲述了一个姓史,双名弘肇,小字憨儿的军兵,"合当出来,发迹变泰",最终成为当朝四镇令公,富贵荣华名标青史的故事。还有《醒世恒言》卷三十一《郑节使立功神臂弓》,也记述了一个郑州泰宁军大户财主人家孩儿郑信,父母早丧,流落此间,后来偶遇机缘,得到神臂弓,到辕门投军献弓,后亏那神臂弓之用,收番累立战功,十余年间,直做到两川节度使之职的前后际遇。类似这样写市民发迹变泰梦想的作品在古代小说中不知多少,它们传递了同样一个信息:作为城市主体的市民有关发迹变泰的种种梦想,不仅构成了城市的灵魂与血肉,成为城市活力的不竭源泉,而且也从一个侧面反映了宋代以后,文化权利的下移和市民力量崛起的历史轨迹。

---

① 参见周密:《武林旧事》卷6《酒楼》,古典文学出版社,1956年,第441页。
② 参见孟元老《东京梦华录》卷2《酒楼》,中华书局,1982年,第72页。

使城市充满活力和魅力的,还有两性相悦的市井传奇。城市的日常生活,更多的是重复单调和平淡无奇的日子,对于不平常的爱情方式的渴望,成为读者的一种普遍审美期待。而城市生活的流动性、集聚性和复杂性,又制造了产生不平常事件和生活传奇的可能性与机遇性。《李娃传》《霍小玉传》等唐代动人的爱情故事,都发生在长安城市空间之中。而随着宋代市民阶层的崛起,在都市的市井爱情传奇中,一个最突出的变化,是市井商人逐渐取代了士人的地位,成为故事中的男主角。在《警世通言》卷二十三《乐小舍弃生觅偶》中,那个为了所爱之人,"为情所使,不顾性命"的,是南宋临安府贤福坊安平巷家里开杂色货铺的乐和;在《醒世恒言》卷二《卖油郎独占花魁》中,最终赢得花魁芳心的是临安城清波门外开油店老人收养的汴京难民秦重;《二刻拍案惊奇》卷二十九《赠芝麻识破假形 撷草药巧谐真偶》中,仕宦马少卿乐意接纳客商蒋生为女婿,还认为"经商亦是善业,不是贱流";而《醒世恒言》卷三十五《徐老仆义愤成家》歌颂的,是义仆阿寄经商成功却一文不取;这都从一个方面真实反映了伴随着城市商业发展和市民文化繁荣,市民社会地位的上升与变迁。特别是我们将其与唐传奇中的爱情故事相比,这种变化更可以明显地看出来:在唐传奇中,几乎所有的男性都无一例外是出仕或未出仕的士子;而在宋元话本以后,男性则多为市井之人,上述列举就充分说明了这一点。

当然,城市空间的集聚性和流动性,既为来自四方的士子、商人与城市中的女子相遇、相知、相爱提供了可能与机遇,也为《水浒传》《金瓶梅》中西门庆与潘金莲、李瓶儿这样的充满罪恶与欲望的男女苟合提供了场所和条件。在城市日常生活空间,既上演着一幕幕催人泪下的浪漫传奇,也进行着一出出人欲横流的丑恶表演。《姑妄言》一部书写了众多城市中的奸夫淫妇,从南京应天府,以一尼一道开首,然后叙述杭州和大大小小城市中发生的一系列男女苟合的故事;《二刻拍案惊奇》卷三十八《两错认莫大姐私奔 再成交杨二郎正本》更写了北京城内一群市井男女你贪我爱,为此惹动官司的曲折事件;《绣榻野史》则讲述了扬州秀才东门生、赵大里等人乱伦淫乱,金氏、麻氏狂淫致死的故事;而《僧尼孽海》更书写了众多城市中的僧尼秽行……在这里,人的肉体和色相全为本能所驱使,而被随意抛撒和践踏。情与性的追逐,既构成了城市日常生活空间中的情感维度,也瓦解着由这种维度所支撑着的社会道德秩序。

除了发迹变泰的平民梦想,两性相悦的市井传奇,对于司法公正的内在渴望,构成了小说反映城市日常生活的又一重要内容。城市的一个重要功能就是为市民提供庇护与安全,然而,生活于其中的城市市民,却往往并非可以高枕无忧,而是常常面临着各种的不安甚至飞来横祸。《喻世明言》卷三十六《宋四公大闹禁魂张》中,家住东京开封府、积祖开质库的张员外,只为"悭吝"二字,惹出大祸,连性命都丢了;而秉公执法,缉拿罪犯的王七殿直王遵、马观察马翰,却被罪犯陷害,后来俱死于狱中,而"这一班贼盗,公然在东京做歹事,饮美酒,宿名娼,没人奈何得他。那时节东京扰乱,家家户户,不得太平"。这里虽然说的是北宋东京,其实也概括出了古代城市中的一般安全状况。《醉醒石》第九回《逞小忿毒谋双命 思淫占祸起一时》中的开首交代:"至京师为辇毂之下,抚治有府县,巡禁有五城,重以缉事衙门,东厂捕营锦衣卫。一官名下,有若干旗校番役。一旗校番役身边,又有若干帮丁副手。况且又有冒名的,依傍的。真人似聚蚁,察密属垣,人犹自不怕。今日枷死,明日又有枷的;这案方完,那案又已发觉。总之五方奸宄所集,各省奔竞所聚。如在前程,则有活切头、飞过海、假印、援纳、加纳、买缺、挖选、坐缺、养缺各项等弊。事干钱粮,上纳的有包揽、作伪、短欠、稽延之弊。买办的,领侵、冒破、拖欠之弊。尝见本色起解,比征参罚,不恕些须。及落奸解奸商之手,散若泥沙。况功令森严,本色完纳,极其苛刻。十分所收,不及一二。及至一不堪驳回,竟如沉水。茶蜡、颜料、胖衣,拖欠动至数年。买铁、买铜、硝黄,拖欠动至数万,弊窦百出。至刑名,在上则有请托贿赂;在下则有弄法侮文。都是拿讹头光棍的衣食。所以京师讹棍盛行。"①更高度概括地揭示了官府普遍的黑幕,活画了城市特别是京师生活的种种祸害和罪恶。正是在这样的法制环境下,才发生着无数像《错斩崔宁》的冤案,演绎着《金瓶梅》中西门庆的横行霸道和《红楼梦》中一系列草菅人命的故事,也因此才盛行着体现市民愿望的包公故事的流传,表达着市井细民对于社会和司法公正的内在渴望。

由于传统侦破手段的缺乏,使得案件的侦破往往是依赖神人的暗示和个人的智慧运气,因而,发生在城市复杂空间中扑朔迷离的破案故事,也就成为体现司法公正与传统文化智慧的普遍模式。《警世通言》卷十三《三现身包龙图断冤》讲述了北宋兖州府奉符县第一名押司孙文离奇致死,来年换个知具,姓包名拯,此时做知县还是初任。他夜间被托梦,通过猜出字谜而破案,揭穿真凶竟然是被孙文从雪地中救活并培养的小孙押司,他与孙文妻子有奸情并合谋害死孙文的真相大白于天下。《二刻拍案惊奇》卷二十八《程朝奉单遇无头妇 王通判双雪不明冤》也讲述了一个离奇曲折的侦破故事:明朝成化年间,直隶徽州府有一个富人程朝奉,拥着巨万家私,所谓饱暖生淫欲,心里只喜欢的是女色。徽州府岩子街有一个卖酒的李方哥,有妻陈氏,生得十分娇媚。程朝奉动了心,用金钱哄动他夫妻二人,同意程朝奉一夜偷情。临到时间,李方哥已寻个事由,避在朋友家里。程朝奉因事耽搁,待到李家店中,只见满地是鲜血,一个没头的妇人躺在血泊里。李方哥认定是朝奉杀了妻子,府里见是人命事,发与三府王通判审问这件事。经过一年侦探,王通判同时侦破了两件没头案件。这篇小说,有奸情,有凶杀,有悬疑,故事曲折跌宕,情节峰回路转,案中套案,谜中有谜,比较充分地展示了这一类型故事叙事的迷人之处。而从明代的《包孝肃公百家公案演义》这部汇集了包公断案种种传闻的短篇小说总集开始,公案小说不断涌现,从明代《皇明诸司廉明奇判公案传》、《皇明诸司公案传》等书的畅销,到清代的《三侠五

---

① 东鲁古狂生:《醉醒石》,第128页。

义》《施公案》《海公案》等书的风行,都反映了作者与读者对于这一类题材所折射出的司法公正和破案智慧的持续迷恋与热情。

一座城市,仅仅有建筑,只是一个地理空间与物质空间;仅仅有赴考的举子和节日的狂欢,只是城市的点缀甚至只是我们想象的点缀。城市日常生活的真实内容是由市民书写的,他们才是城市的主角和最稳定的阶层。正是他们的梦想、传奇与渴望,才构成了城市日常生活最实在的内容,也构成了城市的鲜活灵魂与丰满血肉。

小说家很难完全凭空虚构和想象一个城市空间,他们往往凭借现实的城市进行书写和叙事。但由于城市不仅仅是一个地理空间的概念,更重要的是那些曾经在这个空间中活动着的人,发生着的事,以及传承着的历史。因此,城市、包括小说中的城市,它展示给我们的,是远比地理空间丰富复杂得多的政治文化表征和日常生活内涵。正如美国城市研究的芝加哥学派所指出的:"城市,它是一种心理状态,是各种礼俗和传统构成的整体。换言之,城市绝非简单的物质现象,绝非简单的人工构筑物。城市已同其居民的各种重要活动密切地联系在一起,它是自然的产物,而尤其是人类属性的产物。"①

事实上,对于小说中城市书写的探讨,不仅能够拓展小说研究,并给城市史研究增加感性的历史画卷,更重要的是,可以从一个新的视角重新思考人类的城市生活和小说叙事,探求那些在传统知识模式下被遮蔽或者被忽视的方面。城市的地理空间,构成了一个城市的物质存在,成为城市政治、文化与市民日常生活空间得以存在的基础。就像著名城市史学家芒福德所指出的,城市为人类活动提供了一座舞台②。而这座舞台所蕴含的包括政治、文化与日常生活空间等在内的城市多维空间的存在形态,不仅极大地影响了小说对城市多视角的书写,激发出丰富的小说叙事;而且对于这些小说有关城市书

---

① R.E.帕克等:《城市社会学——芝加哥学派城市研究文集》,宋俊岭等译,华夏出版社,1987年,第1页。
② 参见刘易斯·芒福德《城市发展史:起源、演变和前景》译序。

写的阅读、传播和接受,也对城市共同体的建构,起到了相当重要的作用①。唐传奇以来对于长安与洛阳的书写,宋元话本以来对于北宋东京与南宋临安的叙事,明清小说对于北京和南京、苏州和扬州的渲染,以及近代小说有关上海城市和广州空间的描绘,一方面塑造了这些城市鲜明而各具特征的城市意象,同时这些意象又成为城市阅读群体共享的生活体验与文化想象,从而使生活于同一城市的市民获得共同的文化认同和立场。

---

① 小说对于建构共同体的重要作用,参见本尼迪克特·安德森《想象的共同体》,吴叡人译,上海人民出版社,2002年。

目　录

中国古代小说中的"双城"意象及其文化蕴涵(序一)……… 孙逊　1
中国古代小说中的城市书写及现代阐释(序二)…………… 孙逊　1

绪论 …………………………………………………………………… 1
第一章　北京、南京的历史沿革与明以前小说中的文学书写 …… 8
　第一节　北京城市沿革与明以前小说中的北京书写 …………… 9
　　一、北京城市沿革 ………………………………………………… 9
　　二、明以前小说中的北京 ……………………………………… 14
　第二节　南京城市沿革与明以前小说中的南京书写 ………… 21
　　一、南京城市沿革 ……………………………………………… 21
　　二、明以前小说中的南京 ……………………………………… 27
第二章　作为政治中心的北京与南京 …………………………… 38
　第一节　金城天府：明清小说中的宫廷气象 …………………… 38
　　一、宫廷建筑与皇家气派 ……………………………………… 39
　　二、宫廷活动与皇家气象 ……………………………………… 50
　第二节　中心与中心之外：明清小说中的北京与南京官场 …… 58
　　一、明清小说对北京与南京官场生活的展现 ………………… 59
　　二、官场中的特殊群体：明清小说中的京城宦官 …………… 93
　第三节　北京与南京官场文化在明清小说中的呈现 ………… 103
　　一、官场揣客与北京官场文化 ………………………………… 103

二、南京官场上的"身边人"特色文化 …………………… 114
第三章　作为商业都会的北京与南京 ……………………………… 119
　第一节　明清小说中的北京与南京商业概况 …………………… 119
　　一、四方毕聚、商市兴隆的北京城市商业 …………………… 120
　　二、物聚东南、特色凸显的南京城市商业 …………………… 134
　第二节　明清小说中的北京与南京城市服务业 ………………… 143
　　一、完善、多元的北京城市服务业 …………………………… 144
　　二、地域特色鲜明的南京城市服务业 ………………………… 163
第四章　市井浮世绘：明清小说中的双城市民生活 ……………… 177
　第一节　平民立场与北京市民生活 ……………………………… 177
　　一、傲慢的城市生活者：北京市民的城市傲态 ……………… 177
　　二、观察北京市井文化的三个窗口：戏园、饭馆与茶馆 …… 188
　　三、清代小说中的北京旗人生活图景 ………………………… 207
　第二节　富贵气息与南京市民生活 ……………………………… 224
　　一、重享受的城市生活者 ……………………………………… 224
　　二、秦淮河：城市地标与市民生活 …………………………… 237
　　三、休闲城市印象与市民游观活动 …………………………… 246
第五章　作为风月都会的北京与南京 ……………………………… 259
　第一节　南北兼善：明代小说中的两京风月 …………………… 259
　　一、各逞风流的两京官妓 ……………………………………… 260
　　二、服务市井的市妓私娼 ……………………………………… 267
　　三、风头渐起的两京男风 ……………………………………… 270
　第二节　北南异途：清代小说中的男伶之城与风月都会 ……… 274
　　一、伶妓交锋背景下的清代北京风月变迁 …………………… 275
　　二、畸形繁荣的清代南京风月 ………………………………… 313
　第三节　影响明清小说南北风月书写的因素 …………………… 330

一、地域差异与南北风月书写的呈现 …………………… 331
　　二、作家心态对南北风月书写的浸染 …………………… 335
　　三、城市定位对南北风月书写的影响 …………………… 337

第六章　徙倚于南北之间：《红楼梦》的双城书写 ……… 341
　第一节　江南金陵与缥缈京都 …………………………… 343
　　一、《红楼梦》中涉及金陵(南京)的内容 ……………… 343
　　二、《红楼梦》中的京都 ………………………………… 351
　第二节　《红楼梦》中的北京书写 ……………………… 356
　　一、虚像与实像：空间移置之后的北京生活 …………… 356
　　二、从听闻者到参与者：文学重塑与心理补偿 ………… 361
　　三、"京华何处大观园"：处于多重纠葛中心的大观园 … 365
　第三节　《红楼梦》中的金陵书写 ……………………… 369
　　一、从假(贾)到真(甄)：江南甄家的世界 …………… 369
　　二、回不去的故乡：金陵与归乡情结 …………………… 374
　　三、从具象到抽象：意象化的金陵 ……………………… 378

第七章　醉心于江左烟霞：《儒林外史》中的人文南京 … 381
　第一节　《儒林外史》中的南京与城市文人生活 ……… 382
　　一、《儒林外史》中的南京"舆地志" …………………… 382
　　二、《儒林外史》对南京城市文化生态的呈现 ………… 387
　第二节　向心与离心之间：《儒林外史》中的南北对照 … 392
　　一、不同城市文化在《儒林外史》中的体现 …………… 394
　　二、作为文人心灵安顿与精神家园的南京 ……………… 397
　第三节　《儒林外史》中的"金陵情结" ……………… 402
　　一、仰慕情结 ……………………………………………… 403
　　二、理想情结 ……………………………………………… 407
　　三、怀古情结 ……………………………………………… 409

结语 ·· 413

附录一　明清小说涉及北京的作品列表 ··················· 429
附录二　明清小说涉及南京的作品列表 ··················· 446
参考文献 ·· 455

后记 ·· 463

绪　　论

一、研究缘起

作为近年来古代小说研究中的一种比较新的视角,古代小说与城市之间的关系越来越受到学界的重视。它"主要研究小说与城市的关系,包括城市如何促进小说的发展和转型,以及小说又如何反映城市的发展轨迹和城市生活的方方面面"[①]。早在2004年,孙逊先生就在《中国古代小说中的"双城"意象及其文化蕴涵》(与葛永海合著,载《中国社会科学》2004年第6期)一文中指出,在中国古代,长安与洛阳、汴京与临安、南京与北京这三组城市,凭借各自穿越历史长河迤逦而来的无尽意味,以及在相同或不同的历史时期构成现都与故都、首都与陪都的复杂关系,成为中国文化与文学史上极为亮眼夺目的一道风景线。在明清历史上,北京与南京无疑是关系密切、纠葛颇深的两座城市,在数量繁多的明清通俗小说中,北京与南京也被反复提及,与两座城市生活相关的各方面内容都在小说中有所表现。本书以这一对"双城"作为研究对象,主要基于以下理由:

从政治角度看,明清两代的北京与南京关系复杂而微妙。明代初建,建都南京,使其第一次成为大一统王朝的国都,南京的政治地位跃升到新的层面。明成祖朱棣"靖难之役"后,有感于帝国北部在对抗游牧民族侵扰方面的重要战略意义,选择迁都北京,以南京为留都。自此,明王朝正式以两都并行,北京为国家正式的政治中心,南

[①] 孙逊《小说与非小说:中国古典小说新视阈举隅》,载《河北学刊》2017年第1期。

京的政治地位则有所下降，但仍保留了一部分"中央级"部门，以政治次中心的地位来运行。崇祯自缢之后，留都南京成为南明小朝廷的政治中心，被无数忠于明王朝的士人寄予厚望，但它终究还是在关外八旗的马蹄之下被碾碎，为明王朝画上了句号。清代仍以北京为国都，南京不过是江南一省之都会，但对于遗民来说，南京代表了明王朝的政治正统性以及汉民族王朝最后的记忆，它凝聚了遗民心中浓郁的故都情结。北京与南京，明代的现都与留都，清代的现都与故都，政治上的关联提供了两者对照的可能性。

从经济角度看，明清两代的北京与南京无疑是各自区域的商业与消费中心。北京作为明清两代的国都，官民人口数量庞大，城市需要大量的物资供应，各地商贾远道而来，使北京的商业地位显得尤其重要。同时，商品的齐备也促进了消费的兴盛，商业文化对北京市民心态、市民文化都有所影响。南京作为江南地区的繁盛都会，也是南方商业经济的中心，虽然商业的发达程度与北京尚有一定的差距，但在南方城市中仍不失其领军地位。从明代的两都商业文化到清代的国都与省会之间的商业文化，北京与南京之间既有一定的联系，也体现了鲜明的差异与时代变迁。同时，经济的发达对城市生活各方面都有所影响，也为两座城市之间的比较与联系创造了条件。

从文化角度看，北京与南京之间同样具备比较的可能性。地处燕赵之地的北京延续了燕赵文化的影响，民风相对粗犷。作为明清两代的国都，浓厚的政治文化与官场文化对市民生活影响明显，他们崇官且讲究排场。与北京相比，地处江南的南京更多地受到吴文化、江南文化的影响，民风较为柔弱。六朝给后世留下的是风流蕴藉的文化追忆，明清两代的南京在政治重要性上始终不如北京，受政治文化影响较小，与北京虽有一定的相似性，但政治文化、官场文化上的差异更为明显。在市民生活方面，北京市民因城市政治与经济地位而表现出一定的优越感，他们崇官的同时在日常生活中也讲究排场。由于城市居民身份的分层，官僚贵族与市井平民之间在市民文化的表现上差异明显，官僚贵族追求精致与雅趣，而平民阶层则满足于世俗的一面。山水自然陶冶了南京市民平和的心态，经济的发达与物产的丰富促使不同阶层的市民都表现出重视生活的心理，他们纵情于南京的山水自然,追求声色之乐的满足,明清时期的南京是江南最为知名的休闲都会之一。可以说,北京与南京在地域文化、市民生活上的差异与联系,使这两座城市成为南北文化差异的典型体现。

如果说长安与洛阳,再现了汉唐文学中的帝都气象;汴京与临安,氤氲着两宋双城的市井气与繁华梦——那么,明清小说中的北京与南京,则在中国文学与文化史上,凭借其风华绝代的都城影像以及城与人、城与城之间无法割裂的深沉眷恋,重重写下了最富韵味与魅力,亦是最为大气醇和的一笔,其意义与价值,自不待言。

二、研究现状

对于中国古代城市研究,西方学者,如美国施坚雅的《中华帝国晚期的城市》(中华书局2000年版)、林达·约翰逊的《帝国晚期的江南城市》(上海人民出版社2005年版)皆为公认的经典之作。而国内学者的著作,则有杨宽的《中国古代都城制度史研究》(上海人民出版社2003年版)、周宝珠的《宋代东京研究》(河南大学出版社1982年版)、林正秋的《南宋都城临安》(西泠印社1986年版)、韩大成的《明代城市研究》(中华书局2009年版)、包伟民的《宋代城市研究》(中华书局2014年版)等,这些著作或为通史性研究,或以某一时代的城市为研究对象。一些学者还将研究的视角深入到城市生活中,如吴刚的《中国古代的城市生活》(商务印书馆国际有限公司1997年版),以及湖南人民出版社2006年出版的《中国古代城市生活长卷丛书》,其中包括黄新亚的《消逝的太阳:唐代城市生活长卷》、李春棠的《坊墙倒塌以后:宋代城市生活长卷》、史为民的《都市中的游牧民:元代城市生活长卷》、陈宝良的《飘摇的传统:明代城市生活长卷》、赵世瑜的《腐朽与神奇:清代城市生活长卷》五种,它们生动地展示了特定朝代的都城与一些大城市在政治、经济、文化等各方面的情况。

对于本书所探讨的北京与南京这两座城市,学术界研究成果非常丰富。关于北京发展历史的研究成果有曹子西主编的十卷本《北京通史》(中国书店1994年版),北京大学历史系编写的《北京史》(增订版)(北京山版社1999年版),张仁忠的《北京史》(北京大学出版社

2009年版),朱耀廷主编的《北京文化史研究》(光明日报出版社2008年版),罗哲文等编著的《北京历史文化》(北京大学出版社2004年版),王建伟主编的《北京文化史》(人民出版社2014年版),吴建雍等著的《北京城市生活史》(开明出版社1997年版),张艳丽主编的《北京城市生活史》(人民出版社2016年版)等。特别值得一提的是北京市社会科学院组织编写的《北京专史集成》,涉及北京历史文化的各方面,是关于北京城市研究的最新成果。而对南京发展历史的研究成果则有南京地方志编纂委员会主编,南京出版社出版的《南京通史》(2010年起陆续出版),薛冰著《南京城市史》(东南大学出版社2015年版),张年安主编的《南京历史文化新探》(南京出版社2006年版)等。

关于古代城市与小说的研究,刘勇强的《西湖小说:城市个性和小说场景》(载《文学遗产》2001年第5期)较早涉及这一主题,他提出了"西湖小说"的概念,并对都市文学进行了一些理论上的探讨。杨子坚的《南京与中国古代文学》(载《南京大学学报》1995年第3期)、梅新林的《〈红楼梦〉的金陵情结》(载《红楼梦学刊》2001年第4期)、葛永海的《明清小说中的"金陵情结"》(载《南京社会科学》2004年第1期)与《〈红楼梦〉、〈儒林外史〉中"金陵情结"之比较》(载《红楼梦学刊》2004年第2期),聚焦于古代文学,特别是古代小说与南京之间的不解之缘。而孙逊、葛永海的《中国古代小说中的"东京故事"》(载《文学评论》2004年第4期)则梳理了古代小说中东京故事的源流以及影响。方志远的《明代城市与市民文学》(中华书局2004年版)立足于市民文学繁荣的明代,讨论了明代城市的一些特点,以及城市与市民文学之间的相互关系。而葛永海的《古代小说与城市文化研究》(复旦大学出版社2004年版)则从一种宏观的角度来探讨城市与古代小说之间的关系,对中国历史上有较大影响力的城市都有所涉及。至于具体研究古代小说中"双城"意象的,则有孙逊、葛永海的《中国古代小说中的"双城"意象及其文化蕴涵》(载《中国社会科学》2004年第6期),宋莉华的《汴州与杭州:小说中的两宋双城记》(载香港大学中文系主办"宋词与宋代文化国际学术研讨会"论文集)。以此为契机,孙逊先生主持的中国古代文学"双城"书系目前已有四种问世,包括谢昆岑的《长安与洛阳:汉唐文学中的帝都气象》、刘方的《汴京与临安:两宋文学中的双城记》、蒋朝军的《扬州与苏州:最是红尘中一二等富贵风流之地》以及邓大情的《广州与上海:近代小说中的商业都会》。对于明清小说中经常出现的北京与南京这样一对城市意象,目前的研究还远远不够,从这个意义上说,本书所选取的角度不乏新颖性。

三、研究方法与主要内容

在研究方法上,本书采取文献搜集与文本细读的方法,对涉及北京与南京的明清小说进行全面地掌握与阅读;采取文史互证的方法分析小说文本,结合明清时期的笔记、诗文、方志等材料,对小说中的城市生活相关内容加以分析;采取比较研究的方法,既对同一城市内部不同社会阶层、社会群体与城市关系作比较,也对两个城市之间文化等方面的差异作比较。

在技术路线与实施方案上,首先是对原始材料的把握,既包括从大量明清小说中梳理与北京、南京相关的作品,也包括搜集对明清时期北京与南京风土人情、文化民俗有所表现的各种其他材料;其次是了解相关课题最新的研究动态,借鉴相关研究成果,注重跨学科相关理论的吸收与运用;最后,确定研究的主要思路与研究的重点内容。

本书的研究内容主要包括以下几部分:

绪论部分,对古代小说与城市文化研究现状的综述和研究方法的运用,以及此书的研究价值与意义作说明。

第一章首先介绍北京与南京的历史沿革,把握两座城市的历史发展脉络。其次,梳理明以前小说作品中北京与南京的书写概况。古代小说对两座城市的文学书写,都经历了从简单的地域背景到涉及城市生活某些内容的过程,城市的某些特质作为一种文化传统,奠定了明清小说北京与南京城市书写的基础。

第二章从北京与南京的政治地位出发。北京作为明清两代的政治中心,宫廷气息与官场生活是作者关注的焦点。大气磅礴的宫廷文化对京城官场与北京市民生活影响深远。在北京与南京官场的比较中,北京官员生活状态复杂,浓郁的权力文化与关系文化在官场捐客的活动中得到集中体现。南京政治地位的衰落对官场生活影响明显,明清南京官场以安逸著称,晚清时享乐、淫靡之风的盛行远胜于北京官场。

第三章从商业与服务业的角度凸显北京与南京作为南北商业都会的性质。小说中的北京是全国性的贸易中心,城市商业中心受到城市布局的显著影响,庙市、琉璃厂等商业集市体现了北京商业的繁荣与多元。发达的商业刺激了城市服务业的发展,小说中的北京城市服务业具有鲜明的北方特色。南京是江南地区的商业都会,城市商业中心集中在城南三山街一带,本土特色产业在小说中也有所体现。南京城市服务业在规模、特色上与北京有一定的差异,较多的体现了南方城市生活的特色。

第四章论述小说中的市民生活。小说中的北京市井生活具有鲜明的平民特色,但北京市民又普遍具有一种心理上的傲慢。戏园、饭馆、茶馆与北京市民的日常生活关系密切,是观察北京市井文化的窗口。作为特殊的市民群体,旗人的生活习俗、消闲爱好,在旗汉文化的交融下,对北京汉人市民也有一定影响。小说中的南京是一座移民城市,寓居南京的外省人与南京市民一起享受南京的"慢生活"。作为文化地标的秦淮河将南京的民俗活动、日常游览、娱乐消遣融汇为一体,是南京城市生活繁华、安逸的代表。休闲游览活动在南京市民生活中较为突出,不分阶层的游观活动塑造了南京休闲城市的形象。

第五章聚焦小说中北京与南京风月描写的变迁与差异。明代小说南北两京官妓不分伯仲,但北京城内的男妓之风已经开始显现。清代小说中的南北风月差异明显,北京妓女形象丑陋,市民青睐的伶人群体在北京城市生活中扮演着重要的角色,晚清南方妓女北上才改变了这种现象。南京保持了区域风月中心城市的地位,钓鱼巷妓院代表了晚清南京娼妓业的畸形繁荣,是南京城市生活特色之一。

第六章以《红楼梦》为个案。《红楼梦》中的北京与南京被赋予了精神与心理层面上的意义,超越了一般的城市书写。曹雪芹在记忆与现实的交织中,将金陵曹家的生活移置为京城贾府的生活,在文学重塑的过程中满足了自己多方面的心理需求,而大观园在书中处于天上与人间、北京与南京的纠葛中心。金陵的甄府是对应京城贾府的江南世家,甄宝玉的转变可以视作曹雪芹忏悔心理在书中的体现。金陵在书中具有现实故乡与精神故乡的两重意义,小说通过生而不能归乡的痛苦,表现了曹雪芹本人的归乡情结。经历了从具象到抽象的转变,金陵最终在书中演化为一种意象化的城市符号。

第七章以《儒林外史》为个案。吴敬梓通过对南京地理空间的展示,表现了南京优越的自然环境对文人群体的吸引,南京兴盛的城市文化环境则为文人的理想生活提供了可能。通过寓居南京的外省文人,吴敬梓塑造了一种城市化的文人群体。书中以礼仪活动表现了南京与北京不同的城市文化,凸显了南京作为文人心中精神家园的地位,寓居南京的文人以自己的努力更新了南京传统的文化精神。明清小说中的"金陵情结"在《儒林外史》中主要表现为仰慕情结、理想情结与怀古情结。

结语部分,在前几章论述的基础上,总结小说中所体现的北京与南京的城市文化与城市印象,探讨作者心态以及他者视角对城市书写的影响。

第一章　北京、南京的历史沿革与明以前小说中的文学书写

从世界城市发展的历程来看,城市的起源与发展是多方面因素综合作用的结果,但具体到中国城市发展的情况上来看,政治因素所起的作用似乎比经济更为重要,张光直先生即认为中国古代城市并非经济起飞的产物,而是政治领域中心的工具,"城邑的建造是政治行为的表现,而不是聚落自然成长的结果"①。这一点在都城这一较为特殊的城市身上体现得尤为明显。作为封建王朝的中枢,都城的建造比府县城更为坚固壮丽,它汇聚了皇宫、中央衙署、祭祀坛庙等一个王朝最核心的要素,政治上的中心地位同时又引起经济上的向心效应,都城城市经济的体量远非地方城市可比。因此,在中国古代城市研究的视野中,都城往往最容易引起研究者的重视,也更具标本意义。

中国古代王朝常有多座都城,如唐代以长安为京师,以洛阳为东都。宋代则有四京,即东京开封府、西京河南府、北京大名府和南京应天府。历经朝代更替与历史变迁,许多过去曾作为都城的地名早已湮没在历史尘埃之中,现代则只有北京与南京两座城市仍保留了过去作为都城的标志:"京"。这两座历史悠久的古都,在明清两代再次成为国都,南京在明代先为国都,后为留都,北京则从明成祖朱棣迁都后便成为国都并延续到清代。这一北一南两座城市,政治地位上的特殊性与经济、文化等因素的杂糅,使它们成为各自地域的"中

---

① 张光直《关于中国初期"城市"这个概念》,载《文物》1985年第2期。

心",围绕它们产生了诸多话题,并得到多方面的表现。

明清两代是通俗小说繁荣发展的时代,作品数量的增多使越来越多的城市走进小说当中,而语体变化所带来的小说容量的扩充也增强了文学作品对城市生活诸方面展示的能力,达到了一种过去各种文学作品未曾有过的高度。在明清小说所塑造的众多城市形象中,北京与南京可以说是出场最多的两座城市,并且经常被小说作者在有意无意间放在一起进行描写,两者之间的差异与对比得到了多样的体现,构成了一种北南之间有特定文化内涵的"双城"图景,其中有许多有趣的现象值得深入挖掘。

在正式进入对明清小说中北京与南京的研究之前,本章将对两座城市的历史沿革以及发展历程予以概述,并对明代以前小说中有关两座城市的书写进行回顾。

第一节 北京城市沿革与明以前小说中的北京书写

一、北京城市沿革[①]

作为五朝帝都,有着三千余年建城史的北京,历经沧海桑田、时代变迁,其名称与归属在历史上也屡次变更。清人修《畿辅通志》卷13《建制沿革》记载了清代以前的北京建置:

> 顺天府,《禹贡》冀州之域。周武王封召公奭于此,是为北燕。秦为上谷郡地。高帝时为燕国。元凤元年置广阳郡。本始元年更为广阳国。建武十三年省入上谷郡,永平八年复为广阳郡,置幽州刺史治于此。建安十八年改属冀州。三国魏为燕国。晋太康中改属幽州,永嘉后,后赵改为燕郡,仍属幽州。永和六年前燕徙都于此,其后苻坚、慕容垂迭有其地,州郡之名如故。

---

① 此部分论述参考了北京大学历史系编《北京史》(增订版),北京出版社1999年版;方彪著《北京简史》,北京燕山出版社1995年版。

后魏为幽州治。北齐置东北道大行台,后周改置总管府。隋开皇三年,废燕郡置幽州总管府如故,大业三年废幽州改置涿郡。唐武德元年复为幽州,仍置总管府,六年改大总管府,七年改大都督府。贞观元年属河北道。开元二年置幽州节度使,天宝元年更州为范阳郡,幽州节度使为范阳节度使,乾元元年复改郡为幽州。五代后唐复为幽州。晋天福中入于辽。会同元年改幽州为幽都府,升为南京。开泰元年改南京为燕京,幽都府为析津府,属南京道。保大末入于金,天辅七年入于宋。宣和五年为燕山府,属燕山路。寻仍入金,天会三年仍曰燕京析津府,七年属河北东路,贞元元年改燕京为圣都,寻改中都,析津府为大兴府,建都焉。元太祖十年为燕京路,总管大兴府,至元元年改燕京为中都,大兴府仍旧,定都之,九年改中都为大都,二十一年改大兴府为大都路总管府。明洪武元年八月改大都路为北平府,九月置大都督分府于此,十月隶山东行省,二年三月置北平省,以北平府隶焉,九年改北平行省为北平承宣布政使司,永乐元年正月以北平为北京,称行在,改北平府为顺天府。①

历经数千年的发展,北京在中国政治与文化史上的地位日益重要,城市发展也经历了天翻地覆的变化。这里将以历史演进为线索,对北京在不同时代所经历的变化作一简要回顾。

作为人类发祥地之一的北京,约在二十至七十万年前,周口店地区就出现了被称为"北京人"的原始人类。在与自然斗争的过程中,他们学会了打磨石器以及火的使用。此后,这里还相继出现了新洞人和山顶洞人,可见这一地区是适宜原始人类生存的。到了新石器时期,北京周围先民生活的遗迹越来越多,出土的石斧、石铲、石纺轮、装饰品、陶器等说明先民的生产生活已有了很大进步。到了传说中的五帝时代,颛顼曾祭祀"幽陵","幽陵"即"幽州",是北京地区最早的名称。此后,幽州建立了最初的都邑,称为"幽都",帝尧派和叔来管理幽都,治理北方。

---

① (清)李卫等修《畿辅通志》卷13,清乾隆刻本。

夏商两代,活跃在北京地区的是被考古界称为"夏家店下层文化"的一种青铜文化,文献记载中的孤竹与燕亳部落大致处于这一时期。作为商朝的北方附属国,他们巩固了商朝的北方边境,也促进了这一地区文明的发展。周代分封同姓贵族召公奭于北燕,建立燕国,到燕襄公时,燕国即以蓟作为都城,其位置就在今天北京外城的西北部。

秦始皇一统中国之后,在原燕都蓟城一带,设立广阳郡,郡治蓟城(今北京城西南),辖蓟、良乡等县。当时的蓟城虽然只是一郡的治所,但在旧燕国地区仍具备政治、军事、经济中心的地位。汉高帝五年(前202),刘邦立卢绾为燕王,以蓟为都城,其后又立刘姓宗室为燕王,随后又经历了国除再复设等变化,但蓟始终是广阳地区的中心。东汉时期,北京地区先后隶属于幽州、广阳国、上谷郡、广阳郡,治所皆在蓟城,辖蓟、广阳等五县。秦汉时期,北京地区的手工业工艺水平有了相当大的进步,后代出土的青铜器、陶器、金玉器物大都造型精美、制作精良。

曹魏时期,北京地区属幽州刺史管辖,广阳郡改称燕郡,太和六年(232)又改为燕国。西晋初年,幽州辖区与汉魏大致相同,泰始十年(274)分幽州(东部)五郡置平州,幽州实际统辖郡国七,县三十四,幽州初治涿,后改治蓟。十六国时期,前燕曾以蓟城作为国都,这是北方少数民族第一次在北京地区建立政治中心。北朝时期,北京地区基本上属于幽州管辖,治所仍是蓟城。

隋初,幽州设总管府,大业三年(607)改幽州为涿郡,仍治蓟城。唐初改郡为州,复称幽州,治所仍在蓟城,天宝时曾改称范阳郡。安史之乱后,复置幽州,归卢龙军节度使节制。隋唐时的幽州作为北方军事重镇在国家政治生活中地位重要,唐代先后在蓟城设置高规格的军事长官以统领河北地区的军事。当时的幽州果木业发达,栗是重要贡品之一,丝织业也具备相当规模,绫、绢都是向朝廷贡献的土产。此外,幽州与关内外交通便捷,是关内外商品贸易的重要中转站。

公元938年,石敬瑭将幽云十六州割让给契丹,同年,耶律德光以幽州为契丹国南京。辽南京最初军号卢龙,设幽都府治南京,开泰元年(1012),改幽都府为析津府,仍治南京,又称燕京。在辽代五京之中,南京是规模最大的,城周二十余里,开八门,大内在城中西南角,幅员五里。"城中凡二十六坊,坊有门楼,大署其额……并唐时旧坊名也。居民棋布,巷端直,列肆者百室,俗皆汉服,中有胡服者,盖杂契丹渤海妇女耳。"[①]辽南京商业发达,城北有互市市场,"陆海百货,萃于其中"[②],在出使的宋使眼中,辽南京"锦绣组绮,精绝天下,膏腴、蔬蓏、果实、稻梁之类靡不毕出,而桑柘、麻麦、羊豕、雉兔不问可知,水甘土厚,人多技艺"[③]。不仅如此,辽南京手工业也颇为发达,幽州丝织品在北宋境内享有盛誉,而龙泉务瓷窑出产的白瓷也是当时知名的工艺品。

宣和二年(1120),宋与女真订立"海上之盟",宋金联合攻辽。宣和五年(1123),金人攻占燕京,抢掠一空后把一座空城留给宋人。宣和七年(1125),金兵大举南伐,燕山府落入金人之手,金人更其名为南京。天德五年(1153),金海陵王迁都于此,改南京为中都,改析津府为大兴府。金海陵王迁都影响深远,标志着北京成为一代王朝的正式首都,并延续到元明清三代。金中都在辽南京的基础上扩建而成,城周计三十七里多,设城门十三座,宫城在城中央南部,周回九里三十步,"其宫阙壮丽,延亘阡陌,上切霄汉,虽秦阿房、汉建章不过如是"[④],城中居民坊区也增加到六十坊。

1215年,蒙古攻占金中都。1264年,忽必烈改燕京为中都,府名仍为大兴。至元九年(1272),改中都为大都,正式成为元朝的国都。期间,元朝在金中都旧城东北开始营建新的都城,直到至元三十年(1293),整个大都的建设工程才算最后完成。大都的设计完全恪守《周礼·冬官考工记》中"匠人营国,方九里,旁三门,国中九经九纬,经涂九轨。左祖右社,面朝后市"的理念[⑤],是当时世界上最辉煌的城市,它的富丽、雄伟为世界所羡慕,被西方人称为"汗八里",也即大汗

[①] (宋)江少虞《宋朝事实类苑》卷77《契丹》,上海古籍出版社1981年版,第1011页。
[②] (宋)徐梦莘《三朝北盟汇编》卷20,上海古籍出版社1987年版,第142页。
[③] 同上。
[④] (清)于敏中等编纂《日下旧闻考》卷29,北京古籍出版社1985年版,第421页。
[⑤] 林尹注译《周礼今注今译》,书目文献出版社1985年版,第471页。

之城。大都坐北朝南,呈一个规则的长方形,城周二万多米,开十一门,皇城在城南部中央偏西。城中街道非常规整,"街道甚直,此端可见彼端,盖其布置,使此门可由街道远望彼门也"①,笔直的干道将城市划分成棋盘形,坊巷也因此颇为规整,当时的巷道多被称为街通或胡同,胡同的用法一直延续到现在。大都商业发达,南来的商船通过大运河进入海子,沿岸酒楼遍布,而海子附近的钟鼓楼周边,米市、面市等生活日用市场一应俱全。西城羊角市一带则有牛羊市、骆驼市等牲畜市场,甚至一度存在贩卖人口的人市。对于大都市集之兴盛,百物之辐辏,黄仲文的《大都赋》、马可波罗的游记等多有表现,以文学的形式见证了这座城市的繁华与富庶。

洪武元年(1368),明军攻入大都,改大都为北平府。明初曾有建都北平的打算,但战争使大都遭受重创,南方物资的北运也因运河淤塞而难以得到保障,只能作罢。长期就藩于北平的燕王朱棣继位之后,深知北平重要性的他于永乐元年(1403)改北平府为顺天府,以北平为北京,称行在,准备迁都。永乐十八年(1420),北京营建基本完工,九月,下诏"自明年改京师为南京,北京为京师",并于永乐十九年(1421)正式迁都北京。顺天府作为北京地区行政机关,下辖22县,大兴、宛平两县称京县,以北京城中轴线为两县行政区域的分界线,而北京城区则被划分为五城,设36坊。经过明初修整之后的北京城,城周共计四十里,设安定、德胜、东直、西直、正阳、崇文、宣武、朝阳、阜成九门,其名也被清朝延续使用,此即所谓北京内城。大内又称紫禁城,宫阙规制一如南京,周围六里,开四门,紫禁城被皇城所包围,皇城周围十八里有余,有六门。明中叶,城外居民日益稠密,为了加强防御,嘉靖四十三年(1564)又增筑一道外城,原准备将整个京城包围在内,但最后只修成了正南一面,此即所谓北京外城,共长二十八里,设七门。

北京作为明王朝的首都,大量的人口集聚促进了城市手工业与商业的繁荣,北京无疑是当时全国最大的一座消费城市,到明中期已

---

① 冯承钧译《马可波罗行纪》第84章,中华书局1954年版,第335页。

经是"生齿益繁,物货益满,坊市人迹,殆无所容"了①。城内不仅有众多店铺,还有许多固定举行的市集,如都城隍庙庙会、东城的灯市、东安门的内市等都盛极一时。随着内城人口的趋于饱和,外城商业逐渐发达起来,外地客商多在外城居住与贩货,正阳门外大街已成为北京最繁华的街市之一,而大明门外的棋盘街更是"天下士民工贾各以牒至,云集于斯,肩摩毂击,竟日喧嚣"②。

崇祯十七年(1644)五月初二,清摄政王多尔衮率军进入北京,同年九月,顺治帝从盛京(沈阳)抵京,十月,宣布"定鼎燕京",以北京为清王朝的首都。清朝以顺天府为首都地方行政机关,下辖24州县,仍以中轴线划分大兴、宛平二县。清代北京实行满汉分治,内城为八旗驻防与眷属住所,汉人等被迁往外城居住,外城则被划分为五城十坊,当时有"内八旗外五城"的说法。

清代北京比明代更加繁荣,私营手工业作坊明显增多,南来北往的商贩将众多的物资带到北京进行交易,其中还有俄罗斯、朝鲜等外国商人。城内商铺鳞次栉比,特别是前门外成为主要的商业区,同仁堂、合香居、六必居等字号更是闻名天下。此外,江米街、琉璃厂、振武坊、瞻云坊、花市大街等,也都以特定的商品市集而盛极一时。

1911年,清帝逊位,1912年至1928年期间,北京是中华民国的首都。1928年北伐完成,国民政府定都南京,改北京为北平特别市。1949年,北京和平解放,新中国宣布以北京为首都,千年古都迎来了新生。

二、明以前小说中的北京

中国古代"小说"之名虽然在先秦就已出现,但与诗歌、散文等文体相比,古代小说"出道"却要晚一些,大致到魏晋南北朝时期,才有"粗陈梗概"、"丛残小语"性质的古小说出现。唐以前的古小说,鲁迅先生从其记载内容的差异上划分出志人小说与志怪小说两大类,志

---

① (明)吴宽著《家藏集》卷45《太子少保左都御史闵公七十寿诗序》,《景印文渊阁四库全书》第1255册,(台湾)商务印书馆1986年版,第406页。
② (明)蒋一葵著《长安客话》卷1《棋盘街》,北京古籍出版社1982年版,第11页。

人小说记人物琐事轶闻,志怪小说记神鬼怪异等超现实的内容,它们都属于篇幅短小的笔记体小说。唐代传奇的出现改变了古代小说的格局,它们"篇幅曼长,记叙委屈",在艺术形式、思想意蕴方面达到了一个高峰,标志着中国古代短篇小说的成熟。宋元时期民间"说话"技艺催生了一种新型小说——"话本小说",这是我国古代最早的白话小说,鲁迅先生称其为"一种平民底小说"。大体上来看,明清章回小说产生之前,中国古代小说主要有笔记体、传奇体、话本体三种形式,它们分别代表了文言与白话小说的主流。

以上我们简单回顾了明以前的小说发展,下面将从魏晋、隋唐、宋元三个时期对小说中的北京书写作一扼要的介绍。魏晋时期,古小说有志人与志怪两类,志人以刘义庆的《世说新语》为代表,志怪以干宝的《搜神记》为代表。在涉及北京的魏晋小说中,内容主要以志怪为主,《搜神记》中有几则写到汉代北京发生的异事。卷6《黑白乌斗》写燕王刘旦谋反之前,"有一乌一鹊,斗于燕宫中池上,乌堕池死"①,同卷《鼠舞门》同样是涉及燕王刘旦的故事,"燕有黄鼠衔其尾,舞王宫端门中。王往视之,鼠舞如故。王使吏以酒脯祠。鼠舞不休,一日一夜死"②。刘旦是汉武帝第三子,元狩六年(前117)封燕王,武帝本想以他镇守边陲,拱卫藩篱,但是刘旦在武帝死后两次谋反,第二次被告发后自杀而亡。《搜神记》中的内容在《汉书·五行志》中也有记载,当来源于此。当时的人相信天人感应、五行相生的理论,上述动物的行为都被认为是预示刘旦必败的征兆而被记录下来。当时的北京地区地处边陲,汉朝曾先后册封异姓与同姓为燕王,其中卢绾、刘旦都曾谋反,可见燕地虽偏,却容易激发封王者的问鼎之心。

此外,任昉《述异记》中有一则涉及"招贤台"的典故:"燕昭王为郭隗筑台,今在幽州燕王故城中,土人呼为贤士台,亦谓之招贤台。"③招贤台又名黄金台,传说是当年燕昭王礼贤下士所建。关于招

---

① (晋)干宝《搜神记》,见《汉魏六朝笔记小说大观》,上海古籍出版社1999年版,第320—321页。
② 同上书,第321页。
③ (梁)任昉《述异记》,《丛书集成初编》本,中华书局1985年版,第24页。

贤台的遗址,有易县、北京等多种说法,清人孙承泽《天府广记》认为在北京城东南16里处。任昉说招贤台在燕王故城(西周初期燕国的都邑在今房山县董家林村周围),而燕国直到燕襄公时才迁都于蓟,这里的故城当指最初的都邑,所以招贤台在北京周围的可能性是存在的。南朝的任昉还在追忆战国时幽州的遗迹,也使招贤台这一古迹逐渐固化为一个意象,反复出现在后人的诗歌中,成为怀才不遇者表露心情的一个发泄口,陈子昂的《登幽州台歌》就是一例。

隋唐时的幽州虽然是河北地区的军事、政治中心,但与辉煌的长安、洛阳相比,黯淡了许多,在笔记小说中出现的并不多。一方面,某些故事延续了魏晋时期的志怪风格,写幽州发生的怪异之事,如《本事诗·征异第五》中"幽州偏将张姓"的故事,写张姓偏将娶妻孔氏生五子,孔氏死后续娶李氏,李氏虐待前妻之子,孩子们在母亲墓前哭诉,死去的孔氏从坟墓中走出,留给丈夫一首诗。张姓的上司知道后处罚了李氏,将她流放岭南。另一方面,作为北方军事重镇,某些与幽州有关的故事多与军事行动有关,如《朝野佥载》卷1的两则故事:

> 孙佺为幽州都督,五月北征。时军师李处郁谏:"五月南方火,北方水,火入水必灭。"佺不从,果没八万人。昔窦建德救王世充于牛口谷,时谓窦入牛口,岂有还期。果被秦王所擒。其孙佺之北也,处郁曰:"飧若入咽,百无一全。"山东人谓温饭为飧,幽州以北并为燕地,故云。①

> 幽州都督孙佺之入贼也,薛讷与之书曰:"季月不可入贼,大凶也。"佺曰:"六月宣王北伐,讷何所知。有敢言兵出不复者斩。"出军之日,有白虹垂头于军门。其夜,大星落于营内,兵将无敢言者。军行后,幽州界内鸦乌鸱鸢等并失,皆随军去。经二旬而军没,乌鸢食其肉焉。②

唐延和元年(712),幽州都督孙佺率部十二万讨伐奚族和契丹,唐军败绩,孙佺与副将被送到突厥,随即遇害。上述两则故事都在说

---

① (唐)张鷟《朝野佥载》卷1,中华书局1979年版,第12页。
② 同上书,第20页。

明当时出兵的种种不利迹象,以及主帅的固执,虽然其中的理由现在看来略显牵强,但幽州在笔记小说中以这样的方式出场,反而凸显了这里作为军事前线的地位。

幽州作为军事前线,与战争有着解不开的联系,不但外敌常有侵犯,内部军事将领也常有作乱之举,《朝野佥载》卷3写武则天时,"契丹围幽州,檄朝廷曰'还我庐陵、相王来'",而《隋唐嘉话》卷中也有涉及"高开道作乱幽州"的内容,足见唐代幽州是长期处于动荡不安之中的。

宋代时,幽州地区先属辽后属金,长期处于少数民族政权的版图中,对于中原士大夫来说,这既是故土又是异国,情感较为复杂。宋人笔记小说对幽燕地区被割走的历史痛心疾首,对后周与北宋初期的北伐未成而深感遗憾。不少笔记小说的内容都与中原王朝试图收复幽州的军事行动有关,《渑水燕谈录》卷9载:

> 幽蓟八州,陷北虏几二百年,其间,英主贤臣欲图收复,功垂成而辄废者三矣,此豪杰之士每每深嗟而痛惜。初,周世宗既下关南,欲乘胜进攻幽州,将行,夜中疾作,乃止。艺祖贮财别库,欲事攻取,会上仙,乃寝。柳仲涂守宁边,结客白万德,使说其酋豪,将纳质定誓,以为内应,掩其不备,疾趋直取幽州,会仲涂易地而罢。河朔之人,逮今为憾。①

《默记》记载了宋太宗"平太原,既擒刘继元以归,又旁取幽燕,幽燕震恐。既迎大驾至幽州城下,四面攻城,而我师以平晋不赏,又使之平幽,遂军变。太宗与所亲厚夜遁"②。虽然兵围幽州,但最终因内部哗变而失去机会,无法收回故土。

宋与辽金虽然长期对峙,但是双方也互有使者往来,宋朝出使的使者对沿路见闻多有记录,留下的各种"行程录"成为了解当时河北地区的一扇窗口。在这些使者当中,洪皓于建炎三年(1129)使金,被扣留15年才返回南宋,他的《松漠纪闻》对当时金廷内部,以及燕京

---

① (宋)王辟之《渑水燕谈录》,中华书局1981年版,第111页。
② (宋)王铚《默记》,中华书局1981年版,第5页。

城内状况记载颇多。金人统治下的燕京是一个多民族聚居的城市,城中的回鹘人靠着精湛的手工业生存,他们"能以金相瑟瑟为首饰,如钗头形而曲一二寸,如古之笄状。又善结金线,相瑟瑟为珥及巾环。织熟锦、熟绫、注丝、线罗等物。又以五色线织成袍,名曰克丝,甚华丽。又善捻金线,别作一等背织花树,用粉缴,经岁则不佳,唯以打换达靼"①。

洪皓注意到,金人对佛教甚为礼敬,城内佛寺众多:"胡俗奉佛尤谨。帝后见像设,皆梵拜。公卿诣寺,则僧坐上坐。燕京兰若相望,大者三十有六,然皆律院。自南僧至,始立四禅,曰太平、招提、竹林、瑞像。贵游之家多为僧衣盂甚厚。"②当时燕京某些僧人也颇为富裕,洪皓曾写到有僧人放债能达到"金六七千缗"。对于城内百姓的生活,洪皓记录了"燕京茶肆,设双陆局,或五或六,多至十博者,蹴局如南人茶肆中置棋具也"③,可见茶肆等公共娱乐场所在燕京也非常普遍。

对峙与战争给普通人带来了深重的灾难,小说中描写战争悲欢离合的内容也有与燕京有关的,其中最著名的莫过于"太原意娘"的故事,这则故事原出自洪迈《夷坚丁志》卷9,后来被说话艺人改写为话本小说《杨思温燕山逢故人》④,并被收入冯梦龙《古今小说》中,影响深远。意娘在遭掠时自刎而死,韩国夫人悯其贞节,以其骨灰为自己陪葬,其后意娘的芳魂屡屡现形,直到遇到故人杨从善与丈夫韩师厚,才被接回金陵安葬。洪迈的记述较为简略,而话本小说则大大增加了篇幅,不但生动描绘了意娘的幽怨、杨思温的侠义、韩师厚由痴情到薄情的转变,还将金代燕京的繁华与富庶表现了出来,如写到燕京的酒楼:"原来秦楼最广大,便以东京白樊楼一般,楼上有六十个阁儿,下面散铺七八十副卓凳。当夜卖酒,合堂热闹。"⑤到了元宵灯节的时候,如同过去的汴京一样,"燕山装那鳌山,也赏元宵,士大夫百

---

① (宋)洪皓《松漠纪闻》,吉林文史出版社1986年版,第15页。
② 同上书,第31页。
③ 同上书,第39页。
④ 欧阳健、萧相恺编订《宋元小说话本集》认为该篇是"(南宋)临安说话艺人或书会才人本《太原意娘》所作",本文认为《杨思温燕山逢故人》为宋代话本小说即依据此处。
⑤ 欧阳健、萧相恺编订《宋元小说话本集》,中州古籍出版社1987年版,第191页。

姓皆得观看",街市之上同样热闹非凡:"莲灯灿烂,只疑吹下半天星,士女骈阗,便是列成王母队。一轮明月婵娟照,半是京华流寓人。"①

宋人虽然视金人为夷狄,但在金代文人自己的著述当中,当时的燕京却是文人汇聚之处。刘祁《归潜志》中不少内容属于志人小说的性质,记载了许多发生在燕京的文人轶事,如卷9云:"李屏山在燕都时,与雷希颜、张伯玉诸公宴游,李嗜酒,雷善饮啗,因相戏言:'之纯爱酒如蝇,希颜见肉如鹰,伯玉好色如僧。'遂相与大笑。"②李屏山即李纯甫,曾三入翰林,文风雄奇简古,为时人所称道。类似这样描写燕京文人轶事的内容在同书中还有不少,从中不难窥见金代文人豪放恣肆的精神状态。

元代是北京第一次成为大一统王朝的国都,元代文言小说如《山居新语》、《南村辍耕录》、《至正直记》对大都的宫室名胜、文人轶事、市井奇谈等都有所涉及。相较于此前的小说来看,元代小说对北京的关注达到了一个新的高度,也从一个侧面揭示了一个趋势,那就是古代小说在对城市的书写上,都城往往有着天然的优势,容易受到更多的关注。

大都在金中都旧址之外另筑新城,因此有较大的施展空间,蒙元皇室虽然出身马背之上,但在大都营建上表现出的大气磅礴不在汉唐王朝之下。《南村辍耕录》卷21"宫阙制度"条用了较大篇幅由外向内介绍大都的殿阁楼台,而同书中另一些条目则着眼于具体的胜景,如卷1"万岁山",写皇家园林的富丽雅致:

> 万岁山在大内西北太液池之阳,金人名琼花岛。中统三年修缮之。其山皆以玲珑石叠垒,峰峦隐映,松桧隆郁,秀若天成。引金水河至其后,转机运斡,汲水至山顶,出石龙口,注方池,伏流至仁智殿后,有石刻蟠龙,昂首喷水仰出,然后东西流入于太液池。山上有广寒殿七间。仁智殿则在山半,为屋三间。山前白玉石桥,长二百尺。直仪天殿后,殿在太液池中之圆坻上,十一楹,正对万岁山。山之东也为灵囿,奇兽珍禽在焉。车驾岁巡

---

① 欧阳健、萧相恺编订《宋元小说话本集》,中州古籍出版社1987年版,第189页。
② (金)刘祁《归潜志》,中华书局1983年版,第100页。

上都,先宴百官于此。①

作者还听故老说此山传闻来自朔漠,当年金国欲镇压蒙古王气而"凿掘辇运至幽州城北",但金还是亡国了,过去的厌胜之山反成为大元的内苑景致,作者对大元的自豪之情油然而生。

元代文言小说中也有不少志人性质的篇章,描写大都中文人学士等的轶事琐闻,如《山居新语》有一则关于揭傒斯的事迹:

> 元统间革去群玉内司,并入艺文监,通掌其事。监官依怯薛日数更直于奎章阁,盖群玉内司所管宝玩贮于阁内。时揭曼硕为艺文监丞,寓居大都双桥北程雪楼承旨故廨,到阁中相去十数里之遥。揭公无马,每入直必步行以往,比之傔吏又且早到晚散,都城友人莫不以此为言。一日,揭公为余言曰:"我之不敢自漫入直者,亦有益也。近日在阁下,忽传太后懿旨,问阁中有谁,复奏有揭监丞。再问莫非先帝时揭先生耶? 遂赐酒焉。又一日,再问是某,以古玉图书一令辨之,详注其文而进,亦赐酒焉。"是时阁下悄然,余者皆是应故事而已,多有累怯薛不入直者。此公晴雨必到,终日而散。后十余年,余归老西湖上,每遇同志之友清谈旧事,屡及此者,莫不以长厚老成称之。②

元代大都教坊中不少官妓色艺双绝,娴于应对,与当时的文人之间交往密切,留下不少逸闻轶事,如《南村辍耕录》卷19"妓聪敏"载:

> 歌妓顺时秀,姓郭氏,性资聪敏,色艺超绝,教坊之白眉也。翰林学士王公元鼎甚眷之。偶有疾,思得马版肠充馔,公杀所骑千金五花马,取肠以供。至今都下传为佳话。时中书参政阿鲁温尤属意焉,因戏谓曰:"我比元鼎如何?"对曰:"参政,宰相也;学士,才人也。爕理阴阳,致君泽民,则学士不及参政。嘲风咏月,惜玉怜香,

---

① (元)陶宗仪《南村辍耕录》,中华书局1959年版,第15页。
② (元)杨瑀《山居新语》,中华书局2006年版,第225页。

则参政不如学士。"参政付之一笑而罢。郭氏亦善于应对者矣。①

元代文言小说还有一些内容涉及大都市井生活与奇谈异闻,如《山居新语》曾写到"延祐间,都城有禁不许倒提鸡,犯者有罪。盖因仁皇乙酉景命也"②,因为元仁宗肖鸡而不许都城中人倒提鸡。同书还记载:"都城豪民,每遇假日,必以酒食招致省宪僚吏翘杰出群者款之,名曰撒和。凡人有远行者,至巳午时以草料饲驴马,谓之撒和,欲其致远不乏也。"③记载奇谈异闻的,多属志怪题材,如《南村辍耕录》卷22"犬胁生子"、卷23"鬼爷爷"等,内容多有与前代相似之处,无甚新意。

总体来看,从魏晋到宋元,小说中涉及北京的内容有一个逐渐增多的过程,描写内容的广泛程度也有一个逐渐加深的过程,而这一过程恰好与北京政治地位的提升是相一致的。从魏晋到隋唐,涉及北京的内容较少,且多与边境、战争等有关,到了辽金元时期,北京开始成为国都,涉及北京的内容明显增多,城市生活的某些方面也开始走入作家的视野之中。客观来看,明以前涉及北京的多是笔记体小说,篇幅短小,属于见闻杂记的性质,对城市印象与城市生活的展现还较为单一,真正构筑起立体而多元的北京城市图景则要依靠明清长篇通俗小说来完成了。

第二节 南京城市沿革与明以前小说中的南京书写

一、南京城市沿革④

提起南京,人们最常想起的词汇就是"虎踞龙蟠"与"金陵王气"。

---

① (元)陶宗仪《南村辍耕录》,中华书局1959年版,第235页。
② (元)杨瑀《山居新语》,中华书局2006年版,第222页。
③ 同上书,第234页。
④ 此部分论述参考了薛冰著《南京城市史》,东南大学出版社2015年版。

的确,雄踞长江之滨,坐拥山水天险屏障的南京似乎是王朝建都的天然选择。拥有 2 500 余年建城史的南京,先后有 10 个王朝建都于此,直到如今,在北京之外的城市中,只有南京在市名上还保留了过去王朝都城的标志"京"字。南京的城市发展经历了一个漫长的过程,它在中国历史文化中所形成的重要地位是多个王朝持续开发与建设的结果,南京自身的变迁史也是一部王朝兴衰更替的见证史。在漫长的历史岁月中,南京在建置上屡有变化,留下了"建业"、"建康"、"金陵"等人们耳熟能详的名字,《江苏省通志稿》卷9《江苏建置沿革》江宁府载:

> 《禹贡》扬州之域,春秋时吴地。战国属越,后属楚。秦属鄣郡,汉初属荆国,后属吴,又属江都国。元封初,属丹阳郡,后汉因之。孙吴自京口徙都建业,号曰吴都。晋平吴,移置丹阳郡,兼置扬州治焉。元帝渡江,因吴之旧,建都于此。改丹阳太守为尹,宋、齐、梁、陈因之。隋平陈,置蒋州。大业初,复曰丹阳郡。唐武德三年,置扬州,七年改为蒋州,八年复为扬州,置大都督府。九年,扬州移治江都,以金陵诸邑分属宜、润二州。至德二载,置江宁郡。乾元元年,改为昇州,又置浙西节度使治焉。上元初,州省。大顺元年,复置。光启四年,复置江宁郡。唐季杨氏于昇州建大都督府。五代梁徐温徙镇海军治昇州,改为金陵府。石晋天福三年,南唐李氏改为江宁府,谓之西都,而以江都为东都。宋复为昇州。天禧二年,升为江宁府,建康军节度。建炎三年,改为建康府,置行都。元为建康路,至元二十三年,自杭州移江南诸道行御史台治此。天历二年,改曰集庆路。明初,定都府治,曰应天府,后改南京府如故。领县八。清朝,为江南省城,置江宁府,隶江南布政使司。康熙六年,隶江南江苏布政使司。雍正八年,以隶府之溧阳移属镇江府,领七县。①

在大致了解南京建置沿革的基础上,这里我们依然以历史演进

---

① 江苏省地方志编纂委员会办公室《江苏省通志稿》,江苏古籍出版社 1993 年版,第 255 页。

为时间线索,对南京在历史上的发展作一梳理。

　　大约在五六十万年以前,现在的南京地区就有猿人的活动。约六千至七千年以前,出现了以北阴阳营文化为代表的新石器文化原始村落。当时的原始人对居住区域有不同功能的规划,经济生活以农耕与家畜饲养为主,渔猎为辅助,陶器与石器制作有所进步,制玉工艺较高。约三千年前,相当于中原商周之际,秦淮河流域出现了被称为湖熟文化的密集原始村落,他们掌握了青铜的冶铸技术,并与中原文化有一定的交流。以上种种都说明,拥有丰富自然资源的南京地区,为先民的生存提供了合适的条件,孕育了长江中下游地区的文明起源。

　　公元前1122年,周武王封周章于吴地,确立了吴国的合法地位,南京地区在当时是吴国的属地。此后,长江中游的楚国不断东扩,南京处于吴楚相争的前沿,古人形容南京"吴头楚尾"即是指此。公元前6世纪,楚国在六合滁河下游一带建立棠邑,设立棠邑大夫,这是南京地区有历史记载的最早地方建置。周元王三年(前474),越国灭吴,在秦淮河南岸,修筑起越城,作为前沿军事据点,这也是南京建城史的开端。公元前333年,越军攻楚,楚威王兴兵伐之,《建康实录》载:"越霸中国,与齐楚争强,为楚威王所灭,其地又属楚,乃因山立号,置金陵邑。楚之金陵,今石头城是也。或云地接华阳金坛之陵,故号金陵。"①楚所建立的金陵邑,是南京有记载最早的城市建筑,也是南京得名金陵之始,但从城市发展的角度来看,当时的金陵邑还只是规模不大的土城而已。

　　秦代,南京地区曾先后分置棠邑、溧阳、丹阳、江乘、秣陵五县,关于秣陵之命名,《后汉书·郡国志》认为是秦始皇所改,《建康实录》载当时"望气者云:'五百年后,金陵有天子气。'因凿钟阜,断金陵长陇以通流,至今呼为秦淮。乃改金陵邑为秣陵县"②。所谓"金陵王气"的说法也因此而成为后世反复提及的话题,南宋《景定建康志》还把金陵王气的说法继续提前,认为"楚威王时以其地有王气,埋金以镇

---

① (唐)许嵩《建康实录》,中华书局1986年版,第2页。
② 同上。

之"①。汉代虽然郡县、侯国设置变迁频繁,但南京地区的归属仍在秦代五县的范围之内,棠邑、溧阳、丹阳、秣陵均无变化,江乘则因为县域"东西所及甚远",被析出部分辖地分置句容与胡孰两县。

建安十七年(212),孙权改秣陵为建业,并修整石头山上的金陵邑旧址,称为石头城。黄龙元年(229),称帝后的孙权迁都建业,开启了南京的建都史。在左思的《吴都赋》中,当时建业城中的御道:"朱阙双立,驰道如砥。树以青槐,亘以渌水。玄荫耽耽,清流亹亹。列寺七里,侠栋阳路。屯营栉比,廨署棋布。"②而南郊居民区也非常繁华:"横塘查下,邑屋隆夸。长干延属,飞甍舛互。其居则高门鼎贵,魁岸豪桀。"③秦汉时期的秦淮河两岸,人烟已较为稠密,豪门大族多有建宅其间者,这一区域也因此成为城市的商业中心:"开市朝而并纳,横阓阛而流溢。混品物而同廛,并都鄙而为一。士女伫眙,工贾骈坒。纻衣絺服,杂沓溘萃。轻舆按辔以经隧,楼船举帆而过肆。果布辐凑而常然,致远流离与珂玞。"④总之,经过东吴五十年的经营,建业城已成为江南最大的城市。

西晋统一全国,废建业改称秣陵,在其西南境设临江县,次年改称江宁县。太康二年(281)将秣陵县分为秣陵、建业两县,次年改建业为建邺。当时的南京地区,属丹阳郡,下辖11县,郡治设于秣陵。建兴元年(313),为避晋愍帝讳,改建邺为建康,一直沿用到南朝末年不变。自晋元帝以建康为国都后,宋、齐、梁、陈皆以建康为都,故南京有六朝古都之称。东晋对建康的建设,参照了中原都城的规制,宫城在东吴苑城基础上兴建而成,亦称台城,辟有五门。都城大体呈长方形,没有围墙,而是环以竹篱,设城门六座,为了表示对西晋正统的承袭,建康宫城与都城的城门都沿袭了西晋洛阳的旧称。南朝四代,建康城格局大体不变,但频繁的朝代更迭与战争也使建康处在一种时毁时修的状态。总体上来说,南朝的建康城在规划上渐趋完备,北魏孝文帝为了重建洛阳,曾派人到建康实地考察,足见南朝建康城在

---

① (宋)周应合《景定建康志》,南京出版社2009年版,第89页。
② 左思《吴都赋》,见(梁)萧统编《文选》卷5,上海古籍出版社1998年版,第34页。
③ 同上。
④ 同上。

宫室制度方面对传统礼制的延续与传承。

开皇九年(589),隋灭陈,建康作为都城的历史被中断了,同年废丹阳、建兴等郡,置蒋州,治所即石头城故址。大业三年(607),隋炀帝改蒋州为丹阳郡,治所仍在石头城。唐武德三年(620),废丹阳郡,改置扬州,治所不变。隋唐时期,南京是漕粮转运的重要枢纽之一,六朝所奠定的基础使它仍然保持了东南地区经济、文化中心的地位,唐代诗歌多有描绘金陵名胜的篇章,李白、杜牧等人都曾在南京生活、停留过。

五代十国时期,北方战乱频仍,南方却保持了基本稳定。914 年,徐知诰开始营建金陵城,920 年改昇州为金陵府,937 年改金陵府为江宁府,同年,徐知诰在江宁称帝,建立南唐。宋开宝八年(976),宋军攻入金陵,南唐灭亡。南唐都城的规模超过六朝都城,据《景定建康志》载,其周长达到二十五里四十四步,设八座城门,宫城则在都城中心偏北。金陵是当时全国最重要的商业都会,市区被几条干道划分成几大功能区,并且新出现不少大型市集,秦淮河流域汇聚了大量商业设施与手工业作坊,茶楼、酒肆等遍布大街交汇处。

北宋开宝八年(976),改江宁府为昇州,天禧二年(1018)又改昇州为江宁府,以皇子赵崇仁(即宋仁宗)为府尹,仁宗继位之后,江宁府以特殊的政治地位成为宋代等级最高的州府。南宋时期,南京地区基本处在宋金对峙的军事前沿,建炎三年(1129)改江宁府为建康府,高宗曾多次驻跸建康行宫,"金陵王气"再次被士大夫所津津乐道,当时颇有移都建康的呼声,但最高统治者还是选择了偏安一隅的临安建都。两宋时期,建康城市格局大体与南唐时期没有太大变化,但因金兵入侵,南渡而来的移民使建康人口迅速增长,作为江南重镇的建康,富庶程度不亚于当时的临安。

元至元十二年(1275),元军进入建康,建康府先后改建康路、集庆路,并曾设立行中书省、江南诸道行御史台等高级行政机构,其管辖地区基本沿袭宋朝不变。至正十六年(1356),红巾军攻占集庆路,改置应天府。至正二十八年(1368),朱元璋在此称帝,八月正式确立应天府为南京,这是南京第一次成为大一统王朝的最高政治中心。永乐十九年(1421),明成祖朱棣迁都北京,南京成为留都,仍然是东南地区的政治、军事、经济、文化中心,直到明王朝灭亡。

朱元璋举全国之力建设的南京城,周长超过三十五公里,城内面积超过四十万平方公里,都城内外城门多达二十八座,是当时的"世界第一大城"。城市大致被划分了三个大的功能区,东部为皇城及被皇城包裹的宫城,南部为老城居民商市区,北部则为驻军防卫区。作为国都的南京,在洪武时期人口一度多达六十八万,与人口增长相呼应的则是商业的兴旺,《洪武京城图志》记载了当时南京十三处大型市场。而当时都城西墙之外,外秦淮河两岸,从仪凤门、江东门到三山门一线,分布着众多水陆码头,成为重要的商品集散地,官方在此建立榻房,供客商中转存放货物,城内也盖起了多处廊房,租给外地客商经营、居住。国都北迁以后,南京居民减少一半以上,商业随之衰退,但到明代中叶以后,在商品经济的发展与消费需求带动下,南京再度繁荣起来,形成了一些新兴的市集。秦淮河两岸河房精美,又有许多妓院位于其中,附近的街区因此发展成为专卖高档奢侈品的商店集中区:"曲中市肆,精洁异常。香囊、云舄、名酒、佳茶、饧糖、小菜、箫管、琴瑟,并皆上品。外间人买者,不惜贵价;女郎赠遗,都无俗物。"①

清顺治二年(1645)五月,南京官员开城门向清军投降,清廷改应天府为江宁府,隶属江南省,下辖八县,以原南京城为府城,上元、江宁两县同城而治。康熙六年(1667),分江南省为江苏、安徽二省,江宁隶属江苏省。清廷对南京较为重视,先以江南、江西、河南三省总督驻南京,后又以两江总督长驻南京,管理两江地区军民事务。有清一代,江宁府始终是东南地区的中心,人口较多,经济繁荣,更因为苏皖二省乡试在此举行以及文化事业的发达而成为江南地区科举与文化的中心。咸丰三年(1853)至同治三年(1864)间,江宁府为太平天国占据,作为都城而改称天京,太平天国败亡后,仍复原建置。

1911年,革命军攻占南京,1912年元旦,孙中山先生在南京就任中华民国临时大总统,废除江宁府,改置南京府,为中华民国首都。1927年3月,国民革命军光复被军阀占领的南京,4月18日,定南京

---

① (清)余怀《板桥杂记》,上海古籍出版社2000年版,第15页。

为特别市,为中华民国首都,南京再次成为全国的政治中心。历经抗日战争与国内战争之后,1949年4月23日,人民军队解放南京,南京的城市发展走入新时代。

二、明以前小说中的南京

伴随着魏晋时期古小说的兴起,南京这座城市也进入古代小说的视野当中。从整体上看,在明以前的文言小说中,涉及南京的内容要比涉及北京的略多一些,这种情况当与南京较早就成为南方政治、经济中心的地位与文化上的兴盛有一定的关系。这里依然从魏晋、隋唐、宋元三个时期入手,对明以前小说中的南京书写作一扼要的介绍。

魏晋南北朝时期,是文言小说发展的早期阶段,而南京则从东吴开始就成为南方王朝的都城并一直延续到陈代,这种特殊的政治地位,使南京得到小说作者们较多的关注。在当时志怪小说与志人小说的代表作中,南京作为故事发生的背景多次出现,这是古代小说南京书写的肇端。魏晋南北朝时期的志怪小说中,涉及南京的部分较为驳杂,某些故事写市井中的怪异现象,如《搜神记》卷20《建业妇人》写一村妇"背生一瘤子,大如数斗囊,中有物如茧栗,甚众,行即有声。恒乞于市。自言村妇也,常与姊妯辈分养蚕,已独频年损耗,因窃其妯一囊茧焚之。顷之,背患此疮,渐成此瘤。以衣覆之,即气闭闷,常露之,乃可,而重如负囊"①。还有一些故事则聚焦于宫廷中出现的鬼神异事,《幽明录》载:"晋孝武帝于殿中北窗下清暑,忽见一人,着白夹黄练单衣,举身沾濡,自称华林园中池水神,名曰淋涔君也。若善见待,当相福佑。时帝饮已醉,取常所佩刀掷之。刀空过无碍,神忿曰:'不以佳士垂接,当令知所以居。'少时,而帝暴崩。皆呼此灵为祸也。"②在这类小说中,南京只是一个地名,是故事发生的背

---

① (晋)干宝《搜神记》,见《汉魏六朝笔记小说大观》,上海古籍出版社1999年版,第435页。
② (南朝宋)刘义庆《幽明录》,见《汉魏六朝笔记小说大观》,上海古籍出版社1999年版,第717页。

景,并没有多少具体描写城市以及城市生活的内容。

此外,某些志怪小说则带有一定的南京地域色彩,与南京的关系较为密切。《搜神记》卷5《蒋山祠》是涉及南京民间信仰的故事,记录了蒋子文信仰的来由:

> 蒋子文者,广陵人也。嗜酒好色,挑挞无度。常自谓己骨清,死当为神。汉末为秣陵尉,逐贼至钟山下,贼击伤额,因解绶缚之,有顷遂死。及吴先主之初,其故吏见文于道,乘白马,执白羽扇,侍从如平生。见者惊走,文追之,谓曰:"我当为此土地神,以福尔下民。尔可宣告百姓,为我立祠。不尔,将有大咎。"是岁夏大疫,百姓窃相恐动,颇有窃祠之者矣。文又下巫祝:"吾将大启佑孙氏,宜为我立祠。不尔,将使虫入人耳为灾。"俄而小虫如尘虻,入耳皆死,医不能治,百姓愈恐。孙主未之信也。又下巫祝:"若不祀我,将又以大火为灾。"是岁火灾大发,一日数十处,火及公宫。议者以为鬼有所归,乃不为厉,宜有以抚之。于是使使者封子文为中都侯,次弟子绪为长水校尉,皆加印绶,为立庙堂。转号钟山为蒋山,今建康东北蒋山是也。自是灾厉止息,百姓遂大事之。①

蒋子文成为土地神之后,主动要求南京居民为他立祠,并以降灾难于百姓相威胁,用一种威逼利诱的手段谋求民众的祭祀。这样的行为与民间信仰本身的特点有关,民众只看神祇灵异与否,而不关心信仰的对象是正神还是邪神,所以蒋子文才能从民间一路上升,最后得到东吴的封赠,进入官方祀典当中。以蒋子文信仰为中心,南京地区还有一些"附属品"产生,如《异苑》卷5之《青溪小姑》:

> 青溪小姑庙,云是蒋侯第三妹。庙中有大榖扶疏,鸟尝产育其上。晋太元中,陈郡谢庆执弹乘马,缴杀数头,即觉体中栗然。至夜,梦一女子,衣裳楚楚,怒云:"此鸟是我所养,何故见侵?"经

---

① (晋)干宝《搜神记》,见《汉魏六朝笔记小说大观》,上海古籍出版社1999年版,第311页。

日,谢卒。庆名奂,灵运父也。①

青溪即东吴在建业东南开凿之东渠,这座小姑庙当在青溪附近,故有青溪小姑庙之名。这位青溪小姑,是蒋子文的三妹,文中虽未交代她的神职,但她的威仪同样神圣不容侵犯。从蒋子文到青溪小姑,反映了中国民间信仰的一种趋势,以某种民间神为中心,他的亲属都有可能被当作神祇而得到民间的祭祀。蒋子文与青溪小姑的信仰在南京地区一度非常盛行,蒋子文在六朝时一直不断得到奉祀,官方常有向他祈求风调雨顺的活动。据清人甘熙《白下琐言》卷3记载,清代初年淮清桥之东尚有青溪祠,"旧祀青溪小姑",足见这一信仰在南京影响之深远。

南京四境山水环绕,动物众多,由此也产生许多与动物精怪相关的故事,《异苑》卷8《鼍魅》载:

> 元嘉初,建康大夏营寡妇严,有人称华督,与严结好。街卒夜见一丈夫行,造护军府。府在建阳门内。街卒呵问,答曰:"我华督,造府。"径沿西墙而入。街卒以其犯夜,邀击之,乃变为鼍。察其所出入处,甚荦滑,通府中池。池先有鼍窟,岁久因能为魅,杀之乃绝。②

在精怪类故事中,独身的男女最容易受到幻化成人形的精怪的诱惑,这则故事中的鼍即扬子鳄,长江岸边的南京处在扬子鳄的活动区域内,这也是这种故事产生的现实因素之一。

自佛教传入中国后,古代南京一直是佛教活动的中心,高僧云集,丛林众多。佛教在传播过程中,"其始持精灵报应之说,行斋戒祠祀之方,依傍方术之势,以渐深入民间"③,涉及南京的志怪小说也常有这方面的内容,如《异苑》卷5《灵味》云:

---

① (南朝宋)刘敬叔《异苑》,见《汉魏六朝笔记小说大观》,上海古籍出版社1999年版,第636页。
② 同上书,第668页。
③ 汤用彤《汉魏两晋南北朝佛教史》,中华书局1983年版,第134页。

> 灵味寺在建康钟山蒋林里。永初三年,沙门法意起造。晋末有高逸沙门,莫显名迹,岩栖谷隐,常在钟山之阿。一夜,忽闻怪石崩坠,声振林薄。明旦履行,惟见清泉湛然。聚徒结宇,号曰"灵味"。①

魏晋时期志人小说的代表作当推刘义庆的《世说新语》,这部被称为"名士教科书"的作品,记录了东汉末期到晋宋间的名士言行与轶事,其中有不少故事涉及南京。在某些故事中,出现了南京当时的皇家园林、城塞建筑、水道沟渠、宗教寺庙等建筑或景物,成为魏晋文言小说中南京因素的体现之一。

《世说新语》中出现的皇家园林是华林园,言语篇载:"简文入华林园,顾谓左右曰:'会心处不必在远。翳然林水,便自有濠、濮间想也,觉鸟兽禽鱼,自来亲人。'"②华林园始建于东吴时期,此后一直是南朝各代的皇家园林,言语篇这则故事体现了简文帝对山水自然之乐的深刻体会,也间接可见华林园中景色之秀丽。此外,雅量篇中也有一则与华林园有关的故事:"太元末,长星见,孝武心甚恶之。夜,华林园中饮酒,举杯属星云:'长星!劝尔一杯酒。自古何时有万岁天子?'"③

六朝建康最初并没有城墙,城市周围的几座城塞,起着拱卫城市的重要作用,孙权修建的石头城就是其一。《世说新语》中石头城多次出现,政事篇中有晋成帝在石头城被任让胁迫杀掉钟雅、刘超的故事,背景是当时苏峻叛乱,成帝将宫城迁到石头城避难。方正篇中有王敦"住船石头,欲有废明帝意"的故事,当时的石头城因为地势险峻是争夺建康者必夺之地,王敦叛乱,便先攻占石头城,石头城可谓是东晋政局变幻的见证者。

南京东南的青溪开凿于东吴时期,既是建康东南的险隘,也是水运通道与风景名胜。《世说新语》德行篇周镇的故事中出现了青溪:

---

① (南朝宋)刘敬叔《异苑》,见《汉魏六朝笔记小说大观》,上海古籍出版社1999年版,第668页。
② (南朝宋)刘义庆《世说新语》,见《汉魏六朝笔记小说大观》,上海古籍出版社1999年版,第786页。
③ 同上书,第856页。

"周镇罢临川郡还都,未及上,住泊青溪渚,王丞相往看之。时夏月,暴雨卒至,舫至狭小,而又大漏,殆无复坐处。王曰:'胡威之清,何以过此!'即启用为吴兴郡。"①

瓦官寺兴建于东吴兴宁二年,是南京较早的佛教寺院,也是当时名刹,僧人一度有千人之众,《世说新语》中常出现它的身影。文学篇载:"有北来道人好才理,与林公相遇于瓦官寺,讲《小品》。于时,竺法深、孙兴公悉共听。此道人语,屡设疑难,林公辩答清析,辞气俱爽。此道人每辄摧屈。孙问深公:'上人当时逆风家,向来何以都不言?'深公笑而不答。林公曰:'白旃檀非不馥,焉能逆风?'深公得此义,夷然不屑。"②此外,当时士人也常在瓦官寺集会,品藻篇中写刘真长、王濛、桓伊等人在瓦官寺臧否人物的故事,凸显了作为宗教场所的瓦官寺在世俗交际中的影响力。

要而言之,魏晋时期的小说篇幅短小,虽然南京屡有出现,但缺乏对城市比较深入的描写。志怪小说中某些涉及民间信仰、精怪妖异、佛教灵异的内容与南京关系较为密切,对后世有一定影响;而志人小说中出现的石头城、瓦官寺等南京本土因素与当时的名士风流融合在一起,共同构筑了六朝文化基因,南京因魏晋名士而名声大噪,成为后世敬仰的文化符号,并以这种独特的城市历史文化意蕴在此后的小说中不断出现。

隋唐时期的南京,失去了六朝都城的重要地位,在小说中的出现也远不如长安、洛阳频繁。在隋唐小说中,涉及南京的内容大致有三种倾向:凸显南京重要的地理区位优势;描写本朝南京发生的逸闻轶事;记录前朝旧事与文物。唐代的南京是漕粮转运的枢纽之一,在区位地理上有着天然的优势,作为东南地区的大都会,吸引四方士人汇聚于此,《玄怪录》卷2《尼妙寂》中的妙寂为了破解被杀的亲人托梦给她的隐语,"访于邻叟及乡闾之有知者,皆不能解。乃曰:'上元县,舟楫之所交者,四方士大夫多憩焉,而邑有瓦棺寺,寺上有阁,依山瞰江,万里在目,亦江湖之极境,游人弭棹,莫不登眺。吾将缁服其间,

---

① (南朝宋)刘义庆《世说新语》,见《汉魏六朝笔记小说大观》,上海古籍出版社1999年版,第761—762页。
② 同上书,第811页。

伺可问者,必有省吾惑者。'于是褐衣之上元,舍力瓦棺寺,日持箕帚,洒扫阁下。闲则徒倚栏槛,以伺识者。见高冠博带吟啸而来者,必拜而问"①。家住江州浔阳的妙寂为了破解隐语来到上元县,就是认为这里"四方士大夫多憩焉",必然有高见之人能帮助她,最后果然在李公佐的帮助下破解了谜题。文中的瓦棺寺是从东吴就已建立的南京名刹,梁代兴建的瓦官阁约有60米高,是登临的绝好去处,唐代有不少与瓦官阁有关的诗歌。

与本朝相关的逸闻轶事,或是写帝王德政,如《金华子杂编》卷上:"高皇(唐高祖李渊)初收金陵,首兴遗教,悬金为购坟典,职吏而写史籍。闻有藏书者,虽寒贱必优辞以假之;或有赍献者,虽浅近必丰厚以答之。时有以学王右军书一轴来献,因偿十余万,缯帛副焉。由是六经臻备,诸史条集,古书名画,辐辏绛帷。"②这则故事一方面体现了李渊对文物典籍的重视,另一方面也说明南朝虽然朝代更替频繁,但文教繁盛的金陵还是保存了一大批典籍字画。或是写文人轶事,同书卷下载:"韦楚老少有诗名,相国李公宗闵之门生也。自左拾遗辞官东归,寄居金陵。常跨驴策杖经阛中过,布袍貌古,群稚随而笑之,即以杖指画厉声曰:'上不属天,下不属地,中不累人,可畏韦楚老。'引群儿令笑,因吟咏而去。"③辛文房评韦楚老诗"气既沉雄,语亦豪健"④,而这则逸闻中的韦楚老同样是一幅古貌古心、遗世独立的精神状态。

隋唐小说中有一些内容主要是关于前朝文物与六朝旧事,这些故事有一种浓重的历史沧桑感。例如《刘宾客嘉话录》载:"江宁县寺有晋长明灯,岁久火色变青而不热。隋文帝平陈,已讶其古,至今犹在。"⑤一盏从东晋保留到唐的长明灯,本身就是历史的见证者。又如《金华子杂编》卷下载:"咸通中,金陵秦淮中有小民,棹扁舟业以淘河者。偶获一古镜,可径七八寸,方拂拭,则清明莹澈,皎洁鉴人,心腑洞然。见着大惊悸,遂棹舟出江口,以镜投于大江中。既投而后悔

---

① (唐)牛僧孺《玄怪录》,中华书局1982年版,第23页。
② (唐)刘崇远《金华子杂编》,《丛书集成初编》本,中华书局1985年版,第1页。
③ 同上书,第15页。
④ (唐)辛文房《唐才子传》,古典文献出版社1957年版,第106页。
⑤ (唐)韦绚《刘宾客嘉话录》,《丛书集成初编》本,中华书局1985年版,第19页。

之,方诉于人,闻者皆知是轩辕所铸之一矣。"①秦淮河作为南京一条重要水系,见证了南京城市的发展,历史在这条河流中不知遗留了多少古物,这则故事中淘河者打捞上来的古镜就是其中之一。这类描写南京古物的内容,故事性并不强,但这些见证历史的古物,凸显了南京作为六朝古都的厚重历史底蕴,这也是南京城市文化的构成要素之一。

这种对前朝旧事的关注,有时候还会以志怪的题材出现,《传奇》中《颜濬》就是一则这样的传奇小说。小说写主人公颜濬落第之后去建业游玩,同船结识了隋朝宫人赵幼芳的鬼魂,中元日在瓦官阁又与陈代的张贵妃、孔贵嫔一起饮酒赋诗。他们之间谈论的是陈隋易代之际的遗事,对于颜濬来说已经很久远了,但是建业作为六朝古都,古迹荒冢皆在,又无时无刻不在诉说着这座城市过去的悲欢离合,与亡灵的对话就是其中一种。南京是一座容易唤起怀古思绪的城市,颜濬与前朝宫人之间的偶遇,既包含了对美好生命易逝的感伤,又与南京城市本身的历史沧桑感有机融合在一起,对南京城市形象在后代的呈现也有一定的影响。

宋元时期,特别是在宋代,南京在小说中的出现较隋唐时期有所增多,但作者们关注的焦点依然不外乎志怪与志人两大类。从其中志怪的内容来看,《稽神录》、《谈苑》、《道山清话》、《铁围山丛谈》、《夷坚志》等笔记类小说中都不乏与南京有关的怪异故事,如《稽神录》卷1写王瞻泊舟秦淮,病中为冥吏所招之事,类似这样的怪异故事还有不少,但大多无甚新意,与前代的故事多有相似之处,对城市文化研究意义不大。值得我们注意的是一些反映南京本地民间信仰的故事,《夷坚支景》卷9《建康三圣庙》写南京地区的一种民间淫祀:"建康土俗多事三圣,所在立庙,而塑像唯一躯,莫知为何神,灵威颇著,吏民奉之尤谨。"②官吏到任必先去庙中祭祀,不然就会惹祸上身,甚至因此丧命,至于三圣究竟是历史上何人,又能给百姓带来什么样的福佑却没有明确记载。而《夷坚乙志》卷4《张津梦》则是另一种南

---

① (唐)刘崇远《金华子杂编》,《丛书集成初编》本,中华书局1985年版,第22页。
② (宋)洪迈《夷坚志》,中华书局1981年版,第948页。

京民间信仰的体现：

> 张津，字子问，绍兴戊辰，自常州录事参军岁满赴吏部磨勘。同铺有张聿从政者，建康人，罢夔路属官来，亦有举将五员，当改秩，而其一人尝坐累，铨曹以荐章为疑，方上省待报，未决可否也。聿忧之，几废寝食。忽见津至，审其姓名，大喜。铺吏问所以然，曰："昔年至蒋山谒宝公丐梦，梦神告曰：'汝身畔有水则改官。'寤而讯诸占梦，皆莫能测。今与宗人遇，而其名曰津，聿字加水，津字也。神告之矣，此吾所以喜也。"时秦丞相当国，以聿乡里之故，为下其事，适以是日得报，二人遂同班引见。津次当第三，聿班在四，而军头司误易之。乃诣殿下，聿立于津上，正符身畔水之兆云。①

蒋山位于南京，魏晋时期因蒋子文传说而得名，宝公即南朝高僧宝志，他生前禅学造诣颇深，又有许多灵异事迹流传，死后即葬在蒋山。这则故事写建康人去蒋山向宝公乞梦，在当时世俗迷信乞梦的社会背景下，宝公能成为南京人乞梦的对象，可见他在本地民间信仰中的重要性。

宋代涉及南京的志人题材小说，虽然同样内容驳杂，但从整体上看，依然呈现两大趋势：追述前朝旧事与描写本朝轶事。隋唐时期，涉及南京的志人小说追忆的是六朝时的故事，到了宋人笔下，涉及南京的前朝旧事主要是指南唐了。南唐立国时间虽然不长，但在文化艺术等方面所产生的影响，也足以让北方的士大夫对大江以南的这个政权充满好奇。随着南唐覆灭，李氏朝廷文人北上供职，南唐旧闻越来越多的走入北宋士大夫的视野之中，并出现了专门写南唐旧事的笔记小说《南唐近事》。具体来看，在宋代文言小说涉及南京前朝旧事的内容中，既有写南唐帝王轶事的，如《清异录》卷上《偎红倚翠大师》写李煜微服到金陵娼妓家中行乐：

> 李煜在国，微行娼家，遇一僧张席，煜遂为不速之客。僧酒

---

① （宋）洪迈《夷坚志》，中华书局1981年版，第216页。

令、讴吟、吹弹,莫不高了,见煜明俊酝藉,契合相爱重。煜乘醉大书右壁曰:"浅斟低唱,偎红倚翠大师;鸳鸯寺主,传持风流教法。"久之,僧拥妓入屏帏。煜徐步而出,僧妓竟不知煜为谁也。煜尝密谕徐铉,言于所亲焉。①

也有一些故事写民间轶事,如《江淮异人录》卷下《钱处士》:"钱处士,天祐末游于江淮,尝止于金陵杨某家。初,吴朝以金陵为州,筑城西接江、东至潮沟。钱指城西荒秽之地,劝杨买之。杨从其言。及建为都邑,而杨氏所买地正在繁会之处,乃构层楼为酒肆焉。"②虽然故事是写钱处士有预知之神通,但也涉及南京城市变迁,从杨吴时以金陵为州,到建都于此,再到南唐对金陵的建设,原本多为荒地的城市西部在改造中成为繁华的街区,杨某也因此得以获利。

在宋人文言小说中,涉及南京的本朝轶事更多。王安石曾知江宁府,后又终老于此,宋人文言小说写南京本朝轶事,王安石是经常出现的一个人物。《青琐高议》后集卷2写:

王荆公介甫退处金陵,一日,幅巾杖屦,独游山寺,遇数客盛谈文史,词辩纷然。公坐其下,人莫之顾。有一客徐问公曰:"亦知书否?"公唯唯而已。复问公何姓,公拱手答曰:"安石姓王。"众人惶恐,惭俯而去。③

王安石在金陵的轶事还有很多,《侯鲭录》卷3写他将朝廷所赐黄金送蒋山修寺为朝廷祈福,《萍州可谈》卷3写他在钟山与当地老农之间的交往,《避暑录话》卷1写他每日必骑驴游钟山,累了就在树林中睡觉。可以说,王安石的足迹踏遍了钟山一带,留下了一段文人与南京之间的佳话。

---

① (宋)陶榖《清异录》,见《宋元笔记小说大观》(1),上海古籍出版社2001年版,第28页。
② (宋)吴淑《江淮异人录》,见《宋元笔记小说大观》(1),上海古籍出版社2001年版,第259页。
③ (宋)刘斧《青琐高议》,见《宋元笔记小说大观》(1),上海古籍出版社2001年版,第1107页。

此外,关于赏心亭的故事也值得一提,《春明退朝录》卷下载:

> 丁晋公天禧中镇金陵,临秦淮建亭,名曰"赏心"。中设屏及唐人所画《袁安卧雪图》,时称名笔。后人以《芦雁图》易之。嘉祐初王侍郎君玉守金陵,建白鹭亭于其西,皆栋宇轩敞,尽览江山之盛。①

《袁安卧雪图》传为王维所画,是一代名画,而丁谓所建赏心亭也成为秦淮河边的名胜,《景定建康志》称其为"金陵第一胜概"。《渑水燕谈录》卷 7 写到赏心亭:"岁久颇失覆护,缣素败裂,稍为好事者窃去,嘉祐中,王君玉出守郡,首诣观之,惜其剽取已尽,嗟之尤久,作诗题其旁云:'昔人已化辽天鹤,往事难寻《卧雪图》。'"②赏心亭与《袁安卧雪图》可以说是宋代的南京地标之一,吸引了不少文人登临观赏,苏东坡、陆游、辛弃疾等皆有与赏心亭相关的诗词留存。

南宋时期,建康处于宋金对峙的前沿,宋高宗曾数次驻跸于此,金兵也曾多次攻破南京,当时文言小说涉及建康的内容多与战争有关。《清波杂志》卷 5《辛巳扰壤》是绍兴辛巳南北交兵时,作者在建康城中的亲身经历,展现了面对战争威胁,城内百姓的惊恐不安。《独醒杂志》卷 8 则记载了一则可歌可泣的爱国故事:

> 建炎三年,伪四太子入金陵,府官相率迎降。独通判庐陵杨公邦义毅然不屈,先自书其衣裾曰:"宁为赵氏鬼,不作他邦臣。"以授其仆,曰:"吾即死矣。"故居数日,其酋帅有张太师者,置酒召公立庭下,以纸书死活二字,使示公曰:"无多言,欲不降,书死字下。若归于我,书活字下。"公视吏有傍簪笔者,即夺笔书死字下。敌知其不可屈,命引去。又数日,囚公以见四太子,公大骂不绝口,敌怒甚,杀之,剖其腹,取其心。③

---

① (宋)宋敏求《春明退朝录》,中华书局 1980 年版,第 34 页。
② (宋)王辟之《渑水燕谈录》,中华书局 1981 年版,第 92 页。
③ (宋)曾敏行《独醒杂志》,上海古籍出版社 1986 年版,第 70 页。

元代以北京为都,南京的地位有所下降,在文言小说中出现较少。元人孔齐所撰的笔记小说集《至正直记》中有一些内容涉及南京,如卷1《集庆官纱》:"集庆官纱,诸处所无,虽杭人多慧,犹不能效之。但阔处三尺大数以上,杂色皆作。近又作一色素净者,尤妙,署月之雅服也。"①写南京出产官纱制作精良,外省人无法效仿,是夏衣制作的上乘布料,说明南京织造业在元代已较为出色。卷4《建康儒学》写至元以后有儒生偷窃儒粮的情况,反映了当时儒生生活状况的恶化。作者迷信风水之说,卷1《地理之应》和卷4《钟山王气》都在讨论金陵王气的变化对政治的影响,而卷4《水向西流》更是将金陵人多薄情的原因归结为"凡城郭水向西流者,主居人多无义寡恩"②。

以上我们简单回顾了从魏晋到宋元时期文言小说中的南京书写,时代不同,南京在文言小说中出现的频率也略有不同,不同时期的作者们关注的焦点也不一致。受限于自身形式方面的限制,文言小说中关于南京的内容多为只言片语式的,虽然偶有涉及南京城市经济、文化等方面的内容,但总体来讲仍十分简略,显然无法构筑一个完整而立体的城市形象。这种现象要到长篇小说大行其道的明清时期才能被打破,南京这座城市才会以一种更为立体生动的形象呈现在读者面前。

---

① (元)孔齐《至正直记》,上海古籍出版社1987年版,第24页。
② 同上书,第159页。

第二章 作为政治中心的北京与南京

京师作为封建国家的首都,从城市定位来看,它首先是一个典型的政治中心,它之所以能成为国家的经济中心与文化中心也与政治上的特殊地位有着密切的关系。南京,明王朝最初的国都,朱棣迁都后成为留都,但仍不失为帝国南方的政治、经济、文化中心。北京,自朱棣迁都于此,便成为明清两代的帝都,延续近500年。南京与北京,先后作为明清两代的都城,这里有天子所居的巍峨禁城,天下最大的家庭即居住于此。这里有层层叠叠的中央机构,成千上万的官吏生活于此,这些官吏的日常生活,构成了都城人口和活动的重要组成部分。在这里,政治运作与权力文化纷纭交错,使都城的城市生活染上了极其浓厚的政治色彩。本章从北京与南京的政治中心地位出发,对明清小说中的两京宫廷与官场描写予以透视,以此来对这两座城市的政治生活及其在文学中的书写进行展示。

第一节 金城天府:明清小说中的宫廷气象

中国古代的都城在城市布局上常呈现一种多层结构,在高大城墙围绕的城市内部还有一座城中之城:皇城。皇城将中央行政机构、内廷服务机构与一些仓库、防卫设施囊括在内,实现了与都城其他区域的隔绝。而在皇城之内,还有一个更为重要的"小城市":宫城。宫城又称大内或紫禁城,它由"前朝"与"后寝"两大区域构成,"前朝"

部分在明清时期以三大殿为核心,明代初期称奉天殿、华盖殿、谨身殿,后又称皇极殿、中极殿、建极殿,清代则称太和殿、中和殿、保和殿,这一区域是举行朝会大典等重要礼仪活动的场所。"后寝"在明清时期以乾清宫、交泰殿、坤宁宫为核心,这一区域是帝后嫔妃生活的场所。紫禁城是天下第一家庭的居所,国家最高决策也从这里发出,所有的一切,都为这座宫城增添了无尽的神秘感。

当你置身于都城宽阔街道时,常会去想象皇城、宫城那一道道城门背后的世界是什么样的,而天子至高无上的权威又决定了大多数人终其一生都无法近距离地观看都城中这个隐秘的世界。明清小说在描绘北京与南京的城市景象时,也对华丽巍峨的宫廷建筑、繁复细琐的禁廷礼仪予以关注,以小说文字为载体,以一种想象与还原交织的方式呈现了明清两代恢宏的皇家气派。

一、宫廷建筑与皇家气派

明清都城内的宫廷建筑以紫禁城为主,还包括都城内外的皇家苑囿等娱乐休闲设施,其中紫禁城在小说中出现较多,皇家苑囿偶有出现。

(一)朦胧的宫廷印象与程式化的宫廷描写

北京皇城的正南门在明代称大明门,清代称大清门,这里是喧嚣市井与肃穆宫廷两重世界的分界点。《长安客话》曾描绘了明代大明门前的热闹景象:"大明门前棋盘天街,乃向离之象也。府部对列街之左右。天下士民工贾各以牒至,云集于斯,肩摩毂击,竟日喧嚣,此亦见国门丰豫之景也。"①明代小说《梼杌闲评》第7回也写道:"棋盘街上衣冠齐楚,人物喧闹,诸般货物摆得十分闹热,比别处气象大不相同。"②虽然大明门前的棋盘街可以任人行走,但是大明门内对普通市民而言是不能踏足的禁地。站在大明门前无法看到紫禁城内部的景象,但这不影响观者视野中呈现一个朦胧的宫廷印象。

---

① (明)蒋一葵《长安客话》,北京古籍出版社1982年版,第11页。
② (明)不题撰人《梼杌闲评》,齐鲁书社1995年版,第48页。

《警世通言》第 24 卷《玉堂春落难逢夫》写王景隆与仆人在京城游玩，"二人前至东华门，公子睁眼观看，好锦绣景致。只见门彩金凤，柱盘金龙。王定道：'三叔，好么？'公子说：'真个好所在！'又走前面去，问王定：'这是那里？'王定说：'这是紫金城。'公子往里一视，只见城内瑞气腾腾，红光闪闪。看了一会，果然富贵无过于帝王，叹息不已"①。东华门是紫禁城的东门，王景隆主仆二人从东华门一路走到大明门外，一直闭户读书的王景隆被紫禁城的气势所震撼。在高大红墙之下的游人是无法看到紫禁城内全貌的，所以"公子往里一视"看到的只是"瑞气腾腾"与"红光闪闪"这样朦胧又似乎昭示帝王居所气概不同人间的景象。

这种由于距离上的隔离而在观者眼中投射出一种朦胧宫廷印象的描写还有不少，《贪欣误》第 4 回《彭素芳》中，彭素芳与张福逃往北京投亲，小说写他们到北京后："那京城好大所在，那里去寻这张千户？一走走到五凤楼前，看了一回，实在壮观。有赋云：三光临耀，五色璀璨。壮并穹窿，莫罄名赞。凭鸿蒙以特起，凌太虚之汗漫。岌嶪乎云霞之表，巍峨乎层汉之半。天关以益崇，炳祥光而增焕。目眩转于仰瞻，神倘恍于流盼。"②所谓五凤楼是指成凹字形的午门城楼，小说中这种"一走走到五凤楼前"的描写在现实中当然是不可能发生的，这种描写只能说明作者并没有去过北京，对森严的宫禁也缺乏了解。当然，以主人公彭素芳的视角来看，这同样反映了第一次来北京的外省人对紫禁城的模糊与茫然，可能只是看到了大明门，就把它当成了人们口中的五凤楼。既然是不了解紫禁城的外省人，也看不到紫禁城内景，作者只能以一段赋文的朦胧形式来描绘紫禁城的壮观了。

当这种距离上的隔离被打破，小说中的人物有机会走进紫禁城又会看到什么样的景致呢？清代小说《野叟曝言》以文素臣一生经历为主线，第 11 回写皇帝岁朝御殿，大宴百官，文素臣与余双人通过关系得以进朝游览："次日五鼓，约齐进朝，由西华门而入，到五凤楼后，

---

① （明）冯梦龙《警世通言》，人民文学出版社 1956 年版，第 340 页。
② （明）罗浮散客《贪欣误》，《古本小说集成》影印本，上海古籍出版社 1994 年版，第 145—146 页。

早望见金銮殿上,九鼎香烟,氤氤氲氲,如云如雾,从午门内倒穿出朝来。"①文素臣由紫禁城西门西华门而入,又从午门出来,有机会近距离观察宫内建筑,但也仅限于远观,所以也只是看到金銮殿上"九鼎香烟,氤氤氲氲,如云如雾",仍是一种朦朦胧胧的感觉。

由于大多数小说作者身份都比较低微,即便是久居京华,甚至能够接触到一些上层官僚的作者,也只能从外部观察紫禁城,而几乎没有进入内部的可能性。因此,当他们在小说中去描绘紫禁城时,只能凭借外部观察与他人的言说,以自己的想象来填补视觉的空白。所以明清小说的宫廷描写,大多数情况都像上面所举数例一样,呈现的是一种朦胧的宫廷印象,烟气缭绕宛如人间仙境,这一点与绘画可以相互呼应,明代朱邦所绘的《北京宫城图》中的紫禁城,同样是一种祥云缭绕的样子。当然,这一点在很大程度上还与作者的心态有关,当一个普通市民或是布衣文人以一种仰视的目光来观察重重宫阙时,至高无上的皇权,臣民内心深处的仰慕与敬畏交织在一起,他们笔下的宫廷染上了朦胧的仙境色彩也就容易理解了。

正是由于大多数小说作者缺乏对紫禁城的真实了解,所以在描写宫廷时多采用一种程式化的方式,以结构对仗的诗赋铺陈来代替对景物的客观描写。《绿野仙踪》第35回,朱文炜和林岱因立功受到皇帝召见,二人"入得朝来",眼中的宫廷是这样的:"祥云笼凤阁,瑞霭罩龙楼。建章宫、祈年宫、太乙宫、五祚宫、长乐宫,宫宫现丹楹绣户;枫宸殿、嘉德殿、延英殿、鸂鶒殿、含元殿,殿殿见玉阙金阶。鸳鸯瓦与云霞齐辉,翡翠帘同衣裳并丽。香馥椒壁,层层异木垂阴;日映花砖,簇簇奇葩绚彩。待漏院,规模远胜蓬莱;拱极台,巍峨何殊兜率?真是文官拜舞瞻尧日,武将嵩呼溢舜朝。"②小说设定的时代背景是明世宗嘉靖时期,而这段文字中出现的宫殿皆非明代宫廷建筑,作者既想描写华丽的宫廷,对它又是陌生的,所以把历史上出现过的宫殿名串在一起,用赋文的形式写出,铺排与夸张的句式比平实的文字更容易在读者面前展现一个华丽的宫廷,但它与现实已经相去甚远。

---

① (清)夏敬渠《野叟曝言》,作家出版社1993年版,第118页。
② (清)李百川《绿野仙踪》,岳麓书社1993年版,第207页。

这种程式化的宫廷描写,既是没有接触过宫廷的作家在描写宫廷时不得不采取的一种现实书写策略,又是对中国小说写景传统的一种继承。中国古代小说在描写环境时常常呈现一种千篇一律的程式化情况,它具有"韵散结合,散文总纲式领起,韵文成段集中铺陈,再辅以散文句式或总结,或补充"的形式表征①。客观来讲,明清小说以韵文的形式描写宫廷,可能不是一种写实的手法,但在宫廷气息与皇家气派的表现上则不失为一种简便稳健的方式。

(二) 真实客观的宫廷描写

在那些以朦胧眼光、程式化语言描述宫廷的小说之外,也有一些作者拥有接近紫禁城的机会,以一种较为客观真实的语言呈现了另一种宫廷景象。清代蒙古族作家尹湛纳希出身蒙古贵族家庭,拥有较高的文化修养,他创作的小说《一层楼》、《泣红亭》受到《红楼梦》等小说的影响很深。在他以自我家庭经历为原型创作的小说《泣红亭》中,贲侯进京陛见,其子璞玉同行。小说第 2 回写贲侯被皇帝召见,璞玉也一同入宫,对于他们进宫等候召见等一系列事件,作者描写非常细致:

> 次日四公侯皆丑时起身,穿官服,戴礼冠,乘坐车马,自昭忠寺出发,由长安街向西,北拐,进门,过桥,在东华门外下了车马,趋步入内。此时早朝的王公、驸马、九卿、四中堂鱼贯而行。老臣坐轿,武将骑马,辉耀如繁星。吏部员外郎迎上四公侯,在前引路,绕过文渊阁,入景运门至保和殿之后聚集。朝臣都集合在那里……手捧黄缎奏表的官员恭立在乾清门阶下等候,从门内出来一员大臣将奏表一一端了进去。稍候,太监们捧出描金献盒。奏章像雪片似的传将下来。……璞玉正在和那人攀谈时,蒋中堂出来打手势招呼,四公侯收起奏折随他引路进去。贲侯等跟随蒋中堂经月华门又向西拐弯进了右抱厦的顺义门至养

---

① 卢惠惠《古代白话小说语言形式的程式化特征》,载《明清小说研究》2007 年第 1 期。

心殿。①

小说没有刻意渲染宫廷的威严或是华丽,而是以贵侯等人的行动路线为中心,其中出现的景运门、乾清门都是清代紫禁城中的真实地名,皇帝在养心殿召见大臣也符合清代实际情况,这种描写客观上强化了叙述的真实性与当代感,给同时代的读者一种置身其中的感觉。虽然作者不是以塑造宫廷的华丽巍峨为初衷,但这种跳出程式化套路,简洁且实录感较强的文字反而更能呈现一种真实而端庄肃穆的宫廷景象。尹湛纳希笔下能出现这样的宫廷描写与他的家庭有关,其父旺钦巴拉是卓索图盟土默特右旗协理台吉,在第一次鸦片战争中曾带领蒙古族士兵抗击英军,被朝廷赏赐黄马褂与黄缰绳。尹湛纳希的长兄古拉兰萨在父亲死后出任本旗协理台吉,也曾进京朝觐,留下《入京朝觐路上》的诗歌。尹湛纳希本人是否到过北京,我们无法确定,但是父兄觐见皇帝的经历他应当是非常熟悉的,所以才能写出《泣红亭》中的宫廷景象。

普通人眼中的紫禁城是高大巍峨的帝王居所,美轮美奂的人间仙境,但在这种表面形象的背后,空旷高耸的宫殿给使用者的感受并不美好。清代皇帝为了舒适的居住体验多放弃居住在正寝乾清宫,而是选择小而封闭的养心殿院落作为自己的居所,看重的是养心殿较好的居住感。无独有偶,一些清代小说在涉及宫殿描写时也舍弃了那种一味赞叹、仰慕的姿态,以平实的笔触写出了真实的宫殿印象。保和殿是清代举行殿试的场所,天下读书人中的精英要在这里参加最重要的考试,然而这里的环境却非常糟糕。《痴人说梦记》第13回写宁孙谋参加保和殿殿试:"那知事不凑巧,偏偏坐在殿前,其时东南风很大,满殿上尽是灰土。孙谋坐位,紧靠窗棂,又没有带挡灰土的镜子。只弄得墨盒里一大层的黑灰,把笔都胶住了。没法草草完卷出来。"②风沙大是北京市民生活中最明显的感受,紫禁城中植物既少殿台又高,纸糊的窗棂抵挡不住风沙,孙谋坐的位置不好,灰尘

---

① (清)尹湛纳希《泣红亭》,内蒙古人民出版社2010年版,第16—18页。
② (清)旅生《痴人说梦记》,江西人民出版社1989年版,第93页。

影响了墨和笔的使用,对于字体要求极高的殿试来说简直是灾难。不光如此,清代保和殿也是大考翰詹的场所,《孽海花》第5回写金雯青参加考试,"到了殿上,自己把小小的一个三折迭的考桌支起,在殿东角向阳的地方支好了"①。空旷的大殿,采光不好,保暖也不佳,考试的翰詹们都要抢占向阳的地方来支考桌。《孽海花》的作者曾朴曾捐官内阁中书,在北京做了几年京官,书中所写保和殿考试的情节应当是符合实际情况的。

晚清小说对北京皇城的书写,改变了从明代到清中期的尊崇姿态,不再神化宫廷形象,也不再以想象的方式去描摹宫廷景象,而是多从现实出发,描绘了紫禁城真实甚至是有些污浊的一面。《二十年目睹之怪现状》第72回写九死一生眼中的前门城楼:"老远的看见城楼高耸,气象雄壮,便顺脚走近去望望。在城边绕行一遍,只见瓮城突出,开了三个城门,东西两个城门是开的,当中一个关着。这一门,是只有皇帝出来才开的,那一种严肃气象,想来总是很利害的了。我走近那城门洞一看,谁知里面瓦石垃圾之类,堆的把城门也看不见了;里面坐了一大群叫化子,也有坐的,也有睡的,也有捧着烧饼在那里吃的,也有支着几块砖当炉子,生着火煮东西的。"②前门即正阳门,是皇城的正南门,中间门道是跸路御道,气象雄壮的门楼与门洞里的乞丐、堆满的垃圾构成鲜明的反差。前门在晚清小说中的这种呈现,描绘了一幅夕阳中的没落帝都景象,也暗喻了摇摇欲坠的清王朝气数已尽,紫禁城再不是过去神秘而华丽的秘境了。

(三)小说中的皇家园林

明清小说在关注紫禁城的同时,也涉及了京城内外的皇家园林。在都城周围设立皇家园林是历代帝王的惯例,皇家园林大致有大内御苑、离宫御苑、行宫御苑三种类型,从秦汉的上林苑到唐代的华清宫、九成宫,这些著名的皇家园林在历史上留下了显赫的声名。明清时期是皇家园林建造的成熟期,明代的西苑,清代的畅春、圆明、颐和

---

① (清)曾朴《孽海花》,齐鲁书社1998年版,第24页。
② (清)吴趼人《二十年目睹之怪现状》,百花洲文艺出版社1988年版,第611—621页。

等园都曾盛极一时,是皇家园林建筑的典范。

在明代小说中,皇宫御花园、西苑皆有出现,作者笔下的皇家园林极尽堂皇富丽之美与清丽典雅之幽,是一种以文学方式对皇家园林的再现。《梼杌闲评》第22、23回写皇后率领六宫内眷在御花园赏春,作者用大段韵文去描绘御花园的奇花香草、珍禽异兽,再配以满园的内宫女眷,真是"一处处红染胭脂润,一簇簇芳溶锦绣图。更喜东风迎暖日,满园娇媚逞花辉"①。而殿堂馆阁的陈设则是"门悬彩绣,地衬锦裀。正中间宝盖结珍珠,四下里帘栊垂玳瑁。异香馥郁,奇品新鲜。龙文鼎内香飘蔼,雀尾屏中花色新"②。作者继续用大段韵文去写内廷宴会饮食中的珍馐百味,给读者一种恍惚是瑶池圣境、仙界盛宴的感觉。作者对御花园景物的肆意铺排,以一种语言奔流的恣肆之态给世俗读者一种想象宫廷生活的方式,尽管作者本人并没有走进御苑的机会,但这不影响他以文字唤起读者心中对宫廷生活的艳羡。作者没有停留在写景上,在他笔下,这场春游还有宫女们的各种游艺,斗草、扑蝴蝶、弹琴、唱曲、下棋、打秋千、踢球,宛如一幅内宫行乐图画卷徐徐展开。

明代魏忠贤系列小说聚焦的是宫廷与京城上层的政治斗争,其中描写皇家园林的内容还有不少。在明清皇城内部有一大片开阔的水域,因其在紫禁城以西,因此被称为西苑。西苑主要由北海、中海、南海组成,还包括两岸附属的宫殿建筑,明代帝王常在此骑射、游赏,明世宗甚至长期在西苑居住而不回紫禁城。《警世阴阳梦》第22回写魏忠贤引诱明熹宗在南海子戏舟,同样是以韵文写南海子的湖水与建筑:"云外遥山耸翠,望中远水堆银。隐隐沙汀飞起几行鸥鹭,岩岩岛屿摆来千只舻艎。轻翻雪浪拍长空,剪拂春风飘水面。黄金殿上按穹苍,紫金城半临海岸。四围空阔,八面玲珑。栏干影透玻璃窗外,光侵玉璧。昔日张骞诣女牛,今朝御跸近蓬莱。"③不同于《梼杌闲评》皇宫御花园女眷游春的主题,《警世阴阳梦》中魏忠贤引诱明熹宗到南海子是以观看水师操演之名实施阴谋,小说写:"天启爷坐在舟

---

① (明)不题撰人《梼杌闲评》,齐鲁书社1995年版,第168页。
② 同上。
③ (明)长安道人国清编次《警世阴阳梦》,春风文艺出版社1985年版,第104页。

中,望着军容严肃,战舰齐截,旗帜鲜明,器械锋利。又见水面涌金,清波渺茫,碧天倒映,藻荇迭翠。宴饮玩赏,供奉随班。筵前歌舞悠扬,中流箫鼓喧阗。百官奉觞叩献,内侍传杯奉上。圣心欢畅。"①明代小说中的皇家园林是帝王休憩的场所,秀丽的湖光山色,严整的御营水军,内廷的鼓乐歌舞,彰显了皇家园林的娱乐休闲功能,对年轻的明熹宗来讲,这里显然比枯燥单调的紫禁城更具吸引力。小说中的南海子风光,与明熹宗嬉游误国荒废朝政的背景联系在一起,客观上虽然表现了园林景致的灿烂辉煌,但更多的还是反衬了帝王的沉沦。在该书中,这段情节还有叙事上的作用,它属于魏忠贤弑君阴谋的一部分,南海子的景色与水军操演使明熹宗完全沉醉于其中,魏忠贤则命人将熹宗推落水中。

在陆云龙的《魏忠贤小说斥奸书》中,同样出现了西苑的身影,不过正像第4回回首诗所写"西风太液上,应听泣声哀",西苑的湖水与魏忠贤残害忠良的恶行联系在一起。小说写魏忠贤陷害耿直的太监王安,将其发配南海子服役,逼死王安后又在南海子边焚尸扬灰,为自己的乱政之路去除了一个阻碍,原本是帝王御苑的南海子成为魏忠贤避人耳目、施展阴谋的场所。小说也写到魏忠贤"故意把狗马声色游玩的事引诱上位,经筵才罢,便请去西苑游船……那魏进忠只要哄诱圣上,那管前代兴亡可鉴,只说他肆无忌惮处。一日泊舟,圣上起身将登陆,从人簇拥太多,船重水涌,浪花直溅湿圣上袍履,船中岸上惊呼失色,进忠恬不在意,不肯止息"②。不仅如此,魏忠贤还引诱明熹宗在西苑跑马,肆意在御前跑马冲撞,其阴谋野心表露无遗。总之,明代小说在对皇家园林景致进行描写的同时,又与帝王的无度嬉戏、权奸的祸乱朝政联系在一起,铺排的景物描写多少有些汉赋中的劝讽色彩,不过对于普通读者而言,引起他们注意的还是皇家园林的富丽堂皇。

清代帝王由于出身白山黑水的缘故,普遍不喜欢北京城的酷暑与风沙,西苑三海已经不能满足他们休闲的需求,他们在北京西郊陆

---

① (明)长安道人国清编次《警世阴阳梦》,春风文艺出版社1985年版,第104—105页。

② (明)陆云龙《魏忠贤小说斥奸书》,时代文艺出版社2003年版,第23—24页。

续修建皇家园林,也即著名的"三山五园"。三山指万寿山、香山、玉泉山,五园指静宜园、静明园、圆明园、颐和园、畅春园,以"三山五园"为代表的清代皇家园林是中国古代皇家园林建筑最后的辉煌。在晚清小说中,颐和园因其特殊的地位在小说中曾有出现。当时为准备慈禧太后退养之处,重建了清漪园的部分建筑,改名颐和园,成为一座供帝王休闲的离宫。当慈禧太后带着光绪皇帝在园中居住时,颐和园便成为一座与紫禁城联系着的政治中心。《负曝闲谈》第27回写老佛爷住在园子里,御史汪占元去颐和园递折子,小说通过汪占元所见所闻与心理活动,写出了一个别样的皇家园林:

> 汪御史整了整衣冠,两手高擎折盒。进了园门之后,一直甬道,有座九间广殿,这广殿正门闭着,旁门开着。汪御史由旁门进去,到了奏事处,口称:"河南道监察御史臣汪占元,递奏封事一件。"随即在台阶底下跪了下去。值日太监接了盒过去,汪御史朝上磕了三个头,站起身来,退了三步,一直走出来,这才留心四望,只见奏事处对过有三间抱厦,窗棂上糊的纸,已经破得不像样子了,门上用红纸条贴了三个字,是"军机处"。汪御史心上一凛,晓得擅进军机处,无论什么皇亲国戚,都要问斩罪的,因偷偷的立在抱厦外面,仔细端详。只见里面共是三间:一间做了军机处王大臣起居之所;一间里面有几付板床,都是白木的,连油漆都不油漆,摆着几付铺盖,想是值宿章京的了;那一间不用说是达拉密章京及闲散章京起居之所了,心中暗暗叹道:"原来军机大臣的起居,不过如此!"①

汪御史由颐和园正门东宫门进园,看到的"九间广殿"是颐和园正殿仁寿殿,这里是皇帝住园时听政的场所,所以设有奏事处。颐和园中的军机处值房在汪御史眼中简陋异常,值宿人员用的不过是几张床板而已,遂产生了"军机大臣的起居不过如此"的心理。接下来,小说描写一幅反差极大的画面,本是森严禁地的园里各种卖小吃的

---

① (清)蘧园《负曝闲谈》,江西人民出版社1988年版,第142—143页。

摊贩与太监为了几个铜板争来争去,陆大军机偷偷买一个糖葫芦还要仓皇张望一番,孙中堂饿极了只能买粢团充饥。汪御史没有看到园内其他景致,主要是与政务有关的建筑,但作者没有去写宫式建筑的华丽精致,而是通过汪御史之眼写园内建筑朴素的一面。与明代小说中的皇家园林不同,《负曝闲谈》呈现的是与朝政有关的颐和园,禁地又因为商贩的存在显得有些突兀,这种反差在一定程度上消解了皇家园林的封闭性与神秘感,与明代相比也是一种较为平实客观的写法。

无独有偶,《醒游地狱记》中出现的颐和园也与朝政、国运存在着某种联系,小说第 11 回写杨绥士、黄无人同游颐和园:

> 当下无人合绥士跟着这个差官进来,果然是天上行宫、人间福地,比不得寻常的名园。这时太后还在宫里,本来是清静的,一路行来,走过玉泉山、万佛阁、万寿山等处,那豪华富丽的情状真是琼宫玉宇,凤阁龙台,金碧交辉令人目眩。不一会,两人觉得疲乏了,便坐在一个石坛上休憩了片刻,绥士道:"这里的感情如何?"无人道:"朝廷衮职虽多预,天下军储不自供人,但知甲午之役海军腐败,却不知道他的精华尽在乎是了。"绥士道:"从前的事不必说了,进而后怎样?"无人道:"能免得'洛阳宫殿焚烧尽,宗庙新除狐兔穴'吗?"绥士也不胜感叹,无人道:"铜驼荆棘已在眼前,我们也是国民一分子,到底一些没有法儿补救吗?"绥士道:"手无斧柯,龟山奈何,这空论又何必说他呢?"无人道:"我们出去吧,不必令人郁郁了。"①

小说通过杨绥士、黄无人的眼光,以简略的笔触写出了颐和园的金碧交辉,其豪华富丽的情状简直难以形容。但作者透过二人的对话,揭露了这精美建筑背后是被挪用的海军军费,甲午之役面对外敌的失败换来了一座供帝王玩乐的皇家园林。"洛阳宫殿焚烧尽,宗庙新除狐兔穴"出自杜甫的《忆昔》,开元盛世在安史之乱中黯然落幕,

---

① (清)不才著《醒游地狱记》,商务印书馆 1914 年版,第 106—107 页。

而晚清衰败的国运又如何能确保颐和园不会落得同样的下场呢？在晚清救亡图存的思潮中,《醒游地狱记》通过主人公的一次游园活动,把颐和园的华丽与甲午战败联系在一起,把帝王的奢欲与国事的日颓联系在一起,面对眼前的楼阁发出难以久存的感慨,而"手无斧柯"的有识之士无能为力,只能独自郁郁寡欢了。这种对皇家园林的书写方式,再不是过去的艳羡与仰慕,而是增添了现代意识的审视,这种园林无非是来自对民脂民膏的盘剥,统治者的穷奢极欲只可能是王朝灭亡的加速器。

（四）落寞的南京宫廷

与明清小说中时常出现的北京宫廷与皇家园林相比,作为明代建都之地的南京在明清小说中却非常落寞,小说作品中几乎很少涉及。明代小说中,《英烈传》与《续英烈传》俱以明初为背景,《英烈传》写朱元璋起兵直到建都南京的故事,《续英烈传》则以朱棣靖难之役为背景。两部小说虽然略有涉及明初的南京,但对于宫廷建筑则较少涉及,虽然出现了便殿、奉先殿等宫殿名,但作者并没有进一步的描写。《三宝太监西洋记》描写郑和下西洋的故事,当时朱棣尚未迁都北京,所以书中出现了一些涉及南京宫殿的内容。如第8回写盛大的朝会场面,"万岁爷坐在九重金殿上,只见静鞭三下响,文武两班齐",之后作者铺陈了文武两班参加朝会的官员,以及奉献祥瑞的国内耆老与外国使节。但对于这次朝会举行的地点,也就是作者所称的"九重金殿",并未作细致的描绘。第18回写朱棣大宴百官,其中出现了金殿、文华殿、武英殿等南京紫禁城宫殿名,但对于这些宫殿在观者眼中呈现了如何的形象,却并未展开描写,无法与同时期小说中的北京紫禁城相提并论。

这种情况的出现,要从两个方面来看。第一,南京作为明王朝都城的时间并不长,随着朱元璋迁都北京,南京的政治地位明显下降。虽然保持了留都的名号,但从政治角度来看,明代政治中心已然北上,南京不再与国家大事相联系。从小说作者的关注来说,国都北京得到了更为明显的关注,关于北京紫禁城的描写也层出不穷,与之相比,南京确实像缺失了的一环。第二,明代南京的城建布局较为特殊,朱元璋在构建新都时,特意把皇城安排在了南京东部,并以高大的城墙将这一区域与城北驻防区和城南居民区完全隔绝了,这意味着南京市民在日常生活中几乎不大可能与这一区域有什么交集。而北京则恰恰相反,皇城基本上处在内城中部,四周仍有大量居民区,内城居民东西往来必然要绕皇城而行,而且皇城正门大明门前尚有市集,居民仍需从此通过,这就为市民形成对皇城的形象提供了可能。此外,明代迁都以后,南京虽然保留了故宫,但一直处于封闭的状态,此后的明代帝王甚至对年久失修的殿阁不予维修,并多次下诏明确维持这种状况,其中的深意不言自明。到了南明小朝廷时,南京故宫里的殿阁大多坍毁无存,可以正常使用的非常少,弘光的监国礼、即位礼都是在武英殿举行的,这在《樵史通俗演义》中也有所体现。到了清代,明皇城成为八旗驻防城,并进一步毁坏,明故宫就只剩下一片荆榛满目的景象了,清代小说中已经见不到与明故宫有关的内容了。

所以,明清小说南京宫廷建筑的缺失,与南京政治地位的下降以及城市功能区划有着紧密的联系。政治地位的下降使作者们对南京的关注度降低,而城市功能区划又使一般南京市民难以窥见紫禁城的状貌,这些因素正是导致相关内容在明清小说中较少出现的原因。

二、宫廷活动与皇家气象

明清小说中的皇家气象,通过宫廷建筑、皇家园林的辉煌与豪华予以展现固然是一种比较直接的方式,但宫殿、园林等建筑毕竟只是冷冰冰的砖石草木,离开了生活于其中的人,也就显得毫无生气了。小说作者们显然没有就此止步,而是以自己的笔触去描写宫廷生活的某些方面,在这些零散而又琐碎的内容中,宫廷礼仪、皇家庆典、节庆活动等宫廷活动以其排场盛大成为明清小说表现皇家气象的另一种方式。

(一)明清小说中的宫廷礼仪

对于中国古代国家而言,礼制是社会生活中最重要的一环,它以各种有形的、无形的形式介入到人们的日常生活中,上至天子下至黎庶,整个社会生活的方方面面都被礼制所制约。皇帝作为封建国家最高的统治者,名义上是秉承天意以治理天下,所以被称为天子,围绕皇帝与国事的礼仪就成为宫廷文化的重要组成部分。明清小说中的宫廷描写,也关注到了宫廷礼仪的某些方面,是一种以文学方式对禁廷礼仪的塑造,也是对宫廷文化的展示。在明清小说中常出现且与宫廷有关的礼仪活动主要是朝会、大婚、经筵、引见几种。

(1) 明清时期朝会有大朝与常朝之分,大朝于元旦、冬至等重要节日举行,天子御正殿接受百官朝贺,属于礼节庆贺性质,常朝则是天子日常召见官员处理政务,因御殿时间不同有早朝、午朝之分。在明清小说中出现的朝会描写中,明代小说《三宝太监西洋记》是比较特殊的一种,这种特殊体现在作者用了很大的篇幅来描绘朝会的场景。该书第8回写永乐皇帝的一次早朝,这是明清小说少有写南京宫廷的内容,作者先写文武齐聚,不厌其详地描写参加朝会的官员,中间又穿插诗词,形成一种天朝人物兴盛的感觉。作者接着写潞州府、醴泉县、香山县、嘉禾县耆老分别进献甘露、醴泉、紫芝、嘉禾等祥瑞,随后是西南方哈失谟斯国进狮子、正南方真腊国进白象、西北方撒马儿罕国进紫骝马、正北方鞑靼国进羱羊、东南方大琉球进白鹦鹉、东北方奴儿罕都司进孔雀,还有一帮"没名没姓"的番国进献各种奇珍异宝,这些国家都可以在《明史》"外国传"中见到他们的名字。整整半回的内容,作者描写了一次盛大的朝会,一首首诗词的穿插,国内耆老进献祥瑞,番国进贡异兽珍宝,与其说这是一次普通的常朝,不如说是作者想象的"万国来朝"场面,国内的祥瑞与国外的异宝烘托了明初盛世时光。

该书第99回,当郑和等人完成下西洋的使命回国复命时,作者又写了一次盛大的朝会情景,郑和出使过的国家一一上表进贡方物,其中既有《明史》中曾有记载的宾童龙国、爪哇国,也有明显出自作者虚构的金莲宝象国、女儿国等。作者用了一回的篇幅,逐个描写番邦外国使臣在天朝皇帝面前的诚惶诚恐与天朝上国在面对海外方国时的宽厚与仁慈,堪称是一幅用文字描绘出来的《职贡图》,显示了郑和下西洋所带来的外交胜利成果以及明王朝最辉煌的一页。明代中后期,沿海地区备受倭寇与海盗的侵扰,在"东事倥偬"的时代背景下,《三宝太监西洋记》通过刻意营造的盛大朝会凸显明初的四海承平与国力强盛,试图给"当事者"以"抚髀之思"。

(2)大婚即天子大婚,通常意义上指登基前没有娶过正妻的皇帝在登基后所举行的正式婚礼。明代小说《七曜平妖传》第2回曾描写了明熹宗登基后的大婚之礼。先是"群臣议行大婚礼仪,钦天监奏称太阴星照临三处,正宫娘娘星君旺在河南,东宫娘娘旺在南京,西宫娘娘旺在北京"①,随后朝廷分遣中贵赴三处访选,选中的三位贵人到京后暂住选婚宫。"选择四月二十四日行大婚礼仪,大明门外五凤楼前结百尺彩楼,流苏万带,霞彩耀日争光。满城大小文武士庶军民,压肩叠背,塞满御道,皇城内外有万万千千人烟凑集来看彩楼……三位娘娘鸾舆凤扇,鼓乐喧天,笙歌聒耳,香烟满道,瑞霭缤纷,内侍宫娥簇拥到分宫楼前朝见。太后娘娘卷帘,传旨内侍宫娥卷起珠帘,看见三位娘娘仪容端庄,举止尊重,大喜,亲开御口便曰:'张贵人居正宫,段贵人居西宫,王贵人居东宫。'三位娘娘俱谢恩,谢恩已毕,各宫才女宫娥各各祗应赴宫。"②

这段关于天启帝大婚的描写,被选中的张氏、王氏、段氏以及她们的籍贯都符合历史实际,《明熹宗实录》卷9载:"是日(天启元年四月甲戌),元辉殿选定淑女三位,河南祥符县张氏,顺天府大兴县王氏,南京鹰扬卫段氏,备选五人驿送还家。"③其中所写明代皇帝大婚的热闹程度,也是基本符合实际情况的。但从大婚具体的礼仪而言,几乎全是出自作者自己的杜撰,《明史》卷55《天子纳后仪》中详细描述了天子大婚纳采问名、纳吉、纳征、告期、发册奉迎、谒庙、朝见的种种仪式,《明熹宗实录》中也是如此记录熹宗大婚的程序:"丙戌,上御殿行纳采问名礼……庚寅,上御殿行纳吉、纳征、告期礼……戊戌,寅时行发册奉迎礼……大婚礼成。"④而《七曜平妖全传》中的选婚宫、分宫楼等皆是作者虚构而来。这虽然是一场半虚半实的天子大婚,

---

① (明)清隐道士编次《皇明通俗演义七曜平妖全传》,《古本小说集成》影印本,上海古籍出版社1994年版,第8页。
② 同上书,第14—16页。
③ 中研院历史语言研究所编《明熹宗实录》,1966年版,第429页。
④ 同上书,第455、462、478—479页。

但从小说作者对明王朝尊崇的态度来看,这场婚礼无疑是对国家兴盛、皇室气派的一次大规模展示。

(3)经筵是为帝王讲论经史而特设的御前讲席,是一种特殊的帝王教育制度,明代太子出阁之后,亦有讲筵之设。明代小说《梼杌闲评》第21回写到了太子出阁讲书的一些情节,虽然是二月严寒天气,但太子与内侍等俱要早起。文华殿上陈设齐备,"有侍班官、引礼官、日讲官、侍讲官、东宫师保渐次而来。天气极寒,各官都冻得脸上青紫色,一个个浑身抖颤,口噤难言,都挤在东厢房内避寒。……过了一会,才闻辘轴之声,太子驾到。众官出殿分班,打躬迎接。惟此日不跪班,亦尊师重道之意。人子到殿门首下辇,两边引礼官引至先师位前行四拜礼,复引至御案前,众官排班行四拜礼。侍讲官供书案,日讲官进讲章。"在讲授一段时间之后,"传旨赐茶,众官退入庑下,早摆下香茶点心,围炉休息了一会。鸿胪寺喝礼,众官复至,殿上班齐",继续进行讲授。讲筵结束时,"各官送至殿门外,候驾起,方退入直房"①。与《明史》卷55"东宫出阁讲学仪"相对照,这段描写太子出阁讲书的描写大体还是比较真实的,但小说中说此日参加经筵的官员不跪班是不符合实际的,明代皇帝与太子的经筵,讲读官员都要叩头行礼。

(4)引见是指皇帝在接见臣僚时,皆由大臣引导入见,故称引见。虽然类似的活动在封建时代早期就已产生,但直到明代,也只是皇帝的临时性活动,一般很少举行,到清代才把引见固定并形成一套完整的制度。在清代,举凡入侍选拔、升迁调补、降革处罚,都有适用的引见制度,皇帝通过与臣僚特别是中下级臣僚的直接接触,以熟悉地方情况、了解官员办事能力、择选可用之人,并以这种直接得见天颜的活动来激励引见官员效忠王事。清代小说如《野叟曝言》《绿野仙踪》《雪月梅》《儿女英雄传》《南朝金粉录》等皆有涉及引见的内容,虽然其中也有在时间上假托明代的,但都带有明显的清代引见色彩。如《野叟曝言》第34回写文素臣被保举后参加引见,由吏部负责引见,先要到部中演礼,引见当日则分五班由各部各司官员带领,司

---

① (明)不题撰人《梼杌闲评》,齐鲁书社1995年版,第162—163页。

官手中有记录被引荐人员名姓履历的牙牌供皇帝查看,虽然假托为明成化年间,其实写的还是清代的情况。

在清代小说中,《泣红亭》中的引见描写是最契合当时实际情况的。小说第 2 回详细描写了贲侯等人由吏部官员带领进宫,在养心殿外等候,负责引见的则是吏部尚书与兵部尚书,贲侯之子璞玉看到吏部员外郎"手里捧着椭圆形盘上的绿头象牙签上写着四臣的姓名年龄,将牙签的下段用二指宽的黄绫裹着。……那黄绫子是皇上手指掐拿的地方"①,皇帝在与贲侯等人交谈几句之后,贲侯等退出等候,得到上谕的兵部尚书出来宣布对贲侯等人的任用决定。正如小说所写,清代引见多在乾清宫或养心殿,其中程序也符合清代引见的一般流程,而"引见官每人都有绿头签,用白硬骨纸制成,上半段染有绿色,首尖下长,中间书写引见官的姓名履历"②,正是小说中璞玉所见到的"绿头象牙签"。

清代小说出于某些原因往往把引见当作一种特殊的恩典,例如《儒林外史》第 35 回把庄绍光的引见描述为一次大型朝会:"到了初六日五鼓,羽林卫士摆列在午门外,卤簿全副设了,用的传胪的仪制,各官都在午门外候着。只见百十道火把的亮光,知道宰相到了,午门大开,各官从掖门进去。过了奉天门,进到奉天殿,里面一片天乐之声,隐隐听见鸿胪寺唱:'排班。'净鞭响了三下,内官一队队捧出金炉,焚了龙涎香,宫女们持了宫扇,簇拥着天子升了宝座,一个个嵩呼舞蹈。庄征君戴了朝巾,穿了公服,跟在班末,嵩呼舞蹈,朝拜了天子。当下乐止朝散,那二十四个驮宝瓶的象,不牵自走。"③又如《绿野仙踪》第 35 回写朱文炜、林岱因功"驰驿来京引见",当日"明世宗御勤政殿,文武分列两旁,吏兵二部带领二人引见"。清代引见为了体现皇帝的权威,有严格的制度与程序,但与朝会等典礼还是有很大区别的,上面所引《儒林外史》《绿野仙踪》中把引见写成大型朝会,是出于凸显皇帝对书中人物重视的目的。

---

① (清)尹湛纳希《泣红亭》,内蒙古人民出版社 2010 年版,第 18 页。
② 黄十庆《清代的引见制度》,载《历史研究》1988 年第 1 期。
③ (清)吴敬梓著,李汉秋辑校《儒林外史汇校汇评》,上海古籍出版社 2014 年版,第 433 页。

（二）禁廷礼仪描写的特点与作用

在金碧辉煌的皇家建筑之外，禁廷礼仪作为宫廷文化的重要一环，是对皇家气派最直接也是最合适的表现。从正史、会典中单调枯燥的礼仪程式到小说中的文学呈现，禁廷礼仪在作家的重塑中变得生动、立体起来。明清小说对禁廷礼仪的描写呈现了这样的特点：第一，作家在小说文本中以一种类似礼乐志的方式来描绘礼仪的程序与排场，尽管小说中的这类情节对全书叙事没有太大的意义，但作者依然不厌其详地去铺排仪式的隆重与细致繁琐。《三宝太监西洋记》中第8回、第99回的两次朝会描写，都占据了很大的篇幅，作者逐个描写前来朝觐的番邦外国与他们进献宝物的名称、来由，读者对这种枯燥的文字并没有多大兴趣，但这却丝毫不影响作者以极大的热情来描绘万国进贡的朝会盛事。这种对禁廷礼仪细致繁琐的书写，一方面有其现实背景，毕竟宫廷礼仪的繁复程度与普通人家自不可同日而语，不同的作者虽然秉持着不同的目的，但无疑都希望通过这种文字上的重复、铺排给读者想象的可能性与空间。另一方面，皇帝与皇室的威严与神圣是通过阶级制度划分出来的，但仅有身份上的显赫还明显不够，这种细致繁琐的描写手法便成为营造皇帝与宫廷的神圣光环，展现宫廷文化大气磅礴的必然路径。第二，小说作者多是以一种想象加复原的方式在小说中书写禁廷礼仪，像《泣红亭》的作者尹湛纳希那样身边有亲属参加过引见的小说作者毕竟是少数的，对于大多数作者而言，他们所理解的宫廷礼仪多半是礼书上的文字。但是现实的写作需求又需要他们在小说中再现某些特定的宫廷礼仪，于是，小说作者可能是根据礼书、他人的记载、听闻中的材料尽量去还原那些威严、端庄的禁廷礼仪。但许多作者还不仅停留于此，他们抱着各自的目的试图去呈现种种夸张但又可以彰显天子威严、帝国实力的典礼，这也就是《三宝太监西洋记》中出现那种半实半虚宫廷礼仪的原因了。

从明清小说中出现的各种宫廷礼仪描写的作用来看，首先，作者希望以对端庄肃穆的宫廷礼仪的描绘为窗口，揭示宫廷文化大气磅礴的一面。小说中宫廷礼仪程序的繁复、陈设的豪华，无一不是在昭示一种大气的宫廷气息,在对礼仪活动的铺排叙述之中,天子的至高威严、宫廷的神圣肃穆、皇家的恢弘气势都借此展现出来。同时,宫廷礼仪不仅仅是一种对秩序的规范,更是对人心潜移默化的内化影响。小说中出现的宫廷礼仪多从书中人物的视角出发,写他们的所见所闻,肃穆的宫廷礼仪使他们产生了对帝王的崇敬之情,这种崇敬也是激发他们功业理想的一种契机,这背后同时也暗含了作者本人对朝廷的积极态度。其次,作者对宫廷礼仪的书写,也是他们帝国想象的一种方式。前面已经讨论过,明清小说中的宫廷礼仪描写多是一种半实半虚的方式,其中有不少作者虚构的成分,但作者的虚构也绝非事出无因,这其中包含了他们与帝国的某种天然情感联系。以《三宝太监西洋记》为例来看,其中的两次朝会描写,彰显了明初强盛的国力与统治者开放进取的心态,外国来朝的盛大典礼是对帝国实力最直接的表现。联系到小说成书时明帝国的保守与封闭,沿海地区倭寇骚扰频仍,作者选择郑和下西洋的题材加以创作就有了以明初盛世来激励当代统治者肃清海疆、重振国威的动机。作者以他自己的方式来完成一种帝国想象,用盛大典礼的再现起到提振人心的作用。再次,小说中的宫廷礼仪描写在表现宫廷气派之外,还与人物形象的塑造有关。《儒林外史》中的庄绍光是作者塑造众多真名士中仅次于虞育德的人物,庄绍光应征入京,说明他对通过帝王实现教养事业还有一定的期许。小说中皇帝在上谕中说自己"寤寐求贤,以资治道",表达了求贤若渴的积极态度。更为重要的是把庄绍光入朝引见安排成一次盛大的朝会,陈设了全套卤簿,用了传胪的仪制。这种与现实礼制之间的脱离与不符,加之单独召见时又赐庄绍光禁城骑马,反倒成为皇帝重视庄绍光的表现。小说中这种特定的宫廷礼仪描写,俨然成为凸显书中人物能力、地位与受重视程度的一种方式。

(三) 明清小说中的宫廷庆典与节庆活动

如果说宫廷礼仪活动凸显了宫廷生活端庄肃穆一面的话,宫廷中的节庆活动与庆典则体现了宫廷生活喧嚣、生动的一面。褪去宫廷礼仪活动强烈的政治色彩,节庆活动的娱乐气息、宫廷庆典的盛大华丽,为读者呈现了一种不一样的宫廷生活。

上元节又称元夕或元宵节,自汉代起就已成为固定的节日,唐宋时期不论宫廷还是民间都挂灯观赏,都城还会在这段时间取消宵禁,让市民纵情游玩,形成一种全民狂欢性质的节日活动。明代元宵节与春节相连,京城北京挂灯时间从初八一直持续到正月十七,市井中的元宵节已经非常热闹,而宫廷中的元宵节活动比民间更为热闹且增添了不少华丽气息。明代小说《梼杌闲评》第 21 回写明神宗时的一次元宵节,宫内"殿前搭起五座鳌山,各宫院都是珍珠穿就、白玉碾成的各色奇巧灯。至于料丝、羊皮、夹纱,俱不必说。群臣俱许入内看灯,各赐酒饭。嫔妃、彩女成群作队的游玩。内相阁中俱摆着盛宴,作乐饮酒。正是:金吾不禁,玉漏莫催"①。殿前的大型鳌山灯,各宫的奇巧花灯,把宫廷妆点成一座火树银花的海洋。不仅如此,群臣可以入内看灯,宫内的嫔妃宫女也结队游玩,包括魏忠贤在内各级太监虽然有职司所在,但是也可以偷懒在班房中赏灯、饮酒、猜拳、行令,少了许多限制,一派宫廷行乐的图景。

以上元节为代表的节庆活动,塑造了一种充满节日气息而又生动、喧嚣的宫廷气息,而大型的宫廷庆典则体现了富有天下的皇家奢华、富丽的一面。中国古代王朝往往强调以孝治天下,特别是清代统治者,虽然出身于东北少数民族,但同样对传统孝文化推崇有加。在宫廷庆典中,皇太后千秋寿诞作为皇帝表达对母亲孝顺的一种特殊方式而具备多重意义,一方面儿子希望母亲开心是天性,另一方面皇帝作为天子,希望以自己在人伦方面以身作则的典范作用来昭告天下孝的重要性,并要臣民把这种孝拓展到忠君上。清代康熙、乾隆时都曾为皇太后举行寿诞庆典,整个京城都参与到筹备庆典的浓郁氛围中。清代小说《绘芳录》第 26 回曾写到一次皇太后寿诞庆典:"单说太后千秋,半月以前,上谕禁城内外,大放花灯。又在午门外盖了一座永寿楼,迎奉太后登临赏玩。又命各衙门私第,及大小士庶人家,准其自行张挂灯彩,以示与民同乐之意。……此旨一下,合城官绅士庶,无不踊跃,四处搜觅奇巧上式灯彩花草,以备是夕应用。即那些小户人家,置备不起的,也要搭一个彩棚,挂几盏红纱灯,或用纸

---

① (明)不题撰人《梼杌闲评》,齐鲁书社 1995 年版,第 160 页。

绒做就各色飞禽走兽,与那灯匾灯牌等类。……待至薄暮,大家小户,灯已点齐。街市上照耀如白昼相似。又闻得各处锣鼓喧天,笙簧盈耳,真乃不夜城开琉璃境界,洵是盛世升平气象。"①祝伯青等人在这天夜里一起上街游玩,各府内眷都出来赏灯,皇城在这一夜也是"奉旨金吾不禁,许人出入观灯"。众人进城之后,"见一片灯火辉煌,尽是大内里做成各式奇形异相灯球,自与民家不同。当中一座永寿楼,高耸半天,楼上楼下,挂有数万盏灯,又有两座鳌山在楼之左右,上面人物花鸟,多用引线牵丝,如活的一般。楼前又有一座玻璃牌楼,中间堆嵌着'万寿无疆'四个斗大的字,也点着灯牌"②。这是一场宫廷庆典,又是一场宫内外共庆的盛事,城内城外俱是灯火辉煌,皇城内专门搭建的"永寿楼"大型灯组更是华丽无比,也只有皇家能有这样的气派。小说所描写的皇太后圣诞庆典,突出了与民同乐性质,把一场宫廷庆典变成都城全民性的娱乐活动,这既是皇家的恩典与气度,又是市民感受皇家气息的一场盛宴,它的华丽与奢侈是皇家独有的。

第二节 中心与中心之外:明清小说中的北京与南京官场

作为与王朝政治息息相关的两座城市,北京与南京的官场生活也是明清小说作者关注的重点之一。作为明清两代政治中心的北京,大量中央行政部门的设置使城市中汇聚了庞大的官僚群体。围绕着北京官场这个大舞台,明清小说不仅演绎了京城官员的生活百态,也对京城官场文化进行了集中展示。明初虽以南京为都城,但时间较短,其后留都的设立使南京在明王朝只能保持一种亚中心的政治地位。清代南京的政治地位则进一步弱化,它仅仅是江南,甚至只是苏皖的区域中心。在北京的挤压之下,南京一直处在中心之外,进而从亚中心沦落到区域中心。这种城市地位的变迁也影响到了明清

---

① (清)西泠野樵《绘芳录》,吉林文史出版社1988年版,第336页。
② 同上书,第337页。

小说的南京官场的呈现,相关作品数量以及涉及内容的广泛程度都不如小说中的北京官场那样丰富多彩,但从为数不多的作品中,我们还是可以发现明清两代南京官场的一些特色。

一、明清小说对北京与南京官场生活的展现

(一)苦乐毕集:明清小说中的北京官场百态

所谓京官,是指供职于中央行政系统的官员,而中央行政部门多设立在京城,这些在京城做官的官员也被称为京官。明清两代,北京城中的京官成千上万,这些京官以及他们的日常活动,不仅是构成京师人口和活动的重要组成部分,而且也是京城生活的风向标之一,京官群体的喜好与风尚无疑对城市日常生活,乃至外省官场起着巨大的导向作用。研究明清小说中的北京城市生活,京官是不能忽视的一个重要群体,而小说作品也通过对京官生活的描绘为读者呈现了京官的生活百态,这其中既有安逸舒适、悠游岁月者,也不乏贫苦交加、寒酸度日者。

京官印象 读书求取功名是古代文人实现个人抱负的开端,也是其迈入官场的起点,对于初入仕途者来说,京官或外官不仅意味着不同的发展道路,也蕴含着不同的人生理念。《儿女英雄传》中,安如海中进士之后与儿子说起自己的抱负:

> 在常情论,那名心重的,自然想点个翰林院的庶常;利心重的,自然想作个榜下知县;有才气的,自然想用分部主事;到了中书,就不大有人想了;归班更不必讲。我的见识却与人不同。我第一怕的是知县:不拿出天良来作,我心里过不去;拿出天良来作,世路上行不去。那一条路儿可断断走不得!至于那入金马、登玉堂,是少年朋友的事业,我过了景了。就便用个部属,作呢还作得来,但是这个年纪还靴桶儿里披着一把子稿满道四处去找堂官,也就露着无趣。我倒想用个冰冷的中书,三年分内外用——难道我还就外用不成?那时一纸呈儿,挂冠林下,倒是一桩乐事。不然,索性归了班,十年后才选得着。且不问这十年后

如何,就这十年里,我便课子读书,成就出一个儿子来,也算不虚度此生了!①

庶常、主事、中书俱是京官,知县则是外官中的基层官员。在安如海看来,好名、有才气的多半想留在京里做翰林或是部员,好利者则希望从知县做起,对安如海这样年纪较大,名利心又不重的人来说,留京做个中书既清闲又体面,是最好的选择。

实际上,安如海的想法具有一定的普遍性,在一般人的印象中,与初入仕途就从基层外官做起相比,京城官场比地方官场更为体面与气派,京官的社会地位也比外官略高,这些是外官无法比拟的。《醒世姻缘传》中狄希陈以府经历候选,在骆校尉看来,正八品的府经历不是狄希陈这种公子哥能做得来的,上司既多又难奉承,"堂上合刑厅但有些儿不自在,把笔略掉掉儿,就开坏了考语,巡抚巡按考察,大不好看的事都有了"。衙舍又逼仄,还要动不动"叫人老爷,就要替人磕头,起来连个揖还不叫你作哩"。对于狄希陈而言,最好的选择是在京做官:

你既不图利,只是为名,可以加纳个京官做。你要舍的银子,爽利加他中书,体面也好,银带鸂鶒补子,写拳头大的帖子拜人,题了钦差出去,凭他巡抚巡按都是平处。你到绣江县去,数你头一位见任京官。况如今又开了新例,中书许加太仆少卿,你爽利再加撩给他几两银子,加了卿衔,金带黄伞,骑马开棍,这比经历何如? ……这京官汤汤儿就遇着恩典,貤封两代,去世的亲家公亲家母都受七品的封。要肯把本身的恩典移封了爷爷奶奶,这就是三世恩荣。你有的是银子,你山里多的是石头,或在镇上,或是城里,青云里起的牌坊,盖的两座,这也不枉了驰驰名。②

对读书人来讲,保全自身的体面和荣誉是最基本的要求。《醒世

---

① (清)文康《儿女英雄传》,齐鲁书社1990年版,第20页。
② (清)西周生《醒世姻缘传》,齐鲁书社1980年版,第1082—1083页。

姻缘传》以明代为背景,尽管当时地方各级政府内部官员行跪拜礼已属违规,但受制于官职与权力,下级属官在面对上级官员时常常没有什么尊严可言。但京官却基本保持了这种尊严,不但不会像地方基层官员那样动辄磕头、作揖,而且明代"京官系统中,通常论权不论品,某些特殊地位低级官员对高级官员并不以常礼相待……低级京官获得了更多的礼遇,保持了应有的尊严"①。此外,在骆校尉口中所说的"恩典"上,京官也比外官有优势。朝廷给官员的恩典主要是指诰敕和封赠,明代京官实授之后就有机会获得诰命,而外官不仅需要抚按的举荐还必须考核成绩优良才有机会得到诰命。由此可见,在居官体面与社会名望方面,京官确实比外官更为体面。

　　京官的体面与气派还体现在日常生活上,对外官而言,京官特别是高级京官在起居、出行方面的排场与仪度也是让他们敬畏与向往的。清代小说中,常有进京的外官为了消弭自己与京官的差距而刻意模仿京官气派的举动,这从一个侧面说明京城官场是多么重视体面。《官场现形记》中,外省候补官员贾大少爷初进京:"坐的是自己的坐车。骡子是在河南五百两银子买的。赶车的一齐头戴羽缨凉帽,身穿葛布袍子,腰挂荷包,足登抓地虎,跨在车沿上,脊梁笔直,连帽缨子都不作兴动一动。这个名堂叫做'朝天一炷香'。京城里顶讲究这个,所以贾大少爷竭力摹仿。坐车之外,前顶马,后跟骡,每到一处,管家赶忙下马,跑在前头投帖。"②对于像他这样的外官来说,为了融入京官社交圈之中,就只能竭力模仿京官的做派,模仿的越夸张越能说明外官心理上的某种自卑与怯懦。具有这种心理负担的外官不在少数,《负曝闲谈》中的周劲斋杂佐出身,作为随员出过洋,已经捐官到道员,进京之后还是"一举一动,都存一点小心,怕人说他怯,笑他不开眼"③,这既是外省人对北京大都会的敬畏,也是一个外官对京城官场的谨慎。这种谨慎一旦过度便会闹出笑话,《官场现形记》中田小辫子在京赴宴,进门之后见人就作揖,甚至对着陪客的男伶也作

---

① 董旗军《内外有别:明代京官与外官比较研究》,东北师范大学 2010 年硕士论文,第 40 页。
② (清)李伯元《官场现形记》,中州古籍出版社 1995 年版,第 303 页。
③ (清)蘧园《负曝闲谈》,江西人民出版社 1988 年版,第 41 页。

揖,别人质问他,他却说:"我看见他们穿着靴子,我想起我在南京的时候,那些局子里当差的老爷们都是天天穿着靴子的。我见了他们,疑心他们是部里的司官老爷才从衙门里下来。他们做京官的是不好得罪的,横竖礼多人不怪,多作两个揖算得了甚么!"①在田小辫子看来,多作揖不得罪人,也体现出他对官场规矩的不熟悉以及对京官的畏惧心理。

总之,官场内外对京官的一般印象是体面又排场,这是令外官既羡慕而又敬畏的。那么小说中京官群体的实际生活又是怎样的呢?下面就从乐与苦两个方面来看明清小说是如何描写京官生活的。

京官生活之乐 从整体上看,明清京官公务之暇比较清闲,特别是初入仕途的新贵们,多在翰林院供职,与其他事权较重的衙门相比较为清闲,也就多了悠游京华的机会。明代小说《二刻拍案惊奇》卷3写道:"京师有个风俗:每遇初一、十五、二十五日,谓之庙市。凡百般货物,俱赶在城隍庙前,直摆到刑部街上来卖。挨挤不开、人山人海的做生意。那官员每清闲好事的,换了便巾、便衣,带了一两个管家长班,出来步走游看,收买好东西、旧物事。"②而该回主人公是少年登第,官拜翰林编修的权次卿,"朝中惟有翰林衙门最是清闲,不过读书下棋,饮酒拜客,别无他事相干。权翰林况且少年心性,下处闲坐不过,每遇做市热闹时,就便出来行走"③。清代小说《绘芳录》中,王兰中进士后点了翰林院庶常,在其妻子看来,王兰"每日除了入馆办事,即去寻那些少年朋友宴聚。可知既浪于费用,又于身心学问一丝无补。若照这样行去,日后也不过得一个狂翰林名目"④,可见翰林阶层生活悠闲是较为普遍的。那么京官生活的乐趣又体现在何处呢?从明清小说中的描写来看,大致包括集会与宴饮、园林逸趣、文物字画、看戏听曲等几个方面,其中既有清雅之趣,也有不少恶俗之处,京官群体良莠不齐,都市生活诱惑又多,所以京官生活的乐趣也就有了雅与俗的差异。

---

① (清)李伯元《官场现形记》,中州古籍出版社1995年版,第406页。
② (明)凌濛初《二刻拍案惊奇》,上海古籍出版社1985年版,第50页。
③ 同上。
④ (清)西泠野樵《绘芳录》,吉林文史出版社1988年版,第329页。

集会与宴饮是士大夫阶层日常生活中一种重要的社交方式,在官场中同样如此。对于官员来说,同年、同乡、师生等情谊需要维系,上下级之间需要沟通,此外各种联谊,乃至节庆、婚丧嫁娶等活动都可能涉及官员之间的集会与宴饮。这是一种官场中常见的交际活动,相较于外省官场而言,京官不仅数量多而且关系复杂,类似的活动也更为频繁,所具有的意义也更为重要。清人张宸《平圃遗稿》记京官宴会"习以为常,若不赴席,不宴客,即不列于人数"①,这就意味着不参加宴会或者不举行宴会,就可能被官场所排斥。明清小说中出现的京官集会,有些是同僚之间的雅集,如《孽海花》第 20 回写李纯客生日,众官在国子监祭酒成伯怡的云卧园中聚会,参加者既有风流名士、翰林新贵,也有庄小燕、钱唐卿、金雯青等京官,"都是台阁名贤,文章巨伯,主贤宾乐,酒旨肴甘,觥筹杂陈,履趾交错,也算极一时之盛了"②。集会场所卧云园风景宜人,众人在其中作诗论文、谈论古董,又有男伶侑酒,诸客皆兴尽而归。又如《宦海升沉录》第 3 回写国子祭酒成端甫花园中的聚会,参加者为翁同龢清流一党,如尚书孙毓汶、阁学李文田等,名士与伶人在池上荡桨,名角唱曲助兴,众人谈论字画、法帖与学术著作,堪称一次典型的京官雅集。当然,京官日常生活中的聚会多数还是以宴饮为主,从宴饮的场所看,有在私第宴请的,如《绘芳录》第 28 回写祝伯青等人在京任职,"除了办公之外,不是私弟宴会,即约至柳五官家小坐"③。参与人数较多也有在会馆宴请的,如《品花宝鉴》第 6 回所写宴会是翰林院侍读学士梅士燮、通政司王文辉等一帮同年京官每年一度的团拜活动,举行的地点在姑苏会馆。北京城服务业发达,京官之间在饭馆宴请也是很常见,如《官场现形记》第 24 回,黄胖姑为贾大少爷联络京官,在便宜坊设宴。《轰天雷》第 1 回,乐伯荪主政等京官与天津候补道韩毓鼎之间相互宴请是在大栅栏会丰堂以及便宜坊。此外,晚清小说中,相公堂子也是京官宴请的常去之处,如《孽海花》第 5 回写金雯青、钱唐卿等一帮

---

① (清)张宸《平圃遗稿》卷 14,见《清代诗文集汇编》(64),上海古籍出版社 2010 年版,第 799 页。
② (清)曾朴《孽海花》,齐鲁书社 1998 年版,第 133 页。
③ (清)西泠野樵《绘芳录》,吉林文史出版社 1988 年版,第 360 页。

京官同年在朱霞芳的景和堂聚会。《九尾龟》第 153 回写章秋谷随金观察等人在相公小兰的堂子里聚会。《最近官场秘密史》卷 4,外务部郎中金魏陶请客同样是在春喜堂。晚清京官之所以热衷于在相公堂子宴请,既是因为彼时官员与相公之间的交往非常普遍,也因为相公堂子陈设考究且饮馔精致。

  明中叶以前,由于受到消费力与赋役制度的影响①,住宅居室的建筑在装饰与空间方面还很朴素,随着明中期经济的复兴,住宅奢华精巧的风气由江南一直蔓延到首都,在这种风气的带动下,造园成为缙绅士大夫竞相追逐的一项事业。明清小说中不乏对京官,特别是高层京官住宅奢华的描绘,也涉及京官私宅中的园林。一方面,造园在仕宦阶层中是身份的象征,它既需要一定的专业技巧,也需要足够的财力支持,在北京能构筑独立的园林,或是在自宅中修建一座小巧的花园,都意味着主人在身份与家势方面的显赫;另一方面,对京官的生活来说,园林不仅是身份与地位的象征,更与他们追求清雅、闲适的生活乐趣有关。《醉醒石》第 15 回写到北京锦衣卫中的一位王锦衣,本是武官出身,但"锦衣卫虽然是个武职里权要衙门,他素性清雅,好与士夫交往。在顺城门西,近城,收拾一个园子。内中客厅、茶厅、书厅都照江南制度,极其精雅。回廊曲槛,小榭明窗,外边幽蹊小径,缭绕着花木竹石。他会做诗,就邀缙绅中名公,也有几个山人词客,在里边结个诗社,时时在里边作诗"②。又因王锦衣好与士大夫交往,所以他的小园子成为缙绅名公、山人词客都中意的场所,京中文官把这里视为聚会的好去处:"皇城西南角,都是文官住宅,因他好客,相与士夫多。园子幽雅,可以观玩。凡有公会,都发贴来借,所以出了一个王锦衣园的名。"③后来,王锦衣又相继购买了京中犯官被罚没的两所大花园,经过清客布置点缀与名公题额赋诗之后,成为京中数一数二的名园了。通过这些描写不难发现,尽管北京不像江南城市造园便利,但明代高级京官中依然不乏热衷此道者。

---

  ① 参见巫仁恕《明清江南城市的休闲消费与空间变迁》中的有关论述,中华书局 2017 年版,第 143—154 页。
  ② (清)东鲁古狂生《醉醒石》,上海古籍出版社 1992 年版,第 131 页。
  ③ 同上。

清代小说中也常出现对京官园林的描写,如《孽海花》第 20 回中国子祭酒成伯怡的云卧园:"在后载门内,不是寻常园林,其地毗连一座王府,外面看着,一边是宫阙巍峨,一边是水木明瑟,庄严野逸,各擅其胜。伯怡本属王孙,又是名士,住了这个名园,更是水石为缘,缟纻无间。"①云卧园地理位置极佳,园内景色秀丽,小说以李纯客的眼光描绘了一路所见园中景致与园中当日聚会名流各自的雅兴,宛如一幅名士行乐图。又如《宦海升沉录》第 3 回以袁世凯的视角写出成端甫花园的奢华,园内不但建筑精美,还有水道贯通池塘与小溪,参加聚会的清流京官泛舟其上,拥伶听曲,堪称雅致。造园对于京官来说并不是人人都能企及的事情,成伯怡宗室出身,而成端甫的花园从其祖父就开始经营。此外,京官的园林又往往成为一些京官群体聚会的场所,他们于其中诗酒唱和,作为一种休闲娱乐的特定场所,体现了京官生活的乐趣。清代小说《品花宝鉴》中的徐子云与华星北是京官群体中豪奢贵公子的代表,徐子云父为封疆大吏,兄为道台,自己由一品荫生得了员外郎在部行走,是京官中的少年翘楚。而华星北则出身公侯世家,因祖上功劳 18 岁就赏了二品散佚大臣,是京官中贵公子典型。值得注意的是两人在生活中均把园林视作"名山事业",徐子云"虽在繁华富贵之中,却无淫佚骄奢之事,厌冠裳之拘谨,愿丘壑以自娱。虽二十几岁人,已有谢东山丝竹之情,孔北海琴樽之乐"②,便在别人废园的基础上,请萧次贤耗时三四午建成怡园。由于徐子云自身的缘故,怡园在某种程度上成为《品花宝鉴》中梅子玉等少年名士雅集的聚点与伶人相公的庇护所。华星北身上豪奢之气浓郁,自家住宅中的西园虽然不如怡园广阔,但"精工华丽,却亦相垺",又因为华公子"心爱繁华,又把笠山手笔改了许多。如今是一味雕琢绚烂,竟不留一点朴素处",布置的"水边有山,山下即水,空隙处是屋,联络处是树。有抬头不见天处,有俯首不见地处"③,小说对西园建筑陈设之精美豪华的描绘正可与华星北平日起居中的排场与富贵气相互呼应。徐子云与华星北体现了京官造园的两种不同取径,徐

---

① (清)曾朴《孽海花》,齐鲁书社 1998 年版,第 130 页。
② (清)陈森《品花宝鉴》,齐鲁书社 1993 年版,第 37 页。
③ 同上书,第 238 页。

子云视造园为逸趣,借此满足自己居官之余的闲适追求,而华星北则把园林当作自家豪奢生活的一种点缀,把本应该贴近自然、模仿自然的园林造的富丽堂皇,但两人所体现的高层京官群体对园林的喜爱是一致的。

京官多数是以科举进身的文人,对于他们来讲,文化消费的需求更为明显,这其中包括购买图书,也包括收藏文物字画等。明代小说《二刻拍案惊奇》卷3提到庙市时,"那官员每清闲好事的,换了便巾、便衣,带了一两个管家长班,出来步走游看,收买好东西、旧物事"①,该回主人公翰林编修权次卿即在这样的市场购买文房古物以自娱。《醉醒石》第8回同样写到北京的庙市、内市等市场上有文物清玩出售,达官贵人乃至中官都是这类市场上的常客,足见明代京官在文化消费市场上是占有一席之地的。

在清代小说中,京城集中的图书与文玩市场不再是明代的庙市,而是逐渐向琉璃厂集中,这里也成为京官文化消费的主要场所之一。《二十年目睹之怪现状》第72回写九死一生在琉璃厂闲逛,在一家著名的老二酉书店内,遇到了官员的仆人来取书:

> 这个当口,我顺眼看他桌上那张信,写的是'送上书价八十两,祈将购定之书,原箱交来人带回……'云云。我暗想这个小小皮箱,装得了多大的一部书,却值得八十两银子!忍不住向那人问道:'这箱子里是一部甚么书,却值得那么大价?'那人笑道:'你伲也要办一份罢?这是礼部堂官李大人买的。'我道:'到底是甚么书,你伲告诉了我,许我也买一部。'那人道:'那箱子里共是三部:一部《品花宝鉴》,一部《肉蒲团》,一部《金瓶梅》。'我听了,不觉笑了一笑。②

虽然作者意在表现部分京官购书之俗,但也可从中发现琉璃厂图书市场上的店主会根据官员顾客的需求来置办书籍。购书之外,清代小说也不乏京官购买、收藏文物的描写,如《文明小史》第60回

---

① (明)凌濛初《二刻拍案惊奇》,上海古籍出版社1985年版,第50页。
② (清)吴趼人《二十年目睹之怪现状》,江西人民出版社1988年版,第610页。

写到的满洲人平正"本是阀阅之家,祖父很留下几文钱,虽算不得敌国之富,在京城里也数得着了。当初当这个清闲寂寞部曹的时节,除了上衙门之外,便是上琉璃厂搜寻冷摊,什么三本半的《西岳华山碑》,他也有一本,唐经幢石搨,他也有三四百通,还不住在旁搜博采,十年之后,差不多要汗牛充栋了"①。与他有同样雅好的京官不在少数,古物的收藏对他们来讲既与治学与好古的兴趣有关,又能彰显个人的清雅趣味,在京城官场中不失为一股清流。《孽海花》中的礼部尚书潘八瀛"学问渊博,性情古怪",书房中的陈设是"满架图书,却堆得七横八竖,桌上列着无数的商彝周鼎,古色斑斓。两面墙上挂着几幅横披,题目写着消夏六咏,都是当时名人和八瀛尚书咏着六事的七古诗:一拓铭,二读碑,三打砖,四数钱,五洗砚,六考印,都是拿考据家的笔墨来做的古今体诗,也是一时创格"②,足见其对金石文物的癖好有多深。《孽海花》中也经常出现京官购买文物的描写,如第11回写潘尚书从琉璃厂翰文斋一个老书估手里买了一部北宋本的《公羊春秋何氏注》,段扈桥买着一块张黑女碑石,"整日在那里摩挲"。当然,京官收藏文物有时也是一种投资,《官场现形记》中的刘厚守在前门大栅栏开古董铺,又与华中堂相往来,明着是卖古董,实际则是为跑门路者提供渠道。他很了解高层京官的心理:"这位老中堂,他的脾气我是晓得的。最恨人家孝敬他钱。你若是拿钱送他,一定要生气,说:'我又不是钻钱眼的人,你们也太瞧我不起了!'本来他老人家做到这们大的官,还怕少了钱用?你们送他钱,岂不是明明骂他要钱,怎么能够不碰钉子呢?所以他爱古董,你送他古董顶欢喜。"③

勾勒京官日常生活中的乐趣,离不开他们对曲艺的重视与热爱,明清两代是戏曲发展繁荣的时代,文人阶层是这一过程的推动者之一。京官群体虽然受到一定程度的限制,如明初曾严禁搬演"帝王先贤"戏剧、禁挟妓饮宴、禁士大夫与倡优私通或婚娶,清代不仅查禁戏剧剧本与曲词唱本,还规定"京师内城,不许开设戏馆,永行禁止。城

---

① (清)李伯元《文明小史》,江西人民出版社1983年版,第501页。
② (清)曾朴《孽海花》,齐鲁书社1998年版,第64—65页。
③ (清)李伯元《官场现形记》,中州古籍出版社1995年版,第322页。

外戏馆,如有恶棍借端滋事,该司坊官查拿"①。但政策的制定与执行总是存在着差距,明清两代官员、士大夫看戏听曲,乃至蓄养家班的记载层出不穷,作为最高统治者的皇帝本人也往往是戏剧爱好者。因此,京官群体在日常生活享乐方面也多有以曲、戏娱乐的,明代小说《梼杌闲评》提到北京城内有专业演员的聚居地,新帘子胡同、旧帘子胡同是小唱弦索演员的寓所集中处,而椿树胡同则多是大班的寓所,所谓小唱弦索即小曲,而大班则是能演出传奇、杂剧的大戏班。从这种专业演员集聚地的形成来看,京城文化消费市场比较繁荣,而这些专业演员服务的对象主要还是京官,该书还提到京中官员之间互相借唱曲教师来调教自己家中的演员,由此可见,明代京官蓄养歌童甚至家班的情形也是存在的。

　　清代的北京不仅汇聚了大量的演出队伍,也形成了浓厚的戏曲文化,当时有"要看戏,京里去"的说法,京官久居于此,看戏也是他们的日常娱乐之一。清代小说对官员看戏的描写较明代更多,京官日常生活中不乏群体性的观剧行为,如《品花宝鉴》第6回梅士燮等同年京官在姑苏会馆新年团拜,定了联锦班来演出,当日的剧目全为昆曲折子戏,一次演出就多达15出。又如《负曝闲谈》第25回写华尚书寿诞,众官在府中看吉祥戏,由华尚书的外甥充当戏提调,不同于《品花宝鉴》中昆曲的擅场,此时京官看戏的主流已是京剧。不仅如此,捧角的习气在高层京官中同样流行,为了谭鑫培演出卖力,华府专门准备供谭抽大烟的屋子,不断迁就演员的各种习惯。清代北京外城很早就有戏园的开设,面向市场提供戏剧演出服务,京官到戏园听戏亦是平常,《绘芳录》第26回就写祝伯青等京官观灯之后,听说"从苏州初到一起福庆堂名班,班头叫傅阿三。此人颇有积蓄,在城西砌造隐春园,开了戏园。他的班子,现在京中,要推巨擘,生意很好"②,便一起到隐春园去看戏。《品花宝鉴》中也常见京官在戏园看戏的描写,如第3回写魏聘才到三乐园看戏,同桌的即是户部主事富伦与七品小京官贵芬,二人经常在戏园里听戏,与伶人往来颇多。而

---

①　故宫博物院编《钦定台规二种》(第2册),海南出版社2000年版,第363—364页。
②　(清)西泠野樵《绘芳录》,吉林文史出版社1988年版,第337页。

《九尾龟》第 153 回写姚观察请章秋谷在中和戏园看戏,在京官的意识中,请人吃饭与看戏是最好的娱乐方式,也最能代表京城的生活特色,无怪乎《轰天雷》中提到听戏与上馆子是京官习气,由此可见一斑。

清代小说中也有京官蓄养家班的情形,如《品花宝鉴》中的华星北"家里有班子,每逢外面请他喝酒看戏,他必要带着自己的班子唱两出。就是外头的相公,只要他看得中,也就不惜重价买了回去"①。需要提及的是,清代小说中京官蓄养家班的情形较为少见,只有像《品花宝鉴》中的华公府,《红楼梦》中的荣国府这样的公侯人家才有实力去蓄养家班以供娱乐,对于一般京官来说,平时的排场与各项开销已经捉襟见肘,蓄养家班远不如去戏园看戏实惠。

京城是富贵场,更是风月窝,衣食的富足更容易激发人寻欢作乐的欲望,作为明清风月中心之一的北京,风月行业的兴旺正是都市生活中诱惑的体现。北京完备的风月服务业是地方城市无法企及的,对于某些京官来说,这也是他们在京城居官的乐趣之一。从明清小说对京官涉足风月场的描写来看,明代小说如《警世通言》、《梼杌闲评》中都有提到北京教坊司下的官营妓院东院与西院,但基本没有京官嫖妓的描写,到了晚清小说中,官员嫖妓的内容逐渐增多。这一点与明清两代对官员嫖妓的禁令有一定的关系,京城官场各项禁令较地方更为严格,故京官不敢公然出入妓院。但是到了晚清,禁令虽存,清廷对官员的管控却大不如前,京官出入妓院也变得普遍起来。《冷眼观》第 4 回写两个新科翰林,"凡金台有名的男女窑子,没有一处没得他们的足迹"②,新入京城官场便已迷失在京城的花花世界之中。而那些混迹官场已久的京官则有各种各样的方式为自己嫖妓打掩护,《二十年目睹之怪现状》第 75 回,京官车文琴拿一堆官照当嫖妓的护身符。

在京城风月场之中,值得一提的还有男妓,在晚清小说官员出入妓院描写增多之前,京城风月场的主角是男妓。明清两代对官员嫖妓有严格的禁令,但对男风却没有限制,于是一些追求情欲满足的京

---

① (清)陈森《品花宝鉴》,齐鲁书社 1993 年版,第 42 页。
② (清)八宝王郎《冷眼观》,百花洲文艺出版社 1991 年版,第 273 页。

官便开始把男妓当作替代品。明代小说《梼杌闲评》中提到的小唱弦索的小官们多有既卖艺又卖色者,他们居住的帘子胡同更是北京有名的男妓聚居地,《十二楼》卷6《萃雅楼》中便提及莲(帘)子胡同里尽是标志龙阳。而《弁而钗》中的《情奇纪》还提到北京的南院,即专门提供男妓服务的场所,与教坊司属下的东西两院分庭抗礼。

清代京城中的男妓多为男伶,他们被称为"相公",在身份上既是戏剧演员,又为世俗社会提供服务,包括出卖色相。清中期小说中相公们的出现逐渐增多,这与当时社会风气的变化有一定的关联,也与社会上的需求有关。对于京官群体来说,与相公交往比嫖妓的风险小很多,正如《二十年目睹之怪现状》所说的那样,京城逛相公是冠冕堂皇的。相公们不同于妓女,其服务模式多样,不但可以出局陪席、陪侍出游,还有相公堂子用以接客,而相公堂子在陈设与饮馔方面较有特色,《京华艳史》以谐谑的口吻称赞京城"相公下处第一",而《孽海花》、《负曝闲谈》都有提到相公堂子饮食精致,这也是相公风靡京城的原因之一。小说中京官群体与相公之间并不总是低俗的色欲关系,其中不乏如《绘芳录》中祝伯青与柳五官那种超越肉体欲望上的同性情感,但男伶中更为普遍的还是靠出卖色相以换取金钱,京官也乐于在相公之间寻欢买笑,如《无耻奴》写道:"无论什么王公大臣,上馆子吃饭,叫的都是相公,玩耍的地方,也是相公堂子。还有一班爱走旱路的,把相公就当作自家的妻妾一般。"①京官与相公之间的往来,大致也就是这几种模式,有些是在宴会上邀相公陪酒,如《品花宝鉴》第2回写几个京官在王文辉家宴会,席间有男伶王桂保作陪,同席京官插科打诨,丑态百出;有的是在相公堂子里取乐,如《九尾龟》里的姚观察请客在相公堂子,而吏部尚书则是"别的都没有什么,只有个爱玩相公的毛病儿,见了相公们就如性命一般,一天不和相公在一起也是过不去的。这个佩芳更是向日最得意的人,天天完结了公事,一定要到佩芳寓里来顽的"②。这在当时京城官场上是一种流行的风气,《禽海石》主人公说自己做刑部主事的父亲"是个风流人物,因为我母亲不在了,鳏居无聊,实在家里闷不过,每天用了午膳,不是

---

① (清)苏同《无耻奴》,中国文史出版社2005年版,第238页。
② (清)张春帆《九尾龟》,齐鲁书社1993年版,第491页。

到朋友家去叉麻雀,就是同了朋友去逛窑子、逛相公"①。

京官生活之苦 上面我们通过小说中的相关描写梳理了明清两代京官生活中的种种乐趣,尽管京官群体中的生活之乐有清雅与恶浊之分,但从整体上看,京官并不是一个死板的群体,在北京这样繁华热闹的大都市之中,京官公务之暇仍有时间来享受都城生活的乐趣。但明清小说中京官生活的呈现还有另一面,他们寒酸、困苦,不但为了每日衣食要向人借债,甚至为了几两银子丢掉京官的体面与尊严,给读者一种京官生活非常清苦的印象。在对京官生活困苦的表现上,明代小说已有涉及,《拍案惊奇》卷21中,小厮郑兴儿因被相士认为会造成家宅不宁而被主人王部郎送走,多年后,做了应袭听用指挥的郑兴儿去拜见旧主人,王部郎对手本上的职衔与称呼不甚理解,但"原来京里部官清澹,见是武官来见,想是有些油水的,不到得作难,就叫'请进'"②。从这样的情节来看,"清澹"即意味着京里部官收入并不是很高,所以见到来求见的武官就会认为对方有求于自己,可以从中捞油水。到了清代,京官之穷已是名声在外,《都门竹枝词》写《京官》云:"轿破帘帷马破鞍,熬来白发也诚难。粪车当道从旁过,便是当朝一品官。"③高层京官尚且如此,中小京官该何等困苦,还有一首《京官曲》写京官日常"清俸无多用度饶,房主的租银绝早,家人的公食嫌少,这一支破锅儿等米淘,那一支寒炉儿待炭烧。且休管小儿索食傍门号,怎当得这哑巴牲口无荞草?况明朝几家分子典当没丝毫",京官日常生活之贫苦简直比一般民家更甚。

在清代小说,特别是清中期以后的小说中,穷京官是经常出现的形象,小说作者通过描写京官日常生活中的穷酸,给读者呈现了一种不一样的京官形象。《官场现形记》第3回中徐都老爷"家里正愁没钱买米,跟班的又要付工钱,太太还闹着赎当头",为了50两银子替人写信联络地方官,虽然最后只收到一半,但望着银票,"徐都老爷望着眼睛里出火,伸手一把夺了去",可见在日常生活的重压之下,京官

---

① (清)符霖《禽海石》,华东师范大学出版社1993年版,第330页。
② (明)凌濛初《拍案惊奇》,上海古籍出版社1982年版,第377页。
③ (清)杨米人等著,路工编选《清代北京竹枝词(十三种)》,北京古籍出版社1982年版,第41页。

对钱是多么渴望。《负曝闲谈》中的汪御史,隆冬天气仍是"穿着一件旧棉袍,上头套了一件天青哈喇呢的羊皮对襟马褂,棉袍子上却套着双没有枪毛的海虎袖头",家中是"煤没了,米也完了,跟班的和老妈子要支工钱",只能厚着脸皮和自己的弟弟借钱应急。在汪御史看来:"偌大京城地面,像我们这么样的官儿,正不知论千论万。照这样一年一年熬下去,实在有点烦难。就是我同衙门的几位,光景和我不相上下,除掉卖折子得那几个断命钱之外,还有什么意外出息么?"①描绘京官穷苦之像最典型的是《小学生旅行》第 6 章中的顾翰林,小说写文化欧去拜访这位祖辈,在胡同拐角之处"瞧见一家极低的屋子,仔细一看,方才叫声惭愧。原来那所房屋的门左首,倒贴起一张小小条子,正是'翰林院顾'四个字。化欧情知不错,一脚跨进,总认道有门房传递柬帖的,望了一望,倒并不看见什么门公。只见二重门槛上蹲一个年约五六岁的孩子,蓬着头赤着脚,一脸尘垢,黄鼻涕挂长寸许,两只漆黑的手擎着块麻花儿,一头往嘴里塞,一头把舌头舔那鼻涕。这孩子背后还站着个十二三岁的大孩子,也一般龌龊龌龊,褴褴褛褛"②,这便是顾翰林的两个孙子,小孩子以为文化欧是讨账的,还推说祖父不在家。这位顾翰林"穿件宽袖的旧夏布长衫,虽在暑天仍不改一幅寒酸样子",房内"容积既不宽转,垃圾又堆了满地,两旁桌椅上积的灰沙差不多有一寸厚"。嘴上说不好意思收文化欧送的银子,"嘴里说这话,两手早已接受不迭"。像顾翰林这种已做了二三十年京官的官员尚且穷酸如此,那些新入仕途的青年官员开支极多,京城生活更加不易,《孽海花》中的庄仑樵新授翰林学士,金雯青去拜访,庄出于客气要留饭,金雯青便答应了:

  仑樵脸上却顿了一顿,等一回,就托故走出,去叫着个管家,低低说了几句,就进来了。仑樵进来后,却见那个管家在上房走出,手里拿着一包东西出去了。……直到将交未末申初,始见家人搬上筷碗,拿上四碗菜、四个碟子。仑樵让坐,雯青已饿极,也不客气,拿起饭来就吃,却是半冷不热的,也只好胡乱填饱就算

---

① (清)蘧园《负曝闲谈》,江西人民出版社 1988 年版,第 145 页。
② 亚东一郎《小学生旅行》,载《小说月报》1911 年第 2 卷第 4 期,第 57 页。

了。正吃得香甜时,忽听得门口大吵大闹起来……原来仓樵欠了米店两个月的米帐,没钱还他,那店伙天天来讨,总是推三宕四,那讨帐人发了急,所以就吵起来。①

因为要留金雯青吃饭,庄仓樵只能当东西凑钱买米买菜,吃饭的时候又遇到米店的人讨米账,虽然是翰林新贵,却要被米店伙计一口一个"穷翰林"堵在门口叫骂,穷京官的日子确实不好过。

造成京官穷苦的原因不外乎几点。其一是明清两代官员的俸禄都不高,明代官员俸禄的发放屡有变化,洪武时期制定的标准是正一品岁禄米1 044石,随品级逐渐递减,最低从九品60石,这一标准是有明一代的定制。但后期实际并非只发放禄米,而是有所谓本色俸与折色俸的区分,并常常用大明宝钞、胡椒、苏木等折换发放的禄米或是禄银,折合比例由官方指定,并不依据市场上的交易价格折合,同品级的京官与外官在比例上还有差距,给官员生活带来很大的不易。明初生活淳朴,物价指数不高,京官生活还较轻松,但经济发展的同时,官员俸禄的发放标准却固定不变,且又常用物品折合抵充官员本该领取的禄米与禄银,直接导致官员购买力的降低。官俸折色所带来的实际薄俸效应对京官影响很大,明代文献中常有京官贫不能养妻女,乃至死后无法归葬的记载。清代制定的俸禄标准是正一品每年俸银180两,俸米180斛,按照官级递减,最低的从九品俸银31.5两,俸米31.5斛。京官银、米俱发放,外官则没有俸米,但却有额外的薪银、蔬菜烛炭银等发放。为了缓解低薪对官员生活的影响,清政府开始在外官中实施养廉银,在京官中先后实行"恩俸"制与"双俸"制,即给京官开双份工资。但京官的正俸加上各项陋规津贴,与外官的收入相比仍有不小的差距,加之京城生活比地方开销更多,京官的生活实际上并不轻松。

其二是京官在京开销较大。一方面,京官重排场重气度,生活方式上追求奢华,在京生活的各项开支都很大。非京籍的京官要租房或买房以供自己与家人居住,这就是一项非常大的开支,京官为了自

---

① (清)曾朴《孽海花》,齐鲁书社1998年版,第25页。

己的官制威仪,即便经济紧张,也会租住大宅。《恨海》第 1 回中的工部主事陈棨,在南横街所租宅院大小十几间,为了分担房租便与内阁中书王乐天以及一个商人分院合住,作者也提及"京官清苦,长安居不易",这种分租即是为了节省开支不得已而为之。《禽海石》第 1 回中也有类似的情节,主人公的父亲在京任职刑部主事,租住的是过去一个阔京官的宅院,为了分担大宅子的房租,也不得不与人合租,可见当时京官在房屋开销上常有力不从心之处。房租开销在京官生活中占了很大的比重,以晚清重臣曾国藩的经历来看,曾于道光二十一年八月搬入绳匠胡同居住,房屋十八间,每月房租京钱二十千文,20 千文约合 13 两 3 钱 3 分白银,一年房租就要 160 两银子,用去全部薪水还不够①。除去房屋开销之外,置办衣物要花钱,《雪月梅传》中岑秀进京就要先置办官服、腰带、帽靴等物用于谢恩,小说中写京城冠带、袍靴都有成品售卖,但价格比较贵。此外,出行轿马也要花钱,尤其是清代"一方面由于官场风气,一方面由于地域广阔,所以京官出入一定要乘车"②,小说中京官出行也确实多乘车,《官场现形记》还特意强调京城极为重视出行的轿车与车夫的装饰。家中仆役要花钱,生活日用要花钱,而京城物价又明显比地方物价要高,所有的一切只能靠京官微薄的俸禄去应付,而京官的俸禄相比有更多灰色收入的外官来讲又明显偏低,京官的日子自然不好过。

另一方面,京官还需应付官场之间的种种应酬。在官场上往来,为了逢迎上司或是当权者,节礼寿礼都是必不可少的,明代小说中魏忠贤一次生日,众官就要送各种珍奇礼物,平时求见还要准备礼物与银子,这对京官而言无疑是巨大的经济压力。清代小说《绘芳录》写当朝首相江丙谦七旬大寿:

  前数日,内外各官,纷纷馈送贺礼不绝。连那远路的多克定日期,不迟不早的送至。皆因江丙谦是当朝首相,爵位尊荣,人人争来趋奉。江公本意不做生日,无奈事到其间,不由他作主。

----

 ① 张宏杰《以曾国藩为视角观察清代京官的经济生活》,载《中国经济史研究》2011 年第 4 期。
 ② 张德昌《清季一个京官的生活》,香港中文大学出版社 1970 年版,第 53 页。

有几家至亲内眷,贺礼不得不收。外人闻得江公收了礼,即以此几家为例,甚至一送再送,苦苦挝收。江公只得暂行收下。谁知这风声传闻开去,连那以前送过不收的,多重又送来,不容江公不收。那掌管收礼的家丁,忙的日夜不闲。所有奇珍异宝,古玩时器,不可胜数。①

小说中的描写不过是现实官场的一种缩影而已,就京城官场而言,京官队伍庞大,彼此之间各种关系错综复杂,类似节日、寿诞、婚丧嫁娶等等都要有一定的馈送,这些都是一种既无法避免又是额外负担的开支。此外,京官往往还要面临来自地方或是家乡的亲戚、故旧同年等各种人入京"打秋风",《警世通言》卷17马德称落魄时进京:

问店主人借绪绅看查,有两个相厚的年伯,一个是兵部尤侍郎,一个是左卿曹光禄。当下写了名刺,先去谒曹公。曹公见其衣衫不整,心下不悦,又知是王振的仇家,不敢招架,送下小小程仪,就辞了。再去见尤侍郎,那尤公也是个没意思的,自家一无所赠,写一封柬帖荐在边上陆总兵处。②

像马德称这种跑到京城"打秋风"的现象很普遍,外省人觉得京官生活富裕,便去京城投奔,希望得到接济,可是对于京官来说,应付这些人又是一笔不小的开支。

在勾勒京官之乐时,我们认为明清京官生活并不枯燥,反而充满大都市的种种乐趣,但这些官场应酬都需要大量的开销,对京官生活无疑也有一定的影响。

在京官群体中,这种风气既是源于自身追逐享乐的需求,又是日常居官中无法避免的应酬。以宴饮为例,在晚清小说中,京官之间乃至京官与外官之间,各种宴请非常频繁,无疑也增加了官员们的负担。《大愍偶闻》记同光时:"今日一筵之费,至十金;一戏之费,至百

---

① (清)西泠野樵《绘芳录》,吉林文史出版社1988年版,第363页。
② (明)冯梦龙《警世通言》,人民文学出版社1956年版,第240页。

金。而寻常客至，仓卒做主人，亦非一金上下不办，人奢物贵两兼之矣。故同年公会，官僚雅集。往往聚集数百金，供一朝之挥霍，犹苦不足。"①而且这类宴请常要叫局，邀相公或是妓女陪席，同样也是一笔不小的开支。

在京官苦与乐的对比中，我们会有这样的疑问，到底哪种京官生活才是真实的、常态的。其实这本不构成什么问题，京官群体自身差异很大，像《品花宝鉴》中的徐子云与华星北皆出身巨宦名门，家底殷实，在都市生活中自然会有更大的自由空间。而像《孽海花》中的庄仑樵"本来幼孤，父母不曾留下一点家业，小时候全靠着一个堂兄抚养"，妻子死后，"又不善经纪，坐吃山空，当尽卖绝"，"自从大考升了官，不免有些外面应酬，益发支不住。说也可怜，已经吃了三天三夜白粥了。奴仆也渐渐散去，只剩一两个家乡带来的人，终日怨恨着"②。自身出身并不富裕，又不善经营，而官场上的应酬又必须参加，最后只能落得捉襟见肘的地步。因为京城开销较大，穷京官日子不好过，他们又不能像外官那样直接取利于民，便开始利用手中的事权、职权为自己捞取俸外收入。京城作为政治中心，选官、授官、考核等各种与官员前途命运相关的事项都与这座城市有关，京官也自然会利用这些为自己增加收入。明代小说《清夜钟》写官员进京考选：

> 是户部清查任内钱粮。那些浙江司，新旧饷司，掌印郎中主事要书帕，多是六十、四十，少也二十四、十四两。书办少是二钱四，多二两四，也叫书帕。若要他遮掩，以少作多，以无为有，便百十讲价，才向御览册上开作分数及格，才得咨送吏部，到此时，也不免甩几个铜钱。及过吏部，又要稽宦迹，考乡评，治下大老、科道、在朝的都要送书帕，求他出好看语，访册上多打圈儿，就是治下在翰林部寺冷署闲曹，虽没他柄权，但要他道好不诽谤，也得八两，极少六两、四两相送。③

---

① （清）震钧《天咫偶闻》，北京古籍出版社 1982 年版，第 175 页。
② （清）曾朴《孽海花》，齐鲁书社 1998 年版，第 25—26 页。
③ 路工、谭天合编《古本平话小说集》，人民文学出版社 1984 年版，第 158—159 页。

这样几两、几十两看似不多,但是请托办事的外省官员数量庞大,所以京官的额外收入还是比较可观的。到了晚清小说中,《官场现形记》中的外官为了授缺动辄就要送几万两银子,可见在当时腐败的京城官场,京官是何等贪婪。

外官馈赠也是京官额外收入的一种,《官场现形记》中的周中堂"一直做京官,没有放过外任。一年四季,什么炭敬、冰敬、贽见、别仪,全靠这班门生故吏接济他些,以资开销"①。冬天送的叫炭敬,夏天送的叫冰敬,本质上是一种变相的贿赂,但这并不是所有京官都可以享受到的,《春明梦录》载:

> 道咸以前,外官馈送京官,夏则有冰敬,冬则有炭敬,出京则有别敬。同年同乡于别敬之外,则有团拜项,谓每岁同年同乡,有一次团拜也。同光以来,则冰敬惟督抚送军机有之,余则只送炭敬而已。其数自八两起,至三百两为止。②

外官每年向京官送礼的数目很大,《官场现形记》写舒军门"在广西边界上克扣的军饷,每年足有一百万。无奈他交游极广,应酬又大。京官老爷们每年总得他头二十万银子,大家分润;至于里头的什么总管太监、军机大臣,以及各项御前有差使的人,至少一年也得结交二四十万"③,高层京官的俸禄仕这些灰色收入面前根本不值一提。

高层京官有自己捞钱的门路,中下层京官则把放差作为主要的"创收"途径,特别是身处清水衙门的翰林们。在《绘芳录》中,王兰放了浙江学差,妻子马上笑脸相迎,认为自己的丈夫有出息。《轰天雷》中荀北山寒酸异常,想着京中的穷翰林车载斗量,若是"等到发疏齿豁,还开不着坊"的话,就只能一辈子穷酸了。又如《小学生旅行》里的顾翰林,"当了几十年穷翰林,非但一直没有开过坊,连试差房考从不曾派着一回",在京城的生活举步维艰,从中可见放差对于京官来说确实是"创收"的一种手段。《春明梦录》云:

---

① (清)李伯元《官场现形记》,中州古籍出版社1995年版,第303页。
② 何刚德《春明梦录》,北京古籍出版社1995年版,第138页。
③ (清)李伯元《官场现形记》,中州古籍出版社1995年版,第356页。

从前,京官以翰林为最清苦,编检俸银,每季不过四十五金,所盼者,三年一放差耳。差有三等,最优者为学差。学差三年满,大省分可余三四万金,小亦不过万余金而已。次则主考。主考一次可得数千金,最苦如广西,只有九百金,若得乡会房差,则专恃门生贽敬,其丰啬以门生之贫富为转移,大率不过三百金上下,亦慰情胜无耳。①

京官为了摆脱捉襟见肘的经济困境,在官场应酬、生活开销等现实压力下不得已而利用各种渠道"创收",却造成了他们没有想到的后果,那就是京城官场进一步放大了中国古代官场权力文化恶的一面。京城官场比地方官场更讲求关系文化的远近亲疏,也因为京官的分外贪婪而更看重金钱的作用,京官在获得升迁、外放过程中可能要付出比地方官更大的代价,其实是进一步增添了京官生活中的苦处。明代小说《天凑巧》第 2 回《陈都宪》写陈"在部中已经五年,论资俸也该升了。但是部属吏部多摧到掌选升京堂,礼部升宗师及两司,兵部升边道,户、工、刑三部得升到两司者,十中止有一二,升府的到有八九;遭际的又是严介溪当国,严东楼用事,没钱的便不得好缺,也不得升迁"②。京官升迁路上的不易,正像陈都宪自己所感知到的"有钱是钱辛苦,没钱是人辛苦",要想在京城官场上游刃有余,钱是必不可少的。京官为了打点上司,只能从富商手上借京债,《贪欣误》第 4 回《彭素芳》中的张侍溪是京中放贷的富商,"富名广布,凡四方求选之人,皆来借贷并寻线索。京师大老,内府中贵,没有一个不与他往来"③。这种情况在清代依旧,《廿载繁华梦》中周庸佑初次入京,京官联元为了得到海关监督的职位,便借助了周的财力,"自这点风声泄出,京里大官倒知得联元巴结上一个南方富商姓周的,哪个不歆羡? 有系来找周庸佑相见的,有托联元作介绍的,车马盈门。周庸佑

---

① 何刚德《春明梦录》,北京古籍出版社 1995 年版,第 88 页。
② (明) 西湖逸史《天凑巧》,《古本小说集成》影印本,上海古籍出版社 1994 年版,第 93—94 页。
③ (明) 罗浮散客《贪欣误》,《古本小说集成》影印本,上海古籍出版社 1994 年版,第 148—149 页。

纵然花去多少,也觉得一场荣耀"①。周庸佑第二次进京:

> 是时京中多少官员,都知周庸佑前次进京,曾耗了数十万,为联元干差之事。今番再复到来,那些清苦京曹,或久候没有差使的,都当他是一座贵人星下降,上天钻地,要找个门儿来,与周庸佑相见,真是车马盈门,应酬不暇。有些钻弄不到的,又不免布散谣言,说那周某带贿进京,要在官场上舞弊的,日内就有都老爷参他折子,早已预备的了。②

正像小说中所写,在那些清苦京曹眼中,周庸佑就像苍蝇眼中的肥肉,要挤破头去巴结,自己没有得利还要四处造谣生事,这就是京官为了升迁或是放差去巴结富豪的真实写照。

京官大概很难想到,生活困苦的自己是官场文化的"受害者",而自己通过灰色手段"创收"又让自己成为官场恶文化的"推动者",京官就在这个怪圈中循环往复着,既无法摆脱,就只能苦苦挣扎了。

(二) 中心之外:明清小说中的南京官场生活

1. 在失意、落寞中徘徊的明代南京官场

明代国都北迁之后,作为留都的南京在政治地位上今非昔比,但明朝依然在南京保留了一套较为完整的中央机构,在两京制的政治安排下,留都南京在南中国仍然居于举足轻重的地位。明代小说,以及以明代背景的清代小说,在涉及南京官场时,或是以零星出现的南京官员推动情节发展,或是描写明代南京官员远离政治中心的闲散处境,还有一部分则以南明小朝廷背景下的南京官场为焦点,表达政治寄予,进行历史反思与批判。

小说中零星出现的南京官员　迁都北京之后,南京降为留都,但"台省并设,不改其旧"③,仍然保留了一套中央行政部门,还有为数不少的官员、太监,以及勋旧生活在这座城市中。虽然南京不再是国家

---

① (清)黄小配《廿载繁华梦》,上海古籍出版社1997年版,第22—23页。
② 同上书,第72页。
③ (明)闻人诠《南畿志》,台湾学生书局1987年版,第8页。

的政治中心,但与北京相对应的行政部门的设置还是让它与一般省府城市有着明显的差异,在北京之外,毕竟只有南京能保有这样规模的官场了。

明清小说在描写明代南京时,常有南京官员的身影出现,涉及南京不同的行政部门。这里略举几例,《警世通言》卷11,苏云因水贼落难,要去南京告状:"金陵是南京地面,御史衙门号为豸府。我如今不要往仪真,径到南都御史衙门告状,或者有伸冤之日。……出了庙门,直至南京,写下一张词状,到操江御史衙门去出告。"①此处提到的操江御史就是南京官,《明史·职官志》载南京设"提督操江一人,以副佥都御史为之,领上、下江防之事"②,《明会典》载"凡操江官军,本院副都御史或佥都御使一员,奉敕提督并巡视九江至镇江、苏、松等处江道,沿江军卫有司盗贼之事兼属焉"③。苏云当年在赴任途中于仪真水域被劫,操江御史衙门受理该案属于职责所在,尽管苏云之子新授监察御史到南京刷卷,依然尊重南京当地的管辖权,将案犯扭送操院衙门候审。

《鼓掌绝尘》月集以金陵人张秀经历为主线,第33回出现了南京教坊司,小说写"正月十三,上元佳节,新院前董尚书府中,大开官宴,张挂花灯,承应的乐工,都是教坊司里有名绝色的官妓",张秀等人在董府门外看到"众官长坐齐,那管教坊司的官儿,领了众官妓过来磕头"。张秀因与教坊司妓女王二交好,被吃醋的男妓沈七告到了教坊司衙门:

> 沈七得了实信,也不去扣王二的门,一直竟到教坊司堂上。只见那教坊司官儿,正在那里看灯。沈七上前一把扯住,怒骂道:"你就是管教坊司乌龟官么?"那官儿吃了一惊,见沈七是一个小厮,却不好难为他。只道:"这小厮好没来由,有话好好的讲,怎的便出口伤人?难道乌龟官的纱帽不是朝廷恩典!"沈七道:"不要着恼!我且问你,这教坊司的官妓,可容得他接客么?"

---

① (明)冯梦龙《警世通言》,人民文学出版社1956年版,第149页。
② (清)张廷玉等撰《明史》,中华书局1974年版,第1834页。
③ (明)申时行等修《明会典》(万历朝重修本),中华书局1989年版,第1057页。

官儿道:"这小厮一口胡柴,官妓只是承应上司,教坊司又不是勾栏,怎么容他接客?"①

教坊司属于礼部下辖管理妓乐事物的机构,都城北迁之后,南京依然保留了礼部,南教坊司与北教坊司相对设立,《明史·职官志》载南京教坊司设"右韶舞一人,左、右司乐各一人"②。教坊司级别较低,北京教坊司的长官奉銮为正九品,而南京衙门较北京衙门相应减员,长官仅仅是从九品的右韶舞,属于官员体系中最低一级了,又因管理妓乐等因素,常被一般人所轻视,所以上面才会出现男妓管教坊司官员叫乌龟官的场景。

又如《明镜公案》卷3《蒋兵马捉盗骡贼》中出现南京兵马司官员:"蒋审为南京兵马司,一日早晨乘轿出参官,路遇一后生,似承差装束,乘一匹骡,振策而驰,势若奉紧公差之意。及近蒋兵马轿勒骡从傍而行,却有逊避之状。过步后,复长驱前进。"③兵马司为明清两代负责京师巡捕盗贼,疏理街道沟渠及囚犯、火禁等事的衙门,京师五城并设,故称五城兵马司,国都北迁之后,南京依然保留该衙门,《明史·职官志》载南京兵马司"指挥各一人,副指挥各三人,吏目各一人。万历中,革副指挥每城二人"④。

小说中出现的明代南京官员,多与上面所列举的一些个例相似,他们只是零星的出现,既缺乏某些群体性活动或特质的描写,作者们也没有像同时期小说在表现北京官场时那样对南京官员在南京的生活与心理给予更多的观照。在小说作品中,他们多是作为一种推动情节走向的因素出现,例如《喻世明言》中的守备太监在李秀卿与黄善聪情感陷入僵局时出现,促使有情人终成眷属。而《鼓掌绝尘》中教坊司官员的出现直接导致王二从家中出逃,才引出此后嫁给陈进等一系列事件。总之,明清小说中出现的明代南京官员较少,涉及的官场内容也不如以北京为中心的作品广泛。

---

① (明)金木散人《鼓掌绝尘》,春风文艺出版社1985年版,第367页。
② (清)张廷玉等撰《明史》,中华书局1974年版,第1833页。
③ (明)葛天民、吴沛泉汇编《明镜公案》,群众出版社1999年版,第350页。
④ (清)张廷玉等撰《明史》,中华书局1974年版,第1835页。

远离政治中心的南京官场 国都从南京迁往北京,意味着南京失去了整个帝国政治中心的地位,虽然两京制度确立后,设官南北一体,但"以留都事简,稍减员数,然而部院之长所籍以提纲率属者,与北无异也"①。虽然行门名称、官员品秩、部院之长提纲率属与北京无异,但各部门管理的范围不再是全国,而仅限于南京以及南直隶一带。事权也随之缩小,史载"南吏部不与铨选,礼部不知贡举,户部无敛散之实,兵部无调遣之行"②,描述的就是南京衙门的尴尬处境。由于责权变小,南京官员员额也相应缩减,甚至常有南京一官兼数职以及某些职务长期空缺的现象的存在。尽管明代常有官绅强调留都在国家建立过程中的根本地位,但并不能改变成为留都后的南京只能算是国家的亚中心了。

也正是由于这种亚中心的政治地位,使南京官场与北京官场存在着明显的差异。北京作为政治中心,各衙门事务繁重,官员工作压力较大,京城官场还具有明显的政治风险。而南京虽然保留了五府六部等衙门的头衔,但管理的多半是南京以及南直隶地区的事务,与一般省级行政机构几乎没有什么差别,远离了皇帝与权力斗争的南京,被多数人认为是安置闲散官员的场所。《儒林外史》中虞育德50岁方进入仕途,"天子看见,说道:'这虞育德年纪老了,着他去做一个闲官罢。'当下就补了南京的国子监博士"③。的确,《儒林外史》中的南京充满闲适安逸气息,正是皇帝眼中的养闲之地,一个安置闲散官员的理想城市。

正因为当时人多把南京官视作闲官的大背景,小说中往往会出现这样的场景,北京官场斗争中的失势者,乃至受到处罚者,常会被排挤到南京来做官、当差。《魏忠贤小说斥奸书》第3回,魏忠贤因无功乞恩,又在禁中诱导天启皇帝走马戏舟,被科道官员上本要求处置,魏忠贤求司礼监太监李实等在王安面前求情才得以开脱,魏忠贤对身边人说:"若不是上位做主,李爷们讲分上,便轻处时,这早晚可

---

① (明)黄起龙《留都根本重地大僚悬缺甚多疏》,《留垣奏议》,明万历间刻本。
② (明)顾起元《客座赘语》卷2,中华书局1987年版,第36页。
③ (清)吴敬梓著,李汉秋辑校《儒林外史汇校汇评》,上海古籍出版社2014年版,第447页。

也南京司香哩。"①魏忠贤为了拔除王安这个自己弄权途中的绊脚石,设计将王安革职,在南海子充当净军,李永贞还建议王安"这厮还该远远打发他到南京与凤阳去才是",当魏忠贤矫诏处死王安后,"王安门下官儿,有那狡猾的,便跌身投在魏监并两掌家李永贞门下躲雨。有那呆的,不忿气的,都被摘去牌帽,轻则降做小火者,或私宅闲住,重则贬谪南京"②。可见,作为明代官场中的特殊势力,北京失势太监被贬谪到南京即意味着政治生命的终结,与政治中心疏离后便只能在闲职上消磨时光了。

虽然官职迁转只不过是仕途中的一个阶段,但明代官员多视调任南京官为左迁。某些小说为了主人公塑造的需要,把调任南京官视作重任,《海公大红袍全传》第57回写道:

> 南京户部尚书员缺,严嵩便与三司联奏,保举海瑞前往。只因这南京乃是当日太祖建都之处,后因永乐皇帝迁过北燕,改为北京。那金陵现改为南京,仍有官殿,以及诸王府第,并先帝陵在此,故尚设五部尚书在此,唯缺的吏部,惟户、礼、兵、刑、工五部是实。这南京就是诸亲王在此居住,事务极烦,责任甚重,人人都不愿到彼做官。然非才干廉能者,不克此任。③

书中刻意把南京吏部尚书的职责描绘的很重要,却忽略了严嵩等人是因为视海瑞为眼中钉才想把他打发到南京做官,既然南京官职如此重要,严嵩又如何会把这样更容易有政绩的工作让给自己的政敌去做呢? 实际上,明代南京吏部只能负责南京官的考察工作,并受北京吏部的制约,考察结果要汇报到北京来最终确定官员合格与否。此外,明代并无藩王就藩于南京,小说写南京是诸王居所也是不切实际的。与海瑞的真实经历相对照,他任职南京与严嵩并没有直接联系,《明史》海瑞本传载:"都给事中舒化论瑞迂滞不达政体,宜以南京清秩处之……给事中戴凤翔劾瑞庇奸民,鱼肉搢绅,沽名乱政,

---

① (明)陆云龙《魏忠贤小说斥奸书》,时代文艺出版社2003年版,第17页。
② 同上书,第23页。
③ (清)李春芳《海公大红袍全传》,宝义堂书店1984年版,第385页。

遂改督南京粮储。……高拱掌吏部，素衔瑞，并其职于南京户部，瑞遂谢病归。"①可见，海瑞居官之道与大多数官员背道而驰，被认为"滞不达政体"、"沽名乱政"，又为首辅所不喜，所以才会被认为"宜以南京清秩处之"。这不过是当局把不合时宜的海瑞安置在南京做一个闲官而已，与重视他没有任何联系。

打秋风是官场的普遍现象，上文有论及北京官场上的打秋风现象，或许由于远离政治中心，南京官闲散居多的现实情况，南京官场上打秋风现象比北京有过之而无不及。南京官场打秋风的情节在小说中屡屡出现，如《警世通言》卷17写马德称穷困潦倒，"想得南京衙门做官的多有年家"，便到南京打秋风，不料"次早往部科等各衙门打听，往年多有年家为官的，如今升的升了，转的转了，死的死了，坏的坏了，一无所遇"②。又如《鸳鸯针》第1卷写丁协公中举后打点进京会试，想着"南京至淮扬一带路上，有几个年家在那里做官，顺便刮他个秋风。我如今新举人是喷香的，比前日做秀才打秋风时模样不同，怕他不奉承我个痛快。这上京的路费，不消搅扰自家囊中了"③。在南京期间，"南京吏部侍郎，是他年家，他便先去拜了。那吏部喜欢他不过，随即送下程请酒，又送了几封书，荐他各衙门去说情"④。又如《鸳鸯针》第3卷，卜文倩在故乡因为府考排名靠后无颜见人，偶然在《按季绅缙》中看到"南京的浙江道御史，姓顾的，是他乃祖的门生。国子监祭酒，姓徐的，又是他的年家"⑤，就到南国子监纳监，依仗着顾御史的身份在南京混日子，这也是一种打秋风的方式。南京官员事务清简，但却成了那些打秋风者眼中的肥肉，不得不与凭着各种关系来南京的人周旋。其中还有一些人以此行骗，《鸳鸯针》第1卷中，"南京一个江西道御史的座师，姓金，也是浙江人，儿子也中了举人。那举人因会试便道，在御史处说情面，前后也括过千余金，还不动身。御史正无可奈何"⑥，其座师来信后才知道真正的金举人并没有来南

---

① （清）张廷玉等撰《明史》，中华书局1974年版，第5931—5932页。
② （明）冯梦龙《警世通言》，人民文学出版社1956年版，第239页。
③ （清）华阳散人《鸳鸯针》，春风文艺出版社1985年版，第18页。
④ 同上书，第18—19页。
⑤ 同上书，第141页。
⑥ 同上书，第18页。

京,南京的金举人只是个骗子而已。

南明小朝廷背景下的南京官场　1644年,李自成起义军攻破北京,明朝末代皇帝崇祯在煤山自缢而亡。尽管明王朝尚未完全覆灭,但北京已经不在明王朝的控制之中。由于实行两京制,南京保留了一套相对完整的中央行政机构,长江以南的大部分地区尚在明王朝的管辖之下,因此明王朝的政治中心再一次迁转到南京,福王世子朱由崧在江北四镇将领的拥立下于南京即位,史家称其为南明。然而被众多士绅寄予厚望,本应恢复中原,再造大明的小朝廷,不到一年时间就在清兵兵临城下时开城纳降。

短命的南明弘光小朝廷是清初遗民们津津乐道的话题,以这一时期为背景的文艺作品也在文学史上产生了极大的影响力,传奇《桃花扇》就是其中的代表。同样,也有一些清代小说作品涉及弘光时期的南京小朝廷,如《樵史通俗演义》《灯月缘》《桃花扇》(无名氏撰小说)《姑妄言》等。这几种小说无一不对当时南京官场的内斗、昏聩、淫靡予以揭露与抨击,把弘光小朝廷短命的根由归结到当时南京官场的腐朽上。

在小说作品的塑造下,当时本该同仇敌忾的南京官场却在马士英、阮大铖等人的主导下使政治斗争成为常态,不同的势力都在争权夺利。南京官场上的当权者,既不能秉忠心以救国,又以谋私利、逐异己为根本大事,反把恢复故国抛到九霄云外,整个南京官场处在一种不正常的状态中。新君卜立,本应尽快稳定人心,但在处理伪官、伪太子、童氏等案件上,马士英、阮大铖一流只知迎合弘光,丝毫不顾及南京城中弥漫的政治焦虑,甚至借此打击对手。阮大铖原是魏忠贤逆党出身,此时攫取政治权力后便将东林党人视作心腹大患予以打击,翻案急先锋的阮大铖"合纠了骁雄张捷、杨维垣,务要杀尽正人君子。恰像与崇祯皇帝为仇,替魏忠贤报仇一般"①。《樵史通俗演义》第34回写阮大铖怂恿杨维垣、吴孔嘉上本要求恢复臭名昭著的《三朝要典》。第36回写南京设坛祭崇祯帝,阮大铖在如此肃穆的场所却叫嚷:"致先帝殉社稷而死,都是东林诸臣。不杀尽东林诸臣,不

---

① (清)陆应旸《樵史通俗演义》,中州古籍出版社1987年版,第306页。

足以谢先帝。"①在阮大铖腹心占据了南京官场的主流后,那些正人君子"不过有名无实做自己的官,还兢兢业业,忧谗畏讥,连马士英反算做是孤立了"。整个南京官场呈现的是这样的情势:"朝中事体日坏一日。不但文武不同心,大小官不同志,连那各镇将、各文臣,也你争我闹,你忌我猜。及至敌来,没人阻挡,百万养兵,竟成纸虎。朝廷弄成银子世界,阃外酿成厮闹乾坤,那得江山如故,人民乐业。"②

既然禀权者热衷政治斗争,全凭个人好恶任用官员,卖官鬻爵的现象也必然大行其道。《樵史通俗演义》第37回写马士英卖官鬻爵受贿极多,为了贮藏方便,不惜铸成500两一锭的大元宝。更为滑稽的是:

> 阮老爷咨到兵部来的,只论银子多少,或是小奶奶们荐的,或是戏子们认做亲戚的,一概与了他札付。咨到部里,要奉叙钦依,十个倒有九个疲癃残疾,南京人,几乎笑破了口。昨听见本府蕙江班戏子说,有阮府班装旦的,小奶奶喜欢他,把他个哥子讨了张参将札付。一般咨到部来,却是跛子。走一步拐一拐,被人做笑话,道是:"流贼来,用铁拐;流贼退,铁拐睡。"③

《灯月缘》中的兵部尚书丰儒秀是作者虚构的人物,但其身上也有马士英、阮大铖的影子,小说写他"既专国政,卖官鬻爵,引树私党,一时威势赫赫,权倾中外"④。《姑妄言》中亦有阮大铖在南京卖官鬻爵的描写:"但是有缺,只要有银子就卖,虽娼优隶卒总也不管,银子一到就补授,咨送到马士英跟前来考验。马士英因他是久交,况又是他举荐一场,凡事不好违阻,每每曲从。后来竟连瞎子、瘸子、擎手,并七八十岁的老汉,都放了要紧武职。"⑤

此外,当时的南京官场在小说中也被描绘成重享乐、好美色的世

---

① (清)陆应旸《樵史通俗演义》,中州古籍出版社1987年版,第317页。
② 同上书,第324页。
③ 同上书,第329页。
④ 樵李烟水散人《灯月缘》,陕西师范大学出版社2001年版,第287页。
⑤ (清)曹去晶《姑妄言》,中国文联出版社1999年版,第1212页。

界,其极端是《姑妄言》对马士英、阮大铖近乎疯狂的性欲呈现。虽然这其中有一些过于夸张的成分存在,但彼时的南京官场从弘光皇帝到各级官员,多半过着一种恣肆、淫靡的生活。《樵史通俗演义》第34回写马士英"听了阮大铖教导,日夜把童男女引诱弘光,且图目前快活。忽传旨天财库召内竖五十三人,进宫演戏吃酒。弘光醉后,淫死童女二人,乃是旧院雏妓,马、阮选进去的。抬出北安门,付与鸨儿埋了,谁敢则声? 从此六院妓女,被马、阮搜个罄尽"①。《姑妄言》第23回写弘光"在宫中做他的正务,终日服春药。……渔猎少童幼女。间或一夜高兴,或两三个弄死了,拉出宫来"②。除夕御殿,众官见弘光愁眉不展,以为他忧虑国家大事,没想到却是因为戏班中没有好女旦而心如火焚,寝食不安,一件荒诞到极致的事情在作者平实又有些滑稽的语句中写出,进一步映衬了弘光帝的昏聩与荒淫。上有所好,下必甚焉,南京官员们为了满足弘光的欲望丑态百出,《姑妄言》中阮大铖自甘"选择精通音律美女上献,稍尽臣报主之忠忱一二",都察院佥都御使冯寅、工部侍郎毛羽健更是将妻女上贡,以博君王一笑。《桃花扇》小说中,阮大铖以媚悦弘光为要务,为了挑选演员"广搜旧院,大罗秦淮",是直接导致李香君被强征进宫的直接原因。同时,南京官员自己也广蓄姬妾以供娱乐,例如《灯月缘》中的兵部尚书丰儒秀"于瓜杨等处,遍选民间美女,共得二十四妾",姬妾众多但又管控无力,遂致府上宾客真生与丰儒秀的几个姬妾互相淫乐。而《姑妄言》中的马士英、阮大铖不但自己生活淫靡,家中女眷乱伦、偷情的情形也是常态,虽然《姑妄言》是一种夸张化的叙述,但以马、阮为代表的南京官场淫靡现状与明代好色的世风是相一致的。

上述几部以南明为背景的小说,其立场与主题各不相同,或如《樵史通俗演义》以历史亲历者的视角写晚明动荡政局,寄予亡国之哀;或如《桃花扇》小说以后来者的视角表现历史变迁格局下的人物命运,又蕴含了故国之思;或如《姑妄言》以晚明大时代背景下的南京为中心,集中攻击晚明社会诸种恶习。但有一点却是相同的,都对晚明以及南明时期的南京官场予以集中的暴露与批判,认为正人君子

---

① (清) 陆应旸《樵史通俗演义》,中州古籍出版社1987年版,第303页。
② (清) 曹去晶《姑妄言》,中国文联出版社1999年版,第1199页。

被排挤,小人佞臣当道加速了南明的覆灭过程。事实上,自南京成为留都以后,明中后期的经济发展使南都经济发达、民风侈靡,自明初开辟的娼妓业更是使南京成为全国首屈一指的风月中心。远离了政治中心的官场更是以闲散、安逸为常态,凡此种种都预示了南京这座城市延续了六朝以来的风流气息,而不具备复兴故国的可能性。此外,作者们集中批判的南京官场上的政治斗争以及好色淫靡的现象,与中晚明以来官场上党争、好色风气是一脉相承的。这既是南京城市风气对官场生活的影响,又离不开官场中人对城市风气的引领,两者之间是一种相互发生的关系。总之,南明时期南京官场风气是晚明以降整个官场风气的缩影,又与南京的城市文化有着密切的联系。

2. 在奢华、冶艳中放纵的晚清南京官场

到了清代,南京从明代的中心、亚中心已经彻底转变为一个区域性中心城市,尽管清廷仍然较为重视南京,设两江总督于此,但政治地位的下降还是给南京带来了不小的影响。与之相对应的是,清代小说涉及南京官场的内容也不甚多,与同时期涉及北京官场的作品相比显得较为落寞。这一现象在晚清小说中有了改变,特别是太平天国运动之后,南京作为东南中心的政治地位有所提升,战后的南京又以一种畸形的方式迅速恢复了往日的生机。晚清小说中也把关注的触角伸向南京官场的方方面面,《官场现形记》《文明小史》《二十年目睹之怪现状》等作品不仅描写南京官场,还把北京与南京官场置于平行的角度加以展示,为读者呈现了两个既有联系,又有差异的官场世界。

冗官密集的南京官场 晚清内外战争频仍,国内灾荒又多,清廷大开捐纳之门,捐官风行一时,由此造成晚清极为严重的冗官现象。前文在论述北京官场时就已指出,官场掮客的主要服务对象就是各类捐纳候补的官员。而在晚清小说中的南京官场,同样聚集了大量的候补官员,《官场现形记》中形容晚清的南京是"婊子多,驴子多,候补道多",《文明小史》第 57 回也提到"此时南京的候补道,差不多有二三百个"。北京汇聚大量的候补官员是因为北京是当时的政治中心,候补官员为了求缺必须要在京城跑门路、托大佬。针对南京官场候补官员较多的现象,《官场现形记》第 29 回写道:

要晓得江南地方虽经当年"洪逆"蹂躏,幸喜克复已久,六朝金粉,不减昔日繁华。又因江南地大物博,差使很多,大非别省可比。加以从前克复金陵立功的人,尽有在这里置立房产,购买田地,以作久远之计。目下老成虽已凋谢,而一班勋旧子弟,承祖父余荫,文不能拈笔,武不能拉弓,娇生惯养,无事可为。幸遇朝廷捐例大开,上代有得元宝。只要抬了出去上兑。除掉督、抚、藩、臬例不能捐,所以一个个都捐到道台为止。倘若舍不得出钱捐,好在他们亲戚故旧各省都有,一个保举总得好几百人。只要附个名字在内,官小不要,起码亦是一位观察。至于襁褓孩提,预先捐个官放在那里,等候将来长大去做,却也不计其数,此外还有因为同乡、亲戚做总督奏调来的,亦在羡慕江南好地方,差使多,指省来的。有此数层,所以这江南道台竟愈聚愈众。①

在这些道台当中,绝大多数非正途出身,而是靠着捐纳、保举得官,南京地处江南,经济发达,环境宜人,既适合做官,又多敛财之门径,捐纳得官者自然是挤破头想指省到江苏,在南京候补或做官了。

此外,太平天国之后的南京娼妓业再度畸形繁荣,风花雪月的城市生活也是吸引众多候补官员的原因之一,《照胆镜》第1回云:

> 文德桥利涉桥之间,两岸河厅相对,栏杆曲曲,精舍重重,大半是皖北人的别墅。因为发逆作乱以来,是湘淮两军平定的,所以安徽湖南人督抚遍天下,提镇更不计其数。一班带兵的,一个个都发了大财,安徽距南京又来得近,所以有几个阔人就在那里造几间河房,有时到来消遣消遣。……还有将家子弟弄个把候补道,借候补之名住在自己河房里,买几个钓鱼巷妓女,享受艳福。②

可见,聚集南京的候补官员,或为利来,或为色往,皆是有目的而来。

在聚焦晚清南京官场的小说中,作者无一例外地把各类候补官

---

① (清)李伯元《官场现形记》,中州古籍出版社1995年版,第374页。
② 天南遯民《照胆镜》,载《砭群丛报》1909年第1期,第21—22页。

员当作主要人物来加以刻画,无疑使这一群体成为作者笔下南京官场的主流。《官场现形记》第29回将叙述空间从北京转移到南京,就是通过江南记名道佘小观到省引入的。作者又通过与佘小观臭味相投的几个南京候补道,揭示了南京官场的荒诞与艳俗。正如该书中的佘荩臣所说,"江南道台太多,得缺本非易事",《文明小史》中也说南京候补道极多,"有些穷的,苦不胜言,至于那几个差缺,是有专门主顾"。所以这些候补官员们,既有如鱼得水享受生活的,也不乏为了差使而奔竞钻营者,围绕着他们在南京生活的方方面面,就是一部晚清南京官场生活史。

荒诞与冶艳的南京官场生活 晚清小说为我们展现的南京官场生活可以用荒诞与冶艳来概括,作者们呈现了一种比北京更为夸张的官场形态。在这座远离政治中心的城市中,并没有浓郁的政治斗争气息,从最高长官两江总督到下面的各级官员都以懈怠政务、醉心于个人享乐的方式来度过居官岁月,在享受生活、满足嗜欲面前,政务反倒成了次要的东西。

我们先来看看南京官场上的高级官员,两江总督作为南京官场上的最高长官,在晚清小说中的形象却是官场怠政、荒诞的领袖。《官场现形记》载:

> 制台年纪大了,有些事情不能烦心。生平最相信的是"养气修道"。每日总得打坐三点钟。这三点钟里头,无论谁来是不见的。空了下来,签押房后面有一间黑房,供着吕洞宾,设着乩坛,遇有疑难的事,他就要扶鸾。等到坛上判断下来,他一定要依着仙人所指示的去办。倘若没有要紧事情,他一天也要到坛好几次,与仙人谈诗为乐。一年三百六十日,日日如此,倒也乐此不疲。所以朝廷虽以三省地方叫他总制,他竟其行所无事,如同卧治的一般。①

作者写他"近来又添了功课,每日清晨定要在吕祖面前跪了一枝

---

① (清)李伯元《官场现形记》,中州古籍出版社1995年版,第375页。

香方才出来会客。所以各位司、道以及所属官员挨到九点钟上院还不算晚"①。封疆大吏不修政务,反以求神问道为己务,甚至靠扶乩来决定政务,更为滑稽的是他不但自己要做老祖的弟子,还煞有介事的在一班色迷心窍的南京官员中找什么"净水仙童"。《文明小史》中的白总督"除掉吃大烟、玩姨太太之外,其他百事不管",但因为他是湖南人的缘故,能威慑兵营中大量的湖南籍官兵,"因此朝廷倒也拿他倚重得很,一做做了五六年,亦没有拿他调动"②。《二十年目睹之怪现状》中,"制台得了个心神仿佛的病。年轻时候,本来是好色的,到如今偌大年纪,他那十七八岁的姨太太,还有六七房,那通房的丫头,还不在内呢。他这好色的名出了,就有人想拿这个巴结他"③。一个年轻的候补道便送上自己的夫人给总督按摩,因此被委任差使还保举升官。上述几部小说中出现的两江总督,或是迷信鬼神,或是沉迷女色,其共同点都是因此而消极怠政,对官场风气产生了恶劣的影响。

高级官员尚且如此,那么这种风气在下层官员中自然可想而知了,追逐享乐,满足自己的嗜欲变成了南京官场上的通病,其最为典型者当属嫖妓一项。彼时北京官场妓禁尚严,一般官员不大可能冒着风险去嫖妓。而南京则明显不同,从明代开始,南京就是全国娼妓业中心之一,经历战火之后,南京最先复苏的也是娼妓业。在南京繁荣的娼妓业市场上,各级官员往往是最大的客户群体,这一点在晚清小说中得到了集中的表现。《梼杌萃编》第 2 回,作者透过贾端甫之眼描写了妓院门口的热闹场面与官员们毫不避讳的嫖妓活动,正是南京官场风气的一种生动体现。

晚清小说中的南京官场,官员之间一种主要的交际活动就是在妓院设宴或是打茶围。《官场现形记》第 29 回,余荩臣请佘小观等候补道台在六八子家吃酒,酒席结束以后,佘小观与唐六轩又去妓女王小四家打茶围。同一回中,羊统领宴请湖北来的章统领,同样选在妓院刘河厅,为了讨好章统领,将钓鱼巷所有妓女都叫去玩乐。有时候,官场应酬还设在秦淮河游船上,如《文明小史》第 42 回写"警察局

---

① (清)李伯元《官场现形记》,中州古籍出版社 1995 年版,第 381 页。
② (清)李伯元《文明小史》,江西人民出版社 1983 年版,第 346 页。
③ (清)吴趼人《二十年目睹之怪现状》,百花洲文艺出版社 1988 年版,第 22 页。

的提调黄知府雇了一只大船,邀了几个朋友,在船上打麻雀,却又叫了三四个婊子陪着看打牌"。当然,官员与妓女交往绝不只是满足官场应酬的需要,嫖妓宿娼的情况也非常普遍。《官场现形记》第29回,唐六轩与余小观打茶围当晚就夜宿三和堂,第二天"当下糖葫芦轿班、跟人到来,也不及回公馆,就在三和堂换了衣帽,一直坐了轿子上院"。在总督衙署例会时,作者写唐六轩"袍子衬衣里面穿的乃是一件粉红汗衫,也不知是几时同相好换错的",余荩臣腰里"竟是一条女人家结的汗巾,大约亦是同相好换错的",这样滑稽又荒诞的情景,与议事的严肃场面形成鲜明的对比,他们不但不以此羞愧,反觉洋洋得意。

正因为南京官场上嫖妓风气盛行,娶妓女为妾这种容易为官场中人鄙夷的事情在南京也常有发生。在《二十年目睹之怪现状》中,主人公九死一生的伯父有两个小妾,其中一个就是秦淮河出身的姨娘。该书中候补道苟才,委差以后"格外阔绰起来。时常到秦淮河去嫖,看上了一个妓女,化上两吊银子,讨了回去做妾,却不叫大老婆得知,另外租了小公馆安顿"。吴继之母亲过寿当天,苟才骗了自己正室,"置备了二品命妇的服式,叫婊子穿上,扮了旗装,只当是正室",结果大老婆知道后大闹吴府,演出了一场正室与小妾厮打的闹剧。总体上来讲,小说作者对南京官场上官员与妓女之间的种种闹剧多以一种平实但又略显幽默的笔触写出,既是客观描写当时南京官场上的歪风邪气,其中又蕴含了对官场丑态的揭露与批判。

此外,南京官场也存在男风嗜好,《冷眼观》第5回写了上海报馆画报上的一件图画新闻,讲的是江宁布政使瑞璋,将北京官场好玩相公的风气带到南京,与儿子因为一个男旦"佛动心"而争风吃醋,大打出手。这样的事情就发生在布政使衙门,成为南京官场上的笑话,又被当作新闻现身于上海的出版物上,可谓丑名远播矣。这位藩台大人的色界新闻还不止于此,书中写他:

> 忽然又奇想天开,在藩署里花园,开设一座酒馆,无论何人,皆可以进去游玩。他衙门里有起无耻的书办,将女眷打扮的同娼妓一样,带进去吃酒,听说很有好几家清白的家小,被藩台赏

识了,就实时补了正卯呢。①

可以说,南京官场上弥漫的淫靡风气使中下级官员有了一条取悦上级、为自己谋取差使的捷径,这在晚清小说中也时有表现。《官场现形记》中的冒得官在冒用他人姓名做官的事情暴露后,为了保住自己的职务,听说羊统领专在女人身上用工夫,便在自己女儿面前上演了一场苦肉计,硬逼着女儿给羊统领做妾。又如《二十年目睹之怪现状》中那个安排自己妻子给总督按摩的年轻候补道,不也是假借按摩治病之名行以色贿赂之实吗?而这种不正常的上下级关系,正是南京官场淫靡风气的生动体现。

二、官场中的特殊群体:明清小说中的京城宦官

(一) 明清小说中的北京宦官

作为历史上的一个特殊群体,据有关资料推测,宦官在我国夏商时期就已出现,此后历代均以宦官作为服务皇室与管理宫廷事务的专用人员。之所以说宦官是官场中的特殊群体,不仅是指宦官以身体的残缺换取进入宫廷服务的机会,因此丧失了一个正常人的生活。还指作为内臣的宦官在身份上的双重属性,宫廷中的宦官是服侍君主的奴才,而走出宫廷的宦官又因为身居国家最高权力圈之中而成为京城与地方官场阿谀奉承的对象,甚至常有凌驾乃至压榨地方官员的行为。从历史上看,帝王常常是既把宦官当奴仆又把他们视作心腹而赋予极大的权力,汉唐时期都曾出现过严重的宦官之祸,明代宦祸与汉唐相比有过之而无不及,与先前各代相异的是"他们的用事最久,握有的朝权最广"②,诸如王振、刘瑾、魏忠贤等大珰在历史上都曾风云一时,后人也多有把明王朝衰弱灭亡的原因归结于宦祸的。清代吸取明代的教训,对宦官管制极严,虽然没有出现像明代那样祸乱朝政的大珰,但太监与外官之间的交往乃至充当权力掮客的现象依然存在。从明清小说涉及北京宦官的作品来看,其中出现较多的

---

① (清)八宝王郎《冷眼观》,百花洲文艺出版社1991年版,第290页。
② 温功义《明代的宦官与宫廷》,重庆出版社1989年版,第1页。

是明代的宦官,清代小说中也有对明代宦官的描写,但清代宦官则出现较少,这与清代宦官势力不如明朝有一定的关系。就描写的内容而言,其中既涉及宦官在京城的个人生活,也有宦官祸乱朝政的内容,对于后者学界已有较多研究,这里不再赘述,笔者关注的焦点是明清小说对宦官日常生活与心态的呈现。从明清小说相关作品对京城宦官生活的表现来看,大致包括了衣食住行、休闲娱乐、商业活动等几个方面,以文学的方式对京城宦官生活做了比较充分的表现。

衣食住行　在衣食住行方面,宦官作为天子近侍,耳濡目染于皇室生活的奢侈与精致,在日常生活的享受上始终保持着一种积极的态度,比一般京官更为用心。特别是对于一些高级宦官而言,政治上的地位使他们可以拥有大量资本去满足自己日常生活的种种奢欲。明清小说对宦官衣食住行方面的富贵与气派描写很多,例如,在士大夫以及贵戚阶层中,造园是一种既能满足他们亲近自然、陶冶性情又彰显经济实力的一种方式。地处幽燕的北京虽然不如南方造园便利,但并不影响北京士大夫造园的热情,晚明《帝京景物略》中出现的私家园林遍布京城内外,足见当时北京私家园林之盛。宦官也是这一风潮中的一员,《绿野仙踪》第91回写邹应龙送客路经西山,因避雨而来到袁太监的园林,小说写这座园林占地极广,"前后高高下下,有无数的楼阁台榭,中间郁郁苍苍,树木参差,假山鱼池,分列左右,到也修盖的富丽"。袁太监请邹应龙披云楼上饮酒:"两人行到楼上坐下,将四面窗隔打开。只见青山叠翠,绿柳垂金,远近花枝,红白相映,大是豁目赏心。"①园子的主人袁太监是尚衣监掌印太监,明代设内监二十四衙门,尚衣监主要管理御用服饰,虽然不如司礼监参与政务程度高,但采办皇室衣物能从中牟利,这也是袁太监这样一个正四品内监能在西山修造如此精美园林的原因。相比起《绿野仙踪》中的袁太监,《魏忠贤小说斥奸书》中的王掌家不过是魏忠贤的一个管家而已,但依靠魏忠贤的势力,王掌家住宅中也有精致的花园。该书第9回写王掌家请崔呈秀在花园吃饭,这座小花园"几树奇葩错绣,一池浅水浮青",虽然不能与袁太监的郊外园林相比,但仍不失其秀丽与

---

①　(清)李百川《绿野仙踪》,岳麓书社1993年版,第577页。

雅致。

在出行与日常起居方面,宦官们也有着十足的派头,《于少保萃忠全传》第13回写王振在京城中出行"乘着四明车辇,随从人役颇多,犹如驾到一般",更有随从人役喝道,官员要下马避让。辇车是帝后出行专用的车驾,更何况如小说中所言,所谓"四明车辇"乃"昔虞舜曾制此车辇,巡游天下,采访民间利病。恐不能悉知颠连幽隐民情,故制此辇,名曰'四明'。即大典所谓明四目、达四聪之旨。招求四方贤才,采取四方言路,洞烛四方民情。"①王振这种有着明显僭越色彩的出行方式,正是其权势的生动体现,而这种蛮横的气势则来自皇帝的纵容。作为明代历史上第一个弄权的宦官,王振深得明英宗宠信,明人笔记载:"世言土振之横也,公卿皆拜于其门,天子亦以先生呼之。三殿既成,赐百官宴,故事:宦官虽贵宠不预。是日,上使人视王先生何为,振方大怒曰:'周公辅成王,我独不可一坐乎?'使以复命,上戚然,乃命东华开中门。振至,问何故,曰:'诏命公由中出。'振乃曰:'岂可乎?'至门外百官皆候拜,振始悦。"②

"魏忠贤系列小说"中的《警世阴阳梦》、《魏忠贤小说斥奸书》、《梼杌闲评》在刻画魏忠贤出行的气派时,选取了出行巡边与涿州进香两件事。其中尤以《梼杌闲评》描写最为细致,第29回写魏忠贤到涿州泰山庙进香,"一行仪从甚是齐整",各种车驾、伞盖、护卫齐备,"一路上红尘滚滚,半空中香雾漫漫。恍疑凤辇看花回,浑似鸾舆巡狩出"。这次进香还只是魏忠贤的个人行为,而第46回的出行巡边隐含着代天子巡狩的目的,气势更加夸张,"五城兵马司已预督人清道,提督街道的锦衣官早差人打扫,令军士把守各胡同,摆开围子,连苍蝇也飞不过一个去。那两边摆着明盔亮甲的军士,擎着旗幡剑戟,后尽是些开道指挥,或大帽曳楼,或戎装披挂。轿前马上摆着些捧旗牌印剑蟒衣玉带的太监,轿边围绕的是忠勇营的头目。一路上把个魏忠贤围得总看不见。才出了城,便有内阁来饯行,其余文武各官俱排班相送,打躬的、跪的、叩头的,足摆有十余里"③。对于不同级别官

---

① (明)孙高亮《于少保萃忠全传》,人民文学出版社1988年版,第65页。
② (明)王鏊《震泽纪闻》,《丛书集成初编》本,中华书局1991年版,第11页。
③ (明)不题撰人《梼杌闲评》,齐鲁书社1995年版,第328页。

员的出行,历代都有严格的规定,随着王朝建立日久,官员越制的现象也越来越平常,但像魏忠贤这样的僭越恐怕还是非常少见的。小说中的出行巡边与涿州进香都有现实依据,《玉镜新谭》卷5、卷6记载了魏忠贤行边与进香两事,行边部分引《丙丁记略》谓其"僭拟天子礼乐征伐,矫旨奉行,称引代皇上巡狩,盛张威势,气焰熏天,声名振地而来。假窃乘舆、王者剑履、符节,所至清尘开道,警跸传呼,大纛高盖,金鼓仪仗,千军万马,趋跄扈从,俨然御驾亲临"①。进香部分则谓其"以羽林三千,鲜衣利刃,站立傍道,各戒队伍,旗帜蔽天;中官百人,蟒衣玉带,趋随夹马,尽执旃檀,烟云映日。铁骑纷纷,围绕其车;冠裳肃肃,拥护于道。五彩绚耀,屈曲羽幢垂地;一人游幸,飘摇翠盖笼头。千骑竞指乎神州,万乐齐鸣于警跸"②。凡此种种都可以与"魏忠贤系列小说"中的描写相对照,这些描写既是对魏忠贤在当时熏天权势的一种形象揭示,也从一个侧面展示了明代高层宦官京城生活的嚣张与放肆。

在出行之外,宦官在日常起居上也颇有讲究,皇城之外的宦官一改在皇帝面前卑躬屈膝的奴才形象,在外官面前表现出一副傲慢至极的面孔,因为宦官特殊的政治身份,外官面对他们时又不得不忍受他们的傲慢无礼。一些中下级宦官凭借与高级宦官的裙带关系,在与外官的交往中就表现出高高在上的姿态。《魏忠贤小说斥奸书》第9回崔呈秀求见王掌家,崔作为御史言官,见了王掌家的毛实尚要作揖,等候王掌家起床的过程中,崔呈秀看到:"这些毛实撮松香,一会道:'公公起来哩,公公梳洗哩,公公吃早膳哩。'内官生性极是自在,把一个崔御史等的立一会,坐一会,走一回。毛实们跑了几次,才方走出一个内官来。"③与其说是"内官生性自在",倒不如说是宦官日常起居讲究的一个体现,更表明他们根本不把外官放在眼中。《樵史通俗演义》第7回有这样一个情节:巡城察院林汝翥因得罪魏忠贤而出逃,宦官们怀疑他躲在阁老叶向高家里,竟然"拉了百余个内官,直入阁老私邸,搜要林御史。口里乱骂,辱及妇女。不顾内外,各处搜

---

① (明)朱长祚《玉镜新谭》,中华书局1989年版,第73页。
② 同上书,第83页。
③ (明)陆云龙《魏忠贤小说斥奸书》,时代文艺出版社2003年版,第46页。

寻。寻不出个林御史来,方才一声喊,大家散了"①。这种宦官仗势连内阁大员都敢骚扰的情节在《明史》叶向高本传就有记载,足可见当时的宦官对待外官嚣张到何等程度。中下级宦官尚且如此,其背后的高级宦官自然更甚,《警世阴阳梦》第 18 回写外官到魏忠贤府中送礼:"但是亲近的才见,都是南面列坐。魏忠贤独自一个转上北面坐,肃然再无一个敢嚏声,直待魏忠贤开口,众官都着地打躬,才敢答应。留茶的时节,魏忠贤只自坐着把手来举一举,众官们一齐站起来,着地一躬,接了茶盅,又是着地一躬。魏忠贤只坐着举手⋯⋯若是为公的话,魏忠贤便应对一两句儿,若是有干碍的,魏忠贤便看着这人,只举手。众官们,但有问即答,再不敢多口,举动只是打躬。送时只下堂阶,不及门。其余那初来相见,不曾相通的,准几日伺候门上、与上、掌家的、随身的。用到了钱也只好收帖、收礼,还不能个见面哩。"②外官面对魏忠贤时的谨小慎微以及魏本人的拿腔作势,在这段描写中都得到了细致的体现,可以说,明代宦官身上表现出了一种比京城上层官僚更具威严感的体面与气派。清代宦官虽然无法在权势上与明代宦官相比,但在小说中仍派头十足,《官场现形记》第 25 回写贾大少爷到宫里去见黑总管,黑大总管"坐在那里,自斟自喝,眼皮也不掀一掀。贾大少爷进来已经多时,他那里还没有瞧见",直到贾在下面磕头行礼,"黑大叔到此方拿眼睛往底下瞧了一瞧"。面对黑总管,贾大少爷"扭扭捏捏的斜签着身了,脸朝上,坐了半个屁股在椅子上",到了告辞的时候,"还一步步的慢走,意思以为大叔总得起身送他。岂知黑大叔坐在那里动也不动。贾大少爷报着自己的名字,告别了一声,只见黑大叔把头点了一点,一面低了下去,连屁股并没有抬起,在他已经算是送过客的了"③。这段描写通过贾大少爷与黑总管两人一系列动作的展示,细致地描绘了贾大少这个候补官员在面对内廷总管时的畏惧与扭捏以及黑总管的骄横与傲慢。

休闲娱乐 与外官相比,宦官作为内臣服务的主要对象是宫廷,

---

① (清)陆应旸《樵史通俗演义》,中州古籍出版社 1987 年版,第 62 页。
② (明)长安道人国清编次《警世阴阳梦》,春风文艺出版社 1985 年版,第 86—87 页。
③ (清)李伯元《官场现形记》,中州古籍出版社 1995 年版,第 327 页。

职务没有外官繁琐,考察、升迁方面的压力也不大,加之他们多出身穷苦人家,在得势后多追求享乐。因此,这一群体对休闲娱乐的需求明显比外官更为强烈,明清小说中出现的宦官日常休闲活动大致包括诗文自娱、文玩收藏、曲艺游戏等几个方面。作为一个比较复杂的群体,多数宦官没有受过什么教育,但明代设有内书堂作为宦官教育机构,某些宦官也具备一定的文化修养,可以吟诗作画。在《绿野仙踪》91回,司礼监乔承泽就是一个能作诗的宦官,不但诗作得到朝中翰林的肯定,在书法方面也有一定造诣。邹应龙为了弹劾严世蕃,向乔承泽寻求帮助,而这位喜好诗文的宦官要求的回报则是希望邹应龙帮他改削文字,并借着邹的状元出身具名作序以便于他刊刻诗集。又如《警世阴阳梦》第11回中,殷、高两内相在聚会分别时各以"阿谁扶上马"、"春风不到珠帘隔,传得歌声与客心"的诗句互相调笑,小说写"这两内相,着实读书,会作诗文的。故此有这等风趣脱俗,不像那些守财弄权的村汉"①。高志忠在《明代宦官文学与宫廷文艺》一书中认为明代宦官的诗作在表现内容、诗歌艺术方面有不少值得称道之处,并且"他们的创作不用考虑社会意义,功业名利,所以是更本真、更自然的有感而发。也因为其身处独特的人文环境,他们特有的视野和思维,形成独特的文学体现"②。上引小说中虽然缺少对宦官诗作的直接呈现,但通过间接描写与作者的叙述,读者还是能够了解到明代宦官自身诗文素养的一个侧面。

对文玩的喜好在士大夫阶层中是一种较为普遍的现象,对于士大夫而言,这种喜好不但满足了他们好古的情感取向,也是体现修养的一个窗口。但购置文玩既需要一定的财力支持也需要必备的鉴赏技巧,所以仍是一种有一定门槛的癖好。在宦官阶层中,某些高层宦官财力雄厚,对文玩的热情不输于文人士大夫。李渔《十二楼》中的《萃雅楼》一篇中有一个沙太监,他"原是个清客出身,最喜栽培花竹,收藏古董,东楼虽务虚名,其实是个假清客,反不如他实实在行"③,在严世蕃的唆使之下,沙太监将萃雅楼中的权汝修阉割后收入府中,为

---

① (明)长安道人国清编次《警世阴阳梦》,春风文艺出版社1985年版,第54页。
② 高志忠《明代宦官文学与宫廷文艺》,商务印书馆2012年版,第78页。
③ (清)李渔《十二楼》,上海古籍出版社1986年版,第128页。

他掌管古董书籍。沙太监对古董比较在行,这与他之前的清客身份有关,而他之所以看中权汝修,也是因为权"提琴箫管样样都精,又会葺理花木,收拾古董。至于烧香制茗之事,一发是他的本行"①。在对文玩的鉴赏方面,宦官中也不乏一些不懂艺术,却又要附庸风雅之辈。《醉醒石》第8回是一篇以古董为主题的小说,从大户人家偷跑出来的王勤在北京以写字、作画谋生。小说写王勤在内市卖扇子,遇到一群宦官,其中的司礼监文书房太监王敬在挑扇子时表现出强烈的村俗气。在他看来,仿倪云林笔意的扇面"画的冷淡",而草书则是"这鬼画符,咱一字也不认得",米颠山水加钟繇体的扇子被他说成"糊糊涂涂。甚么黄儿,这字也软,不中"②,能入他眼的反倒是扇面上大红大绿的山水画以及端止的楷书。虽然不能否定类似王敬这种宦官对文玩的热情,但其审美却实在不算高雅,王勤正是抓住了王敬俗气的审美需求,投身王家为其购置古董,并一路靠着帮宦官收购文物进入武英殿书画局并列衔锦衣卫千户,可算投宦官所好而进身的典型。

大多数宦官在曲艺游戏方面的热情与喜好更为强烈,诸如踢球、走马、棋牌、赌博等游戏活动在小说中时常出现。《魏忠贤小说斥奸书》中的惜薪司管印太监孙成"是一个好顽耍的人,踢球走马,放弹耍钱,无所不做"③,书中的小太监们赌钱、斗牌更是平常,魏忠贤初入宫廷就靠着自己民间沾染的各种游戏技能博人欢心。此外,宦官日常娱乐中的唱曲、听曲等活动也值得一提。一方面,通俗易懂的小曲更容易为宦官所接受,《绿野仙踪》里的袁太监对邹应龙说:"诗与我不合脾胃,到是好曲儿写几个,我闲了出来,看的唱唱,也是一乐。"④请客饮酒时便有小太监唱《寄生草》、《粉红莲》、《凤阳歌》等小曲小调。同时,宦官中也不乏精通曲调之人,《警世阴阳梦》中的何内相听了殷内相家中歌童唱曲之后评道:"这班盛童唱得绝妙,字眼个个中原音韵,清亮满足。腔调按着板儿,却有步骤,急、徐、顿、挫一毫也不乱。

---

① (清)李渔《十二楼》,上海古籍出版社1986年版,第126页。
② (清)东鲁古狂生《醉醒石》,上海古籍出版社1992年版,第66页。
③ (明)陆云龙《魏忠贤小说斥奸书》,时代文艺出版社2003年版,第14页。
④ (清)李百川《绿野仙踪》,岳麓书社1993年版,第576页。

至精,至精!"①另一方面,从时代背景来看,以时曲、民歌为代表的民间曲艺在明代风靡一时,文人、官僚甚至王公中也不乏喜爱曲艺之人。北京城中因此集聚了不少专业的演出队伍,如《梼杌闲评》曾写到新帘子胡同与旧帘子胡同皆是小唱弦索的小班,大有与戏班分庭抗礼之势。宦官不仅喜爱听曲,一些有实力的宦官还加入蓄养歌童的队伍,《警世阴阳梦》中的魏忠贤初入殷内相家,"殷内相每自夜饮,要他弹唱,就着他教习起一班歌童,分外赏他教师钱、四时衣服"②。经魏忠贤调教出来的歌童,唱曲精妙,魏忠贤因此常被官宦人家借去教曲。在《梼杌闲评》中,魏忠贤同样因为曲艺功底被文书房陈保"着人来叫他到宅里,赏了十两银子,唤出十二个小内官来学唱。都一齐拜过师父,每年束脩五十两并四季衣服"③。

商业活动 宦官之中不乏财力雄厚者,他们薪俸虽然不高,但隐形经济来源不少。作为管理皇室事务的内臣,在管理岗位的宦官可以借自己的职权来牟利,像《绿野仙踪》里的袁太监之所以能在城外修建私人园林,与其尚衣监管事的身份是分不开的。《梼杌闲评》中魏忠贤因在"梃击案"中护卫有功,"太子将他升做尚衣局管事,仍带管皇庄籽粒,遂出入有人跟随,手中有钱使用,外边又买了一所住宅"④,可见宦官只要有了职事,经济状况就会有所改观。

某些经济富裕的宦官具备一定的经济头脑,《绿野仙踪》中袁太监将积攒的银子给哥哥"在珠宝市儿,买了两处大铺房",通过收取房租来获利。此外,小说中还有他们出资与民间商人合作的内容,《醒世姻缘传》第71回狄希陈在京坐监时的房东童七,父子两代人都与内官监陈公公合作,小说写童七之父童一品"是个打乌银的开山祖师,使了内官监老陈公的本钱,在前门外打造乌银。……起先是取老陈公的本钱,每月二分行利。一来这老陈公的本钱不重,落得好用;二来好扯了老陈公的旗号,没人敢来欺负。不敢在老陈公身上使欺心,利钱按季一交,本钱周年一算,如此有了好几年的光景。老陈公信这童一品是个好人,爽

---

① (明)长安道人国清《警世阴阳梦》,春风文艺出版社1985年版,第52页。
② 同上书,第51页。
③ (明)不题撰人《梼杌闲评》,齐鲁书社1995年版,第161页。
④ 同上书,第167页。

利发出一千银子本来与童一品合了伙计。本大利长,生意越发兴旺。"①童一品死后,陈公公依旧与其子童七合作做生意,"老陈公也因病身亡,把这个乌银铺的本钱一千两,分在大掌家小陈公名下。这小陈公也仍旧与童七开造银铺,生意也照常兴旺"②。晚清小说《糊涂世界》中,伍琼芳在京走投无路时遇到了过去的同事曹来苏,曹对伍琼芳说:"现在打磨厂开亿利金号的东家,是个太监,却是大有权力。要是想走人情,到他那里想法子,包可以大事化小,小事化无事。"③曹本人即在亿利钱庄当水客,在外面招揽生意,这样的钱庄既做金融生意,也以东家太监的身份背地里做着政治掮客的勾当。通过小说中的描写可以发现,宦官多半不是直接参与商业活动,而是以出资人的身份与民间商人合作,主要的收益来源于自己投资所产生的利润。对于民间商人而言,京城地面鱼龙混杂,与宦官合作无疑为自己的生意增加了一层保护伞,以便于经营活动的展开。

　　以上我们以明清小说中的相关描写对京城宦官日常生活中的几个方面进行了梳理,从中不难发现,在京城这座高官遍布、巨富云集的大都会,宦官在个人生活的享乐与气派上不输于任何一个阶层。这不仅是宦官意图融入京城上层生活的体现,也是其心理欲望推动的结果,当他们从民间进入宫廷,经济与地位有了较大提升时,就多开始追逐物欲的满足与享受。小说作者通过对宦官日常生活的描写,既揭示了这一群体爱享受、好娱乐的一面,又通过其生活中浮夸以至越制一面的书写凸显了他们心理上的空虚、乏味。相比起史料中的宦官生活,以小说为代表的文学叙述更为形象,对宦官群体的塑造也更为立体,不失为我们了解明清宦官生活的一个窗口。

　　(二) 明清小说中的南京宦官

　　明代的南京作为留都,也有一些官职以太监充任,虽然他们不像自己在北京的同辈那样在政治舞台上翻云覆雨,但在南京官场上,这些太监的势力依然不容小觑,小说中也时有与南京太监相关的内容出现。

---

① (清)西周生《醒世姻缘传》,齐鲁书社1980年版,第908—909页。
② 同上书,第909页。
③ (清)吴趼人《糊涂世界》,江西人民出版社1988年版,第455页。

《喻世明言》卷28中,李秀卿、黄善聪的故事传遍南京,"有守备太监李公,不信其事,差人缉访,果然不谬。乃唤李秀卿来盘问,一一符合。……李公就认秀卿为侄,大出资财,替善聪备办妆奁。又对合城官府说了,五府六部及府尹县官,各有所助。一来看李公面上,二来都道是一桩奇事,人人要玉成其美"①。这里的守备太监指南京守备太监,明王朝迁都北京后,于南京设守备太监,《明史·职官志》载:"南京守备,正、副守备太监各一员。关防一颗,护卫留都,为司礼监外差。"②明代南京守备太监在南京本地权威很大,他与守备武臣、参赞文臣共同组成的守备体系成为代表皇帝管理南京的象征,甚至南京行政部门的日常工作也会受到守备太监的约束。《喻世明言》所写南京五府六部衙门都资助李秀卿婚事的场景,不过是南京各级官员讨好守备太监的一种表现,但也说明南京官场上守备太监的势力之大。

此外,看陵太监也常在小说中出现,由于明太祖孝陵在南京,朝廷设有守陵太监以卫护陵园。《儒林外史》第30回写杜慎卿在神乐观,"听得里面一派鼓乐之声,就在前面一个斗姆阁。那阁门大开,里面三间敞厅:中间坐着一个看陵的太监,穿着蟒袍;左边一路板凳上坐着十几个唱生旦的戏子;右边一路板凳上坐着七八个少年的小道士,正在那里吹唱取乐"③。不过看陵太监远没有守备太监权势大,日常事务也较为清闲,所以会有《儒林外史》中所描写的那种在神乐观中听唱取乐的场景出现。尽管如此,守陵太监在南京市井社会中依然是可以震慑人的一个头衔,《姑妄言》第2回写竹思宽的父亲竹清的"一个宗叔也是江西人,名叫竹苛,是看守孝陵的太监。他倚着这个声势,开了一个钱铺,放印子钱……若多欠他些日子,便抬出他令叔的名目来吓人:'这是陵上竹老公的本钱,叫我替他放的。你若少了他的,他对知县官一说,捱了板子,双手送来,还怕迟了。'人听见这话,谁敢短少?卖儿卖女也顾不得,且还他要紧"④。足见在普通市民心中,看陵太监仍具有一定的威慑性。

---

① (明)冯梦龙《古今小说》,人民文学出版社1958年版,第455页。
② (清)张廷玉等撰《明史》,中华书局1974年版,第1822页。
③ (清)吴敬梓著,李汉秋辑校《儒林外史汇校汇评》,上海古籍出版社2014年版,第372页。
④ (清)曹去晶《姑妄言》,中国文联出版社1999年版,第57页。

虽然从整体上看,明清小说中的南京宦官出现较少,但通过小说的描绘仍可发现宦官在南京的社会生活中有一定的存在感,不过与他们在北京的同辈相比,这种存在感已经很落寞了。

第三节　北京与南京官场文化在明清小说中的呈现

一、官场掮客与北京官场文化

所谓掮客,《汉语大词典》解释为"替人介绍买卖,从中赚取佣金的人"[1],从我国商业史的角度来看,这种为人介绍生意并从中谋利的职业很早就已产生,并存在着如"驵侩"、"牙人"等多种不同的称呼,而"掮客"则是近代以来才较为流行的说法。通常,人们对"掮客"的理解多与商业活动联系在一起,但在晚清小说中,京城官场中同样充斥着一群从事类似活动的人,他们为抱着不同目的来京的外省官商介绍门路、跑腿代办,小说作者常称此类人为"拉皮条的",这里不妨给他们一个"官场掮客"的"雅称"。

（一）晚清小说中的京城官场掮客群像

作为京城官场中的一种特殊势力,官场掮客的职能主要是为外省来京图谋前程而又无门路可走的官商与掌控相关权力部门的官吏建立联系,或者直接代为办理,掮客们则借此牟利。以晚清小说中的相关描写来看,委托官场掮客办事的主要有三种人:第一,以外省为主的候补官员,这类官员多为捐班而非正途出身,如《官场现形记》中的唐二乱子"当少爷出身,十八岁上由荫生连捐带保,虽然有个知府前程,一直却跟老子在任所,并没有出去做官";第二,落榜考生,如《官场现形记》中的陕西举人赵温;第三,现任官吏,如《中国现在记》中的冯耀祖是即将到湖北赴任的知县。相应地,官场掮客主要就是

---

[1] 罗竹风主编《汉语大词典》(第6卷),上海辞书出版社2008年版,第716页。

为人办理捐官与获得实缺等事务,如陕西举人赵温,在京考试落榜之后,家中汇银让其"赶紧捐一中书,在京供职",于是赵温就在钱典史盟弟绰号"狐狸精"的胡理帮助下捐了内阁中书。《孽海花》中的山东土财主鱼阳伯,"捐了个道员,在南京候补了多年,黑透了顶,没得过一个红点儿",特地携带银两到京运动,无意中结识了后门估衣铺的郭掌柜,走了皇妃师傅闻太史的门路,顺利被委任为"四海闻名的美缺"上海道。而与官场捐客有联系的另一方,即京城中有能力解决问题的人,既有王爷、军机大臣、各部尚书等王公大臣,也有太监、衙门书办这样的小角色。王公大臣作为中央高级官员,可以向皇帝提供用人方面的建议,或者利用职权直接干预人事任命,衙门书办虽然位卑言轻,但"从小的时候,就把本部的历年档案记得烂熟在肚子里头。那些部里头的司官那里有他这般本事? 我们中国的向例,办起公事来都要照着例案办的。没有例案可援的,便要请旨办理。每每的堂官接了一件公事,便交给那班司官,叫他援例办理。司官那里记得部里的这些档案? 就只好来请教这班部办了。这班部办趁着这个当儿,便上下齐手的作起弊来"①。

如果我们把晚清小说中的京城官场捐客集中在一起考察的话,可以发现一个很有趣的现象,那就是这些捐客的身份构成差异非常大。在这一群体当中,既有无固定职业,专靠当捐客为生的胡理(《官场现形记》),也有虽为估衣铺裁缝,"却是个出入宫禁交通王公的大人物"的郭掌柜(《孽海花》),甚至还有不少京官,像《官场现形记》里的王博高是户部额外主事,《二十年目睹之怪现状》中的车文琴是刑部实缺主事。这里,笔者以《中国通俗小说总目提要》所收录的小说为依据,将晚清小说中出现的官场捐客及其身份信息列表予以展示。

书　　名	捐客姓名	捐客身份
《品花宝鉴》	唐和尚	北京城南宏济寺和尚
	魏聘才	华府师爷

---

① (清)张春帆《九尾龟》,齐鲁书社1993年版,第484页。

续　表

书　名	捐客姓名	捐客身份
《官场现形记》	胡理	书中未介绍
	黄胖姑	前门大栅栏某钱店掌柜
	溥化	宗室
	白韬光	银炉老板
	黑伯果（黑八哥）	琉璃厂书铺掌柜
	刘厚守	前门外古董铺老板,光禄寺署正
	镜空	前门外某庵尼姑
	王博高	户部额外主事
	查珊丹（查三蛋）	刑部额外主事
	老和尚	前门里某寺和尚
《二十年目睹之怪现状》	恽洞仙	某钱铺掌柜
	车文琴	刑部某司实缺主事
《孽海花》	郭掌柜	后门估衣铺聚兴号掌柜
	庄稚燕	户部侍郎庄焕英之子
《中国现在记》	汤盘新	前门外豫利金店老板
《廿载繁华梦》	江超	宁王府幕僚
	黄敬绶	某部参堂
《糊涂世界》	曹来苏	打磨厂亿利金号水客
《九尾龟》	张伯华	内阁中书
	刘吉甫	吏部书办
	佩芳	四喜班花旦
《梼杌萃编》	贾端甫	刑部主事
《最近官场秘密史》	安道士	白云观道士
	刘柱	妓院老板

通过上表可见,京城官场上的捐客可以说是涵盖了三教九流各种职业,呈现了一种鱼龙混杂的现象,而京城官场捐客在身份上的分

散与不成体系,与捐客这一特殊"职业"的特征有关。从本质上说,京城官场捐客并不是一种固定的职业,虽然是官场上人尽皆知的普遍现象,但毕竟与法度有碍,从事的是一种见不得人的事情,正如唐二乱子在京城,到处胡吹自己花钱上贡,至少赏个三品京堂侍郎衔,"人家听了他说,都说他是个痴子,这些话岂可在稠人广众地方说"。所以,尽管充当官场捐客的人有固定与不固定的区别,但大多数捐客都有自己本来的职业,一方面保证了有稳定的收入来源,另一方面又可以借本来的职业掩护自己所从事的捐客勾当,像《官场现形记》中的老和尚:"这寺里的当家和尚,会诗会画,又会替人拉皮条。他即同徐大军机做了一人之交,惹得那些走徐大军机门路的都来巴结这和尚。而且和尚替人家拉了皮条,反丝毫不着痕迹。因为徐大军机相信他,总说他是出家人,四大皆空,慈悲为怀。凡是和尚托的人情,无论如何,总得应酬他。"①

晚清小说中的京城官场捐客,又可分为固定与不固定两类。固定的官场捐客,是指长期从事这一勾当的人,如《官场现形记》中的黄胖姑,身为钱铺老板的他,在京城与地方都有业务往来,因此也成为外省来京办事者最常联系的官场捐客;而同书中的刘厚守,本是华中堂的门下,捐官之后又在前门外开古董铺,实际上则是固定充当华中堂的捐客,想走华中堂的门路就要先在刘厚守的铺子里买古董孝敬华中堂。不固定的京城官场捐客,以穷京官为多,这类人或是出于同乡情分,或是为人所托,捐客的勾当只是偶尔为之,如《二十年目睹之怪现状》中的车文琴,听说主人公九死一生认识钱铺掌故悻洞仙,马上表示"这等人倒不可不结识结识",盘算着"万一有什么人到京里来走路子,和他拉个皮条,也是好的",并很快拉着自己的朋友陆俭叔托悻洞仙办事。

京城官场捐客背后的关系网络四通八达,从事的是高风险同时也是高收入的勾当,小说中的这类人多具备这样的特质:第一,消息灵通。京城官场捐客要有敏锐的嗅觉,一旦发现外省进京的人有可能成为自己的"顾客",就要尽早出手,以防同业之间的竞争:"京城里

---

① (清)李伯元《官场现形记》,中州古籍出版社1995年版,第724页。

只消有几个闲钱应酬应酬,开通大人先生的门路,是最便当的。而且是有这些拉皮条的哥儿闻风而来,凭你自己拣择,要运动哪一条路子。"同时,还要保持对高层政治的敏锐感,了解朝廷动态,以便自己运动时选择合适的对象,《官场现形记》里的贾大少爷到京之后就忙着拜会太老师周中堂,而为他当掮客的钱店掌柜黄胖姑却直言周中堂"现在背时的了",因为误保了人,而被上头申斥,虽然没有革职,但肯定要被赶出军机处,劝贾大少爷走其他门路,可见当时的官场掮客对京城高层动态有多么了解。第二,能言善辩,并且深谙委托办事者的心理。作为官场掮客,即如现代意义上的"推销者"一般,必须具备高超的语言技巧,了解委托办事者的心理需求,才能促成彼此之间的勾当。鱼阳伯随庄稚燕进京谋实缺,因等待时间太长而心焦欲死,庄稚燕却教育他钻门路有"四得字诀":"这四得字诀是走门路的宝筏,钻狗洞的灵符,不可不学的。就叫做时候耐得,银钱舍得,闲气吃得,脸皮没得。"既形象地描摹了京城钻门路者的群体相貌,又打消了鱼阳伯的焦虑,只能继续耐心等待。第三,掮客之间要互通有无。偌大京城,不知有多少掮客在从事给人牵线搭桥的勾当,彼此之间的关系可以说既是合作者又是竞争者。单独一个掮客的能力与他背后联系的京城高层官员毕竟有限,当他对自己目前所承接的"生意"感到能力有限,不足以确保委托者的需求必然能够实现时,也会联系其他掮客"共享"生意。如黄胖姑与其他官场掮客就保持着 种良好的合作关系,为了确保贾大少爷能够获得实缺,他与贾大少爷通过书铺掌柜黑伯果打点宫里的黑大总管,又通过古董铺掌柜刘厚守走华中堂的门路。甚至在掮客背后实际操作的人,有时也需要利用别的掮客的门路,《九尾龟》里的康观察通过内阁中书张伯华的关系,联系吏部书办刘吉甫为其做手脚能早一步得到实缺,但刘吉甫的小动作却被本部堂官察觉。刘吉甫只能和康观察去走吏部尚书喜爱的四喜班花旦佩芳的门路,在佩芳的帮助下,吏部尚书最终只得点头同意。当然,更多的时候,掮客之间主要是一种竞争关系,当黄胖姑听到贾大少爷打算去找前门某庵中可以结交内廷的尼姑镜空时:"心上毕拍一跳。心想:'被他晓得了这条门路,我的买卖就不成了!'其实黄胖姑心上很晓得这个姑子的来历,而且同他也有往来。因为想赚贾大少爷的钱,只得装作不知。"而《孽海花》里的庄稚燕因为嫌鱼阳伯的家势门第不如章凤孙,让聚兴号郭掌柜抢走了生意,章凤孙却"宦海回头",不再沉迷官场,使庄稚燕的如意算盘最终落空。

(二)京城官场掮客生成的原因分析

从历史上看,凡是有官场的地方,就会有官场掮客的存在,封建王朝的都城作为国家的权力与政治中心,更容易滋生为人介绍买卖、牵线搭桥的官场掮客,京城中的这一群体,往往比地方更为集中,也更具备"翻云覆雨"的能力。那么,晚清小说中为何会如此集中的出现大批京城官场掮客呢?

一方面,这与晚清的政治状况有着密切的关系。清代官员出身有正途与异途之分,正途为科举起家,而异途则是通过承荫、捐纳、保举等途径获得官职。清代中期以后,异途做官者越来越多,以捐纳来看,其中的暂行捐,"原规定只有遇到特殊情况和特别恩典才可以捐,但实际上从康熙十四年到光绪三十二年就捐达60多次,竟成了清朝财、吏的重要来源"①。清代道光、咸丰以后,民变、灾荒与外患并存,中央财源紧张,各种捐例大开,绅民凡纳银者,皆可补官铨选。虽然清廷规定捐京官以郎中为限,外官以道员为限,但实际上无官不可捐纳,终使清代卖官鬻爵之风达到了历史的顶峰,吏治崩坏到了无可挽救的地步。而在保举方面,晚清保案颇多,烂举成风,河工、军功等一次保举甚至多达千人,保举俨然成了官绅出仕的一种捷径。捐纳与保举成风对官场最大的影响则是严重的冗官问题,相较于数量有限的官缺来说,有大量通过捐纳、保举出身的人得不到实缺而只能长期候补,被国外学者称为"清国制度中由奇异之事"②。到了光绪时期,候补官员的数量达到了清代的顶峰,吏部"每月投供人员有多至四五百人者,每月分发人员有多至三四百人者"③。对于候补官员来说,在捐官的过程中已经花费大量积蓄,只有尽快获得差使去捞钱才不至于让捐官变成一种赔本的生意,于是,候补官员为获得实缺而奔竞成

---

① 李铁《中国文官制度》,中国政法大学出版社1989年版,第151页。
② [日]织田万《清国行政法》,中国政法大学出版社2003年版,第360页。
③ (清)朱寿朋《光绪朝东华录》,中华书局1958年版,第2459—2460页。

风,"一差而数十人争之,一缺而数百人俟之"①。京城作为国家权力与政治的中心,不仅有吏部负责全国官员的考选,更有各路王公大佬可以干预吏部等职能部门的运作,自然成为外省候补官员走门路的不二选择,晚清官场小说中来到京城运动前途的基本上都是候补官员,《官场现形记》中的贾大少爷"报捐分省知府,就在劝捐案内得了个异常的劳绩,保了个免补本班,以道员补用,并加三品衔",《九尾龟》中的康观察为候选道台,《糊涂世界》中的伍琼芳为候补通判,等等。

中国官场本就极为讲究人脉关系,从科举到仕途,同乡、同年、同宗等各种关系皆被利用,如果没有,也要创造。对于入京走门路的人来说,当然也有家族、师承等方面的关系可以利用,但这种关系不一定能发挥实际作用,像贾大少爷的太老师周中堂已是失势的官员,而至于鱼伯阳一类的土财主,来到人生地不熟的京城,根本不具备打通关节的能力。在这种情形下,京城官场掮客就显得尤为重要,他们可以为在京城有银子却无门路的人与上层官场建立联系,给这些外省官员实现自己的目的提供了极大的便利。虽然从事的是见不得人的勾当,但只要委托掮客办事的人肯出银子,这些官场掮客多具备良好的"职业操守",也肯用心尽力去给人跑腿办事,像《品花宝鉴》中的唐和尚一再向富三保证,自己的关系是"千稳万稳,并不是撞木钟,事成了才要(钱)",又与魏聘才一起做中人,保证富三所办之事必得,"如果不得,原票退还"。《九尾龟》中的吏部书办刘吉甫,在自己动手脚被堂官察觉后,主动替康观察联系其他掮客,还预备了五千两银票给康观察救急,虽然这笔钱属于"羊毛出在羊身上",但掮客这种行为还是说明这群人对自己"招牌"与"信誉"的重视。

另一方面,京城出现大量官场掮客的原因主要还是在于掮客在给人牵线搭桥的过程中有利可图,往往可以从中获得丰厚的回报。晚清卖官鬻爵成风,不论是捐官还是图谋实缺,都需要花费数万甚至十几万两白银,而官场掮客在其中获得的好处也不是一般的生意可

---

① 朱采《清风阁集》卷2《海防议》,《近代中国史料丛刊》第28辑,(台湾)文海出版社1967年版,第130页。

以比拟的。进京办事的外省官员与能实现他们目的的京城上层官吏之间的关系就像现代契约观念中的甲方与乙方,但在当时的京城官场,甲方与乙方存在明显的信息不对称,甲方因为与乙方无法建立直接的联系而只能通过官场掮客代为联络与办理事务,而掮客则充分利用了甲方与乙方之间的信息不对称,从中获取暴利。例如,黄胖姑指点贾大少爷去拜各大军机,各种门包使用前后多达3万两,而这种事情全是黄胖姑在办理,贾大少爷只是按照黄的指示按日子去拜访而已。黄胖姑为贾大少爷借款10万两,向贾收取二分半的利钱,告诉借款方的利息却只有五厘半,从中又狠赚一把。

  在京城官场掮客看来,那些进京走门路的外省官员,不外乎是对官场缺乏了解的土财主或是不通人情世故的官二代,这些人就如提线木偶一般,想把事情办好只能依靠自己的斡旋,从中牟利也是易如反掌的事情。或许正是因为官场掮客敛财的轻松,京城中也存在大量撞木钟、冒充掮客行骗的人,唐二乱子在京不肯走舅爷查三蛋的门路,立马就有自称内务府司员的旗人文明说认得军机上某王爷,结果唐二乱子被骗走了1万两银子。从一些掮客们总是不断提醒办事者自己不是撞木钟的情形来看,当时京城这种假掮客数量一定不少,也间接证明了掮客获利之丰厚是多么诱惑人。

  值得注意的是,充当京城官场掮客的群体中有不少金融业的从业者,如黄胖姑是钱店掌柜、恽洞仙是钱铺掌柜、汤盘新是豫利金店老板。相比从事其他职业的掮客来说,金融业的从业者充当掮客,不仅有与京城、地方关系密切之便利,还因为他们从事放京债的业务,他们获得的利润比一般掮客更为丰厚。清代商业的发展刺激了钱庄业的发达,一些大的钱庄在京城与地方都有营业店面,不方便携带大量现银进京的顾客可以通过连锁的钱庄办理汇兑业务,到京之后再行取用。而钱庄的经营者则会利用这种与地方的业务关系与一些外省官商建立联系,外省的候补官员进京之后也往往最先与这些经营者联络,贾大少爷进京"顶要紧的是太老师周中堂同着寄顿银子的一个钱店掌柜,外号叫黄胖姑的",《中国现在记》中的冯耀祖"偶然间想起前门外豫利金店的老板汤盘新,亦是嵊县人,上次汇银子来就是他家,况且又听说他同姬中堂家往来,不如去找他,托他去疏通疏通"①。同时,进京跑门路的外省官员常会出现财源紧张的问题,但官缺却不等人,因此只能四处借钱应急,这些充当捐客的金融业从业者因为自身本业的原因,就成为他们最合适的借款来源。"京债是中国历史上的一种高利贷,是指京中的高利贷者放债给在京的新选官吏,待到任后归还。"②京债产生于唐代,到晚清依然存在,而且放贷的对象不仅是候选官员,候补官员同样也成为放贷的对象:

> 京师游手之徒,代侦某官选某缺,需借债若干,作合事成,于中分余润焉,曰"拉纤"……(得官者)明知为鸩毒也而甘之,除奴仆之中饱,拉纤之侵渔,到手不过数千金,而负债已巨万矣。③

京城中的钱庄掌柜,可以利用自己钱庄中的存款,或以钱庄的信誉为当事人借款,贾大少爷缺钱时,黄胖姑就为他从时筱仁处借款 10 万两,但时明确要求黄胖姑以钱庄的名义出具凭据。冯耀祖为一封姬中堂的京信,需要 1 200 两,汤盘新对一时拿不出钱的冯耀祖说:"这事不难,小弟替人办的事,未必都是现钱,只要写上一张借票,注明照京债加息四分,存在小店,等到了外头,得了差缺,再一本一利算还小店,亦是一样的。"《糊涂世界》中的曹来苏告诉手头紧的伍琼芳:"要是差个一二百两银子,我还可以替你想个法子,不过利息是每月二分五。"当时京债利息颇重,"今赴铨守候者,所假京债之息,以九扣三分为常,甚有对扣、四扣、三扣者"④,这些金融业的从业者们,既有财源上的便利,又能从放债中享有重利,自然乐意去争当京城中的官场捐客了。

(三) 捐客背后的京城官场文化

晚清小说以京城官场捐客为中心,对晚清官场,特别是京城官场中的关系文化、圈子文化予以较为全面的观照,深刻揭露了中国封建

---

① (清)李伯元《中国现在记》,江西人民出版社 1989 年版,第 53 页。
② 叶世昌《中国古代的京债》,载《河北经贸大学学报》1998 年第 3 期。
③ (清)李慈《晋游日记》卷 3,山西人民出版社 1989 年版,第 69 页。
④ (清)梁章钜《退庵随笔》卷 7,江苏广陵古籍刻印社 1997 年影印版,第 181 页。

社会官场文化中恶的一面。受中国传统文化的影响,中国人际交往呈现了一种明显的讲关系的特点,而官场文化则进一步放大了这种讲关系的交往模式。从步入仕途伊始,同年、同乡、同宗乃至姻亲等各种关系都成为官员维持和谐官场交际,保证自己顺利升迁所必须要顾及的社会因素。由此,官场上其实形成了一个由若干大小不一的圈子所组成的社会网络,每个圈子都是相对封闭,但又与不同层级的圈子存在着某种勾连关系。从上往下看,京城有京城的官场圈,地方则有地方的官场圈,两者之间既有相似之处,也有一定的差异。京城作为天子脚下的政治中心,王公勋贵聚集其中,中央部门也多集中在京城,和仕途生活密切相关的考察、升迁、任免、奖惩等决定都出自这座作为国家权力中枢的城市。因此,京城的官场圈比地方的官场圈更为讲求关系的亲疏,也更有底气与实力去为权力寻租,借职权为自身牟利,晚明小说《清夜钟》第1回,曾对晚明官员入京考选有详尽的描述,从户部、吏部到大佬、科道,几乎层层都要讲关系,层层都要送礼,不然候选者在京城几乎寸步难行。而到了晚清,这种讲关系、使银子的风气达到了整个封建社会的顶峰,晚清小说中那些为了在京城得到实缺的人动辄就要花掉数万甚至十几万两白银,足见当时吏治已经糜烂到何种程度。从人际交往学中的社会交换论来看,官场之间往来的本质就是一种典型的社会交换,这种交换与"发生在市场上的交换所遵循的原则都是一样的,也就是人们都希望交换对于自己来说是值得的,希望在交换过程中得大于或至少等于失"[①]。可以说,外省候补官员与京城上层官员之间,就是一种赤裸裸的金钱交换关系,一方付出金钱,一方则帮助对方获得官缺,无怪乎有人把晚清的官场视为市场了。

  京城官场与地方官场是两个既相对封闭,又有千丝万缕联系的圈子,从外省官场来到京城的官员,从心理上来说,要面对的是一个相对陌生的世界,但他们又有着强烈的合群倾向,非常希望融入京城官场圈子之中。出于不被京城官场嘲笑与排斥的心理动机,就只能竭力模仿京城官员的种种排场,如《官场现形记》中贾大少爷进京之

---

① 李丽明《人际交往学》,贵州人民出版社2006年版,第21页。

后竭力模仿京官的做派。但不论怎样模仿京官的排场,对于京城官场圈来说,那些外省官员永远是外来者,或许有些人与京城官员有某种关系,但是对于重实用主义的官场中人来说,这种关系如果不能实现自己的目的,不过是等同虚设而已。而那些掌握权力密码,能够左右自己前途命运的京城上层官吏所构成的圈子,又是相对封闭而不能随意进入的,必须有一种第三方力量的介绍与引入才能得以实现,而京城官场掮客就是这种第三方力量。长期植根于京城官场的掮客们,利用自身的种种优势,与身份各异的上层官吏建立联系,或者直接为某一官员充当固定的联络人,他们对京城官场的熟悉程度要远超过外省来的官员。京城官场掮客通过为外省官员提供信息、牵线搭桥,建立起外省官员与京城上层官吏之间联络的通道,让这些外省官员在某种程度上能够进入某个京城官场圈,安全、放心地进行权钱交易,最终实现各自的目的。

在一种贪腐成风的官场文化当中,官场掮客是必不可缺的,京城上层官吏讲究体面与排场,对于是否接待以及接待什么样的拜访者有着各种各样的考虑,而这种私下的权钱交易更是见不得光的事情,冯耀祖通过汤盘新求姬中堂的一封京信,本是已谈妥的事情,冯却在拜会姬中堂时当面提及,被对方训斥了一顿,直到出门才从管家手中拿到那封信,还被管家抢白一番:"冯老爷,我看你也不像一个做官的,那个话前天已说明白了,你为何今天又要当面去说?你可知道这是私事,难道你的儿子做贼,你的女儿偷汉,你也能当着大众说你家男盗女娼么?我看你还是回家抱孩子罢!若照这样,一定要辜负中堂的栽培了。"①可见,对于大多数京城上层官吏来说,他们非常乐意有一个像官场掮客这样的中间人去为他们经手与权钱交易相关的事情,自己明明贪财如命,却又要保持一种高傲的京官体面,给外界一种清廉的假象。有官场掮客为他们从中经营,他们需要做的只不过是象征性的接见一下求他们办事的外省官员,说几句冠冕堂皇的话语即可,一切都显得像融雪化水一般杳无踪迹可寻。

---

① (清)李伯元《中国现在记》,江西人民出版社1989年版,第58页。

二、南京官场上的"身边人"特色文化

晚清小说中的北京官场,最具鲜明特色而又活动广泛的一类人无疑是官场掮客,他们游走于京官与外省官员之间,为彼此牵线搭桥,堪称北京官场上的一股独特势力。反观晚清小说中的南京官场,似乎很难在纷繁的官场世相中找到类似京城官场掮客的一群人。但与晚清官场的整体状况相一致,南京官场上贪腐成风,卖官鬻爵、权钱交易同样大行其道,同样也有一群人介入这类勾当之中,他们并不是严格意义上的掮客,但多是官员的"身边人",其中既有姬妾、妓女,也有幕僚、书办,乃至亲兵戈什哈等,这群身份各异的"身边人"形成了别具一格的南京官场文化。

南京官场淫靡成风,官员们在女人身上用工夫极多,某些官员的姬妾、相好的妓女等枕边人便成为他人争相打点的首要对象。《官场现形记》第30回,羊统领身为高级武官,不仅大吃空饷,还把调换营官视作生财之道:"倘然出了一个缺,一定预先就有人钻门路,送银子。不是走姨太太的门路,就是走天天同统领在一块儿玩的人的门路。甚至于统领的相好,甚么私门子,钓鱼巷的婊子,这种门路亦都有人走。"①冒得官到南京想弄个营官当,于是有人告诉他一条捷径:"走统领的路,还不如走他姨太太的路。统领事情多,怕有忘记,走了姨太太的路,姨太太朝晚在一旁替你加死力的催差使,又好又快,比走统领的路要好得几倍呢!"②冒得官如法炮制,为羊统领最宠爱的小妾费尽心机,最终顺利拿到一个营官的委札。

该书第32回,余荩臣在妓女王小五子处提到自己厘金局里"当差的人统通不用钱买,只要上头有面子,或者是朋友相好的交情荐来的都可以派得"③,王小五子便拿出一张"知府用、试用同知黄在新,叩求宪恩赏委厘捐差使"的名条来举荐人:

---

① (清)李伯元《官场现形记》,中州古籍出版社1995年版,第386页。
② 同上书,第392页。
③ 同上书,第430页。

(黄在新)因见余荩臣正当厘金局的老总,便想谋个厘局差使,托了几个人递了几张条子,余荩臣尚未给他下落,他心上着急。幸喜他平日也常到钓鱼巷走走,与余荩臣有同靴之谊。王小五子见他脸蛋儿长得标致,便同他十分要好,余荩臣反退后一步。黄在新在王小五子家走动,余荩臣却一字儿不知。余荩臣与王小五子玩耍,黄在新却尽知底里。①

　　余荩臣、黄在新这两个上下级,因为与同一个妓女交往发生联系,黄还想通过妓女说项来给自己谋取差使。姬妾说项已说明官员不能处理好家庭与工作之间的关系,而妓女受人之托给人求差使就更滑稽了,这固然与南京官员狎妓的现象有关,但也不能否认这种现象折射出南京官场上的某种风气,妓女说情只是冰山一角而已。

　　在南京官场上,督抚衙门的高级幕僚因与督抚之间的特殊关系也是"身边人"官场文化大军中的一员。这类幕僚属于督抚身边的参赞,既要出谋划策,还要代拟奏稿,对地方高层官场上的风云变幻非常熟悉,他们也是中下级官员竞相逢迎的对象。《官场现形记》中的赵尧庄,是总督衙门的幕府,"制台凡遇到做折子奏皇上,都得同他商量,制台自己不起稿,都是他代笔。全省的官员,文自藩司以下,武自提镇以下,都愿意同他拉拢"。然而他却不愿同一般官员交往,"人家同他说话,他只是仰着头,脸朝天,眼睛望着别处。别人问他二句,回答一句。有时候还冷笑笑,一声儿也不言语。因此大众都称他为赵大架子"②。小说写羊统领设席请客,这位赵大架子最后才到,也不论宾主,自己先坐首席。在饭局上拿腔作势,只因余荩臣打点他的钱较多,便只与余两人有说有笑,弄的整场宴席"人虽不少,颇觉冷清得很"。这些官职都比赵大架子高的官员如此低声下气,无非是忌惮于赵在督抚面前的影响力。

　　在《二十年目睹之怪现状》中,总督幕僚则成为总督卖官鬻爵的介绍人。第5回写总督衙门的一个幕僚拜访吴继之,"他在怀里掏出一个折子来递给我。我打开一看,上面开着江苏全省的县名,每一个

---

① (清)李伯元《官场现形记》,中州古籍出版社1995年版,第432页。
② 同上书,第421页。

县名底下,分注了些数目字,有注一万的,有注二三万的,也有注七八千的"。这位幕僚还对吴继之说:"这是得缺的一条捷径。若是要想哪一个缺,只要照开着的数目,送到里面去,包你不到十天,就可以挂牌。这是补实的价钱,若是署事,还可以便宜些。"①这位幕僚并不是手操实权的人,其背后的总督才是真正的受益人,而总督又不好直接与下级官员谈论卖官鬻爵的事情,幕僚们便充当了"推销员"的角色。

这些高级衙门里的幕僚既因工作关系受到下级官员的逢迎与重视,又直接参与卖官鬻爵等人事变动,他们游走于官场上下级之间,在其中搅浑水、收黑钱,也为自己牟利。《冷眼观》第5回中,上元县陶知县请补铜山县的文件被布政使衙门里的幕僚黄胖子知晓,他便以此为由要对方孝敬布政使一万两银子。满心想得到这一优缺的陶知县立马应允,但他当面见布政使时,才知道这笔钱是被黄胖子骗去的,并没有入布政使的腰包。这是黄胖子假借布政使的名义向下级官员骗钱,而陶知县这样的下层官员"深知那黄胖子是藩台的嬖人,他们神手通天,作出来的弊都是可真可假的,因此不便当面揭出",只能自己承担损失。

在妻妾与幕僚之外,南京官场上的"身边人"还有一类更特殊的,他们是高级官员身边的亲兵、家丁,这一类人本是士绅阶层瞧不起的对象,但由于与督抚的特殊关系,也成为官场上说项、卖官的主力军。《二十年目睹之怪现状》第7回,作者通过吴继之之口描绘了总督身边的特殊现象:

> 这位大帅,是军功出身,从前办军务的时候,都是仗着几十个亲兵的功劳,跟着他出生入死。如今天下太平了,那些亲兵,叫他保的总兵的总兵,副将的副将,却一般的放着官不去做,还跟着他做戈什哈。你道为什么呢?只因这位大帅,念着他们是共过患难的人,待他们极厚,真是算得言听计从的了,所以他们死命的跟着,好仗着这个势子,在外头弄钱。他们的出息,比做官还好呢。还有一层:这位大帅因为办过军务,与士卒同过甘

---

① (清)吴趼人《二十年目睹之怪现状》,百花洲文艺出版社1988年版,第36页。

苦,所以除了这班戈什哈之外,无论何等兵丁的说话,都信是真的。他的意思,以为那些兵丁都是乡下人,不会撒谎的。他又是个喜动不喜静的人,到了晚上,他往往悄地里出来巡查,去偷听那些兵丁的说话,无论那兵丁说的是甚么话,他总信是真的。久而久之,他这个脾气,叫人家摸着了,就借了这班兵丁做个谋差使的门路。譬如我要谋差使,只要认识了几个兵丁,嘱托他到晚上,觑着他老人家出来偷听时,故意两三个人谈论,说吴某人怎样好怎样好,办事情怎么能干,此刻却是怎样穷,假作叹息一番。不出三天,他就是给我差使的了。①

晚清小说中的这种荒诞现象,是古代官场复杂关系的一种体现,没有合理科学的考察机制,高级官员宁可选择信任乡下人出身的兵丁。督抚这样的高级官员把这些下人视为亲信,所以官场上隐秘的事情也可以委托他们来完成,《冷眼观》中瑞藩台就是"明目张胆的卖缺,居然将那江宁藩司辖下的各府州县,开了手折,注明某缺若干,某缺若干,后面还写着'诚信无欺,不误主顾'八个大字,派了亲信家丁,出去四方兜售"②。

客观地讲,官场上的"身边人"现象,并不是南京所独有的,在中国古代官场,这是一种"放之四海而皆准"的现象。晚清小说中的南京官场"身边人"现象之所以值得一提,原因在于两个方面:第一,晚清南京官场上汇聚了为数不少的候补官员,但官缺却是有限的,在这样一个"僧多粥少"的市场上,有些候补官员穷到苦不堪言,甚至出现像《二十年目睹之怪现状》中的候补知县陈仲眉因此自缢身亡的现象。为了避免这样的情况,也为了在激烈的竞争中得到一个差使,南京官场上钻营奔竞的现象自然比别处更加激烈。第二,需求是刺激市场的直接动力,既然有大量候补官员需要门路去为自己谋求差使,有门路的各色人物自然就会浮出水面,也就是南京官场上那些督抚大僚身边的妻妾、妓女、幕僚、亲兵等。他们的身份既是中间人,又是督抚们的代理人,不论是替人说项,还是在卖官鬻爵中替督抚打广

---

① (清)吴趼人《二十年目睹之怪现状》,百花洲文艺出版社1988年版,第46—47页。
② (清)八宝王郎《冷眼观》,百花洲文艺出版社1991年版,第291页。

告,下级官员对他们的逢迎会让他们在这一过程中获得利益,这也就是为什么有些人宁愿放弃官职而选择在总督身边当亲兵的原因了。我们看到南京官场上的官员们,在这座繁华的城市中享受生活,买河房、养妓女、吃番菜,过的是比在京官员限制更少、更为恣肆的享乐生活。而这些个人消费所需要的财力又是官俸不能满足的,所以,南京官员也就必然会靠着在官场上卖官鬻爵,给人提供差使来敛财,这也是南京官场盛行"身边人"文化的原因之一。

第三章　作为商业都会的北京与南京

从城市发展史的角度来看,尽管中国早期城市"不是经济起飞的产物,而是政治领域中的工具"①,但城市的发展与扩张离不开经济发展的助推作用。特别是在中国,各级区域中心城市往往兼具某一层级的行政中心与经济中心的地位,并由此辐射周边区域。尽管对城市的定义有着诸种角度各异的看法,但城市的本质"是高度集中的非农业社会运动"②,城市意味着"人口、生产工具、资本、享乐和需求的集中"③,集聚的人口,差异化的需求,这一切都需要一个庞大的商业市场的支撑。

从城市经济与商业的角度来看,明清两代的北京与南京皆是全国性的商业大都会,在各自区域经济中都有着无可替代的作用,其经济地位的形成既与城市的政治定位有一定的关联,又与长期以来的经济发展与庞大人口汇聚所凝聚成的消费需求有关。本章聚焦于明清小说对北京与南京商业情况的表现,对其中涉及的某些城市商业现象予以梳理,以此揭示北京与南京这两座城市的商业都会性质及其对市民生活的影响。

第一节　明清小说中的北京与南京商业概况

明清两代的北京与南京,无疑是全国性的商业大都会,四方商贾

---

① 张光直《关于中国初期"城市"这个概念》,载《文物》1985年第2期。
② 戴均良主编《中国城市发展史》,黑龙江人民出版社1992年版,第2页。
③ 中共中央编译局编《马克思恩格斯选集》第1卷,人民出版社1972年,第56页。

辐辏,天下万物汇聚,其商业之兴盛繁荣屡屡见诸明清各类文字记载之中。而小说作为一种文学载体,在涉及北京与南京的城市书写中,也从商业的角度深入到城市生活的某些方面,既展现了两座城市商业中心的地位,也描写了商业活动与商人生活等内容。

一、四方毕聚、商市兴隆的北京城市商业

(一) 小说中的明代北京商业

明代北京商业发展经历了一段较长的过程,明初经历战火之后的北京"商贾未集,市廛尚疏"①。随着永乐年间迁都北京,明政府采取了一系列调控措施,北京城市商业亦随之兴旺起来。弘治年间,北京已被人形容为"生齿日繁,物货溢满,坊市人迹,殆无所容"的大都会②。此后直到晚明,北京城内一直维持着"百货充溢,宝藏丰盈,服御鲜华,器用精巧"的繁荣都市景象③。

1. 贸易繁盛的商业都会

作为明王朝的政治中心,北京人口曾一度高达百万之众,庞大的人口汇聚也带来巨大的消费需求。因此,作为全国性商贸中心的北京以其巨大的市场吸引了大量外地商贾进京贸易。《拍案惊奇》卷3中,河间府交河县的刘东山在"冬底残年,赶着驴马十余头,到京师转卖,约卖得一百多两银子"④。而现实生活中北京百货纷呈、客商云集的场面更加兴盛,《松窗梦语》载:

> 京师负重山,面平陆,地饶黍谷驴马果瓜之利,然而四方财货骈集于五都之市。彼其车载肩负,列肆贸易者,匪仅田亩之获,布帛之需,其器具冲栋与珍玩盈箱,贵极昆玉、琼珠、淇金、越翠。凡山海宝藏,非中国所有,而远方异域之人,不避间关险阻,

---

① (明) 沈榜《宛署杂记》卷7《廊头》,北京古籍出版社1980年版,第58页。
② (明) 吴宽著《家藏集》卷45《太子少保左都御史冗公七十寿诗序》,《景印文渊阁四库全书》第1255册,(台湾) 商务印书馆1986年版,第406页。
③ (明) 张瀚《松窗梦语》卷4,中华书局1985年版,第77页。
④ (明) 凌濛初《拍案惊奇》,上海古籍出版社1982年版,第55页。

而鳞次辐辏，以故畜聚为天下饶。①

商业繁荣的大都会北京，街道上商铺鳞次栉比，这是构成北京日常商业活动最基本的要素，也是体现北京城市商业风貌的窗口。在明代小说中，外省人对京城最初的印象，就是热闹的街市场面。《梼杌闲评》第7回，侯一娘与魏忠贤初次进京："一娘到了前门，见棋盘街上衣冠齐楚，人物喧闹，诸般货物摆得十分闹热，比别处气象大不相同。看了一会，走到西江米巷口，各店都挨挤不开。"②前门内的棋盘街位于"国门"大明门之前，是所谓"朝前市"，为明代北京城内最为繁华的商业街区，给侯一娘留下了深刻的印象。

在兴盛的北京商业市场，开店经营的既有北京人，也不乏外省人。《清夜钟》第7回中，北京人崔佑是个小生意人，在"东角头开着一件陆陈店，手底尽来去得"③。在一些清初小说中，则有不少关于明代外省人在京经营的内容。《醉春风》中的张三监生，因在北京纳监，便与人合伙在前门开店。后来张升任南京鹰扬卫经历，小说写"他也是京官了，不免拜拜苏州亲友，凡是绸缎店、洒线店、扇子木梳各杂货店"④。由此可见，当时在京中开店售卖江浙物产的苏州人当不在少数。在《醒世姻缘传》中，狄希陈第二次进京时：

> 过了几日，狄希陈要在兵部洼儿开个小当铺，赚的利钱以供日用，赁了房屋，置了家伙，叫虎哥辞了长班，合狄周一同管铺掌柜，狄周娘子住在铺中做饭。后来虎哥娶了媳妇，也就住在店后掌管生意。狄希陈发了一千本钱，虎哥伶俐，狄周忠诚，倒也诸凡可托。⑤

兵部洼在明代兵部西侧，因地势低洼而得名，这里离前门闹市街

---

① （明）张瀚《松窗梦语》卷4，中华书局1985年版，第84页。
② （明）不题撰人《梼杌闲评》，齐鲁书社1995年版，第48页。
③ 路工、谭天合编《古本平话小说集》，人民文学出版社1984年版，第189页。
④ （清）江左淮庵《醉春风》，时代文艺出版社2003年版，第368页。
⑤ （清）西周生《醒世姻缘传》，齐鲁书社1980年版，第995页。

区较近,属于内城商业黄金地段。

小说中出现的各类店铺,是明代历史上北京繁荣商业都会的一个缩影。形式各异、物品杂多的各类店铺极大地丰富了京城市民的物质生活,满足了他们的消费需求。同时,从商人的角度看,不论是北京人还是外省人,在北京经商看重的就是这里的商业机遇,认为京城繁荣的市场能为他们带来收益。

2. 以正阳门为中心的商业街区

明代北京最繁华的商业街区主要是以正阳门为中心并向四周辐射,而正阳门与大明门之间的棋盘街堪称京城中心商区。棋盘街的地理位置格外突出,在这样一个极为庄严肃穆,与紫禁城咫尺相望的地方,形成了喧哗、热闹的商业街区,成为北京城独特的商业景色。于慎行《谷山笔麈》载:

> 大明门前府部对列,棋盘天街百货云集,乃向离之景也。……五部在天街之左,天下士民工贾各以牒至,候谒未出,则不免盘桓天街,有所贸易,故常竟日喧嚣,归市不绝。①

蒋一葵《长安客话》亦云:

> 大明门前棋盘街,乃向离之象也。府部对列街之左右。天下士民工贾各以牒至,云集于斯,肩摩毂击,竟日喧嚣,此亦见国门丰裕之景。②

在明人看来,国门大明门前这种商贾云集的繁华景象预示了国家的兴盛。《梼杌闲评》第 7 回,侯一娘与魏忠贤在京城就住在前门(正阳门)的客店,棋盘街上的热闹场面给侯一娘留下深刻印象。对于初入京城的外省人而言,正阳门与棋盘街是北京内城的标志,帝王宫阙之下,即是繁华的商业闹市,庄重与喧嚣相互映衬,这是帝都才有的景象,也是北京商业都会的真实写照。

---

① (明)于慎行《谷山笔麈》卷 3,中华书局 1984 年版,第 30 页。
② (明)蒋一葵《长安客话》,北京古籍出版社 1982 年版,第 11 页。

以正阳门为中心,棋盘街向东西两侧延伸的东江米巷与西江米巷,正阳门外大街、廊房胡同各条与西河沿街等处商品贸易都非常活跃。《警世阴阳梦》中提到西江米巷"各店都挨挤不开"。清初小说《醒世姻缘传》中两次提到东江米巷,第1回晁思孝选了华亭知县,在京置办各项用品,"往东江米巷买了三顶福建头号官轿,算计自己、夫人、大舍乘坐,又买了一乘二号官轿与大舍娘子计氏乘坐,俱做了绒绢帏幔"①。第6回,晁住为讨晁源欢心,"到金箔胡同买了甘帖升底金,送到东江米巷销金铺内,销得转枝莲,煞也好看,把与晁大官人戴"②。从西江米巷的店铺鳞次栉比到东江米巷的轿铺与销金铺,都说明这两条紧邻棋盘街的街巷商铺众多,在北京市民日常生活中地位重要。由于明代外城没有内城繁华,而以正阳门为中心的商业街区既繁华又相对集中,而且是当时内城居民东西往来的重要路线,所以在明代以及清初小说中出现较多。可以说,正阳门商业街区是明代北京城市繁华景象的最直接代表。

3. 特殊的商业集市

明代的北京在固定的商业街巷之外,还有一些在特定时间、地点举行的商业集市也值得一提,其中最为著名的当属庙市与内市。庙市是因为庙会而兴起的一种集市,民国《北平庙会调查报告》记载:"明代建都北平以后,新建庙宇更多,以都市商业发达及庙会自春场、香火等向前发展之结果,而庙市因之兴起。"③明代北京城中土地庙、白云观、东岳庙等均有庙会,其中尤以城隍庙庙会规模较大。小说中出现的庙市也多是指城隍庙庙市,如《二刻拍案惊奇》卷3云:

> 京师有个风俗:每遇初一、十五、二十五日,谓之庙市。凡百般货物,俱赶在城隍庙前,直摆到刑部街上来卖,挨挤不开、人山人海的做生意。④

---

① (清)西周生《醒世姻缘传》,齐鲁书社1980年版,第5页。
② 同上书,第70页。
③ 李文海主编《民国时期社会调查丛编·宗教民俗卷》,福建教育出版社2004年版,第381页。
④ (明)凌濛初《二刻拍案惊奇》,上海古籍出版社1985年版,第50页。

关于庙市的开市日期,《二刻拍案惊奇》的描写是属实的,《燕都游览志》载:

> 庙市者,以市于城西之都城隍庙而名也。西至庙,东至刑部街止,亘之里许。其市肆大略与灯市同,第每月以初一、十五、二十五日开市,较为灯市一日耳。①

清初小说《醒世姻缘传》中,也曾提到城隍庙市。第6回,晁源对父亲说:"明日二十五日是城隍庙集。我要到庙上走走,就买些甚么东西,也要各处看看,得住几日回来。"②

每月开市三日的城隍庙庙市,商人贩卖的物品种类繁多,特别是以古董文玩与远方异物而闻名。《二刻拍案惊奇》卷3中的翰林权次卿,每逢庙市都去"收买好东西、旧物事",也正是在庙市上买到的一个紫金钿盒盖成就了一段姻缘。明末清初小说《醉醒石》第8回中,有一定书画功底的王勤在北京为了谋生,"自己拿出一二两银子,买几把扇子,自己写画了,逢庙市去卖,就与人写"③。在清初小说《醒世姻缘传》中,人物的日常活动中也常出现在庙市购买物品的情形。第6回晁源"到庙上与珍哥换了四两雪白大珠,又买了些玉花玉结之类,又买了几套洒线衣裳,又买了一匹大红万寿宫锦"④,还遇到卖奇异活宝的,比如所谓会念佛的狮子猫与会说话的鹦鹉。第71回,童奶奶为讨陈公公的欢心,要童七到庙市买点"甚么又希奇又不大使钱的甚么东西儿":

> 童七果然十一月初一走到城隍庙上趸了一遭,买了一个艾虎,使了三钱银子。这艾虎出在辽东金伏海盖四卫的地方,有拳头大,通是那大虎的模样,也能作威,也能剪尾,也能呜呜的吼,好在那扁大的葫芦里头睡。一座大房,凭你摆着多少酒席,放出

---

① 转引自张艳丽《北京城市生活史》,人民出版社2016年版,第166页。
② (清)西周生《醒世姻缘传》,齐鲁书社1980年版,第69页。
③ (清)东鲁古狂生《醉醒石》,上海古籍出版社1992年版,第66页。
④ (清)西周生《醒世姻缘传》,齐鲁书社1980年版,第71页。

他来，辟的一个苍蝇星儿也没有。本地只卖的一钱银子一个。又使了三两银买了一个会说话的八哥儿，一个绝细的金漆竹笼盛着。①

明代的庙市商品丰富，所谓"海内外所产之物咸聚也"②。通过小说描写我们也可以发现，对当时北京市民而言，逛庙市并不是为了购买日用生活品，取而代之的则是一些平时较为少见的古董、珠宝与珍稀动物等物品。对于庙市多珍奇商品的特色，《帝京景物略》载：

> 城隍庙市，月朔望，念五日，东弼教坊，西逮庙墀庑，列肆三里。图籍之日古今，彝鼎之日商周，匜镜之日秦汉，书画之日唐宋，珠宝、象玉、珍错、绫锦之日滇、粤、闽、楚、吴、越者集。③

也正因为庙市百物汇聚，交易繁荣，每逢庙市开市之期：

> 日至其期，官为给假，使为留车，行行观看，列列指陈。后必随之以扶手，舁之以箱匣，率之以纪纲咸友。新到之物必买，适用之物必买，奇异之物必买，布帛之物必买，可以奉上之物必买，可贻后人为镇必买，妾滕燕婉之好必买，仙佛供奉之用必买，儿女婚嫁之备必买，公姑寿诞之需必买，冬夏着身之要必买，南北异宜之具必买，职官之所宜有必买，衙门之所宜备必买。④

在庙市之外，明代北京还有一个特殊集市值得注意，也就是内市。《醉醒石》第 8 回就涉及到内市，该回主人公王勤在北京以书画技艺谋生，由于缺乏本金，所以只能在京城各种市集之间流动，礼部前、庙市都曾留下他的身影，而内市也是他经常参加的集市之一：

---

① （清）西周生《醒世姻缘传》，齐鲁书社 1980 年版，第 926—927 页。
② （明）黄宗羲《明文海》卷 288《送司训徐君序》，中华书局 1987 年版，第 2983 页。
③ （明）刘侗、于奕正《帝京景物略》卷 4，北京古籍出版社 1980 年版，第 161 页。
④ （清）花村看行侍者《花村谈往》，见《丛书集成续编》(26)，上海书店出版社 1994 年版，第 350 页。

这日要进内市，换了帽子，带几柄扇去卖。摆得下，早走过几个中贵来。内中一个淡黄面皮，小小声气，穿着领翠蓝半领直缀，月白贴里，緅绦乌靴。拿起一把扇来瞧，是仿倪云林笔意画，一面草书。那中贵瞧了，道："画得冷淡。这鬼画符，咱一字不认得。"撩下，又看一把，米颠山水，后边钟繇体。他道："糊糊涂涂。甚么黄儿，这字也软，不中！"王勤便也知他意儿，道："公公，有上好的，只要上样价钱。"那中贵道："只要中得咱意，不论钱。"王勤便拿起一把，用袖口揩净递上。却是把青绿大山水亭台人物，背是姜立纲大字。才看，侧边一个中贵连声喝采道："热闹得好！字也方正得好！"一齐都赞。王勤又递上一把宫式五色泥金花鸟，背后宋字《秋兴》八首。那中贵又道："细得好，字更端楷。"①

内市是京城所独有的，开设在皇城之内、禁城之外的一个市集。最初是在玄武门外开设，明代中后期规模不断扩大，"在禁城之左，光禄寺入内门，自御马监以至西海子一带，皆是"②。综合明代文献记录来看，内市的范围大致从东华门向北到玄武门，又由玄武门向西延续到西苑太液池一带，范围非常广阔。内市每月逢四开设，"每月初四、十四、廿四三日，俱设场贸易"，原因是这三天"例令宫内贱役擎粪秽出宫弃之，以至各门俱启，因之陈列器物，借以博易"③。所以内市的贸易者多为宦官、内侍等人，他们借着宫禁打开的机会，与宫外进行贸易，《醉醒石》描写的正是这种情形。与一般市集不同的是，内市上虽然也有"日用衣帛食物器用之类"，但主要还是各类珠宝古物等较为高档的物品，《稗说·内市》记载内市市场云：

凡三代周秦古法物，金玉铜窑诸器，以至金玉珠宝犀象锦绣服用，无不毕具，列驰道两旁。大小中涓与外家勋臣家，时时遣人购买之。每月三市，凡旧家器物外间不得售者，则鬻诸内市，无不得厚值去。盖六宫诸妃位下，不时多有购觅，不敢数向御前

---

① （清）东鲁古狂生《醉醒石》，上海古籍出版社1992年版，第66页。
② （清）于敏中《日下旧闻考》，北京古籍出版社1985年版，第624页。
③ （明）沈德符《万历野获编》，中华书局1959年版，第612—613页。

请,亦不便屡下旨于外衙门动用,故各遣穿宫内侍出货焉。凡内市物,悉精良不与民间同。朝贵亦多于其地贸易,咸听之不禁。①

通过这段记载可以发现,明代内市的参与者涵盖了从内侍到勋贵乃至嫔妃等非常广泛的群体,而内市市场上也充斥了各类或精良或古旧的物品,这正是吸引京城上层社会群体参与其中的原因。

以庙市、内市为代表的特定集市,与一般商业街区有很大的不同,尽管京城百货聚集、商铺林立,但在特定时间、地点举行,又以售卖特殊商品而闻名的市集还是达到了一般商业街区所不具备的效果。对于顾客而言,这样的市集正是以其开市时间短、商品独特而形成了特殊的吸引力,同时,它也是对京城日常商贸的一个重要补充。

(二) 小说中的清代北京商业

清王朝定鼎北京之初,由于经历明清易代之乱,北京商业曾一度比较萧条,虽然统治者鼓励商业发展,宣布"凡市侩皆因商民所便,时地所宜,度物货平市价,劝商贾敦节俭,抑豪强,禁科派"②,但由于满汉分居政策的影响,北京商业格局还是发生了很大的变化。清代统治者将汉人全部迁往外城居住,内城则专供八旗驻防与满洲贵族官僚居住,这种通过政治手段对城市居住格局的大范围调整,也促进了商业中心向外城的转移。大明门前棋盘街的热闹场面在清代小说中消失不见,曾经兴盛一时的内市被取消,庙市、灯市等虽然开市依旧,但移往外城后便逐渐衰落了,在清代小说中也难觅踪影。

1. 进一步繁荣的商业贸易

在清代小说中,外省客商到京贸易的情况较明代更多,凸显了北京商业贸易的进一步繁荣。《笔梨园》第 5 回载:

> 江干城得了媚娟之银,竟去各路收买茶叶,凡湘潭松萝,洞山岕片,粗粗细细,各等置些。上了箬包,搭在粮舡上,不两月,已到京畿,投了牙家。可喜来得凑巧,茶客少,买客多。湘潭色

---

① 转引自安艺舟《明代的内市与灯市》,载《历史教学》2015 年第 20 期。
② 转引自张艳丽《北京城市生活史》,人民出版社 2016 年版,第 209 页。

浓味厚,北人家喜;松萝味香色清,南人极爱。粗者粗人买,细者细人争,不数日卖完,卖了数合之利,约有七百两。①

《二刻醒世恒言》上函第 4 回中的周尚质,从杭州到山西做毡货生意,"自己思量倒是去北京不远,就到潞州府,买了些潞绸□到京中□□利的"②。《八段锦》第 5 段中的陈鲁生与表叔,"拿这五百两银本钱,走到地头倾销,买了南北生熟药材,去到北京货卖"③。

京城市场贸易兴盛,各省客商云集,催生了大量牙行的出现,他们在买主与卖主之间充当中间人,为双方说合交易,在市场运行方面起到了重要的作用。《笔梨园》中的"牙家"就是指牙行,《二刻醒世恒言》第 8 回中的张震也是京城牙行中的一员:

(张震)权且出了衙门,与妻子商议道:"京师五方杂处,百货流通,不如开个牙行接货。若自有现银应客,利息自然加倍。"汪氏道:"牙行买卖甚好。古人云:人来投主,鸟来投林。须要公平正直,生意才得兴旺。"一索择个吉日开张,挂水牌一面,上写"各省杂货牙行,现银应客"。日往月来,也积有千金家当,夫妻二人快活过日。一日,忽有个松江布商,贩布一千捆,值银三千两,闻得张一索行内有现银应客,竟来投下,将货都发在张家行内。④

牙行方便了不熟悉京城的外省客商储存与销售货物,"现银应客"则意味着张震的牙行可以直接预先支付货款给客商,而不必等货物全部售卖完,无疑给远道的客商提供了极大的便利。

2. 中心商业街道的外移

明代北京以正阳门,也即前门为中心,其北的棋盘街、东西江米

---

① (清)迷津渡者《笔梨园》,齐鲁书社 1996 年版,第 818 页。
② (清)心远主人《二刻醒世恒言》,《古本小说集成》影印本,上海古籍出版社 1994 年版,第 104 页。
③ (清)醒世居士《八段锦》,《古本小说集成》影印本,上海古籍出版社 1994 年版,第 82 页。
④ (清)心远主人《二刻醒世恒言》,《古本小说集成》影印本,上海古籍出版社 1994 年版,第 220—221 页。

巷等,其南的前门大街等都是繁华的商业街区。到了清代,随着外城居住人口的大量激增,过去明代内城商业繁荣的景象逐渐移到了外城,并以正阳门(前门)外为中心向四周各条街巷辐射,造就了清代北京城最为繁华的商业街区。清代小说中,作者笔下出现的京城商铺往往都集中在前门外,如《彭公案》第 124 回,秘香居的掌柜武登科,"父母在日,久走苏杭二州,贩卖绸缎为生,在前门外鲜鱼口开了一座德昌泰绸缎店"①。鲜鱼口是东西走向的胡同,西进口在前门大街,东出口接崇文门大街,是由前门大街延伸的著名商业街巷。晚清《都市丛谈》记载,这里有马聚源、杨小泉等衣帽铺,还有天全馆、天福堂等饭馆以及天乐园戏园,足见其热闹程度。

《彭公案》第 125 回还提到前门外珠宝市:

> (武登科)进了平则门,到前门外珠宝市头一家珍宝斋红货铺,进去一道辛苦,便把匣儿拿出来,说:"我有几个珠子。"掌柜的一瞧,赶紧往柜房里让,连忙问道:"尊姓大名,府上哪里住?"武登科说:"我在平则门外驴市口开黄酒糟坊。"掌柜的说:"这几个珠子我买不起,你在这里坐坐,我把行中街坊请来搭伙买,想你家中必然还有,这真是无价之宝。"便叫学徒的倒茶。掌柜的出去约请行中之人,不多大工夫,进来珠宝行的十几个人,大家过来给武登科见礼。②

珠宝市在前门大街西侧,明末清初开始就因珠宝店铺集中而得名。这一回中,珍宝斋老板要请"行中街坊"一起商量,恰是珠宝市中这类店铺已然形成行市的写照。晚清小说《二十年目睹之怪现状》也有珠宝市出现,第 70 回云:"及至(周)辅成回到家时,家人送上两张帐单。辅成接过来一看,一张是珠宝市美珍珠宝店的,上面开着珍珠头面一副、穿珠手镯一副、西洋钻石戒指五个,共价洋四千五百两。"③从中可以发现,直到晚清,珠宝市都是北京市民购置珠宝首饰

---

① (清)贪梦道人《彭公案》,华夏出版社 1995 年版,第 355 页。
② 同上书,第 361 页。
③ (清)吴趼人《二十年目睹之怪现状》,江西人民出版社 1988 年版,第 595 页。

的主要场所。

　　大栅栏也是前门周围著名的商业街,《官场现形记》中,刘厚守的古董铺就开在大栅栏,《二十年目睹之怪现状》第 29 回则提到"京都大栅栏的同仁堂,本是几百年的老铺",《禽海石》第五回也有主人公到大栅栏香粉铺子里买香珠、香囊的内容,可见当时的大栅栏商铺众多。大栅栏即前门外路西的廊房四条,是一条东西走向的胡同,大栅栏之名源自京城为防盗之用而在坊巷口设置的木栅栏。明代这里就已较为繁荣,清代则成为著名的商业中心,据《都市丛谈》所载,大栅栏不仅有以卖皮领、红货、广货、香货、洋货闻名的各类商铺,还有卖洋药的裕丰号,中药店同仁堂、育宁堂等。晚清北京有顺口溜云:"看玩意上天桥,买东西到大栅栏",描绘的就是大栅栏商品繁多的情况,以及它在清代北京人生活中的重要地位。因为大栅栏商业地位突出,也带动了这一片街区娱乐、休闲等业务的发展,戏园、茶馆颇多,仅《都市丛谈》所载位于大栅栏的戏园就有广德楼、庆和园、三庆园、庆乐园四家,其密集程度可想而知。在清代小说中,大栅栏的戏园、茶馆也屡有出现,《负曝闲谈》第 8 回,贾子蛰请周劲斋看戏,地点就是前门外大栅栏的同庆园,该书第 23 回还出现了大栅栏的茶馆。

　　晚清洋货大量进入国内市场,前门也相应地出现了不少洋货铺子。《恨海》第 1 回,商人张鹤亭"每过一两年,便要到上海去一次。原来鹤亭是一个商家,在上海开设了一家洋货字号,很赚了几个钱。因此又分一家在北京前门大街,每年要往来照应"①。《禽海石》第 3 回也有洋货店铺的出现,主人公以第一人称写自己:"放学的时候,我只说要添做夹衣,问我父亲要了几两银子,到大栅栏一家洋货铺子里,剪了四丈茶青色的时花洋绉,去叫了一个熟识的裁缝裁作两起。一起就替我缝件夹衫,一起由我带回,搁在书箱里面。"②

　　清代是金融服务业发展较快的时代,票号等金融服务机构的开设为商业提供了极大便利,北京作为当时最大的商贸中心,也是票号等金融服务机构最为集中的城市。在清代小说中,前门附近是各类金融服务机构出现最为频繁的街区,《中国现在记》中的豫利金店就

---

① (清)吴趼人《恨海》,豫章书社 1981 年版,第 2—3 页。
② (清)符霖《禽海石》,华东师范大学出版社 1993 年版,第 326 页。

开在前门外,而《糊涂世界》中的亿利金号,则坐落在前门大街附近的打磨厂。打磨厂是前门与崇文门之间一条东西走向的街道,这里不仅有众多会馆与客店,还有大量商铺存在,这些无疑都是金融服务机构选址的重要原因。光绪年间的《都市丛谈》记载了京城16家汇号,其中12家位于前门外,如此多的汇号密集分布在前门外,也从一个侧面表现了这一地区商业的发达,正是因为有大量商户的聚集才会带动金融服务业的集中。

以上我们梳理了清代小说中出现的一些北京城内的商铺,从地理位置上来看,它们无一例外皆位于前门外的各条街巷与胡同中。从中不难发现清代北京的商业中心是以南北走向的前门大街为中心,辐射东西向的街巷与胡同,像上面出现的鲜鱼口、珠宝市、大栅栏、打磨厂等,都因前门大街而成为繁华的商业街市。明清两代,前门内外能成为北京的商业中心与城市布局有很大的关联,明代北京城的营建遵循了中轴线的建城思路,这条中轴线则从南向北串联起城市中最为重要的建筑,而前门(正阳门)作为内外城的门户也坐落在这条线上。对于北京城市居民来讲,内外城之间的沟通,东西城之间的沟通,前门都是城市交通中的一个重要通道,由此必然带来日常生活中大量市民经此流动。对于经商者而言,客流量是非常重要的考量因素,所以前门外及其东西两侧的街巷与胡同才会成为北京城的商业中心。

3. 文化商业街区琉璃厂

作为文化古都、人文荟萃的北京,还有一片特殊的文化商业街区在清代小说中得到体现,那就是琉璃厂。琉璃厂是北京地区以图书、古玩字画、文房用品等文化产品为主营的商业中心。它位于正阳门外西部,自元代起这里就是烧制琉璃瓦的官窑,明代窑厂规模扩充,由宫内太监掌管,清代则以工部官员监督其事。原本这里居民并不多,但明代的灯市在清初南移到琉璃厂,客观上刺激了这一地区的繁盛:

> 日间窑厂之前,百戏杂陈,锣鼓震天,游人纷集。同时为适应社会需要,出售书籍、字画、古玩、儿童玩具及各种食物摊,鳞

次栉比,此即厂甸市集之开始于书肆之来源。①

同时,在清王朝满汉分城而居的政策之下,大批汉族官员迁居外城,进京参加科举的士人也多有寓居于此者,他们的文化消费需求都是推动琉璃厂书肆集中的原因之一。在各种因素的作用之下,过去零散、移动性强的书市开始向琉璃厂聚集,并在乾隆时期得到了进一步发展。

《郎潜纪闻》引翁方刚《复出斋诗注》记当时的四库馆臣:

> 每日清晨,诸臣入院,设大厨供给茶饭。午后归寓,各以所校阅某书应考某典,详列书目,至琉璃厂书肆访查之。是时,江浙书贾,亦奔凑辇下,邮书海内,遍征善本,书坊以五柳居、文粹堂为最。②

在《四库全书》开馆编修时,琉璃厂迎来了自己的繁荣期,当时参与编纂工作的官员多居住在南城,琉璃厂与他们的生活区域较近,所以经常光顾。从馆臣到琉璃厂书肆核查的记载来看,彼时的琉璃厂书肆藏书应当较为丰富,馆臣们查书的需求则进一步刺激了书贾们从海内贩书至北京。

在晚清小说中,琉璃厂店铺众多,且不乏南北闻名的老字号,是外省文化人进京之后游览京城的必去之处。如《二十年目睹之怪现状》第72回写九死一生初次进京,"因久慕京师琉璃厂之名","一路问讯到了琉璃厂,路旁店铺,尽是些书坊、笔墨、古玩等店家",其中还提到两家著名的店铺,即松竹斋纸店与老二酉书店。松竹斋创办于康熙年间,是琉璃厂有名的南纸店,以承办官卷、官折而得名,而老二酉书店据传创始于明代,李文藻《琉璃厂书肆记》云:"或曰二酉堂自前明即有之,谓之老二酉。"③在该回中,作者所描绘的松竹斋与老二酉书店接待客人的方式,典型地反映了清代北京商铺的经营之道:

---

① 孙殿起辑《琉璃厂小志》,北京古籍出版社1982年版,第3页。
② (清)陈康祺《郎潜纪闻》初笔卷3,中华书局1984年版,第50页。
③ 张静庐辑注《中国现代出版史料》甲编,上海书店出版社2011年版,第372页。

走到一家松竹斋纸店,我想这是著名的店家,不妨进去看看。想定了,便走近店门,一只脚才跨了进去,里边走出一个白胡子的老者,拱着手,呵着腰道:"你侫来了(你侫,京师土语,尊称人也。发音时唯用一侫字,你字之音,盖藏而不露者。或曰:"你老人家"四字之转音也,理或然欤),久违了!你侫一向好,里边请坐!"我被这一问,不觉棱住了,只得含糊答应,走了进去。便有一个小后生,送上一枝水烟筒来;老者连忙拦住,接在手里,装上一口烟,然后双手递给我。那小后生又送上一碗茶;那老者也接过来,一手拿起茶碗,一手把茶托侧转,舀了一舀,重新把茶碗放上,双手递过了来,还齐额献上一献。然后自己坐定,嘴里说些"天气好啊,还凉快,不比前年,大九月里还是很热。你侫有好两个月没请过来了"。我一面听他说,一面心中暗暗好笑。①

店铺中老者操着"京师土语",拱手呵腰的动作,以及从小伙计手中接过水烟筒与茶碗亲自递给客人的举动,都体现出从业者毕恭毕敬的态度。当九死一生走到老二酉书店时,店中掌柜以同样的方式待客,主动送烟送茶水,可见这种现象在北京商业店铺较为普遍。

《负曝闲谈》第8回写周劲斋在北京游览景观,也出现了琉璃厂的身影:

逛了一会,觉得没甚意思,回头又问贾家管家道:"还有什么好玩的所在?"贾家管家道:"那么着,琉璃厂罢。"劲斋道:"好。"重新上车,径向琉璃厂进发。这番光景竟不同了。只见一家一家都是铺子,不是卖字画的,就是卖古董的,还有卖珠宝玉器的。②

作为清代北京最著名的文化商业街,琉璃厂在书肆之外,还有大量出售古玩字画、考试用具等商品的店铺。如《文明小史》第60回中

---

① (清)吴趼人《二十年目睹之怪现状》,江西人民出版社1988年版,第608—609页。
② (清)蘧园《负曝闲谈》,江西人民出版社1988年版,第43页。

的满人官员平正,爱上琉璃厂搜寻冷摊。《痴人说梦记》第 13 回则体现了琉璃厂在文化用品销售方面的不可替代性,书中人物在琉璃厂"南纸铺内购买墨盒铜镇纸"等文房用品,以及为殿试做准备而"说不得一般也到琉璃厂南纸铺内,买些覆试卷子、大卷子、白折子,回寓操练"①。据李文藻《琉璃厂书肆记》所载:"琉璃厂因琉璃瓦窑为名,东西可二里许。……桥居厂中间,北与窑相对。桥以东街狭,多参以卖眼镜、烟筒、日用杂物者。桥以西街阔,书肆外惟古董店及卖法帖、裱字画、雕印章、包写书禀、刻版镌碑耳。近桥左右……遇廷试进昌之具,如试笔、卷带、墨壶、镇纸、弓绷、叠褥备列焉。"②参考上面所举小说中实例来看,琉璃厂确实是名副其实的文化商业街,售卖文化用品之完备,在清代北京文化消费市场上都是不可取代的。

二、物聚东南、特色凸显的南京城市商业

(一) 小说中的明代南京商业

从历史上看,南京一直是江南地区经济发达、商业繁荣的大都会之一。明太祖朱元璋建都南京之后,作为明帝国的都城,南京人口总数一度高达六七十万,为了满足城内人口的庞大需求,城市商业也随之发展起来。据《洪武京城图志》载,洪武年间南京各类市集有 13 处,其中"大市,在大市街,旧天界寺门外,物质所聚;大中街市,在大中桥西;三山街市,在三山门内斗门桥左右,时果所聚",这些属于综合性商业街市。其他尚有一些专业性市场:"新桥市,在新桥南北,鱼菜所聚;来宾街市,在聚宝门外,竹木柴薪等物所聚;龙江市,在金川门外,柴炭等物所聚;江东市,在江东门外,多聚客商船只米麦货物;北门桥市,洪武门街口,多卖鸡鹅鱼菜等物;长安市,在大中桥东;内桥市,在旧内府西,聚卖羊只牲口;六畜场,在江东门外,买卖马牛驴骡猪羊鸡鹅。"③当时政府为了便利客商安置货物,还在三山门、清凉

---

① (清)旅生《痴人说梦记》,江西人民出版社 1989 年版,第 93 页。
② 张静庐辑注《中国现代出版史料》甲编,上海书店出版社 2011 年版,第 372—373 页。
③ (明)礼部纂修《洪武京城图志》,南京出版社 2006 年版,第 47—48 页。

门外临水处造房,名曰"塌坊",分作上中下塌坊,"在清凉门外,屯卖段匹布帛茶盐纸□等货"①。

明初南京市场分布有如下特点:第一,不少市场是因桥而设,体现了当时水路在南京货运上的重要意义。第二,明代南京市集分布多在城门及其附近,特别是南京西部城墙之外,从仪凤门到三山门一带,分布着众多水陆码头,是当时重要的商品集散地。第三,市集多集中在城南与西郊,城北较少。由于城南是主要的居民区,所以市集多集中在城南。南京商业区也主要分布在三山门、大中桥与聚宝门所形成的不规则三角区域内。这里有被称为"官街"的城市主干道,"官街极其宽阔,可容九轨,左右皆缭以官廊,以蔽风雨"②,官廊内亦有不少租用廊房开设的店铺。

明都北迁以后,南京居民大量减少,商业也经历了一段衰落期,传说弘治元年时已是"坊市廊房集倾圮"③,市集数量也有所减少。成书于万历年间的《客座赘语》载:"南都大市为人货所集者,亦不过数处,而最夥为行口,自三山街西至斗门桥而已,其名曰果子行。它若大中桥、北门桥、三牌楼等处亦称大市集,然不过鱼肉蔬菜之类。"④

不过明代中叶以后,随着商品经济的发展,南京商业再度兴盛起来,根据万历《上元县志》的记载,南京产生了不少新开设的市场,如回龙桥侧的晚市、景定桥北的鸽子市、北市东南的笪桥市等。还发展出一些新兴专业市集,如篦街的盐市,城北专卖官服的纱帽巷、网巾市等。从市场分布来看,明初南京市集主要集中在城中偏南,明中叶随着城内市集数量的增多,城北也开始出现一些市集,如新兴的晚市、三牌楼市、纱帽巷、网巾市等,体现了南京商业空间的发展与扩大。

1. 地域性商贸中心南京

在明代小说中,南京作为地域性商贸中心的地位得到了凸显,外地客商到南京贸易的情形在小说中经常出现。晚明小说《江湖奇闻杜骗新书》揭露了当时社会上形形色色的骗术,不少故事都与到南京

---

① (明)礼部纂修《洪武京城图志》,南京出版社2006年版,第48页。
② (清)甘熙《白下琐言》,南京出版社2017年版,第21页。
③ (清)陈作霖《金陵通纪》卷10,清光绪三十三年刻本。
④ (明)顾起元《客座赘语》,中华书局1987年版,第23页。

经商的外地客商有关,如《假马脱缎》写"江西有陈姓,庆名者,常贩马往南京承恩寺前三山街卖"①。《成锭假银换真银》写"泉州府客人孙滔,为人诚实,有长者风。带银百余两,往南京买布"②。《京城店中响马贼》写"董荣,山东人也,往南京廊下邓铺中,买丝绸三匹"③,这里的廊下即是指南京官街两旁的廊房。《父寻子而自落嫖》写"富人左东溪,止生一子少山,常带千金财本,往南京买卖"④。这些来南京贸易的客商,籍贯涵盖了从山东到福建泉州等地的广袤地域,充分体现了南京作为明代南中国经济与商业中心对商人的吸引力。当时的南京市场上商品物资非常丰富,清初小说《醒世姻缘传》第84回,童奶奶为狄希陈打点上任需要买的物品,特意叮嘱说:"像甚么洒线桌帏、坐褥、帐子、绣被、绣袍、绣裙、绣背心、敞衣、湖镜、铜炉、铜花觚、湖绸、湖绵、眉公布、松江尺绫、湖笔、徽墨、苏州金扇、徽州白铜锁、篾丝拜匣、南京绉纱,这总里开出个单子来,都到南京买。"⑤可见在当时人的印象中,南京可以买到大量的江南特产,反映南京市场繁荣的景象。同时,在南京开店经商的外省人也非常多,如《初刻拍案惊奇》卷15中在三山街开解铺的卫朝奉就是徽州人。这种情形在明人笔记中也有体现,《客座赘语》云:"如典当铺,在正德前皆本京人开,今与绸缎铺、盐店皆为外郡外省富民所据矣。"⑥

对于明代南京本地人的商业活动,小说中也有所体现。《喻世明言》卷28《李秀卿义结黄贞女》中的主人公就是到江北贸易的南京人,"南京应天府上元县有个黄公,以贩线香为业,兼带卖些杂货,惯走江北一带地方。江北人见他买卖公道,都唤他做'黄老实'"⑦。《鼓掌绝尘》第34回中的陈进"是个损人利己,刻众成家的人。不上四五年,蓄有万金家业。他就在监前买了一所大土库房子,门首开着个字号店。交接的都是川、广、闽、浙各省客商"⑧。陈进所开字号店,可能

---

① (明)张应俞《江湖奇闻杜骗新书》,百花文艺出版社1992年版,第1页。
② 同上书,第15页。
③ 同上书,第60页。
④ 同上书,第173页。
⑤ (清)西周生《醒世姻缘传》,齐鲁书社1980年版,第1094页。
⑥ (明)顾起元《客座赘语》,中华书局1987年版,第67页。
⑦ (明)冯梦龙《古今小说》,人民文学出版社1958年版,第448页。
⑧ (明)金木散人《鼓掌绝尘》,春风文艺出版社1985年版,第370页。

属于某种杂货店,而货源则来自川广闽浙各省客商。

《鸳鸯针》第4卷写"万历年间,南京水西门外有个人,姓范名信字顺之","日侵足渔也摸了几百金,典了一片屋,置起□坊,就在那地方开了个米行"。水西门是南京重要的水运通道,城门外就是水运码头,该卷中的江西米商吴元理,就是通过水运贩米到南京:

> 范顺见有些缘故,连忙跳出柜来,一面叫拿茶,一面就拱手道:"有多少宝货?现存何处?"那人道:"米也不多,还在船上。"范顺把他估了又估,道:"这样人那里得有多少米,或是来骗茶吃的。"又问道:"宝船何处?"那人道:"就在这河下。"范顺道:"同去看了米样,再定价钱。"那人道:"有理。"两人同到河下,那人把手指道:"这三只船都是。"范顺道:"都是客官的?还是别人□的?"那人道:"都是在下的。"范顺想道:看这人不出,这三只江西船,约莫也有千余担。①

2. 繁华的三山街

在表现明代商业情况的小说中,三山街是经常出现的一条街道。三山街在"大中街西南,直抵三山门,与江宁界"②,它是连通三山门(水西门)的街道,也是上元与江宁两县的分界,是南京市民生活中重要的商业街。三山门是水路码头,外地客商贩货而米最先到达的就是这里,官府也在此建立塌坊供货物存放,所以三山门外是明代重要的商品集散地。三山街是三山门进城的街道,属于官街性质,街道两旁有廊房,租给外地客商经营居住,明初这里就形成了三山街市,居于南京商市首位。当时的三山街无比繁华,《南京都察院志》谓南京中城是"凡勋戚、乡绅、士夫、青衿及名流墨士胥居其中,盖文物渊薮,且良工巨商百货丛集",而"三山街一带最冲要地也,俗竞华,人嗜谤,群不逞之徒亦每藏纳焉"③,足可见明代三山街的热闹景象。也由于

---

① (清)华阳散人《鸳鸯针》,春风文艺出版社1985年版,第167—168页。
② (明)陈舜仁《(万历)应天府志》卷16,明万历刻增修本。
③ (明)施沛《南京都察院志》,见《四库全书存目丛书补编》(第73册),齐鲁书社2001年版,第592页。

三山街的特殊地位,小说作者往往把书中人物的经商活动或者商铺放在三山街,《江湖奇闻杜骗新书》中就出现了江西客商在三山街贩卖,以及开在三山街上的缎铺、酒坊,《初刻拍案惊奇》中卫朝奉的解铺也开在三山街。这些情形都体现了三山街是繁华的商业街市,在南京市民生活中具有举足轻重的地位。

3. 本地特色产业在小说中的体现

在涉及明代南京商业的小说中还有一点值得注意,不少商业活动与南京本地特色产业有关,主要表现为织造业与刻书业。南京自古即以织造业闻名,明代在南京设有织造太监管理专门机构,为皇室供应各类丝织品。在小说中也有关于南京这种本土特色产业贸易活动的描写,如《杜骗新书》中出现了泉州商人到南京买布以及山东商人到南京买丝绸的情节。《醉醒石》第13回中的槜李人董一官,跟随开绸绫行的母舅谭近桥做生意:

> 谭近桥合个伙计马小洲,叫他带些花素轻绸锦绸,到南京生意。着董一官同行作眼,董一自带得十来两小伙,到南京。到南京,生意好,十余日去了大半。随也买些南京机软花绉纱,只待卖完带来货起身。①

明代的南京同时也是当时全国刻书业中心之一,不仅有国子监这样的官方机构负责官刻图书,还有大量的私人刻书店,像今天研究者熟悉的世德堂、大业堂、万卷楼等都是南京有名的私人刻书店。当时的书坊多集中在三山街与太学一带,胡应麟《少室山房笔丛》载:"凡金陵书肆多在三山街及太学前。"②三山街是南京最繁华的综合性商业街,大量书肆汇聚于此与发达的商业和文化需求有关。小说作品中,也有南京刻书业的体现,例如《鸳鸯针》中的卜文倩到南京纳监,为了交结南京当道,"当下就去叫个刻字匠来,要刻文稿诗集",印了千余本,逢人便送。《型世言》第35回以刻经作为情节的开端,英山清凉寺的和尚无垢,自发到南京去印经。到南京以后,无垢就借住

---

① (清)东鲁古狂生《醉醒石》,上海古籍出版社1992年版,第112页。
② (明)胡应麟《少室山房笔丛》,上海书店出版社2001年版,第42页。

在刻工徐文斋家中,但是被见财起意的刻工杀害,引出了两世报冤的故事。

(二) 清代小说中的南京商业

与明代相比,清代的南京从留都降为省会,加之清初国家未定,南京又要承担战争后勤供应,使城市经济遭受了较大的影响。曾经是重要水运码头的上新河、龙江关一代,康熙时却"以人贫物滞,客多止于鸠滋,上河遂颇凋劾,人有不聊生者"①。清政府平定"三藩之乱"后,南京商业才再度繁盛起来,市集数量也较明代增多。康熙《江宁县志》记载辖区内有市行 15 处,较明代新增了东口市、西口市、小口市、米市、夜市,综合《上元县志》中的记载,康熙后期南京城内各类市集多达 27 处。同时,市场专业化程度也较明代提高,聚宝门外和上新河一带米市、米铺林立。上新河还有川广杂货、米豆行,其经营规模也较明代有所扩大。竹木行则在"武定桥西,临秦淮,竹木所聚"。三山街一带售卖南京特色商品的商铺较多,绸缎廊有不下数十家绸缎铺,而此地的折扇铺也同样享有盛名,其中的张氏庆云馆"揩磨光熟,纸料洁厚,远方来购,其价较高"②。苏州人在姚家巷、利涉桥、桃叶渡口等处开设专卖女性用品的名品店,所售商品"炫心夺目,闺中之物,十居其九。故ική妆饰,悉资于此,固由花样不同,亦特视为奇货矣"③。状元境则是著名书坊街,书坊鳞次栉比。而"东牌楼沿秦淮东岸,北抵学宫贡院,南达下江考棚"则是著名的"考市",每逢大比之年,"凡考试所需书籍而外,各县著名文玩物产,若歙之笔墨、宣之纸、歙之砚、宜兴之竹刻陶器、金陵之刻瓷,乃至常之梳篦、苏之糖食、扬之香粉,可以归贻细君者"④,皆有售卖,是著名的文化商品街区。鸽子街北横街则是珠宝廊,明代称其为珠市,这一街区在清代非常繁华,《运渎桥道小志》说这里"嘉道以还,物力全盛,明珰翠珥,炫耀市

---

① 《康熙江宁府志》卷 33《摭佚上》,康熙七年刊本。
② (清)甘熙《白下琐言》卷 2,南京出版社 2017 年版,第 25 页。
③ (清)捧花生《画舫余谭》,见王韬编撰《艳史丛钞》,(台湾)广文书局 1976 年版,第 332 页。
④ 夏仁虎《秦淮志》卷 8《坊巾志》,南京出版社 2006 年版,第 57 页。

塵。冶琢之工，鳞次栉比，奢荡成习，驯致乱灾"①。

清代市集数量明显增多，且进一步向城南，尤其是秦淮河两岸与聚宝门一带集中，体现了南京城市商业空间的变化。此外，越来越多的商铺在不同的区域出现，尤其是同类商铺在某些区域的集中，如三山街的绸缎庄与折扇铺，利涉桥等处的星货铺，珠宝廊的珠宝铺等，反映了某些行业的繁荣与南京上层社会需求的巨大。

1. 清代小说中的南京商铺与三山街

在《姑妄言》中，有不少南京人开店经商的内容，在一定程度上反映了清代南京商业的繁荣。第 2 回竹思宽想开米铺，其父竹青：

> 遂取出五百两来，租了三间铺面，搭了一个伙计看银水写账目，又替他做了一身新衣服帽鞋之类，择吉开张。……竹思宽人物生相也好，口中言谈也好，见人一团和气，又舍得。这些在街上开绸缎铺、布铺、杂货铺的人也都相与，时常请到茶馆中吃茶，或大荤馆中吃酒饭，众人也都还席请他。②

同一回出现的铁化，"他承祖父做的那毡货生意，伙计们专走北京，也有两万本钱，本京城中又还开着几个大毡货铺"③，而且毡货铺也开在了南京较为繁华的三山街。

与明代小说相比，清代小说中出现在三山街的店铺增加了许多，其商业地位与繁华程度得到进一步的体现。《桃花扇》小说中，蔡益所的书坊开在三山街，"铺内书籍充箱盈架，列肆连楼，不但兴南贩北，积古堆今，而且严批妙选，精刻善印，无不俱全"④。《娱目醒心编》卷 9，丁国栋昧心拿了别人的失银"便去三山街买绸缎，买毡货"⑤，体现了三山街绸缎铺聚集的情况。《姑妄言》第 4 回还提到三山街承恩寺一带有多家古董铺。《儒林外史》中荆元的裁缝铺与景兰

---

① （清）陈作霖《运渎桥道小志》，见《金陵琐志九种》，南京出版社 2008 年版，第 19 页。
② （清）曹去晶《姑妄言》，中国文联出版社 1999 年版，第 67 页。
③ 同上书，第 98 页。
④ 路工、谭天合编《古本平话小说集》，人民文学出版社 1984 年版，第 723 页。
⑤ （清）草亭老人《娱目醒心编》，古典文学出版社 1957 年版，第 218 页。

江的头巾店皆开在三山街。这些各色商铺汇聚的情形是三山街在清代商业繁荣的写照,客观上也体现了三山街在当时南京市民生活中的重要性。

2. 清代小说中的南京特色产业

与南京本地特色产业,即纺织业与刻书业有关的商业活动在清代小说中得到了延续。小说中的人物或情节常常与南京纺织业有关,如《十二笑》第6笑中的堵伯来,"积租收贩丝货,惯走金陵。挣上千金事业,颇称小康","不意其父年高,出外不便,把丝货账目尽交付儿子,唤其前往金陵,经营生业"①。又如《五美缘》第24回,花文芳为了陷害魏临川,以聘礼需要,特意点明"杭州没有上好的缎子,必须打发人往南京买些时样的花纹的才好"②,委托魏临川去南京购买绸缎。

纺织业之外,南京繁荣的刻书业在清代小说中得到进一步展示,特别是在《儒林外史》中。清代南京刻书业兴盛,在当时的江南城市中,南京是刻书业中心之一,被称为"图书之府"③。这一点在书中有所体现,第48回王玉辉想到南京去散心,"要作游除非到南京去。那里有极大的书坊,还可以逗着他们刻这三部书"。第28回诸葛佑拿着银子来南京状元境找人刻书,状元境是清代南京城中书坊较为集中之处:"书坊皆在状元境,比屋而居有二十余家,大半皆江右人,虽通行坊本,然琳琅满架亦殊可观。"④在当时繁荣的图书市场上,时文的选刻因与科举息息相关而成为士子中的流行读物。书中的马纯上几乎就以为书坊主选时文为生,以选家而自居,蘧駪夫也在他的影响下走上了这条道路,这些选家在小说后半部分基本都聚集在南京,常常参与南京文人之间的各种聚会。马纯上与蘧駪夫等人作为选家来到南京,不仅是出于作者让书中人物汇聚南京最终在泰伯祠大祭做一收束的原因,也因为南京众多的书坊为这些依靠选文为生的人提

---

① (清)墨憨斋主人新编《十二笑》,《古本小说集成》影印本,上海古籍出版社1994年版,第252页。
② (清)佚名《五美缘》,中国戏剧出版社2000年版,第72页。
③ (清)陈作霖《金陵物产风土志》,见《金陵琐志九种》,南京出版社2008年版,第137页。
④ (清)甘熙《白下琐言》卷2,南京出版社2017年版,第25页。

供了生机。状元境靠近贡院,因为苏皖二省乡试在此举行使得贡院周围的店铺都根据举子的需要做生意,时文自然销路不成问题,第42回写汤家公子来南京考试,"一路打从淮清桥过,那赶抢摊的摆着红红绿绿的封面,都是萧金铉、诸葛天申、季恬逸、匡超人、马纯上、蘧駪夫选的时文"①,可见这些选家所选时文在南京图书市场上的份额之大。

在晚清小说中,南京书店仍有出现,《文明小史》第42回提到晚清时的南京书店:

> 至于省城里这些书店,从前专靠卖时文、卖试帖发财的,自从改了科举,一齐做了呆货,无人问信的了,少不得到上海贩几部新书、新报,运回本店带着卖卖,以为撑持门面之计,这也非止一日。又有些专靠着卖新书过日子的,他店里的书自然是花色全备,要那样有那样,并且在粉白墙上写着大字招帖,写明专备学堂之用。于是引得那些学堂里的学生,你也去买,我也去买,真正是应接不暇,利市三倍。②

晚清新学兴起,大量西学书籍流入国内,在南京这种文教发达、书店众多的城市,书店业者顺势而为开启了销售转型。

同在《文明小史》中,还出现了下关地区的洋货铺子,该书第57回写余小琴陪着总督公子冲天炮带着两个妓女去逛下关:

> 原来南京的下关无甚可逛,不过有几家洋货铺子,跟着一家茶酒铺子,叫做第一楼。当下马车到了第一楼门口,冲天炮搀着金牡丹,余小琴搀着银芍药,在马路上徘徊瞻眺。金、银两姊妹看见一座洋货铺,陈设得光怪陆离,便跨步进去。余小琴极坏,嘴里说:"你们在这里等我,我到前面去小解来就来的。"说完扬长而去。冲天炮不知底细,领着金、银两姊妹进了洋货铺子,金、

---

① (清)吴敬梓著,李汉秋辑校《儒林外史汇校汇评》,上海古籍出版社2014年版,第521页。
② (清)李伯元《文明小史》,江西人民出版社1983年版,第355页。

银两姊妹你要买这个,他要买那个,闹了个乌烟瘴气。掌柜的知道冲天炮是制台衙门里贵公子,有心搬出许多目不经见的货物,金、银两姊妹越发要买,拣选了许久,拣选定了,掌柜的叫伙计一样一样的包扎起来,开了细帐,递在冲天炮手中。冲天炮一看,是二百九十六元三角,冲天炮更无别说,要了纸笔,写了条子,签上花押,叫店里明天到制台衙门里小账房去收货价。这里金、银两姊妹嘻嘻哈哈的叫跟去的伙计,把东西拿到马车上,坐在上边看好了。①

下关即明代的龙江关,"龙江关在县西仪凤门外,明设户部钞关于此,专理粟帛杂用之税"②,因其依下新河而置,故又名下关。清代移龙江关于上新河之后,原来的龙江关一带逐渐以下关之名取代了龙江关。下关处于长江航运枢纽地区,是南北河运必经之地,特别是清末南京成为对外商埠之后,这里聚集了不少洋人与洋行,小说中出现的洋货铺子就是当时下关洋行的真实写照。

第二节　明清小说中的北京与南京城市服务业

对一座城市而言,商业的繁荣与发展必然会刺激服务业的发展,客观上促进服务业的完善与规模的扩大。明清两代的北京与南京,作为国内重要的大都会,其政治与经济地位使城市中聚集了大量的固定与流动人口,为满足城市居民的各种需求,北京与南京的城市服务业,诸如饮食、住宿、交通等方面也迅速兴起。城市服务业与商业有着密切的关联,它既是商业发达的产物,在一定程度上也是商业活动的一部分,对于大都会而言,完善的服务业是城市发展规模的标志之一,在城市生活中也具有重要的地位。

---

① (清)李伯元《文明小史》,江西人民出版社 1983 年版,第 484 页。
② 《乾隆府厅州县图志》卷 5,清嘉庆八年刻本。

一、完善、多元的北京城市服务业

北京作为明清两代国都,其全国政治中心与商业中心的地位也带来了城市服务业的兴旺。通过对零散分布在明清小说中的相关内容的梳理,可以对明清两代北京的城市服务业及其特色有所了解。

(一) 繁荣的饮食业

1. 明代小说中的京城饮食业

饮食在日常生活中的重要性毋庸赘言,为了满足每日饮食之需,乃至会友、贸易等各种社交需求,各类大小酒馆、饭店在北京城中层出不穷。明代小说《警世阴阳梦》第 10 回中出现了正阳门的酒馆与小酒坊,其中提到的"靠柜酒"具有明显的北方特色:

> 只见正阳门内开酒馆的揪着一个卖水的人打着,说缺了他家的水。进忠上前去劝解开了。那卖水的道:"只因这几日身子不快,挑不动哩!"扯进忠到小酒坊里,喝碗靠柜酒儿。①

由于各地往来客商较多,有些提供交通服务的场所也供应饮食。如《拍案惊奇》卷 2 写刘东山"交易完了,至顺城门(即宣武门)雇骡归家。在骡马主人店中,遇见一个邻舍张二郎入京来,同在店买饭吃"②。

《梼杌闲评》第 7 回则出现了内城御河桥下的酒馆:

> 次早,一娘走进城来,竟往御河桥来,迎着北风,好生寒冷。不一时望见一所酒楼……一娘进店来,先对店主道了个万福,道:"爷,我是个南边人,略知清曲,敢造宝店,胡乱伏事贵客,望爷抬举。"店家见他生得标致,先引得动人,便说道:"且请坐,还没有客来哩。"一娘坐下。店家道:"大嫂寓在那里?"一娘道:"前

---

① (明)长安道人国清《警世阴阳梦》,春风文艺出版社 1985 年版,第 48 页。
② (明)凌濛初《拍案惊奇》,上海古籍出版社 1982 年版,第 55 页。

门陆家饭店。"店家道:"共有几口?"一娘道:"只有一个小孩子。"店家道:"这也容易养活。"一娘道:"全仗爷抬举作成。"店家道:"一路风吹坏了,小二拿壶暖酒与大嫂烫寒。"店家收拾了四个碟儿,小二拿上酒来,店家走来陪他。一娘奉过店家酒,拿起提琴来,唱了一套北曲,店家称赞不已,连走堂的、烧火的都挤来听,齐声喝采。店家喜他招揽得人来,就管待了中饭。到晚,吃了晚饭,又吃了壶热酒,才回寓所,一日也有二三钱三五钱不等,甚是得济。①

御河又名玉河,位于禁城之东南,是一条南北走向的河流。这一带靠近城市中心正阳门,周围又是翰林院、詹事府等机构,明人诗歌中说"玉河桥下水如绫,江米巷前骑似鹰"②,其繁华可想而知。

2. 清代小说中形式各异的京城饭馆

清代小说较之明代小说对于北京饮食业的描写有所增多,其中各类酒楼饭馆层出不穷,各具特色,对饭馆内部环境以及提供的食物等内容也有所涉及,是我们了解清代北京饮食业概况的一个窗口。唐鲁孙先生在《吃在北平》一文中提到民初北京饭馆多达九百多户,其中还有不少自清代乃至明代就已开店,可以看出明清时期北京饮食业之兴盛,其余绪也一直影响到民国时期。唐鲁孙将北京的饭馆按照经营规模分作饭庄子、饭馆子、小饭馆三类,像唐鲁孙所说的那种"有宽大的院落,上有油漆整洁的铅铁大罩棚,另外还得有几所跨院,最讲究的还有楼台亭阁、曲径通幽的小花园,能让客人诗酒流连,乐而忘返;正厅必定还有一座富丽堂皇的戏台,那是专供主顾们唱堂会戏用的"饭庄子在清代小说中难觅踪影③,毕竟这种大饭庄数量有限,一般人平日饮馔也不会选择这种大馆子。

在清代小说中,出现较多的主要还是中小规模的各类饭馆,也就是唐鲁孙所说的饭馆子、小饭馆之类。在这些饭馆中,有些经营场地并不小,如《品花宝鉴》第 4 回,王恂、颜仲清在赴怡园途中遇到林春

---

① (明)不题撰人《梼杌闲评》,齐鲁书社 1995 年版,第 50 页。
② (明)黄尊素《黄忠端公集》诗略卷 5《长安竹枝词》,清康熙三十五年许三礼刻本。
③ 唐鲁孙《中国吃》,广西师范大学出版社 2013 年版,第 2 页。

喜,三人便在南小街的馆子喝酒,这座馆子"内有两座楼,系东西对面",开窗即可望见远处的田园景色,属于楼阁式的饭馆。而《彭公案》第126回提到康熙私访的秘香居,则属于多层平房式的饭馆:

> 万岁爷这驴一直奔平则门外,到秘香居门首下驴,将驴拴在马桩上,进了秘香居,一直来到后堂。这座秘香居是五间一排,五层二十五间,门首通连后堂,一边一个雅座。①

还有一些饭馆不仅经营场地较小,就餐环境也比较一般。如《儿女英雄传》第32回出现的青阳居,是"前门东里一个窄胡同子里一间门面的一个小楼儿",在邓九公这样的豪放侠士口中是"通共一间屋子,上下两层楼,底下倒生着着烘烘的个大连二灶。老弟你想,这楼上的人要坐大了工夫儿,有个不成了烤焦包儿的吗?"②

从经营环境上来讲,京城五方汇聚之所,有些酒楼环境优雅,如《孽海花》第24回出现的什刹海酒楼:

> 一轮日大如盘,万顷花开似锦,隐隐约约的是西山岚翠,缥缥渺渺的是紫禁风烟,都趁着一阵熏风,向那酒楼扑来。看那酒楼,却开着六扇玻璃文窗,护着一桁冰纹画槛,靠那槛边,摆着个湘妃竹的小桌儿,桌上罗列些瓜果蔬菜,茶具酒壶,破砚残笺、断墨秃笔也七横八竖的抛在一旁。③

这座酒楼毗邻什刹海荷花荡,夏季景色宜人,凭栏远眺禁城缥缈,别有一番风味。就书中写其陈设来看,也属精雅,难怪闻韵高、章直蜚在此"把个看花饮酒的游观场,当了运筹决策的机密室"④。

但大多数清代小说中出现的北京饭馆环境都很一般,让人难以满意。《品花宝鉴》第3回写魏聘才等人在一个馆子里吃饭,隔壁雅

---

① (清)贪梦道人《彭公案》,华夏出版社1995年版,第364页。
② (清)文康《儿女英雄传》,齐鲁书社1990年版,第711页。
③ (清)曾朴《孽海花》,齐鲁书社1998年版,第165—166页。
④ 同上书,第166页。

座的奚十一与相公吵闹,砸了满地狼藉,"这一地的菜,已经有四条大狗进去吃得差不多了。大家抢吃,便在屋里乱咬起来,四条大狗打在一处。众伙计七手八脚,拿了棍子、扫笆赶开了狗,然后收拾"①。晚清小说《轰天雷》第1回,众人为了荀北山的婚事在米市胡同的便宜坊设宴:

> 五人下车进门,北山穿了那身衣服,觉着左不是,右不是。走进西轩,只见有四五只狗抢一块肉,正在那里厮打起来。堂倌拿着棍子乱打,那衔肉的一只白狗,忽地蹿出来,在北山身上撞过,汪的一声,那块肉落在地上。北山吓了一大跳,啊呀一声,大叫道:"不好了!"发怒起来。瞥见旁有一担树枝,就抽着一枝赶出去,喊道:"这个王八羔子,真没开眼,怎么撞起我来。"那只狗见有人赶来,飞奔去了。北山直赶到门外,那狗不见,喊骂了一回,走进来,踏着那狗丢下的一块肉,滑了一跤。②

有些饭馆经营场地有限,后厨与用饭的房间常常挨在一起,烧火需要的煤炭就直接堆在院子里。《儿女英雄传》第32回,邓九公受不了青阳居楼下炉灶的炙烤,不空和尚便提议搬到饭馆路南的雅座去吃饭:

> 及至下了楼,出了门儿荡着车辙过去一看,是座破栅栏门儿。进去,里头是腌里巴臜的两间头发铺。从那一肩膀来宽的一个夹道子挤过去,有一间座南朝北小灰棚儿,敢则那就叫"雅座儿"!那雅座儿只管后墙上有个南窗户,比没窗户还黑。原故,那后院子堆着比房檐儿还高的一院子硬煤。那煤堆旁边就是个溺窝子,太阳一晒,还带是一阵阵的往屋里灌那臊轰轰的气味!我没奈何的就着那臊味儿吃了一顿受罪饭。③

---

① (清)陈森《品花宝鉴》,齐鲁书社1993年版,第26页。
② (清)藤谷古香《轰天雷》,百花洲文艺出版社1996年版,第8页。
③ (清)文康《儿女英雄传》,齐鲁书社1990年版,第711页。

《负曝闲谈》第 8 回,周劲斋在至美斋请客,其中雅座环境实在称不上雅致,与《儿女英雄传》中的青阳居不相上下:

> 揭开门帘进去一望,那个雅座只能够坐四个人。一带短窗紧靠着一个院子,院子里堆了半院子的煤炭,把天光都遮住了,觉得乌漆墨黑。煤炭旁边,还有个溺窝子,此刻已是四月间天气,被倒西太阳晒着,一阵一阵的臊气望屋里直灌进来。……劲斋觉得身后有些热烘烘起来,把马褂也脱了,袍子也剥了。及至到院子中小解,方看见这雅座的隔壁,是连着一副大灶头,烈烈轰轰在那里烧着呢,焉有不热之理?①

虽然京城饭馆环境大多不甚理想,但提供的菜品却比较丰富,当时京城作为五方杂处之地,多元文化的交融也为各路美食的汇聚提供了可能。《品花宝鉴》第 19 回,魏聘才等人上馆子,走堂的可以报出数十样菜名,足见其丰富程度:

> 走堂的见是四个少年,且认得杨、冯二人,便觉高兴,知道今日热闹的。杨八爷道:"吃什么?"冯子佩对着走堂的道:"你报上来。"走堂的一一报了数十样,四人就点了五六样,先吃起来再说。走堂的先烫上四壶黄酒,一桌果碟儿,逐一样一样摆上来。②

北京饭馆中的走堂最会揣摩顾客的心理,因为认识杨梅窗与冯子佩,便有意在熟客面前显露殷勤,这也就是唐鲁孙先生所说的"吃堂口","堂倌伺候殷勤周到,处处给主顾省钱做面子"③。京城饮食业从业者每日面对各色顾客,练就了圆滑处事的技巧。《品花宝鉴》第 3 回中,饭馆老板极会奉承人,奚十一与相公吃饭砸了一地,他却埋怨走堂的:"老三,你不会伺候。这砸碗的声音,是最好听的。你应该拿顶细料的磁碗出来,那就砸得又清又脆,也叫大老爷乐一乐。这半

---

① (清)蘧园《负曝闲谈》,江西人民出版社 1988 年版,第 44 页。
② (清)陈森《品花宝鉴》,齐鲁书社 1993 年版,第 153 页。
③ 唐鲁孙《中国吃》,广西师范大学出版社 2013 年版,第 94 页。

粗半细的磁器,砸起来声音也带些笨浊。你瞧大老爷当赏你五十吊,也只赏你四十吊了。"①

从清代小说中出现的饭馆中的菜品来看,呈现出以鲁菜为主而南北兼容的特色。《品花宝鉴》第8回,张仲雨、李元茂等在春阳馆吃饭,鸡鸭鱼齐备,还有产自南方的火腿与虾仁,足见当时北京作为都城在饮食上的南北杂糅以及丰富性:

> 走堂的送了茶,便请点菜。仲雨让元茂、聘才,二人又推仲雨先点,仲雨要的是瓦块鱼、烩鸭腰。聘才要的是炸肫、火腿。保姝要的是白蛤豆腐、炒虾仁。二喜要的是炒鱼片、卤牲口、黄焖肉。元茂道:"我喜欢吃鸡,我就是鸡罢。"②

《负曝闲谈》第8回,周劲斋与贾子蜇在至美斋吃饭,点了糟溜鱼片、炮鸡丁烩银丝以及红烧大肠,具有明显的鲁菜特色。由于南方人周劲斋不知道饽饽这种旗人点心该怎么读,还闹出了一场笑话,从中也可以看出满族饮食在当时的京城市井饭馆中已经较为普及。

按照饭馆经营的主营业务,清代小说中出现了黄酒馆、羊肉馆、白肉馆、扁食楼、二荤铺等形态各异的小饭馆。所谓黄酒馆,是指售卖酒类以黄酒为主的酒馆,《彭公案》第123回,伍氏三雄由平则门进京,"众人坐着车辆,来到平则门外,见路北有一座黄酒馆,字号是秘香居"③。第125回,武登科为遮人耳目,天天"要在西四牌楼黄酒馆子喝一遍酒。人家做买卖都要赚钱,他做买卖却赔钱,如取两吊钱货,他一卖就剩一吊本了。他做着这买卖,也无非遮掩身子,不过为了慢慢的兑换银子。他天天在黄酒馆喝酒,总在吊数"④。第126回写武登科接手平则门外的秘香居之后,"在西直门内新街口又顶过一个黄酒馆,字号改为内秘香居"⑤。黄酒馆虽然菜品相对单一,但在中下层市民中却较受欢迎,这也就是这种饭馆在侠义公案小说中经常

---

① (清)陈森《品花宝鉴》,齐鲁书社1993年版,第26页。
② 同上书,第65页。
③ (清)贪梦道人《彭公案》,华夏出版社1995年版,第355页。
④ 同上书,第358—359页。
⑤ 同上书,第362页。

出现的原因。

《永庆升平前传》中的井泉馆,也属于向平民提供饮食的饭馆,该书第5回马成龙到京,饿着肚子的他便被人开了一个玩笑:

> 那人说:"我们北京城内的规矩,饭铺开张,舍饭三天。今日彰仪门里,路北新开一个大货铺'井泉馆',头一天舍饭,年岁大的人到那里,给一个大份,吃完给钱四百。大份是两张大饼、两个大碗面、两碟包子、两碟黄窝窝。小孩照样给一半。你快点去吧,正赶上了。"成龙说:"多蒙指示,我就快去了。"一直过大井小井,直到彰仪门进城,见路北有一个饭铺,遍插金花,字号是"井泉馆",里边吃饭人无数,外边还有站着吃的,成龙在旁边等着。有一个人在那里吃饭,是个卖菜的,先在柜上存钱五百六十文,吃了一百六十钱的饭帐,说:"剩下你给我拿过来吧。"跑堂的从柜上拿过四百钱,给了那个人,说:"清帐。"成龙瞧着,打算此人吃的是大份,心中说:"北京城真有这样的事。这一开张,得用多少钱赔?"那个卖菜的站起来,成龙随就坐下了,说:"给我来个大份。"跑堂说:"什么叫大份?"成龙说:"你瞧我是白帽盔,你当我不知道!我说给你听听:大份,每人是两张大饼、两个大碗面、两碟包子、两碟黄窝窝,并没别的了,这就是大份。"跑堂的一笑,说:"也不管你要大份、小份,给你拿来你吃就是了。"端在桌上,放在成龙面前,说:"你吃罢,吃完了再说。"①

店中吃饭的是菜农,提供的食物也是大饼、面条、包子、黄窝窝这类家常便饭,很明显这样的饭馆主要就是为中下层市民提供便饭的。

羊肉馆以售卖羊肉为主,或是羊肉菜做得较为出色,《儿女英雄传》第34回,两个内廷侍卫聊天,就提到了羊肉馆:

> 只听这个叫那个道:"喂!老塔呀,明儿没咱们的事,是个便宜。我们东口儿外头新开了个羊肉馆儿,好齐整馅儿饼,明儿早

---

① (清)郭广瑞《永庆升平前传》,宝文堂书店1988年版,第26—27页。

起,咱们在那儿闹一壶罢。"那个嘴里正用牙斜叼着根短烟袋儿,两只手却不住的搓那个酱瓜儿烟荷包里的烟,腾不出嘴来答应话,只嗯了声,摇了摇头。①

《彭公案》第114回写伍氏三雄"算还店帐,出了德胜门,路东有个羊肉馆,三人进去要了几壶酒、几样菜"②,遇到了请官兵来吃饭的北营千总陆廷魁,从顾客构成上也可看出羊肉馆主要面向中下层平民的经营模式。又如晚清小说《负曝闲谈》第27回,汪御史在颐和园门口也听到两个侍卫商量去羊肉铺子吃饭喝酒,足可见这种羊肉小饭馆在北京市民中的普及程度。

《品花宝鉴》中出现了扁食楼与白肉馆,扁食在北方多指饺子,扁食楼即以饺子为主营的小饭馆,第15回就写到魏聘才同叶茂林到扁食楼吃饭。白肉馆以经营白肉为主,白肉与满族祭神习俗有关,多是白煮肉,加工简单,价格低廉,其后逐渐成为市井吃食。第22回,两个地痞在杜琴言家中滋事,家中下人想花钱消灾:

  提出两吊钱来,陪着笑道:"本要留太爷们吃顿饭,今日厨子又不在家,恐作得不好,反轻慢了太爷们。琴官预备个小东,请你能各人上馆去吃罢。"便双手将钱送上来。那青衫子的倒要接了,那短衫子的一看,只有两吊钱,便又骂道:"他妈的巴子,两吊钱叫太爷们吃什么?告诉你,太爷们是不上白肉馆、扁食楼的,一顿饭那一回不花十吊八吊,就这两吊钱?"说着突出了眼珠看着。③

地痞特意强调自己不上白肉馆、扁食楼,从侧面凸显了这类饭馆是针对中下层平民的馆子,菜品较少,价格低廉,所以有些人不屑于去这种饭馆就餐。

二荤铺,《旧京琐记》中云:"曰二荤馆者率为平民果腹之地,其食

---

① (清)文康《儿女英雄传》,齐鲁书社1990年版,第789页。
② (清)贪梦道人《彭公案》,华夏出版社1995年版,第331页。
③ (清)陈森《品花宝鉴》,齐鲁书社1993年版,第176页。

品不离鸡豚,无烹鲜者。"①邓云乡在《燕京乡土记》中说二荤铺"地方一般都不大,一两间门面,灶头在门口,座位却设在里面"②,这是晚清民国时的情况,与清代中期的情况相差不大。《永庆升平前传》第6回,孙起广"曾使成龙之银在崇文门外花儿市开设大货铺一个,生意兴隆,连年在东西南北城开了二荤铺十数余个"③,可见开设二荤铺成本较低。第96回张玉峰"坐车到了厂东门外,见路北有新开张的茶馆,带二荤铺卖家常便饭,字号是'福兴轩'"④,茶馆带二荤铺的经营模式是清代所独有的,由于北京市民日常泡茶馆时间较长,所以也有一些茶馆供应家常便饭,以增加收入。

第二次鸦片战争之后,北京东交民巷即陆续有西方国家设立使馆,得风气之先的北京也有了近代意义的西餐馆,不过当时人还习惯称之为番菜馆,去番菜馆吃饭也称作吃大菜。《孽海花》第22回就提到了东交民巷的番菜馆:

> 且说这东交民巷,原是各国使馆聚集之所,巷内洋房洋行最多,甚是热闹。这番菜馆,也就是使馆内厨夫开设,专为进出使馆的外国人预备的,也可饮食,也可住宿,本是很正当的旅馆。……那馆房屋的建筑法,是一座中西合璧的五幢两层楼,楼下中间一大间,大小纵横,排许多食桌,桌上硝瓶琉盏,银匙钢叉,摆得异常整齐;东西两间,连着厢房,与中间只隔一层软壁,对面开着风门,门上嵌着一块一尺见方的玻璃;东边一间,铺设得尤为华丽,地盖红毹,窗围锦幕,画屏重迭,花气氤氲,靠后壁朝南,设着一张短栏矮脚的双眠大铁床,烟罗汽褥,备极妖艳。⑤

因为主要服务外国人,所以从建筑与服务上来讲,番菜馆已是与西方较为接近的餐馆,并兼具旅馆功能。相比起国内饭馆而言,不但

---

① 夏仁虎《旧京琐记》,北京古籍出版社1986年版,第99页。
② 邓云乡《燕京乡土记》,中华书局1998年版,第505页。
③ (清)郭广瑞《永庆升平前传》,宝文堂书店1988年版,第29页。
④ 同上书,第557页。
⑤ (清)曾朴《孽海花》,齐鲁书社1998年版,第146页。

环境整洁,而且因为客房的设置较为隐秘,给抱着其他目的而来的顾客提供了便利。《九尾龟》第 154 回也提到"京城里头的大餐馆有几家简直是男女的台基,并且有外路人去的。他还可以和你拉皮条,甚而至于富贵人家的内眷都会被他们引诱出来"。于是几个京官便拉着章秋谷去了一家番菜馆,"到了东交民巷左首的一家番菜馆门首,骡车停了下来,三个人下车走进。看那门外的商标时,只见写着大大的'凤苑春'三个黑字。极大的一座三层高楼,甚是宽敞"①。相较于其他餐馆来看,番菜馆服务的对象主要是官宦等上层社会人物,下层平民与这种场所基本无缘。

总之,清代小说中出现的各类饭馆明显增多,而且针对不同顾客群体产生了分层,既有中型规模的饭馆子,也有白肉馆、扁食楼、二荤铺之类的小饭馆,晚清还出现了与西方靠拢的番菜馆。这种饮食业的分层既是城市规模扩大、人口增多的表现,也是饮食业在历史中发展变化的表现。在清代小说所描绘的北京城市生活中,看戏与下馆子在日常生活与社交中占有重要地位,小说中饭馆出现频率的增加,既体现了商业繁荣对城市服务业的影响,也反映了下馆子在北京市民生活中重要性的提升。

(二) 北方特色明显的城市交通业

在城市内部交通方面,北京作为北方城市具有鲜明的地域特征。明代小说中,北京城内的交通服务主要是牲畜租用。在《贪欣误》第 4 回《彭素芳》中,张福与彭素芳北上投亲,"搭了粮船,三个月日,径到张湾。张福雇了牲口,先进了京"②。《欢喜冤家》第 16 回,费人龙与秀香进京:"三月内,方到京中。人龙雇了牲口,问秀香说:'你家住在何处?'秀香一一说明,随上岸去寻了宗族。"③《梼杌闲评》第 7 回,侯一娘与魏进忠在新、旧帘子胡同打听魏云卿的下落:

---

① (清)张春帆《九尾龟》,齐鲁书社 1993 年版,第 651 页。
② (明)罗浮散客《贪欣误》,《古本小说集成》影印本,上海古籍出版社 1994 年版,第 145 页。
③ (明)西湖渔隐主人《欢喜冤家》,北京师范大学出版社 1992 年版,第 269 页。

进忠道:"有多远? 从何处去?"那人道:"有五六里远哩。往西去不远就是大街,叫驴子去,那掌鞭儿的认得。"进忠拱拱手别了,出巷子来,引着娘走上大街。见牌楼下有一簇驴子,进忠道:"赶两头驴来。"那小厮牵过驴问过:"那里去的?"进忠道:"椿树胡同。"母子二人上了牲口,一刻就到了。掌鞭儿道:"是了,下来罢。"进忠道:"送我到班里去。"驴夫道:"进胡同就是了。"二人下来,还了钱。……一娘谢别,走上大街,叫驴子回下处来。①

在明代北京的大街上,牌楼下就有一簇驴子等着人来雇佣,而且"掌鞭儿"对城内道路也非常熟悉,可见这已经是一种比较成熟的城市交通服务了。

在清初小说中,这种牲畜雇佣在北京城内仍然较为普遍,如《醒世姻缘传》第 6 回,晁大舍去逛城隍庙市,回去的时候"晁大舍上了马,家人们都雇了驴子,一溜烟往下处行走"②。该书第 78 回,素姐胁迫陆好善要去看皇姑寺,"次早起来梳妆吃饭,素姐换了北京鬏髻,借了陆好善娘子的蒲绿素纱衫子,雇了三匹马,包了一日的钱,骑到徐国公门首卖饼折的铺内"③。

清中期以后的小说中,以骡车为代表的交通服务业逐渐兴起。因为这类车有棚有围,形如轿子,又称轿车,轿车一般多由骡子系驾,但在一些场合亦有使用马、驴的情况。"无论是贵族官员乘坐的高马车,还是平民乘坐的一般骡、驴车,车子主体形制均无太大差别,仅在车子构、饰件的质地和髹漆颜色方面表现出较严格的等级差别。"④在文献记录中,明代北京的街道上就有了骡车的身影,《长安客话》卷 2 录有金陵陈大声所作《嘲北地巷曲中》,其中有一句云:"门前一阵骡车过,灰扬,哪里有踏花归去马蹄香?"⑤骡车激起的灰尘体现了明代南方人对北京的直接印象。此外,《利玛窦中国札记》中也提到明代的北京,到处都是等候受雇的马车,可见当时城内的马车雇佣已经非

---

① (明)不题撰人《梼杌闲评》,齐鲁书社 1995 年版,第 48 页。
② (清)西周生《醒世姻缘传》,齐鲁书社 1980 年版,第 75 页。
③ 同上书,第 1019 页。
④ 郑若葵《交通工具史话》,社会科学文献出版社 2012 年版,第 168 页。
⑤ (明)蒋一葵《长安客话》,北京古籍出版社 1982 年版,第 34 页。

常普遍：

> 在十字街头,在城门口,在御河桥和人们常去的牌楼,雇一辆车一整天也花费不了多少钱。城里的街道非常拥挤,以致赶脚人必须用缰绳领着牲口穿过人群。他们知道城内的每一街道和每个著名市民的住所。他们还有指南,上面列出城里的每个地区、街道和集市。①

骡车在清代北京大范围流行与官员等上层社会的风气有很大的关系,《郎潜纪闻》"京官乘舆"条载：

> 相传王渔洋戏赠南海程驾部可则诗,有"行到前门门未启,轿中安坐吃槟榔"之句。时正阳门五更启钥,专许轿入,京官无坐车者也。《藤阴杂记》称京官向乘肩舆,杜紫纶始乘驴车,嗣后渐有骡车,然帏幔朴素,且少开旁门者,今则无不旁门云云。按：戴菔塘宦京朝,在乾隆、嘉庆间,是易轿为车之会也。余昔闻之老辈云：道光初年,京官又复坐轿,即坐车无不后档(凡轮在车后者,曰后档,取其颠簸稍轻,乘坐安适)。自余同治甲子入京,所见凡京堂三品以下,无乘轿者,凡王公勋戚以外,无乘后档旁门车者。②

据此来看,清初官员多乘轿,乾隆、嘉庆之间是京官"易轿为车"的时期。清代对于官员乘轿有诸多限制,在这种背景之下,官员乘车的限制相对小一点。而从经济角度来看,"轿贵车廉"也是京官的现实考量因素之一,与置办轿子及供养轿夫相比,乘车出行的花销要小一些。

清代北京官场上骡车的流行对城市交通服务业也产生了很大的影响,这种便捷、快速又拥有一定私密空间的交通工具在清中期以后

---

① [意]利玛窦、[比]金尼阁著,何高济等译《利玛窦中国札记》,中华书局1983年版,第330页。
② (清)陈康祺《郎潜纪闻》初笔卷9,中华书局1984年版,第204页。

成为北京城市交通的主流。《竹叶亭杂记》卷 7 载:

> 京城骡车近多踵事增华,即买卖车之站口、跑海者,裹帷亦有绸绫,窗亦有玻璃矣。(市中置车供人雇佣曰买卖车,终日置胡同口,得价方行曰站口,东西奔走莫定曰跑海。)①

当时的骡车有三种经营模式,所谓买卖车即在市场中为人提供服务的骡车,站口者则是等候在居民区的胡同口,跑海者则类似于当下的出租车,在城中四处奔走揽活。

在清中期以后的小说中,描写人物在北京城中雇佣骡车的内容明显增多,如《品花宝鉴》第 5 回,"一日,天气晴和,雪也化了,聘才想起富三爷来,要进城去看他,便叫四儿去雇了一辆车坐了,望东城来"②。第 8 回李元茂与魏聘才去听戏,二人"吃了饭,带了四儿,拿了马褥子,雇了车,急急往戏园来"③。第 21 回,魏聘才"因张、顾二人有事,遂独自出城,雇了一辆十三太保玻璃热车,把四儿也打扮了,意气扬扬,特来看子玉之病"④,十三太保玻璃热车是指一种特色车型,骡车车围子左右要开窗并镶嵌玻璃,最多可以开十三个大小不一、形状各异的窗户,人称十三太保。它比一般骡车要美观,费用也较高,魏聘才到华府之后手头宽裕,所以在出行上也讲究起来。

后来魏聘才直接长期雇佣骡车,第 26 回写他找杜琴言的师傅,"聘才带了四儿,坐了大鞍车,即出城找着了叶茂林,茂林就搭了聘才的车到长庆处来"⑤。大鞍车档次较高,《旧京琐记》中云:"'大鞍车',贵官乘之。京堂以上,障泥用红,曰'红拖泥'。其余皆绿色油布围之,曰'官车',寻常仕官乘之。"⑥魏聘才进入华府之后自视甚高,出行追求体面,但这是一笔不小的开支,当他被辞退时,曾对富三说自己雇车一天要花一吊六百钱,可见京城追求体面背后的大开销。

---

① (清) 姚元之《竹叶亭杂记》,中华书局 1982 年版,第 151 页。
② (清) 陈森《品花宝鉴》,齐鲁书社 1993 年版,第 41 页。
③ 同上书,第 63 页。
④ 同上书,第 168 页。
⑤ 同上书,第 209 页。
⑥ 夏仁虎《旧京琐记》,北京古籍出版社 1986 年版,第 40 页。

《官场现形记》第 27 回,王师爷被贾大少爷赶走后在街上乱走,"于是王博高雇了一辆站街口的轿车,扶他上车,自己跨沿,一拉拉到仁钱会馆,扶他下车,走到自己房间,开门进去"①,这里站街口的轿车也即《竹叶亭杂记》中的站口车。

《负曝闲谈》第 8 回,不仅描写了北京车夫欺诈外省人,而且对于外省人而言,乘坐北京骡车的舒适度并不高:

> 有天起来得早,想要出去逛逛,便叫贾家的管家去叫辆车子。讲明了一天给三十吊钱,是明欺周劲斋没有到过京城,所以开他一个大价钱。周劲斋一算三十吊钱,合起来不到四块钱,在上海上趟张园,有的时候还要贵些,何况是一天,因此欣然应允。当下换过衣服,又问贾家借了一个管家,因他自己带去的底下人都是外行之故。
>
> 劲斋上了车,那管家跨上车沿。掌鞭的拿鞭子一洒,那车便风驰电掣而去。周劲斋在车里望去,人烟稠密,店铺整齐,真不愧首善之区。忽然那里转了弯,望左边一侧,劲斋的头在车上咕咚一响,碰得他疼痛难当。随即把头一侧,哪里知道这车又望右边一侧,劲斋的头又在车上咕咚一响,这两下碰得他眼前金星乱迸。劲斋想道:"京里的人可恶,连车也可恶!"②

火车兴起后,车站作为重要的人员集散地,也是骡车等揽活的集中地区,《中国现在记》第 12 回,宁孙谋等火车进京到马家堡下车,五人雇了单套骡车进城。又如《九尾狐》第 45 回,胡宝玉进京,"雇定了三辆骡车,请宝玉等三人坐了一辆,其余装满行李,两个相帮也坐在上面"③,车夫又与城内客栈有一定的合作,当顾客询问住宿时,便会推荐自己合作的旅店。

京城车夫作为京城服务业中的一员,服务的是多元复杂的社会群体,自身也可谓是最熟悉京城三教九流的人,比一般人更为了解京

---

① (清)李伯元《官场现形记》,中州古籍出版社 1995 年版,第 333—334 页。
② (清)蘧园《负曝闲谈》,江西人民出版社 1988 年版,第 42—43 页。
③ (清)梦花馆主江荫香《九尾狐》,百花洲文艺出版社 1991 年版,第 390 页。

城社会,甚至提供地下服务。例如《梼杌萃编》第 6 回范星圃的经历:

> 一个车把势跑到面前说:"老爷坐车去逛逛罢。"范星圃问他到那里去逛,那车把势道:"只要老爷赏二两银子,包你有好地方去。"范星圃一想,本来听见京里有种黑车,这大约就是了,好在今天无事,试他一试何妨呢。就在身边拿了二两一张的银票与了这车把势,那车把势把车赶过来,也是个大鞍见车,那匹骡子也很高大,比外头雇的要好得多呢。跳上了车,先也是慢慢儿的走,后来这车把势加上两鞭,那骡子就如飞的跑去,左转右弯不知绕了多少圈子,真弄得不辨东南西北。看看天色黑了,这车把势也不点灯,任着这车在黑地里走。范星圃心里倒也有些发急,然而无可奈何,只好听他去跑。总走了有一个多时辰,才到了一个宅子门口,车把势把车停住说:"请老爷下车。"①

这种黑车,充当了上层社会中某些大宅院内眷偷情的渠道,通过身份低微的车夫去操办,不仅自身风险较低,而且选择面也更为广泛。这种车夫提供的地下服务,也有可能是某种骗局,《冷眼观》第 4 回,江、张两个新科翰林被车夫诱骗,结果中了仙人跳,被勒索巨款赎身。

(三) 明清小说中的北京住宿业

住宿业也是城市服务业的重要组成,像国都北京这样的大都会,人员流动频繁且密集,为大量外省人提供住宿也是对城市服务业提出的必然要求。这里所指的住宿业,主要是指明清两代北京城中为外省人提供住宿服务的各类经营场所,也即客店、旅馆等。

明代小说对北京城内住宿的描写并不多,往往只有寥寥数语。如《石点头》第 2 回,卢梦仙进京考试,作者也只是以一句"下了寓所"交代其住所。《梼杌闲评》中的描写稍具体一些,第 7 回侯一娘与魏进忠来到北京,"在前门上寻了客店,安下行李,打发牲口去了"②。随

---

① (清) 诞叟《梼杌萃编》,天津古籍出版社 2006 年版,第 65 页。
② (明) 不题撰人《梼杌闲评》,齐鲁书社 1995 年版,第 47 页。

后两人四下打听魏云卿的下落,"又住了些时,客店里人杂,进忠便搭上了一班人,抓色子,斗纸牌"①。当两人的盘缠逐渐用尽时,侯一娘只得沿街卖唱,客店主人还为她提供信息:"走唱最难觅钱,如今御河桥下新开了个酒馆,十分齐整,你不如到那里赶座儿,还多得些钱。"②该回中的客店位于前门,这一地区是明代北京的商业中心,客店开在这里与客流量以及商业效应有一定的关系,对于外省人来说,在这里入住也较为便利。客店作为公共住宿服务场所,住宿旅客身份复杂,魏进忠本身纨绔成性,在这种环境中很容易受到影响。客店主人作为京城商业活动的一员,为侯一娘提供信息去御河桥新开酒馆卖唱,体现这一群体对京城商业动态的熟悉。

到了清代小说中,涉及京城住宿业的内容逐渐增多,对客店的环境以及经营等方面的内容也有所表现。清代小说中出现的京城客店,多分布在繁华街市与城门附近。如《绿野仙踪》第1回,冷于冰入京考试,"同王献述入都下乡试场,跟随了四个家人起身,师徒二人寓在东河沿店内"③。第4回,冷于冰再次进京,仍住在西河沿店内。西河沿与东河沿属于东西相对的两条街道,紧邻前门大街,属于内城与外城接壤处最为繁华的地方。特别是西河沿会馆与客店非常多,直到晚清仍是如此,《都市丛谈》载西河沿有4处会馆,21处客店。陈宗藩《燕都丛考》亦云:

> 西河沿与打磨厂相并峙,而街道与商户则较打磨厂为少强,古迹亦较多。但前此则以金店、皮铺为该处之极大商号。现在金店、银店而外,又加以各大旅馆,较之他处旅馆亦似稍胜一筹。④

清代小说中出现在西河沿的客店还有不少,如《施公案》第68回,施世纶进京,"这日天晚进了彰仪门,至西河沿,离前门不远,下住

---

① (明)不题撰人《梼杌闲评》,齐鲁书社1995年版,第50页。
② 同上。
③ (清)李百川《绿野仙踪》,岳麓书社1993年版,第4页。
④ 陈宗藩《燕都丛考》,北京古籍出版社1991年版,第496页。

三合店"①。《永庆升平前传》第 2 回李庆龙、薛应龙"二人难见债主，遂带盘费来至北京，住西河沿天成店"②。第 96 回，谢德山、谢德海兄弟众人住在西河沿高升店内，作者对客店布局环境有简单描写：

  张玉峰跟着那两个人，一同进了南院，往西一拐，有一个角门进去，只见是上房五间，东厢房三间，西厢房三间，院中干净，倒也宽大的很。③

在《彭公案》中，西河沿客店也屡屡出现，第 36 回，黄三太等人住在西门外西河沿店内。第 68 回，徐胜在京住在西河沿天成店。第 118 回，石铸回到北京，住在前门外西河沿高升店内。晚清小说《糊涂世界》第 4 回，伍琼芳入京住在西河沿泰来客店。《梼杌萃编》第 5 回，增郎之与范星甫二人到京同在西河沿的高升店住下，第 6 回，范星甫再次入京，仍旧住的是西河沿高升店。

《永庆升平后传》第 1 回，侯化泰三人入京，住在杨梅竹斜街的一家客店内，作者对客店环境有细致的表现：

  住在杨梅竹斜街广升店内，找的是三间上房，给了赶车的车价钱、酒钱。店内小伙计送上洗脸水来。李汉卿一看这三间上房，屋内倒干净得好，靠北墙上挂着一张挑山纸画，画的花卉百果水仙。两旁有一副对联，上写是：无情岁月增中减，有味诗书苦后甜。下款落的是杨继盛。笔法秀硬，丰彩悦人。靠下面是一张八仙桌子，两边各有太师椅一把。东里间垂着落地幔帐，里边是两张大床，西边靠北墙一张，西北一个茶几，南窗下一张榆木楂漆的八仙桌儿，两边有两张椅子。侯化泰三人洗完了脸，叫店中伙计要酒菜吃酒，直闹至初更时候，方才安歇睡觉。④

---

① （清）佚名《施公案》，宝文堂书店 1982 年版，第 154 页。
② （清）郭广瑞《永庆升平前传》，宝文堂书店 1988 年版，第 9 页。
③ 同上书，第 560 页。
④ （清）贪梦道人《永庆升平后传》，宝文堂书店 1988 年版，第 3—4 页。

杨梅竹斜街原名杨媒斜街,靠近琉璃厂,也是一条著名的文化街。有趣的是,《永庆升平后传》这样以江湖侠客为主人公的小说中,杨梅竹斜街的广升店却显示着某种雅致气息,上房内的陈设、字画都透露着这是一家不俗的客店。晚清小说《九尾龟》第116回,康观察进京谋干前程,也是在杨梅竹斜街的一家高升店入住。

晚清小说中经常出现的是骡马市大街上的客栈,骡马市大街属于广渠门到广安门大街的一段,呈东西走向,连接了珠市口与菜市口,因南城的骡马交易市场而得名。《二十年目睹之怪现状》第72回,主人公九死一生进京,在骡马市大街广升客栈歇下。《痴人说梦记》第20回,写聂子深进京:

> 一路踌躇,忽听得跟来的家丁,对车夫说道:"我们住骡马市大街荣升店罢。"车夫答应了,举起鞭子,把骡子打上几下,便轰雷掣电一般的拉了去。……到店门口时,掌柜的是认得胡大人公馆余升余二爷的,满面堆笑问好,请他们进去,看定屋子,搬行李,打脸水,闹过一阵。子深开发车钱,车夫去后,铺设被褥,子深累得浑身筋骨疼痛,随便躺下歇息,余升自去觅住处不提。①

《梼杌萃编》第7回,何碧珍带着婢女小桃进京,住在骡马市的佛照楼客栈。《小学生旅行》第6回,文化欧与复旦乘火车到京,同样住在骡马市大街的佛照楼:

> 化欧道:"我们住会馆呢,还是客栈?"复旦道:"就是要住会馆,我等人生路不熟,尚不知道会馆在那里,姑且先住了客栈再搬罢。"化欧道:"也说的是,那么仍旧佛照楼好吗?"正谈论间,恰好有个该栈接客,同天津佛照楼通气的。复旦忙问了住址,知在骡马市大街,于是说明了住他的栈,唤他领导。先到正阳门税关上验查了行李,验毕,雇了一辆骡车,两人同坐着,一直送至骡马市大街,进栈安歇。②

---

① (清)旅生《痴人说梦记》,江西人民出版社1989年版,第140页。
② 亚东一郎《小学生旅行》,载《小说月报》1911年第2卷第4期,第54页。

《九尾狐》第45回则出现了东单牌楼的客栈,东单牌楼在清代属于内城,因牌楼而得名,明清两代内城有东单、西单、东四、西四四个繁华商业点,此即其一:

> 宝玉问了骡夫几句,说京中客栈何处最大最佳,骡夫本与客栈通气,便说:"东单牌楼连升栈最好,是仿你们南边样儿的,可就到那边去吗?"……宝玉见"连升栈"三字就在前面,便向阿珠说道:"刚刚骡夫说格客栈,阿就是格搭介?"阿珠点点头,连说"蛮对蛮对"。正当说着,车子已至栈门跟首歇下,早有茶房过来招接,宝玉等三人下车,茶房上前问了贵姓,引领三人走入里边,拣定了一间洁净上房,方将行李发了进来。①

上述小说中出现的客店,分布在西河沿、珠市口、杨梅竹斜街、骡马市大街与东单牌楼,主要集中在外城,这与清代北京外城人口增加、商业繁荣有直接的关系。此外,这些客店多位于重要的商业街与交通要道上,反映了客店选址受到商业效应与客流量的影响。

从客店环境来说,多数客店因为旅客身份各异,环境较为嘈杂。小说中的外省人如果在京停留时间较长,多把客店视作初入京城的过渡,很快就会选择租住民房。如《歧路灯》第7回,谭孝移保举贤良方正入京,"一直进了城门。先寻一处店房,叫做联升客寓,孝移休沐两日。但店房中乃是混乱杂区,喧阗闹场,孝移如何支持得住?因命班役另寻一处清净房宇,到第三日搬运迁移"②。第103回亦写到盛希侨难忍旅舍繁嚣,叫家人另觅京城出货房屋。

从服务上来讲,当时的多数客店都提供饮食。如《永庆升平前传》第1回,胡忠孝兄妹在彰仪门内路南广成店入住,入店之后就有小伙计打净面水、泡茶、擦桌子、摆小菜碟,询问客人吃什么。在《二十年目睹之怪现状》第72回,主人公九死一生住在骡马市大街广升客栈,因故错过了客栈中的午饭时间,还可以叫茶房补饭。也有一些客店不提供饮食,如《痴人说梦记》第20回,聂子深入住骡马市大街

---

① (清)梦花馆主江荫香《九尾狐》,百花洲文艺出版社1991年版,第390页。
② (清)李绿园《歧路灯》,齐鲁书社1998年版,第39页。

荣升店,余升特意提醒主人这是干店,不提供饮食,要去饭馆里另行叫餐。环境优雅而且提供饮食的客店,多价格不菲,《小学生旅行》第6回提到佛照楼每天的房饭价,两个人须费一两二三钱银子,在清末这也是一笔不小的开销。

二、地域特色鲜明的南京城市服务业

南京,从明代的陪都到清代的江南首府,虽然政治地位发生了明显的变化,但明清两代的南京一直是江南地区,乃至整个南中国商业最为发达的城市之一。明代小说中的南京是"繁华胜地,富贵名邦"①,到了清代小说中,南京是"大街小巷,合共起来,大小酒楼有六七百座,茶社有一千余处。不论你走到一个僻巷里面,总有一个地方悬着灯笼卖茶,插着时鲜花朵,烹着上好的雨水,茶社里坐满了吃茶的人。到晚来,两边酒楼上明角灯,每条街上足有数千盏,照耀如同白日,走路人并不带灯笼"②,一派富贵繁华的场面。

大型的商业都会,在城市服务业上往往也具备一定的规模,这里仍比照前面涉及北京的内容,从饮食业、交通业、住宿业三个方面来梳理明清小说中的南京城市服务业。

(一) 具有江南特色的南京饮食业

从整体来看,明清小说对南京饮食业的体现,远不如同时期小说对北京饮食业描绘的详尽与细致,但仍体现了南京饮食业鲜明的江南特色。在明代小说中,偶有南京酒馆出现,如《鼓掌绝尘》第32回,张秀初回南京,陈通便邀他去酒肆洗尘:

> 只见那酒楼上有四五个座儿,尽是坐满的人。正待下楼,原来座中有两个是认得张秀的,上前一把扯住道:"张大哥,一向在那里经营?把我弟兄们都抛撇了!"你一杯,我一盏,就似车水一

---

① (明)凌濛初《拍案惊奇》,上海古籍出版社1982年版,第245页。
② (清)吴敬梓著,李汉秋辑校《儒林外史汇校汇评》,上海古籍出版社2014年版,第306页。

般。张秀道:"小弟偶与陈大哥同舟相遇,蒙他厚情,要与小弟洗尘,不期到此,又得与众兄长们相会,真是萍水重逢,三生有幸。"①

在清代小说中,对南京饮食业展现较多的,首推《儒林外史》。该书第 24 回提及南京"大小酒楼六七百座",第 25 回,鲍文卿请修补乐器的倪老爹吃饭:

> 鲍文卿出门回来,向倪老爹道:"却是怠慢老爹的紧,家里没个好菜蔬,不恭。我而今约老爹去酒楼上坐坐,这乐器丢着,明日再补罢。"倪老爹道:"为甚么又要取扰?"当下两人走出来,到一个酒楼上,拣了一个僻净座头坐下。堂官过来问:"可还有客?"倪老爹道:"没有客了。你这里有些甚么菜?"走堂的叠着指头数道:"肘子、鸭子、黄冈鱼、醉白鱼、杂脍、单鸡、白切肚子、生烙肉、京烙肉、烙肉片、煎肉圆、闷青鱼、煮鲢头,还有便碟白切肉。"倪老爹道:"长兄,我们自己人,吃个便碟罢。"鲍文卿道:"便碟不恭。"因叫堂官先拿卖鸭子来吃酒,再爆肉片带饭来。堂官应下去了。须臾,捧着一卖鸭子,两壶酒上来。②

鲍文卿家住繁华的水西门附近,这座酒楼应该也在水西门大街上。从堂官所报菜品来看,可谓相当丰富。倪老爹所说的便碟,当属一种相对廉价的普通菜肴,鲍文卿认为便碟不恭,最后点了鸭子与爆肉片,南京人喜食鸭子在此已露端倪。

第 28 回,穷极了的季恬逸遇到诸葛佑与萧金铉,靠着选书有了活路,该回写三人去酒楼吃饭:

> 当下三人会了茶钱,一同出来,到三山街一个大酒楼上。萧金铉首席,季恬逸对坐,诸葛天申主位。堂官上来问菜,季恬逸

---

① (明)金木散人《鼓掌绝尘》,春风文艺出版社 1985 年版,第 360 页。
② (清)吴敬梓著,李汉秋辑校《儒林外史汇校汇评》,上海古籍出版社 2014 年版,第 312 页。

点了一卖肘子,一卖板鸭,一卖醉白鱼。先把鱼和板鸭拿来吃酒,留着肘子,再做三分银子汤,带饭上来。堂官送上酒来,斟了吃酒。……当下吃完几壶酒,堂官拿上肘子、汤和饭来,季恬逸尽力吃了一饱。①

三山街是明清两代南京最繁华的商业街道,该回出现的酒楼正位于三山街上。季恬逸所点肘子、板鸭与醉白鱼,体现了南京酒楼鲜明的南方菜式特色。

第29回,季恬逸三人为了答谢杜慎卿,请他在聚升楼吃饭:

> 杜慎卿带着这小小子,同三人步出来,被他三人拉到聚升楼酒馆里。杜慎卿不能推辞,只得坐下。季恬逸见他不吃大荤,点了一卖板鸭、一卖鱼、一卖猪肚、一卖杂脍,拿上酒来。吃了两杯酒,众人奉他吃菜,杜慎卿勉强吃了一块板鸭,登时就呕吐起来。众人不好意思。因天气尚早,不大用酒,搬上饭来。杜慎卿拿茶来泡了一碗饭,吃了一会,还吃不完,递与那小小子拿下去吃了。当下三人把那酒和饭都吃完了,下楼会账。②

杜慎卿不吃大荤或许显得有些矫揉造作,季恬逸等人风卷残云却是每一次去酒楼吃饭的必然结果。在《儒林外史》中,饥饿是文人个体生活中如影随形的乌云,从周进、范进到季恬逸等人,都体验过饿肚子的现实处境。这种情况既是文人缺乏治生技能所导致的困窘现实生活的写照,又隐含了其精神世界同样空虚的深层寓意。所以当季恬逸等有了诸葛佑的财力支撑后,在酒楼对大荤之食有着近乎疯狂的胃口。

除去《儒林外史》之外,晚清小说中也有一些关于南京饮食业的内容,例如《文明小史》第40回出现的问柳饭店:

---

① (清)吴敬梓著,李汉秋辑校《儒林外史汇校汇评》,上海古籍出版社2014年版,第351—352页。
② 同上书,第263—364页。

然后同到问柳的馆子里，要菜吃酒。堂倌见他们杂七杂八，穿的衣服不中不西，就认定是学堂里出来的书呆子。八人吃了六样菜，三斤酒，十六碗饭，开上帐来，足足四块钱，不折不扣。子由拿着那片帐要他细算，说我们吃这点儿东西也不至于这样贵。堂倌道："小店开在这里二三十年了，从不会欺人的，先生们不信，尽可打听。那虾子、豆腐是五钱，那青鱼是八钱……"子由道："胡说！豆腐要卖人家五钱，鱼卖人家八钱，那里有这个价钱？你叫开店的来算！"堂倌道："我们开店的没得工夫，况且他也不在这里。先生看着不对，自己到柜上去算便了。"①

问柳是南京年代较久的饭馆，《新京备乘》载：

秦淮酒馆，以问柳为最古，相传为丁继水水榭，上悬"流水声中访六朝"，因以"访六"二字名其居。后以门有老柳，易"问柳"，经乱犹存，允为酒家之鲁灵光矣。清同治三年，曾文正克复南京后，修理贡院，尝于斯小憩，其"问柳"牓额，传为文正所书。②

在明清两代的南京饮食业中，鸭子是南京最为常见也最为著名的食材，南京人日常饮食中常常见到它的身影。《官场现形记》第29回，佘小观与唐六轩在妓女王小四子家吃饭：

此时糖葫芦嘴里正衔着一块荷叶卷子，一片烧鸭，嘴唇皮上油晃晃的，回头一看，见是相好来拖他，亦就撒娇撒痴，趁势把脑袋困在王小四子怀里，任凭打骂。③

又如《九尾龟》第181回，黄少农请章秋谷在钓鱼巷妓家吃饭：

章秋谷正含着一块烧鸭在嘴里还没有咽下去，听了黄少农

---

① （清）李伯元《文明小史》，江西人民出版社1983年版，第342—343页。
② 陈乃勋辑述《新京备乘》，东南大学出版社2014年版，第199—200页。
③ （清）李伯元《官场现形记》，中州古籍出版社1995年版，第377页。

这番说话,再也忍不住,"扑嗤"的一声一口气冲上喉咙,要笑出来。口中的这块烧鸭就留不住了,"扑"的从口中直飞出来,刺斜里飞过去,直飞到一个十四五岁的雏妓面上。①

板鸭是南京地方特产,乾隆《江宁新志》就称其为江宁特产,陈作霖在《金陵物产风土志》中也提到金陵制作水晶鸭、烧鸭、酱鸭、盐水鸭、板鸭,"远方人喜购之,以为馈献"②,足见南京各类鸭制品之闻名在外。

晚清时,南京也像北京一样出现了番菜馆,其中尤以金陵春闻名。这家创办于清末的番菜馆属于国内较早开设的西餐馆,也是南京第一家经营西餐的饭馆。位于繁华热闹的夫子庙附近,紧邻秦淮河,深受南京上层社会的喜爱。在《官场现形记》中,羊统领是金陵春的幕后老板,有许多南京官员入股其中。《文明小史》第56回,总督公子冲天炮也常去金陵春吃大餐:

> 冲天炮一看表,已是五点多钟了,就约余小琴上金陵春吃大餐去,余小琴一口气答应了。二人上了马,沿堤缓缓而行,进了城,穿过几条街巷,到了金陵春门口。二人进去,马匹自有家人照管。二人到得一间房间里,侍者泡上茶来,送上菜单纸。二人各拣平日喜欢吃的写了几样,侍者拿了菜单下去。少时又跑上来,对着二人笑嘻嘻的道:"有样菜没有,请换了罢。"二人问是什么菜,侍者指着"牛排"二字,二人同声道:"奇了,别的没有,我还相信,怎么牛排会没有起来?"侍者道:"本来是有的,因为这两天上海没有得到。"③

在当时的南京上层社会中,去金陵春吃大餐是一种身份与地位的体现,对于冲天炮、余小琴这些曾经留学国外的人更是如此。小说

---

① (清)张春帆《九尾龟》,齐鲁书社1993年版,第707页。
② (清)陈作霖《金陵物产风土志》,见《金陵琐志九种》,南京出版社2008年版,第130页。
③ (清)李伯元《文明小史》,江西人民出版社1983年版,第477—478页。

中描写的点菜方式以及由上海供应的牛排等,都体现了这家番菜馆的新式经营方式。

通过对明清小说中涉及南京饮食业内容的梳理,我们可以发现,小说中的这些饭馆多位于三山街、水西门、聚宝门或是秦淮河畔等南京城中热闹繁华的商业区。这正是服务业受到商业活动影响的体现,而这些区域同时也是南京市民以及外省人在南京活动最为集中的地区,餐饮服务向这里集中也是基于客流的考量。

(二) 以轿、船为主的南京交通业

在明清小说中,南京城内主要交通工具是轿与船。明代小说或以明代为背景的清人小说中,南京城内雇轿出行就有体现,《鸳鸯针》第 1 卷中,丁协公进京会试途中到南京打秋风:"在南京坐着大轿,大吃小喝的。今日游雨花,明日宴牛首。不是这里寻小优,就是那里接姊妹。"①明初乘轿是身份与地位的象征,所以乘轿主要在官员中流行,但随着经济的发展与世风的变化,乘轿之风在市民阶层中也盛行起来。对于南京这种在明中期开始"肆然无忌,服饰器用,宫室车马,僭拟不可言"的城市而言②,乘轿更是非常普遍的现象,不仅上层社会人家出行多用轿,即便小户人家出门也会雇轿子。在《姑妄言》中,这种现象非常普遍,第 2 回中说到南京某些医生"因那一等富的,他家中有几贯钱财,每日雇上三四个轿夫,扛上一顶油衣红顶小轿,不论晴,大街小巷,抬了乱跑"。同回还有一个情节:

> 忽一日,黄氏侄儿骑了头驴子如飞而来,说道:"母亲偶然得了暴病,叫我来接姑妈妈,快家见一见。"黄氏道:"你快码头上叫乘轿子来。"他忙忙了。及至叫了轿来时,驴子已不知何往,找竹思宽也不见。③

第 12 回提及南京灯市习俗时,也有乘轿出行的体现:"有那一种

---

① (清) 华阳散人《鸳鸯针》,春风文艺出版社 1985 年版,第 19 页。
② (明) 顾起元《客座赘语》卷 5,中华书局 1987 年版,第 170 页。
③ (清) 曹去晶《姑妄言》,中国文联出版社 1999 年版,第 70 页。

中等人家内眷,又看灯并热闹,要租灯楼,又无此力量,只得雇了轿抬着看灯。"①第15回鲍信之之妻含香去贾家,往返都是雇轿子。第19回,向惟仁送女儿去宦家,"叫两顶轿子来,他母女二人坐着,嘱两个儿子看家,他跟着同到宦家来"②。第20回,屈氏去宦家表示感谢,同样是雇轿子。也正因为市民需求较大,南京城内的轿夫非常多,并且形成了所谓"码头",《姑妄言》第12回通过轿夫杨大对南京轿夫群体的情况有所表现:

且说南京的轿夫论码头,一个码头上有十二名轿夫。一条街上一个码头,单做这一条街上的生意。他们在县中册上有名当差,他这十二名算有名正身。县册无名,在码头上做生意者,谓之散班。月月帮贴些须与他,正身应当官差。南京城中共有八百个码头,这是历来旧例。③

照此来看,南京城内八百个码头就有近万名轿夫,如果再加上那些没有在衙门注册的"散班"轿夫的话,南京轿夫数量可能会更多。清人甘熙《白下琐言》也曾提到过这种"马头":"肩舆负担,各分地界,谓之马头。畏强凌弱,遇有婚丧之事,恣意婪索。中户人家,坐受其累,莫可谁何。"④本是服务业从业者的轿夫对顾客如此蛮横,从侧面反映了当时南京城内乘轿的重要性,唯其不可替代,从业者方敢"恣意婪索"。

清代小说中,乘轿的情形也很常见,《儒林外史》第29回,季恬逸"三个同步了一会,一齐回寓,却迎着一乘轿子,两担行李,三个人跟着进寺里来。那轿揭开帘子,轿里坐着一个戴方巾的少年,诸葛天申依稀有些认得"⑤。第30回,杜慎卿去神乐观,也是坐轿出行。第33回,杜少卿携妻游清凉山,"当下叫了几乘轿子,约姚奶奶做陪客,两

---

① (清)曹去晶《姑妄言》,中国文联出版社1999年版,第622页。
② 同上书,第948页。
③ 同上书,第618页。
④ (清)甘熙《白下琐言》卷2,南京出版社2017年版,第27页。
⑤ (清)吴敬梓著,李汉秋辑校《儒林外史汇校汇评》,上海古籍出版社2014年版,第360页。

三个家人婆娘都坐了轿子跟着"①。

　　至于明清两代南京城中轿子盛行的原因,一方面与从明代开始的官员乘轿之风对社会的影响有关,另一方面则与现实需求有关,相比起骡马等牲畜而言,乘轿在舒适性与私密性上更佳。而且南方蓄养牲畜不如北方普遍,对人力的需求就相应增多了。

　　在轿子之外,船是另一种在南京城中非常流行的交通工具。南船北马是对南北方交通最为直接而又形象的概括。对于南京这种城内外水系发达的城市来讲,水运交通是非常便利的。在明代小说中,常出现外省人乘船到南京的情节,如《警世通言》卷22,"那瓜州到南京只隔十来里江面。宋金另唤了一只渡船,将箱笼只拣重的抬下七个,把一个箱子送与舟中众人以践其言。众人自去开箱分用。不在话下。宋金渡到龙江关口,寻了店主人家住下"②。《欢喜冤家》第23回,王国卿由苏州到南京纳监,是乘船到水西门。《双剑雪》第2卷中,江西米商吴元理到南京贩米,粮船也是停在水西门外河下。龙江关与水西门是南京重要的水路码头,外省人乘船到南京多在这里下船进城。《品花宝鉴》第55回,杜琴言随屈道翁赴任,也是"在龙江关泊下"。

　　在清代小说中,南京城内乘船活动的内容逐渐增多。而南京城内水路交通在日常出行的功能之外,还兼具娱乐休闲性质。秦淮河是南京城内一条重要的水道,它横贯南京城区,西入长江,人们习惯上把从东水关到西水关一段称为内秦淮,而内秦淮流经南京城南最繁华富庶的地区,是南京的城市地标。秦淮河既是南京城内最为热闹的景观河,也是日常交通的重要水道,小说中南京城内乘船活动多与此有关。

　　清代小说中,南京城内乘船出行有日常出行与节令游船两种不同的目的。日常出行如《儒林外史》第34回,迟衡山引杜少卿去拜会庄绍光:"当下两人坐了一只凉篷船,到了北门桥,上了岸,见一所朝

---

① (清)吴敬梓著,李汉秋辑校《儒林外史汇校汇评》,上海古籍出版社2014年版,第410页。
② (明)冯梦龙《警世通言》,人民文学出版社1956年版,第319页。

南的门面房子,迟衡山道:'这便是他家了。'"①杜少卿在南京租住利涉桥河房,房后即是秦淮河,而庄绍光家所在的北门桥,两地之间有水道连接,所以迟、杜二人雇船前往。又如《风月鉴》第4回,嫣娘在考试后去秦淮河散心:

> 河里的小船亦不一样,或是小字栏杆,或是十三女儿栏杆,又挂着各色玻璃灯毯。嫣娘想着:"我何不叫只小船,上去坐着逛逛。"正好来了一只小船,嫣娘叫了近沿,上了船,一路逛去。秦淮河里的船,原没有男人撑船的,这只船也是两个二十内外的美人撑着。②

《南朝金粉录》第7回,李亦仙在一枝园请客,赵鼎芮、吉庆和也是雇船同去:

> 到了十五午后,他两人就换了两件衣服,带着小芸,往一枝园去。走到桃叶渡口,小芸就雇了一只小板船,二人乘船而去。原来这一枝园在秦淮河对过,若由利涉桥去,就要绕些路了,故此在河这边人要往一枝园,皆是雇船就近。③

节令性游船是指在特定的时节雇船游览的活动。《姑妄言》第2回描绘了端午时南京市民雇船游览秦淮河的场景,铁化一家女眷也雇船参与其中。当日河上几乎满是游船,其中绝大多数都是雇船游览,即便是像铁化这样的商人家,也并不自备游船,可以设想当时南京城内以此为生的船户应当不少。

《绘芳录》第3回,祝伯青等人在清明节邀二珠游湖,二珠家住秦淮河桃叶渡口,由水路去莫愁湖非常方便:

---

① (清)吴敬梓著,李汉秋辑校《儒林外史汇校汇评》,上海古籍出版社2014年版,第426页。
② (清)吴贻先《风月鉴》,《古本小说集成》影印本,上海古籍出版社1994年版,第69—70页。
③ (清)牛骚了《南朝金粉录》,中央民族学院出版社1994年版,第47—48页。

只见连儿进来道:"船已看定一只,凉篷子,离此一箭多路,泊在码头上。"……二珠随后带了四名小婢,到了河边下轿,见伯青三人站在船头等候,早有水手搭起扶篙,缓缓走过跳板,同进舱中坐下。水手摇开船头,奔西水关来。众人见河中游船往来甚众,皆是篷窗大开,男女杂坐,急管繁弦,甚为热闹。①

从南京城内水道来看,秦淮河贯穿的城南既是南京最繁华富庶的地区,又是城内主要的居民区,搭乘船只出行既便利又快捷。而通过城内水道又可以与城北乃至城外的某些区域相连,使乘船成为南京城市交通服务不可或缺的一部分。通过小说中的相关内容可以发现,不论是日常出行还是节令娱乐,乘船在南京市民生活中都具有重要的作用。而且荡舟于秦淮河上,这种雅致、安逸的生活情调渗透进了南京人的灵魂,使得这种水路交通在满足人们出行需要的同时又具备了雅化生活的属性。

(三) 多样化的南京住宿业

在明清小说中,南京城市内提供住宿的场所主要有客店、僧房与河房三大类:客店较为普通,面向最广大的顾客群体;僧房较为安静,受到举子的喜爱;而河房环境优雅,在文人与官僚群体中更受欢迎,相比起嘈杂的客店,他们更愿意租住河房。

明代小说中,南京客店在人物行动中时有出现,但描写往往较为简略。如《警世通言》卷17,马德称到南京打秋风,小说只是写其由通济门入城,到饭店中住了一夜。在《弁而钗》中的《情烈纪》第1回,文韵全由杭州避祸来到南京,小说写其"在淮清桥张家饭店内一住半载,又不晓得做生意,只拿着本书读。看看盘费尽,衣物当完,店中要饭钱"②。张家饭店位于淮清桥,这里是古青溪与秦淮河汇流之处,属于城南繁华地区。

清代小说《姑妄言》第19回,宦萼在一家客店门口遇到了客店主人向鲍德讨要饭钱,其中涉及南京客店经营价格等方面的内容:

---

① (清)西泠野樵《绘芳录》,吉林文史出版社1988年版,第15—16页。
② (明)醉西湖心月主人《弁而钗》,延边出版社1999年版,第93页。

听得那大汉道:"俺这样的男子汉,是少你的饭钱的么?等俺的亲戚来,自然一齐开发你。"那店主陪着笑,道:"怎么敢说爷上少饭钱?但小店本钱短少,供应不来,求爷多少给些,以便预备爷的酒饭。"那大汉道:"俺身边若有银子,何用你说?实在难为你,我岂不知道。但俺此时在客边,何处去设法?"……(宦萼)向店主道:"鲍爷差你多少饭钱?"店主道:"额定三钱银,到今日正四十天,共该纹银十二两。令小人如何搁得住,所以才大胆开口向鲍爷说。"宦萼道:"我从不曾听见南京的店钱三钱一日,你不许欺生。"店主道:"小人开着店,怎么敢欺生?别人每日只五分银子,鲍爷一日用肉五斤、酒十壶,这两样就是二钱五分,一日还得二斤米饭,油盐小菜青菜豆腐之类,算起来小人还是白伺候,一文还不得落哩。"①

《娱目醒心编》卷9,康友仁所住的饭店同样位于淮清桥。《五美缘》第28回,魏临川到南京买绸缎,住在水西门钱家客店。晚清小说中,还有一些客栈出现在状元境,如《梼杌萃编》第2回,贾端甫中举以后,"周敬修预备了盘川,叫他女婿贾端甫约了他那新科同年达友仁号怡轩,一同动身到芦经港搭了船,不多一会功夫就到了江阴。上岸到学台衙门去填了亲供,玩了两日,又同上轮船到南京去拜老师。刻朱卷打托势,住在状元境一家客栈里头"②。《冷眼观》中的王小雅到南京,住在城内的集贤客栈,这家集贤客栈也位于状元境。撤任调省的宝应知县杜法孟也住在这家客栈内,其出行跟班七八个人,轿子可以停在客栈院内,寓所内可以摆酒请客,可见这家客栈面积宽阔,客房空间也较大。

与明清小说中出现的北京客店相同,南京的客店同样多分布在如水西门、淮清桥、状元境等商业繁华的街道,体现了商业区对服务业分布的影响。

在客店之外,比较具有南京特色且在小说中出现较多的一个住宿业场所是寺庙。南京自古就有"南朝四百八十寺"的说法,明清两

---

① (清)曹去晶《姑妄言》,中国文联出版社1999年版,第929页。
② (清)诞叟《梼杌萃编》,天津古籍出版社2006年版,第22页。

代南京城内寺庙数量更多,仅《(万历)应天府志》中记录的南京寺庙就有六十余座,其中还不乏大报恩寺与承恩寺在内的城内大寺庙。在明清小说中,到南京纳监或者参加科考的人最喜欢租住僧房,如《欢喜冤家》第23回,到南京纳监的王国卿"在承恩寺里租了一间僧房住下。山门首贴一张红纸,上写着'浙江王寓本寺西房,知梦花生来竟进'"①。《鸳鸯针》里的丁协公在南京也住在承恩寺,因为某个假冒生员打秋风的事情,南京的江西道御史知会南京大小寺院不得容留过客:

> 这御史道:"这新举人是个世家,又有吏部大老作靠山,擅自拿放,他决不肯干休。此事不惟丧体面,且有碍官箴。我且想个法儿,预先杜绝他才好。"须臾想道:有了。立时叫书房写了几张告示,飞风发到各寺院,如有停留抽丰过客的,僧俗每人三百斤枷,枷号三个月。又写了告示稿,知会了吏部。那侍郎官儿做到恁田地,要持重仰望的。见得事从他起,两衙门口角可畏,也自写了一张禁止游客的告示,粘在本衙门口不题。②

由这一情节看来,明代南京寺庙出租房屋是非常普遍的现象。南京这样一座在明清两代与科举有着重要联系的城市,当大量考生涌入城市,相对宁静的僧房比客店更为合适,僧人也乐意通过出租多余的房屋增加收入。

清代小说《儒林外史》第28回,季恬逸、诸葛佑等人为选书找住处,萧金铉就说:"要僻地方,只有南门外报恩寺里好,又不吵闹,房子又宽,房钱又不十分贵。"③而老退居里的和尚非常势利,在房价上丝毫不肯让步,必要每月3两租金。最后三人在一个僧官家找了一处僧房住,每月房钱2两。在《儒林外史》中,南京寺庙僧人世俗化很严重,不但如施御史这样的官吏常借寺庙场地摆酒,就是和尚做了僧官

---

① (明)西湖渔隐主人《欢喜冤家》,北京师范大学出版社1992年版,第375页。
② (清)华阳散人《鸳鸯针》,春风文艺出版社1985年版,第21—22页。
③ (清)吴敬梓著,李汉秋辑校《儒林外史汇校汇评》,上海古籍出版社2014年版,第352页。

也要摆酒宴请名流。在对待僧房出租上,有不少和尚把这视作增加收入的"方便法门",也常常面对租客表现出势利的一面。

提起秦淮河两岸的河房,这恐怕是南京住宿业中最为精致也是最贵的一类了。南京的河房临秦淮河而建,两岸分布着贡院与勾栏等场所,其景色之优美与声色之冶艳,都属于南京城内的翘楚。河房本身建筑华丽,《板桥杂记》谓其"两岸河房,雕栏画槛,绮窗丝障,十里珠帘"①。深受文人、官僚与富商的青睐,即便房价较高,也要在此僦居。

《醉醒石》第1回,姚一祥到南京纳监,"遂同二仆到秦淮河桃叶渡口,寻了一所河房住下。南京下处,河房最贵,亦最精。西首便是贡院,对河便是衕子。故此风流忼爽之士,情愿多出银子租他"②。明人张岱在《陶庵梦忆》中所说"秦淮河河房,便寓、便交游、便淫冶,房值甚贵而寓之者无虚日"③,反映的正是这种情形。

在《儒林外史》中,租住河房的情形更多,第25回,向知府公馆在贡院门口张家河房,第33回,杜少卿也是租住了河房,其中写道:"这年是乡试年,河房最贵,这房子每月要八两银子的租钱。"④第42回,汤家公子到南京考试,"管家尤胡子接着,把行李搬到钓鱼巷住下。大爷、二爷走进了门,转过二层厅后,一个旁门进去,却是三间倒坐的河厅,收拾的倒也清爽。两人坐定,看见河对面一带河房,也有朱红的栏杆,也有绿油的窗栏,也有斑竹的帘子,里面都下着各处的秀才,在那里哼哼唧唧的念文章"⑤。可见租住秦淮河河房在当日考生群体中的普遍。晚清小说《九尾龟》第180回,章秋谷去南京乡试,"到了南京,免不得合了几个同伴租了一处文德桥下的河房,三间两进,甚是宽敞"⑥,晚清考生们对河房的喜爱依旧。

从客店、寺庙再到秦淮河河房,南京的城市住宿服务业表现出自

---

① (清)余怀《板桥杂记》,上海古籍出版社2000年版,第10页。
② (清)东鲁古狂生《醉醒石》,上海古籍出版社1992年版,第2页。
③ (明)张岱《陶庵梦忆》,上海古籍出版社1982年版,第30页。
④ (清)吴敬梓著,李汉秋辑校《儒林外史汇校汇评》,上海古籍出版社2014年版,第408页。
⑤ 同上书,第521页。
⑥ (清)张春帆《九尾龟》,齐鲁书社1993年版,第704页。

己的特色,针对不同的顾客主体呈现了一定的分化。客店最为大众,能为各个阶层接受,寺庙较为安静且相对廉价,是考生与文人的选择,而河房兼具建筑美、景色佳、娱乐便捷等属性,既受到文人的青睐,在官僚与富商中间也较为流行,是最具南京特色的住宿服务场所。

第四章　市井浮世绘：明清小说中的双城市民生活

　　以中国古代城市的发展来看，政治、军事与经济等方面的因素对城市定位、布局、发展等层面起着重要的制约作用。但一座城市的灵魂并不会表现在政治地位、商业格局这些浅显的层面，就城市性格、城市文化等隐性层面的生成来看，城市市民的精神面貌及其生活方式才是塑造城市性格、彰显城市文化的主要因素。当然，无法否定的是，城市市民的精神面貌与其生活方式，又与城市自身在政治、经济、文化等方面的地位有着密不可分的联系，后者往往是奠定前者的基础。

　　一座城市最鲜活的场面来自其日常生活，一座城市最复杂、多样但又最令人着迷的是生活在这座城市的市民。市井百态与市民生活构成了明清两代北京与南京这两座大都会日常生活的主要形态，而明清小说则以一种文学的方式对双城市民生活予以关注，以此对城市性格与城市文化进行生动的展示。

第一节　平民立场与北京市民生活

一、傲慢的城市生活者：北京市民的城市傲态

　　"城市傲态"是指城市市民在心理上某种骄傲的态度，是城乡差别在心理层面的体现。美国学者牟复礼虽然强调中国古代城乡是连

续一体的,但是也认为在明清时期,确实有一些态度与特点,是与城市联系在一起的:

> 对旧中国的城里人说来,十分明显,他们能够享受更丰富多彩、更富于刺激性的生活;能够了解更多的远地物产;在他购置与使用的物件中,能够赏识较高的工艺水平;能够享有更多的消遣;同时在城里也比在乡间能够与帝国政府的行政权力机构有更直接的接触。①

这种城市傲态体现为一种城市优越感:"明清以来随着所谓资本主义萌芽的出现和市民文化的繁荣,城市无论在规模和数量上都有所发展,城市地位有所提高,市民渐有凌驾乡民之上的趋势。"②对于城市市民来讲,其在经济、政治、文化等方面所享受到的事物,确实比一般乡村更为丰富,心理上自然会产生某种优越感。同时,要注意到这种差距不仅是反映在城市与乡村之间,不同行政区位的城市之间也存在着差距。从县城到府城,从府城到省城,再从省城到都城,这种行政上的层级划分相应地也影响到了文化与物质等层面,越是高一层级的城市,越有可能享有充沛的物资供应、繁荣的商业市场、发达的娱乐休闲消费等。依照这种城市层级来看,都城无疑是最发达的城市,那么都城的市民在心理态度上也无疑是最骄傲的群体。北京作为明清两代的都城,时间长达数百年,在明清小说中出现的北京市民,确有一些人体现出这种城市傲态。他们是傲慢的城市生活者,对待外省人常常表现出某种强硬心理,有时又表现为对外省人的嘲弄与轻视,似乎北京市民对外来人口并不是那么友善。此外,北京市民的这种骄傲的心理有时又体现为一种争强好胜的性格特质,发展到一定程度就表现为一种浮夸的言语呈现。

---

① [美]牟复礼《元末明初时期南京的变迁》,见[美]施坚雅主编,叶光庭等译《中华帝国晚期的城市》,中华书局2002年版,第118页。
② 卢汉超《美国的中国城市史研究》,载《清华大学学报》(哲学社会科学版)2008年第1期。

（一）骄傲的资本

在讨论骄傲的北京市民之前，有必要分析一下北京市民在心理上感到优越的资本是什么？这一问题要从政治、经济等不同方面来看。从政治角度来看，明清两代的北京作为帝国的政治中心，帝王宫阙在此，国家中枢在此，没有哪一个城市的居民可以像北京这样如此贴近国家的权力中心。当外省人走在这座城市的街道上，往往会被宫阙的壮丽与街道的宽阔所折服。明代小说《警世通言》第24卷，王景隆看到东华门内紫禁城"瑞气腾腾，红光闪闪"，也不禁发出"果然富贵无过于帝王"的叹息。《贪欣误》第4回，彭素芳与张福初到北京，在壮丽的五凤楼前同样产生了"实在壮观"的感叹。《梼杌闲评》第7回也写到，在侯一娘的眼里，北京是"玉京天府"，"比别府大不相同"。在明代小说中，这些外省人来到京城，无一不被北京的帝王都会气势所折服，在心理上自然形成了一种低姿态。对于北京市民而言，身处帝辇之下，见惯了帝王出行等大场面，心理上的优越感是自然而然产生的。不仅是外省平民在京城会产生心理上的低姿态，外省官员或官员子弟同样如此。《泣红亭》第2回，璞玉随父贲侯进京，在他眼中的京城是"居民眉清目秀，衣冠齐楚，真是物华天宝，人杰地灵"，京城人情风俗与别处明显不同。《官场现形记》中的贾大少进京跑门路，处处模仿京城官场上的气派与讲究，从侧面反映了京城官场的体面与排场在外省官员心理上造成的压力，这种体面与排场正是京城社会上的某种心理优越感在官场上的体现而已。无独有偶，《负曝闲谈》中的周劲斋，虽捐官到道台，还做过出使外国的随员，但"北京却没有到过，一举一动，都存一点小心，怕人说他怯，笑他不开眼"。

从外省人的角度看，不论是平民还是官员，他们在进入京城时都感受到了京城社会中弥漫的心理优越感。对于京城市民来讲，他们当然有资格表现出这种心理优越感，因为在这个帝国政治中心城市中，某些看似平常的北京市民却有可能手眼通天。这种京城市井"藏龙卧虎"的印象，在小说中有两种表现：第一，小说中外省人在北京市井中接触的一些人可能出身不凡。例如小说《鸳鸯针》第2卷中，时大来在北京的房主高进之"世系北京指挥，其兄遭土木之变，该进之应袭。那兵部怎肯轻易把人个袭职,要索几百几千方肯奏名"①。清代啸花轩刊本《人中画》第2篇《自作孽》中,年老的黄舆以优贡入国子监,但在吏部考选时遇到阻力:"一个贡生候考,就像大海中一粒芝麻,那里数得他着? 上下有人用事,还有些捞摸,若上下无人,莫说等他头白,便老死京中也无人管。"②其后黄舆无意间在某寺庙遇到当朝元老王相公,在他的帮助下解决了问题,而庙里的王相公不过是一个衣着平常,好谈些乡风民俗的老者。第二,小说中的北京市民可能非官非吏,但其背后有很深的势力。如清代小说《世无匹》中,干白虹的北京房主是京城中的钻天光棍侯叔子,他不但帮助陈与权纳监,还有门路直通司礼监太监,使陈与权顺利中举。到了晚清小说中,北京城中那些官场掮客,更是身份千差万别却都来历不小,每个人背后的门路都不可小觑。从政治的角度来看,北京市民确实是具备产生心理优越感的基础的。

从经济角度来看,北京市民心理优越感的产生,与北京繁荣的商业市场与充足的物资供应也有一定的关系。相比其他城市的居民来说,身处商业贸易中心的北京,其市民能够购买到的物品更为丰富。明代小说《型世言》第5回针对北京市民着装的风气写道:

> 不知京里风俗,只爱新,不惜钱。比如冬天做就一身崭新绸缎衣服,到夏天典了,又去做纱罗的。到冬不去取赎,又做新的,故此常是一身新。③

这种对待服饰"只爱新不惜钱"的态度,恰好反映了北京城内纺织物供应的充足,唯有如此才能满足市民庞大的需求。《二刻拍案惊奇》卷3,白氏害起急心疼,其女桂娘焦急万分,从京中来的权翰林想到:"此病惟有前门棋盘街定神丹一服立效,恰好拜匣中带得在此。我且以子侄之礼,入堂问病,就把这药送他一丸。医好了他,也是一个讨好的机会。"白氏面对女儿送上的药丸说道:"我儿,这'定神丹'

---

① (清)华阳散人《鸳鸯针》,春风文艺出版社1985年版,第100页。
② 路工、谭天合编《古本平话小说集》,人民文学出版社1984年版,第285页。
③ (明)陆人龙《型世言》,齐鲁书社1995年版,第42页。

只有京中前门街上有得卖,此处那讨?这分明是你孝心所感,神仙所赐。快拿来我吃!"①作为白氏救命药的"定神丹",只有京中前门街上有售卖,白氏是北京人所以了解这种药,而权翰林在北京做官所以出京带着这种药,它既治了白氏的病,也为权翰林的姻缘助推了一把,这是北京特产药品起到的功效。清代小说《醒世姻缘传》中,城隍庙庙市数次出现,它是以售卖各种新奇物品出名的市集,面对各种稀奇的商品,晁大舍忍不住发出这样的感慨:"真是不到两京虚了眼!怎么人世间有这们希奇物件!"从商品市场上货物的丰富程度来看,北京市民享受到了其他地区居民很难享受到的便利,这也是其心理上优越感产生的资本。

总之,政治上靠近国家权力中心与经济上对物质需求的极大满足,凸显了北京作为明清两代都会在城市生活上的独特地位,这也是北京市民心理优越感产生的基础。

(二) 不太友善的北京市民

源于北京市民自身心理上的优越感,明清小说中的北京人在行为上对外省人往往并不友善。明代小说《警世阴阳梦》第2回,魏忠贤与朋友进京的途中,在客栈与何内相的家人因为唱曲发生争执,作者写何旺"本京人惯要藐视外路人的",由此"就大发作起来,摩拳擦掌,寻闹厮打"②,这种"本京人惯要藐视外路人"的情况,正是明代北京市民心理的反映。

在清代小说中,情况依然如此。《闪电窗》第4回,福建举子钱鹤举在京考试期间娶花二姐为妾,花二姐心中却把丈夫视作"怪声怪气的蛮子"。婚后双方感情不和,花二姐的母亲对女儿的态度是:"你再陪他几时,若果然心上不情愿,寻个事故,弄他出门,任凭你拣个好后生嫁他罢了。"③在民风较为彪悍的北京,像花家这种小门小户的人家也打心底瞧不起外省人,认为可以随便打发掉。由于花二姐不断向钱鹤举索要钱物,双方之间的矛盾也不断激化,钱鹤举想要退亲,花

---

① (明)凌濛初《二刻拍案惊奇》,上海古籍出版社1985年版,第59页。
② (明)长安道人国清《警世阴阳梦》,春风文艺出版社1985年版,第7页。
③ 苗深等校点《明清稀见小说丛刊》,齐鲁书社1996年版,第217页。

母大怒:"若要退亲,送咱一千两买命钱,不然叫他们都是死哩!"①便去巡城御史处出首告状,状告钱鹤举三人与李通政沾亲,是来打通关节买进士的,惹出一场大乱。我们看到,花二姐与其母都有一种泼辣而蛮狠的性格,这当中可能有出身南方的作者对北方人的偏见,但不能否认的是花家母女的这种态度也源于其心理上的优越感,处处轻视钱鹤举这样的福建举人,动辄以蛮子相称,以死相逼,其猖狂程度可见一斑。

《八段锦》第 5 段的故事与此类似,南方商人陈鲁生在京娶邬大姑为妾,"鲁生被此淫情所迷,于是把卖货的银两,都交她收管。那大姑陆续私积,一二年间,也偷了一二百金在身。那鲁生渐渐消乏起来。……邬大姑一门,原是吃惯用惯的,如何受得清淡?便不时寻闹起来。"②当鲁生财力紧张,身体状况堪忧的时候,邬大姑与其妹却在商量如何"了结"鲁生:

> 听得邬二姑道:"我瞧姐夫囊中之物,也不多了,又且病体恹恹,料没有久富之日。姐姐你贪他甚的?不如照旧规,送他上香。你年纪尚小,再寻一个富贵的,可不有半世的受用!"大姑道:"你言虽有理,但怎么下得这手?"二姑道:"姐姐差矣!我北边女人,顾什么恩义!趁早结果了他还有好处。再若执迷,被人看破,便没下梢了。"③

《闪电窗》、《八段锦》中的北京女性,被作者塑造成无恩无义的典型,对她们所嫁的南方男性,她们内心是轻视乃至有利用的成分。当这些人没有利用价值了,就想方设法赶走甚至是害死,在她们看来,这些外省人在北京没有任何地域上的优势。虽然作者塑造的这些女性有一定的地域偏见,但在这些女性身上还是体现了明显的心理优越感,她们所作所为的背后正是这种心理因素在作祟。

---

① 苗深等校点《明清稀见小说丛刊》,齐鲁书社 1996 年版,第 221 页。
② (清)醒世居士《八段锦》,《古本小说集成》影印本,上海古籍出版社 1994 年版,第 87—88 页。
③ 同上书,第 88—89 页。

《品花宝鉴》第 3 回,初入北京的魏聘才在戏园看戏,遇到了一个卖玉器的本地老头,被对方纠缠许久:

> 那卖玉器的本是个老奸巨猾,知是南边人初进京的光景,便索性放起刁来道:"我卖了四十多年的玉器,走了几十个戏园子,从没有见还了价,重说不要的。老爷那里不多使二两银,别这么着。"靠紧了聘才,把壶儿捏着。聘才没奈何,只得直说道:"今日实在没有带银子,明日带了银子来取你的罢。"那卖玉器的那里肯信道:"老爷没有银子,就使票子。"聘才道:"连票子也没有。"卖玉器的道:"我跟老爷府上去领。"聘才道:"我住得远。"卖玉器的只当不听见,仍捏着壶儿紧靠着聘才。那时台上换了二簧戏,一个小旦才出场,尚未开口,就有一个人喊起好来,于是楼上楼下,几十个人同声一喊,倒像救火似的。聘才吓了一跳,身子一动,碰了那卖玉器的手,只听得扑托一响,把个松香烟壶,砸了好几块。聘才吃了一惊,发怔起来,那卖玉器的倒不慌不忙慢慢的将碎壶儿捡起,搁在聘才身边道:"这位爷闹脾气,整的不要要碎的。如今索性拉交情,整的是六两银,碎的算六吊大钱,十二吊京钱。"聘才便生起气来道:"你这人好不讲理,方才说二两,怎么如今又要六两,你不是讹我么?"旁边那些听戏的,都替聘才不平。①

戏园里的本地人都了解老头的这种把戏,所以没有人去主动招惹他。魏聘才初入京城不了解情况,而老头也正是看准了魏聘才是"南边人初进京的光景",才有了讹诈的举动。帮魏聘才解围的富三提到本地人多认为"南方人老实",容易成为被京城人欺负的对象。老头把外省人当作欺骗的对象,似乎是因为外省人好欺负,但其心理上仍然是把人生地不熟的外省人看作没见过世面的人,可以任凭自己欺凌。

这种情况不是孤立的,《永庆升平前传》第 6 回,孙起广讲述了发

---

① (清)陈森《品花宝鉴》,齐鲁书社 1993 年版,第 22—23 页。

生在自己表弟身上的一件事：

> 表弟王三,去岁春天从家中来找我,未能见面,投在南横街瓦匠白德。此人是个秃子,专讹外省新来之人。王三去岁没找着我,就在白瓦匠那里去做小工活,一去时节没有活做,住了二十余天才上工,只做了一年多的活,也没使着几吊钱。白德说他是我的表弟,找着我这里了,他二人一算帐,他倒说我表弟还欠他五十吊钱,硬行讹诈,将王三送在我这里要钱。①

　　这种专讹外省人的举动,在小说中较为常见。《负曝闲谈》第23回,提笼架鸟的小桐在马路上看到一个"戴夹纱帽子玳瑁眼镜的老头子,一步一步踱将过来",便认作是"糟豆腐",故意和对方撞到一起,飞跑了百灵鸟,要老头赔偿。"糟豆腐"是北京人对外省人的一种轻蔑的称呼,小桐正是认准对方的这种身份来进行讹诈。该书第8回,初到北京的周劲斋先是被车夫在车钱上敲竹杠,在逛崇效寺的时候又被三个混混当面笑称作"糟豆腐"。可见,在部分北京市民眼中,外省人就是这种形象。

　　有时候,北京人对外省人的不友善又体现为一种戏弄,如前引《永庆升平前传》第5回,一天一夜没吃饭的马成龙被一个少年开玩笑的事情。少年不过是看马成龙是外省人,故意和他开玩笑,而单纯的马成龙却信以为真。少年的这种行为,多少体现了北京人性格中好开玩笑的一面,他们觉得外省人"发怯",没见过世面,所以瞧不起外省人。

　　应该指出的是,在明清小说中,尽管一部分北京市民对外省人不太友善,但仍有不少北京人大气明理,宽厚热情。《醒世姻缘传》中的童氏,待人接物大方得体,不失体面。《鸳鸯针》中的行伍世家高进之,家贫而气节不移,与时大来结成莫逆之交,助时大来考取进士。《世无匹》中的侯叔子,虽被人称作"飞天光棍",但有感于干白虹之义气,自己也倾心相助而不计回报,这些都是值得肯定的北京市民。

---

① （清）郭广瑞《永庆升平前传》,宝文堂书店1988年版,第30页。

(三)争强好胜的性格特质

北京市民的这种心理优越感针对外省人体现为轻视对方,乃至讹诈、勒索财物,而这种心理优越感同样存在于北京市民之间,它表现为争强好胜的性格特质,甚至是一种语言上的浮夸呈现。这种性格特质在旗人身上表现得尤为明显,满洲八旗在清王朝建立过程中立下了汗马功劳,旗人也因此享受到了超国民待遇,拿着国家拨给的"铁杆庄稼"。因为这一层民族出身的关系,北京城中的旗人实际上比汉人更为讲究体面,日常生活中的某些行为充分彰显了其性格中争强好胜的一面。以《负曝闲谈》为例,第24回出现的木鲁额中堂的大少爷春和,"北京城里算是数一数二的阔少",偏爱收藏鼻烟壶,"有不同样的磁鼻烟壶三百六十个,一天换一个,人家瞧着,无不纳罕"。一个杠房头也深谙此道,自认为有一个独一无二的鼻烟壶,在茶馆对着众人说:"咱这壶无论什么人,他都不配有!你们别瞧木府那么阔,他们的壶那么多,要找得出一个跟这同样的,我把这个砸碎他!"①当这番话传入春和的耳中,引起了这样的反应:

> 春大少爷听了,这一气非同小可,心中暗想:"这小子如此可恶,必得盖他一下子!"叫人把装烟壶的匣子搬下来,自己细细的检着。检了一天,果然没有这件东西,心里纳闷道:"这回输给这小子了!"谁想他兄弟成二爷成贵,看见他哥哥面上有点不自在,便问他哥哥为了什么事。春大少爷如此长短,告诉了他一遍。成二爷道:"七十九,八十三,歪毛儿,淘气儿。这个壶不能没有!"②

春和的行为带有明显的贵公子纨绔习气,但在略显荒唐的行为背后,却是旗人争强好胜的性格特质在作祟。一个鼻烟壶本身并不值钱,但对于春和这样的旗人官宦子弟来讲,这种"玩"的趣味甚至比生活本身还要严肃,更何况杠头的话带有明显的挑衅意味,所以春和

---

① (清)蘧园《负曝闲谈》,江西人民出版社1988年版,第130页。
② 同上。

和兄弟都把"这个壶不能没有"看作头等的大事。小说中旗人安逸享乐、玩物丧志的生活态度与争强好胜的心理糅合在一起,演出了这么一场"斗鼻烟壶"的闹剧。

对于家势显赫的旗人来说,他们有资本与底气支撑起自己生活的体面,满足自己心理上的争强好胜。对于那些没落的旗人子弟来讲,现实生活的困窘限制了他们的行动,但他们并没有因为经济条件不佳就丢掉了自己的面子,而是在现实重压之下依靠浮夸的言语呈现来满足心理需求。《负曝闲谈》第 24 回出现的老桐,是个"家里穷的淌尿"的旗人,即便如此"他还要满口大话,架弄他的身分"。某天晚上,隔壁的邻居听到老桐与家里的丫头对话,这一夜间老桐不断指挥丫头挂帐子、垫枕头、铺被窝、穿皮袍靴子,早上还要套车去王府里接自己的太太,更让邻居惊讶的是:

> 旋即听见老不要脸桐穿衣裳窸窸窣窣的声音,打火的声音,吹着了煤纸抽潮烟的声音。又听得叫道:"来啊!你把枕头放到台阶底下去!把被窝安到门框儿上边去!"丫头答应了,忙乱了一会。老不要脸桐又道:"你再瞧瞧,帐子还有没有?皮袍还有没有?"丫头道:"帐子烧完了,皮袍喝完了,靴子打烂了。"①

邻居打听之后才知道,所谓的帐子是蚊烟,枕头是捡来的砖头,被窝是门板,靴子是酒坛子,皮袍子是酒,老桐就这样成了邻居们闲谈中的笑柄。在别人看来成为笑话的一系列举动,老桐本人做起来却一板一眼。归根到底,落魄的老桐在心理上仍然需要保持过去旗人鼎盛时的体面,但只能通过夸张而又惹人发笑的语言来实现了。在该书第 23 回,还有老桐在茶馆中的一个情节,更能体现旗人那种浮夸的言语:

> 有天,老桐到大栅栏一座茶铺里去喝茶,拣了一张桌子坐下。叫伙计泡一壶开水来,在腰里掏了半天,掏出几片叶子来,

---

① (清)蘧园《负曝闲谈》,江西人民出版社 1988 年版,第 128 页。

让它浮在水面。伙计说:"你老,怕这茶不浓吧?"他说:"你真没有见过世面!这是真正武彝叶子,一片要换一两多银子呢。我喝过了,还要把它捞起来,用丝绵揩干了带回去,还好请十几回客呢。"旁边人瞧了瞧,看见就是寻常喝的香片,便问他道:"这位朋友,你这茶是真正武彝叶子,何以见得呢?"他把茶壶一掀,道:"迟了,迟了!你要早问我,我就把稀稀罕儿给你看看,现在可不成了!"旁边人问:"怎样的稀稀罕呢?"他道:"这叶刚下壶,把壶盖儿一盖。闷了一刻钟时候,把盖一掀,就飞起一朵云来,云头还现出一只大仙鹤。"旁边人听他捣鬼,便嘻开嘴笑了笑,走过去了。等到喝完了一壶开水,他站起身来要走,伙计说:"你老走了,一文开水钱现给了罢。"他说:"好糊涂小子!你大爷这叶子,就值个十多两银子。你把它捞出来,将来碰着了行家,还可以卖好价钱哩!"伙计说:"你老,我不愿意发这个财,你把一文钱给了我罢。"他说:"你大爷身上带惯银子、票子,谁还带一文钱呢!记在帐上,明儿给你就是了。"说罢,扬长而去。①

在茶馆这个小公共空间里,旁人都明白老桐的鬼把戏,可是老桐自己表演起来非常认真。那种吹嘘与显摆,那种维持旗人体面的努力,都是老桐心理优越感的外化体现,并且通过浮夸的言语来完成这一过程。

总之,北京在明清两代政治地位与城市经济的突出,造就了北京市民心理上的某种傲态,一部分市民在心理上轻视外省人,行动上也对外省人表现出不友善的态度。在清代,这种心理傲态在旗人身上表现尤为明显,特别是某些落魄旗人,为了维系自己的身份,只能通过夸张的言语来彰显自己的身份,但又因此而成为被人嘲讽的对象。就我们所讨论的对象而言,这种城市傲态较为典型的反映在北京市民当中,而南京市民则较少。究其原因,北京作为两朝帝都,延续时间较长,浓郁的官派文化在市民心理中根深蒂固,因此市民在心理上的优越感较为突出。反观南京,明代国都北迁以后作为留都,其优越

---

① (清)蘧园《负曝闲谈》,江西人民出版社1988年版,第123—124页。

的自然环境与繁华的城市景象催生了闲适、安逸的城市文化,所以,相比北京而言,南京城市文化更为包容与开放。

二、观察北京市井文化的三个窗口:戏园、饭馆与茶馆

想要了解北京市井文化,离不开对市民生活的观照,在清代小说中,就市民城市生活的公共空间而言,戏园、饭馆与茶馆三种场所无疑具有举足轻重的作用。它们是清代北京市民娱乐文化、休闲文化乃至社交文化的代表,这些公共空间中演绎的市井百态,为我们了解北京市井文化打开了一扇窗口。

(一)戏园:清代北京娱乐文化的代表

戏园是中国古代剧场发展到清代的产物,从宋代勾栏出现开始,中国古代剧场历尽演变,最终以戏园的形式固定了其演剧的职能。以明清两代来看,发挥戏园功能的场所经历了从酒楼到茶园的变化,并最终形成茶园戏园这种固定的戏园场所。北京是明清两代中国戏曲演出与创作的中心之一,特别是被誉为国粹的京剧就是在北京诞生的。可以说,北京戏园是北京市民娱乐文化的代表与集中体现,又是中国戏曲由古代向近代演变与革新的见证者,地位非常重要。

明清两代的北京戏园经历了从酒楼演剧到茶园演剧的变迁,茶园剧场逐渐取代酒楼剧场约在乾隆时期。按照当时人的理解,凡看戏而不设酒宴的就叫作茶园或茶楼,张际亮《金台残泪记》云:"听歌而已,无肆筵也,则曰'茶园'。"①《梦华琐簿》则说:"今戏园俱有茶点,无酒馔,故曰'茶楼'。"②在清代小说中开始出现戏园大致也是在乾隆时期,因此小说中的戏园多是茶园,如《歧路灯》第10回写宋云岫请谭孝移与娄潜斋看戏的同乐楼就是茶园剧场:

> 将车马交与管园的,云岫引着二公,上的楼来。一张大桌,三个座头,仆厮站在旁边。桌面上各色点心俱备,瓜子儿一堆。

---

① 张次溪《清代燕都梨园史料》,中国戏剧出版社1988年版,第248页。
② 同上书,第349页。

手擎茶杯,俯首下看,正在当场,秋毫无碍。①

此后直至晚清的小说中,北京的戏园都是茶园或茶楼性质的剧场,如《品花宝鉴》中数次提及戏园中观众入座,便有看座的"送上茶壶、香火"。《永庆升平前传》第 7 回的戏园便叫作"广庆茶园",康熙入座之后,"秃子拿了一个茶壶与茶碗,放在桌上"。

从戏园分布来看,小说中的戏园多分布在外城。这与清廷的政策有关,由于内城主要为八旗居住,所以清廷屡次申明严禁在内城开设戏园,延煦编《台规》卷 25 载:"康熙十年又议准,京师内城不许开设戏馆,永行禁止。"②小说中的戏园多集中在前门外,如《儿女英雄传》第 32 回,个空和尚请邓九公看戏是在"前门西里一个胡同儿里头",《永庆升平前传》第 7 回提及前门大街各路墙上贴满大黄报子,也即戏园的广告,从侧面证明戏园多在前门附近。

清代的戏园多为封闭式大厅,大厅的一头建有戏台,大厅中间为空场,周围三面或四面墙壁都建有二层楼廊,包世臣《都剧赋序》云:"其地度中建台,台前平地为池,对台为厅,三面皆环以楼。"③描写的就是清代戏园的一般建筑情况。戏园座位按照区域的不同可以划分为三类:楼上官座为一等,它靠近戏台,观看效果较好,类似包厢。官座是官商喜欢的座位,《梦华琐簿》载:"楼上最近戏台者,左右各以屏风隔为三四间,曰官座,豪客所集也。"④在小说中也不难发现,官座往往需要提前预订,《歧路灯》第 10 回,宋云岫说:"我亲自进同乐楼拣的官座占定。"《儿女英雄传》第 32 回:"那不空和尚这秃孽障,这些事全在行,进去定要占下场门儿的两间官座儿楼。一问,说都有人占下了。"楼上的官座按照对应上下场门的不同分为上场门官座与下场门官座,其中后者更为抢手,《都剧赋序》说:"下场门尤贵重,大率佻达少年前期所预定。"⑤之所以如此贵重是因为演员"以其搴帘将入时便

---

① (清)李绿园《歧路灯》,齐鲁书社 1998 年版,第 64 页。
② 故宫博物院编《钦定台规二种》(第 2 册),海南出版社 2000 年版,第 363—364 页。
③ 转引自廖奔《中国古代剧场史》,中州古籍出版社 1997 年版,第 92 页。
④ 张次溪《清代燕都梨园史料》,中国戏剧出版社 1988 年版,第 353 页。
⑤ 转引自廖奔《中国古代剧场史》,中州古籍出版社 1997 年版,第 93 页。

于掬心卖眼"①。楼下散座为二等座,设在楼下两边的楼廊内,《梦华琐簿》载:"楼下周回设长案,观者比肩环坐,曰散座。其后亦设高座,倚墙矫足,可以俯视。"②散座相较楼上官座略便宜一些。池心座位又名池座,是三等座,这里的顾客多为平民百姓,《都剧赋序》说:"坐池内者,多市井儇侩,楼上人谑之下井。"③

戏园的座位,除官座需要提前预订外,其他座位多是临时进场选座,顾客由看座的领进茶园选择空位。《负曝闲谈》第8回写:"子蛰要官座,官座已经没有了,不得已而求其次,看座的回说没有了。子蛰发怒,混帐王八蛋的大骂了一顿。那看座的受了他的发作,颠倒让出两个座子来。"④因为观戏人多,座位有限,戏园里还会发生争座的情况,在《小额》中,小额的儿子在广德楼听戏,就因为争座打人被巡城御史逮捕。

就戏园的环境来讲,茶园之所以取代酒楼成为主要的戏曲演出场所,就是因为茶园不像酒楼嘈杂,对观剧效果影响较小。实际上茶园戏园环境也很一般,不但通风不好,而且观众叫好声嘈杂无比,还有售卖食物的小贩来回穿梭,《负曝闲谈》第8回写戏园里"嚷卖冰糖葫芦的、瓜子儿的,川流不息"。

戏园演出一般会提前确定剧目,用红色或黄色的报条贴在戏园门口或街道上。《梦华琐簿》中记载:"《都门竹枝词》云:'某日某园演某班,红黄条子贴通衢。'今日大书,榜通衢,名'报条'。曰:'某月、日,某部在某园演某戏。'尚仍其旧俗。"⑤《永庆升平前传》第7回,康熙走到前门大街,"见各路墙上贴大黄报子,上写'广庆茶园今日准演,特请豫亲王弟子班,准演《夺锦标》'"⑥,这是贴在街道上的戏班报条。《品花宝鉴》第3回,魏聘才去看戏,"不多路就到了戏园地方。这条街共有五个园子,一路车马挤满,甚是难走。遍看联锦班的报

---

① 张次溪《清代燕都梨园史料》,中国戏剧出版社1988年版,第353页。
② 同上。
③ 转引自廖奔《中国古代剧场史》,中州古籍出版社1997年版,第94页。
④ (清)蘧园《负曝闲谈》,江西人民出版社1988年版,第45页。
⑤ 张次溪《清代燕都梨园史料》,中国戏剧出版社1988年版,第349页。
⑥ (清)郭广瑞《永庆升平前传》,宝文堂书店1988年版,第38页。

子,今日没有戏,遇着传差,聘才心上不乐,只得再找别的班子"①。《负曝闲谈》第8回,贾子蜇请周劲斋看戏,"午饭后同车而出,到了一个很窄很窄胡同里面,门口花花绿绿,贴着许多报条,门上有块匾,叫同庆园"②,这是贴在戏园门口的报条。有时,戏园门口还会陈设一些道具作为招揽顾客或是配合当日演出主题的举措,如《品花宝鉴》第8回写李元茂去看戏,"元茂见那戏园门口,摆着些五花云彩,又有老虎,又有些花架子,花花绿绿的"③,说的就是这种情况。

在对北京戏园有所了解的基础上,我们再来探讨戏园以及戏园文化在北京市井文化中的意义和地位。首先,戏园及其所代表的戏园文化是清代北京娱乐文化的代表。作为国都,清代的北京在戏曲发展史上地位非凡,宫廷戏曲演出代表着上层社会的戏曲消费,而数量庞大的市民阶层也存在着同样的娱乐需求。正是在这种基础上,戏园完成了从酒楼向茶园的演变,并在剧场建筑、演出、经营等方面形成了一定的规制,使中国剧场发展走向了近代化。清代的北京,大大小小的戏园颇多,《品花宝鉴》里写到一条窄街上就有5个戏园子,这种繁荣的演出场所,正是清代北京市民热衷观剧的最直接体现。清代小说不止一次提到京师戏曲演出与演员素养在全国首屈一指,《品花宝鉴》里的魏聘才认为"京师的戏是甲于天下的",《负曝闲谈》里周劲斋"久闻京师的戏子甲于天下",《九尾狐》中来自上海的胡宝玉在北京看戏,虽然认为北京的戏曲演出是"行头平常,殊难动目",但也承认"音律胜于春申"。这些外省人对北京戏曲演出的直观印象,足以反映北京戏曲文化之声名远播。对于北京市民而言,上至皇帝宗室,下至平民百姓,对戏曲之着迷与热衷同样非同一般。在清代小说如《品花宝鉴》《绘芳录》《负曝闲谈》中不难发现,官员团拜、过寿等活动中演堂会戏非常普遍。虽然清廷严禁官员去戏园看戏,但其实屡禁不止,官员去戏园看戏也很常见。对于市井平民而言,去戏园看戏是他们最普通也是经常性的一种娱乐活动。《京华艳史》第1回中写道:"酒子、戏园、窑子,北京叫做三套头,所有达官贵人、王孙

---

① (清)陈森《品花宝鉴》,齐鲁书社1993年版,第20页。
② (清)蘧园《负曝闲谈》,江西人民出版社1988年版,第45页。
③ (清)陈森《品花宝鉴》,齐鲁书社1993年版,第63页。

公子、时髦新党、洋大人二毛子、一切军民人等都以此等套头为乐。"①就是对戏园在北京市民娱乐生活中的重要性的揭示。

清代的北京戏园以建筑内部空间的阶层分化,为不同阶层的市民提供了一个公共的娱乐空间,不同阶层的市民可以在同一个屋檐下欣赏同一种艺术形式,构筑了一种独特的城市景观。在《品花宝鉴》第1回,梅子玉与朋友去戏园看戏:

> 子玉一进门,见人山人海坐满了一园,便有些懊悔,不愿进去。王恂引他从人缝里侧着身子挤到了台口,子玉见满池子坐的,没有一个好人,楼上楼下,略还有些像样的。②

池座里的多为市井平民,在梅子玉眼里"没有一个好人",而楼上以及楼下楼廊里的座位收费比池座高,多是稍有身份的人来购买这些位置,故"略还有些像样的"。第3回,魏聘才去看戏,他眼中的戏园场景同样如此,池座里多为普通人,楼上包厢雅座里以京官与豪富为主。

在男性观众之外,女性的身影也出现在了戏园里。女客最初并不允许进入戏园:"妇女欲听戏者,必探得堂会时,另搭女桌,始可一往。"③《都剧赋序》则具体指出:"堂会则右楼为女座,前垂竹帘。"④《孽海花》第30回,内务府郎中官庆的女儿五妞"常常假扮了男装上馆子、逛戏园,京师里出名的女戏迷"。家中寿诞堂会包了戏园,五妞就带了傅彩云等女眷在楼上看戏,其场面比男性观众还要热闹:

> 彩云和五妞儿还有几个内城里有体面的堂客,占了一座楼厢,一壁听着戏曲,一壁纵情谈笑,有的批评生角旦角相貌打扮的优劣,有的考究胡子青衣唱工做工的好坏,倒也议论风生,兴

---

① (清)中原浪子《京华艳史》,载《新新小说》1905年第2卷第7期,第68页。
② (清)陈森《品花宝鉴》,齐鲁书社1993年版,第9页。
③ 转引自廖奔《中国古代剧场史》,中州古籍出版社1997年版,第108页。
④ 同上书,第109页。

高采烈。看到得意时,和爷儿们一般,在怀里掏出红封,叫丫鬟们向戏台上抛掷。台上就有人打千谢赏,嘴里还喊着谢某太太或某姑娘的赏。有些得窍一点的优伶竟亲自上楼来叩谢。这班堂客居然言来语去地搭讪。彩云看了这般行径,心里暗想:我在京堂会戏虽然看得多,看旗人堂会戏却还是第一遭,不想有这般兴趣,比起巴黎、柏林的跳舞会和茶会自由快乐,也不相上下了。①

随着清廷式微,女客在堂会之外进戏园看戏的情况越来越普遍,《九尾狐》第45回就有胡宝玉进戏园的情景:

案目引领至包厢中坐下,其时刚正开台,台下各看客一见宝玉这副打扮,俱向上引领而望,连戏都不看了,只在那里谈论。宝玉一任他们观看,大有旁若无人之概。②

其次,戏园又是北京戏迷文化的集中体现,清代的北京市民好戏懂戏,戏园成为他们观戏品戏的主要场所。清代小说里的北京戏园,常常是一种坐满观众的情形,如《九尾狐》第47回中的同乐戏园"人山人海,座上皆满"。而且北京市民对戏曲演出、名角与剧场等情况非常熟悉。《儿女英雄传》里的不空和尚,"这些事全在行,进去定要占下场门儿的两间官座儿楼",这是因为下场门两座官座是与演员眼神交流的极佳位置。虽然最后不空和尚与邓九公只能坐在戏台后方的倒座儿,"要想看戏,得看脊梁"。但这里却是好"听"戏的戏迷喜欢的位置,邓九公"瞧了瞧那些听戏的,也有咂嘴儿的,也有点头儿的,还有从丹田里运着气往外叫好儿的,还有几个侧着耳朵不错眼珠儿的当一桩正经事在那里听的。看他们那样子,比那书上说的闻《诗》闻《礼》,还听得入神儿!"说的就是这种情形。《负曝闲谈》第8回也描绘了北京戏迷的形象:

---

① (清)曾朴《孽海花》,齐鲁书社1998年版,第211页。
② (清)梦花馆主江荫香《九尾狐》,百花洲文艺出版社1991年版,第393页。

一会台上唱过了四五出戏，大家嚷道："叫天儿上来了！"原来叫天儿这日唱的《空城计》。二人听过一段摇板，便有人哄然喝彩。还有闭着眼睛，气都不出的。也有咕咕囔囔在那里骂的，说："你们老爷别只管喝彩，闹得我听不着！我今天好容易当了当，才来听戏的。"①

可以这样讲，看戏是清代北京市民生活中一种主要的娱乐方式，而且对这一娱乐形式的喜爱是超阶层的，从上到下，从男到女，喜爱戏曲的风气影响了整个北京市民群体。

最后，戏园也是北京狎伶风气集中体现的场所，是狎伶文化的重要组成部分。狎伶风气是清代中期开始弥漫于整个北京社会的一种文化现象，它是北京戏曲文化向恶俗化发展的一种体现。对于名伶相公而言，虽然有相公堂子供其与顾客进行各种往来，但作为演员，他们最主要的活动空间还是在作为演出场所的戏园，他们与世俗社会最直接的交往仍是体现在演剧与观剧上。所以，戏园对于伶人而言尤为重要。

在狎伶风气的作用下，戏园又不是单纯的演出场所，它是伶人与恩客之间日常活动的平台。相公堂子因其功能使然，是一种以社交活动为主的空间，伶人在相公堂子里的身份转变为单一的服务者。而在戏园中，伶人的主要身份仍是演员，观众是被他们的表演以及扮相所吸引。捧名伶的各路"老斗"们熟悉戏园的座位设置，看戏时占据戏园最佳位置，为的是与自己相好的演员更好的交流，所以楼上的官座往往在开戏之前就被预订一空。舞台上演出以及候场的演员们看到自己熟识的观众时，会在演出之后主动上楼应承，《品花宝鉴》第3回对此有详尽描绘。在戏园这个公共演出场所里，舞台上的演出与楼上官座的演出同样有趣，坐在散座里的顾客，对于楼上发生的一切常有一种艳羡的心态。当楼上官座里伶人蜂拥而上，豪客神采飞扬时，魏聘才"已经看出了神"，正是这种羡慕心理的真实流露。

伶人的目光并非仅停留在官座上，对于楼下散座里熟识的顾客，

---

① （清）蘧园《负曝闲谈》，江西人民出版社1988年版，第46页。

有些伶人也会主动予以关照。《品花宝鉴》里的富三、魏聘才等人看戏时多就坐于楼下散座,但每次都会有相识的演员前来问安。当演出结束之后,伶人与当日观看演出的客人从戏园相伴赴饭馆宴饮。红相公众人趋之若鹜,自然不需太过主动,而黑相公为酒食之欲,需要自己主动奉承客人。对于当时流行的狎伶风气而言,追捧相公只是其中一个方面,由追捧进而演变为陪侍侑酒,伶人的身份转变又是一种必然的结果。《品花宝鉴》第8回,李元茂等人去看戏,两个黑相公认准李元茂是个没见过世面的外省人,极力奉承以图一顿酒席:

> 两个黑相公,夹着个怯老斗,把个李元茂左顾右盼,应接不暇。保珠、二喜抢装烟,抢倒茶,一个挨紧了膀子,一个挤紧了腿。李元茂得意洋洋,乐得心花大放。……只听得二喜问元茂道:"今日在什么地方?"元茂不懂,只把头点。又听得保珠问道:"今日咱们上那个馆子,我伺候你罢。"元茂支吾,说不出来。①

在狎伶风气的作用下,北京的戏园就是这样一个复杂的场所。从演出空间的角度看,戏园为真正的戏迷提供了观戏品剧的公共空间;从狎伶的角度看,对京城中那些乐意与伶人交往,动机复杂的人来说,这里也是结识伶人、追捧伶人、"消费"伶人的舞台。

(二)饭馆:饮食文化与交际文化的集中体现

对于一个商业发达、人口密集的城市而言,饭馆酒楼是最能体现城市繁华的场所。两宋汴京与临安的繁盛,离不开各式酒楼的点缀,汴京的樊楼更是北宋王朝鼎盛的见证,给后人留下无限回想。与明代相比,清代小说中出现的北京饭馆不仅数量众多,而且形式各异,且具有鲜明的层次性,而现当代北京饮食文化的基础正是由清代北京饮食文化奠定的,所以这一部分主要以清代小说中的相关内容作为探讨的对象。

在第三章,我们已经对清代小说中有关北京饭馆的基本情况进

---

① (清)陈森《品花宝鉴》,齐鲁书社1993年版,第64页。

行了梳理,这里在前面的基础上进一步从饭馆探讨北京的饮食文化。从整体上来看,北京饭馆所反映的北京饮食文化可以从三个方面展开。首先,北京饭馆所体现的饮食文化是一种层级性、差异性的饮食文化。清代的北京不仅人口众多,而且具有明显的阶层分化。作为城市服务业的一个分支,饭馆的开设与服务方面相应地也呈现了一种明显的层级性与差异性特征。这种层级性与差异性既体现在饭馆环境方面也体现在饮食服务方面。从饭馆环境来看,有些饭馆陈设雅致富丽,其潜在的顾客群体是以官员、文人为主的上层社会人士。如《孽海花》第24回的什刹海酒楼,远眺紫禁风烟,近可观什刹海水色,视野开阔,景色秀丽,远非一般市井饭馆可比。针对平民阶层顾客的饭馆,在环境上乏善可陈,甚至会让顾客产生不适,如《儿女英雄传》第32回中的青阳居,二楼用餐的客人需要忍受楼下大灶的高温。虽然饭馆菜品质量是饭馆经营最主要的因素,但用餐环境的好坏不仅影响了其经营方面的竞争力,也是顾客选择就餐饭馆的主要考量因素之一。

从饮食服务上来看,这种层级性与差异性同样存在。某些饭馆提供的菜品可以多达几十道,如《品花宝鉴》第19回,魏聘才等人去吃饭,走堂的伙计可以报出数十样菜名,可见某些饭馆菜品非常丰富。以书中第8回的春阳馆为例,李元茂等人用餐时点了十多道菜,涵盖了家禽、水产以及火腿等多种菜品,表现了一些京城饭馆的水准。以服务市井平民为主的小馆子,提供的饮食则较为简单,多为家常便饭。如《永庆升平前传》第5回的井泉馆,出售的只是大饼、面条、包子、黄窝窝之类的简单面食。此外,清代小说中出现的诸如白肉馆、羊肉馆、扁食楼之类的小饭馆,名字就代表了主营的业务。这种小饭馆的经营,就是以简单的食物、低廉的价格来吸引平民阶层的顾客的。

环境的好坏与菜品的多寡,同时也意味着消费水平的差异,环境好且菜品丰富的饭馆,消费也相对较高,针对的顾客群体主要是京城上层市民。《品花宝鉴》中在戏园里揽客的伶人,其目的就是想让熟识的客人带自己去馆子里吃饭,这些观众既有楼上的京官与富豪,也有楼下散座里如富三这样的小京官等社会中层人物。其身份与需求意味着这些人不大可能踏足白肉馆、扁食楼之类的小饭馆,他们选择的春阳馆在环境与饮食方面都属于中上。小说中的扁食楼、白肉馆等饭馆,消费的顾客多为社会中下层,如兵丁、手工业者、商贩等。清代北京饭馆的这种层级性与差异性,满足了不同群体的消费需求,形式多样的饭馆也从一个侧面表现了清代北京市井的繁荣气息。不同类型的饭馆,不同类型的顾客,共同构成了北京饮食文化的一个侧面。

其次,北京饭馆所体现的饮食文化是一种地域性与融合性交织的饮食文化。北京作为五方杂处、人口汇聚的国都,不仅跨地域人口流动非常频繁,京城常住人口数量也很庞大。饭馆作为一种服务业,为了满足不同地域人的饮食偏好,必然会在交叉与融合中有所发展,所以,北京饭馆所体现的饮食文化呈现了地域性与融合性交织的特色。一方面,某些北京饭馆具有鲜明的北方特色,如《永庆升平前传》中的井泉馆,主要针对市井平民提供服务,售卖的是大饼、面条、包子、黄窝窝之类的北方特色的面食。《南朝金粉录》中的庆升楼以水饽饽闻名,而饽饽是满族人对点心的一种称呼,在旗汉交融的背景下,京城饮食明显受到了旗人习俗的影响。扁食楼以供应饺子而得名,饺子本身就是北方人喜爱的面食。所谓白肉馆更是与满族祭祀习俗有着密不可分的关系,满人祭祀所用白猪肉未经调味,常人难以下咽,汉人将其加以调味改良后出售,加工便捷、价格低廉,在市井平民中较受欢迎。此外,羊肉也是深受北方人民喜爱的肉食,《儿女英雄传》《彭公案》等小说中出现的羊肉馆,以售卖羊肉面条或羊肉馅饼为主,同样充满了浓郁的北方特色。另一方面,北京饭馆中的菜品在具有北方地域性色彩的同时,还呈现了南北融合的特征。如《品花宝鉴》中的春阳馆,其菜品非常丰富,以鲁菜为主的同时兼具南方特色,其中就包括主要出自南方的火腿以及虾仁。晚清小说中经常出现的致美斋,就是以江浙口味闻名的京城饭馆,但是我们可以从《负曝闲谈》中的相关内容看到,像致美斋这样的江浙馆子里也有饽饽等北方面食出售。

最后,北京饭馆所体现的饮食文化又是一种"好吃"的饮食文化。在清代小说中,北京市民不仅"好吃"而且喜欢吃,在当时的北京市民生活中,下馆子与听戏是两件非常流行的事情。不仅北京市民热衷于此,就是外省人到京之后也以追逐这种风气为乐事。《品花宝鉴》中的广东富商奚十一,在京城几乎天天上馆子。《儿女英雄传》中的邓九公初次进京,不空和尚为尽地主之谊,请他听戏、下馆子。《南朝金粉录》中提到晚清在京应试的各省举子:"三场完毕,大家把文章取出来互相赏看,彼此皆称赞了一回,以后便在那里等榜,终日无事,有的去吃馆子,有的去逛窑子,还有的去听戏,种种不一。"①在这种风气的推动下,下馆子成为北京休闲娱乐的代表,它与北京市民"好吃"的生活态度是离不开的。我们在小说中不难发现,北京市民不仅热衷下馆子,更对菜品之优胜、座位之紧俏的行情非常了解。《品花宝鉴》中的伶人,混迹于京城各饭馆之间,所以这些人既"好吃"又会吃。第8回,保珠和二喜两个人拉着李元茂下馆子,二喜对当日几家饭馆营业、哪家座位紧俏了熟于胸。书中的张仲雨虽是扬州人,但久居京华,对京城饭馆了解颇深,他推荐的春阳馆不仅服务好,而且菜品上乘。该书第47回,春阳馆的老板在唐和尚的宏济寺旁边新开安吉堂饭庄,唐和尚便向来访的奚十一介绍新店菜品:

  有个厨子会做几样菜,一样烧鸭子,已是压倒通京城的了,还有一样生炒翅子,是人家做不来的。靠你能的福,这几天倒也拥挤不开,城里头有几位相好也赶出来。②

在唐和尚的口中,"已是压倒通京城的了","是人家做不来的",既透着他这个出家人对自家馆子的自信又显示出北京市民在饮食方面的极大热情。甚至在晚清小说中,京城女性都有受到这种风气的影响,《孽海花》中旗人官庆的女儿五妞不仅痴迷听戏,而且常常换了男装下馆子。

  北京市民的这种风气,不只流行于社会中上层,市井百姓对下馆子同样非常热情。《永庆升平前传》中的井泉馆、黄酒馆、二荤铺都是针对平民开设的小饭馆,贩夫走卒在其中用餐的场面明显比大饭馆更为热闹。而在《儿女英雄传》与《负曝闲谈》中都出现过宫廷侍卫商

---

① (清)牢骚子《南朝金粉录》,中央民族学院出版社1994年版,第114页。
② (清)陈森《品花宝鉴》,齐鲁书社1993年版,第385页。

量请客,议论羊肉馆饮食如何的情节。总之,清代北京饭馆的兴盛以及饭馆文化的流行,与北京市民"好吃"与"会吃"的生活态度有很大的关系。

饭馆作为北京城市服务业的重要组成部分,在体现清代北京城饮食文化之外,也是北京城市社交文化的重要载体。饭馆不仅满足北京市民对食物的喜好与讲究,它还是一个信息传播的场所,更是市民活动的一种重要公共空间。我们这里主要关注的是饭馆在北京社交文化中的地位,在清代小说中,对于不同阶层的京城市民而言,饭馆都是他们社交活动的重要场所。以官绅为例,京城官场不仅讲体面与排场,还有各种复杂的关系需要维系,作为北京官场最为常见的交际活动,官场宴请就显得尤为重要。而京城中大量的饭馆酒楼就为他们提供了一个维系情谊、进行社交的空间,清代小说中常出现官场之间宴请的场面。在《官场现形记》中,通过黄胖姑与黑八哥等官场掮客的穿插,贾大少爷以及时筱仁这些外省官员与京城官场掮客之间保持着密切的联系,各种宴请层出不穷,而且多选择在便宜坊、致美斋等京城较有名气的饭馆。在饭馆这样的交际空间中,参加宴请活动的双方各自抱着不同的目的,在黄胖姑一方,通过宴请为贾大少爷在各路掮客之间穿针引线,在贾大少爷一方,为了能在极为重视关系文化的京城打开一条门路,必须通过宴请这样的社交活动结识更多的熟悉京城官场的人。《轰天雷》第8回在描述庄仲玉等京官的生活时,也提到他们在闲暇时,"无非听戏上馆子","这是做京官的习气"。《梼杌萃编》里的贾端甫入京做官,为了在座师面前留下好印象,特意在内城居住,"免得住在城外有些亲友要拉去吃馆子、听戏,坏了声名,多了是非",这也从一个侧面反映了京城官场上宴请是非常普遍的交际活动,在这中间维系关系、请托办事是在所难免的。

晚清小说《京华艳史》第4回,曾描绘了一幅清末北京饭馆酒楼汇聚处的夜景。在作者笔下,饭馆门口的官衔灯笼几乎囊括了京城各中央衙门,这种以饭馆为核心的社交活动在官场可谓非常普遍。《清稗类钞》曾这样描绘清代京官生活:

晚近士大夫习于声色,群以酒食征逐为乐,而京师尤甚,有好事者赋诗以纪之曰:"六街如砥电灯红,彻夜轮蹄西复东。天乐听完听庆乐,惠丰吃罢吃同丰。街头尽是郎员主,谈助无非白发中。除却早衙迟画到,闲来只是逛胡同。"盖天乐、庆乐为戏园名;惠丰、同丰京馆名,而胡同又为妓馆所在地也。①

与官衔灯笼交相辉映的是相公堂子与妓馆的灯笼,这一点又反映了晚清官场宴请中"叫条子"现象的普遍,也就是在宴请中招相公或是妓女来陪酒。因此,还需指出的是,北京饭馆作为社交的公共空间,又与北京的相公文化与妓女文化形成了交集。

原本,京城饭馆侑酒的只有相公,出于妓禁以及北京妓女形象不佳等原因,京城士大夫饭馆宴请时不会招妓女侑酒,这在《官场现形记》、《九尾龟》等小说中都有所表现。在当时,与妓女相比,伶人谈吐圆融,无扭捏做作之态,深得京城士大夫之欢心。对于伶人而言,出局侑酒既是他们为世俗社会提供的一种服务方式,也在这种社交场所结识新的客人,进一步扩展自己的"业务"关系网。京城妓女出局侑酒是较晚才出现的现象,原本"京师酒馆,不能召妓侑酒,若在妓院肆筵设席即可"②。但在庚子事变之后,清政府对京城士大夫以及官员的约束能力减弱,南方妓女的北上改变了本京妓女的旧有风貌,京城饭馆中妓女出局侑酒的现象越来越多。于是,北京的饭馆在与相公文化发生交集之外,也开始成为世俗社会与妓女发生联系的一个空间。

北京以饭馆作为主要社交空间的习俗,并不局限于官绅阶层,在市井平民中也非常流行。同样是出于交际的目的,上流社会多选择档次较高的饭馆,而平民阶层则更倾向于实惠、便捷的小饭馆。例如《儿女英雄传》第32回,不空和尚请邓九公吃饭的青阳居,虽然在不空看来这里"杓口要属京都第一",邓九公也承认"口味倒也罢了",但是环境却较为一般,书中的描写也足以说明青阳居只是一间很小的饭馆。不空和尚为了招待邓九公,除了请客吃饭还请邓九公看戏,而这两项活动恰恰是京城最为普遍的娱乐活动,这种普遍性也是它们

---

① (清)徐珂编撰《清稗类钞》(第5册),中华书局1986年版,第2196页。
② 同上书,第11册,第5155页。

在社交活动中重要性的体现。类似的请客情节在小说中还有不少，《永庆升平前传》第3回，龙恩与王河龙同为宫内侍卫，王河龙新入京不久，龙恩便请对方在平则门外的羊肉馆吃饭，饭后又沿着城墙踏青散心，一幅非常典型的北京市民生活图景。羊肉馆作为一种廉价、便捷的小饭馆，在京城分布广泛，是普通市民日常生活中负担得起的一种社交场所。又如《彭公案》第3回，作者写伍氏三雄在德胜门外的羊肉馆吃饭时，遇到了下级军官陆廷魁在这里犒劳一众兵丁的情景，在京城普通市民中间，类似羊肉馆这种小饭馆确实是扮演了重要的交际作用。

总之，清代小说中的北京饭馆，一方面体现了城市自身饮食文化中的某些特征；另一方面，饭馆作为社交空间，又是北京市民各阶层宴请交际的重要场所。

(三) 茶馆：生活方式的体现与具备多元功能的公共空间

在戏园与饭馆之外，茶馆是最具京城韵味与平民色彩的一种城市公共空间。它是一个大众化的社会空间，分布在北京内外城的繁华街衢与大小角落，为不同阶层、不同身份的市民提供饮茶、休息以及娱乐的场所。同时，它又是人们融入社会，与外界沟通，实现社交功能、交换各类信息的一个舞台。通过清代相关文献来看，北京的茶馆在经营规模上也有一定差异，以服务中上层顾客为主的茶馆，往往规模较大，"每见城里头的大茶馆，动辄都用好几百间房，灶上响钩后堂都听不见"①。以清代小说中的描写来看，当时京城中的茶馆还是以中小茶馆为主，与戏园、饭馆相比，茶馆消费的"门槛"更低，茶客可以自带茶叶，只需支付一定的热水钱即可。而且茶馆不会限制顾客的消费时间，京城市民多有在茶馆消磨半日时光的情形，也就形成了所谓的"泡茶馆"。所以，它是比戏园与饭馆具有更为浓郁的市民气息、更值得关注的一个公共空间。

清代北京茶馆的繁荣离不开康乾时期经济的发展与社会稳定，更与北京特定的城市人口结构有一定关联。内城驻防的大量八旗子

① （清）待馀生《燕市积弊》，北京古籍出版社1995年版，第72页。

弟,应差当兵的只占极小一部分,朝廷又不允许他们自谋营生。对于那些整日无所事事、游手好闲的旗人来讲,茶馆就成为他们消磨时光的主要场所,这无疑促进了北京茶馆的繁荣。此外,北京城中庞大的官吏队伍、进京会试的各省举人、天南海北的客商,以及下层社会的仆役、工匠、小商小贩等在闲暇之时都需要一个可以休闲、娱乐乃至社交的场所。因此,有学者指出,闲人之城、单身男子之城、文人雅士之城的人口特征与大众化、社交化的茶文化特征奠定了北京的茶馆需求①,是清代北京茶馆数量较多的根本原因。

回归到清代小说对茶馆的呈现上,首先值得注意的是,泡茶馆在北京市民日常生活中具有重要的地位,是一种主要的日常生活方式,特别是对于市井平民而言,"北京中等以下的人最讲究上茶馆儿"②。清代竹枝词云:"击筑悲歌燕市空,争如丰乐谱人风。太平父老清闲惯,多在酒楼茶社中。"③所谓"太平父老清闲惯,多在酒楼茶社中"的说法,形象地概括了清代北京大量市井闲人的日常生活,对他们而言,泡茶馆就是日常生活最重要的环节。《永庆升平前传》第95回,张玉峰向铁掌方昆拜师学武,于是登门拜访。隔壁小烟铺老板向张玉峰勾勒了老人的日常:"那位方大爷一清早出去,在前门天全喝茶,回来吃早饭,这是近道。要是绕远弯,出齐化门外到通州喝个早茶,回家吃饭。"④

清代北京茶馆在空间分布上呈现出一定的规律,从空间上看,城门内外街道是人流较密集的地区,所以茶馆也多集中于这些区域,特别是一些大茶馆。据清人记载:

> 九门八条大街之商店,无不栉比鳞次,尤以茶社居多数,所占地势亦宽,如天汇、汇丰、广泰、长义、天全、裕顺、高明远等处,类皆宏伟壮丽,其外堂多用宽敞大院儿,所以接待负贩肩挑。⑤

---

① 方彪《北京的茶馆会馆书院学堂》,光明日报出版社2004年版,第26—28页。
② (清)待馀生《燕市积弊》,北京古籍出版社1995年版,第71页。
③ 孙殿起辑《北京风俗杂咏》,北京古籍出版社1992年版,第43页。
④ (清)郭广瑞《永庆升平前传》,宝文堂书店1988年版,第553—554页。
⑤ (清)待馀生《燕市积弊》,北京古籍出版社1995年版,第175页。

《永庆升平前传》中出现的天全就是前门外的一座茶馆,像方昆这样每日喝早茶的行为,是很多清代北京市民的日常习惯。对于大多数平民而言,茶馆的低廉消费也是吸引他们的主要原因,《二十年目睹之怪现状》第6回写到京城茶馆的消费:"京城里小茶馆泡茶,只要两个京钱,合着外省的四文。要是自己带了茶叶去呢,只要一个京钱就够了。"所以吴继之的仆人高升"天天早起,到茶馆里去泡一碗茶,坐过半天"①。

　　旗人是泡茶馆的主力军,虽然清初对旗人管理较为严格,但相比汉人,旗人生活优越且清闲,泡茶馆是他们日常生活中最主要的消闲方式。清人记载:"每月发放旗饷之后,各家(茶馆)几至无法插足,敬柜上要用五六十人,其嚣谷之大,可以概见。"②当时有诗描绘无所事事的八旗子弟泡茶馆的形象:"胡不拉儿架手头,镶鞋薄底发如油。闲来无事茶棚坐,逢着人儿唤'呀丢'。"③《儿女英雄传》的作者文康是旗人,他非常不喜欢旗人泡茶馆的习惯,认为这是旗人堕落的表现。《儿女英雄传》第36回,文康就借安如海之口对旗人子弟雇驴车、闻鼻咽、茶馆喝茶等行为表示不屑。但是旗人这种行为在当时已经非常普遍,在一些小说的描写中,即便是生活困窘的旗人,依然把上茶馆作为消遣。《二十年目睹之怪现状》第6回,高升描述了自己在茶馆遇到的一个旗人:

> 　　看见一个旗人进来泡茶,却是自己带的茶叶,打开了纸包,把茶叶尽情放在碗里。那堂上的人道:"茶叶怕少了罢?"那旗人哼了一声道:"你哪里懂得!我这个是大西洋红毛法兰西来的上好龙井茶,只要这么三四片就够了。要是多泡了几片,要闹到成年不想喝茶呢。"堂上的人,只好同他泡上了。高升听了,以为奇怪,走过去看看,他那茶碗里间,飘着三四片茶叶,就是平常吃的香片茶。那一碗泡茶的水,莫说没有红色,连黄也不曾黄一黄,

---

① (清)吴趼人《二十年目睹之怪现状》,百花洲文艺出版社1988年版,第42页。
② (清)待馀生《燕市积弊》,北京古籍出版社1995年版,第175页。
③ (清)杨米人等著,路工编选《清代北京竹枝词(十三种)》,北京古籍出版社1982年版,第20页。

竟是一碗白冷冷的开水。①

无独有偶,《负曝闲谈》第 23 回中的老桐,在茶馆里也是这幅嘴脸,把最普通茶叶说成"真正武彝叶子",一文钱的茶水钱尚且赖账。正像作者所说,老桐是"穷得淌尿,连半个大钱都没有,天天在街上说大话诓嘴吃"。部分旗人如此穷困,为何还要每日泡茶馆呢？一方面,这是他们养成的一种根深蒂固的日常习惯,即便生活困窘,也无法完全断绝；另一方面,这又与旗人好面子的性格有关,虽然家道没落了,但是表面上的体面仍然需要维持,去茶馆喝茶,在别人面前装装门面,是最简单的一种。

人们去茶馆的目的并不只是为了喝茶,老舍先生曾经说过:"茶馆是三教九流会面之所,可以多容纳各色人物。一个大茶馆就是一个小社会。"②可以说,茶馆是北京城市生活中最常见的公共空间,而且它在功能上呈现多元化的特色,与市井文化密切相关,是一种具备多元功能的公共空间。在清代小说中,北京茶馆还具备娱乐功能,这种功能不仅体现在品茶带来的愉悦上,不少茶馆以提供曲艺演出来增加收入。前面戏园部分已经提到,清代承担戏园功能的主要是茶馆,尽管清廷屡有禁令,但内外城以茶馆为基础的戏园数量并不少。在茶馆演戏之外,还有一些茶馆也具有书场的功能,例如《彭公案》第 29 回写杨香武出城：

> 杨香武出了西直门,过了高亮桥,顺着石头道,到了海甸。一见那街市之上,人烟稠密,买卖兴隆。顺着泄水湖,往南到了龙凤桥,见西边往南路西,有一座清茶馆,门首贴着黄纸报子,上写"本馆于本月初一日,准演赵太和《隋唐全传》"。杨香武一见,天有过午之时,自己也渴了,不知万岁爷现在哪里？无奈进去喝碗茶再说。自己进去,坐在一张桌几上,跑堂的拿着茶壶来,连茶叶一同给杨香武。杨香武把茶叶放在壶内,跑堂的泡了一壶开水。杨香

---

① (清) 吴趼人《二十年目睹之怪现状》,百花洲文艺出版社 1988 年版,第 42 页。
② 老舍《答复有关〈茶馆〉的几个问题》,见《老舍全集》第 17 卷,人民文学出版社 2013 年版,第 758 页。

武见那喝茶的人,全是太府宫官,只听有一太监说:"先生该开书了,天不早啦!我今日晚半天还有差使。主子今日晚膳在畅春园,有北边蒙古克勒亲王进献八骏马图,主子要传着我。昨日听了你的《临潼山救驾》,今日该说《当锏卖马》了。快说,我听几回就走。"说着掏出一个靴页来,拿出一张十吊钱的票子,给了说书的先生。那先生上了场,道了词句,开了正传,说得甚是热闹。①

所谓清茶馆,是"只卖清茶,不备佐茶食品,更不伺候茶后进餐的酒饭"②,所以一般设施较为简陋,消费低廉。兼营说书等曲艺活动,既是招揽顾客,也是增加收入之举。小说写杨香武见到茶馆门口贴有预告演出的"黄纸报子",可见清茶馆与戏园类似,也会张贴广告以吸引顾客。

在晚清小说《小额》中,也有关于茶馆书场的描写,作者写小额到通河轩听书:

第二天是四月初七,河沿儿上通河轩,是初七初八两天的随缘乐。……那天书坐儿,上的还真是不少,天才一点多钟,人已经快满啦。可是生人很少,反正是那把子书腻子占多数。内中废员也有,现任职官也有,汉财主也有,长安路的也有,内府的老爷们也有。……原来小额每天听书,老是靠着西北那张儿桌儿。跑堂的李四,笑嘻嘻的说道:"额老爷您怎么老没来呀?"小额说:"竟有事吗?"李四说:"我知道您今天准来,您瞧茶壶都给您涮得了这儿搁着呢。"小额微然的一笑,说:"你倒会算。"这档儿童儿拿出茶叶来,交过跑堂儿的,给小额又把水烟袋灌上水。李四又拿盅儿倒过碗漱口水来,又打了盆脸水。童儿拿出手巾来,拧了两把,小额擦完了脸,漱了漱口,站起来又到各桌儿上让了让。……那个老者说:"啊,这两天我倒是见天来,昨儿个是哈辅元的末天吗(哈辅元是个说评书的,能说《济公传》和《永庆升平》)。过了这两天随缘乐,还是双谭坪过来,要说评书里头,真

---

① (清)贪梦道人《彭公案》,华夏出版社1995年版,第75页。
② 方彪《北京的茶馆会馆书院学堂》,光明日报出版社2004年版,第44页。

得数的着人家。"……说着走到台头啦一瞧,两边柱子上都挂着一个牌子,上头贴着黄纸的报子,是"本轩四月初七八日两天,特约子弟随缘乐、消遣、风流焰口、五圣朝天、别调咤曲、别田乱箭"。左边儿,另飞了一个签子,是"外定双子";右边写着是"每位茶票七百文"。……他俩捣乱的功夫,双子早上场啦(双子是给随缘乐引场的,外带弹弦子),唱了一个咤曲儿,又说了一个笑话儿,这当儿随缘乐可就上了场啦。①

在作者描绘的茶馆书场中,以小额为代表的旗人明显是茶馆里听书的主流,此外,还有不少官员以及汉人,这些人中不乏天天来听书的熟客。通河轩不仅会不断变换说书艺人以保持新鲜感,而且起广告作用的报子在茶馆书场内部也有张贴。每日的演出并不限于说书,而是有多种艺术相互配合,有所谓弹弦唱曲的"引场"艺人。通过这些描写我们可以发现,部分北京茶馆的曲艺表演已经越来越专业化,形成了以说书为主连带其他曲艺形式的表演模式。

其次,茶馆作为公共空间,顾客身份复杂,京城市民不仅在这里喝茶消闲,更以此为媒介交流各种信息,所以茶馆也起着信息交互和社交功能。在《负曝闲谈》第24回有如此情节:一个每日在前门外清风居茶馆喝茶的杠房头,非常喜欢收藏鼻烟壶,常常在茶馆向众茶客吹嘘自己的收藏。有一次他说到自己收藏的某只鼻烟壶胜过中堂公子春和的藏品,而春和是京城酷爱收藏鼻烟壶的阔少,很快"便有耳报神把这话传给春大少爷听"。我们应当注意到,杠房头与中堂公子,身份差异极大,两人之间并没有什么交集,而杠房头在茶馆里的话很快就传到了春和的耳朵里,这正是茶馆信息交互功能的体现。此外,在北京市民的日常生活中,茶馆因为地处街市通衢,茶客多街里街坊,也成为市民之间处理日常事务乃至纠纷的场所。如《永庆升平前传》第6回,马成龙为了找白德交涉某事,特意假装是找活做的小工,白德便要他到茶馆里商量。另外,《负曝闲谈》第23回,小桐在大街上讹人,躺在地面不肯起来:

---

① 松友梅《小额》,见中山大学中文系编《中国近代文学研究》第1辑,广东人民出版社1983年版,第297—299页。

便有个做好人的,走过来把小桐架起来了,说:"你们二位有什么话到茶铺子里去讲,别躺在地下,回来给车压死了,倒要连累街坊吃人命官司哩!"一面说,一面把两人簇拥到一家茶铺子里。①

最后,茶馆在京城市民日常生活中的重要性体现在它兼具饮食功能。由于京城市民在茶馆消磨时光,会停留比较长的时间,所以某些茶馆会在茶余给顾客提供饮食服务。当然,限于经营场地等因素的影响,茶馆仅供应一些简单的食物,这种类型的茶馆多被称为"二荤铺","所以名之为二荤铺是店家备有各种烹饪佐料,是为'一荤';客人自带酒肉交灶上加工又算一荤,其名曰'炒来菜儿'"②。作为一种特殊的经营方式,二荤铺性质的茶馆在下层平民中颇受欢迎,因为它提供的家常便饭不仅加工便捷而且价格低廉,对于那些喜欢在茶馆消磨时光的人来说,这无疑为他们的生活带来了极大的便利。在《永庆升平前传》中,北京城中带二荤铺功能的茶馆在小说中屡次出现。第6回,白德常去的茶馆就属于二荤铺,所以才出现白德让马成龙在茶馆里吃饭的情节。第95回还写到琉璃厂东门新开一家福兴轩茶馆,"带二荤铺卖家常便饭",张玉峰在门口遇到了南霸天宋四讹诈店家,索要"保护费"的一幕。虽然这类茶馆提供的只是简单的酒菜和主食,不能与专业饭馆相提并论,但在市井社会中受众极为广泛。《永庆升平前传》中的孙起广数年内在北京城开了十几个二荤铺,可见这种小茶馆在市井生活中的普及程度。作为一个汇聚了各阶层人物的公共空间,北京城的茶馆里正像清代小说所描绘的那样,每天都在上演着这座城市中最为鲜活与热闹的场面,它充分体现了北京城文化多元共生的融合性。

三、清代小说中的北京旗人生活图景

在清代北京市井文化中,京城旗人是一个比较特殊的群体。从清王朝定鼎北京伊始,内外城旗汉分置的强制行政决策就使旗人在

---

① (清)蘧园《负曝闲谈》,江西人民出版社1988年版,第125页。
② 方彪《北京的茶馆会馆书院学堂》,光明日报出版社2004年版,第38页。

北京市民群体中成为非常独特的一支,旧时北京有句俗语,叫作"不分满汉,但问旗民",突出的就是清代北京市民构成上旗人与民人的基本分野。由于八旗子弟在清王朝建立过程中立下汗马功劳,又是王朝稳固的基石,承担着保卫政权的责任,所以清代统治者视旗人为"国家根本所系"。旗人在政治地位、经济来源、生活方式等方面与民人存在诸多差异,成为清代北京市井中一个特殊的群体。

就旗人与北京市井文化的关系来看,可以这样讲,由于旗人在北京城市生活中的独特地位,清代北京市井文化,乃至我们今天所认知的北京市民文化,都受到了旗人生活的深刻影响。从语言方面看,满语对清代以至近代的北京话影响深远,这种影响包括了从词汇到语法以及表达方式等诸多方面,今天活跃在北京人口中的俏皮、悦耳的北京话离不开满语的浇灌;从生活方式看,旗人拥有来自朝廷的经济保障,又不允许自谋职业,长期闲散的旗人大爷那种提笼架鸟式样的玩闹生活以及泡茶馆听戏或是听书的日常消闲,对北京城内汉族居民的生活产生了同化作用,形成了一股席卷整个北京城的风气,清代茶馆与戏园的兴盛也离不开旗人的推动。

有论者指出:"封建帝都时期的北京文化包含宫廷、缙绅与庶民三种文化,它们分属于不同阶级或阶层,又受时代、自然和人文环境的制约,是构成京味文化的基本因素。"[1]而北京城中的旗人,特别是中下层旗人本身就是庶民之一员,他们的生活与情感是造就北京庶民文化的源头之一。庶民是市井生活的主角,在被冠之以早期京味小说的代表《儿女英雄传》、《小额》与《春阿氏》中,呈现了纷繁复杂的旗人众生相,对清代中后期旗人生活有详尽展示,是清代小说彰显北京市井情味的杰出之作。正如研究者所说:"北京人的生活艺术最为京味小说注重的,是其世俗品味。较之同时代别的作者,更尊重市井里巷生活的凡庸性质,更能与凡庸小民的人生态度、价值情感认同。"[2]在这些涉及北京旗人生活的小说中,旗人家庭日常生活、礼俗事项、没落的旗人形象等内容都有所体现,构筑了一幅较为完整的清

---

[1] 李淑兰《试析构成京味文化的三种因素》,载《首都师范大学学报》(社会科学版)1998年第6期。
[2] 赵园《北京:城与人》,上海人民出版社1991年版,第124页。

代北京旗人生活图景。

（一）旗人家庭生活中的旗礼与旗俗

从三部代表性的早期京味小说《儿女英雄传》、《小额》与《春阿氏》来看，其主题虽各有差异，但都涉及旗人家庭生活的某些方面，《小额》之《序》曰：

> 松君友梅，编辑此书，乃数年前小额之实事也。其中头绪之纷繁，人情之冷暖，语言之问答，应酬之款式，家庭之常态，世事之虚浮，俾观者闭目一思，如身临其境，闻其声而见其人。写声绘影之妙，于斯备矣。①

虽然作序者特意嘱咐读者："倘以旗人家政而目之，恐负良匠之苦心也。"但《小额》中描写的伊老者一家正是下层旗人家庭生活的一个缩影，那种温馨与朴实的家庭氛围，代表了北京市井平民家庭的典型。

这三部京味小说为读者呈现了不同类型的旗人家庭，《儿女英雄传》中安家属于正黄旗汉军世家，在旗人中属于中上层。安家祖上"也曾跟着太汗老佛爷征过高丽，平过察哈尔，仗着汗马功劳上头挣了一个世职。进关以后，累代相传，京官、外任都作过"。到了安学海这一代，"世职袭次完结"，虽然没有了世职，但祖上遗留的家业依然很大，小说写道：

> 他家的旧宅子本在后门东步量桥的地方，原是祖上蒙恩赏的赐第，内外也有百十间房子。自从安老爷的老太爷手里，因晚年好静，更兼家里人口稀少，住不了许多房间，又不肯轻弃祖业，倒把房子让给远房几家族人来住，留了两户家人随同看守，为的是房子既不空落，那些穷苦本家人等也得省些房租，他自家却搬

---

① 杨曼青《小额序》，见中山大学中文系编《中国近代文学研究》第1辑，广东人民出版社1983年版，第297—299页。

到坟园上去居住。①

安家坟园所在的双凤村则是安家当初的圈地所在,在安学海的时代,安家每年地租收入是二百几十两,由于安学海不事生产又不懂农事,只靠庄头去管理佃户,所以其中有不少土地被隐匿甚至被庄头、佃户盗卖或据为己有。安学海曾对何玉凤说起自家圈地面积极广:

> 这项地原是我家祖上从龙进关的时候占的一块老圈地,当日大的狠呢!……这方圆一片大地方,当日都是我家的。自从到我手里,便凭庄头年终交这几两租银。听说当年再多二十余倍还不止。大概从占过来的时候便有隐瞒下的,失迷掉的,甚至从前家人庄头的诡弊,暗中盗典的都有。②

尽管作者不止一次在书中表现安家经济困乏、危机隐现的情况,但比起一般旗人家庭而言,安家生活仍较为安逸。安家一大家人住在北京西郊的庄院,房屋众多,还蓄养了众多家奴,从家势上来看,安家代表了北京中层旗人家庭。

与《儿女英雄传》中的安家不同,《小额》与《春阿氏》更多的聚焦了那种身居胡同四合院里的旗人平民家庭,具有更为明显的市井色彩。《小额》中的伊拉罕在旗里当领催,小说写伊家"家里很够过的,当着这个承办领催的差使,为的是操练身子,人家原不指着这个"③,可见伊家家庭收入尚可,还雇佣了一个老妈子。伊家八口人住在一所小四合院里:

> 伊老者住的是个四合房儿:伊老者带着善全、善合,住上房的东间儿;伊太太带着姑娘住上房的西间儿;大爷大奶奶住东厢

---

① (清)文康《儿女英雄传》,齐鲁书社1990年版,第13页。
② 同上书,第749页。
③ 松友梅《小额》,见中山大学中文系编《中国近代文学研究》第1辑,广东人民出版社1983年版,第276页。

房;西厢房是厨房;南屋里没人住,白天,大奶奶跟姑娘,在那屋里作活。老王是在厨房里住。①

《小额》中的伊家是非常典型的北京旗人市民家庭,从居住环境到家庭成员之间的关系,都充满浓郁的北京市井生活气息。

《春阿氏》同样以描写旗人平民家庭为主。阿氏嫁进的文家住在菊儿胡同,文光同样做着领催,这是三代同堂的大家庭。全家人居住的小小四合院布置的非常雅致,第 1 回写普二在文家"站在窗外,望着院子花草,红石榴花开似火,玉簪等花含苞未放,只有洋杜鹃花儿当着毒日之下开得很有趣"②。与这种花草满院的环境相比,家庭成员之间却关系非常紧张,阿氏不仅与丈夫感情不和,更受到婆婆的无端指责,身为男主人的文光在其中难以调和婆媳之间的矛盾,为后来的凶案埋下隐患。

这三部小说将视角深入到北京旗人家庭生活的内部,对旗人日常生活进行展示,又富有浓郁的市井情味,堪称旗人生活的"百科全书"。松颐在《春阿氏·后记》中写道:"作者的笔触还深入到旗人家庭生活里去。因此,有很多旗人日常生活、风俗习惯、婚丧嫁娶、规矩行礼种种描述。这对于我们研究清末的社会生活,深入了解民俗风情,无疑也是一部绝好的材料。"③《天咫偶闻》载:"八旗旧家,礼法最重。"④对各种礼数的讲究,是旗人生活中极具特点的一个方面,我们不妨从家庭礼仪等方面作为切入点,来了解旗人的家庭生活。

按照旗人礼数,见面需请安,男人与女人请安的方式不同,男人主要是打千与磕头,女人是蹲礼或摸头把儿礼。在《小额》中,善全去衙门接伊老者回家,进了衙门,善全给一众相识请了一路安,这是写向外人请安。而家人之间请安更是日常所不能免,《儿女英雄传》第 1 回,安学海进城考试,"公子也来请安问候",考毕回庄园,"太太、公子接着,问好请安"。其他各回中,家人给主人请安,安骥给父母请安的

---

① 松友梅《小额》,见中山大学中文系编《中国近代文学研究》第 1 辑,广东人民出版社 1983 年版,第 286 页。
② 冷佛《春阿氏》,吉林文史出版社 1987 年版,第 7 页。
③ 同上书,第 324 页。
④ (清)震钧《天咫偶闻》卷 11,北京古籍出版社 1982 年版,第 209 页。

场景还多次出现。作者在书中还特意写出旗人与汉人之间礼仪的差别,如第 12 回,安太太见到张金凤与其母都是拉拉手,也就是旗人中通行的拉手礼,汉人张金凤却是向婆婆"道了两个万福"。张金凤之父见了亲家"作了一个揖",而"安太太不会行汉礼,只得手摸头把儿,以旗礼答之",行的是摸头把儿礼。又如第 22 回,舅太太初见何玉凤,何玉凤道了万福,舅太太特意强调自己"可不会拜拜呀,咱们拉拉手儿吧",行的仍是旗人的拉手礼。在《小额》中,家人之间请安也很常见,如伊太太回家,儿媳就忙着请安。在《春阿氏》中更是如此,第 2 回阿氏出门前"与瑞氏、范氏并文光等挨次请安"。

在日常请安等礼节之外,婚丧嫁娶是旗人家庭中更为重要的礼俗活动。《春阿氏》第 10 回,聂玉吉父母相继离世,所有事务俱由德大舅安排,聂玉吉表示愿将父亲遗产全作发丧之用,力求把丧礼办的风光一些,就与旗人好讲究、好面子的风气有关。聂家本不富裕,但旗人讲究婚丧大事要热闹,不然就显得礼数不周,被人笑话,所以玉吉一定要办风光的丧礼。《草珠一串》载:"丧事时兴作细棚,灵前无物不求精。与其易也宁哀戚,说尽千年以后情。"①说的就是旗人办丧事讲究排场的情况。具体到丧礼的细节方面,也体现了鲜明的旗人特色,如聂之先死后家里人忙着给他换衣服,停在板凳上,然后去找床。《清稗类钞》载:"八旗人死,停尸于正屋之木架,曰太平床,不在炕。所衣必棉,其数或七或九,盖凶事尚单,故皆用单数也。"②由于聂之先丧事仓促,只能先停在板凳上再去准备太平床,这是典型的旗人丧礼环节。

《儿女英雄传》第 21 回,众人吊唁何玉凤之母,小说写道:

祭完,只见安太太恭恭敬敬把中间供的那攒盘撤下来,又向碗里拨了一撮饭,浇了一匙汤,要了双筷子,便自己端到玉凤姑娘跟前,蹲身下去,让他吃些。不想姑娘不吃羊肉,只是摇头。安太太道:"大姑娘,这是老太太的克食,多少总得领一点。"说

---

① (清)杨米人等著,路工编选《清代北京竹枝词(十三种)》,北京古籍出版社 1982 年版,第 53 页。
② (清)徐珂编撰《清稗类钞》(第 8 册),中华书局 1986 年版,第 3549 页。

着,便夹了一片肉,几个饭粒儿,送在姑娘嘴里。姑娘也只得嚼着咽了,咽只管咽了,却不知这是怎么个规矩。当下不但姑娘不懂,连邓九公经老了世事的,也以为创见。不知这却是八旗吊祭的一个老风气,那时候还行这个礼。到了如今,不但见不着,听也听不着,竟算得个"史阙文"了。①

所谓"克食",郝懿行《证俗文》载:"上恩颁赐谓之克什。《言鲭》:'上赐饼饵皆称为克食。'不知满洲以恩泽为克什,凡颁赐之物出自上恩者皆谓之克什,即赐饭一桌及衣服、果品皆然,不独饼饵为克食也。"②克食原指御赐之物,《儿女英雄传》中的说法则可证明父母所赐对于子女而言也可以称为克食,这也是旗人丧礼的一个环节。何玉凤虽是汉军旗人,但对这种习俗也不了解,作者指出这是"八旗吊祭的一个老风气",可见到了嘉道时期,很多旗人对一些旧俗已不甚了解了。

围绕阿氏与春英的婚礼,《春阿氏》第13、14回描写了旗人家庭的婚俗。先是合八字帖,然后放小定、放大定,通信过礼。第13回写道:"只见一抬一抬的往院里抬彩礼……这里亲友女眷按着雁行排列,由街门直至上房,左右分为两翼,按次接见新亲,从着满洲旧风,皆以握手为礼。"③《北平风俗类征》引《民社北平指南》云:

前一日,女家请男宾四人、六人或八人送妆,男家亦请人迎妆。物以抬数计,中等之家,大半为二十四抬、三十二抬、四十八抬,富者则自数十抬至百余抬不等,贫者则十六抬、十二抬,再次则仅备女子常用之物若干,雇扛肩人送去,不上抬。④

从中也不难看出旗人在婚礼仪式上的铺张程度。至于握手为礼,是旗人的日常礼节,《清稗类钞》云:"满人相见,以曲躬为礼。别

---

① (清)文康《儿女英雄传》,齐鲁书社1990年版,第420页。
② (清)郝懿行《证俗文》,《中国风土志丛刊》,广陵书社2003年版,第811页。
③ 冷佛《春阿氏》,吉林文史出版社1987年版,第212页。
④ 李家瑞《北平风俗类征》,商务印书馆1937年版,第123页。

久相见,则相抱。后以抱不雅驯,执手而已。年长则垂手引之,少则仰手以迎,平等则立掌平执。"①

第13回还写道:"德氏把嫁女的事情忙个不了,今日买箱笼,明日买脂粉,每日催促三蝶儿做些鞋袜衣服,预备填箱陪送。"②这里面也涉及旗人的习俗,《燕市积弊》载:"满礼是男家糊好了屋子就得,一切陈设,桌椅板凳,直到炕席、毡条等,都归娘家这头儿陪送。"③所以德氏预备嫁女要准备许多东西,旗人婚礼中女方的嫁妆要比汉人婚礼更为复杂,这也是具有旗人特色的环节。

第14回写阿氏出嫁以后:"这里德大舅母、丽格等临别哭了一回,又商议单九、双九、十二天亲友瞧看的事情。……到了一个月后,三蝶儿回来住家,各处亲友皆来瞧看。"④《北平风俗类征》引《民社北平指南》载回门之后,"此后九日,十二日,十八日,女家必馈食物于女,谓之作'单九'、'双九'、'十二天'。娶后一月,始归母家,一月始返(间亦有不住一月者),曰'住对月',此后每于年节,接女归宁"⑤,这些规矩同样具有浓郁的旗人特色。

在这些小说中,还有不少旗人日常生活中的习俗以细节的方式呈现出来。如《儿女英雄传》第31回,作者特意写了随缘儿媳妇走路的姿态是"扬着个脸儿、拔着个胸脯儿、挺着个腰板儿走","两只三寸半的木头底儿咯噔咯噔走了个飞快",与"那汉装的探雁脖儿、摆柳腰儿、低眼皮儿、瞅脚尖儿走的走法不同"⑥。在《小额》中,伊老者带善合去逛万寿寺,小说写道:"简单说,老爷儿俩,修饰完啦。伊老者穿一件青洋绉大衫儿,套一件蓝袷纱坎肩儿,青洋绉套裤,青缎子双脸儿鞋,拿一把黑面金子的扇子。善合是穿一件浅竹布衫儿,套着紫摹本缎坎肩儿,回子绒双脸儿鞋,库金口,拿一把十六根南礬面儿的扇子。爷儿俩都拿着旱伞,大摇大摆的去了。"⑦从中可以发现,京城旗

---

① (清)徐珂编撰《清稗类钞》(第2册),中华书局1986年版,第489页。
② 冷佛《春阿氏》,吉林文史出版社1987年版,第216页。
③ (清)待馀生《燕市积弊》,北京古籍出版社1995年版,第21页。
④ 冷佛《春阿氏》,吉林文史出版社1987年版,第228页。
⑤ 李家瑞《北平风俗类征》,商务印书馆1937年版,第124页。
⑥ (清)文康《儿女英雄传》,齐鲁书社1990年版,第682页。
⑦ 松友梅《小额》,见中山大学中文系编《中国近代文学研究》第1辑,广东人民出版社1983年版,第287页。

人出门重视修饰,对服饰方面统一比较讲究。

旗礼与旗俗之所以重要,是因为礼俗受到一个民族文化与性格的深刻影响,是民族凝聚力的一种体现。这几部出自旗人之手的小说,都对旗人礼俗活动予以展示,如果说《小额》与《春阿氏》只是信手写出,反映旗人精神面貌的话,文康则通过《儿女英雄传》对旗礼、旗俗的没落发出感慨,又屡屡凸显某些旧俗,强调旗人礼节对旗人生活的重要性。但从历史上来看,随着旗汉生活的融合,旗人礼俗活动汉化迹象越来越明显,《儿女英雄传》第 29 回,作者特意针对别号的问题说道:

> 到了如今,距国初进关时节曾不百年,风气为之一变。旗人彼此相见,不问氏族,先问台甫,怪;及至问了,是个人他就有个号,但问过他,就会记得,更怪;一记得了,久而久之,不论尊卑长幼远近亲疏,一股脑子把称谓搁起来,都叫别号,尤其怪。照这样从流忘反,流到我大清二百年后,只怕就会有"甲斋父亲"、"乙亭儿子"的通称了。①

但在书中,其子安骥与同学也互相以别号相称,《小额》中的小额,更是以额少峰的别号自称。即便是处处想维系旧俗的安学海,其实已经深受儒家文化的影响,安家出现的许多礼节活动都与旗人旧俗无关,在安家根深蒂固的尊卑有序、内外有别的封建文化更是体现了安家汉化程度之深。

(二)没落的旗人群体

在《小额》与《春阿氏》中,最明显的现象就是旗人群体的没落。困扰有清一代的"八旗生计"问题在清后期更为明显,许多下层旗人的生活越来越艰难。由于旗人从历史上形成的军事化色彩,朝廷规定八旗均以弓箭为生,不许从事工商生产,也不从事农业,即便是拥有土地,也只能租给汉人佃户耕种,自己收取租息。随着八旗人口的

---

① (清)文康《儿女英雄传》,齐鲁书社 1990 年版,第 637 页。

膨胀,旗人的生活压力逐渐增大,过去八旗兵丁按人口得到土地,还有固定的钱粮,也就是所谓的"铁杆庄稼",但一代代八旗人口增加,每家每户的份地却没有增加。而且承平日久,抽丁当兵的比例下降,旗下充斥着大量没有粮饷的余丁。生齿日繁与收入日绌之间的矛盾导致"以彼时所给之房地养现今之人口,是一份之产而养数倍之人矣"①。此外,长期养尊处优的生活,让一些旗人在生活中沾染了许多纨绔嗜好,将大量积蓄花在这些方面,生活更是难以为继。

旗人生计问题不仅困扰着下层旗人群体,对于像《儿女英雄传》中安家那样的中等人家,这样的问题依然存在。安家过去规模极大的圈地,到了安学海这一代,每年的租金不过二百几十两,大量的土地不是被庄头或佃户隐匿吞并,就是被典卖掉了。而安学海、安骥这种优渥环境里成长起来的旗人子弟,根本没有料理家产的技能,只能任由旗产丢失。

在《小额》开头,就描写了一幅旗人在衙门口领钱粮的场面:

> 天已经十点多啦,堂官也没来,就瞧门口儿等着关钱粮的人,真有好几百口子,大家抱怨声天。……这个又问那个说:"嘿,小常,你还等着是怎么着?上回说过平,就闹了一个晌午歪,瞧这方向,又不定多早晚呢。我是不等啦,晚上到拨什户家里关去得啦。"那个说:"你走你的吧,我是非等着不可。一到他们手里,是又剥一层皮。反正在这多花几百,吃在我肚子里。"……有一个老者,有五六十岁,左手架着个胡伯拉(鸟名,本名叫虎伯劳),右手拿着个大砸壶儿,一边儿喝,一边儿说:"说咱们旗人是结啦(谁说不是呢),关这个豆儿大的钱粮,简直的不够喝凉水的。人家左翼倒多关点儿呀(也不尽然,按现在说,还有不到一两六的呢),咱们算丧透啦,一少比人家少一二钱。他们老爷们,也太饿啦,耗一个月关这点儿银子,还不痛痛快快儿给你,又过平啦,过八几的。这横又是月事没说好(月事是句行话,就是每月给堂官的钱,照例由兵饷里头克扣),弄这个假招子冤

---

① 《皇清名臣奏议汇编初集》卷145赫泰《筹八旗恒产疏》,转引自李乔《八旗生计问题述略》,载《历史档案》1985年第1期。

谁呢？旗人到了这步天地，他们真忍心哪。唉，唉。"老者这们一犯酒糟儿，招了一大圈子人，点头咂嘴儿的，很表同情。①

这段旗人之间的议论，揭露了堂官、领催利用发放饷银之便营私舞弊，从中克扣银两，中饱私囊，而下层旗人多数敢怒不敢言，所以不少旗人家庭的生活越发艰难。《春阿氏》中的德氏，在丈夫死后，只能带着子女投靠妹妹一家，其中也包括经济方面的原因。聂之先与额氏相继亡故，聂玉吉不知如何向本旗报告，德大舅说：

"至说你母亲病故，我想此一节，很不必报佐领，既然你没有钱粮，为什么便宜领催，不吃一份孀妇钱粮呢！"聂玉吉本不想冒领空想，德大舅揭露了其中弊端："说句简截话罢，你若不吃，旗下也照旧支领，不但国家社会不知你的情，倒给领催老爷留下饭了。与其便宜旁人，何不自己吃呢！"②

德大舅心疼外甥父母双亡，失去了主要的经济来源，所以出此计策。同时，从中也可以看出，当时旗中领催等官员吃空饷的情况非常严重。

贫穷的旗人形象，在小说中多有表现。《负曝闲谈》中老桐与小桐父子，"家里穷的淌尿"，只能以砖头作枕头，以门框当被窝。《二十年目睹之怪现状》中的旗人，每日典当东西买米度日，夫妻两人穷到只有一条裤子穿。正是因为下层旗人生活困顿，放贷在旗人中非常普遍，专门有人向旗人放高利贷。在《彭公案》中，伍振纲的黄酒馆就"放西四旗的账"，武登科接手外秘香居之后，同样"放四旗的账"。而《小额》中的小额更是依靠放贷来盘剥旗人：

单说他所放的账目，都是加一八分，要是一分马甲钱粮，在他手里借十五两银子，里折外扣，就能这辈子逃不出来。他那个

---

① 松友梅《小额》，见中山大学中文系编《中国近代文学研究》第1辑，广东人民出版社1983年版，第274—275页。
② 冷佛《春阿氏》，吉林文史出版社1987年版，第167页。

账局子,就在他外书房。每月钱粮头上,喝,手下的碎催可忙啦,一人一个小绿布口袋儿(许是作帽子剩下的布),一个油纸折子,拿着对牌(借账的把钱粮由领催手里,对过跑账的,立一个木头牌子,一劈俩瓣儿。跑账的拿一瓣儿,领催的拿一瓣儿,每月取这个牌子取银子),往旗下衙门、护军营衙门,这们一取钱粮包儿。①

从小额这里借贷,不仅要接受高额利息,而且每个月的固定粮饷会直接被小额的手下领走。小额手下这帮人也多是一些没落旗人,但在小额的影响之下,"借着小额的势力,很在外头欺负人"。在《小额》开头那段旗人衙门口领钱粮的描写中,类似青皮连这类要账的人很多,"有一个山东儿,刁着个大烟袋锅子,直拍一个穷人(大概也是为账目)",可见旗人中借贷度日之普遍。

在生活的重压之下,没落的旗人为了生计不得已出门谋生。《二十年目睹之怪现状》第 27 回中,一个京官家的车夫是个宗室出身的旗人,后来居然补了一个镇国公的缺。还有一些旗人为了能得到披甲拿钱粮的机会四处求告,《春阿氏》第 1 回,文光口中的扎爷:"他的侄子也是个孤苦伶仃的苦孩子,送了回技勇兵,因为身量太小,验缺的时候就没能拿上。扎爷是挺着急,找了我好几次,跟我借钱,又叫我给他侄子弄分儿小钱粮儿,他们好对付。"②还有不少旗人走向了堕落的一面,《负曝闲谈》中的小桐,在街头以讹诈碰瓷谋生,《官场现形记》中的师林,假冒内务府的官员招摇撞骗。《二十年目睹之怪现状》中还提到北京市井中有一种叫花子,手拿一根香,跟着车子讨钱,"得罪了他时,他马上把外面的衣服一撩,里边束着的不是红带子,便是黄带子,那就被他讹一个不得了"③。清代皇族有宗室与觉罗两大类,清廷规定宗室腰系黄带子,觉罗腰系红带子,这是一种身份的象征。到了晚清,这些与皇室沾亲带故的人已经开始以自己的特殊身份在

---

① 松友梅《小额》,见中山大学中文系编《中国近代文学研究》第 1 辑,广东人民出版社 1983 年版,第 274 页。
② 冷佛《春阿氏》,吉林文史出版社 1987 年版,第 9 页。
③ (清)吴趼人《二十年目睹之怪现状》,百花洲文艺出版社 1988 年版,第 206 页。

街头以讹诈为生了。《二十年目睹之怪现状》中那个摇身变作镇国公的旗人车夫：

> 那讹人的手段更大了。他天天跑到西苑门里去,在廊檐底下站着,专找那些引见的人去吓唬。那吓唬不动的,他也没有法子。他那吓唬的话,总是说这是甚么地方,你敢乱跑。倘使被他吓唬动了,他便说:"你今日幸而遇了我,还不要紧,你谨慎点就是了。"这个人自然感激他,他却留着神看你是第几班第几名,记了你的名字,打听了你的住处,明天他却来拜你,向你借钱。①

可以说,旗人的没落,特别是下层旗人的穷困潦倒,是晚清整个旗人群体逐渐衰落的先兆表现。随着清代的灭亡,"铁杆庄稼"彻底倒了,旗人这一群体逐渐淹没在北京市民当中,他们与普通汉人家庭之间的差异基本上消融了。从某种程度上看,旗俗、旗礼的汉化只是旗人没落的一种表现,而经济上的困顿,则让那些游手好闲的旗人,甚至是过去的宗室开始走向市井,他们与市井之间的交汇越来越频繁、深入,旗人的活动呈现出了更多的市井色彩。在清代小说中,旗人作家笔下的旗人家庭生活,汉人作家笔下的旗人百态,共同构筑了晚清市井旗人生活的图景。以这些旗人为代表,小说作者的笔触深入到京城市井普通百姓的日常生活,为读者呈现了一种写实的北京城市生活。

(三) 旗人子弟的消闲爱好

在京城旗人的日常生活中,各种消闲爱好扮演了重要的角色。一方面,不事生产,拿着钱粮又无所事事的旗人子弟,需要一些活动来排遣漫漫长日。某些流行于旗人中间的民间曲艺如子弟书、八角鼓等能够发扬光大,产生杰出的作者与优秀的作品,离不开旗人群体的推动。另一方面,旗人在沉醉于自己的休闲爱好时,又常常表现出一种不健康的心态,把大量的时间与金钱耗费在各种"玩意儿"上,即

---

① (清) 吴趼人《二十年目睹之怪现状》,百花洲文艺出版社 1988 年版,第 209 页。

便面对经济困窘的现实,也深陷其中无法自拔,甚至因此破家,最终因为"玩物丧志"而在没落的道路上越行越远。

北京是清代戏曲之都,梨园之盛独步天下。在京城市井中,旗人嗜戏之风尤甚,子弟书《票把上台》中有"子弟消闲特好玩,出奇制胜效梨园。鼓镲铙钹多齐整,箱行彩切具新鲜"的描写①,可见旗人对梨园的痴迷。尽管清廷为了控制旗人不失骑射本色,严禁内城开设戏园,并对旗人观剧等有诸多禁令,但旗人上至王公、下至平民都热衷观戏品剧,甚至蓄养戏班、购置行头、粉墨登场的也不在少数。

《永庆升平前传》第 7 回,康熙在前门大街看到戏园的广告"广庆茶园今日准演,特请豫亲王弟子班,准演《夺锦标》",就表现了王府家班在外演出的情形。《孽海花》第 30 回中的旗人内务府郎中官庆,"原是个绔袴班头,最喜欢听戏"。他的女儿五妞,"虽然容貌平常,却是风流放诞,常常假扮了男装上馆子、逛戏园,京师里出名的女戏迷"。旗人女眷入戏园曾被严令禁止,于是便有人装扮成男子去看戏。堂会戏因为限制较少,是一般旗人女眷主要的看戏场合。《孽海花》中描绘了旗人堂会戏的情形,旗人女眷不仅熟悉京城戏园里的习俗,而且对于装扮、做工、唱工等都很内行,可见旗人女眷所具有的戏曲素养之高。

在普通旗人的日常生活中,看戏也如影随形。《春阿氏》第 1 回,普二与文光对话,就把请客听戏视作日常应酬的常态:

> 普二笑道:"你这当伯什户的,真会行事,你真能那么慈悲吗?"文光一面脱衣服,嘻嘻的笑道:"嘿,咱们自己哥们儿,你别较真儿。"普二道:"那可不行。干干脆脆,你请我听天戏,咱们大事全完。"文光点头答应说:"请客是一定要请的。"②

在听戏之外,旗人为了消磨时光还有不少娱乐活动:"戏剧之外,

---

① 北京市民族古籍整理出版规划小组《清蒙古车王府藏子弟书》,国际文化出版公司 1994 年版,第 219 页。
② 冷佛《春阿氏》,吉林文史出版社 1987 年版,第 9 页。

又有托偶、影戏、八角鼓、什不闲、子弟书、杂耍把式、像声、大鼓、评书之类。"①对旗人而言,听书、听曲是与看戏同样重要的消闲方式。在《小额》中,有一段小额在通河轩茶馆听书的描写,由于街坊都知道小额经常在茶馆听书,所以看街的瞎王直接领官差去通河轩抓人。在那段对茶馆内景的描写中,也可以注意到听书的观众构成:"可是生人很少,反正是那把子书腻子占多数。内中废员也有,现任职官也有,汉财主也有,长安路的也有,内府的老爷们也有。"②在这些被称为"书腻子"的观众之中,旗人不在少数,甚至还有"内府的老爷们",可见听书的风气在旗人中并不受阶层差异的影响。

听曲在旗人生活中也很流行,可以将演员叫到家中表演。《春阿氏》第13回,三蝶儿在德大舅家:"吃过晚饭,德大舅高高兴兴,叫了两个瞎子来,唱了半夜的曲儿。三蝶儿心中有事,无心去听。后唱到蓝桥会,伤心的地方不觉心神动摇,坐卧不稳。想起昨日在家,听听《西厢记》来,愈加十分伤感,转身回到屋里,躺在炕上垂泪。"③对民间旗人家庭而言,由于女眷不能直接出入书馆、戏园,请唱曲演员到家中表演,是难得的家庭娱乐活动,给女性提供了接触曲艺的机会,而且从书中的描写来看,这样的活动在旗人家庭中可能较为普遍。

在这些曲艺活动之外,还应当注意到旗人对花鸟鱼虫的癖好。清代北京旗人在这些方面钻研极深,而且在饲养、驯化、器具等方面形成了一套专门的学问,也可以说是"玩"的学问。提笼架鸟是清代旗人留给后世最鲜明的形象,《燕京杂记》中就记载:

> 京师人多养雀,街上闲行有臂鹰者,有笼百舌者,又有持小竿系一小鸟使其栖其上者,游手无事,出入必携。每一茶坊,定有数竿插于栏外,其鸟有值数十金者。④

---

① (清)富察敦崇《燕京岁时记》,北京古籍出版社1981年版,第94页。
② 松友梅《小额》,见中山大学中文系编《中国近代文学研究》第1辑,广东人民出版社1983年版,第298页。
③ 冷佛《春阿氏》,吉林文史出版社1987年版,第206页。
④ (清)阙名《燕京杂记》,北京古籍出版社1986年版,第132页。

翁偶虹先生在《养鸟》一文中谈道：

> 养鸟是北京人生活娱乐之一。明末发其端，清代蔚为风尚。乾隆盛世，八旗子弟闲散成习，养鸟者此倡彼随，遂渐波及各个角落，历嘉、道、咸、同、光、宣，直至本世纪四十年代而不衰。①

这是一种在旗人子弟中发扬光大，又对近现代乃至当代北京市民生活产生了深远影响的爱好。在《小额》开头部分，在衙门口等着领钱粮的旗人中间，"有一个老者，有五六十岁，左手架着个胡伯拉（鸟名，本名叫虎伯劳），右手拿着个大砸壶儿"。一个"架"字活画出旗人提笼架鸟的姿态，虽然抱怨钱粮糊口艰难，但这种喜好却没有受到丝毫影响，这正是旗人最终没落的根本原因。

神机营是清王朝在咸丰末年设立的以使用新式武器为主的禁卫军，是清王朝在内忧外患中试图加强禁城护卫而设立的一支新军队。但在《二十年目睹之怪现状》第 27 回，清末的神机营的面貌却是这样的：

> 子明笑道："粮饷却没有领溢的。但是神机营每出起队子来，是五百人一营的，他却足足有一千人，比方这五百名是枪队，也是一千杆枪。"我道："怎么军器也有得多呢？"子明道："凡是神机营当兵的，都是黄带子、红带子的宗室，他们阔得很呢！每人都用一个家人，出起队来，各人都带着家人走，这不是五百成了一千了么。"我道："军器怎么也加倍呢？"子明道："每一个家人，都代他老爷带着一杆鸦片烟枪，合了那五百枝火枪，不成了一千了么。并且火枪也是家人代拿着，他自己的手里，不是拿了鹌鹑囊，便是臂了鹰。他们出来，无非是到操场上去操。到了操场时，他们各人先把手里的鹰安置好了，用一根铁条儿，或插在树上，或插在墙上，把鹰站在上头，然后肯归入伍。操起来的时候，他的眼睛还是望着自己的鹰；偶然那铁条儿插不稳，掉了下来，

---

① 翁偶虹《翁偶虹文集（民俗卷）》，百花文艺出版社 2013 年版，第 130 页。

那怕操到要紧的时候,他也先把火枪撂下,先去把他那鹰弄好了,还代他理好了毛,再归到队里去。你道这种操法奇么?"①

投充神机营士兵的有不少宗室旗人,但在他们训练时尚且拿着烟枪以及鹌鹑、鹰等玩物。过去依靠骑射夺天下的八旗勇士,在此时已完全丧失了过去的尚武精神,神机营也在庚子事变中全军覆灭了。《负曝闲谈》第9回对旗人斗鹌鹑的喜好有所表现:

> 看看又是初冬光景了。京城内世家子弟,到了这时候,有种兴致,就是斗鹌鹑。那鹌鹑生的不过麻雀大小,斗起来却奋勇当先,比蟋蟀要厉害到十倍。却是有一种,那鹌鹑天天要把,把得它瘦骨如柴,然后可以拿出来斗。有些旗人们,一个个腰里挂了平金绣花的袋,把鹌鹑装在袋里,没有看见过的,真真要把他做新鲜笑话。②

旗人伺候鹌鹑的精细程度,很可以代表他们在"玩"上的兴趣与热情,职守乃至家庭生计,在这些玩物面前都显得微不足道。

清王朝优待旗人,规定旗人不能从事工农生产,本意是使旗人专注于骑射本色,凸显他们在军事传统、社会地位与经济地位上的特殊性。随着国家安定,旗人数量增多,旗人们养成的游手好闲、无所事事的习气,把大量的精力与金钱投入到书馆、戏园以及各种鸟虫等玩意儿上。从最初的单纯消磨时光到后来成为固定的日常娱乐,旗人生活的市井味越来越浓,在这些"玩物丧志"的爱好中,旗人逐渐迷失了自己。顾不上考虑治生,顾不上考虑钱粮,有限的时间与财力都消耗在这些方面,旗人的没落既是无法阻挡的历史进程,又是旗人自己选择的生活方式使然。

对清代北京市井文化的生成与演变而言,京旗群体从过去的马上民族开始融入城市生活,最初的经济与社会地位让他们成为城市市民

---

① (清)吴趼人《二十年目睹之怪现状》,百花洲文艺出版社1988年版,第205—206页。
② (清)蘧园《负曝闲谈》,江西人民出版社1988年版,第49页。

群体中最为特殊的一员。随着时间的发展,旗人群体在没落的过程中逐渐缩小了与汉人的差距,与市井生活的联系越来越紧密。旗人在长期无所事事的城市生活中所养成的各类习惯,如泡茶馆、观戏听曲、侍弄鸟虫等,也深刻地影响了京旗之外的北京市民群体。在这些城市娱乐活动上,旗人是领风气之先者,又以自己的热情极大地促进了这些娱乐活动的发展与壮大。可以这样讲,由清代形成并影响近代的北京市井文化,体现了很强的娱乐性与自适性,生活在帝辇之下的老北京们,热衷于各种生活气息浓郁的娱乐活动,在这种过程中满足自己的生活欲望与需求,而这种情形的形成,旗人可谓"功莫大焉"。

第二节 富贵气息与南京市民生活

如果说小说作者对北京城市生活的塑造体现了明显的平民立场的话,南京市民生活则表现出浓郁的富贵风流之气。山水城林融为一体的独特城市形态与六朝金粉的风流历史让南京在东南城市中脱颖而出,从明代歌舞升平的盛世陪都到清代富贵风流的江南佳郡,小说作者着力于塑造一群享受城市生活的市民,这其中既有富贾亦有平民。

穿越古今,见证了南京历史变迁的秦淮河在明清两代是南京富庶繁华的象征。它是南京的城市地标,最具南京色彩的建筑、民俗、娱乐等方面都与秦淮河息息相关,它浓缩了南京市民生活中最精彩的一页。同时,它又成为一种文化意象,其中既有对六朝风流的回望,也有明清两代南京青楼文化、名士文化、市民文化的浇灌。

南京众多的自然景观与人文遗迹塑造了南京休闲之都的地位,外省人仰慕这里的山水与文化,到此不可不游。本地人则已经把这种山水之乐化作了日常生活的常态,从士绅到平民,都能在南京的山水之中找到属于自己的心灵家园。

一、重享受的城市生活者

以明清两代涉及南京的小说来看,其中的南京市民呈现出明显的享受生活的特质,富贾官宦醉心于风花雪月的颓靡生活,文士在山水与妓乐之中悠然自得,就是菜佣酒保都具有"六朝烟水气"。可以说,南京是一座"慢生活"的城市,政治上与中心的疏离,经济上的繁荣与富庶,六朝以来沉淀的历史韵味,加之自然风光的独特魅力,奠定了这样一座宜居城市"休闲之都"的地位,陶冶了市民阶层那种闲适、安逸的生活态度。

(一)"移民城市"的吸引力

在明清小说作者的笔下,南京是一座具有吸引力的"移民城市"。其突出表现是许多小说中出现的南京市民并不是本地人,而是寓居或者寄籍南京的外省人,他们受到南京某些方面的感召,选择南京作为自己生活的城市。可以说,南京是一座宜居之城,也是一座乐居之城,城市性格中包容与开放的一面使外省人能够在心理上毫无隔阂地融入其中。在这些寓居与寄籍南京的人身上,可以看到南京城市生活安逸的一面,而这也正是吸引他们来到南京最直接的原因。他们因南京舒适的城市生活而选择南京,也成为南京市民中最会享受生活的一群人。

明代小说《警世通言》卷22,因病被岳父抛弃的宋金,意外获得强盗遗留的财物之后,选择了南京作为安身之处:

> 宋金先把一箱所蓄,鬻之于市,已得数千金。恐主人生疑,迁寓于城内,买家奴伏侍,身穿罗绮,食用膏粱。余六箱,只拣精华之物留下,其他都变卖,不下数万金。就于南京仪凤门内买下一所大宅,改造厅堂园亭,制办日用家火,极其华整。门前开张典铺,又置买田庄数处,家僮数十房,出色管事者千人,又蓄美童四人,随身答应。满京城都称他为钱员外,出乘舆马,入拥金资。①

对于宋金而言,意外获得的巨额财富容易招惹是非,而明代的南

---

① (明)冯梦龙《警世通言》,人民文学出版社1956年版,第319页。

京巨贾富商以及勋贵之家颇多,选择这里寓居,对他的关注度会有所降低。此外,南京的繁华也为宋金提供了享受富庶生活的可能,受尽苦楚的他置豪宅、雇美童、买田庄,这些与南京繁华商业都会的城市生活是分不开的。

在清代小说中,寓居或寄籍南京的情形更为普遍。如《姑妄言》中的童自大:"且说童百万名自大,原籍徽州府人氏。他高祖之上,在元朝曾做到行省平章政事,挣下一个偌大家私。因爱江南繁华,遂留寓于此,已经数代。"①出生湖广的荣公,有感于"故乡屡遭流寇残害,似不可归","要在南京左近村中,有傍山临水可以陶情的地方,觅一处住宅暂居"②,在土山买房置地,自此卜居南京。

《儒林外史》中,寓居南京的以文人群体居多。杜少卿在领略到家乡的人情冷暖之后,寓居南京,视南京为"这样好玩的所在"。此外,书中还有不少寓居南京的文人,如吏部掌案金东崖,卜居南京,买了利涉桥一处河房。庄濯江在"南京住了八九年了",同样是住在河房。

《品花宝鉴》中的侯石翁也是寓居南京的文人:

> 是个陆地神仙,今年已七十四岁。二十岁点了翰林,到如今已成了二十三科的老前辈,朝内已没有他的同年。此人从三十余岁就致仕而归,遨游天下三十余年。在凤凰山造了个花园,极为精雅。③

作者写他性尚风流,多情好色,论诗专主性灵,很明显是以袁枚为原型塑造的人物,侯石翁在凤凰山的花园带有随园的影子。

太平天国战乱之后,南京迅速恢复了畸形的繁华,大量淮军、湘军的军官凭借军功以及在战争中收获的大量财富,掀起了迁居南京的一阵风潮。《官场现形记》第29回,针对此现象写道:

---

① (清)曹去晶《姑妄言》,中国文联出版社1999年版,第110页。
② 同上书,第1170页。
③ (清)陈森《品花宝鉴》,齐鲁书社1994年版,第456页。

要晓得江南地方虽经当年"洪逆"蹂躏,幸喜克复已久,六朝金粉,不减昔日繁华。又因江南地大物博,差使很多,大非别省可比。加以从前克复金陵立功的人,尽有在这里置立房产,购买田地,以作久远之计。①

《官场现形记》中所写多为移居南京的官场中人,他们既爱南京繁华,也因为江南差使较多,图的是做官的便利,"亦在羡慕江南好地方,差使多",所以"江南道台竟愈聚愈众"。《照胆镜》第1回也描述了相似的情形,依仗军功在南京做寓公的旧军官成了寓居南京的主流。

明清小说中大量移居南京的外省人,反映了南京历史文化的一个突出现象,那就是移民在南京城市文化塑造上起到了重要作用。从六朝到明清,多次大规模的移民为南京带来了文化汇聚与碰撞的契机,"同样由于外来文化长期占据主流地位,南京历史上的杰出人物,很少是南京本地人;南京历史上的重大地位,也很少有南京本地人发挥主导作用"②。从市井生活的角度来看,吸引这些外省人移居南京的原因各有差异,但都与南京城市自身的某些方面有关联,或爱慕南京繁华,或醉心南京山水,或为南京官场牟利之便,或为南京青楼之故。总之,从"移民"的角度来看,明清小说中的南京比北京凸显了更为强烈的"向心力",它吸引外省人的原因在于南京城市生活的舒适度,而外省人迁居南京同样是为了更好地享受生活。

(二) 南京市民享受生活的诸般体现

就小说中出现的南京市民来看,一方面外来移民相对较为明显,另一方面,作者还热衷于突出某些富裕的居民,往往把小说的主人公设置为南京富民。如《初刻拍案惊奇》卷15的主人公就是南京有名的"富郎陈秀才",《连城璧》第10回的主人公韩一卿,同样是南京"大富长者"。在《姑妄言》中,南京城中的富民出现更多。例如铁化,"他承祖父做的那毡货生意,伙计们专走北京,也有两万本钱,本京城中

---

① (清)李伯元《官场现形记》,中州古籍出版社1995年版,第374页。
② 薛冰《家住六朝烟水间——南京》,上海古籍出版社2000年版,第149页。

又还开着几个大毡货铺"。又如童自大,人称童百万,祖上就积攒下偌大家私,"到他祖父,虽不曾出仕,却善于经营,专于刻薄,所以做了有名财主"。宦萼是个"钱可欺人,势可压众"的呆公子,父亲现任北京工部尚书,"不但官居八座,那家中之富也就不下数十万了。真是库有积金,廪有余粟,富贵两个字在南京他家也就有数一数二"。《风月鉴》中的常家,"本是历代簪缨相传,是明季常遇春之后,现在家中良田万顷,还有几处当典",同样也是富民之家。如果说明清小说中北京多勋贵与官僚之家的话,南京在小说作者眼中则是富贵之家云集的一座城市。这种人物设置与作者为了凸显南京城市生活富庶的一面有一定的关系,城市居民的富裕程度在很大程度上决定了城市生活主流的走向。但对于南京而言,市民阶层重生活享受的特质并不仅限于富民阶层,平民也是追逐生活乐趣大军中的一员。不同于北京城市生活中缙绅与平民之间的分化,以及平民阶层喜好在小说中的主流地位,南京市民生活中的某些乐趣消融了富民与平民之间的差异,不同阶层的人享有共同的休闲空间,雅与俗能够共生共存。

在明清小说之中,南京市民享受生活大致有如下几种形式:第一,追求声色之娱。明清两代的南京是南方娼妓业的中心,明初南京官妓就已非常盛行,富乐院与十六楼见证了明代南京娼妓业的兴衰,此后旧院名气同样盛极一时。历经时代变迁,到了清代,钓鱼巷独树一帜,成为南京娼妓最为集中的区域。对于南京市民来说,坐拥南京娼妓业之发达与便利,自然也让自己的生活烙上声色之娱的印记。

《鼓掌绝尘》第 35 回中的陈珍"渐渐长成,晓得世事,倚着家中多的是钱,有的是钞,爹娘又加爱护,把一个身子浪荡惯了。今日花街,明日柳巷,没有一个娼妓人家不曾走到"[1]。《姑妄言》中的铁化、童自大、宦萼与贾文物诸人,即便妻子"家教"甚严,也抑制不住去妓院行乐的欲望。在该书作者看来,"以千金买笑、白镪缠头,可是穷人做得来的?自然都是膏粱公子、富室娇儿。或是效用的先生,或是加纳的阔老"[2]。

---

[1] (明)金木散人《鼓掌绝尘》,春风文艺出版社 1985 年版,第 379 页。
[2] (清)曹去晶《姑妄言》,中国文联出版社 1999 年版,第 8 页。

在《儒林外史》中,"假名士"陈木南、"呆名士"丁言志,梦想着南京风月的温柔乡。《绘芳录》中,陈小儒、祝伯青、王兰与二珠等妓女保持着良好的关系。《南朝金粉录》中,吉庆和、赵鼎锐等人同样与钓鱼巷妓女来往密切。

晚清小说对南京官场的呈现,突出了其冶艳的一面,在《官场现形记》《文明小史》《冷眼观》等小说中,都有关于南京本地官员嫖妓宿娼的内容。特别是在《官场现形记》中,官员嫖妓不仅是色欲的满足,更与官场应酬关系密切,在妓院设宴款待官场同僚是南京官场惯例,甚至官员们把妓院当作消磨时光的场所。

发达的娼妓业虽然给市民带来生活的享受,但在这种风花雪月生活的背后,也存在极大的隐忧,毫无节制的享乐加快家产消耗,甚至走向破家之路。《初刻拍案惊奇》卷 15 中的陈秀才"风花雪月了七八年,将家私弄得干净快了",到最后只能借银子,抵押庄园还债。《鼓掌绝尘》中的陈珍"不上两三年内,把父亲上万家货,三分里败去了一分"。对于小说作者来说,常常陷入自相矛盾的境地,既把繁盛的娼妓业视作表现南京城市生活富庶的一个方面,颇有些自豪于秦淮河房、旧院风流的现状,但又深刻地认识到妓女与文士之间诗酒唱和的理想境界不过是文人心中的美好向往,现实生活中只是钱色之间丑陋的交易而已,而沉溺于此必然会带来经济的损失与家庭的失和,这又是作者想警醒世人的。

第二,享受戏曲之乐。明清两代的南京是南方戏曲创作与演出的重镇,戏曲文化在市民生活中具有极大的影响。在《弁而钗》中《情烈纪》部分,流落南京的文韵穷困潦倒,店主人对他说:"我这里新合一班昆腔子弟,少一正旦。足下若肯入班,便有几十两班钱到手,日有进益,不强似清坐无聊吗?"[①]从小说对汪府戏班活动的描写来看,他们既在公共戏台演出,也有到大户人家演出的情形。

《八段锦》第 2 段,南京市民羊学德、高子兴、希要得、苟美都几人,对吹弹歌唱都很热衷。高子兴偷情被邻居抓住,羊学德从中调解,以酒席与戏曲演出讨好街坊:

[①] (明)醉西湖心月主人《弁而钗》,延边出版社 1999 年版,第 95 页。

他又道:"如今你们把我当一个人,我怎敢忘情?我拿出几两银子来,叫厨子包几桌酒。"吩咐苟美都道:"你快去发行头来,叫高子兴串一本戏文陪礼。这个使得么?"众人齐道:"妙极!"于是众人各散。须臾,戏箱发到,搭了台。邻舍毕集,一同吃了酒饭。子弟生、旦、丑、净,都扮起来,敲动锣鼓,演一本《幽闺记》男盗女娼的戏文。那苟美都做了贴旦,标致不过,在台上做作。①

《儒林外史》则以鲍文卿、鲍廷玺两代戏曲人的经历,反映了南京城市戏曲生态的诸多方面。第24回,钱麻子描述了南京城内戏曲演员与世俗社会交往的现状:

南京这些乡绅人家寿诞或是喜事,我们只拿一副蜡烛去,他就要留我们坐着一桌吃饭。凭他甚么大官,他也只坐在下面。若遇同席有几个学里酸子,我眼角里还不曾看见他哩!②

在视演员为倡优贱业的明清时期,鲍文卿认为演员穿着与行为应当得体,不应该逾越阶层的差异。但钱麻子、黄老爹的言行,却反映了南京市民与戏曲演员接触的广泛程度,以及戏曲演员的"自视甚高"。通过鲍家戏班的活动,可以发现南京戏曲演出不仅满足了南京市民的观戏需求,还辐射到周边府县,而莫愁湖大会一段,更是少有的戏曲盛事,这得力于南京本地拥有大量戏曲演员的现实。

在《绘芳录》中,戏曲演出更是凸显了喜庆庆祝与点缀富贵生活的作用。第7回,祝伯青、王兰乡试高中,避祸苏州的二珠趁机返回南京:

小儒叫了一起有名头的小福庆班子,来唱一天戏,请众人看戏饮酒,就在春吟小榭石桥外,搭起平台,上面用五色彩棚,遮满

---

① (清)醒世居士《八段锦》,《古本小说集成》影印本,上海古籍出版社1994年版,第32页。
② (清)吴敬梓著,李汉秋辑校《儒林外史汇校汇评》,上海古籍出版社2014年版,第308页。

戏房,在假山石后,用锦幛拉起隔间,地上全用红氍毹铺平。①

这样的演出就带有为祝、王二人贺喜与为二珠接风的意义。第18回,祝伯青新婚,"祝公夫妇见一双佳儿佳媳,欢喜已极。三朝备帖,请各亲友晚宴,又叫了一起名班演扮灯戏,早练暮习"。该回祝伯青开复原职,"内外酒席摆齐,开锣演戏,唱的是《满床笏》《卸甲封王》诸吉利戏目"。小说后半部,功成名就的陈小儒、王兰等人急流勇退,辞官回到南京生活,众人集资在桃叶渡附近置地,修建起绘芳园。众人携家眷入住之日:

  早见领班的拿着戏目,领着一个十四五岁穿红衫的小旦上厅请安,呈上戏目。原来这戏台就搭在绿野堂前,对厅设了戏房,院内用木板铺平,上设猩红氍毹,檐口尽用五色锦棚遮满。从龙等人,又谦逊了一会,到底让从龙先点了一出《卸甲封王》,然后小儒、伯青、二郎、汉槎各点了一出,无非《满床笏》《双官诰》等吉利戏文。②

第74回,窦琴官等六人到南京投奔柳五官,与一起出京的一众优伶,留在绘芳园内,做了园中的内班,满足各家日常与喜庆活动演出的需要。以陈小儒、王兰、祝伯青为代表的南京士人,是令人羡慕的富贵之家,他们在官场上功成名就,家产也颇为富裕,绘芳园是他们富贵生活之极的体现。当他们挂冠归田之后,戏曲演出起到了点缀生活的作用,是一种必不可缺少的活动,所以作者特意设置了他们置办内班的情节。

通过明清小说中的相关内容,我们可以发现戏曲演出在南京市民生活中的重要性,它既是喜庆活动不可或缺的娱乐活动,又在日常生活中满足了各阶层市民消闲的需求。对于南京市民来讲,在戏曲演出中既可享受弦索音律之美,又是他们生活趣味与乐趣的体现。

---

① (清)西泠野樵《绘芳录》,吉林文史出版社1988年版,第74—75页。
② 同上书,第607—608页。

第三，纵情山水之趣。得益于南京山水城林融为一体的城市环境，南京城内外自然景观非常丰富，使市民可以尽情享受山水之趣。在明清小说中，每一部涉及南京的小说中都有关于市民游山玩水的描写。如《玉娇梨》第4回，写灵谷寺赏梅花："原来这灵谷寺看梅是金陵第一胜景，近寺数里皆有梅花，或红或白，一路冷香扑鼻。寺中几株绿萼更是茂盛，到春初开时，诗人游客无数。"①《桃花扇》小说第1回则出现了冶城道院赏梅花的情节："只见碧草翻天，绿柳匝地，游人士女三三两两，各携玉液，无不饮酒行乐。"②《风月鉴》第5回，写雨花台净因庵赏桂花："到了八月下旬，雨花台临近有一处禅院，名净因庵。庵中桂花最盛，又有几处亭阁，最是幽雅。每年到桂花开时，游人如蚁。"③《绘芳录》第3回写祝伯青等人约二珠同游莫愁湖："不多时，船出了西水关。只见浓阴密翳，山隐烟岚，有多少人立在土岗上，放起纸鸢，高高下下，倒也好看，令人心地一畅。命连儿将酒摆在舱中，大众慢慢的小饮。"④《南朝金粉录》第5回，法真与吉庆和同游清凉山：

　　不觉已到清凉山下，二人即顺着山坡回环曲折的走去，果然是层峦叠翠，怪石眠云，爽籁风生，不愧清凉世界。吉庆和见了便赞羡不已，二人又走了一会，转上山顶，登高一望，沁人心脾……吉庆和看着正自称赞，忽见阴云四布，日色微明，飞鸟盘旋，波澜特起。……未到半山，果然木叶齐鸣，松涛怒吼，只见那些游客皆急急的跑下山来，嘈杂之声不绝于耳。⑤

对南京自然景色描写最为出色的当属《儒林外史》。游览雨花台、清凉山等南京山林的场景在书中多次出现，与人物活动关系密切。值得注意的是，纵情于南京山水的并不只是文士与缙绅，南京

---

① （清）荑荻散人《玉娇梨》，春风文艺出版社1981年版，第42—43页。
② 路工、谭天合编《古本平话小说集》，人民文学出版社1984年版，第679页。
③ （清）吴贻先《风月鉴》，《古本小说集成》影印本，上海古籍出版社1994年版，第87—88页。
④ （清）西泠野樵《绘芳录》，吉林文史出版社1988年版，第16页。
⑤ （清）牢骚子《南朝金粉录》，中央民族学院出版社1994年版，第31页。

普通市民也懂得在山水之中获得享受,第 29 回杜慎卿就见到这样一幕:

> 坐了半日,日色已经西斜,只见两个挑粪桶的,挑了两担空桶,歇在山上。这一个拍那一个肩头道:"兄弟,今日的货已经卖完了,我和你到永宁泉吃一壶水,回来再到雨花台看看落照。"杜慎卿笑道:"真乃菜佣酒保都有六朝烟水气,一点也不差!"①

除去对南京山林的表现,《儒林外史》也突出了南京河湖之美。写秦淮河,突出了其繁华、富庶以及浓厚的风月气息:"灯船鼓声一响,两边帘卷窗开,河房里焚的龙涎、沉速,香雾一齐喷出来,和河里的月色烟光合成一片,望着如阆苑仙人,瑶宫仙女。"②写莫愁湖,突出其喧嚣与热闹的一面:"诸名士看这湖亭时,轩窗四起,一转都是湖水围绕,微微有点薰风,吹的波纹如縠。……到晚上,点起几百盏明角灯来,高高下下,照耀如同白日;歌声缥缈,直入云霄。"③

在南京众多自然景观中,秦淮河最为特殊,它融自然景观与人文景观属性为一体,在南京市民生活中有着非凡的地位,在明清小说中也屡屡出现,这一点在下面还将详细论述。值得注意的是,在对秦淮河的描绘上,南京自然景观在某种程度上消弭了市民阶层的差距,成为全民娱乐的公共空间。《姑妄言》首卷对此写道:"凡过往绅衿商贾仆隶,无不买舟游赏。本处富贵的人不消说,虽贫穷屠贩,亦典衣弃物,必常常游鉴。倘有一人不至,众口咸称俗物,因此游人如蚁,往来络绎。"④为了不被人称为"俗物",贫穷屠贩就是"典衣弃物"也要常常游览。对于南京市民而言,这种享受生活、追求雅致的心态在不同阶层的市民中都有存在,纵情山水之趣凸显了南京市民生活雅化与精致的一面。

---

① (清)吴敬梓著,李汉秋辑校《儒林外史汇校汇评》,上海古籍出版社 2014 年版,第 364 页。
② 同上书,第 306 页。
③ 同上书,第 376—377 页。
④ (清)曹去晶《姑妄言》,中国文联出版社 1999 年版,第 5 页。

（三）南京市民重享受心态的成因

明清小说中南京市民享受生活心态的形成，离不开明清两代南京的城市定位、南京自身的繁华程度与小说作者的心理设定等几个方面的影响。

关于南京的城市定位，可以从历史与现实两个层面来看。从历史上看，南京历史悠久，被称为六朝古都，有关金陵王气的说法在不同的时代都有回响，似乎南京与政治兴衰、王朝更替有着天然的联系。但有趣的是，建都南京的王朝多是短命王朝或是半壁江山，相比之下，北方城市如长安、洛阳明显具有更为强大的气场，也代表了中央王朝大一统的大格局，而南京则显得格局相对较小。此外，"吴头楚尾"的地理位置形象地揭示了南京处在南北文化交汇点的特殊地位，由此来观照南京文化的话，会发现很难定义南京的所谓"主流文化"，南京文化为人所称道的包容与开放，恰恰反映了南京文化多元共生的局面。从历史层面看南京城市定位，它不是严格意义上的全国性的政治中心，它从来不在舞台的正中心，反而更像是侧幕。由此决定了南京人与政治中心城市的市民有很大的差距，他们很少会表现出受政治因素影响而产生的骄傲心态与敏感心理，反而将更多的关注投入到生活中去。即便是后世念念不忘的六朝旧事，给后人留下较深印象的也不是其文治武功，而是六朝文人寄情山水、享受生活的"放浪形骸"。从文化层面看的话，南京多元文化共存的局面在一定程度上冲淡了政治功利文化的影响，得天独厚的自然环境与富庶的城市经济又为市民生活创造了良好的外部环境，这一切都激发了南京市民关注生活、热爱生活、享受生活的热情。

从现实上看，明清两代的南京经历了从明代留都亚中心到清代省府区域中心的变迁。明代的南京始终与作为全国政治中心的北京保持着一种相对疏离的状态，从北京到南京做官更被官场上视为失势的体现，南京似乎成为安置闲散官员的场所。相比起北京"熙熙攘攘皆为官来"的现实，南京官场少了政治倾轧与权力斗争，小说中的明代南京官员们忙的是应付打秋风的各类关系户。到了清代小说中，南京仅仅是两江省府，相比起北京官场来，天高皇帝远的南京官场明显更为"自由"。特别是在晚清小说中,南京官场冶艳、淫靡之风弥漫,北京的官员们还要顾忌御史、官声等现实因素,南京官场则纵情享受声色犬马之乐,官员嫖妓宿娼与娶妓女为妾是公开的事实。从城市定位上看,南京在明清两代与政治中心北京的疏离对南京官场影响深刻,官员们或视南京为养闲之地,在南京的山水城林中安享生活,或视南京为风流富贵之乡,在南京追逐声色的乐趣。官场如此,市民生活更是如此,如果说北京的市民生活集中体现在官派气度与平民气息的话,南京市民生活则相对地消弭了官与民之间的差异。富与贫,官与民之间都在日常生活中体现了趋向雅致、趋向富丽、追求享受的一面,唯一的差异可能只是程度不同而已。此外,不同于北京市民热衷于泡茶馆、听书看戏那种具有强烈日常化、平民气的娱乐消闲,南京市民的日常更具有闲情逸趣与风流韵味,这不能不说是南京文化繁荣、经济发达、环境优美的城市形象对市民心理影响的结果。

就南京自身的繁华程度来看,明清两代的南京始终是东南地区的翘楚,这一点被小说作者反复铺垫,逐渐形成了较为固定的城市形象。《拍案惊奇》卷 15 写南京繁华云:

> 金陵建都之地,鱼龙变化之乡。……那金陵城傍着石山筑起,故名石头城。城从水门而进,有那秦淮十里楼台之盛。湖里有画舫名妓,笙歌嘹亮,仕女喧哗。两岸柳荫夹道,隔湖画阁争辉。花栏竹架,常凭韵客联吟;绣户珠帘,时露娇娥半面。酒馆十三四处,茶坊十六八家。端的是繁华盛地,富贵名邦。①

《醉醒石》第 1 回写留都繁盛:

> 南京古称金陵,又号秣陵,龙蟠虎踞,帝王一大都会。自东晋渡江以来,宋、齐、梁、陈,皆建都于此。其后又有南唐李煜、李璟建都,故其壮丽繁华,为东南之冠。……及至明朝太祖皇帝,更恢拓区宇,建立宫殿,百府千衙,三衢九陌,奇技淫巧之物,衣

---

① (明)凌濛初《拍案惊奇》,上海古籍出版社 1982 年版,第 245 页。

冠礼乐之流,艳妓娈童,九流术士,无不云屯鳞集。真是说不尽的繁华,享不穷的快乐。虽迁都北京,未免宫殿倾颓,然而山川如故,景物犹昨,自与别省郡邑不同。①

在清代小说中,作者仍不惜笔墨来描绘南京的繁华。《儒林外史》第24回用一大段文字写南京之富丽繁华,吴敬梓笔下的南京正是处于康乾时期最为繁盛的时代,具有鲜明的时代烙印:

> 这南京乃是太祖皇帝建都的所在,里城门十三,外城门十八,穿城四十里,沿城一转足有一百二十多里。城里几十条大街,几百条小巷,都是人烟凑集,金粉楼台。城里一道河,东水关到西水关足有十里,便是秦淮河。水满的时候,画船箫鼓,昼夜不绝。城里城外,琳宫梵宇,碧瓦朱甍,在六朝时是四百八十寺,到如今,何止四千八百寺! 大街小巷,合共起来,大小酒楼有六七百座,茶社有一千余处。不论你走到一个僻巷里面,总有一个地方悬着灯笼卖茶,插着时鲜花朵,烹着上好的雨水,茶社里坐满了吃茶的人。到晚来,两边酒楼上明角灯,每条街上足有数千盏,照耀如同白日,走路人并不带灯笼。那秦淮到了有月色的时候,越是夜色已深,更有那细吹细唱的船来,凄清委婉,动人心魄。②

城市的富庶繁华,对市民的生活自然也产生了影响。发达的商业经济不仅影响市民的经济收入与消费水平,还刺激了城市服务业与娱乐业的完善,为市民追求高质量的生活提供了必要的物质条件。南京秀丽的山水风物使城市休闲空间从城内扩展到城外,由此陶铸了南京市民游山玩水的习气,突出了南京山水之城、休闲之都的地位。在这样的城市环境中,市民性格中安逸、享乐的一面被放大了,纵情山水、追逐声色成为南京市民生活中最鲜明的标志。

---

① (清)东鲁古狂生《醉醒石》,上海古籍出版社1992年版,第2页。
② (清)吴敬梓著,李汉秋辑校《儒林外史汇校汇评》,上海古籍出版社2014年版,第306页。

同时，应该注意到的是，我们以明清小说作为依据描绘出南京市民重享受的生活特质，与小说作者对南京的心理设定也有很大的关系。作者眼中所观察到的城市，无疑会染上作者自身对城市的喜好与评价，小说所展现的城市景观与市民风貌必然是作者精心选择的结果。以吴敬梓与《儒林外史》来看，吴敬梓在南京生活多年，不仅为南京的文化圈所接受，亦在南京的名胜与山水中徜徉多年，即便是在饥寒交迫的情况下也从未想过离开南京，这表明吴敬梓与南京之间已经形成了强烈的情感纽带。吴敬梓以真实而又细腻的笔触描写了南京的繁盛与秀丽，他对假名士又恨又怜，对真名士既爱慕又惋惜，南京在他笔下是真假名士交相辉映的舞台，双方你方唱罢我登场，演绎了清代士林的众生相。真名士在南京享受到山水之乐以及发达的文化产业所带来的各种便利，进而找到属于自己的精神家园，而那些在名利路上颠沛流离的假名士也能在南京找到落脚点，靠着附庸风雅、追捧名流获得一线生机。对于吴敬梓而言，南京象征着真名士精神上的家园与净土，所以才会着力塑造南京本地文人庄绍光，才会安排虞育德与杜少卿等在南京汇聚。他们代表了南京市民中的文士群体，他们的生活是南京最具风雅特质的体现，所以吴敬梓突出了真名士在南京山水中享受闲适生活的一面。不仅如此，为了凸显南京的特殊性，吴敬梓还通过对以季遐年、王太、盖宽、荆元、于老者等为代表的南京普通市民生活的展示，塑造了南京平民阶层生活的不俗气质，他们同样能在山水中寻找生活的逸趣。

明清两代的小说作者，有感于南京在经济、文化、自然等方面的突出优势，在心理上把南京设定为风月都会、富贵名邦、山水佳郡。在抓住这些特质的同时，通过把南京市民塑造成重享受生活的多元群体，进一步强化了这些特质，也进而在小说文本中固定了南京的城市形象。

二、秦淮河：城市地标与市民生活

明清两代的南京，秦淮河无疑是最重要的城市景观，它融自然景观与人文景观属性于一体，在南京市民生活中的地位举足轻重。十里秦淮的风雅身姿更是盛名在外,成为外省人心理上对南京想象与向往的一种表征,可以说,秦淮河对于明清两代的南京而言,兼具城市地标与文化意象的意义,是考察南京市民生活的重要切入点。

对于城市地标的理解,当前往往局限于建筑层面,如《大辞海》(美术卷)定位城市地标为:"一个城市独特的标志性建筑或构筑物,含有极高的设计要求与价值。往往能在第一时间给人留下深刻的印象或记忆。具有地理指向作用,同时也是承载着城市历史与人文内涵的象征物。"[①]但是我们也应该意识到,一座城市的地标并不仅限于建筑物,它也是"每个城市的标志性区域和地点,或者能够充分体现该城市风貌及发展历程的区域"[②]。考虑到历史因素、现实情况以及自然景观在城市形象塑造上的重要作用,秦淮河当之无愧是明清两代南京的地标。

之所以说秦淮河是南京的城市地标,可以从历史积淀与明清时期的南京城市生活两个方面来看。从历史积淀来看,秦淮河是南京城市发展史的见证者,其自身的变化也与南京历史紧密相连。关于秦淮河的形成,有过有趣的传闻,顾野王《舆地志》曾云:"秦始皇巡会稽,凿断山阜,此淮即所凿也,亦名秦淮。"[③]秦淮河似乎是秦始皇欲凿断"金陵王气"的副产品,但现代地理科学已证明秦淮河是自然河流,其源头有二,一出自句容宝华山,一出自溧水东庐山,两源在江宁方山西南汇成一流,一路延伸到南京城区。

远在新石器时代,肥沃的秦淮河流域就有人类活动的踪迹,湖熟文化时期的原始先民们,选择了秦淮河平原作为自己理想的居住地。春秋到秦汉时期,秦淮河平原临近江运通道,较早得到开发,秦汉先后于这里设置秣陵、句容、湖熟等县,反映了秦淮河的重要地位。从孙吴开始的六朝,南京长期作为都城,淮水对建业具有重要的军事意义,南方统治者们曾先后在淮水沿岸设置城堡以加强防御。此外,淮水在漕运、水利、商业方面都曾起过巨大的作用。运渎、破岗渎作为

---

① 夏征农、陈至立主编《大辞海》(美术卷),上海辞书出版社2012年版,第42页。
② 张晓阳《慢慢寻思路》,贵州大学出版社2016年版,第101页。
③ (南朝陈)顾野王著,顾恒一等辑注《舆地志辑注》,上海古籍出版社2011年版,第173页。

淮水的人工支流,保障了粮食等物资向都城建业的运输,同时促进了沿线商业的发展。同时,自东吴开始,淮水及其支流青溪两岸就是建业最为集中的居民区,乌衣巷与青溪两岸在六朝时期更是聚居了大量的达官显贵。可以说,六朝建业的繁华离不开秦淮河的滋养。

隋唐时期,尽管六朝宫室荒废严重,但作为主要居民区的秦淮河南岸繁华更胜往昔,杜牧《泊秦淮》写秦淮景致是"烟笼寒水月笼沙,夜泊秦淮近酒家。商女不知亡国恨,隔江犹唱后庭花",足见唐时秦淮之风韵。南唐时期,秦淮河发生重大变化,南唐修筑的都城金陵较六朝建业城整体南移,正式将秦淮河的一段纳入城墙之内,并开通外秦淮作为护城河,自此秦淮河有了内外两支,这种格局一直延续到明清时期。

从历史积淀的角度不难发现,秦淮河的发展与南京城建史之间的关系非常密切。作为南京历史的见证者,秦淮河水不仅目睹了南京往昔的繁华,还从精神层面承载着南京发展的脉络与文化的传承,特别是"当六朝之际,多风流韵事,遂为千古所艳称"①,这是构成秦淮河作为南京城市地标的基础。

明清时期的内秦淮河,由通济门附近的东水关入城,自东向西贯穿南京南部,由三山门附近的西水关出城并注入长江。同时,秦淮河还在城内与杨吴城壕河水及青溪等水系交汇,勾连了南京城内不同的区域。但总的来说,十里内秦淮河是南京城内最为重要的景观河,在明清时期南京城市生活中意义非凡。

从城市生活的角度解读秦淮河,应当从城市布局、民俗活动与休闲娱乐三个方面入手。从城市布局方面来看,明清两代秦淮河流域是南京主要的居民区,同时也汇聚了大量的官署与商市,是整个南京城最为繁华的区域。更为重要的是,南京最负盛名的娼妓业也与秦淮河关系紧密,从明初的富乐院到明中后期的旧院等妓女云集之所,都位于秦淮河流域。明代顾起元《客座赘语》记明代教坊司:"余犹及闻教坊司中,在万历十年前,房屋盛丽,连街接弄,几无隙地。长桥烟水,清泚湾环,碧杨红药,参差映带,最为歌舞胜地。"②描写的正是明

---

① 方继之《新都游览指南》,南京出版社 2014 年版,第 91 页。
② (明)顾起元《客座赘语》卷7,中华书局 1987 年版,第 232 页。

代秦淮沿岸浓郁的脂粉气息。此外,《白下琐言》载:"明初设教坊司,立富乐院于乾道桥,复移于武定桥等处,至今其地犹呼曰院门口。"①富乐院是明初设立的供教坊乐户居住与接客的场所,它迁移到武定桥,正是秦淮河流域较为繁华之处。还有南京颇为有名的旧院,是明代中期南京妓女汇聚之处,也在秦淮河附近,《板桥杂记》载:"旧院人称曲中,前门对武定桥,后门在钞库街。"②

清代的南京,秦淮河两岸分布着江南贡院、学院衙门、江宁县学、江宁县署等行政或文化机构。尽管旧院已是前朝旧事,但清代的南京妓女依然与秦淮河关系紧密,多居停在秦淮河两岸。车秋舲《秦淮画舫录》所记各妓多居住在贡院前、东水关、板桥、文德桥、桃叶渡等处,皆不离秦淮左近。晚清南京妓女集中在秦淮河附近的钓鱼巷:"光绪中叶以后,秦淮妓家大抵聚处,且皆麇集于淮清桥下之钓鱼巷,至御河房而止。"③

从城市布局的角度看,明清两代的秦淮河两岸既是南京人口最为集中的居民区,又因为官衙的集中具备行政功能区的职能,同时,以贡院、府、县学为中心的文教区也集中于此。极具南京特色的青楼妓馆也在这一区域汇聚,与官府、文化设施以及居民区杂处在同一城市空间,使秦淮河流域成为融南京市井文化、官场文化、风月文化为一体的集合体。秦淮本身就与六朝以来南京的风月传统一脉相承,明清时期分布在秦淮沿岸的青楼妓馆则进一步凸显了南京风月之都的城市形象,这里是本地市民追欢买笑的人间乐处,也是令外省人向往的温柔乡。

明清时期的秦淮河景色宜人,两岸临河建有各类精美建筑,还有桃叶渡、乌衣巷等富有历史内涵的街巷,再配以美妓娇娃之歌舞升平,把秦淮河称为南京的城市地标非常合适。在明清小说中,小说作者一方面着力于表现秦淮河的优美景色与沿岸建筑的雅致。如《醉醒石》提道:"南京下处,河房最贵,亦最精。西首便是贡院,对河便是

---

① (清)甘熙《白下琐言》,南京出版社 2017 年版,第 106 页。
② (清)余怀《板桥杂记》,上海古籍出版社 2000 年版,第 8 页。
③ 同上书,第 66 页。

衖子。故此风流忧爽之士,情愿多出银子租他。"①贡院与妓院相对,凸显了秦淮河在南京城市布局上文化核心区与风月核心区交汇的属性,文人雅士爱南京城南的繁华富庶及河房的精美建筑、秀丽景色,多在此买房或租房。每逢科举考试之际,举子们也多云集于此,其中也不乏一些雅好风月的文士。秦淮河房建筑本身非常精美,《板桥杂记》谓其"两岸河房,雕栏画槛,绮窗丝障,十里珠帘"②,在当时备受青睐,明人张岱在《陶庵梦忆》中说"秦淮河河房,便寓、便交游、便淫冶,房值甚贵,而寓之者无虚日"③,反映的正是河房炙手可热的情形。

清代小说《风月鉴》第4回,作者通过嬷娘的眼光写秦淮河"两岸俱是硃红小栏杆围着,栏内或是月窗,或是六角小门,俱挂着湘妃竹的帘子"④。《南朝金粉录》第7回,一众名士在秦淮河边的一枝园聚会,该园的河厅同样非常精致:

  吉庆和走出船头,望上一看,只见一排玻璃窗隔内,拉着水墨梅花白绫窗挡,外面一带朱红漆亚字栏干上,横着一块小小沈香木深刻的横匾,填着云蓝色"停艇听笛"四字,吉庆和看罢便道:"好一所河厅!"⑤

《文明小史》第40回,作者描绘了夕阳西下时秦淮河岸的市井人家场景:

  逢之合陆天民、徐筱山同路而归,走过秦淮河的下岸,正是夕阳欲下,和风扇人,一带垂杨,阴阴水次,衬着红霞碧浪,顿豁心胸。那河里更是画舫签歌,悠扬入耳。对面河房,尽是人家的眷属,绮窗半开,珠帘尽卷,有的妆台倚镜,有的翠袖凭栏,说不

---

① (清)东鲁古狂生《醉醒石》,上海古籍出版社1992年版,第2页。
② (清)余怀《板桥杂记》,上海古籍出版社2000年版,第10页。
③ (明)张岱《陶庵梦忆》,上海古籍出版社1982年版,第30页。
④ (清)吴贻先《风月鉴》,《古本小说集成》影印本,上海古籍出版社1994年版,第69—70页。
⑤ (清)牢骚子《南朝金粉录》,中央民族学院出版社1994年版,第48页。

尽燕瘦环肥,——都收在眼睛里去。①

另一方面,紧扣秦淮河与南京娼妓业的关系,小说作者热衷于表现秦淮两岸的风月景色。如清代小说《品花宝鉴》第55回,杜琴言随屈道生南下赴任路过南京,刘喜引杜琴言游览秦淮河,看到了秦淮河两岸妓女如云的情况。《九尾龟》第180回,章秋谷到南京考试,坐船游览秦淮河,雅好风月的他关注的重点始终在妓女身上:

荡到钓鱼巷那边一带,只见杨柳垂波,珠帘拂槛。那些娼寮里头的人,都一个个浓妆艳抹的坐在帘内,把珠帘高高的挂起。一阵阵的香气,直扑过来。秋谷约略看了一看,虽然看得不狠清楚,却倒觉得狠有些迷离掩映的丰神,比那当面平视倒反觉得好些。②

明清小说中的秦淮河,作为南京文化核心区域与青楼文化核心区域的交汇处,在城市布局上突出体现了南京的城市特色。对于市民生活而言,秦淮两岸的特色建筑与鳞次栉比的妓家,象征着南京日常生活富贵、风雅、冶艳的一面,不仅满足了南京市民居住与休闲娱乐的需求,同时也令外省人产生了强烈的向往。从这一点上看,在南京人与外省人心目中,秦淮河都可称作南京的城市地标。

从民俗活动层面来看,秦淮河与南京市民生活中的某些民俗活动联系紧密,许多民俗活动就在秦淮河上举行。这些民俗活动既体现了南京城市生活的特色,又凸显了秦淮河在南京市民生活中的重要性。与秦淮河相关的南京民俗,多属于节令民俗,与特定的节日或时令有关。春季南京市民有在秦淮河上游船饮茶的习俗,《儒林外史》第41回写道:

话说南京城里,每年四月半后,秦淮景致渐渐好了。那外江

---

① (清)李伯元《文明小史》,江西人民出版社1983年版,第338页。
② (清)张春帆《九尾龟》,齐鲁书社1993年版,第705页。

的船,都下掉了楼子,换上凉篷,撑了进来。船舱中间,放一张小方金漆桌子,桌上摆着宜兴沙壶,极细的成窑、宣窑的杯子,烹的上好的雨水毛尖茶。那游船的备了酒和肴馔及果碟到这河里来游,就是走路的人,也买几个钱的毛尖茶,在船上煨了吃,慢慢而行。①

端午佳节,秦淮河灯船满河,堪称南京市民生活中的一大盛事。《桃花扇》小说第 4 回就提到"适值五月端阳佳节,南京风俗到得此日,无论绅士商贾俱各驾船游玩,吹弹歌唱"。《姑妄言》第 12 回也对端午节时的秦淮灯船有所表现:

> 每逢端阳,秦淮河灯船龙舟不计其数,那两岸河房内,人俱租尽,不消说得。而在河里坐船游顽者也便如蚁。那来游的妇女小户人家,如何来得起?自然都是大家闺秀。船上虽然四面垂着帘子,日光射照,通通大亮,虽有如无。也有一种轻薄子弟,虽不敢以船傍船来赏鉴。把他船在这船的左右前后,总追随着游荡。②

端午灯船游河尽显南京繁华本色,不论是文士还是富商,都要租船畅游一番,船上还有歌酒助兴或者妓女相伴,不可谓不风流蕴藉。以《姑妄言》所写来看,端午秦淮游船在南京女性市民中参与程度也很高,第 2 回就写了铁化一家女眷端午游船的情形:"大家清早吃了些早饭,坐轿子到船上来。撑开游赏,真是热闹。看别的游船上,有清唱的,有丝管的,有挟妓的,有带着梨园子弟的,还有吹打十番的。那两岸河房,全是来玩赏的男妇。"③

秦淮灯船之盛,自明代就已是南京城内的热闹场面,这一点在《板桥杂记》中就有所体现:"秦淮灯船之盛,天下所无。……薄暮须

---

① (清)吴敬梓著,李汉秋辑校《儒林外史汇校汇评》,上海古籍出版社 2014 年版,第 505 页。
② (清)曹去晶《姑妄言》,中国文联出版社 1999 年版,第 623 页。
③ 同上书,第 81 页。

臾,灯船毕集,火龙蜿蜒,光耀天地,扬槌击鼓,蹋顿波心。自聚宝门水关至通济门水关,喧阗达旦。桃叶渡口,争渡者喧声不绝。"①所谓灯船,其实就是以各类灯具点缀船舱,以形成光彩炫目的效果。夏仁虎《秦淮志》载:"羊角灯,昔为金陵特产,用羊角煎熬成液,和以彩色。凝而压薄成片,谓之明瓦。……联缀明瓦而成灯,透光明,无火患,且不脆裂,故清代宫中亦用之,前辈灯船赋多称羊灯,盖指此,非指羊脂蜡炬也。"②明代灯船所用,应该就是这种羊角灯。嘉道年间,南京灯船开始使用玻璃灯,甘熙《白下琐言》载:"秦淮灯船,昔人称之。今则纯用玻璃,四面始耀。旧时羊灯,久无用之者。"③在南京籍文人的记载中,秦淮灯船乃至所用灯具的变迁都得到关注,恰恰说明南京人对秦淮灯船感情之深。

农历七月,秦淮河上的游船又与宗教活动联系起来,《儒林外史》第41回写道:

> 满城的人都叫了船,请了大和尚在船上悬挂佛像,铺设经坛,从西水关起,一路施食到进香河,十里之内,降真香烧的有如烟雾溟蒙。那鼓钹梵呗之声不绝于耳。到晚,做的极精致的莲花灯,点起来浮在水面上。又有极大的法船,照依佛家中元地狱赦罪之说,超度这些孤魂升天,把一个南京秦淮河变做西域天竺国。④

从民俗这个层面上看,秦淮河与南京市民关系紧密。春季游船饮茶带有明显的游春性质,体现了南京市民生活雅化的一面,以《儒林外史》中的内容来看,这一活动在普通市民中间也较为普遍。端午灯船游河是文士与富民阶层中流行的消遣活动,船上多有妓女侑酒和歌舞吹弹相伴,集中呈现了南京市民生活富贵与风流的一面。中元节挂佛像、设经坛,在水中放莲花灯,是佛教对南京市民世俗生活

---

① (清)余怀《板桥杂记》,上海古籍出版社2000年版,第10页。
② 夏仁虎《秦淮志》,南京出版社2006年版,第81页。
③ (清)甘熙《白下琐言》,南京出版社2017年版,第34页。
④ (清)吴敬梓著,李汉秋辑校《儒林外史汇校汇评》,上海古籍出版社2014年版,第508页。

影响的体现,这种活动同样选择在秦淮河举行,充分体现了秦淮河与南京市民生活之间紧密的现实与情感联系。同样一条河水,清雅、艳俗与神圣等不同的场面交织在一起,秦淮河承载的是南京人的生活精神与文化传统,因秦淮河而产生的民俗活动可以说是南京市民生活中最为热闹的时刻,市民不分阶层的广泛参与书写了城市生活中最精彩的一页。

在民俗活动之外,还应当注意到,作为景观河的秦淮河为南京市民的日常生活提供了休闲消遣与会友交际的空间。《风月鉴》第4回,为应考方便住在秦淮后街的嫣娘,读书之余就以游河做消遣。小说通过嫣娘的视角写撑船的少女、两岸的丝竹之声,最后嫣娘循着琴声遇到宜人,演出了一幅少男少女初相会的美好画面。《载阳堂意外缘》第1回,也出现了类似的场景,邱玉坛在秦淮河边"瞥见小楼船一只,珠帘高卷,有一位年少妇人在内捻花插鬓,丰姿绰约。玉坛一见,心中觉得是熟识之人。那位妇人一见玉坛,心中亦觉得是熟识之人。四目相视,彼此留情"①。秦淮河是一条脂粉气息浓郁的景观河,不仅是因为两岸的青楼妓女,还在于居住或游船于河上的市民女性,小说作者热衷于借这种市民日常休闲游河的契机来创造青年男女相会的时刻,《姑妄言》中那种轻薄男子租船在河追逐女眷船只的情况应当是较为普遍的。

就南京城中的文士阶层来看,他们的雅集也常选在秦淮河上或两岸的建筑内举行。《南朝金粉录》第7回写李亦仙请赵鼎锐、吉庆和等人在秦淮河畔的一枝园聚会,一枝园临河傍水,具有典型南方园林的雅致幽静。对岸就是教坊,方便园中聚会的公子王孙招妓侑酒,为城中文士阶层之间的聚会提供了极适宜的场地。该书第11回,洪一鹗为即将赴京的一众南京文士践行,选择在河中船上设宴,这同样是极具南京特色的社交方式:

> 随即择了二月初六,又写了五封两饭候光的请帖,着人往各家去送,又招呼酒馆内备了一桌盛筵,一桌精细饭菜,两桌下席,

---

① (清)周竹安《载阳堂意外缘》,《古本小说集成》影印本,上海古籍出版社1994年版,第1—2页。

又去雇了一只头号大船。诸事预备停当,到了初六,洪一鹗又令将船放在桃叶渡码头,他便预先在船拱候。①

众人在船上一边行船一边观赏景色,路过相识的妓女家便上岸相招,随后与会各人都携了相识的妓女下船,继续在河中饮酒唱曲,"真是金樽檀板,说不尽那胜概豪情"。这种情况在其他清代小说中也有体现,《冷眼观》第1回,王小雅到南京处馆,年伯的公子也是"封备楼船一只,停泊桃叶渡",为其接风洗尘。王小雅到桃叶渡口,"远见一只头号灯舫停泊在钓鱼巷官妓韩延发家河房后门,船上已是珠围翠绕的一片笙歌"。

在晚清小说中,南京官场同样流行在秦淮河船上吃花酒。以《官场现形记》为例来看,第29回,佘小观初到南京,"同寅当中亦很有人请他在秦淮河船上吃过几台花酒"。羊统领为了招待章统领,"吩咐预备一桌满汉酒席,又叫了戴老四的洋派船。一来应酬相好,二来谢媒人,三来请朋友"②。可见,不论是官场还是在市民生活中,河船设宴都是一种具有南京特色的交际方式。这种河船上的聚会,将饮宴、赏景、妓乐交织在一起,是一种兼具观赏性与娱乐性的社交活动。

以上我们从城市布局、民俗活动与休闲娱乐三个方面梳理了秦淮河在南京市民生活中的地位。概而言之,作为一条贯穿南京市区的景观河,它以历史、文化、风月等因素的交织聚合形成了一个多元化的生活空间。对南京市民而言,秦淮河已经渗透进他们生活的方方面面,是他们休闲娱乐、会友交际的空间,这里是南京世俗气息最浓郁的区域,也是南京最为繁华的区域。无论从哪个角度来看,秦淮河作为最具南京特色的城市地标都是当之无愧的。

三、休闲城市印象与市民游观活动

明清时期,逐渐形成了一些以城市及其附近旅游景点闻名的游览胜地,如北京、南京、苏州、杭州等,城市市民生活中以休闲娱乐为

---

① (清)牢骚子《南朝金粉录》,中央民族学院出版社1994年版,第90页。
② (清)李伯元《官场现形记》,中州古籍出版社1995年版,第382页。

目的的游观活动也变得越来越普遍。以我们的研究对象来看,明清时期的北京与南京都可称得上是闻名全国的旅游城市,小说中也有不少情节反映了两座城市的这种特性。例如《儿女英雄传》第 29 回,邓九公到北京拜访安家,便对安如海说:

> 我要到前三门外头热热闹闹的听两天戏,这西山我也没逛够,还有海淀万寿山昆明湖,我都要去见识见识,一直逛到香山,再看看燕台八景,从盘山一路绕回来,撒和撒和。①

从中可以发现清代外省人对北京某些著名景点的第一印象,内山、海淀园林、香山等都被他们视为北京必游之处。但在邓九公的计划中,最先考虑的是在外城听戏,其次才是游览风光。这种情况并非个例,清代小说中的北京人热衷于听戏、下馆子,在京的外省人也往往把这些活动视作体验京城生活的必由之路。外省人在京的活动更多的是与城市中的娱乐业或服务业有关,即便涉及游览的内容,也仅限于城内的寺观等人文景观,较少出现他们出城游览山林的描写。

与之相比,地处江南的南京作为休闲城市的印象在明清小说中得到了更为突出的体现,几乎每一部涉及南京的小说中都会出现游观活动的描写。对于南京市民而言,在他们的日常生活中,游山赏水这样的游观活动非常普遍,并非仅仅局限于某些特定节令。可以说,南京市民的游观活动具有明显的日常化特征,它深深地融入了南京人的生命基调之中,体现了南京市民生活的休闲品味。不仅如此,南京这种休闲城市的印象对外省人同样影响深刻,南京在他们心中被视作江南风景秀丽之地,在南京期间也多有涉及游览休闲的活动。明清小说中的南京城市生活,市民游观活动显得非常突出,小说作者通过对南京市民与外省人游观活动的描写,不仅展现了南京的自然与人文景观,塑造了南京休闲城市的印象,还以这种方式再次彰显了南京市民生活雅化与精致化的一面。

---

① (清)文康《儿女英雄传》,齐鲁书社 1999 年版,第 649 页。

（一）休闲城市印象与外省人的游观活动

印象是客观事物在人脑中留下的迹象，对于某种城市印象的体认，长期生活于此的本地人或许已经因为习惯而变得不敏感。反倒是初入城市的外省人，循着自己前期从各种渠道形成的城市印象，指引着自己在城市的行动。所以，对于南京的休闲城市印象，从外省人的观念与活动入手，可能更为明晰。

在明清小说中有一个非常明显的现象，北京作为全国政治中心，作者一面写宫廷气息，写官场百态，铺陈京城生活的官派气度，一面又把北京塑造成一种娱乐化、市井味浓厚的城市。特别是在清代小说中，在京外省人把戏园看戏、饭馆吃饭、交接男伶看作是北京的城市特色，一入京华便沉溺其中。与之相反，南京给外省人留下的则是休闲城市、旅游城市的印象，他们醉心于南京的山水自然，享受城市山林带给他们的愉悦。

从印象感知的角度来看，不少外省人仰慕风景秀丽的南京，把它视作可以陶养性情的山水名城。《鸳鸯针》第2卷第3回，时大来在逃难途中路过南京，作者写他想："久闻南京名胜，都不曾到。出路由路，且游说他几日，再图前进。"①表面看来不甚合理，但秀才出身又家道贫寒的时大来难得有机会走出家门，路过南京"名胜"不能不去观赏一番。该书第3卷第3回，卜亨去南京纳监，为了带宋珏去当代笔，特意以"燕矶牛首，尽可陶养性情"的说法吸引对方。对于宋珏这样的穷书生，对南京充满向往，自然不会拒绝卜亨的邀请。在清代小说《生绡剪》第3回中，主人公奚章甫是溧阳县书生，作者写他"只是性好闲游名山大区，不肯潜修牖下。以故常在秣陵玩耍，寓在那淮清河上"②，性好闲游，常居秣陵，无疑是把南京视为闲游的极佳选择。上面小说中出现的人物，多是具备一定文化修养的文人，他们把南京视作"名胜"，视作可以"陶养性情"的地方，更把它视作可以闲游的"名山大区"。文人自身的性格与修养决定了他们对山水名胜的向往，而他们心目中的南京则因为自然环境的优美与人文景观的丰富而成为

---

① （清）华阳散人《鸳鸯针》，春风文艺出版社1985年版，第89页。
② 李落、苗壮校点《生绡剪》，春风文艺出版社1987年版，第54页。

最理想的休闲城市,这是南京在他们心理上最直接的印象。

明清小说不仅写外省人心理上的南京休闲城市印象,还通过他们在南京城的游观活动进一步强化这种城市印象。相比起心理上的印象,外省人在南京居留期间的游观活动更具有实际意义,也更能体现南京城市生活休闲化的特征。明代小说中就有不少涉及外省人在南京游观活动的描写,但多比较笼统。如《天凑巧》第2回《陈都宪》,作者写在南京参加科举的考生们在考试后,"此时科举的大半都回,也有一半在彼游秦淮,看雨花台、燕子矶、栖霞、牛首,挟妓玩耍"①。《鸳鸯针》第1卷第2回,丁协公进京会试途中路过南京停留,作者写他在南京是"坐着大轿,大吃小喝的。今日游雨花,明日宴牛首。不是这里寻小优,就是那里接姊妹"②。雨花台、牛首山等自然景观与优伶、妓女相对,这恐怕就是南京城市生活中最诱人的一幕。在《醉醒石》第1回,姚一祥去南京纳监,其中也有姚与妓女、帮闲一起游览雨花台的情节。

在清代小说中,关于外省人在南京游览活动的描写逐渐增多,对南京景色的描写也更为细致。如《桃花扇》小说第1回写寓居南京的侯方域与社友去冶城道院看梅花,"只见碧草翻天,绿柳匝地,游人士女三三两两,各携玉液,无不饮酒行乐"③。《儒林外史》第29回写杜慎卿等人游览雨花台:"一同步上岗子,在各庙宇里,见方、景诸公的祠,甚是巍峨。又走到山顶上,望着城内万家烟火,那长江如一条白练,琉璃塔金碧辉煌,照人眼目。"④《载阳堂意外缘》第1回写邱玉坛在南京观赏秦淮龙舟竞渡:"见两岸红榴舒彩,绿柳含烟,中间游船千百,梭织不停,士女殷盈,笙歌贯耳,胸中不胜快乐。"⑤《九尾龟》第180回与章秋谷到南京考试,闲暇之日游览秦淮河、玄武湖、莫愁湖等景点:

---

① (明)西湖逸史《天凑巧》,《古本小说集成》影印本,上海古籍出版社1994年版,第81页。
② (清)华阳散人《鸳鸯针》,春风文艺出版社1985年版,第19页。
③ 路工、谭大谷编《古本平话小说集》,人民文学出版社1984年版,第679页。
④ (清)吴敬梓著,李汉秋辑校《儒林外史汇校汇评》,上海古籍出版社2014年版,第346页。
⑤ (清)周竹安《载阳堂意外缘》,《古本小说集成》影印本,上海古籍出版社1994年版,第1页。

> 秋谷一个人雇了一只游艇,在秦淮河里荡了一回。……那些沿着秦淮河的河房,都深深的垂着湘帘,里面隐隐的露出许多鬓影钗光,遮遮掩掩的偷看那往来的游客。……又玩了一天玄武湖,玩了一天莫愁湖,觉得那玄武湖绿滟波光,云横山色,遥峰挹翠,远树含烟,倒狠有些远水近山的景致。惟有那莫愁湖却没有什么景物,只供着个中山王和莫愁的小像。①

清代小说中出现的这些在南京的外省人,基本上仍是以文人为主,或是寓居南京的文人,或是来参加科考的举子。从传统意义上来讲,城市旅游景观的发现和开拓与文人之间关系密切,相比起其他阶层来说,他们更热衷于发现城市中的自然与人文景观,也更乐于在旅游的过程中去游览不同城市的景观。在南京的游观活动对这些外地文人而言,既是他们心理上形成的南京城市印象对自身活动的影响,又是他们体验南京城市生活的一种方式,同时,文人还会在这一过程中加深这种印象,并进一步予以传播。此外,值得注意的则是,明代小说中常在人物口中出现的燕子矶、牛首山基本上已很少在清代小说中出现。清代小说中外省人游览的南京景观开始向清凉山、雨花台以及秦淮河、玄武湖、莫愁湖等景致集中。相比起城外的各类景观,清代的文人明显更青睐于城内与城郭附近的南京景观,因为它们或在城内,或在城郊近处,往来相对便利。

在文人之外,清代小说中也出现了外地平民游览南京的情节。如《品花宝鉴》第55回,仆人刘喜对南京的景致非常了解:

> 刘喜见他烦闷,便撺掇他去游玩,说道:"大爷坐在船上也闷得慌,不如进城逛逛。最好逛的是莫愁湖、秦淮河、报恩寺、雨花台、鸡鸣埭、玄武湖、燕子矶。小的同大爷进城散散闷,老爷总要晚上才回。"琴仙道:"我不高兴。怪热的天气,也不能走路。"刘喜道:"若别处还要走几步,若到莫愁湖、秦淮河、燕子矶,一直水路,坐了船去,不用走的。燕子矶我们前日走风,没有靠船,可惜

---

① (清)张春帆《九尾龟》,齐鲁书社1993年版,第705页。

明日就过了,开船再逛罢。今日去逛逛秦淮河,两边珠围翠绕,好不有趣呢。"①

刘喜不但熟知南京的景物,更了解水路可以连接起莫愁湖、秦淮河等景点,对于秦淮河"两边珠围翠绕"的风月气息,他同样非常熟悉。虽然这次游览是出于陪杜琴言散心的目的,但实际上对游赏活动非常积极的是仆人而非主人,所以从莫愁湖出来,"刘喜又要去逛秦淮河",整个游览过程起主导作用的始终是刘喜。

总之,对以文人为主的外省人而言,南京在他们心理上烙下了休闲城市的印象,他们既向往南京的山水自然与历史遗迹,又在居停南京期间有大量游观活动。南京休闲城市印象不仅影响了他们在南京的活动,又通过游观活动深化了他们对南京休闲城市印象的感知,进一步传播了南京的这种城市印象。

(二) 明清小说中的南京市民游观活动

在关注到外省人在南京的游观活动之外,南京本地市民的游观活动同样值得注意。作为南京城市生活的主体,他们的游观活动更能体现南京人的兴趣与爱好,以及游观活动在南京人日常生活中的意义。在明清小说所反映的南京市民日常生活中,游观活动可谓非常普遍,南京城内外的自然景观与人文景观都留下了南京市民的足迹,在某些与特定时节相关的游观活动之外,更多的是日常化的游观活动。如《姑妄言》第 23 回写梅生与钟情:

> 二人无三日不相聚,无十日不同游。城中则冶城、钟山、狮子山、清凉寺、黑龙潭、桃叶渡、史家墩、秦淮河、鸡鸣寺、朝天宫、紫竹林、虎踞关、铁塔寺、小桃源,城外则牛首、祖堂寺、献花岩、天龙寺、雨花台、长干里、半山园、灵谷寺、栖霞岭、木末亭、紫金山。凡是有名古迹,尽去游赏,流连终日,皆有留题,也不能尽记。②

---

① (清)陈森《品花宝鉴》,齐鲁书社 1993 年版,第 459 页。
② (清)曹去晶《姑妄言》,中国文联出版社 1999 年版,第 1151 页。

此外,南京市民的游观活动还呈现出不分阶层的特征,不同阶层的市民常常会在同一处景点出现,体现了南京游观活动的大众化与全民性特征。

在明代小说中,描写南京市民游观活动的内容并不多。《拍案惊奇》卷15的主人公是南京"有名的富郎陈秀才",他既好结客,又喜风月,居所靠近秦淮,作者写他"逐日呼朋引类,或往青楼嫖妓,或落游船饮酒。帮闲的不离左右,筵席上必有红裙。清唱的时供新调,修痒的百样腾挪。送花的日逐荐鲜,司厨的多方献异"①。陈秀才这样的南京人物,是明清小说较常见的,他家道殷实,日日追欢买笑,游船秦淮是他生活中再平常不过的游观活动了。

对于南京市民而言,十里秦淮最具风流气息,也是与南京市民生活最为密切的游观场所,除此之外,还有一些景观出现在明代小说中。例如《型世言》第35回中,僧人无垢到南京印经书,住在印匠徐文家中,徐文的妻子建议无垢出去游玩,提到报恩寺塔以及十庙与观星台。报恩寺是明代南京城内规模最大的皇家宗教建筑群,琉璃塔是举世闻名的精美建筑。此外,报恩寺地处南京最为繁华的聚宝门外,又毗邻雨花台,是南京最具人气的游赏之地。观星台与十庙都在鸡笼山,万历《应天府志》卷15载:"鸡鸣山在覆舟山西南……国朝于山巅筑台置仪表,以测玄纬,名观象台,亦名钦天山。左右列十庙,缭以朱垣。"②而十庙则是祭祀历代帝王与功臣的庙宇,《皇明大政记》记洪武二十七年"改建汉寿亭侯关羽庙于鸡鸣山之阳。……与历代帝王及功臣、城隍诸庙并列,通称十庙云"③。不同于《拍案惊奇》中的陈秀才喜爱游河的风雅,类似徐文妻子这样的南京普通市民对寺庙等人文景观更感兴趣。文士注重的是观赏的雅致,而普通人则更青睐热闹的程度。

描写南京市民游观活动的内容在清代小说中开始频繁出现,针对游观活动展开的空间不同,可以分作游览自然景观与人文景观两

---

① (明)凌濛初《拍案惊奇》,上海古籍出版社1982年版,第245页。
② (明)陈舜仁《(万历)应天府志》卷15,明万历刻增修本。
③ (明)雷礼《皇明大政记》卷4,见《四库全书存目丛书》史部第7册,齐鲁书社1996年版,第710页。

类。清代小说中出现的南京自然景观,以城内外的山林与河湖为主。其中,南京市民游览较多的山林当属清凉山与雨花台。《儒林外史》中,清凉山多次出现,吴敬梓把它称作"城西极幽静的所在",特意借荆元游山访友写出了于老者一家人在清凉山世外桃源般的生活,以城市平民的山居生活表现了欲为士林浮躁心态"降温"的初衷,也在某种程度上体现了南京市民对自然的热爱与游观活动之流行。

在清凉山之外,雨花台也是南京市民青睐的旅游景点。《姑妄言》第3回就提到钟情之兄与朋友去雨花台"耍青"的情节。此外,尤以《儒林外史》对雨花台的描写较为出色。该书第29回,杜慎卿等人来到雨花台游览,众人"走到山顶上,望着城内万家烟火,那长江如一条白练,琉璃塔金碧辉煌,照人眼目"。第55回又写开茶馆的盖宽与邻居来到雨花台游赏,以日暮之景象映衬此时南京群贤早已风流云散的现实,尽显世事变迁的沧桑感。

在南京市民日常活动中,最常游览的水景是秦淮河与莫愁湖。秦淮河对于南京市民而言,兼具自然景观与人文景观的属性,是南京富贵风流的象征,前面我们已经谈到了某些具有民俗活动性质的秦淮游船。除此之外,清代小说中南京市民日常游船观赏也很普遍,《风月鉴》《南朝金粉录》《官场现形记》中都有相应的描写。《文明小史》第42回中的刘齐礼,是留洋归国的南京学生,经常"同了朋友到大孚庙前空场上走走,或是雇只小船在秦淮河里摇两转,看看女人,以为消遣"。《冷眼观》第1回,写王小雅和几个朋友在秦淮河游船赏景的情景:

时正三月中旬,轻寒未退,盈盈一水中,拥出一丸凉月,与东关头城圈里面丐户两三灯火互相明灭。再转面一看,却是一带丁字帘栊,灯烛点得如同白昼。原来这东关头有一连二十几座城洞,都是伙食乞丐居住,一般有领袖管束,名曰丐头。遇有官府过境,丐头就率领了群丐去挽舟牵缆,却好与钓鱼巷官妓河房遥遥相对。本是前明朱太祖创设的,所以警戒后人,倘要在钓鱼巷乐而忘返,则必有入东关头身为乞丐之一日。我当时见此情景,又想起旧地重游,不觉凄然浩叹。正是:多情惟有秦淮月,不照兴亡照美人。①

上面所举小说所写南京市民的秦淮游船活动,基本上都与秦淮两岸的青楼女子有关,或是乘船以观赏两岸的香风脂雨,或是行船的同时有妓女侑酒伴唱,这与秦淮河浓郁的风月气息是无法分割的。

相比起秦淮河的风月味道,莫愁湖略显落寞一些,但也是南京市民常常游览的景致,由于有水道连通,从城内到莫愁湖非常方便。《儒林外史》第30回写了杜慎卿组织的莫愁湖大会,充分表现了莫愁湖热闹与喧嚣的一面。《绘芳录》第3回,祝伯青等南京名士携二珠游莫愁湖,一路由水道行进。

《文明小史》第56回,作者以制台公子冲天炮游览莫愁湖为契机,描写了晚清时莫愁湖与胜棋楼的情况:

> 莫愁湖是个南京名胜所在,到了夏天,满湖都是荷花,红衣翠盖,十分绚烂。湖上有高楼一座,名曰胜棋楼,楼上供着明朝中山王徐达的影像。太平天国之乱,官兵克服南京,都是曾文正一人之力,百姓思念他的勋绩,又在中山王小像的半边,供了曾文正一座神主,上面有块横额,写的是"曾徐千古"。这日,冲天炮轻骑简从,人家也看他不出是现在制台的少爷,在湖边上浏览一回,热得他汗流满面,家人们忙叫看楼的,在楼底下沿湖栏杆里面搬了两张椅子,一个茶几,请他坐了乘凉。②

作为六朝古都的南京,深厚的历史底蕴为南京留下了大量的人文景观,其中尤以寺观为盛。《儒林外史》第24回曾写道:"城里城外,琳宫梵宇,碧瓦朱甍,在六朝时是四百八十寺,到如今,何止四千八百寺!"数量众多的寺观为南京市民提供了大量的观赏空间,而且人们游览寺观常常不是出于宗教的原因,很多时候只是单纯的看建筑、花木以消遣。如《玉娇梨》第4回写灵谷寺赏梅,称其为"金陵第一胜景"。《风月鉴》第5回则写到雨花台附近的净因庵,在八月的时

---

① (清)八宝王郎《冷眼观》,百花洲文艺出版社1991年版,第247—248页。
② (清)李伯元《文明小史》,江西人民出版社1983年版,第476页。

候桂花最盛,每年游人如蚁。《儒林外史》与《姑妄言》中都有游览报恩寺的情节。相比起自然景观,清代小说中出现的描写南京市民游览人文景观的内容并不算多,就小说中的情况来看,南京市民似乎更热衷于南京的山水等自然景观。

在涉及南京游观活动的描写中,尽管小说作者笔下的人物以文人、商贾与官员为主,但作者也关注到了那些普通市民的游观活动。他们从没有把南京的山水景观塑造成某一阶层的专属,而是体现了它们的公共性,让不同阶层的南京市民在同一景点出现,充分体现了南京游观活动的全民性。在《儒林外史》中,吴敬梓笔下的四位市井奇人,虽然只能勉强维持生计,但他们对生活的热爱,对南京山水的钟情并没有因生活的艰难而有所减少,小说中仍描写了他们游览南京山水的情节。南京市民在日常生活中热衷于各种游观活动,《姑妄言》针对南京市民游秦淮的风气写道:"虽贫穷屠贩,亦典衣弃物,必常常游鉴,倘有一人不至,众口咸称俗物,因此游人如蚁,往来络绎。"① 游观这一活动本是流行于士大夫之中,以明清小说中涉及南京的内容来看,游观活动也确实是以士大夫阶层为主。但在明清时期,这种风气对民间也产生了极大的影响,普通市民对各种景致同样趋之若鹜,民众对游观活动的参与甚至在一定程度上冲击着士大夫的"雅游"文化。《品花宝鉴》第55回,杜琴言游莫愁湖时有一段风趣的描写:

> 琴仙见往来游玩的,也有士人,也有商贾,也有乡农,也有妇女们,摆着几张茶桌子,栏外就是满湖的荷花。和尚便泡了两碗茶来,刘喜请琴仙坐了,他拿了茶碗又到一处去坐。琴仙见那些人走来走去,只管的看他,有几个村里的妇人,瓦盆大的脸,鳊鱼宽的脚,凸着肚子,一件夏布衫子浆得铁硬,两肩上架得空空的,口里嚼着大甜瓜,黄瞪瞪的眼珠,也看琴仙,当是戏台上的张生跑下来,把个琴仙看得好不耐烦,便叫刘喜还了茶钱,一径走出。②

---

① (清)曹去晶《姑妄言》,中国文联出版社1999年版,第5页。
② (清)陈森《品花宝鉴》,齐鲁书社1993年版,第460页。

其中提到的游客有士人、商贾,也有乡农、妇女,不喜世俗的杜琴言对这些人本来就心存反感,所以他眼中看到的就是有些"奇形怪状"的村妇。表面上看,作者以及小说中的人物杜琴言都对这些同在一个场所游览的乡农村妇表现出一种鄙夷的姿态,但这种士绅与平民齐聚一起的场面正是对南京市民游观活动不分阶层的共通性体现。

(三)南京市民游观活动在小说中的作用

在对南京市民游观活动做了简要的梳理之后,我们也应当注意到,这些表现南京市民游观活动的描写在小说中起着一定的作用。首先,作者描写南京市民的游观活动,描写其中出现的南京景观,对塑造南京的城市印象起到了一定的强化作用。把明清小说中的北京与南京相对照,北京是政治与权力的舞台,作者更重视其中的官派气度,与之相反,南京则是富贵风流的人间安乐场。不同的作者对南京的塑造可能会呈现不同的角度,如明代作家们着力表现留都的繁华,清代的吴敬梓则热衷于南京的文化与山水,晚清的作家们集中写南京的冶艳与风月气息。但不论从哪种角度入手,不同时代作家笔下的南京都体现了一定的共性,它是一座繁华而安逸的城市,市民生活中有其精致的一面,就是贩夫走卒都显得与众不同。小说作者们描写南京市民的游观活动,表现南京自然景观的秀丽与人文景观的底蕴,是从一个侧面来塑造南京休闲城市印象。

外省人眼中的南京是江南佳郡、富贵名邦,不仅使他们向往,也吸引了许多人寄居于此。在《儒林外史》中,面对朝廷的征召,杜少卿视北京是可以"冻死人"的地方,而南京却是春秋"看花吃酒"的好玩所在。庄绍光应征之后重回南京,望着燕子矶发出"我今日复见江山佳丽"的感慨等,都体现了南京风景对文人的吸引力。对文人阶层而言,喜爱山水自然是其天性使然,而南京恰恰是这样一座城市,以它的山水自然、历史积淀与文化环境为士大夫阶层提供了一个理想化的城市。不仅如此,作者笔下还出现不少对南京普通市民游观活动的描写,在这些平民身上,也闪耀着某种所谓"六朝烟水气",他们亦能够在南京的山水中获得一种生命体验,虽然不如士大夫的审美体验那样独特,但也表现了他们劳作之后的放松,清贫之中的慰藉等不同的心理状态。在不同作者的笔下,南京作为休闲城市的印象可谓深入人心。

其次,作者描写南京市民游观活动,是从一个特定角度对南京市民生活的观照。在不同时代的作者心中,南京富有灵韵的山水养育了安逸、闲适的南京人。他们身上既没有北京市民的政治敏感与心理傲态,也缺少北京市井那种泡茶馆、下戏园的俗文化氛围。对于他们生活的城市空间而言,各类景观分布密集,山水自然不仅"触手可得",更是城市生活的底色与基调。由于明清两代科举以及文化环境的关系,往来南京的文人很多,南京的山水自然与人文底蕴的开发和传播与文人群体关系密切。追求闲适的文人与醉心于功名的文人,都能在南京的山水中找到属于自己的天地,这一点在《儒林外史》中表现尤为明显。南京商贾、官绅的生活集中体现了南京市民生活世俗的一面,但这种世俗也沾上了南京山水雅丽的特质。以秦淮河为例,精致的建筑,林立的妓馆,穿行不息的游船画舫,彰显的就是一种俗化了的雅。他们拥妓饮酒,荡舟河上,明月映照着从东水关到西水关的十里流波,建立在自然山水之上的富贵繁华与香风脂雨,留给后人以无尽的遐想。

从南京广大的市井平民群体来看,他们的游观活动具有更为广泛的意义。在岁时节令性的大众游观活动之外,日常生活中的各种游观活动也不时出现,为平淡的生活增添了一抹亮色。诚如《姑妄言》所说,其中可能有平民阶层为了附庸游览之风甚至"典衣弃物"的情况,但他们不想被视作"俗物"的想法却非同一般。毕竟对于市井平民来说,衣食是每日都必须操心的俗务,游山赏水却不是必须的。在明清小说中,南京平民游观活动被屡屡提及,或如《儒林外史》以此表达南京人的不俗,或如《品花宝鉴》对乡农村妇语带嘲讽,但南京市民游观活动不分阶层的共通性是我们无法否定的。或许对于不同的阶层而言,其游观活动可能有真雅、俗雅、附庸风雅的差异,但无论如何,游观活动在南京市民生活中非常重要,它体现了南京市民追求精致、雅化生活的风气,也是他们在生活上重享受、好安逸的体现。

最后,作者笔下的游观活动有时与小说文本中的人物形象塑造以及主题表达有关。如《姑妄言》第2回,作者通过铁化戏弄在秦淮河中游船的朋友与自家女眷两件事,表现了其性格中狡黠而自私的一面。《儒林外史》第 33 回写杜少卿游清凉山时的奔放,恰恰是他在家乡阴郁心情被一扫而空之后的真实表现,而这种心理上的解脱又源自清凉山的静谧清幽。《南朝金粉录》中,吉庆和到南京投奔故人被拒,只能寄居在清凉山妙相寺。第 5 回作者写妙相寺法真和尚与吉庆和游清凉山,两人面对开阔景象产生颇多感慨,由天气阴晴变化不定联想到"天有不测风云,人有旦夕祸福":

> 吉庆和亦赶着前走,因向法真叹道:"天有不测风云,人有旦夕祸福,想我们上山的时候,天气何等晴明。不期一霎时光,竟变做这般景象,恼人游兴,奈何!奈何!"法真亦叹道:"天道微茫,固难逆料,人心奸险,亦复如斯。你道现在世间的人情,那里不是这样么!"吉庆和听了这句话,登时触起愁怀,悲感交集。①

吉庆和家道衰落才来南京投奔故人,而当年被父亲资助过的故人完全不念旧日恩情,将他赶出门外。虽然得到法真的帮助寄居禅林,但总有寄人篱下之感,而且深刻感受到了世态炎凉与世道之艰险。可以说,这次清凉山登高所见,激起了他心底的万千思绪。

就人物游观活动与小说主题表达来看,《儒林外史》第 29 回写杜慎卿登雨花台时见到两个农夫观落日,发出"真乃菜佣酒保都有六朝烟水气"的感慨,是对南京城市气质与文化品格最直白的揭示,也反映了吴敬梓对南京的深深眷恋。第 55 回吴敬梓在全书结尾又安排了几个市井平民出现,而此时南京城中的真名士早已风流云散,有感于美风物的消歇,盖宽在雨花台绝顶所见"那一轮红日,沉沉的傍着山头下去了"的景象就具有了明显的隐喻意义。同时,作者以于老者在清凉山的世外田园生活,反映了吴敬梓以及书中真名士在理想破灭之后回到独善其身、山林隐逸的旧路上的心理转变。

---

① (清)牢骚子《南朝金粉录》,中央民族学院出版社 1994 年版,第 31 页。

第五章　作为风月都会的北京与南京

古往今来,风月书写往往是通俗文艺作品最钟爱的题材之一,明清两代,通俗小说中与妓女、男伶有关的内容更是层出不穷。作为一种特殊的文化现象,风月生活与都市有着千丝万缕的联系,繁华的都市空间为歌舞风流的风月生活提供了广阔的舞台。明清两代的北京与南京,不仅是两代帝都与北南各自的经济与文化中心,而且兼具各自地域风月中心的地位。明清小说中的南北风月书写,不仅描写了两座城市风月生活的变迁,也体现了北南文化差异与作家心态、城市定位等因素对风月书写的影响,为我们提供了一种还原特定时空、特定场域文化现象的途径。

第一节　南北兼善:明代小说中的两京风月

从都市生活的角度来看,娼妓业与都市经济之间的关系颇为紧密:"从事商业经营的地方官妓和市妓是孕育在都市经济的胚胎中形成和发展的,地方官妓和市妓的兴盛又刺激了都市经济的繁荣。"[1]作为一种特殊的行业,越是经济繁荣的城市,越有可能催生畸形繁荣的娼妓业,明代南北两京娼妓业的发展,既源自统治者粉饰太平的初衷,也与城市经济的发展有着极大的关联。

---

[1] 梅欣《晓风残月话风流——青楼与中国文化》,沈阳出版社1997年版,第70页。

一、各逞风流的两京官妓

与清代相比,明代娼妓业之特殊处在于官妓制度的保留,这一点在小说中也得到体现,不少妓女在小说中的身份都是官妓。而官妓在小说中常常是色艺双绝的代名词,从某种程度上来看,她们可谓是明代南北两京娼妓业的"行业标杆"。

(一)明代小说中的南京官妓

明太祖朱元璋建都南京之后,于礼部下设教坊司管理妓乐事务,并在南京城内设立容纳妓女的官营妓院。刘辰《国初事迹》云:"太祖立富乐院于乾道桥。……复移武定桥等处,太祖又为各处将官妓饮生事,尽起赴京入院。"①明初的官妓多来自俘虏与罪犯,《三风十愆记·记色荒》中说:"明灭元,凡蒙古部落子孙流窜中国者,令所在编入户籍。其在京者谓之乐户,在州邑者谓之丐户。"②明成祖朱棣靖难之役后,将忠于建文帝的臣僚子女妻妾发入教坊,荼毒衣冠,最为残酷。《型世言》第1回中,铁铉的两个女儿沦落教坊,被乐户领去沦为官妓。这些生于官宦人家的女子,沦落教坊之后成为"皇帝发到这厢,习弦子箫管歌唱,供应官府,招待这六馆监生、各省客商"的低贱女子③,是虔婆眼中"我家一生一世吃不了"的摇钱树。从其中的描写也可以了解到当时的教坊乐户,因为要承应官府乐舞表演,所以要习学乐器以及歌舞表演,同时还招待在南京的监生以及各省客商。

《型世言》第1回还提到当时"尚遵洪武爷旧制,教坊建立十四楼。……许官员在彼饮酒,门悬本官牙牌,尊卑相避"④。明初为了营造都城的繁盛,朱元璋曾在南京城内外市肆汇聚处设立官营酒楼,关于酒楼的数目又有十四楼、十六楼的差异,明人姜明叔《蓉城诗话》载:

---

① (明)刘辰《国初事迹》,《丛书集成初编》本,中华书局1991年版,第13—14页。
② (清)瀛若氏《三风十愆记》,见王文濡编《说库》,广陵书社2008年版,第1257页。
③ (明)陆人龙《型世言》,齐鲁书社1995年版,第7页。
④ 同上书,第10页。

国初于金陵聚宝门外建轻烟、淡粉、梅妍、柳翠等十四楼,以聚四方宾客。观揭孟同诗可知国初缙绅宴集皆用官妓,与唐宋不异,后始有禁耳。①

而周晖的《金陵琐事》则说:"金陵本十六楼,今称十四楼,而遗南市、北市二楼,何也?诸楼尽废,独南市楼尚存。"②谢肇淛《五杂俎》中亦言:

太祖于金陵建十六楼以处官伎,曰来宾,曰重译,曰清江,曰石城,曰鹤鸣,曰醉仙,曰乐民,曰集贤,曰讴歌,曰鼓腹,曰轻烟,曰淡粉,曰梅妍,曰柳翠,曰南市,曰北市。③

余怀在《板桥杂记》序中也提到"洪武初年,建十六楼以处官妓,淡烟、轻粉、重译、来宾……称一时韵事"④。综合来看,虽然各家所记楼名小有异同,但明显十六楼的说法更为合理,身为南京人又熟悉乡邦掌故的周晖,还详细记录了十六楼的地址。

当时的十六楼不仅招待四方宾客商贾,而且"当日诸楼皆有官妓"承值。这些官营妓院与酒楼的设立,象征着南京在明初作为国都的繁盛与兴旺。而特殊的城市地位也为南京带来了大量的人口聚集,官宦、士人、商贾的涌入为与妓女有关的娱乐活动提供了广阔的市场,客观上为南京成为南方娼妓业中心奠定了基础。

明成祖朱棣迁都北京之后,南京虽然不再具有国都的政治地位,但作为留都的南京仍然是南方的政治、经济与文化中心,南教坊与北京的教坊司相对设立,继续管理南京的官妓事务。刊刻于崇祯四年(1631)的《鼓掌绝尘》月集中就出现了晚明南京官妓与教坊官员等情况。第32回写张秀回到故乡金陵,向陈通打听城内妓女的情况:

---

① 转引自工书奴《中国娼妓史》,上海书店1992年版,第195页。
② (明)周晖《金陵琐事》,南京出版社2007年版,第29页。
③ (明)谢肇淛《五杂俎》卷8,见《明代笔记小说大观》(2),上海古籍出版社2005年版,第1527—1528页。
④ (清)余怀《板桥杂记》,上海古籍出版社2000年版,第3页。

  一日与陈通道:"哥哥,小弟几年不到勾栏里去,不知如今还有好妓女么?"陈通道:"张大哥,你还不知道,近来世情颠倒,人都好了小官,勾栏里几个绝色名妓,见没有生意,尽搬到别处赚钱过活,还有几个没名的,情愿搬到教坊司去,习乐当官。"①

这里提到的勾栏妓女应当是指官妓之外的市妓,从此处的描写来看,市妓是可以投身教坊,充当官妓来谋生的。书中写到正月十三,新院前董尚书府中开设官宴,"承应的乐工,都是教坊司里有名绝色的官妓",张秀与陈通去董府门前看热闹,遇到了妓女王二:

  果然有三五个官妓,在那里弹丝的弹丝,品竹的品竹,吹打送坐。众官长坐齐,那管教坊司的官儿,领了众官妓过来磕头。原来那内中有一个妓女,叫做王二,却是陈通的旧相处。向在勾栏里住,因没了生意,就搬到教坊司承应过日。起来回身,看见陈通,便招手道:"陈哥哥这里来坐坐去!"陈通认得是王二,便唤张秀、沈七同走。……说不了,只见管教坊司官儿又在那里唱名。王二只得撇了陈通,便去答应。②

虽然从明初开始,对于官员出入妓院以及宿娼就有严格的禁令,但对于官妓承应官府活动以及陪侍官绅行酒取乐的限制却相对较小,《鼓掌绝尘》中出现的就是官妓在官府宴会上演奏侑酒的情形。
  张秀、陈通与妓女王二的关系引起了男妓沈七的嫉妒,沈七便以王二隶属乐籍为由向教坊司官员告发:

  沈七得了实信,也不去扣王二的门,一直竟到教坊司堂上。只见那教坊司官儿,正在那里看灯。沈七上前一把扯住,怒骂道:"你就是管教坊司乌龟官么?"那官儿吃了一惊,见沈七是一个小厮,却不好难为他。只道:"这小厮好没来由,有话好好的讲,怎的便出口伤人?难道乌龟官的纱帽不是朝廷恩典!"沈七

---

① (明)金木散人《鼓掌绝尘》,春风文艺出版社 1985 年版,第 361 页。
② 同上书,第 364 页。

道:"不要着恼! 我且问你,这教坊司的官妓,可容得他接客么?"官儿道:"这小厮一口胡柴,官妓只是承应上司,教坊司又不是勾栏,怎么容他接客?"沈七道:"你分明戴这顶乌龟纱帽,干这等乌龟的事情,指望那些官妓们赚水钱儿养你么? 且与你到街坊上去讲一讲。那王二家的孤老,你敢得了他多少银子?"①

在明代,教坊司官员地位非常低,官级只有九品,余怀在《板桥杂记》中记教坊官员说"乐户统于教坊司,司有一官主之,有廨署,有公座,有人役刑杖签牌之类,有冠有带,见客则不敢揖耳"②,所以沈七敢把教坊司官员称作"乌龟官"。至于官妓只是承应上司,不许接客的说法,很值得怀疑,刘辰《国初事迹》记朱元璋设立富乐院时就说"禁文武官及舍人入院,止容商贾出入院内"③,《型世言》第1回中,乐户不停逼迫铁铉二女接客,其他妓女也以自己接客获得财物以挑逗二人,由此可见官妓接客并不违法。

在明人笔下,南京官妓多具备某些特质:容貌较为秀丽、文化修养较高、房屋居室精致优雅。明代小说对南京官妓的描写,无不突出这几点,如《型世言》写铁铉二女在教坊的居所是"房里摆列着锦衾绣帐、名画古炉、琵琶弦管,天井内摆列些盆鱼异草、修竹奇花"④。《鼓掌绝尘》写王二屋内"香几上摆一座宣铜宝鼎,文具里列几方汉玉图书。时大彬小磁壶,粗砂细做;王羲之兰亭帖,带草连真。白纸壁挂一幅美人图画,红罗帐系一双线佶牙钩"⑤。而官妓服务对象的特殊性也决定了其中的名妓绝非一般市妓可比,其姿色与文化修养要远胜于普通女子。《型世言》中铁铉之女善诗词,且有《四时词》在坊间传诵,直到清初小说,提及前明南京妓女时仍认为"南京旧院里、珠市里两处姊妹,真正风流标致。你若去嫖了一遭,只怕苏州小娘,不要说坐位,连站也没处站了"⑥。凡此种种,俨然成为某种"品质"的象

---

① (明) 金木散人《鼓掌绝尘》,春风文艺出版社1985年版,第367页。
② (清) 余怀《板桥杂记》,上海古籍出版社2000年版,第8页。
③ (明) 刘辰《国初事迹》,《丛书集成初编》本,中华书局1991年版,第14页。
④ (明) 陆人龙《型世言》,齐鲁书社1995年版,第7页。
⑤ (明) 金木散人《鼓掌绝尘》,春风文艺出版社1985年版,第366页。
⑥ (清) 江左淮庵《醉春风》,时代文艺出版社2003年版,第272页。

征,见诸当时笔记与诗文中的金陵名妓,如马湘兰、董小宛等皆负盛名,能让"纨绔少年,绣肠公子,无不魂迷色阵,气尽雄风"①,就可以想到当时南京名妓的魅力了。

(二) 明代小说中的北京官妓

明代国都北迁之后,北京同样设有教坊司管理官妓事务,明代小说中的北京妓女也多为教坊官妓出身。如《警世通言》卷 24 中的玉堂春,家住本司院内春院胡同,所谓本司即教坊司。该回写王景隆在本司院门口看到的情景:

> 花街柳巷,绣阁朱楼。家家品竹弹丝,处处调脂弄粉。黄金买笑,无非公子王孙;红袖邀欢,都是妖姿丽色。正疑香雾弥天霭,忽听歌声别院娇。总然道学也迷魂,任是真僧须破戒。②

由此来看,这里应当是北京城中教坊官妓聚居的区域。明人张爵《京师五城坊巷胡同集》并未记录春院胡同,但在东城黄华坊之下记录了勾阑胡同、东院与演乐胡同,这些地名明显与教坊有关。清人朱一新《京师坊巷志稿》在勾阑胡同条目下引周筼《析津日记》云:

> 京师黄华坊,有东院,有本司胡同,所谓本司者,盖即教坊司。又有勾阑胡同、演乐胡同,其相近复有马姑娘胡同、宋姑娘胡同、粉子胡同,出城则有南院,皆旧日之北里也。③

从这些记载来看,教坊司内乐户、官妓聚居的区域应当囊括了多条胡同,《警世通言》中的春院胡同也在其中。该书卷 32 中,杜十娘同样是教坊官妓,小说写李甲"因在京坐监,与同乡柳遇春监生同游教坊司院内,与一个名姬相遇。那名姬姓杜名媺,排行第十,院中都

---

① (清) 余怀《板桥杂记》,上海古籍出版社 2000 年版,第 8 页。
② (明) 冯梦龙《警世通言》,人民文学出版社 1956 年版,第 341 页。
③ (清) 朱一新《京师坊巷志稿》,北京古籍出版社 1982 年版,104 页。

称为杜十娘"①。

明代小说写到官妓时还提到了东院与西院,《警世阴阳梦》第3回云:

> 北京城有个教坊司,属礼部管的。有一个江西刘监生,进西院游玩,帘内瞧见一个姐儿,就动了火,要嫖她,叫小厮访问着。这姐儿姓蒋,叫作素娟,果然是绝色。②

《梼杌闲评》第15回陈监生对魏进忠说:"弟有个贱可在东院,也略通文墨,明日何不同二兄去耍耍。"③东院就在东城黄华坊内,西院在《京师五城坊巷胡同集》与《京师坊巷志稿》中没有记载,但应当是与东院相对的一块区域。清人吴长元《宸垣识略》载:"京师倡家东、西院隶属教坊,犹是唐宜春院遗意。东院以瑟,西院以琵琶,藉勋戚以避贵游之扰。"④潘之恒《亘史》云:"万历丁酉(二十五年)冰笔梅史以燕都妓曲中四十人配叶以代觥筹。东院十九人,西院四人,前门十三人。"⑤可见当时东西两院之官妓在一定程度上代表了北京官妓中较为出色者,声名远播。

从官妓的活动来看,北京官妓除在固定场所提供服务之外,也会在酒楼陪侍客人饮酒。《警世通言》卷24,王景隆就在酒楼见到陪侍的妓女:

> 离了东华门往前,又走多时,到一个所在,见门前站着几个女子,衣服整齐。公子便问:"王定,此是何处?"王定道:"此是酒店。"乃与王定进到酒楼上。公子坐下。看那楼上有五七席饮酒的,内中一席有两个女子,坐着同饮。公子看那女子,人物清楚,比门前站的,更胜几分。公子正看中间,酒保将酒来,公子便问:

---

① (明)冯梦龙《警世通言》,人民文学出版社1956年版,第486页。
② (明)长安道人国清《警世阴阳梦》,春风文艺出版社1985年版,第12页。
③ (明)不题撰人《梼杌闲评》,齐鲁书社1995年版,第121页。
④ (清)吴长元《宸垣识略》,北京古籍出版社1982年版,第98页。
⑤ 转引自王书奴《中国娼妓史》,上海书店1992年版,第199页。

"此女是那里来的?"酒保说:"这是一秤金家丫头翠香、翠红。"三官道:"生得清气。"酒保说:"这等就说标致,他家里还有一个粉头,排行三姐,号玉堂春,有十二分颜色。鸨儿索价太高,还未梳拢。"公子听说留心,叫王定还了酒钱,下楼去,说:"王定,我与你春院胡同走走。"①

酒楼门前有揽客的妓女,而楼上饮酒的客人当中,亦有陪酒的妓女。妓女借陪酒之机为自己招揽顾客,而酒楼也因此增加人气,吸引了更多的顾客,两者之间可谓是互惠互利。

与南京官妓相比,明代小说中的北京官妓在容貌、技艺与居所精雅方面并无太大差别。关于京师妓女,明人曾描述为:

燕赵佳人,类美如玉,盖自古艳之。矧帝朝建县,于今为盛,而南人风致,又复袭染熏陶,其艳惊天下无疑。②

小说作者对于北京名妓也往往不吝溢美之词,如描绘玉堂春的容貌是"鬓挽乌云,眉弯新月。肌凝瑞雪,脸衬朝霞。袖中玉笋尖尖,裙下金莲窄窄。雅淡梳妆偏有韵,不施脂粉自多姿。便数尽满院名姝,总输他十分春色"③。而杜十娘则是"浑身雅艳,遍体娇香。两弯眉画远山青,一对眼明秋水润。脸如莲萼,分明卓氏文君;唇似樱桃,何减白家樊素。可怜一片无瑕玉,误落风尘花柳中",能让"多少公子王孙,一个个情迷意荡,破家荡产而不惜"④。论起技艺,玉堂春"清唱侑酒"就能使王景隆"骨松筋痒,神荡魂迷"。杜十娘孤舟渡口,夜半歌声被孙富视作"凤吟鸾吹,不足喻其美",足见北京名妓歌舞技艺之高。在居室陈设方面,北京官妓品味同样不俗,《警世通言》中,玉堂春家的书房"果然收拾得精致,明窗净几,古画古炉"。《梼杌闲评》写东院妓女家"到也帷幕整齐,琴书潇洒"。总之,在明人笔下,北京官

---

① (明)冯梦龙《警世通言》,人民文学出版社1956年版,第340页。
② 转引自王书奴《中国娼妓史》,上海书店1992年版,第199页。
③ (明)冯梦龙《警世通言》,人民文学出版社1956年版,第342页。
④ 同上书,第486页。

妓中颇有色艺双绝之辈,与南都官妓难分伯仲。

二、服务市井的市妓私娼

官妓仅代表了北京与南京城市风月的一部分,从小说中也不难发现,她们服务的对象多为官宦、商贾以及监生举子等社会中上层。但从中晚明整个社会好色风习来看,下层民众追逐声色之好,满足自身欲望的需求同样高涨。谢肇淛在《五杂俎》中对晚明娼妓之情况有所描述:

> 今时娼妓布满天下,其大都会之地,动以千百记,其它穷州僻邑,在在有之,终日倚门卖笑,卖淫为活。……两京教坊,官收其税,谓之脂粉钱。隶郡县者则为乐户,听使令而已。唐宋皆以官妓佐酒,国初犹然,至宣德初始有禁,而缙绅家居者不论也,故虽绝迹公庭而常充牣里闬。又有不隶于官,家居而卖奸者,谓之土妓,俗谓之私窠子,盖不胜数矣。①

从中不难发现,从大都会到穷州僻邑,都有妓女的存在,其中多数是不向官府缴纳"脂粉钱"的市妓私娼。

就娼妓业的服务性质来看,它的服务对象绝不仅限于社会中上层,下层平民同样囊括其中,《五杂俎》中所说的土妓、私窠子就是主要服务后者的。由此,南北两京的娼妓业其实已经出现了分层,尤以皇都北京更为明显,并且在明代小说中体现较多。而涉及南京的作品中则较少出现描写市妓私娼的内容,所以这里主要谈北京的情况。北京在官妓之外,尚有大量市妓私娼分布于市井之中,《梅圃余谈》即指出北京"皇城外娼肆林立,笙歌杂遝"②。《玉闺红》第 5 回描绘了北京城中繁华的娱乐业以及娼妓业分层的情况:

---

① (明)谢肇淛《五杂俎》卷 8,见《明代笔记小说大观》(2),上海古籍出版社 2005 年版,第 1651 页。
② 转引自王书奴《中国娼妓史》,上海书店出版社 1992 年版,第 200 页。

原来北京城中繁华甲天下,笙歌遍地,上自贵公,下至庶人,无不讲求游乐。那些贵官富商,自不用说,吃的是珍羞美味,穿的是绸缎绫罗,住的是高楼大厦,内有妻妾美女之奉,外有酒楼饭庄,茶棚戏馆,酬酢消遣。另有楚馆秦楼,燕赵脂胭,苏杭金粉,供她佚乐。那中等的也有教坊书场,作寻乐去所。下等的呢,姘私门头,逛小教坊。这乃是一等人有一等人的设置,一等人养一等人。唯有那些走卒乞丐,每日所入无多,吃上没下,却也是一般肉长的身子,一样也要闹色。可是所入既少,浑家娶不起,逛私门头小教坊钱又不够,只有积攒铜钱,熬上个半月二十天才得随便一回,于是就有一般穷人为自家想,为人家想,想出了这一笔好买卖。那外城乃是穷人聚集之所,就有人拣几处破窑,招致诱几个女叫化子,干起那送旧迎新朝云暮雨的勾当来,名唤窑子,就是在破窑里的意思。①

从楚馆秦楼到教坊书场,再到私门头、小教坊,这就是所谓的"一等人有一等人的设置",是一种明显的服务分层,甚至之于走卒乞丐,也有所谓"窑子"以供其淫乐。娼妓业的这种服务分层,既反映了京城市民群体对声色情欲的需求,同时也体现了京城娼妓业自身的完善与发达程度。

市妓私娼的流行与社会风气有着很大的关系,《清夜钟》第7回描写了明代北京喜淫的风气:

这京师风习,极喜淫,穷到做闲的,一日与人扛抬驮背,攫这几个钱,还要到细瓦厂前,玉河桥下,去幌一幌。若略有些家事,江米巷、安福胡同,也是要常去闯的。况有了几个钱,便有几个不三不四,歪厮缠的相知来走动,今日某巢窠里到得个新货,某巢窠里某人吹得好,唱得好,又要这样嗅将去,帮衬娼妇讨好。②

值得注意的是,玉河桥、江米巷都是北京内城地名,而且紧邻皇

---

① (明)东鲁落落平生《玉闺红》,远方出版社1998年版,第45页。
② 路工、谭天合编《古本平话小说集》,人民文学出版社1984年版,第189页。

城,可见明代北京私娼的活动空间已渗透进了内城,在城市核心区域站稳了脚跟。该回的主人公崔佑,是一个年轻的小生意人,在几个篾片的诱导之下经常"闯巢窠",因为娶妓女为妾引发家庭纠纷。在作者笔下,嫖妓对普通市民家庭生活的影响得到了体现,这部"将以鸣忠孝之铎,唤醒奸回;振贤哲之铃,惊回顽薄"的讽世之作①,明显对京师喜淫的风气以及市妓私娼持否定以及批判的态度。

谢肇淛在《五杂俎》中云:

> 燕云只有四种人多:奄竖多于缙绅,妇女多于男子,娼妓多于良家,乞丐多于商贾。至于市陌之风尘,轮蹄之纷糅,奸盗之丛错,驵侩之出没,盖尽人间不美之俗、不良之辈而京师皆有之,殆古之所谓陆海者。②

在这样三教九流汇聚,娼妓、乞丐遍地的社会环境中,一些地痞恶霸会利用非法手段胁迫他人卖淫,这种情况在下层土娼中表现尤为明显。《玉闺红》的作者聚焦下层土娼的悲惨命运,描绘了他们恶劣的现实处境。其中写京城开设窑子的人如此对待妓女:

> 衣裳破烂索性不要穿它,人身上的皮都可以用水洗干净,就只给这几个女叫化子置点脂粉头油,打扮起来,身上脱得赤条条的……引得行人情不自禁。入内花钱买乐,既可以招致客人,又省得花衣裳钱。③

在书中,这种面向贩夫走卒的土窑在外城不计其数,又因为消费低廉,甚至"把那些私门头小教坊的买卖全夺去了"。破窑冬日不易存身,这些开窑子的人"便赁些破蔽民房,也用不着修楫(葺),就这么搬进去,究竟比露天的破窑好得多。另在靠街的土墙上凿几个窗户

---

① 路工、谭天合编《古本平话小说集》,人民文学出版社 1984 年版,第 139 页。
② (明)谢肇淛《五杂俎》卷 3,见《明代笔记小说大观》(2),上海古籍出版社 2005 年版,第 1520 页。
③ (明)东鲁落落平生《玉闺红》,远方出版社 1998 年版,第 46 页。

小洞,以便行人窥探这些光眼的姑娘们,仍然叫做窑子"①。这种情形,与明人笔记《梅圃余谈》的记载极为相似:

> 近世风俗淫靡,男女无耻。皇城外娼肆林立,笙歌杂遝,外城小民度日难者,往往勾引丐女数人,私设娼窝谓之窑子。室中天窗洞开,择向路边屋壁作小洞二三。丐女修容貌,裸体居其中,口吟小词,并作种种淫秽之态。屋外浮梁子弟,过其处,就小洞窥,情不自禁,则叩门入,丐女队裸面前,择其可者投钱七文,便携手登床,历一时而出。②

《玉闺红》中的张小脚、小白狼等恶霸采取强掳、殴打等暴力手段,强迫女性卖淫。女主人公李闺贞本是大家之后,因家破人亡而沦落土窑之中,和其他被掳的女性一样处境凄惨。她们裸身处于环境恶劣的土窑之中,任人观看挑选,稍有不从即棍棒加身,犹如身处人间地狱。对于城市底层居民而言,他们"所入既少,浑家娶不起,逛私门头小教坊钱又不够",而《玉闺红》中的那种简陋的土窑与廉价的妓女,就是为了满足这群人的欲望而设。这种情形不仅展现了京城光鲜亮丽背后恶浊不堪的一面,也是明代北京风月书写多元化的体现,作者的视角不仅停留在教坊官妓风雅的一面,也对底层妓女的悲惨境遇投以怜悯的目光。

三、风头渐起的两京男风

从正德时期开始,明代社会风气逐渐向淫靡、冶艳的一面发展,从富豪到平民都在追逐声色之乐。男风在社会上也渐趋活跃,以至于谢肇淛说:"今天下言男色者,动以闽广为口实,然从吴越至燕云,未有不知此好者。"③就南北两京这样的大都会而言,城市居民各种娱

---

① (明)东鲁落落平生《玉闺红》,远方出版社1998年版,第47页。
② 转引自王书奴《中国娼妓史》,上海书店1992年版,第200页。
③ (明)谢肇淛《五杂俎》卷8,见《明代笔记小说大观》(2),上海古籍出版社2005年版,第1638页。

乐需求也刺激了男风的发展,有关两座城市男妓的内容在明代小说中也得到了体现。

就北京而言,男风与男妓的流行与官场风气密切相关。由于朝廷对官员嫖妓宿娼有严格的禁令,在宣德之后,官妓为官员侑酒在名义上也是被禁止的。对于庞大的京官群体而言,其日常生活以及官场之间的应酬交际又有这方面的需要,于是便催生了以演唱技艺陪侍官员,暗中也不乏同性交易的男妓。《梼杌闲评》第7回,侯一娘与魏进忠进京打听魏云卿的下落:

> 老者道:"一直往西去,到大街往北转,西边有两条小胡同,唤做新帘子胡同、旧帘子胡同,都是子弟们寓所。"进忠谢了,同一娘往旧帘子胡同口走进去,只见两边门内都坐着些小官,一个个打扮得粉妆玉琢,如女子一般,总在那里或谈笑、或歌唱,一街皆是。又到新帘子胡同来,也是如此。进忠拣个年长的问道:"这可是戏班子下处么?"那人道:"不是。这都是小唱弦索。若要大班,到椿树胡同去。"①

魏进忠在旧帘子胡同见到的小官,"打扮得粉妆玉琢,如女子一般",都是小唱弦索演员,其实就是为官绅提供服务的男演员。《五杂俎》云:

> 今京师有小唱,专供缙绅酒席,盖官伎既禁,不得不用之耳。其初皆浙之宁、绍人,今日则半属临清矣,故有南北小唱之分。然随群逐队,鲜有佳者。间一有之,则风流诸缙绅莫不尽力邀致,举国若狂矣。②

表面看来,他们主要是以演唱技艺侑酒,但实质上仍是一种同性恋,所以小唱演员把自己打扮成女子一样,沈德符在《万历野获编》谈

---

① (明)不题撰人《梼杌闲评》,齐鲁书社1995年版,第48页。
② (明)谢肇淛《五杂俎》卷8,见《明代笔记小说大观》(2),上海古籍出版社2005年版,第1638页。

到小唱时提到"断袖分桃",也点明了他们男妓的性质。明代的帘子胡同又称莲子胡同,因为明代小唱演员的聚集,成为京城龙阳的标志,清代小说《十二楼》卷6还有提及莲子胡同里不少标致龙阳。

在这样的环境中,北京甚至出现了男妓院。《弁而钗·情奇纪》中李摘凡插标自卖,进入了被称为南院的男妓院:

> 此南院乃众小官养汉之所。唐宋有官妓,国朝无官妓,在京官员不带家小者,饮酒时便叫来司酒。内穿女服,外罩男衣,酒后留宿,便去了罩服,内衣红紫,一如妓女。也分上下高低,有三钱一夜的,有五钱一夜的,有一两一夜的,以才貌兼全为第一,故曰南院。①

据明人《京师五城坊巷胡同集》所载,东城明时坊中确有一南院,与教坊司所属各胡同都位于东城,或许就是《弁而钗》中所说的南院。相比起《梼杌闲评》中小唱弦索,南院的服务更为直接,就是司酒陪宿。其中男妓之间互称"姊妹","人人都带些脂粉气",明显是以男作女,满足客人的肉欲而已。

与北京相对,南京虽然久以娼妓闻名天下,但男风同样流行。《鼓掌绝尘》32回写"近来世情颠倒,人都好了小官,勾栏里几个绝色名妓,见没有生意,尽搬到别处赚钱过活,还有几个没名的,情愿搬到教坊司去,习乐当官"②。这样的说法虽然略显夸张,不过从中还是可以发现南京男风某种"后起直追"的态势。清初小说《醉醒石》第1回谓南京"奇技淫巧之物,衣冠礼乐之流,艳妓娈童,九流术士,无不云屯麟集"③,"艳妓娈童"并称就可见一斑。同样,余怀在《板桥杂记》中也有提到南京娈童名优,他们和妓女共同组成了南京风月场的繁华冶艳。

在《鼓掌绝尘》中出场的南京男妓是一个叫沈七的小官,他住在旧院前,而且这里的男妓可能不止一家,书中写张秀看到"那里共有

---

① (明)醉西湖心月主人《弁而钗》,延边出版社1999年版,第134页。
② (明)金木散人《鼓掌绝尘》,春风文艺出版社1985年版,第361页。
③ (清)东鲁古狂生《醉醒石》,上海古籍出版社1992年版,第3页。

四五个小厮,也有披发的,也有掳头的,一个个衣服儿着得精精致致,头髻儿梳得溜溜光光,都在那斗纸牌耍子"①。旧院本是南京有名的妓女聚居区,这种男妓与妓女在居住区域上的杂处,也反映了某种互相争锋的局面。书中对沈七是这样描述的:"年纪不过十五六岁,头发被肩,果然生得十分聪俊。更兼围棋、双陆、掷色、呼卢,件件精通。"②沈七不但容貌秀丽,而且又精通围棋等技艺,与教坊名妓不相上下,这也是他们在南京风月场上与妓女竞争的资本。有趣的是,作者在书中安排了这样的情节:"南北兼通"的张秀在见到妓女王二之后将沈七抛在脑后,沈七为了报复对方,就去教坊司告发,导致张秀等人狼狈逃出。这样的情形,正可以视作是南京风月场上男妓与妓女之间"争锋相对"局面的形象体现。虽然《鼓掌绝尘》中"近来世情颠倒,人都好了小官"的说法,未免有夸大之处,但在当时的南京风月场上,男妓确实对妓女起到了一定的冲击。《万历野获编》在谈到男风盛行海内时说:"至今金陵坊曲有时名者,竟以此道博游婿爱宠,女伴中相夸相谑以为佳事,独北妓尚有不深嗜者。"③金陵名妓为了媚客都要仿效男风之事,就不难想见当时男风的流行以及对妓女的影响了。

纵观明代小说对两京风月的描写,作者们通过对官妓、市妓私娼、男风三个方面的描写,体现了南北两京城市风月文化多元化的一面。从官妓的角度看,作为最后一个保留官妓的封建王朝,南北两京教坊官妓因为服务对象的特殊性,代表了两座城市风月场上最突出的一面。南京与北京的官妓在容貌、技艺方面不分伯仲,其居所同时也是接待客人的环境都显得精雅别致。之所以要强调这一点,是因为在清代小说中,这种情况发生了很大的改变,北京妓女村妓般的丑陋形象被不同的作者所渲染,而南京妓女却基本保持了明代南京官妓的盛名。在明代作家笔下,不仅写出了两京官妓与官员子弟、监生等市民的交往,更出现了玉堂春、杜十娘这样在文学史、文化史上影响深远的人物。要而言之,明人眼中的两京官妓可谓兼美。从市妓

---

① (明)金木散人《鼓掌绝尘》,春风文艺出版社1985年版,第361页。
② 同上。
③ (明)沈德符《万历野获编》,中华书局1959年版,第622页。

私娼的角度看,这是更能体现城市风习的一面,毕竟官妓服务对象有一定的局限性,而市妓私娼的存在本身就是服务更为广泛的社会阶层的。值得注意的是,明代小说集中关注了北京的市妓私娼,南京则几乎没有这方面的内容。之所以聚焦北京,与北京的城市环境有很大的关系。《清夜钟》写了北京市民喜淫的风气,这在明代笔记中也常有体现,甚至一般北京平民女性也会被作者扣上这样的帽子。人口庞大的大都会,自然也就产生了不同的需求,正像《玉闺红》所描写的那样,在市妓私娼中也形成了一定的分化,那种土窑妓女只是单纯的为满足肉欲而存在,其中的妓女命运之悲惨催人泪下。如果说官妓代表了城市风月雅的一面的话,市妓私娼则更多地体现了普通市民世俗欲望的一面。从男风的角度看,作为一种古已有之的性关系形态,男妓在明代的复炽可能有着多方面的原因。明代作家在涉及北京的小说中关注的是男妓与官员需求之间的关系,同时对他们聚居的空间也有所涉及。而在涉及南京的小说中,小说作者则注意到晚明男风与妓女之间的某种"角力"状态,反映了世风的飘摇变化。相比之下,涉及北京的男风内容得到了作家更多的关注,这既是对现实情形的反映,又是清代北京男风一枝独秀的先导。

第二节　北南异途:清代小说中的男伶之城与风月都会

清代小说中的北京与南京风月书写呈现了一种明显的分途趋势。涉及北京的作品,由于官妓制度取消,明代就已隐伏的男风随着清代戏曲的发展走上了一个新的高度,以优伶相公为代表的男风占据了北京风月场上的主流地位。在优伶相公的光环之下,北京妓女则被描绘成恶俗而丑陋的村妓形象,这一点要到晚清南方妓女的北上才有所改观。涉及南京的作品延续了南京在明代就已形成的风月都会城市形象,一方面追想前明风花雪月的往昔岁月,另一方面又集中关注太平天国运动之后南京娼妓业畸形发展的一面,体现了清王朝末期南京社会的享乐与淫靡之风。南京被塑造成具有区域性影响的风月之城,秦淮河、钓鱼巷成为旅行者在南京的必访之处。

一、伶妓交锋背景下的清代北京风月变迁

清代小说对北京城市生活风月的关注集中于男伶与妓女这两个群体,又充分体现了它们之间的对立与巨大的差异。男伶既具有女性之柔媚,也不乏男性之风雅,虽然在世俗社会中他们也有以性交易为生,被权贵富豪视为玩物的情况,但在一些作者笔下,仍有不少男伶兼具风骨气节,与文士之间的感情真挚感人。在男伶盛名的庞大阴影以及现实环境的制约之下,清代北京妓女在小说中形象丑陋,嫖妓更是被以京官为代表的上流社会视为底层人才会有的行为而加以鄙夷,这就注定了清代小说中不会出现玉堂春、杜十娘那样的妓女形象。

(一)清代小说中的北京男伶

1. 男伶之风兴起的现实原因

清代男伶之风的兴起既与明代北京男风有着一脉相承的渊源关系,又与清代戏曲的发展以及北京的现实社会环境有着密切的关联。从历史上看,明代小说中所谓"小唱弦索"的青年男性演员,实际上就是在扮演男妓的角色。明代国都迁往北京以后,新都官员云集,商贾汇聚,城市生活中的需求也随之增长。对于京官而言,嫖妓宿娼不但为国法所禁止,而且易使官声有污,所以他们只能从其他渠道来满足自己娱乐的需求,作为妓女的替代品的小唱弦索演员便受到京城官场的青睐。从表面上看,小唱演员以卖艺为生,并不能直接把他们与娼妓等而论之,但在他们与官员、商贾的交往之中,仍然有明显的卖身取财的倾向。

经历明清易代,清初世风相比晚明严肃了许多,但在某些记录中,明代的小唱在清代的北京似乎仍有存在。吕种玉在《言鲭》中提道:"明代律有鸡奸之条,然而有莲子胡同之承应。今此风愈盛,至有开铺者,京师谓之小唱,即小娼也,吴下谓之小手。遍天下皆然,非法

之所不能禁矣。"①清代以男伶为主流的男风真正开始盛行则是自乾隆时期开始的,随着清王朝步入鼎盛期,享乐之风从宫廷到市井弥漫开来,其中尤以观戏品伶为代表。对男伶称呼"相公"也正是这种文化的特殊产物,这种过去较为尊贵的称呼,现在则成为优伶的专属:"此名古惟宰相得而称之,至大家子弟及茂才亦膺是称,然已嫌其滥。今竟加之至贱之伶,致京官子弟,其仆转不敢以此相称②"。

清中期不但宫廷设立戏曲演出机构以供皇室娱乐,北京市民看戏的需求同样很高,清代茶馆开始向戏园转变就肇端于这一时期。从戏曲发展的角度来看,清代"在过去数百年来积累的深厚基础上,又取得了进一步的繁荣,作家人数的众多、产生剧本数量之大、质量之高,都达到了登峰造极的程度"③。娱乐需求旺盛的北京,是演出场所与演出队伍双向集中的大都会,也就客观上为以男伶为主的男风兴盛提供了契机。

就戏曲角色自身来看,自明代以来,男女不合演的情况越来越普遍,戏班普遍以男性扮演旦角,男旦正式得以确立。男性扮演年轻女子形象,在舞台上又要表现出女性的娇柔妩媚之态,在台下也自然吸引了观众的瞩目。男旦并非都是同性恋或以龙阳谋生,但其中却有不少在演艺之外以色媚人的同性性行为发生,这在明清小说中比比皆是。刊于乾隆后期的《娱目醒心编》卷14曾针对北京观戏的风俗做过描述,从中不难发现当时京城人的趣味:

> 京师地方,唱戏只要热闹发笑,不论音律字面,并不管老少好丑,只要是小旦脚色,舍得脸,会凑趣,陪酒陪宿,就得厚赠。若专靠唱戏腔口好,字眼正,关目节奏合拍,就是《霓裳羽衣》仙曲,永新、念奴的绝调,觉得淡而无味,没有人要听了。与人往来,若顾些体面,不肯与人勾头抱颈,亲嘴咂舌,觉得子都、宋朝,也如嚼蜡。④

---

① (清)吕种玉《言鲭》卷上,见《丛书集成续编》(90),上海书店出版社 1994 年版,第 511 页。
② 张次溪《清代燕都梨园史料》,中国戏剧出版社 1988 年版,第 603 页。
③ 周妙中《清代戏曲史》,中州古籍出版社 1987 年版,第 108 页。
④ (清)草亭老人《娱目醒心编》,古典文学出版社 1957 年版,第 335 页。

在清代小说中,北京市民观戏之余,狎伶的风气也在迅速发展,于是吹捧男伶者以"花"视其人,由此产生了专门品评男伶的"花谱"。《品花宝鉴》就是以"花"来喻名伶,第1回提到的史南湘所作《曲台花选》就是一种"花谱"。除"花谱"外更有所谓"花榜"品评男伶高低,《孽海花》中的朱霞芬是景和堂花榜状元。在这种风气作用下,男伶以色事人,观众迷于男色的情形越来越普遍,男伶的男妓性质也就随之越来越明显了。

以京官群体为主的京城上层社会在很大程度上也是这一风气的引领者。清代对官员嫖妓宿娼同样严厉查禁,即便是晚清风气颓丧之际,京官尚不敢明目张胆嫖妓,但对于官员与男伶之间的关系,却并无明文禁止,这一点在清代小说中也屡屡被提及,《二十年目睹之怪现状》云:

> 这京城里面,逛相公是冠冕堂皇的,甚么王公、贝子、贝勒,都是明目张胆的,不算犯法;惟有妓禁极严,也极易闹事,都老爷查的也最紧。逛窑姐儿的人,倘给都老爷查着了,他不问三七二十一,当街就打;若是个官,就可以免打;但是犯了这件事,做官的照例革职。①

官员阶层与男伶交往并非都以色欲为主,但不能否认的是,"闹相公"这种具有性交易性质的行为在京官之中仍然具有一定的普遍性。对于清代京官而言,清代的男伶如明代的小唱一样,是妓禁之下的一种替代品。

2. 清代小说中的京城男伶风貌

对清代小说中男伶风貌的考察,可以从两个类群、两种角度来入手。两个类群是指男伶群体中因名气不同而出现的所谓"红相公"与"黑相公";两种角度是指不同类型的作家对男伶形象的描绘是有差异的,其中一种作家对男伶持欣赏乃至爱慕的态度,另一种则站在正统士大夫的角度,对这一现象持否定以及鄙夷的态度。

---

① (清)吴趼人《二十年目睹之怪现状》,百花洲文艺出版社1988年版,第638页。

京中男伶有黑、红相公之分，《金台残泪记》云：

> 群趋其艳者，曰"红相公"；反是，曰"黑相公"。缘京师居势要者曰"红人"，尤者曰"红人头儿"；反是，曰"黑人"故耳。①

黑相公多指那些已经不再走红或者一直重财而轻艺之辈，有比较明显的卖身倾向。而红相公则是指色相、演技正当红者，他们受到更多的瞩目，对个人行为一般也比较注意。从与世俗社会的关系来看，红相公深受京城官场或是文人的追捧，他们并非不需要奉承自己的顾客，只是不那么主动而已。《品花宝鉴》第2回，魏聘才描述他听闻的京中相公之高傲姿态：

> 我听得说那些小旦称呼相公，好不扬气。就是王公大人，也与他们并起并坐。至于那中等官宦，倒还有些去巴结他的，像要借他的声气，在些阔老面前吹嘘吹嘘。②

红相公在自身容貌、表演技艺以及文化修养方面都比较突出，这也是他们能在众多伶人中脱颖而出受到追捧的原因。他们与自己的观众、顾客之间并非完全没有陪宿等行为，只是精神与情感上的交流更为普遍而已。

在不同的作者笔下，京城红相公往往被塑造成既具女性阴柔之美又具士人风雅的特殊群体。晚清小说《品花宝鉴》是一部聚焦男伶与文士之间情感纠葛的作品，书中出现的部分知名男伶，也就是红相公群体，大多自身容貌秀丽，令女性都相形见绌。以琴官为例，魏聘才初次提到他，就是如此形容的：

> 他的好处，真教我说不出来。要将世间的颜色比他，也没有这个颜色。要将古时候的美人比他，我又没有见过古时候的美人。世间的活美人，是再没有这样好的。就是画师画的美人，也

---

① 张次溪《清代燕都梨园史料》，中国戏剧出版社1988年版，第246页。
② （清）陈森《品花宝鉴》，齐鲁书社1993年版，第12页。

画不到这样的神情眉目。①

魏聘才不过是以俗人之眼观琴官,就已把他形容成世间未有之颜色。到了与琴官纠葛颇深的梅子玉眼中,他更是被描绘为"真是天上神仙,人间绝色,以玉为骨,以月为魂,以花为情,以珠光宝气为精神"②。不仅琴官如此,书中进入《曲台花谱》的数人,虽不如琴官出色,但容貌秀丽是其共同特质。如袁宝珠是"性阳柔,貌如处女",苏蕙芳"生得如冰雪抟成,琼瑶琢就,韵中生韵,香外含香",陆素兰则是"玉骨冰肌"。作者把形容女性的词汇赋予这些年轻的男伶,一方面凸显他们容貌的秀丽,另一方面也与他们的男旦身份有关。舞台上的男旦,把氍毹之上的做派也带到了生活之中,举手投足之间都独具阴柔特质,小说作者们不约而同地把他们塑造成一种具有女性柔美的男性。在另一些晚清小说中,红相公的形象同样如此。《绘芳录》中的金梅仙"那一种捧心西子、带雨海棠的模样"令人又爱又怜,柳五官"娇楚动人,而且眉目间生就清奇骨骼"。《九尾龟》里的红相公佩芳"生得粉面朱唇,细腰窄背"。

相公走红,相貌出众还只是一个方面,对于他们来说,演出毕竟还是其主业,他们能被社会所熟知,最初就是在氍毹红毯之上。《品花宝鉴》中徐子云曾说过:"大凡品花,必须于既上妆之后,观其体态。又必于已卸妆之后,视其姿容。"③把名伶的扮相与现实容貌视为同等重要。从他们扮演的角色来看,红相公多是男旦,自身容貌秀丽的他们在女装登场之后,演绎戏中女子百态,倾倒台下观众无数。《品花宝鉴》第6回,琴官扮杜丽娘演出《惊梦》一折:"手锣响处,莲步移时,香风已到,正如八月十五月圆夜,龙宫赛宝,宝气上腾,月光下接,似云非云的,结成了一个五彩祥云华盖,其光华色艳非世间之物可比。"④除去男旦之外,还有一些红相公扮演生角,同样惹人注目,如《绘芳录》中柳五官扮演柳梦梅演出《拾画》一折,小说写他"演得情神

---
① (清)陈森《品花宝鉴》,齐鲁书社1993年版,第13页。
② 同上书,第10页。
③ 同上书,第82页。
④ 同上书,第52页。

兼到,台下齐声喝采"。演到《叫画》一折时"更演出那痴情叫唤的形态",能让台下观众产生柳梦梅不及柳五官的想法,足见其演技之惟妙惟肖。

狎伶之风在清代京城文人群体中非常流行,为名伶作花谱、定花榜的正是活跃于京城的文人群体。构成两者交往的基础,不仅在于红相公容貌出众、演艺精湛,更是因为其中的某些男伶文化修养颇高,与文士之间有互动的可能性。在《品花宝鉴》中,入选《曲台花谱》者在诗词写作、书画技艺上都有一定的造诣。如袁宝珠"善丹青,娴吟咏",苏蕙芳"工吟咏",陆素兰"工书法,虽片纸尺绢,士大夫争宝之如拱璧",金淑芳"工吟咏、吹箫,善弈棋,楚楚有林下风致"。在众名伶与徐子云、梅子玉等一众名士文人的交往之中,不乏互相唱和、品题的情节,作者更通过颜仲清之口表达过"如袁宝珠、苏蕙芳等方配称名花,而且诗词书画无一不佳,直可作我辈良友"的观念。

与红相公相对的群体是黑相公,对这类人而言,"黑"是对他们最为形象的概括,既可表示他们已然是过气的一群人,也可形容他们某些人"面丑心黑"的行径。在晚清小说中,黑相公群体的一大特征就是专以出局侑酒骗吃骗喝。在《品花宝鉴》中,黑相公的种种丑态得到了集中的体现。第1回梅子玉、王恂去戏园看戏,眼见"身边走来走去的,都是些黑相公,川流不息四处去找吃饭的老斗",其中一个叫保珠的相公"约有十五六岁,生得蠢头笨脑,脸上露着两块大孤骨,脸面虽白,手却是黑的"①,缠在梅子玉身边要去酒楼吃饭。当时北京禁演夜戏,演出都在白天进行,老斗们往往会不待压轴戏开演就带相公去酒楼,或到酒楼之后再"叫条子"把相公叫来。《梦华琐簿》云:

> 每日将开大轴子,则鬼门换帘子,豪客多于此时起身径去。此时散套已毕,诸伶无事,各归家梳掠薰衣,或假寐片时,以待豪客之召。故每至开大轴子时,车骑就蹟,人语腾沸,所谓"轴子刚开便套车,车中载得几只花"者是也。②

---

① (清)陈森《品花宝鉴》,齐鲁书社1993年版,第9页。
② 张次溪《清代燕都梨园史料》,中国戏剧出版社1988年版,第354页。

如果把伶人出局侑酒比作市场的话,这明显是一个供大于求的市场,红相公的生意应接不暇,黑相公则只能自己主动出击,就出现了梅子玉在戏园中看到的一幕。第8回,李元茂带着魏聘才等去戏园看戏,色欲迷心的李元茂被保珠、二喜两个黑相公缠住到酒楼里吃饭,受到张仲雨的一番调侃:

> 仲雨抬头,见屋子里钉着一个小神龛,供一张赵玄坛骑个黑虎,即对二喜道:"你们见了有钱的老斗,便喜欢道:'财神爷到了,肯花钱。'穷老斗见了黑相公,便害怕道:'老虎来了,逢人就要吃的。'你瞧上头到底是财神爷骑黑老虎,还是穷老斗跨黑相公?"①

对于黑相公而言,他们并不重视自身本业,反而利用狎伶风气当作自家骗吃骗喝的手段。比起红相公来,这些黑相公自身资质不如人,也谈不上什么文化修养,只能以谄媚之态迷惑人,所以书中说这些人"不过狐媚迎人,蛾眉善妒,视钱财为性命,以衣服作交情,今日迎新,明朝弃旧",成为穷老斗眼中的"吃人老虎"。

不同类型的作家,对待男伶群体的态度也有差异,所以笔下呈现了不同的男伶风貌。如《品花宝鉴》《绘芳录》等小说的作者,对文人名士的观戏狎伶基本持肯定态度,他们暴露狎伶风气中恶俗低劣的一面,但对那些身在菊坛但出淤泥而不染的伶人也投以赞赏的目光,对他们与文士之间昵而不狎的关系予以赞赏。所以在这些作者笔下,名士的风流姿态、名伶的绝代芳华得到了凸显。与之相反,某些较为保守且传统的作者对名士与名伶之间的风流韵事并不感兴趣,《儿女英雄传》的作者文康就是其一。文康笔下的安学海,时刻以传统士大夫的处世之道要求自己,其中明显带有作者自身的影子。安学海在教育儿子安骥的过程中,"慢说外头的戏馆、饭庄、东西两庙不肯教他混跑,就连自己的大门,也从不曾无故的出去站站望望"②。对于京中流行的观戏之风,自然不敢苟同,父子两人隐居西山,即便因

---

① (清)陈森《品花宝鉴》,齐鲁书社1993年版,第66页。
② (清)文康《儿女英雄传》,齐鲁书社1990年版,第13页。

故进城,也绝不会进戏园。第 32 回作者特意写了邓九公在京城看戏,把《品花宝鉴》中的名士与名伶调侃一番:

> 这个当儿,那占第二间楼的听戏的可就来了。一个是个高身量儿的胖子,白净脸儿,小胡子儿,嘴唇外头露着半拉包牙;又一个近视眼,拱着肩儿,是个瘦子。这俩人,七长八短、球球蛋蛋的带了倒有他娘的一大群小旦!……只见他一上楼就拼上了两张桌子,当中一坐,那群小旦前后左右的也上了桌子,摆成这么一个大兔儿爷摊子。……我正在那里诧异,又上来了那么个水蛇腰的小旦,望着那胖子,也没个里儿表儿,只听见冲着他说了俩字,这俩字我倒听明白了,说是"肚香"。说了这俩字,也上了桌子,就尽靠着那胖子坐下。俩人酸文假醋的满嘴里喷了会子四个字儿的屁。这个当儿,那位近视眼的可呆呆的只望着台上。台上唱的正是《蝴蝶梦》里的"说亲回话",一个浓眉大眼黑不溜俅的小旦,唧溜了半天,下去了。不大的工夫卸了妆,也上了那间楼。那胖子先就嚷道:"状元夫人来矣!"那近视眼脸上那番得意,立刻就像真是他夫人儿来了。我只纳闷儿,怎么状元夫人到了北京城,也下戏馆子串座儿呢?问了问不空和尚,才知那个胖子姓徐,号叫作度香,内城还有一个在旗姓华的,这要算北京城城里城外属一属二的两位阔公子。水蛇腰的那个东西,叫作袁宝珠。我瞧他那个大锣锅子,哼哼哼哼的,真也像他妈的个"元宝猪"!原来他方才说那"肚香"、"肚香",就是叫那个胖子呢!我这才知道小旦叫老爷也兴叫号,说这才是雅。我问不空:"那状元夫人又是怎么件事呢?"他说:"拱肩缩背的那个姓史,叫作史莲峰,是位状元公,是史虾米的亲侄儿。"我也不知这史虾米是谁。又说:"那个黑小旦是这位状元公最赏鉴的,所以称作状元夫人。"我只愁他这位夫人,倘然有别人叫他陪酒,他可去不去呢?安老爷微微一笑,说:"岂有此理!"①

---

① (清)文康《儿女英雄传》,齐鲁书社 1990 年版,第 712—713 页。

在邓九公眼中,《品花宝鉴》中的翩翩贵公子徐子云成了"嘴唇外头露着半拉包牙"的胖子,而"貌如处女"的袁宝珠则是水蛇腰大锣锅。邓九公虽是江湖中人,但非常喜欢看戏,也曾表示过对男旦本身没有什么歧视,但他眼中看到的名士与名伶,其形象与《品花宝鉴》中的人物有着天壤之别。究其原因,是作者文康本人对狎伶的风气嗤之以鼻,当时北京观戏狎伶风气正浓,文康不能回避这一现象,通过邓九公看戏写出了当时北京的戏园情况。但他从内心深处对此不以为然,便出现了丑化伶人的现象,把观众痴迷的伶人写得如此不堪。这既是一种调侃,也是作者内心对这些伶人印象的体现。

就晚清小说的情况来看,像《儿女英雄传》这样塑造伶人只是个例,虽然不是所有的小说都像《品花宝鉴》那样主要从正面表现伶人风貌,但大多数作品都对此津津乐道,这正是当时风气在文学作品中的生动体现。

3. 京城男伶的生存状态

在清代小说中,京城男伶的生存状态在作者笔下得到了生动的体现,他们的衣食住行、社会地位都在小说中有所反映。从男伶的日常穿着来看,其服饰讲究华丽,非常引人注目。《绘芳录》26回中的柳五官"穿一件蜜合湖绉薄绵大袖,外罩翠蓝大襟短褂,内衬绯缎比甲;下身着了水绿底衣,穿双满镶鳞扣云履,手内拿着一柄泥金折扇"①。《负曝闲谈》第9回写顺林儿"头上拉虎貂帽,身上全鹿皮做的坎肩儿,下面是驼色库缎白狐袍,脚上登着漳绒靴子"②。《九尾龟》117回中的京城名伶佩芳"穿着一件淡密色缎子猞猁皮袍,上面衬一件枣红色缎四围镶滚的草上霜一字襟坎肩;头上戴着瓜皮小帽,迎面钉着一颗珍珠,光辉夺目;脚上薄底缎靴"③。从这些描写我们可以发现,男伶钟爱颜色亮丽的衣物,也喜欢用貂、狐、猞猁等名贵动物的皮毛制成的衣物,《都门竹枝词·服用》中对此写道:"止有貂裘不敢当,优伶一样好衣裳。诸君两件须除却,狐腿翻穿草上霜。"④对他们而言,华

---

① (清) 西泠野樵《绘芳录》,吉林文史出版社1988年版,第340页。
② (清) 蘧园《负曝闲谈》,江西人民出版社1988年版,第151页。
③ (清) 张春帆《九尾龟》,齐鲁书社1993年版,第489页。
④ (清) 杨米人等著,路工编选《清代北京竹枝词(十三种)》,北京古籍出版社1982年版,第40页。

丽的服饰既是他们个人品位的体现,也隐含了他们生活的优越感,同时,这也是他们吸引恩客目光的手段。

在清代小说中,名伶对饮食也颇为讲究,较为突出的体现则是相公堂子里的精致饮食。所谓相公堂子,原是指相公们的下处,在清代中后期以后,相公堂子成为相公们接待恩客、提供服务的场所。因为要向社会名流、高官富商提供酒席宴客,所以相公堂子里的饮食较为特殊。《九尾龟》第152回,章秋谷随金观察进京,姚观察请二人听戏之后到升平班小兰那里吃饭,章秋谷兴奋地说:

> 你请我别处吃饭,我不谢你。你请我吃相公饭,我却感激得狠。我自从那一年出京之后,想着相公饭的滋味,别处地方,凭你怎么样总吃不到这样的好东西,正在这里求之不得。你忽然要请我吃起相公饭来,真叫作天从人愿了。①

究竟相公饭有何特殊之处,竟能让章秋谷念念不忘呢?《负曝闲谈》第29回写汪老二在韩家潭安华堂宴客,作者这样写相公饭:

> 相公饭的酒菜向来讲究的,虽在隆冬时候,新鲜物事无一不全,什么鲜茄子煨鸡、鲜辣椒炒肉这些鲜货,都是在地窖子里窖着的。众人吃着,赞不绝口。还有一样虾子,拿上来用一只磁盆扣着,及至揭开盖,那虾子还乱蹦乱跳,把它夹着,用麻油酱油蘸着,往口里送。②

《九尾龟》第154回也有类似的描写:

> 相公堂子里头的菜本来是京城有名的,那些时鲜菜蔬,都是别处没有的。什么春不老炒冬笋、豌豆苗炒虾仁,都是在新鲜的时候藏在地窖里头的,到了这个时候还像鲜的一般,大家吃了都

---

① (清)张春帆《九尾龟》,齐鲁书社1993年版,第609页。
② (清)蘧园《负曝闲谈》,江西人民出版社1988年版,第154页。

极口赞叹。①

而《九尾龟》第153回中还提到,升平班小兰卧室里放着"大大的玻璃冰桶,冰桶里头浸着许多莲子和菱藕。……小兰和小菊,亲自把冰桶里头剥现成的莲子取了许多出来,放在白磁盘子里头,请众人大家随意吃些,真个是凉溅齿牙,芳回肺腑。"②

从这些描写不难发现,相公饭在北京之所以出名,很大程度上是源于其食材的新鲜。在寒冷的北方,他们能提供其他饭馆里少有的新鲜蔬菜,而且保鲜有术,在冬天仍像刚上市一般。相公们对饮食的讲究,主要是基于相公堂子的服务性质,为了满足顾客的需求,必须在饮食上精益求精。同时,这也反映了伶人群体自身生活的精致与讲究。

就清代伶人在北京的居所来看,有所谓"大下处"与相公堂子的区分,《梦华琐簿》云:"乐部各有总寓,俗称'大下处'。……生旦别立下处,自称曰'堂名中人'。"③"大下处"是指规模较大的营业性戏班,其中有管班等经营管理者。这类戏班中,不乏财力雄厚者,可以自建宅院以供演出与伶人居住。如《绘芳录》第26回中写道:

> 王兰忽然笑道:我前日拜客,至城西见新砌了一家花园,叫做隐春园,内中房屋花草极其精工。我打听过了,原来从苏州初到一起福庆堂名班,班头叫傅阿三。此人颇有积蓄,在城西砌造隐春园,开了戏园。④

一些规模较小的戏班,则是师傅带着几个徒弟在小巷胡同里凭屋居住,他们的居所就是所谓的相公堂子,所以他们自称"堂名中人"。如《品花宝鉴》中的琴官、陆素兰都住在樱桃巷,琴官所居曰秋水堂,陆素兰所居曰妙香堂。相公堂子陈设颇为雅致,《品花宝鉴》第

---

① (清)张春帆《九尾龟》,齐鲁书社1993年版,第614页。
② 同上。
③ 张次溪《清代燕都梨园史料》,中国戏剧出版社1988年版,第351页。
④ (清)西泠野樵《绘芳录》,吉林文史出版社1988年版,第337页。

21回写琴官卧室:

> 跟班的揭开了帘子,进得房来,就觉得一股幽香药味,甚是醒脾。这一间尚是卧室之外,聘才先且坐下,看那一带绿玻璃窗,映着地下的白绒毯子,也是绿隐隐的。上面是炕,中间挂一幅《寿阳点额图》。旁有一联是"心抱冰壶秋月,人依纸帐梅花"。炕几上一个胆瓶,插了一枝梅花。一边是萧次贤画的四幅红梅,一边是徐子云写的四幅篆字。窗前放着一张古砖香梨木的琴桌,上有一张梅花古段文的瑶琴。里头一间是卧房了,却垂着个月色秋罗绣花软帘,绣的是各色梅花。①

晚清小说中相公堂子多集中在韩家潭,《官场现形记》中的春喜堂,《负曝闲谈》中的安华堂皆位于此。这些相公居所多是小巧别致的四合院,如春喜堂"是座四合厅的房子,沿大门一并排三间,便是客座书房,院子里隔着一道竹篱,地下摆着大大小小的花盆,种了若干的花"②。安华堂"进了大门之后,便是一个院子。院子里编着两个青篱,篱内尚有些残菊。有一株天竹累累结子,就如珊瑚豆一般鲜红可爱。一株腊梅树开满了花,香气一阵阵钻进鼻孔里来。……汪老二一看,原来是一排三间,两明一暗,两边都有套房"③。内部陈设皆追求华丽,如《负曝闲谈》写安华堂书房内景:

> 汪老二随意在一把楠木眉公椅上坐下,四面一看:身后摆着博古橱,橱里摆着各式古董,什么铜器、玉器、磁器,红红绿绿煞是好看。壁上挂着泥金笺对,写的龙蛇夭矫,再看下款是溥华。汪老二知道这溥华是现在军机大臣。又是四条泥金条幅,写的很娟秀的小楷,都是什么居士、什么主人,底下图章也有乙未榜眼的,也有辛巳传胪的,还有一位,底下图章是南斋供奉,便知这

---

① (清)陈森《品花宝鉴》,齐鲁书社1993年版,第169页。
② (清)李伯元《官场现形记》,中州古籍出版社1995年版,第310页。
③ (清)蘧园《负曝闲谈》,江西人民出版社1988年版,第154页。

些都是翰林院里的老先生。①

《孽海花》第 5 回也曾描绘过景和堂的内部陈设：

> 只见堂里敷设的花团锦簇，桂馥兰香，抹起五凤齐飞的彩绢宫灯，铺上双龙戏水的层绒地毯，饰壁的是北宋院画，插架的是宣德铜炉，一几一椅，全是紫榆水楠的名手雕工，中间已搬上一桌山珍海错的盛席，许多康彩干青的细磁。②

相公居所华丽精雅是当时人的普遍印象，《京华艳史》中以谐谑的口吻称赞京城"相公下处第一"，从上面的描述中就可见一斑。相公堂子不仅是伶人自己的居住场所，同时也是他们待客的服务场所，讲究陈设不仅是自身居住环境的需要，同时也是提高服务环境的体现。

清代北京城内最讲究的出行方式是乘车，不仅讲究车辆样式，还要对驾车之车夫以及骡马有一定的要求，俨然使乘车成为一种体现身份差异的象征。在京城中，戏班出行也多乘车，《品花宝鉴》第 1 回，梅子玉初见琴官，就是在车中：

> 忽到一处挤了车……（子玉）便从帘子上玻璃窗内一望，见对面一辆车，车里坐着一个老年的，外面坐了两个妙童，都不过十四五岁。……后头又有三四辆，也坐些小孩子，恰不甚佳。③

伶人单独出行，对车驾也非常讲究，《梦华琐簿》曾记载：

> 闻昔年伶人出入皆轩车骏马，襜帷穴晶，引马前导，几与京官车骑无辨。今日此风已变，舆马虽华泽，不敢复用大鞍，且其

---

① （清）蓬园《负曝闲谈》，江西人民出版社 1988 年版，第 150—151 页。
② （清）曾朴《孽海花》，齐鲁书社 1998 年版，第 23 页。
③ （清）陈森《品花宝鉴》，齐鲁书社 1993 年版，第 10 页。

傔仆皆跨辕,并无骑而从者异。①

在《品花宝鉴》中,一众名伶出行皆用骡车,第 12 回写田春航从戏园出来,被一个相公乘坐的骡车挂倒,本想怒骂车夫,但被车内绝色相公吸引,"那一腔怒气,不知消到何处去了"。回到住所后和高品说起了自己的经历:

> 春航笑着,又将那相公的相貌衣裳,连那骡子车围的颜色都说了,问道:"你可识得是那一班的相公?"高品想了一会道:"据你说来,不是陆素兰,就是金漱芳,不然就是袁宝珠。"②

既然可以从骡车车围的颜色推断是哪一班的相公,可见当时相公们的坐车在老斗心中已留下深刻印象,而这种印象则是由驾车的骡马以及车饰所决定的。《孽海花》第 4 回写景和堂朱霞芬的坐车是非常讲究的十三太保快车,驾着一匹剪鬃的红色小川马。名伶生活中处处讲究,对出行的车马同样如此,这种十三太保的快车就是具体表现。

伶人日常生活各方面的讲究,源于他们收入的宽裕与灵活。伶人主要靠演戏谋生,收入的高低往往与其技艺高低、知名度有关。当红的男伶在正常的演出收入之外还会得到恩客额外赏赐的钱物。《品花宝鉴》第 4 回写琴官与琪官方到北京,还未正式登台之前已有几处叫去演出,徐子云见了之后"即赏了好些东西,把他们的衣服通身重做了几套"。第 5 回提到华公子看演出高兴的时候"便是几个元宝的赏"。此外,有些伶人通过结交权贵,也能获得不菲的额外收入,如《九尾龟》中的红相公佩芳,因为与吏部尚书关系密切,成为官员争相打点的对象。名伶出局侑酒,也会收取一定的钱物,《品花宝鉴》第 2 回写到一些中等官宦往往想借名伶的声气在外吹嘘,叫相公陪一天酒就要给对方几十两银子。至于在相公堂子里请客宴饮乃至留宿,

---

① 张次溪《清代燕都梨园史料》,中国戏剧出版社 1988 年版,第 369 页。
② (清)陈森《品花宝鉴》,齐鲁书社 1993 年版,第 101 页。

基本上与在酒楼、妓院消费相差无几,加之当时京城各界都热衷在相公堂子里聚会,所以伶人在这方面的收入也不能小觑。综合来看,伶人收入以演戏为主,在演戏之外尚有其他各项灵活收入,特别是对红相公来说,他们收入颇高,不然不足以支撑他们在京城的生活开销。《品花宝鉴》第43回,琴官师娘说他唱了半年就得了整万吊钱。《绘芳录》中柳五官历年演戏积累了不下四五万金,即便是花费巨款出师之后仍有大量积蓄,又在京城置办二十余处房产出租,每月租金非常可观。从这些内容也不难想见当时名伶收入之高。

名伶虽然收入较高,但受师傅的剥削也非常严重。名伶与师傅之间是一种人身依附关系,许多伶人都是从小被卖给师傅,不但随师傅学艺,实际上还要充当仆役。《绘芳录》第26回柳五官就以自身经历描述了这一情况:

> 那些领班的,有几个好人?不过买了人家,不爱惜肉疼的儿子,不顾死活,强打硬逼,教会了数出戏,赚来银钱,供他受用。我们再过几年,人也大了,戏也不能唱了,他还肯养活我们吃他闲饭吗?①

到了伶人学成登台以后,收入的很大一部分也被师傅拿走。而伶人想要出师,脱离师傅的控制,同样需要支付给师傅很大的一笔费用。《品花宝鉴》第26回,华公子想买琴言进府入家班,琴言的师傅曹长庆以各种理由抬高他的身价,想卖上万两银子。曹长庆死后,琴言从师娘这里出师,仍被师娘索要了一大笔钱:

> 蕙芳道:"婶娘,果然要他出师么?如今倒有个凑趣的人。今日原为着这件事来与婶娘商量。"长庆媳妇道:"是那一处人,现作什么官?"蕙芳随口说道:"是个知县,是江南人,这个人甚好,就是不大有钱。前日见了琴言,很赞他,想他作儿子,所以肯替他出师。昨日与我们商量,若要花三五千两,是花不起的,三

---

① (清)西泠野樵《绘芳录》,吉林文史出版社1988年版,第343页。

千吊钱还可以打算。"长庆媳妇口里"阿哟"了几声道:"三千吊钱就要出师! 你想那琴言去年唱戏时,半年就得了整万吊钱。如今与他出师,这个人就是他的,他倒几个月就捞回本来。啧,啧,啧! 有这便宜的事情,我也去干了。"……蕙芳道:"婶娘,你到底要多少钱,说个定数儿,我好去讲,或是添得上来,添不上来,再说。"长庆媳妇道:"老老实实,是三千两上好纹银,我也肯了。他能不能? 他若不能,我还候着华公子。他是个有名花钱的主儿,或者一万八千都可以呢。不然还有徐老爷,他是爱他的,更好说话。我忙什么!"①

《绘芳录》第9回,金梅仙出师,师傅是同样的嘴脸:

师父摇头道:"好轻巧事,我辛辛苦苦将你教成个好手,原想多寻几宗银子,我后半世就想靠你呢! 到了那个时候,自然许你出师。你此刻出了师,我本钱没有赚得着,是白吃一场辛苦了。若一定你要去,俗云:心去意难留。罢罢! 这几位阔大老爷、贵公子替你赎身,至少也要一万银子,我才够本呢,少了是不行的。料想他们不能因我不许你出师来寻事,我也不怕的。"②

第30回,柳五官出师,是在隐春园与高官树敌,需要出京避祸的情形之下,即便如此,柳五官的师傅"傅阿三起初立意不行,禁不住连儿硬说软劝,才改过口来要一万二千两银子身价,少他一厘都不能的"。关于戏班的师傅,《品花宝鉴》的作者曾描绘了他们一生的变化:

大凡做戏班师傅的,原是旦脚出身,三十年中便有四变。你说那四变? 少年时丰姿美秀,人所钟爱,凿开混沌,两阳相交,人说是兔。到二十岁后,人也长大了,相貌也蠢笨了,尚要摇头弄姿,华冠丽服。遇唱戏时,不顾羞耻,极意骚浪,扭扭捏捏,尚欲

---

① (清) 陈森《品花宝鉴》,齐鲁书社1993年版,第354页。
② (清) 西泠野樵《绘芳录》,吉林文史出版社1988年版,第105页。

勾人魂魄，摄人精髓，则名为狐。到三十后，嗓子哑了，胡须出了，便唱不成戏，无可奈何，自己反装出那市井模样来，买些孩子，教了一年半载，便叫他出去赚钱。生得好的，赚得钱多，就当他老子一般看待。若生得平常的，不会哄人，不会赚钱，就朝哼暮嗔。一日不陪酒就骂，两日不陪酒就打。及至出师时，开口要三千五千吊，钱到了手，打发出门，仍是一个光身，连旧衣裳都不给一件。若没有老婆，晚间还要徒弟伴宿。此等凶恶棍徒，比猛虎还要胜几分，则比为虎。到时运退了，只好在班子里，打旗儿去杂脚，那时只得比做狗了。此是做师傅的刻板面目。①

他们自己年轻时经历过不堪回首的过往，可是这段不怎么光彩的经历并没有让他们认清伶人生活悲惨的一面。等到他们韶华已逝，无法再以色事人的时候，又去买些男孩子，把他们当作自己挣钱的工具，再让这些孩子重蹈自己的覆辙。

通过清代小说对北京伶人风貌的描写，我们注意到其中一些名伶生活光鲜亮丽，在京城上层社交圈中游刃有余。但在华丽的表象背后，也应该意识到，《品花宝鉴》中所描绘的贵公子、文士与名伶之间建立在平等基础上的相处模式在京城风月场上只是少数现象。热衷此道的大部分京城人不过是把优伶当作贱业，他们眼中的男伶没有任何个人尊严与价值可言，只是玩物般的男妓而已。不少名伶都流露过对自己从事此业的悔恨与无奈，例如《品花宝鉴》中的琴官，"当其失足梨园时，已投缳数次，皆不得死，所以班中厌弃已久，琴官借以自完"，不幸落入梨园的琴官对伶人流行的风气极为反感，内心非常敏感。《绘芳录》第29回，柳五官受了鲁家兄弟的欺负之后委屈不已：

> 五官说到自己做这唱戏的买卖，本属下贱，人人皆得欺侮。"我若是个平等百姓，今日他们也不敢如此作践。不知何时方能出此牢笼？况且为人在世，焉能尽如人意"。②

---

① （清）陈森《品花宝鉴》，齐鲁书社1993年版，第145页。
② （清）西泠野樵《绘芳录》，吉林文史出版社1988年版，第377页。

要而言之，伶人生活既有光鲜亮丽的一面，也有被欺辱受打压的一面，而这两种生活境况都与他们对待自身职业的心理态度有着密切关联。对于这样一个普遍受人轻视的职业，伶人只有放下自尊，适应其中的各种规则，才能游刃有余地生活在这个圈子中，反之则会生活得异常痛苦，这不妨说也是他们社会地位的一种生动写照。

4. 京城男伶的"服务方式"与京城市民生活

清代优伶与世俗社会关系密切，他们与达官豪富以及文士等保持着密切的联系，尤其是一些重财轻艺的伶人，把交接社会各界名流作为自己的谋生之道，反而不太重视戏曲演出。即便是一些较为讲究品行的伶人，在整个大环境中也不得不屈就风气，演戏之余周旋于世俗社会之间。从这一层面来看，狎伶之风推动了伶人群体成为面向京城社会提供服务的一个特殊群体。从清代小说中的描写可以看到，男伶主要为世俗社会提以下几种服务方式：

第一，戏园揽客。由于伶人的主要活动是演出，所以，戏园是老斗与相公发生联系最为普遍与密集的一个场所。在戏园之中，男伶会主动寻找自己熟悉的客人，也会去结识一些新客人，在演出结束之后跟着客人去吃饭陪酒。在《品花宝鉴》第 1 回，梅子玉与王恂到戏园，就见到黑相公川流不息地四处去找吃饭的老斗。这些在戏园里揽客的黑相公，不但了解观众的心理，对饭馆的行情也非常了解。第 8 回中，李元茂被二喜、保珠两个黑相公缠住，二喜对当日几家饭馆营业，哪家座位紧张都了熟于胸。

对于那些舞台上的红相公来说，他们主要奉承的顾客不是戏园里池心散座的客人，而是楼上官座里的豪客。楼上官座有些位置与舞台之间的角度适宜，既方便观众看戏，也便于伶人与顾客之间的眼神交流。《金台残泪记》云："右楼官座曰上场门，左楼官座曰下场门，狎旦色者争坐下场门。"①《梦华琐簿》亦云："楼上最近临戏台者，左右各以屏风隔为三四间，曰官座，豪客所集也。官座以下场门第二座为最贵，以其搴帘将入时便于掷心卖眼。"②深谙此道者，对这些戏园里的门道非常熟悉，《儿女英雄传》第 32 回写不空和尚带邓九公去看

---

① 张次溪《清代燕都梨园史料》，中国戏剧出版社 1988 年版，第 249 页。
② 同上书，第 353 页。

戏,"进去定要占下场门儿的两间官座儿楼",就是这种情况的反映。

对于相公而言,还有所谓"站台"的说法,"日日进园,立于戏台之东西房,谓之站台"①。无论是正在演出的伶人,还是候场的伶人,在戏台上看见楼上官座中熟识的观众,多会眉目传情一番,然后在演出后登楼侍奉。《品花宝鉴》第3回,魏聘才就见到了这样的一幕:

> 望着那边楼上,有一班像些京官模样,背后站着许多跟班。又见戏房门口帘子里,有几个小旦,露着雪白的半个脸儿,望着那一起人笑,不一会,就攒三聚五的上去请安。……一会儿靠在人身边,一会儿坐在人身旁,一会儿扶在人肩上,这些人说说笑笑,像是应接不暇光景,聘才已经看出了神。又见一个闲空雅座内,来了一个人。……自备了大锡茶壶、盖碗、水烟袋等物,摆了一桌子,那人方才坐下。只见一群小旦蜂拥而至,把这一个大官座也挤得满满的了。②

对于池心散座里的一些熟客,舞台上的相公也会有所照应,该回就写了蓉官在台下与富三等人闲聊。

第二,出局陪席。在老斗带相公们去饭馆宴饮之外,京城官绅等还会在宴席时叫局,写好条子交给饭馆的服务人员,招揽相识的相公侑酒寻欢。《清稗类钞》描绘了其中情形:

> 客饮于旗亭,召伶侑酒曰"叫条子",伶之应召曰"赶条子"。光绪中叶之例赏,为京钱十千,就其中先付二千,曰车资,八千则后付。来时,面客而点头,就案取酒壶,遍向座客斟之,众必谦言曰:"勿客气。"斟已,乃依老斗而坐,唱一曲以侑酒。亦有不唱者,猜拳饮酒,亦为老斗代之。③

《官场现形记》第 24 回写黄胖姑、贾大少爷一众人在便宜坊吃

---

① 张次溪《清代燕都梨园史料》,中国戏剧出版社 1988 年版,第 602 页。
② (清)陈森《品花宝鉴》,齐鲁书社 1993 年版,第 21 页。
③ (清)徐珂编撰《清稗类钞》(第 11 册),中华书局 1986 年版,第 5095 页。

饭,其中就有叫条子的场景:

> 这个档口里,贾大少爷坐着无味,便做眉眼与黄胖姑。黄胖姑会意,晓得他要叫"条子",本来也觉着大家闷吃不高兴,遂把这话问众人。众人都愿意。黄胖姑便吩咐堂倌拿纸片。①

至于伶人侑酒的场面,基本上是或唱曲或猜拳,伶人小心奉承客人而已,该回对此也有表现:

> 一头说话,一头喝酒。叫来的相公搳拳打通关,五魁、八马,早已闹的烟雾尘天。贾大少爷便趁空同奎官咬耳朵,问他:"现在多大年纪?唱的甚么角色?出师没有?住在那一条胡同里?家里有甚么人?"奎官一一的告诉他:"今年二十岁了。一直是唱大花脸的。十八岁上出的师,现在自己住家。家里止有一个老娘,去年腊月娶的媳妇,今年上春三死了。住在韩家潭,同小叫天谭老板斜对过。老爷吃完饭,就请过去坐坐。"贾大少爷满口答应。奎官从腰里摸出鼻烟壶来请老爷闻,又在怀里掏出一杆"京八寸",装上兰花烟,自己抽着了,从嘴里掏出来,递给贾大少爷抽。贾大少爷又要闻鼻烟,又要抽旱烟,一张嘴来不及,把他忙的了不得。②

第三,陪侍出游。相公与顾客之间除了在戏园以及酒馆之外,也有相公陪侍客人在京郊游览的情形。《侧帽余谭》载大运河"好事者携花载酒,驾言出游。维彼舟子,视掷果之车一至,争招招焉"③,其中的"花"即是指相公而言。《品花宝鉴》第22回,梅子玉与琴言、素兰,潘三与玉美、春林等恰巧在游河中相遇:

> 当下船已走了三四里,三人静悄悄的清饮了一回。子玉一

---

① (清)李伯元《官场现形记》,中州古籍出版社1995年版,第307—308页。
② 同上书,第309页。
③ 张次溪《清代燕都梨园史料》,中国戏剧出版社1988年版,第610页。

面把着酒,一面看那琴言,如蔷薇濯露,芍药笼烟,真是王子乔、石公子一派人物,就与他同坐一坐,也觉大有仙缘,不同庸福。又看素兰,另有一种丰神可爱,芳姿绰约,举止雅驯,也就称得上珠联璧合。今日这一会,倒觉是绝世难逢的,便就欢乐顿出,忧愁渐解。……正在畅满之时,忽见前面一只船来,远远的听得丝竹之声。再听时,是急管繁弦,淫哇艳曲。不一时摇将过来,子玉从船舱帘子里一望,见有三个人在船中,大吹大擂的,都是袒裼露身;有一个怀中抱着小旦,在那里一人一口的喝酒,又有两个小旦坐在旁边,一弹一唱。止觉得欢声如迅雷出地,狂笑似奔流下滩,惊得琴言欲躲进后舱,子玉便把船窗下了,却不晓得是什么人。①

梅子玉与琴言、素兰如神仙会中人,而潘三与几个伶人则淫靡无比。同样的场景之中,雅致与恶俗得到了对比体现,这也恰恰是伶人生活的写照。相公们的寓所多集中在韩家潭一带,陶然亭离此较近,是相公与顾客出游的常去之处。《金台残泪记》形容陶然亭游览之景:"若乃香车载至,绛云堕衣,风燕亦双,洞箫不独,烂醉司空,固亦闲事。"②《花月痕》第2回,韦痴珠到陶然亭游览,就见到了相公陪侍贵公子出游的场面:

　　雇车出城,一径往锦秋墩来。遥望残柳垂丝,寒芦飘絮,一路倒也夷然。不一会,到了墩前,见有五六辆高鞍车,歇在庙门左右。秃头已经下车,取过脚踏,痴珠便慢慢下车来,步行上墩。刚到花神庙门口,迎面走出一群人,当头一个美少年,服饰甚都,面若冠玉,唇若涂朱,目光眉彩,奕奕动人。看他年纪,不过二十余岁。随后两人,都有三十许,也自举止娴雅。前后四个相公跟着,说说笑笑。又有一个小僮,捧着拜匣。③

---

① (清)陈森《品花宝鉴》,齐鲁书社1993年版,第182页。
② 张次溪《清代燕都梨园史料》,中国戏剧出版社1988年版,第247页。
③ (清)魏秀仁《花月痕》,中华书局1996年版,第5页。

第四,堂子待客。相公堂子本是相公的居所,但随着相公们在演戏之外与世俗社会接触越来越多,相公堂子逐渐增加了服务顾客的功能。相公们招几个年轻男孩作徒弟,将相公堂子装饰得富丽堂皇,提供精致的饮食,顾客可以在这里宴饮请客,抽烟打牌,相公就在一旁作陪。《红楼梦》创作于乾隆中前期,其中柳湘莲对自己下处的描绘,已有些接近后来相公堂子的性质。第47回柳湘莲骗薛蟠说:"等坐一坐,我先走,你随后出来,跟到我下处,咱们索性喝一夜酒。我那里还有两个绝好的孩子,从没出门。你可连一个跟的人也不用带,到了那里,服侍的人都是现成的。"①到了乾隆后期,随着徽班进京,花雅争锋的局面越来越明显,"以此为推动,特意招买幼童加以训练,以为渔利之具者渐多。当师傅带着他的几个徒弟,把居处装饰得美奂迷荡,名之以某某堂时,典型的相公也就产生了"②。

关于相公堂子装饰之精美,在上面已有提及,这里不再赘述。值得注意的是,相公们对自己的居所没有丝毫隐晦,门外挂有堂名牌匾以示人,《侧帽余谭》云:

> 明僮称其居曰下处,一如南人之称考寓。门外挂小牌,镂金为字,曰某某堂,或署姓其下。门内悬大门灯笼一,金乌西坠,绛蜡高燃,灯用明角,以别妓馆。过其门者无需问讯,望而知为姝子之庐矣。③

《官场现形记》第24回写奎官的春喜堂,就是这样的设置:

> 下车之后,贾大少爷留心观看:门口钉着一块黑漆底子金字的小牌子,上写着"喜春堂"三个字;大门底下悬了一盏门灯。有几个"跟兔",一个个垂手侍立,口称"大爷来啦"。④

---

① (清)曹雪芹著,无名氏续《红楼梦》,人民文学出版社2008年版,第635页。
② 张在舟《暧昧的历程:中国古代同性恋史》,中州古籍出版社2001年版,第538页。
③ 张次溪《清代燕都梨园史料》,中国戏剧出版社1988年版,第602—604页。
④ (清)李伯元《官场现形记》,中州古籍出版社1995年版,第310页。

所谓"跟兔",是指相公身边的随从。兔子较早就被用来指称同性恋者,当相公之风流行之后,社会上也把相公称为兔子,其身边的随从也就称为跟兔了。跟兔相当于相公堂子里的服务人员,相公出门则跟随在侧。在相公堂子里,迎客与送客、跑腿叫条子、端茶送酒等都是跟兔的职责,相应的情节在《官场现形记》与《负曝闲谈》中都有体现。相公身边的跟兔不仅是服务人员,有的还是相公的师傅安排在相公身边予以监视的人,以防备相公私吞所得,《侧帽余谭》载:"(相公)所恶于跟兔者,为其拘束之,使不得尽欢也。'跟兔',即若辈随人之号。名为随人,实其师之羽翼,若辈畏之如虎。"①

相公堂子最主要的服务模式,是为顾客招待朋友提供场所与饮食。相公堂子能成为客人宴请的选择,原因在于以下几点:首先,当时官绅中妓禁较严,再加之社会上对北京妓女普遍评价不高,所以很少有在妓院吃花酒的情况;其次,相比在酒楼饭馆叫伶人出局侑酒,在相公私寓饮酒宴客更为私密,特别是对一些对伶人有色欲需求的人来说,相公堂子明显更方便;再次,相公堂子饮食精致,在京城名流中形成共识,也是吸引顾客选择相公堂子的原因。关于老斗在相公堂子里宴饮,《清稗类钞》云:

> 老斗之饭于下处也,曰摆饭。则肆筵设席,珍错杂陈,贤主嘉宾,既醉且饱。一席之费,辄数十金,更益以庖人、仆从之犒赏,殊为不赀。非富有多金者,虽屡为伶所嬲,不一应。②

花费既高,"珍错杂陈",无不凸显着相公堂子里筵席的高端与昂贵。在小说中,相公堂子里宴客在京城官绅之间非常普遍。《官场现形记》第 24 回,贾大少爷在便宜坊吃饭之后还邀请众人去奎官的春喜堂吃饭,溥四爷、白韬光一进去就嚷着快些摆饭,"几个跟兔乐不可支,连爬带滚的,嚷到后面厨房里去了"。又如《孽海花》第 5 回写金雯青等人在景和堂设宴,祝贺朱霞芳脱籍出师。《九尾龟》第 153 回写姚观察在升平班小兰处宴请金观察与章秋谷等。《负曝闲谈》第 29

---

① 张次溪《清代燕都梨园史料》,中国戏剧出版社 1988 年版,第 617—618 页。
② (清)徐珂编撰《清稗类钞》(第 11 册),中华书局 1986 年版,第 5096 页。

回写汪老二在韩家潭安华堂设宴招待京中的几个朋友,对相公堂子里宴客的一般情形也有描写:

> 打杂的端上盘碗,早有人把台子搭开。等到杯筷上来,安排停妥,天喜在旁边便叫拿边果。这边果就是瓜子。众人相让入座,自然是李继善首座,又单单留了二座、三座给张兆璜、周绳武,胡丽井坐了第四位,王霸丹坐了第五位,尹仁与汪老二挤在底下做陪。这时候顺林已经回来了,便上前斟过一巡酒,先生在门外拉动胡琴,顺林唱了一折《桑园会》的青衫子,大家喝采。①

相公在演出完回到寓所之后,先向客人敬酒,之后唱戏侑酒,是相公堂子里宴席的一般流程。

此外,值得注意的是,在相公堂子里吃饭同样可以叫条子,客人可以指定其他堂子里的相公前来侑酒。《官场现形记》第24回,众人到了春喜堂,"霎时台面摆齐,主人让坐,拿纸片叫条子,以及条子到,搳拳敬酒,照例文章,不用细述"②。《负曝闲谈》第29回,汪老二在安华堂等客人到齐,"一面招呼跟兔的端整酒菜,一面又叫拿花纸片,请各人叫条子"③。《孽海花》第5回,金雯青等人在景和堂,"肇廷提议叫条子,唐卿、珏斋也只好随和了。肇廷叫了琴香,雯青叫了秋菱,唐卿叫了怡云,珏斋叫了素云"④。至于这些被叫来侑酒的相公与设宴所在堂子里的相公有无师承关系,以及在收入上如何结算,作者并没有提及。

当然,相公堂子在承办宴席之外还会给客人提供其他服务。《品花宝鉴》第27回,杜琴言所在的秋水堂专门设有供客人抽烟的场所:

> 长庆替他脱了衫子,折好了,交与春兰,即请他到吃烟去处,亮轩也随了进去。奚十一的法宝是随身带的,春兰便从一个口

---

① (清)蘧园《负曝闲谈》,江西人民出版社1988年版,第153—154页。
② (清)李伯元《官场现形记》,中州古籍出版社1995年版,第310页。
③ (清)蘧园《负曝闲谈》,江西人民出版社1988年版,第153页。
④ (清)曾朴《孽海花》,齐鲁书社1998年版,第23页。

袋中,一样一样的拿出来,摆在炕上。长庆陪了,给他烧了几口,心上又起了坏主意,陪着笑道:"小的还有两个徒弟:一个叫天福,一个叫天寿,今日先叫他们伺候,迟日再叫琴言到府上来,不知大老爷可肯赏脸?"奚十一既吹动了烟,即懒得起来。又想他如此殷勤,便也点点头,说:"叫来看看。"①

当然,相公在自己的寓所招客卖淫的情况也是存在的,《品花宝鉴》第51回,黑相公二喜就在自己的寓所与李元茂白日淫戏。《官场现形记》第24回写贾大少爷在春喜堂:

> 贾大少爷是懂得相公堂子规矩的,此时倚酒三分醉,竟握住了奎官的手,拿自己的手指头在奎官手心里一连搯了两下。奎官为他骚味难闻,心上不高兴,然而又要顾黄胖姑的面子,不好直绝回复他不留他,只好装作不知,同他说别的闲话。②

这里所谓的"相公堂子规矩",大概就是相公与客人之间互有好感,有陪宿意向又不好明言时的一些规矩,这说明相公堂子里卖淫在当时虽然较为隐晦,但仍然存在。

在梳理了京城男伶的"服务方式"之后,我们再结合上述内容谈谈伶人对京城市民生活的影响。当伶人之风大行其道之时,京城的妓女被压制得抬不起头来,这并不是意味着京城中没有妓女了,而是社会上普遍把逛妓院看作低劣的行为,与伶人之间的交往反被视作雅致的活动而深受追捧。京城中对伶人的喜爱是一种跨越阶层的潮流,不仅官绅、文士有这种癖好,就是王公贵族也不乏此道中人,《绘芳录》中的柳五官就深受东府里的王爷的喜爱,受到对方的庇护。关于伶人能受到京城上流社会青睐的原因,小说中也曾有过阐述,《品花宝鉴》第11回,徐子云表述过男伶的好处:

> 你们眼里看着,自然是女孩子好。但我们在外边酒席上,断

---

① (清)陈森《品花宝鉴》,齐鲁书社1993年版,第219页。
② (清)李伯元《官场现形记》,中州古籍出版社1995年版,第311页。

不能带着女孩子，便有伤雅道。这些相公的好处，好在面有女容，身无女体，可以娱目，又可以制心，使人有欢乐而无欲念。这不是两全其美么？①

《九尾龟》第 153 回，章秋谷也对比了相公与妓女之间的差异。与妓女相比，相公毕竟是男人，他既可以装出一副千娇百媚的娇羞姿态，又可以自在谈吐，甚至有些文化修养较高还能诗词唱和，比起一般妓女来的确更容易满足世俗社会的各种需求。

在种种因素的综合作用之下，伶人成为京城娱乐文化、社交文化的重要一环，在京城市民生活中发挥着重要作用。清代北京本就是戏曲文化繁盛的城市，在这样的环境中，由痴迷戏曲进而衍生出狎伶的风气，是一种必然的文化现象。狎伶之风在京城以两种形式发展，一方面文人雅士以品名花为趣，将男旦视作名花，为他们的舞台风姿以及容貌着迷，纷纷创作花谱为伶人立传扬名；另一方面，色欲熏心的老爷们则更重视感官的刺激与欲望的满足，其中也不乏视伶人为男妓，在与伶人的性交易中获得满足。发展到清代中后期，随着相公堂子的逐渐普及，这两种形式已经难分彼此，京城市民在与伶人的交往中，品花与眠花并没有什么明显的界限了。作为一种风靡京城的娱乐文化，狎伶之风不但对京城市民有所影响，也作为清代京城风月的标志吸引着外省人士。外省人心中的京城伶人要算"地方特色"，远胜其他地方的伶人，这在晚清小说中是外省人心目中的共识。当他们来到五光十色的京城，纷纷投身于其中，《品花宝鉴》中的田春航"日日在酒楼戏馆，作乐陶情。……见唱戏的相公，却好似南边，便专心致力的听戏。又不听昆腔，倒爱听乱弹，因此被几个下作的相公迷住。春航这片情，真似个散钱满地，毫无贯串"②。《绘芳录》中的祝伯青、王兰等人，虽是到京考试，仍有闲暇时间去看戏，结交伶人，帮伶人出师脱籍。

从社交文化方面来看，对于京城市民，特别是官绅来讲，携妓女参与社交有失体面。而男伶就不同了，不论是携男伶出游，还是在酒

---

① （清）陈森《品花宝鉴》，齐鲁书社 1993 年版，第 87 页。
② 同上书，第 96 页。

席上招男伶侑酒,都能为不同的阶层所接受。而伶人在种种社交活动中,也会利用自己各方面的关系来为自己牟利,《九尾龟》中的佩芳替人说项,就是这种情况的体现。而营业性相公堂子的出现,更是为京城社交活动提供一种可供选择的场所,不仅比饭馆那样的公共空间更为私密,而且大多环境雅致,饮食精美,还有相公侑酒,好不热闹。在这种情况下,在相公堂子设宴就变得越来越普及,不仅京城市民热衷于此,就是外省人进京也要慕名感受一下这种特殊的风情。

总之,作为一种特殊的文化现象,清代北京城男伶的风行与都市文化有着的密切的关联,它不仅是清代北京风月场的主角,更影响了北京市民的娱乐文化与交际文化,在清代北京市民生活中形成了雅俗交织的精彩一幕。

(二) 清代小说中的北京妓女

与明代小说中出现的北京官妓相比,清代北京妓女在小说中显得非常落寞,当时北京风月场的势头被男伶占尽,北京妓女被塑造成粗鄙不堪的村妓形象,嫖妓更被视为下等人的行径而受到鄙夷。但这并不意味着北京城中已经没有了妓女的市场,只是相比热闹的狎伶圈子,妓女市场萎缩较为严重,喜好狎妓的人只能低调行事。清代中前期北京妓女的衰微,明显受到了当时朝廷政策的影响。顺治年间,宫中已裁撤女乐,俱用太监替代。到了康熙初年,地方官妓也被严令禁止,至此,在中国流行许久的官妓制度被废除了。同时,朝廷禁止官吏士人狎妓:"凡文武官员,宿娼者杖六十,狭妓饮酒亦坐此律,媒合人减一等。若官员子孙,宿娼者罪亦如之。"[①]清代中前期对妓禁的执行还较为严格,特别是在京城之中,官绅不敢以身试法,转而在男伶中寻找乐趣了。但到了咸同年间,这种局面逐渐有所改变,特别是随着南班妓女的北上,北京的妓风开始有压倒伶风的势头了。

1. 重伶轻妓的态度与北京妓女的粗鄙形象

对北京妓女有所关注的小说多集中在晚清时期,在这些小说中,一方面对伶人欣赏有加,另一方面又对北京妓女持一种鄙夷的态度,

---

① (清)姚雨芗原纂《大清律例会通新纂》,义海出版社1987年版,第3261页。

把北京妓女塑造成粗鄙的村妇形象,对狎妓行为同样嗤之以鼻。《施公案》第69回,施世纶进京,住在离前门较近的外城西河沿客店,夜晚听到上房饮酒欢笑之声,差人去打听:

> 施安说:"大老爷,小的打听得是:前门里西兵部巷黄带子八老爷,与东交民巷红带子三老爷,把海岱门外、东边便门以里、雷震口双杨树的赛昭君八姐、赛天仙五娘子两名秧歌脚,接到店中取乐。"①

彼时内城妓禁较严,黄、红带子两个宗室不敢在内城狎妓,所以在外城客店内行乐。名曰"秧歌脚",实际就是"明唱暗卖"的土娼。两个妓女的名字"赛昭君"与"赛天仙",俗气而低劣,与后来男伶们命名的方式完全不可相提并论,从中可见作者对当时妓女的态度。

《品花宝鉴》第12回,这样形容北京妓女:

> 幸亏此地的妓女生得不好,扎着两条裤腿,插着满头纸花,挺着胸脯,肠肥脑满,粉面油头;吃葱蒜,喝烧刀,热炕暖似阳台,秘戏劳于校猎,把春航女色之心,收拾得干干净净。②

该书第18回,提到京城东园是妓女聚会之处,描写了其中京城土娼揽客的情形:

> 到一条小胡同,只见闲人塞满,都在人家门口瞧。聘才曾听得人说,有个东园是姨子聚会之处,便也随着众人,站住望将进去。见那一家是茅茨土墙,里头有两间草屋。又见嗣徽、元茂就在他前头站立。望着两个妇人,坐在长凳上,约有二十来岁年纪,都脑满肠肥,油头粉面,身上倒穿得华丽。只见一个妇人对着嗣徽道:"进来坐坐。"嘻嘻的笑,引得嗣徽、元茂心痒难搔,欲进不进的光景,呆呆的看着出神。又见一个四十多岁的尴尬男

---

① (清)佚名《施公案》,宝文堂书店1982年版,第155页。
② (清)陈森《品花宝鉴》,齐鲁书社1993年版,第96页。

人,在地下蹲着,穿件小袄儿,拴系了腰,挂一个大瓶抽子,足可装得两吊钱。又见帘子里,一个妇人走出来,约二十余岁年纪,却生的好看:瓜子脸儿,带着几点俏麻点儿,梳个丁字头,两鬓惺忪,插了一枝花。身上穿得素净,脚下拖了一双尖头四喜堆绒蝠的高底鞋,也到凳上坐下,与那两个讲话。听他口音不像北边,倒像南方人。一身儿堆着俊俏,觉得比众不同。听得那一个丑的唱起来,唱道:俊郎君,天天门口眼睁睁,瞧得奴动情,盼得你眼昏。等一等,巫山云雨霎时成,只要京钱二百文。①

在这段描写当中,妓女揽客的形式就是站在自家门前唱曲招揽客人,而且曲文直白,如"巫山云雨霎时成,只要京钱二百文",连嫖资都在曲子里唱出。

对于一部以伶人为主的小说,作者对妓女无甚好感。在书中,作者仅写了几次嫖妓的情节,涉及的人物是李元茂与孙嗣徽,都是色欲熏心的呆公子,作者写这些人去嫖妓无疑是表现了嫖妓行为之低劣。特别是第23回,写李元茂去东园嫖妓,中了对方的仙人跳,被讹诈了一笔,作者对此写道:"那些地方向来没有好人来往,所来者皆系赶车的、挑煤的等类。今见李元茂呆头呆脑,是个外行,又见他一身新鲜衣服,猜他身边有些银两、钱票等物,果然叫他们看中了,得了些彩头。"②

《孽海花》第35回,也提到京城重伶人而轻妓女的情况,同样是把妓院视作上流人不能去的场所:"原来那时京师的风气,还是盛行男妓,名为相公。士大夫懔于狎妓饮酒的官箴,帽影鞭丝,常出没于韩家潭畔。至于妓女,只有那三等茶室,上流人不能去。"③

《九尾龟》第153回,章秋谷等人议论京城风月情况的变迁,对比了伶人出局与妓女出局的异同:

秋谷道:"大约是为着那班相公究竟是个男人,应酬很是圆

---

① (清)陈森《品花宝鉴》,齐鲁书社1993年版,第148—149页。
② 同上书,第186页。
③ (清)曾朴《孽海花》,齐鲁书社1998年版,第258页。

融,谈吐又很漂亮,而且猜拳行令,样样事情都来得。既没有一些儿扭捏的神情,又没有一些儿蝶狎的姿态,大大方方的陪着吃几杯酒,说说话儿,偎肩携手,促膝联襟,觉得别有一种飞燕依人的情味。不比那些窑子里头的妓女,一味的老着脸皮,丑态百出,大庭广众之地,他也不顾一些儿廉耻。别人讲不出来的话儿,他会讲得出来;别人做不出来的样儿,他会做得出来。若是面貌生得好些,或者身段谈吐漂亮些儿也还罢了,偏偏的一个个都是生得个牛头马面,蠢笨非常,竟没有一个好的,那班大老那里看得中意?妓女既然是这个样儿,自然是万万叫不得的了。那班大老却又觉得不叫一个陪酒的人席上又十分寂寞,提不起兴趣来,所以每逢宴会一定要叫个相公陪酒。这就是大家都叫相公不叫妓女的原因了。"姚观察听了道:"你的话儿虽然不错,却还有一层道理在里头。京城里头的妓女自然断断叫不得。就是和上海的倌人一般,百倍娇柔,十分漂亮,这个里头也到底有些窒碍。为什么呢?做妓女的究竟是个女子,比不得当相公的是个男人,凭你叫到席上的时候,怎样的矜持,那般的留意,免不得总有些儿淫情冶态在无心中流露出来。这班当大老的人一个个都是国家的柱石,朝廷的大臣,万一个叫了个妓女陪酒,在席上露了些马脚出来,体统攸关,不是顽的,倒不如叫个相公,大大方方的,没有什么奇形怪状的丑态发现出来。你想我的这一席话可是不是?"①

与相公相比,妓女在席间"免不得总有些儿淫情冶态在无心中流露出来",对于那些王公大臣而言是"体统攸关"的事情,再加之妓禁的影响,北京的官员大多不敢在宴席之间公然挟妓饮酒。但更重要的是,与南方妓女相比,北京的妓女一个个都生得牛头马面,蠢笨非常,正如姚观察所形容的那样:

庚子以前,京城里头的妓女都是些本地方人,梳着个乾嘉以

---

① (清)张春帆《九尾龟》,齐鲁书社1993年版,第611页。

前的头,穿着一件宋元以后的衣服,扎着个裤腿,挺着个胸脯。我们南边人见了他这个样儿,那一个敢去亲近他?那一个见了不要退避三舍?①

《无耻奴》第12回也描绘了类似的北京妓女形象:

那京城里头的窑子,都是些本地妇人,挺着个胸脯子,扎着个裤腿儿,云鬓高盘,有如燕尾,金莲低蹴,全似驴蹄。更兼一身的狐骚臭儿,一嘴的葱蒜气味,那里有什么温柔情致,旖旎丰神?真是那裴谈家里的鸠盘茶,夜叉国中的罗刹鬼。这样的一个样儿,那有什么上流社会的人敢去请教?②

在清人记载中,光绪时期北京一般的妓女仍很卑劣,《清稗类钞》载:

丁酉、戊戌间,南城娼寮颇卑劣,视韩家潭伶馆不如远甚。其规制,大抵一果席,二金又当十钱四缗,其次则不设宴,不歌曲,仅可留宿,费当十钱二十缗。费既少,妓之程度亦甚卑下,仆御走卒得一金,即可强邀一宿,群妓亦欣然就之。蜀南萧龙友谓黔卒里使窟穴其中,非虚言也。③

在这种情况之下,北京妓女容貌不出众,一般妓院简直是专为贩夫走卒所设立,士大夫自然难以踏足其中。他们更愿意去选择谈吐风雅、容貌秀丽的伶人,更何况相公堂子陈设精美、饮食出众在当时是闻名京城的。综合来看,自然是伶人更胜一筹。

2. 南班渐多与妓风兴起

尽管从法律、风气、妓女自身条件等几个方面来看,清代北京妓女的市场份额都很小,但是京城妓院是一直存在的:"乾嘉时,京师东

---

① (清)张春帆《九尾龟》,齐鲁书社1993年版,第611—612页。
② (清)苏同《无耻奴》,中国文史出版社2005年版,第238页。
③ (清)徐珂编撰《清稗类钞》(第11册),中华书局1986年版,第5153页。

西青楼,似在今东城灯市口一带(见日本人著《唐土名胜图》),咸同间,京师三曲多在城外(见王韬《燕京评春录》上)。"①到了光绪初,京城妓馆又集中于西城砖塔胡同一带,《骨董琐记》引《塔西随记》云:

> 曲中里巷在西大市街之西。自丁字街迤西曰砖塔胡同,砖塔胡同南曰口袋底、曰城隍庵、曰钱串胡同,钱串胡同南曰大院胡同,大院之西曰三道栅栏,其南曰小院胡同,三道之南曰玉带胡同,曲家鳞比,约二十户。初时共三五家,多京畿人,今则半津门人矣。②

口袋底的妓馆在《孽海花》第 35 回也有出现:

> 至于妓女,只有那三等茶室,上流人不能去。还没有南方书寓变相的清吟小班;有之,就从口袋底儿起。那妓院共有妓女四五人,小玉是此中的翘楚。有许多阔老名流迷恋着她,替她捧场。上回书里已经叙述过了,到了现在声名越大,场面越阔,缠头一掷,动辄万千。车马盈门,不间寒暑。而且这所妓院,本是旧家府第改的,并排两所五开间两层的大四合式房屋,庭院清旷,轩窗宏丽。小玉占住的是上首第一进,尤其布置得堂皇富丽,几等王宫。③

小玉所在的妓院,虽然只有几个妓女,但是由旧家府第改造而来,不但面积宽阔,而且装饰华丽,小玉自己的房间也是"堂皇富丽"。这种情况说明当时某些妓院顾客开始增多,收入也较为可观,正如其中写小玉"声名越大,场面越阔,缠头一掷,动辄万千。车马盈门,不间寒暑"。同时,妓院经营环境的改善,开始从硬件条件上有了与伶人竞争的资本。

实际上,咸同年间,京城士大夫狎妓的风气已有愈演愈烈之势,

---

① 王书奴《中国娼妓史》,上海书店出版社 1992 年版,第 284 页。
② 邓之诚《骨董琐记》,北京出版社 1996 年版,第 195—196 页。
③ (清)曾朴《孽海花》,齐鲁书社 1998 年版,第 258 页。

《清稗类钞》载：

> 道光以前,京师最重像姑,绝少妓寮,金鱼池等处,特舆隶溷集之地耳。咸丰时,妓风大炽,胭脂、石头等胡同,家悬纱灯,门揭红帖,每过午,香车络绎,游客如云,呼酒送客之声,彻夜震耳。士大夫相习成风,恬不为怪,身败名裂,且有因之褫官者。①

即便会因为嫖妓而受到处分,部分京城官员的嫖妓宿娼行为仍是越来越普遍,甚至为了避免受到处罚,动起了歪脑筋。《二十年目睹之怪现状》第75回,车文琴就讲述了嫖妓预备官照的好处:

> 文琴道:"你原来不知道,这个虽是官照,却又是嫖妓的护符。这京城里面,逛相公是冠冕堂皇的,甚么王公、贝子、贝勒,都是明目张胆的,不算犯法;惟有妓禁极严,也极易闹事,都老爷查的也最紧。逛窑姐儿的人,倘给都老爷查着了,他不问三七二十一,当街就打;若是个官,就可以免打;但是犯了这件事,做官的照例革职。所以弄出这个顽意儿来,大凡逛窑姐儿的,身边带上这么一张,倘使遇了都老爷,只把这一张东西缴给他,就没事了。"……文琴道:"你不知道,这东西不是人人有得预备的。比方我今日请你吃花酒,你没有这东西,恐怕偶然出事,便不肯到了;我有了这个预备,不就放心了么。"②

咸同伊始,北京妓风再度复炽,与这样几个因素有关。首先,北上的南班妓女逐渐增多,其中以扬州、苏州、上海、杭州等地妓女居多,这些南方妓女各方面条件都比北京妓女优越,逐渐改变了京城官绅对北京妓女的刻板印象:

> 从前北京所谓妓馆,所谓女相公者,皆庸脂俗粉,不足当走马王孙之一顾。二四十年前,貂裘夜走者,都不屑问津。自光绪

---

① (清)徐珂编撰《清稗类钞》(第11册),中华书局1986年版,第5155页。
② (清)吴趼人《二十年目睹之怪现状》,百花洲文艺出版社1988年版,第638页。

庚子后而风气一变。苏台莺燕,联袂偕来,以北地胭脂,杂厕于南都粉黛中,骤觉相形见绌。于是所谓"南班子"之门,辇下贵人趋之若鹜。①

庚子前后京城风月场上风气变换,在晚清小说中也得到了表现,《九尾龟》第153回,姚观察讲述了南班妓女进入京城之后的影响:

如今的妓女,却比那庚子以前大大的不同了。那些下等的妓女依旧是本地人,不必去说他。那班上等的妓女却大半都是南边人了。虽然扬州、镇江的人多,苏州、上海的人少,却究竟比本地人高了好些。所以以前不叫妓女的,如今也渐渐叫起妓女来。②

尽管当时宴席叫相公侑酒的仍有不少,但江南妓女的北上还是冲击了过去伶人在北京"一统天下"的局面,其根本原因就是那些南方妓女比本地妓女"高了好些"。对此,《梼杌萃编》第6回也写道:

近来,京里自从南班子一来,甚么林佳生、谢珊珊、杨宝珠、花宝琴名震通过,朝贵争趋,不但令那北地胭脂减色,就是这菊部生涯也几乎为他们占尽,竟致车马寥寥。③

《无耻奴》的作者也以一种欣赏的口吻来谈论进京的吴中名妓:

如今忽然来了个吴中名妓,谈吐既工,应酬又好,那一种的秾艳丰姿,妖娆态度。——罗衫薄薄,莲步轻轻,鬓风低垂,髻云高耸。夜深私语,暗传雀舌之香;晓起凝妆,自惜倾城之貌。④

---

① 王书奴《中国娼妓史》,上海书店出版社1992年版,第288页。
② (清)张春帆《九尾龟》,齐鲁书社1993年版,第612页。
③ (清)诞叟《梼杌萃编》,天津古籍出版社2006年版,第67—68页。
④ (清)苏同《无耻奴》,中国文史出版社2005年版,第238页。

在京城人眼中，南方妓女不但姿态娇柔，而且谈吐、应酬方面也颇为出色。她们凭借这些在形象普遍不好的北京妓女中异军突起，开始出现了与伶人争风的态势。当时京城人对南方妓女的好奇与兴趣，在《九尾狐》中可见一斑。书中上海妓女胡宝玉进京寻找十三旦，第45回写她在北京街市上乘轿出行引起的轰动：

> 惹得街市上的人，一个个交头接耳，议论纷纷，为因宝玉头上的插戴、身上的穿着，件件是上海新式，光华夺目，彩色动人，与北京妇女装束判若天渊。所以万目攒视，都向着轿中指点，甚至有几个看出了神，口中不住的高声喝彩。这班大半是风流浪子，以及下流社会之辈，致有此穷凶极恶的形状，好像吃得着、看得饱的，随来随去的睁瞧。至于上等的富商贵介，与那有品行、有年纪的人，始而迎面看了，或猜是宦家姬妾，或疑是富室娇妻，惟内中阅历深的，到过南边几次，却知是时髦的红倌人。既而大众留心，见了轿背后插着大红名片，刻着胡宝玉三字，足有碗口大小，俨然是一位翰林公，无不掩口胡卢，方晓得他是南部烟花中人物，非北地胭脂可比，故有此绝顶奢华之景状。①

从服装首饰到出门的派头，都非北京妇女可比，所以才能在街头引起"万目攒视"的效果，让众人猜测轿中究竟是何人。而那些到过南边的北京人知道这正是"红倌人"的日常状态，更何况轿子背后还有大红的名片，显示出南部烟花中人物与北京妓女处处不同。胡宝玉在伍朝芳与区德雷的引见下，开始结交京中王公大佬，"因京中窑子极贱，且佳者绝少，所以均爱戏子侑觞，如今见了宝玉，大家目为奇货，不禁心醉神迷，为之一开眼界"②。由此在京中"芳名大噪，震动京师，几与古时的李师师相埒，无论垂鞭公子、走马王孙，以及四方富商大贾，莫不以一临妆阁、一睹颜色为荣"③。光绪时期南班妓女之所以能扭转京城妓风，由此可见一斑。

---

① （清）梦花馆主江荫香《九尾狐》，百花洲文艺出版社1991年版，第392—393页。
② 同上书，第409页。
③ 同上书，第411页。

其次,到了清王朝末期,朝政腐朽不堪,京城对开设妓院以及嫖妓行为的管控已经形同虚设。《燕台评春录》载:

> 嘉道中,六街禁令严,歌郎比户,而平康录事不敢侨居,士大夫亦恐罹不测,少昵妓者。至咸丰初年,有兰仙、竹仙、蕙仙,一时名噪都下。朝绅争联镳诣之,金吾令亦少弛矣。①

这里描绘的尚是咸丰初年的事情,到了庚子事变之后,清政府基本已经没有能力去约束京城官绅的行为。《京华艳史》第 4 回中的部官赵大人,在妓院庆华堂里"不是衣帽出,就是衣帽进。衣帽出是隔夜拿衣帽摆在这里,第二天上衙门到园子里去。要是从衙门园子里回来,便来了,偏偏时常房子没得空,他能便在柜房里脱靴子、脱衣帽、换衣裳。有时柜房人多,不能做这一套,他老人家就穿着衣帽等"②。简直是以妓院为家,被妓女戏称作"庆华堂值日赵大人"。而在书中人物看来这不过是"京官的通病",说明当时京官逛妓院已经不是什么遮遮掩掩的行为了。这一回还描绘了这样一幅场景,郁新人等人从庆华堂出来,来到饭馆酒楼密集的一条街道:

> 新人看见这带酒馆饭楼灯火通亮,门口车马盈门。馆子里头一排儿坐在门凳上的红帽子当差的不计其数,那个灯笼有打着大堂的、各部的、各寺的、各院的,以及内务府的,中间光景总要算商务、外务部的灯笼多。另外有打的什么翠华堂、百宝堂、林家、谢家各种各式的灯笼不计其数,那个相公姑娘们,红的进绿的出,有迎着路上门口叫老爷大人的,那些老爷大人们就于路上亲嘴抱腰,竭恭致敬的。真是人间富贵,天上繁华。③

过去只有伶人侑酒,如今妓女与伶人同台竞争,饭馆门口数不清的灯笼形象地描绘了当时京城官员宴饮成风以及妓女、相公们的火

---

① (清)王韬《淞滨琐话》,河北人民出版社 1991 年版,第 310 页。
② (清)中原浪子《京华艳史》,载《新新小说》1905 年第 2 卷第 7 期,第 80 页。
③ 同上书,第 83 页。

热程度。他们在路上"亲嘴抱腰",丝毫不顾忌自身形象,更不会像过去那样担心巡街的御史。

法令在当时不仅是松弛,更是在一定程度上默许妓院的存在,甚至给妓院以一个合理存在的身份。"自光绪三十一年设巡警部后,复设内外域巡警厅,抽收妓捐,月缴妓捐者为官妓,反是者为私妓。京师官妓已为法律所默许。康熙、嘉庆间处置开设娼寮及冶游娼寮重典,已不适用了。"①创作于光绪末期的《老残游记》也描写了妓女纳捐,对京城妓院的变化有所描述:

> 东阁子道:"可是近日补哥出去游玩了没有?"老残道:"没有地方去呢,阁下是熟读《北里志》《南部烟花记》这两部书,近来是进步呢,是退化呢?"东阁子道:"大有进步。此时卫生局已开了捐,分头二三等。南北小班子俱是头等。自从上捐之后,各家都明目张胆的挂起灯笼来。头等上写着某某清吟小班,二等的写某某茶室,三等的写三等某某下处。那二三等是何景象,我却不晓得,那头等却是清爽得多了。"②

当时不但妓院纳捐之后明目张胆的开张营业,而且妓院之间的分层越来越明显,形成了所谓清吟小班、茶室、下处等几种不同的类型,为不同的群体提供服务。关于京师妓院的等第,《京华春梦录》云:

> 京师教坊约分四等,上者为小班,次为茶室,再次为下处,最下者为老妈堂。考小班名起于清光绪中叶,斯时歌郎像姑之风甚炽,朝士大夫均以狎妓为耻。而内城口袋底、砖塔胡同等处均有蓄歌妓者,名曰小班。以与外城歌郎剧园某班略示区别。……至于今日则小班之上冠以"清吟"二字,揆其意,若以地位声价高于侪辈。清吟鬻艺,非专作夜度娘,博缠头歌资者。核其实,则各艳姝手不能弹,口不能唱,舍皮肉生涯外,无一技足显

---

① 王书奴《中国娼妓史》,上海书店出版社1992年版,第288页。
② (清)刘鹗《老残游记》,百花洲文艺出版社2010年版,第195页。

者,比比皆然。……若茶室以次,则自剑以下,高人君子所不屑道。但此中亦大有人在,非尽嫫母、无盐者流。间亦绰约娟好,不减上林群花,第横陈无检,惯以色相示人。取资既廉,流品至杂,方寸之区,遂有不堪设想处。下处老妈堂,品更卑下,游者多舆隶走卒。罗刹丛视作群玉山,未尝非苦力之销魂窟,若论个中人物妍媸,则老妈两字,顾名思义,可以得之。①

在法令松弛、南班北上、世风变化等几个方面因素的作用下,晚清北京妓风扭转了过去疲弱的局面,开始走上逐渐繁荣的局面,冲击着伶人在北京风月场上的主导地位。从清吟小班到老妈堂,清末北京妓院不仅再度复兴,而且以差异化的服务显示了其活跃与完善的程度。就晚清北京妓风对城市生活的影响来看,它对京官的影响最为明显。过去禁令主要针对这一群体,对体统、身份考虑最多的也是这群人,随着晚清各方面因素的变化,对他们的束缚越来越少,狎妓可以公开进行了。《九尾狐》中王公大佬尚且要见识一下南方妓女,《京华艳史》中的京官几乎都要以妓院为家,过去几百年的严令一旦放开,他们很快就展现了纵情行乐的一面。晚清小说中,京官尚且糜烂如此,地方官员可想而知,这是一个王朝覆灭前的最后狂欢了。

清代北京城市生活中的伶人与妓女,他们代表了城市生活中一种畸形的、不健康的娱乐方式。伶人本应以演戏谋生,当他们走向陪客侑酒,甚至卖身取财时,就已经走上了一条自甘堕落的道路。尽管同性恋本身并不是一种病态的行为,但考虑到男伶的出身、社会地位以及现实处境等情况,其中多数还是被迫参与其中。至于妓女的存在,更是城市生活腐朽土壤上开出的阴暗之花。在北京这样的大都会,需求决定了市场,伶人与妓女的畸形繁荣正显示了北京城市生活对此的庞大需求。都市生活的两面性在伶人与妓女身上得到了集中的体现,他们的存在彰显了都市生活富丽繁华的一面,但他们又有着极大的诱惑性,使人沉溺其中而无法自拔。这种畸形的娱乐文化,对城市风气带来极大的负面影响,它绝不会给一座城市以朝气蓬勃的

---

① 转引自王书奴《中国娼妓史》,上海书店出版社1992年版,第294页。

姿态,只可能是寄生于城市肌体上的毒瘤而已。

二、畸形繁荣的清代南京风月

从中国古代的城市历史来看,没有哪座城市像南京这样与青楼文化有着如此紧密的联系,当人们提起秦淮、板桥,想起的就是南京风花雪月的往昔。同时,也没有哪座城市像南京这样以娼妓业的兴衰来见证城市的变迁,特别是明清两代的南京,娼妓业之起伏与城市的历史几乎同步。正如余怀在《板桥杂记序》中所说:

> 或问余曰:"《板桥杂记》何为而作也?"余应之曰:"有为而作也。"或者又曰:"一代之兴衰,千秋之感慨,其可歌可录者何限,而子唯狭邪之是述,艳冶之是传,不已荒乎?"余乃听然而笑曰:"此即一代之兴衰,千秋之感慨所系。"①

从某种意义上来讲,明清时期的南京是江南地区最负盛名的风月都会。南京为前明留都,其烟花风月盛极一时,但经历明清易代,"迨申、酉之交,一片欢场,化为瓦砾"②。清初的南京,已经很难寻觅到前明那种歌舞升平的场景了。直到乾隆时期,随着国家承平日久,南京风月再度复兴。咸丰时,太平天国占领南京,取缔妓馆,秦淮风月再度受到打击。清军攻克南京之后,为了掩盖战争创伤,粉饰太平气息,扶持南京妓院发展,钓鱼巷的畸形繁荣见证了南京风月最后的辉煌。

从清代小说中的南京风月书写来看,与北京风月书写中男伶占主导的格局正相反,清代小说中的南京作为一座风月之都,青楼妓女始终是风月书写的主角,并产生了《姑妄言》《绘芳录》《南朝金粉录》等以南京风月为主要内容的小说。兴盛的娼妓业在南京城市印象的生成上烙下了深刻的印记,使之成为南京城市名片之一。清代小说南京风月书写有两个阶段,道咸以前主要是对前明风花雪月的

---

① (清)余怀《板桥杂记》,上海古籍出版社 2000 年版,第 3 页。
② (清)珠泉居士《续板桥杂记》,南京山版社 2006 年版,第 53 页。

追述与再现,此后到晚清则是对本朝南京娼妓业的经营与影响的表现。

(一) 对前明留都风花雪月的再现与追想

道咸以前的清代小说,对南京风月的关注还停留在再现与追想前明盛况的阶段。究其原因,当时的南京风月还没有迎来它在清代最繁盛的时期,前明留都的盛景在作者们脑海中的印象还无法被本朝的情形所取代。到了乾隆晚期,南京风月再炽,《续板桥杂记》载:

> 前明河房,为文人宴游之所。妓家则鳞次,旧院在钞库街南,与贡院隔河遥对。今自利涉桥至武定桥,两岸河房,丽姝栉比。俗称本地者曰本帮,来自姑苏者曰苏帮,来自维扬者曰扬帮。虽其中妍媸各别,而芬芳罗绮,嘹亮笙歌,皆足使裙屐少年迷魂荡志也。①

本帮、苏帮、扬帮妓女汇聚南京,体现了南京区域风月中心的辐射作用。但在清代小说中,即便是晚清南京娼妓业畸形发展时期的小说,仍缺少那种既容貌秀丽又兼有一定文化素养的妓女形象。

在这样的现实情况下,当时的小说作者纷纷把目光投向前明,也就可以理解了。这一时期的小说中,对前明南京风月的诸种情况多有表现。清初小说《醉醒石》第 1 回,写到了晚明南京河房的精贵与旧院的繁盛:

> 南京下处,河房最贵,亦最精。西首便是贡院,对河便是衙子。故此风流忱爽之士,情愿多出银子租他。一样歇息了一日,次日便出游玩,一连耍子了两三日,忽然过了武功坊,踱过了桥,步到衙子里去,但见:
>
> 红楼疑岫,翠馆凌云。曲槛雕栏,植无数奇花异卉;幽房邃室,列几般宝瑟瑶笙。呕哑之声绕梁,氤氲之气扑鼻。玉姿花

---

① (清)珠泉居士《续板桥杂记》,南京出版社 2006 年版,第 53 页。

貌，人人是洞府仙妹；书案诗筒，个个像文林学士。不愁明月尽，原名不夜之天；剩有粉香来，夙号迷魂之地。做不尽风流榜样，赚多少年少英才。①

河房在南京城市生活中的重要地位，之前已有所涉及，其中最重要的一点就是在地理位置上毗邻贡院与旧院，为士人与妓女之间的活动提供了极佳的场地。《醉醒石》中写"过了武功坊，踱过了桥，步到衖子里去"，这一"衖子"指的就是旧院。余怀在《板桥杂记》中说：

> 旧院人称曲中，前门对武定桥，后门在钞库街。妓家鳞次，比屋而居。屋宇精洁，花木萧疏，迥非尘境。到门则铜环半启，珠箔低垂；升阶则猧儿吠客，鹦哥唤茶；登堂则假母肃迎，分宾抗礼；进轩则丫鬟毕妆，捧艳而出；坐久则水陆备至，丝肉竞陈；定情则目眺心挑，绸缪宛转。纨绮少年，绣肠才子，无不魂迷色阵，气尽雌风矣。②

明初十六楼的盛况，到晚明已然不复存在："古迹浸湮，所存者惟南市、珠市及旧院而已。南市者，卑屑妓所居；珠市间有殊色；若旧院，则南曲名姬、上厅行首皆在焉。"③晚明留存下来的是南市、珠市与旧院，但南市与珠市妓女水准较低，只有旧院拥有"南曲名姬、上厅行首"，代表了南京风月的标准与高度。

明代旧院繁盛时规模较大，囊括了多条街道，潘之恒《亘史》载："旧院有后门街、纱帽街、鸡鸢巷、长板桥、道堂街、旧院后门、旧院大街、厂儿街、旧院红庙、石桥街。"④但万历年间，由于回光寺的改造而使旧院逐渐颓败："其后不十年，南西二院遂鞠为茂草，旧院房屋半行拆毁，近闻自葛祠部将回光寺改置后益非其故矣。"⑤到了清代，旧院

---

① （清）东鲁古狂生《醉醒石》，上海古籍出版社1992年版，第2—3页。
② （清）余怀《板桥杂记》，上海古籍出版社2000年版，第8页。
③ 同上书，第3页。
④ （明）潘之恒《亘史·外纪》卷6，见《四库全书存目丛书》第193册，齐鲁书社1997年版，第523页。
⑤ （明）顾起元《客座赘语》卷7，中华书局1987年版，第232页。

只剩下"废圃数十亩而已"①。旧院不仅是明代南京娼妓业兴衰的见证者,它还是南京教坊的代称,所以在小说中是容易引起作者关注的对象,《醉醒石》所描绘的,当是旧院尚在繁盛时的景象。

《醉醒石》第 13 回的南京妓女穆琼琼,则是明代南京官妓形象的一个缩影。该回写穆琼琼因官卖而流落乐户之家,但是她:

> 容貌出人,性格灵巧。又还有一种闺中习气,不带衖院油腔。所以不在行的,想他标致,慕他温存,在行还赏他一个雅。况且愁恨中,自己杜撰几句,倒也成章。又得几个人指点,说出口也叫诗,也有个诗名。所以先前不过几个盖客俗流,后来也有几个豪家公子,渐而引上几个文人墨客。②

官妓是明代娼妓业水准的体现,作者也热衷去塑造才貌双全的南京妓女形象,如《生绡剪》第 10 回中的马珊,"自小在这旧院里出身,因而吹弹歌舞、琴棋书画,般般技艺都精。名头正是喷香的时节"③。她依靠自己的财物赎身之后,在桃叶渡租了一所河房,每日引一班清客唱曲作诗,其韵致风雅不是一般妓女可以比拟的。

秦淮河在明清时期几乎就是南京风月的代名词,两岸的河房、水中的灯船以及弥漫的香风脂雨更是唤起了无数人对南京的向往。在这种对前明南京风月追想与再现的阶段,秦淮河浓郁的风月气息在一些小说中也得以再现。《姑妄言》的作者以一个北方人的视角,对晚明南京奢靡的风俗予以刻骨地揭露,但对秦淮娼妓仍流露出一种向往:

> 两岸河房多居美妓,或隐约于珠帘之内,或徘徊于花柳之间;或品洞箫,或歌新词;或倚雕栏而献媚,或逞妙技以勾魂;或斜溜秋波,或嫣然独笑。引得这些游人浪子,无不魂迷色阵,骨

---

① (清)珠泉居士《续板桥杂记》,南京出版社 2006 年版,第 63 页。
② (清)东鲁古狂生《醉醒石》,上海古籍出版社 1992 年版,第 111 页。
③ 李落、苗壮校点《生绡剪》,春风文艺出版社 1987 年版,第 206 页。

醉神飞,日夜如狂,四时不息。①

在关注前明秦淮风月盛景的同时,小说也对南京娼妓业对城市生活的影响,以及市民狎妓等行为予以表现。南京在明代作为留都,是南方政治、经济与文化的中心,人员往来流动密集,其中尤以南北往来的生意人,以及来参加科举或是纳监的文人居多。前明南京繁盛的娼妓业,对他们而言是都市生活中极大的诱惑,他们在南京的狎妓活动也较为普遍。《醉醒石》第13回,携李人董文甫到南京做丝绸生意,卖完货起身之前,也要"换顶头巾,换领阔服,闯寡门"。对于这些商人而言,这是南京最闻名的娱乐方式。不仅是商人如此,那些来考试或纳监的文人,一品秦淮名妓风韵也是非常普遍的情形,旧院与贡院原本隔河相望,秦淮一水勾连起了南京的文教与风月,余怀《板桥杂记》描绘了其中的场景:

> 旧院与贡院遥对,仅隔一河,原为才子佳人而设。逢秋风桂子之年,四方应试者毕集。结驷连骑,选色征歌。转车子之喉,按阳阿之舞,院本之笙歌合奏,回舟之一水皆香。或邀旬日之欢,或订百年之约。②

《醉醒石》第1回中的姚一祥,本是到南京纳监以图"以功名显",但是因为租了河房居住,被旧院的迷人风光吸引住:

> 一祥向来无有宿娼之意,但一入其门,见此光景,也觉有些心动。况衖子里的旧话道:只怕你乖而不来,不怕你来而使乖。故此再没有闯寡门的。便极吝啬,也须歇几夜,破费数十金,方得出门。又且有一班帮闲子弟撺掇起来,冷凑趣,热奉承,纵有老成识见,一时也难白走出来。一祥又是风流洒落,不惜钱财的,一时间便看上了两个妮子,大扯手作用将起来。那有一个不

---

① (清)曹去晶《姑妄言》,中国文联出版社,第5—6页。
② (清)余怀《板桥杂记》,上海古籍出版社2000年版,第13—14页。

奉承他?过了几日,竟叫仆人把行李都搬到中住了。①

《生绡剪》第 10 回,秀水县秀才赵蓬生初到南京,便被旧院名妓马珊吸引,不顾朋友和老师的阻挡,一心要与脱籍的妓女定终身。类似赵蓬生这样的穷儒生,是一部分南京读书人的缩影,他们爱慕名妓的才艺,脑海里幻想着才子与名妓的风流韵事,被理想化的爱情冲昏了头脑。

无名氏所撰《桃花扇》小说,以孔尚任同名传奇为蓝本,通过对明末秦淮名妓李香君与侯方域爱情故事的重塑,再现了晚明留都名士与名妓之间的风流史。特别是书中第 4 回,比较细致地再现了端阳节秦淮河上的灯船会,士人与名妓同船游玩,弦歌不绝于耳,是真名士风流的再现:

> 正饮之时,只听鼓吹之声振耳,知是灯船将近,凭栏观望,远远见一只灯船,内有一女客歌唱,三个男子吹的吹,弹的弹,向水榭而来。定生留神一看,见是社友侯朝宗,向船上指说:"那来的好似侯朝宗。"……只见船上各悬彩灯,绕河竞渡,也有饮酒的,也有吹弹的,也有赋诗的,灯船色色不同,人物在在各异。真正是:金波纷纭竞渡,银汉往来迷津。大家饱看了一会,见灯船将尽,复各依次坐下饮酒。敬亭说:"今日赏节,幸会二位相公,不可空饮,虚过佳节。我与昆生吹弹,香君歌唱,以乐今宵何如?"陈、吴二人说:"只是劳动不当!"柳、苏二人各显其能,吹弹的十分幽雅;香君放开喉咙,歌唱间几遏行云。定生与次尾、朝宗三人放怀畅饮。②

清丽的水景,璀璨的灯船,文士与美妓交织在一起,构成了秦淮风月最美好的一幕。在真名士与名妓所构成的南京风月风流蕴藉一面的背后,同样存在着丑陋与世俗的一面。《儒林外史》中的陈木南,

---

① (清)东鲁古狂生《醉醒石》,上海古籍出版社 1992 年版,第 3 页。
② 路工、谭天合编《古本平话小说集》,人民文学出版社 1984 年版,第 692—693 页。

不过是腹内空空的假名士,去来宾楼见妓女的钱都要从别处借来,而妓女聘娘则做梦都想着能与陈木南做个诰命夫人。名士与名妓之间的诗酒唱和如今都变作了世俗的钱与名,这既是吴敬梓对南京真名士风流云散之后假名士当道的某种形象反映,也可以视作清代作家对南京风月书写的某种矫正,一味理想化的吟风弄月并不完全符合实际情况。在《姑妄言》中,对南京狎妓的情况也有过类似的表现。作者写一班阔少穷儒"不但使几个憨钱,且要假装一个名士,必定要嫖名妓,宿美娼,好使人羡慕他道:某名妓是公子的令翠,某美姬是财主的相知。他倒也不图甚么风流实事,只要博一个识货的虚名而已"①。他们久为名妓所厌恶,但是"这些人浪荡惯了,如无缰野马,纵辔狂驴,身子如何拘束得住?无可奈何,不得已而思其次",便有了瞎妓的流行:

> 去嫖这瞎妓,他却有许多燥脾处。紧闭双睛,不能辨我之好丑,无从褒贬,一也。瞎女中百无一人能通文墨者,任其一肚臭粪,满口胡柴,只是赞好,二也。日间一度风流,百文定价,每夜通宵行乐,额例四星,价钱又廉,缠头省费,三也。彼瞎婆向日所接,不过屠户贩子、仆皂舆人,弹琵琶唱野词,侑烧酒卧破席而已。今忽有显者大老光临,犹如天降,公然日间陪着肆筵设席起来,夜里睡着锦衾绣帐起来,出自意外。听其骄矜使气,只是一味趋承,何等爽心凑趣,岂不乐哉?四也。②

这种丝毫谈不上任何美感的瞎妓,属于南京娼妓业中的底层,从嫖资的低廉,接待的多是贩夫走卒这类顾客就可见一斑。但在那些在名妓面前吃了闭门羹的阔少穷儒看来,这里以财换色,又能得到极大的奉承,远胜他处。这种低级的钱色交易与其他小说中的名士风流或名妓风采有着很大的差异,小说中的瞽妓钱贵就产生于这样的环境之中,作者通过她的经历对南京妓女文化、晚明留都的淫靡风气进行批判,体现了作者浓重的刺世情怀。

---

① (清)曹去晶《姑妄言》,中国文联出版社1999年版,第8页。
② 同上书,第11—12页。

（二）晚清小说中的南京娼妓业

经历了清代初期一段相对沉寂的时期之后,到了乾隆时期,南京的娼妓业已经再度复兴。如《续板桥杂记》所记,颇有种前明盛况再现的情形。而且由于南京在江南地区娼妓业的辐射作用,有不少外地妓女到南京谋生,形成了本帮、苏帮、扬帮等以不同区域划分的妓女群体。当时沿秦淮河东南一段,皆有妓馆零星分布:

> 自利涉桥以东,为钓鱼巷。迤逦至水关,临河一带,亦丽者所居,地稍静僻。每有名姬,心厌尘市,择此居之。然自夏初水长,以迄秋中,游艇往来,亦复络绎不绝。由文德桥而西,为武定桥。迤西至新桥,亦有河楼,地处西偏,游踪暂至,故卜居者少。至白塔巷、王府塘诸处,室宇湫隘,类皆卑屑所居,不敢与水榭颉颃。①

这种南京妓女散居秦淮各处的情况持续了很长一段时间,《秦淮志》云:"秦淮妓家在乾嘉以前皆自由散处于近淮各地,非如明代之教坊制,亦不如后来之一院数十人,群居于钓鱼巷者也。"②

沿秦淮河散居的情况,恰恰是南京妓业复兴的一种写照。虽然不像明代那样集中居住在旧院一带,但这种散居的情况意味着妓院的增多与妓女数量的增加。明代南京官妓在某一区域聚居,是政府管理与规划的结果,而清代则不存在这样的情况,政府在名义上对妓院也是予以禁止的。妓院数量增多,城市中也不大可能有一处以供妓院集中存在的区域,所以只能循秦淮风月的旧景,散居于沿河各处,这样反而再现了秦淮两岸香风脂雨的情形。成书于道光年间的《品花宝鉴》就描写了秦淮河两岸妓女如云的情况,第55回写杜琴言与刘喜二人乘船游秦淮河,容貌清秀的琴言引得两岸妓女围观:

> 到了秦淮河,果见两边画楼绣幕,香气氤氲。只见那楼上有

---

① （清）珠泉居士《续板桥杂记》,南京出版社2006年版,第53页。
② 夏仁虎《秦淮志》,南京出版社2006年版,第65页。

好些妓女,或一人凭阑的,或两三人倚肩的,或轻摇歌扇,露出那纤纤玉手的,或哝哝唧唧的轻启朱唇讲话的。有妍有媸,不是一样。那些妓女见了琴仙这个美貌,便唤姐姐、呼妹妹的,大家出来俯着首看他,又把琴仙看得好不害羞,只得埋怨刘喜不该来。急要倒转船身回去,那两头又来些游船,有些妓女们陪着些客,挤将拢来,个个挤眉擦眼的看他,琴仙真成了个看杀卫玠。①

但是这种情景并没有持续多久,随着咸丰三年(1853)太平天国占领南京,兴盛了两朝的南京娼妓业受到了沉重的打击,其受影响程度远超明清易代之变。由于太平天国大兴土木以及加强防御的需要,六朝古都遭受了巨大的破坏,十里秦淮的风景不再。对于当时南京的城市状貌,传教士韩山文的《天京游记》描绘当时的南京是"弹痕和小孔满街都是,污水污泥宛似小池塘。若在下雨时,全街变成湖泽,非赤足不能行走"②。吴士礼《天京观察记》亦云:"现在的南京,不过是从前的一个影子而已,从前的房屋现只存十分之一,城垣极旧,而甚雄伟,周围约十八英里,但城内有房屋之地不及三分之一,其余空地,非用作农田即作为埋葬之用地。"③不仅城市旧风貌被破坏,秦淮河也不复往日秀丽的风光,而且太平天国取缔了妓女与青楼,当时的南京已经没有妓女生存的土壤了。到了太平天国溃败之时,清军入城又发生了激烈的战斗,整个南京城几乎成为一片瓦砾。

清廷收复南京之后,陆续开始了城市的恢复与重建工作,在这一背景下,南京的娼妓业得以畸形的复兴。客观上讲,娼妓业与南京的城市繁华有着直接而密切的关联,复兴秦淮风月,是战后最能体现南京城市复苏的迹象之一。《云塌小记》载:

粤寇据金陵十有二年,河房旧址荆棘丛生,秦淮细流瓦砾山积。曾文正公首先提倡,至辛未中,稍复旧观。游船往来,踏波乘浪,才妓名媛,大都至自吴中,来自邗上,而土著中人亦复不

---

① (清)陈森《品花宝鉴》,齐鲁书社1993年版,第462页。
② 转引自陈邦直《太平天国》,新民印书馆1944年版,第76页。
③ 同上书,第84—85页。

少。两岸笙歌,一堤烟月,承平故态,父老犹有见之流涕者。①

秦淮风月的再现,父老见之流涕,可见它在南京市民情感中的分量。对于南京市民而言,两朝秦淮风月是南京城市兴衰的见证者,它的开始复兴,意味着城市的再度繁荣,即便这种复兴只是一种王朝末期的畸形复兴,是统治者为了粉饰太平而制造出来的产物。《秦淮感旧录》中亦有类似的记载:

> 金陵当大兵之后,有人世萧条之感。曾太傅规复盛时之旧,爱作画舫于青溪,设女闾于曲巷,所以永庆升平,润饰鸿业也。又限以妓院六家,院中许增妓女,不许增妓院,以示乐不可极,欲不可纵也。六家者何?陆家、李家、刘家、韩家、小狮子家、三和堂也。三十年来一仍其旧,虽美人名士,黄土青山,而桃花门巷,犹是儿家。访翠平康者,犹言经过赵李焉。秦淮画舫初由炮艇改编,不施窗幕,是为敞船。曾太傅曾与薛慰农山长泛舟秦淮,见两岸河房之盛,游楫之多,顾而乐之,以为太平景象也。余作《秦淮杂诗》云:"东山太傅爱风流,士女而今尽莫愁。兵器销为农器矣,更将炮艇作兰舟。"②

"东山太傅爱风流",在晚清人的记载中,指挥湘军收复南京的曾国藩同时也是恢复南京秦淮风月的功臣,如《梼杌萃编》第2回云:

> 这南京是六朝金粉胜地,十二朱楼虽成陈迹,然中兴以后,曾文正公当那戎马倥偬之际,力持大体,首复旧观,使那荒凉禾黍之场,一易而成内藉莺花之地。后来,薛慰农先生又为之提倡风雅,鼓吹声华,也就不减于《板桥杂记》所载的顿老琵琶、玉京颜色。③

---

① 转引自(清)缪荃孙《秦淮广纪》,南京出版社2017年版,第49页。
② 同上。
③ (清)诞叟《梼杌萃编》,天津古籍出版社2006年版,第22页。

《冷眼观》第 2 回在谈到南京开妓院的六八子时,对曾国藩的这一"功绩"以及以六八子为代表的南京妓院有所表现:

> 六八子本是扬州一位鹾商公子,自幼不务实业,专喜歌舞。及粤匪南下,扬州失守,他弄得只手空拳,半筹莫展。却好曾老头子克复金陵之后,看见南京城里满目荒凉,疮痍未复,他就想步管夷吾设女闾三百以安行旅的成法,欲借繁华一洗干戈之气。其时兵燹之余,所有从前处官妓的地方如南市、北市、朝云、暮雨、淡粉、轻烟等十四楼,业已片瓦无存,只有钓鱼巷一带楼台,滨临泮水,可为游宴之地。他就招人开设妓馆,以兴商务。他又自己带了妓女,在秦淮河夕阳箫鼓,开通风气。……当日六八子正投其所好,就领着许多小女孩子,都是有姿色、会弹唱的应召而至,曾老头子就派他做了钓鱼巷督办官妓、乱后开山的大祖师。后来才陆陆续续的有了刘琴子、韩延发、金得功、李三白子。目今又添了甚么新刘琴子、三和堂、黑牡丹三家。①

在晚清小说中,乱后南京娼妓业的活动区域集中于钓鱼巷一带,这里靠近东水关、桃叶渡。《秦淮志》云:"光绪中叶以后,秦淮妓家大抵聚处,且皆麇集于淮青桥下之钓鱼巷,至御河房而止。比户可封,有韩印发家、蔡大家、刘琴家、李三家、小狮子家。若四长堂、双桂堂,其后起者也。"②《感旧集》亦云:"利涉桥以东,大通桥以西,为钓鱼巷。沿河一带,妓家琳次,有河房以供游燕。《板桥杂记》谓旧院前门对武定桥,后门在钞库街。《续记》谓自利涉桥至武定桥,两岸河房,丽姝栉比,今则皆为市廛。惟此钓鱼一巷,尚存风月之作坊耳。"③

钓鱼巷的位置在内秦淮河偏东一带,如果与明代的旧院,以及道咸以前清代妓女的分布情况对比来看的话,此时南京妓女的活动空间其实已经萎缩了很大一部分,这恐怕与战争对秦淮河两岸建筑的破坏有很大关系。当时钓鱼巷妓寮众多的情形,在小说中也留下了

---

① (清)八宝王郎《冷眼观》,百花洲文艺出版社 1991 年版,第 251 页。
② 夏仁虎《秦淮志》,南京出版社 2006 年版,第 66 页。
③ 转引自(清)缪荃孙《秦淮广纪》,南京出版社 2017 年版,第 54—55 页。

痕迹,《南朝金粉录》第 9 回写道:"且说金陵钓鱼巷一带,为烟花丛薮,秦楼楚馆不下数十家之多。"①《九尾龟》第 180 回,章秋谷到南京考试,朋友拉着他去逛钓鱼巷,在章秋谷眼中"那钓鱼巷里头挨门沿户的都是些娼寮"。

在晚清小说中,作者们不仅注意到了钓鱼巷妓寮的集中,也对其中的名妓予以聚焦。如《绘芳录》中的慧珠"琴棋书画件件皆精",洛珠"音律弦索独步金陵",市井中因此流传着"要看美人图,金陵看二珠"的说法。《南朝金粉录》中的白莼秋,更是具有侠妓的风范:

> 这钓鱼巷内王喜凤家,有一名妓白莼秋,本系浙江湖州人,自幼为拐匪拐至苏州,卖与娼寮为妓,到了十四岁,由鸨母转售在上海仍然为娼,姿色固是绝佳,而一种豪侠之气实在耐人叹服,由是枇杷巷里名噪一时。到了十六岁就有个富商代他脱了籍,他就另外觅了房屋,自成一家,平时往来大半皆系熟客,生涯也还不寂寞。又住了两年,这年刚值乡试,他羡慕秦淮风景,因此就改寄香巢。②

清代南京妓女很早就已有了本帮、苏帮、扬帮的区别,而小说中名妓也多非南京本地人,《绘芳录》里的二珠是苏州人,《南朝金粉录》中的白莼秋是湖州人,也在上海洋场历练过。当时南京妓业中心钓鱼巷被人视为明代的珠市,《板桥杂记》曾说珠市间有殊色,《画舫余谭》则云:"今之钓鱼巷,犹明之珠市。珠市,人不屑居之,而间有佳丽,钓鱼巷亦然。"③可见钓鱼巷中也并不皆是色艺俱全的名妓。在晚清南京的妓女中,扬州籍的妓女相较之下较为逊色,当时钓鱼巷妓馆中也以扬帮妓女为主。《秦淮志》载:

> 秦淮妓家,向重土著之宁班与苏班。若扬班,其下乘也。金陵克复后,宁苏皆寥落,而扬州产麕集。于是钓鱼巷中人皆扬

---

① (清)牢骚子《南朝金粉录》,中央民族学院出版社 1994 年版,第 69 页。
② 同上书,第 69—70 页。
③ (清)缪荃孙《秦淮广纪》,南京出版社 2017 年版,第 59 页。

音,其呼班主曰本家,班主之女或养女曰小本家,总司务者曰大伙计,教曲者曰乌师,呼客曰姐夫,子弟之潜游者曰私哥子,至于呼小儿曰细虾子,谓调笑曰狎(读如牙)邪(读如瞎),大抵皆广陵土语也。①

《九尾龟》中的章秋谷久混迹于风月场中,深谙此道。第180回写他被友人拉到钓鱼巷一个有名的薛家妓院,其中妓女"大半都是些扬州人,走起路来,一撅一撅的甚是难看"。章秋谷也表达了自己对扬州妓女的不喜欢:

> 我生平最不赏识的就是扬州人,如今见了许多扬州的螃蟹,满口"辣块辣块"的,倒还不必去管他。更兼浑身上下都是直撅撅的,没有一些儿柔媚的样儿,我眼睛里头那里看得上这样的人?②

从妓女所具备的技艺来看,当时的南京妓女在陪客时多以唱曲来侑酒。乾隆时期的《续板桥杂记》就讲述了当时妓女中以曲乐侑酒的情况:

> 河亭设宴,向止小童歌唱,佐以弦索笙箫。年来教习女优,凡十岁以上,十五以下,声容并美者,派以生旦,各擅所长,妆束登场,神移四座,缠头之费,十倍梨园。至于名妓仙娃,亦各娴法曲,非知音密席,不肯轻啭歌喉。若《寄生草》、《剪靛花》,淫靡之音,乃倚门献笑者歌之,名姬不屑也。③

在晚清小说中,这种情况更为普遍,虽然较少有"妆束登场"的情形,但也绝不仅限于"名妓仙娃"才具备歌唱的技艺,在普通妓女中间,歌唱娴熟的情形也较为普遍。《南朝金粉录》第11回,洪一鹗等

---

① 夏仁虎《秦淮志》,南京出版社2006年版,第66页。
② (清)张春帆《九尾龟》,齐鲁书社1993年版,第704页。
③ (清)珠泉居士《续板桥杂记》,南京出版社2006年版,第54—55页。

人在秦淮游船中设宴,期间相陪的妓女就以唱曲侑酒。《冷眼观》第2回李云卿为王小雅接风,其中也写道:"再看文大爷同晋甫,已是群花满座,琵琶月琴,叮叮当当,大小曲子唱了一条声。"①可见南京妓女席上唱曲侑酒是通行的惯例。

在涉及南京风月的晚清小说中,对于妓院的经营等情况也有所表现。当时分属不同妓院的妓女,并不完全视他人为商业对手,在她们出局时常常会出现属于不同妓院的妓女一起活动的场景。如《南朝金粉录》第11回写元宵节,"钓鱼巷十数家勾栏,也各家凑了些钱,扎了许多灯彩,遍请狎客前去观灯",李亦仙、吉庆和等人到韩小六子家赏灯,其间还有王喜凤家的妓女前来陪客。同回中,洪一鹗为众人设宴于秦淮游船之中,船行至某妓家,便有某客相熟的妓女下船应酬,其中也有韩小六子家、王喜凤家的妓女等。《梼杌萃编》第2回,贾端甫在六八子家请客,客人各自所叫的妓女,既有六八子家的,也有刘琴家的与王二家的。《冷眼观》第2回,李云卿请王小雅等人游船秦淮河中,等客人到齐,主人"自己先拿起笔横七竖八写了五六张局票",命人去各处叫妓女,显然这些妓女并非来自同一家。这一回还提到王小雅曾见过的小安子原本在六八子家,后来去了韩延发家,也就是所谓的"换码头"。

当时南京的妓寮可为客人提供酒席,《秦淮志》中曾记载:"乡试之年,人士云集,妓家酒筵亦忙,厨中火光竟业不息。"②关于南京妓寮中酒席的情况,《文明小史》第57回有所介绍:

> 原来南京钓鱼巷的规矩,除了满汉席没有一定的价钱,一百二百随人赏,其余八大八的是二十八块钱,六大六的是二十四块钱,常酒是十一块钱,便饭五块钱,如两块钱就有鱼翅,叫做"例菜戴帽子",再加两块就有鸭子。于今冲天炮喊下去的那桌便饭,如鱼翅,加鸭子,共是九块钱。③

---

① (清)八宝王郎《冷眼观》,百花洲文艺出版社1991年版,第250—251页。
② 夏仁虎《秦淮志》,南京出版社2006年版,第66页。
③ (清)李伯元《文明小史》,江西人民出版社1983年版,第483页。

《照胆镜》第 2 回,羊植丕在钓鱼巷韩洽发家妓院请客,吩咐伙计"预备一个八大八加燕菜,小猪四烧烤的酒席"。所谓"八大八"、"六大六"、"例菜戴帽子"等都是南京妓院中的宴席俗语,《秦淮志》载:

> 妓家筵席最盛者,曰满汉。有烤猪烤鸭、官燕鱼翅,碟用高装。每客席前,供以鲜花,价不逾五十金。次曰八大八、六大六,价不逾三十金。皆以半为菜价,半为犒金也。次曰三点水,有鸭翅而余馔少减。次曰例菜加帽子,帽子者,鱼翅也。最简曰例菜,自十金至数金而已。①

如果与同时期小说中的北京相公堂子饮食相比,南京妓寮中的酒席明显要更为复杂。南京妓院中饮食之便利与精美,一直是其特色,《续板桥杂记》载:"而诸名姬又家有厨娘,水陆珍奇,充盈庖室。仓猝客来,咄嗟立办。燕饮之便,莫过于斯。"②到了晚清,不仅有烤猪烤鸭,还有燕窝、鱼翅之类的高级食材,不禁让人感叹当时南京妓寮的消费能力以及厨师的手艺。

就晚清南京娼妓业对城市生活的影响来看,当时南京娼妓业畸形繁荣,旧日盛景略有恢复,南京的区域风月中心地位得到了巩固,成为最突出的一张城市名片。外省人在南京必要去感受一番这里的风月气息,这一点在晚清小说《九尾龟》、《又明小史》、《梼杌萃编》等皆有所体现。当时的南京官场,淫靡、冶艳之风盛行,钓鱼巷与之关系密切。这一点在《官场现形记》中表现尤为明显,钓鱼巷妓院可谓是南京官员社交活动的主要空间。南京官员日常生活中,在妓院打茶围、留宿过夜的情况也较为普遍,甚至有些人除去上衙门就是泡在妓馆里。当北京的官员还要顾忌御史巡街时,南京妓院外却停满了官员的大轿,如《官场现形记》第 24 回:"走出大门,只见一并排摆着十几顶轿子,绿呢、蓝呢都有。亲兵们一齐穿着号褂,手里拿着官衔洋纱灯,还夹着些火把,点的通明透亮,好不威武!"③《梼杌萃编》第 2

---

① 夏仁虎《秦淮志》,南京出版社 2006 年版,第 66 页。
② (清)珠泉居士《续板桥杂记》,南京出版社 2006 年版,第 54 页。
③ (清)李伯元《官场现形记》,中州古籍出版社 1995 年版,第 3/9 页。

回,贾端甫等人从妓院出来也看到类似的场景:

> 贾端甫出得大门,看见街上摆了几对官衔大灯,也有钦加二品衔、江苏特用道的,也有某某局总办的,也有某某学堂总理翰林院的,也有统领某某军记名简放道的,也有头品顶带记名提督军门的,也有钦加三品衔即补府正堂的,还有些吹熄了看不出字的,那蓝呢绿呢四人轿摆满了一街,他们五人侧身而过。①

当时的江苏官场油水较多,所以候补官员指省到这里的非常多,这些人在南京多是过着花天酒地的生活,是南京妓院中的常客,"光绪中叶以后,人物一变,某制军戏谓江南群道如毛者,河下尤为聚处,虽高情逸韵,不逮前人,然每当皓月东升,满河灯火,丝豪竹滥,钏动花飞,犹有承平余韵"②。在当时的南京官场,娶妓女为妾也较为普遍,在《二十年目睹之怪现状》中,主人公九死一生的伯父以及候补道苟才都是娶秦淮河妓女为妾。《照胆镜》第2回中,当时的南京颇多解甲之后的湘军、淮军旧将,《秦淮广纪》记"同光之间,淮淝宿将解甲归来,以金陵为行窝,跌宕花丛,藉消英气"③。"所以有几个阔人就在那里造几间河房,有时到来消遣消遣,学学晋朝的谢太傅东山丝竹。还有将家子弟弄个把候补道,借候补之名住在自己河房里,买几个钓鱼巷妓女,享受艳福。并且天天到钓鱼巷吃吃花酒。"④书中的羊植丕在南京"盖了极精美的房子,终日里花天酒地,喝雉呼卢。同一班有钱的统领、候补道往来,今日你请在陆家河厅,明日他约在沈家灯舫,那昏天黑地的日子过得好不快活"⑤,这就是典型南京寓公的生活写照。官府中的幕僚也深受影响,《冷眼观》中钱晋甫就提到一年三百六十日,差不多三大宪上司衙门里的幕友,倒有三百五十天在钓鱼巷做议政厅。

普通市民同样热衷于在妓院娱乐与消费,把妓馆视作社交场所。晚清小说对于南京的饭馆酒楼少有涉及,反倒是钓鱼巷的妓院几乎

---

① (清)诞叟《栟杫萃编》,天津古籍出版社2006年版,第27页。
② (清)缪荃孙《秦淮广纪》,南京出版社2017年版,第56页。
③ 同上。
④ 天南遁民《照胆镜》,载《砭群丛报》1909年第1期,第22页。
⑤ 同上书,第25页。

出现在每一部涉及南京的小说中。我们可以把当时的妓院以及与妓女相关的社交活动、应酬娱乐视作最具南京风月特色的活动。《南朝金粉录》第 7 回,众名士在一枝园雅集,每人皆有妓女作陪,以唱曲侑酒。第 11 回,洪一鹗给几个去北京考试的南京名士践行,饭后雇船在秦淮河游荡,到了某家河厅,便接相熟的妓女下船侑酒作陪:

> 此时已是夕阳西坠,各歌妓就先唱起曲子来。停了一刻,船上皆点了灯,果然是光耀通明,照得水面上如同白昼,中舱里酒席已摆得齐齐整整……只见珍肴毕集,水陆并陈,各人又道了谢。洪一鹗就先点了一出《饯别》,真是金樽檀板,说不尽那胜概豪情,大家痛饮了一回,然后各歌妓又互相劝了酒,猜了一会子拳,又合唱了一枝《赐宴》,末后洪一鹗又叫花静芬唱了一枝《荣归》,这才各散。①

值得注意的是,过去客人与妓女在秦淮河中游弋,所用多是画舫一类的小船,能摆下几桌宴席的大船是非常少见的。可是在晚清小说中,在大船中设宴,并以妓女侑酒非常普遍。如《冷眼观》第 1 回,李云卿以及几个衙门里的幕僚款待王小雅,王小雅"急急的来至淮清桥桃叶渡口,远见一只头号灯舫停泊在钓鱼巷官妓韩延发家河房后门,船上已是珠围翠绕的一片笙歌"②,船上酒宴齐备,又有妓女唱曲侑酒。关于这种大船在南京社交活动中的流行,《青溪梦影》云:

> 承平时,秦淮灯船极小,当时称为凉蓬,客与妓无同舟者。《白下琐言》详纪之。又《板桥杂记》云:"游楫往来,指目曰某姬在某河房。"《续记》云:"放船落日,双桨平分,聆清歌之一曲,望彼美兮盈盈。"皆妓客不同舟之证。此风之变,当在同治三年以后。……其后舟式益广,长筵绮席,宽然有余,惟狎客特为所欢置酒者在妓家设席,此外征歌买醉,皆在舟中。……余初游秦淮时,大船不过十艘,至光绪末年,增至三四十艘,连舻接舳,河中

---

① (清)牢骚子《南朝金粉录》,中央民族学院出版社 1994 年版,第 91—92 页。
② (清)八宝王郎《冷眼观》,百花洲文艺出版社 1991 年版,第 247 页。

几无隙地,偶一移舟,则左右砰击。①

根据其中的描述,当时除了狎客为自己喜欢的妓女特意设席是在妓家以外,其他"征歌买醉"都是在船上,已成一时的流行风气,秦淮河中的大船因此越来越多,甚至到了拥挤难行的地步。

以清代小说中的南京娼妓业整体描写来看,它始终是作者们热衷表现的内容,只要是涉及南京的小说,其中必有描写南京秦淮风月、青楼妓女的内容。以秦淮脂粉为代表的南京风月,既是南京城市繁华气息与岁月承平的表征,又是南京城市兴衰的见证者,它在南京父老心中烙下不可磨灭的印记。同时,南京娼妓业也渗透进了城市生活的方方面面,南京作为南方科举与文教中心,"每值宾兴之岁,多士云集,豪华者携重赀,择丽姝侨寓焉。寒素之士,时亦挈伴闲游,寻莲访藕。好风引梦,仙路迷人"②。晚清南京官场堪称冶艳,他们把妓寮当议事厅、社交场,更有娶妓为姿者,南京风月场像一面镜子,映射出晚清官场糜烂的一面。对于南京市民而言,逛钓鱼巷、泛舟秦淮是一种具有南京特色的娱乐活动,同时也是一种重要的社交活动,狎妓之外被赋予了更多的意义。总之,对于南京城市生活而言,娼妓业具有重要的地位。

第三节 影响明清小说南北风月书写的因素

在梳理过明清小说中北京与南京风月书写的内容之后,不难发现两座城市在风月内容上的某些特征,其中既有因时代不同而产生的变迁,也有同一时代内部的细微差异。在明代小说中,两京官妓在色艺上难分伯仲,但对于北京土窑妓女的描写,已经初步展现了南北风月的差异,也即"北俗南雅"的苗头。此外,以明代北京小唱、南院

---

① (清)缪荃孙《秦淮广纪》,南京出版社2017年版,第63—64页。
② (清)珠泉居士《续板桥杂记》,南京出版社2006年版,第53页。

等为代表的北京男风的兴盛,为清代男伶能够在很长一段时间内独领风骚奠定了基础。到了清代小说,这种南北风月的差异越来越明显,一方面,从对城市生活的影响方面来看,北京明显以男伶为主流,而南京则是妓女占尽风头。另一方面,以南北两座城市的妓女情况来看,北京的妓女在小说中形象丑陋,顾客构成以贩夫走卒为主,上流社会少有踏足其中者。到了晚清这种情况有所改变,其根本原因是南班妓女北上改变了京城妓女的整体风貌,为一帮村妓注入一股清流,南方妓女在各方面明显高于北京妓女。可以说,在清代小说中,南京妓女在南北对比中取得了压倒性胜利,"北俗南雅"的格局基本形成。

在这种小说文本所呈现的现象背后,应当考虑的是影响明清小说南北风月书写特征与差异形成的因素。笔者认为,不妨从地域差异、作家心态、城市定位三个方面来谈这个问题。

一、地域差异与南北风月书写的呈现

从通常的理解来看,中国南北之间具有巨大的地域差异,而这种地域差异体现在各个层面,它熔铸了不同地域人的精神、性格等诸多方面。从地域差异的角度来看,北京与南京这两座城市在风月方面的差异在某种程度上可以被视作明清时期南北文化差异的缩影。我们这里所说的地域差异可以分作两个层面:人物状貌层面的地域差异与市民性格层面的地域差异。

从人物状貌层面的地域差异来看,明清小说中体现最为明显的一点就是南方人普遍比北方人容貌清秀、身材娇柔,对于妓女与伶人而言也是如此。明代小说中,两京官妓在色艺上几乎没有什么差异,这与官妓的出身与服务对象有一定的关系。清代取消官妓,娼妓市场上只有私妓,入行门槛较低,服务对象也非常广泛,使妓女形象越来越复杂。清代小说把北京妓女描绘成粗鲁、丑陋的村妓形象,在不同的小说中都有类似的表现,丝毫没有任何美感可言。晚清小说中,北京妓风再度复燃,固然与当时京城的政治气候变迁还有一定的关系,但从根本上讲,这 现象与南班妓女的北上,对京城娼妓业的冲击有着更为直接的关系。出身江浙一带的妓女,不仅容貌较为出众,而且在服饰衣着、首饰妆容等方面也多为南方新潮样式,与北京本地妇女相比判若天渊。在"京中窑子极贱,且佳者绝少"的情形之下①,赛金花、胡宝玉能够在京中风靡一时也就容易理解了。当清代小说中的北京妓女被以丑陋村妓形象呈现的同时,小说中的南京妓女却呈现了另一种风貌,她们之中姿容美丽的名妓辈出,在才艺方面也丝毫不输明代的官妓。扬班妓女虽然不如宁班、苏班妓女那样娇柔可人,但与北京妓女相比高下立见,《九尾龟》中章秋谷面对扬州籍妓女前后态度的转变很能说明这种情况。

从男风来看,南方人也比北方人更受风月场的青睐。《五杂俎》曾提到明代北京城中的小唱演员最初多是浙江宁波、绍兴一带人。而《弁而钗·情奇纪》中卖身救父的李又仙则是福建人,从他被称作是"标致小官",被男妓院的主人视作"心肝肉,生得这般好"等描写来看,明代京城男妓市场上,南方男孩更得北京人的喜爱。对于清代小说中的京城名伶,作者从不吝啬自己的赞美之词,赋予他们女性般的娇柔与妩媚,诸如"玉骨冰肌"、"檀口生香"、"婉转娇柔"这些形容女性的词汇在作者描绘名伶时层出不穷。值得注意的是,小说中声名远播的京城名伶,多是从南方到北京演出的伶人。《品花宝鉴》中入选《曲台花选》的几个伶人,不是姑苏人便是扬州人,主人公杜琴言同样是苏州人。在《品花宝鉴》中,"京里的戏是甲于天下的"、"要看戏,京里去"是外省人对京师菊坛的最直接印象。在竞争激烈的京师梨园中,南方人出身的相公多是十几岁的男孩子,自身的娇小瘦弱不仅与他们所要塑造的女性形象非常契合,更令京城的观众为之着迷。从这一点上来看,尽管清代伶人是北京风月场的主流,但其群体构成仍以南方人为主,而且其中当红的男伶也多为南方人。

从市民性格层面的地域差异来看,明清小说中的北京人与南京人也存在着一定的差异,相对而言,北京人显得更为粗犷与豪放,而南京人则相对内敛、含蓄一些。这里强调的相对而言,主要是指在涉及妓女与伶人的城市风月书写方面,如果超越这个范围的话,这种对

---

① (清)梦花馆主江荫香《九尾狐》,百花洲文艺出版社1991年版,第392—393页。

两座城市市民性格的粗略概括就不是那么合理了。在风月书写上,这种城市市民性格层面的文化差异影响了作者笔下的内容。在明代小说中,作者表现了北京市民喜淫的风气,如《清夜钟》第7回云:"这京师风习,极喜淫,穷到做闲的,一日与人扛抬驮背,攉这几个钱,还要到细瓦厂前,玉河桥下,去幌一幌。若略有些家事,江米巷、安福胡同,也是要常去闯的。"①当这种风气发展到一定程度,明代的北京就出现了《玉闺红》中所描绘的土窑妓女。她们是以贩夫走卒为服务对象的廉价妓女,有些人甚至是被强迫从事这一职业的。她们的生存环境十分恶劣,服务过程也受尽屈辱,虽然《梅圃余谈》中有相似记载,但《玉闺红》带给读者强烈视觉刺激的性描写是笔记小说所达不到的。在作者笔下,描写女性受到性暴力的内容非常详细,不禁让读者怀疑,作者的初衷是想表现这些女性的不幸,还是在津津有味地咀嚼这种摧残女性意志与肉体的性活动。涉及北京风月场的内容,不仅在描写妓女的内容上有这种直接、粗暴的性描写,在描写男风时,这种情况依然存在。明代小说《弁而钗·情奇纪》中李又仙卖身入南院,受尽屈辱。清代小说《品花宝鉴》在表现名士与名伶的风流蕴藉之外,也不乏北京市民与黑相公之间的同性性描写。这种喜淫的风气,以及涉及妓女、男伶的性描写在小说中屡有出现,北京人粗犷与豪放的一面在其中得到了体现。

那么,明清小说中的南京市民是否就是内敛、含蓄的呢?在风月描写之外,情况并不是这样的。在《姑妄言》《醉春风》《八段锦》等小说中都有对南京市民纵欲一面的表现,特别是《姑妄言》中发生在南京市民身上的各种变态性活动更是层出不穷。但在涉及南京风月书写方面,这种情形就发生了变化,似乎南京人狎妓上要比北京人更为雅致。即便是以性描写著称的《姑妄言》中,也提到南京的富人嫖妓"不但使几个憨钱,且要假装一个名士,必定要嫖名妓,宿美娟,好使人羡慕他道:某名妓是公子的令翠,某美姬是财主的相知。他倒也不图甚么风流实事,只要博一个识货的虚名而已"②。固然性欲的满足是狎妓中的应有之义,但在涉及南京风月书写的明清小说中,我们

---

① 路工、谭天合编《古本平话小说集》,人民文学出版社1984年版,第189页。
② (清)曹去晶《姑妄言》,中国文联出版社1999年版,第8页。

一般看不到暴露与直接的性描写。其中有些较为典雅,如吴敬梓的《儒林外史》,写陈木南与来宾楼妓女聘娘一夜欢愉,也只是写出聘娘"丰若有肌,桑若无骨,十分欢洽"。以描写南京官场冶艳风气为主的晚清小说中,虽然南京官员与妓女之间也有不少丑态被暴露,但在他们的活动空间内,不论是在妓寮还是秦淮画舫之中,也有一些可以被称为"俗雅"的行为。在《官场现形记》中,与妓女发生关系也被以"结线头"的说法掩盖过去,其中并无性描写出现。此外,在明清小说所描绘的南京风月场上,也并没有出现过类似《玉闺红》中的北京土窑妓女。如果大多数南京官员、富商与妓女之间的关系是以"俗雅"呈现的话,那么名士与名妓之间泛舟秦淮之上,诗酒唱和,词曲相伴,就可以称得上是真高雅了。可以说,在明清小说中塑造南京风月主流的,并不是肉欲的呈现与满足,而是秦淮的月色与流水,是画舫灯船的璀璨烟火,是两岸河房中的香风脂雨,是文士诗赋,也是名妓歌舞,这是明清小说留给读者最深的印象。

一方水土养一方人,人物状貌方面的地域差异,让明清小说的作者多把名伶与名妓塑造成南方出身的人物,容貌、体态方面的清秀与娇小使他们在北京的风月场上压倒本地的对手脱颖而出,使风月书写上"北俗南雅"的格局得以显现。小说作者也注意到了地域的差异对市民性格的影响,在他们的认识中,北方人是粗犷与豪放的。性格喜淫的一面使北方人在风月上较多追求欲望的直接满足,所以在涉及北京风月的明清小说中,较多直接的性活动描写,甚至出现了土窑妓女等底层妓女。与之相反,小说作者们心目中的南京人更为雅致一些,在狎妓的过程中更多地体现了他们携妓饮酒、歌舞唱和的一面,几乎看不到暴露的性描写。所以,从这一方面的风月呈现来看,"北俗南雅"的特征已然得到了作者的体现。当然,作者对北方人与南方人样貌的认识,以及对北京人与南京人性格的概括是否真的符合实际,是非常值得商榷的。但对于文学作品而言,我们不应当过于苛刻,每一个作者对一座城市以及其中市民的体验都是独特的,它可能不依托于任何理论与经验,只是单纯源自作者最直接的感触与体悟,其中难免会有偏激乃至有失公允之处。但明清小说南北风月书写中的某些特征,并不是仅存在于某一部小说之中,而是在不同的小说中都有体现,这样看来,作者们的某些观点其实是有一定的现实基础的。

二、作家心态对南北风月书写的浸染

对于北京与南京两座城市风月书写在明清小说中的呈现,不同时期、不同地域作家的心态也是影响的要素之一。明代小说中,南北两座城市之间的风月差异并不明显,特别是在官妓方面,两京官妓在色艺方面往往不分伯仲。对于明代的作者而言,不论是现都北京还是留都南京,在他们的印象中都是国朝繁盛的集中体现与最佳象征。作者在心态上仰视这两座城市,真诚赞颂它们的繁华与兴旺,如《初刻拍案惊奇》称金陵为建都之地,鱼龙变化之乡,把留都视作"繁华盛地,富贵名邦",这恐怕是很多明代人心中最为明显的金陵情结。对于现都北京,明代人也不会吝惜自己的称赞,《警世通言》卷24写皇都景象是:

> 人烟凑集,车马喧阗。人烟凑集,合四山五岳之音;车马喧阗,尽六部九卿之辈。做买做卖,总四方土产奇珍;闲荡闲游,靠万岁太平洪福。处处胡同铺锦绣,家家杯斝醉笙歌。①

在明代小说作者的笔下,北京与南京都是值得称道的"金城天府"或是"富贵名邦",在这种观念与意识的主导下,两京官妓成为点缀城市繁华富庶的一个侧面。城市的繁荣带来人口的大量流动与聚集,官员、商贾、文士汇聚北京与南京,也刺激了相应服务业的兴旺,娼妓业就是其中之一。明代小说中两京官妓不仅容貌秀丽,而且有些还具备一定的文化修养,如此塑造她们的形象,不仅表现了大都会娼妓业的水准,更是与作者对北京与南京两座都会的羡慕与仰视有着直接的关系,色艺双全的两京官妓,正是作者心中对两京特殊情感的体现。

---

① (明)冯梦龙《警世通言》,人民文学出版社1956年版,第340页。

在清代小说中,南北风月书写发生的一大变化体现在妓女方面,北京妓女形象从明代北京官妓的色艺双绝彻底崩塌,沦为上流社会不愿触及的丑陋村妓形象。当时的北京风月场被男伶独领风骚,直到晚清南班妓女大量北上才改变了这种情况。反观南京的妓女,在个人形象、歌舞技艺等方面,基本上维持了明代官妓的水准,还出现诸如《绘芳录》中的二珠、《南朝金粉录》中的白菟秋之类的名妓形象。清代小说对于北京与南京妓女这种"北俗南雅"的表现,同样与作家心态有着一定的关系。有一个现象值得注意,那些在小说中着力描绘北京妓女丑陋形象的多是南方籍作家,而在他们的笔下,那些厌恶北京妓女的书中人物同样多为南方人。《品花宝鉴》的作者陈森是江苏常州人,书中对北京妓女表现明显厌恶的田春航是金陵人,寄居扬州。《九尾龟》的作者张春帆是江苏武进人,而谈论京城妓女粗俗的姚观察与章秋谷都是江苏常熟人。这些习惯了南方女性吴侬软语、身材娇弱的南方文人自然无法"欣赏"北京妓女的容色、装束与习惯。他们不但在书中塑造北京妓女的丑陋形象,而且还通过书中人物之口强化这种印象,《九尾龟》中姚观察在谈到北京妓女说:"我们南边人见了他这个样儿,那一个敢去亲近他?那一个见了不要退避三舍?"[①]很能代表南方人在面对北方妓女时的退避与厌恶心态。不仅如此,也是在这些南方作家创作的小说中,作者同时表达了对南方妓女的欣赏与喜爱。在《九尾龟》中,章秋谷虽然对南京的扬州籍妓女不太喜欢,但并非完全拒绝她们,乘船领略秦淮风月的时候,"不觉得心窝里面倒有些痒痒的起来"[②]。与他们笔下塑造的北京妓女相比之下,两者之间的差异非常明显,南方作者对南方女性的青睐心态可以说非常明显了。

在清代小说北京与南京妓女的对比上,形成了"北俗南雅"的格局,这是风月书写从明代两京兼善到清代北南异途发展的一大变化,而另一大变化则是伶人在清代北京风月场上对北京妓女的压制,这与当时作家重伶轻妓的心态有关。清代作家重伶轻妓心态的形成,一方面与当时北京城市戏曲生态有着密切的关系。北京作为清王朝

---

① (清)张春帆《九尾龟》,齐鲁书社1993年版,第612页。
② 同上书,第705页。

的都会,在承平时期具有庞大的娱乐消费需求,在当时集中表现为戏曲演出的繁荣,特别是随着花雅争锋以及四大徽班进京,北京不仅拥有数量较多的戏曲演出队伍,还有大量戏园等经营性的演出场所,这一切都为京城市民观戏活动提供了便利。在这种城市娱乐风潮席卷北京的过程中,士绅阶层不仅是主要推动者,更是极大的受益者。对他们而言,观戏不仅是品味剧情与表演,也意味着对演员的品评,特别是其中的男旦,明显更受士绅阶层的关注。从品伶到狎伶,士绅阶层在满足艺术审美的同时开始在其中掺杂了越来越多的欲望成分,伶人也从单纯的演员由舞台走向社会,演变为一种特殊的服务业。可以说,清代小说作家重伶轻妓的态度形成于戏曲演出的繁荣以及对演员的品评之风,而士绅阶层是主要推手。在清代小说作家笔下,这种对伶人的重视与青睐在小说中表现非常明显,不仅有《品花宝鉴》这样的小说专写名士与名伶之间的风流韵事,散见于其他小说中的相关内容也非常多。虽然有部分内容写黑相公的龌龊与丑陋,但大部分小说对名伶塑造较为中立。另一方面,重伶轻妓的态度又受到现实制约、妓女水准、伶人自身条件等因素的影响。清廷禁止官吏宿娼,都城北京执行较地方更严,官场选择了伶人作为满足娱乐需求的替代品。当时北京妓女水准较低,上流社会不屑于嫖妓,携妓女参加社交活动更是不切实际。与北京妓女相比,伶人参与社交活动明显更为自由,这一点在小说中也多有表现。不仅如此,许多名伶自身容貌秀丽、体态轻盈,有的还兼具一定的文化修养,谈吐不俗,自然更得士绅阶层青睐。即便是盈利性突出的相公堂子,也在内部陈设、提供饮食等方面远胜于当时的妓院。凡此种种,无不是作家倾心伶人的原因,在这种心态的驱使下,晚清小说对伶人的关注与表现都达到了一个高峰。

三、城市定位对南北风月书写的影响

城市定位对南北风月书写的影响,可以从政治定位与文化定位两个角度来看。从政治定位的角度来看,北京作为两朝国都,政策方面的影响对明清小说中的北京风月书写具有明显的影响。明代小说

中的北京虽然有官妓存在,但政策上并不允许官员嫖妓宿娼,宣德之后为在职官员侑酒都不被允许。在这种政策的影响之下,都城官员嫖妓宿娼有着很大的风险,他们只能去选择其他替代品。如果说《梼杌闲评》中帘子胡同那些打扮得粉妆玉琢的小官还不够明显的话,《弁而钗》中的南院就已经是非常明显的男妓院了,他们服务的对象恰恰是不带家小的在京官员。

清代的北京作为政治中心,同样对官员嫖妓有严格的禁令,即便是到了管控相对松弛的晚清,北京官员仍对嫖妓心有余悸,不敢公然出入妓院。此外,清代取消了官妓制度,在很长的一段时间内,北京市妓在容色装束方面都很难满足京城士大夫的需求,嫖妓更被视为下等人的行径而难被上流社会接受。在这种大背景之下,伶人风靡京城是顺应趋势与需求的必然结果,与明代小说中出现较少的小唱、南院相比,清代小说中涉及伶人的内容却非常多,他们对清代北京娱乐文化与社交文化的渗透是较为深入的。

明代的南京,从朱棣迁都之后就成为留都,是明帝国在政治上的次中心,它在经济、文化等方面的地位要比政治地位更为突出。在明代小说中,南京的政治地位弱化更为明显,官妓承应官员宴会的情况在晚明小说中仍有体现,而这是同时期小说中北京不会出现的情况。到了清代,南京的政治定位仅仅是东南一省的都会,从政治上的次中心沦为区域中心,而这种政治地位的进一步降低,意味着政策上的松动与执行的不到位。尤为明显的表现是在晚清小说中,彼时北京官场不仅有妓禁,而且一般士绅阶层对北京妓女印象不佳,少有狎妓的行为。反观当时小说中的南京风月场,太平天国运动过后的南京娼妓业尽管不能与明代的旧院盛况相提并论,但这一阶段恐怕是清代南京娼妓业最为繁盛的时代,而且它对周边城市的影响力依然非常大。对当时的南京官场而言,狎妓几乎没有任何政策或是来自上级的限制,他们把妓寮当作娱乐场所与社交空间,官场上娶妓女为妾的情形也较为普遍,而这些都是当时的北京官场所不敢企及的。

从城市文化定位的角度来看,明清两代的北京作为国都与政治中心,政治文化、官派气度是作者对北京城市文化的基本把握。在这种背景下,以明清小说对北京城市生活内容的表现来看,风月内容并不算主流。风雅兼具的明代官妓只是一时风光,清代小说则经历一段时间对北京市妓的贬低,直到晚清小说才略有改观。同时,还应该注意到的是明清两代北京驳杂的市民文化,其中一大重点就是市民阶层的娱乐文化与娱乐消费需求。繁华的大都会给市民以更多的机会去追求日常生活娱乐需求的满足,城市中相应的娱乐产业也会迎来自身的发展。明清两代北京城市生活中扮演着"准男妓"角色的基本上是一些男性演员,明代小说中的是小唱演员,而清代小说中则是那些被称为相公的各类戏曲演员,清代北京的相公不仅在群体数量上远超明代的小唱演员,而且在服务方式以及对北京社会生活的渗透上都是明代小唱演员所不能企及的。从明代的小唱演员到清代的伶人相公,这类群体在北京的发展与繁荣离不开北京市民阶层的娱乐文化与娱乐消费,是喜爱文艺的北京市民给了他们生存的土壤。清代北京伶人之所以兴盛,离不开京城戏曲文化、戏曲消费的繁荣,其中的因果关系并不是市民需要一个演员群体去替代妓女的角色,才出现了那些男性演员,而是戏曲的繁荣发展令戏曲演员走向了更为广阔的社会,得到了更为广泛的关注,才有了一部分市民选择他们去代替妓女的存在。

  明清两代的南京,其城市文化与北京有着鲜明的差异,它从来不以政治文化或浓郁的官派气度闻名。与之相反,南京自然环境的优越与经济的发达,以及与政治中心的疏离,一直让它以一座富贵繁华、生活安逸的城市形象呈现在世人面前。同时,它也是一座具有浓郁烟粉气息的城市,这其中有着悠久的历史渊源,从隋唐时的秦淮歌女到明清时的秦淮风月,这一传统得到了延续。当人们沉醉于金陵王气之说的时候,不能忽略建都南京的多为短命王朝,与北京强烈的政治气场相比,南京显得有些疲弱。但这种情况却催生了南京重享乐、好安逸的城市文化,秦淮两岸的青楼歌女,恰恰是这种城市文化所催生的产物,又是这种城市文化最好的体现。在涉及南京的明清小说中,描写南京风月的内容几乎在每一部小说中都有出现,从这个角度来看,明清小说中的南京是当之无愧的风月都会。明代的官妓代表了当时南京风月的高水准,而十六楼、旧院等在小说中的反复出现,更是在一定程度上强化了读者对明代南京风月的印象。到了清代,小说作者们不仅继续保持这种关注南京风月的热情,而且在小说中表现了南京娼妓业的变迁,以小说的形式保存了一份南京娼妓业的史料。

南京重享乐、好安逸的城市文化与风月文化是相辅相成的,前者催生后者,后者又为前者助力。对于明清两代的小说作者来说,他们从城市文化定位的角度把握住了南京城市文化中最具富贵气息也最诱人的一面,并将它作为表现南京城市文化的一个窗口。可以说,秦淮风月是最具南京特色的文化现象,它不仅是南京城市生活娱乐文化与社交文化的主流,对外也构成了南京的城市名片,吸引着外省人羡慕的目光。

第六章　徙倚于南北之间：
　　　　《红楼梦》的双城书写

　　前几章分别从不同的角度梳理了明清小说与北京、南京相关的内容，较多的关注了北京与南京城市生活的某些方面或者某些群体，在此基础上，可以对两座城市的城市印象以及城市文化作出初步的勾勒。但是之前的分析主要是从不同时期的不同小说中选取相应的内容作为材料说明某些问题，实际上是把许多小说文本打散拆零以作研究之用，这样操作难免会忽视某些小说文本对北京与南京书写的整体性与统一性。为了使这一课题的研究在关注多角度城市生活书写的同时也能兼顾某些小说文本对北京与南京的集中书写与呈现，第六章与第七章将分别选取清代小说《红楼梦》与《儒林外史》作为个案予以研究，以期让这一课题的研究能够更为完善与多样。这两部被称为"南吴北曹，相映成辉"的清代小说杰作，不仅创作年代相近，而且都对南京与北京有所涉及，其中尤以南京对作者的创作影响至深。曹雪芹家自祖父曹寅任职江南织造起，经历了最为辉煌的一段时期，"同时，曹家特殊的升沉变化，也为他的孙子曹雪芹创造不朽名著《红楼梦》提供了难得的素材与背景。南京的地域环境不仅孕育了《红楼梦》，也孕育了另一部名著《儒林外史》，安徽全椒人吴敬梓三十三岁就移家南京，《儒林外史》是他在南京花了十年的功夫创作的，书中随处可见南京的风土民情。可以说这本书深刻的思想和高超的讽刺艺术是南京文化熏陶的结果"[①]。

[①] 杨子坚《南京与中国古代文学》，载《南京大学学报》（哲学社会科学版）1995年第3期。

本章选取的个案是清代小说《红楼梦》，之所以选择《红楼梦》作为个案研究的对象，可以从作者与作品两个角度来看。从作者的角度看，《红楼梦》的作者曹雪芹同时拥有在北京与南京两个城市生活的经历，与一般的作者不同，曹家盛极而衰的经历对曹雪芹影响极深，他对两座城市的书写也不同于一般小说。从作品的角度来看，《红楼梦》中的北京和南京与其他明清小说塑造的这两座城市有着明显的差异，曹雪芹并没有停留在对城市情景、城市生活等浅层内容的描绘上，而是在真真假假、虚虚实实之间赋予两座城市精神、心理层面的意义。从这一角度看，《红楼梦》中的北京与南京既是现实层面的，又是超现实层面的，其意义之丰富与复杂，在明清小说中独树一帜。

刘上生在《走近曹雪芹——〈红楼梦〉心理新诠》一书中，从曹雪芹的人生历程出发，将江南与京都视作曹雪芹人生之旅的两座路标：

> 江南和京都，曹雪芹人生之旅的两座路标。江南的空气是热的，京都的空气是冷的。江南的生活是梦是幻，京都的生活是醒是悟。江南使他憧憬理想，京都使他直面现实。江南孕育了他的浪漫气质，京都完成了他的哲思气质。他的生命之水的源头来自江南，那个曾扎下曹氏家庭远祖之根，又记载着家族近世之盛的地方，那个以晚明以来先进的时代之光照耀过他给他以民族人文乳汁哺养的地方。他的生命价值的最后实现和生命之水的枯竭都在京都。这个满清皇室严密统治和控制，充满了旗汉隔离和主奴对立冷酷世情的地方，这个毁灭了他的幸福和理想，锻炼了他的冷眼和傲骨，使他压抑和憎恨终至与上层社会决裂，并以血泪笔墨宣泄释放愤懑的地方。《红楼梦》"不欲着迹于方向中"，"特避其东南西北四字样"（《甲戌本凡例》），有意模糊地域，为自己涂上一层保护色。但其植根于江南，展示于京都，植根于民族文化深层土壤，它的地域文化内涵和民族文化的特色是十分鲜明的。诸联《红楼评梦》曰："凡稗官小说，于人之名字、居处、年岁、履历，无不凿凿记出，其究归于子虚乌有。是书半属含糊，以彼实者皆虚，知此虚者之必

第六章　徙倚于南北之间：《红楼梦》的双城书写

实。"适得作者之用心。①

正如刘上生所写，京都与代表江南的金陵这两座城市，不仅见证了曹家的兴衰浮沉，更塑造了曹雪芹的精神与灵魂，凝结成了一部"满纸荒唐言，一把辛酸泪"的《红楼梦》。可以说，《红楼梦》与北京和南京有着极深的渊源。

第一节　江南金陵与缥缈京都

由于曹雪芹主观的创作原则强调"真事隐去"，"假语村言"，所以在《红楼梦》的文本空间中，地理空间往往给人一种云里雾里的感觉，这是明清小说中极为少有的一种特殊现象，对此的争论也从红学诞生起就一直存在。为了更直观地考察《红楼梦》的双城书写，这一节以《红楼梦》文本为基础，梳理全书内容，以地名为切入点，将其中涉及金陵与北京的内容摘要列出。

一、《红楼梦》中涉及金陵（南京）的内容

《红楼梦》中涉及金陵（南京）的内容，可列表如下②：

序号	回次	内　　容	备　　注
1	第1回	后因曹雪芹于悼红轩中批阅十载，增删五次，纂成目录，分出章回，则题曰《金陵十二钗》。	
2	第2回	雨村道："去岁我到金陵地界，因欲游览六朝遗迹，那日进了石头城，从他老宅门前经过。"	石头城系金陵古称之一
3		长子贾代善袭了官，娶的也是金陵世勋史侯家的小姐为妻。	史侯家亦为金陵籍

---

① 刘上生《走近曹雪芹——〈红楼梦〉心理新诠》，湖南师范大学出版社1997年版，第34—35页。
② 此表参考了梅新林在《〈红楼梦〉的"金陵情结"》一文中所编制的表格并有所增补。

续 表

序号	回次	内 容	备 注
4	第2回	雨村道:"……不用远说,只金陵城内,钦差金陵省体仁院总裁甄家,你可知么?"	甄家为金陵显宦,与贾府关系密切
5		雨村笑道:"去岁我在金陵,也曾有人荐我到甄府处馆。……"	
6		雨村道:"更妙在甄家的风俗,女儿之名,亦皆从男子之名命字。"	
7	第3回	(贾政)因此优待雨村……不上两个月,金陵应天府缺出,便谋补来了此缺。	应天府为明代南京地区行政建置
8		正值王夫人与熙凤在一处拆金陵来的书信看……探春等却都晓得是议论金陵城中所居的薛家姨母之子姨表兄薛蟠,倚财仗势,打死人命,现在应天府案下审理。	
9	第4回	原来这李氏即贾珠之妻。……这李氏亦系金陵名宦之女,父名李守中,曾为国子祭酒。	李纨家亦为金陵籍
10		如今且说雨村,因补授了金陵府。	
11		那原告道:"……无奈薛家原系金陵一霸,倚财仗势,众豪奴将我小主人竟打死了。"	
12		阿房宫,三百里,住不下金陵一个史。	
13		东海缺少白玉床,龙王来请金陵王。	
14		且说那买了英莲打死冯渊的薛公子,亦系金陵人士,本是书香继世之家。	
15	第5回	只见那边橱上封条上大书七字云"金陵十二钗正册"。宝玉问道:"何为'金陵十二钗正册'?"	
16		宝玉道:"常听人说,金陵极大,怎么只十二个女子?"	
17		宝玉听说,再看下首二厨上,果然写着"金陵十二钗副册",又一个写着"金陵十二钗又副册"。	
18		凡鸟偏从末世来,都知爱慕此生才。一从二令三人木,哭向金陵事更哀。	王熙凤判词

续　表

序号	回次	内　　容	备　注
19	第 6 回	刘姥姥道："……当日你们原是和金陵王家连过宗的,二十年前,他们看承你们还好。"	
20		因向刘姥姥道："那周大爷已往南边去了。"	贾府人口中的南边指金陵老家
21	第 7 回	凤姐已卸了妆,来见王夫人回话："今儿甄家送了来的东西,我已收了。咱们送他的,趁着他家有年下进鲜的船回去,一并都交给他们带了去罢?"	
22	第 12 回	贾蔷又道："……老太太那边的门早已关了,老爷正在看南京的东西。"	明代迁都之后,金陵始有南京之称
23	第 13 回	江南江宁府江宁县监生贾蓉。	江宁府为清代南京地区行政建置,江宁县为附郭县
24	第 16 回	赵嬷嬷道："……如今还有个口号儿呢,说'东海少了白玉床,龙王来请江南王',这说的就是奶奶府上了。还有如今现在江南的甄家,嗳哟哟,好势派! 独他家接驾四次。"	
25		贾蔷道："才也议到这里。赖爷爷说,不用从京里带下去,江南甄家还收着我们五万银子。"	甄家在金陵做官,书中江南亦指金陵
26	第 33 回	贾母："我和你太太、宝玉立刻回南京去!"	
27		鸳鸯道："……太太才说了,找我老子娘去。我看他南京找去!"平儿道："你的父母都在南京看房子……"	
28	第 46 回	那边邢夫人因问凤姐儿鸳鸯的父母,凤姐因回道："他爹的名字叫金彩,两口子都在南京看房子,从不大上京。"	
29		贾赦想了一刻,即刻叫贾琏过来说："南京的房子还有人看着,不止一家,即刻叫上金彩来。"贾琏回道："上次南京信来,金彩已得了痰迷心窍。"	

续表

序号	回次	内　　容	备　　注
30	第52回	宝玉忙笑道："好妹妹,你拿出来我瞧瞧。"宝琴笑道："在南京收着呢,此时那里去取来?"	
31	第54回	贾母听说,点头道："这还罢了。正好鸳鸯的娘前儿也死了,我想他老子娘都在南边……"	
32	第56回	只见林之孝家的进来说："江南甄府里家眷昨日到京,今日进宫朝贺。此刻先遣人来送礼请安。"	
33		一语未完,果然人回："甄府四个女人来请安。"	
34		史湘云说他(宝玉)："……如今有了个对子,闹急了,再打很了,你逃走到南京找那一个去。"宝玉道："那里的谎话你也信了,偏又有个宝玉了?"	
35	第57回	原来是王夫人要带他(宝玉)拜甄夫人去。……见其家中形景,自与荣宁不甚差别,或有一二稍盛者。细问,果有一宝玉。	甄家为金陵显宦,京中亦有住宅
36	第63回	因人回说："甄家有两个女人送东西来了。"	
37	第64回	贾珍想了一回,向贾蓉道："你问你娘去,昨日出殡以后,有江南甄家送来打祭银五百两。"	
38	第71回	凤姐道："……内中只有江南甄家一架大屏十二扇,大红缎子缂丝'满床笏',一面是泥金'百寿图'的,是头等的。"	
39	第74回	探春道："……你们别忙,自然连你们抄的日子有呢!你们今日早起不曾议论甄家,自己家里好好的抄家,果然今日真抄了。"	
40	第75回	跟从的老嬷嬷们因悄悄的回道："奶奶且别往上房去。才有甄家的几个人来,还有些东西,不知道作什么机密事。……"尤氏听了道："昨日听见你爷说,看邸报甄家犯了罪,现今抄没家私,调取进京治罪。"	

续 表

序号	回次	内 容	备 注
41	第75回	贾母歪在榻上,王夫人说甄家因何获罪,如今抄没了家产,回京治罪等语。	
42		尤氏问道:"今日外头有谁?"佩凤道:"听见说外头有两个南京新来的,倒不知是谁。"	
43	第82回	小丫头道:"只怕要与姑娘道喜,南京还有人来接。"	林黛玉似亦金陵籍
44	第86回	因又念呈底道:"……窃生胞兄薛蟠,本籍南京,寄寓西京。"	薛家亦金陵籍
45	第92回	贾政道:"像雨村算便宜的了。还有我们差不多的人家就是甄家,从前一样功勋,一样的世袭,一样的起居,我们也是时常往来。……一回儿抄了原籍的家财,至今杳无音信,不知他近况若何,心下也着实惦记。"	
46	第93回	那人(包勇)道:"我自南边甄府中来的,并有家老爷手书一封,求这里的爷们呈上尊老爷。"	
47	第96回	贾母想了一想:"……照南边规矩拜了堂……"	
48	第97回	(贾宝玉与薛宝钗婚礼)俱是按金陵旧例。	
49	第99回	贾政拆封(周琼书信)看时,只见上写道:"金陵契好,桑梓情深。……"	
50		贾政一一看去,见刑部一本:"为报明事,会看得金陵籍行商薛蟠——"……底下是:"据京营节度使咨称:缘薛蟠籍隶金陵,行过太平县……"	
51	第100回	(宝钗)说是:"哥哥本来没造化……在南边已经闹得不像样。"	薛家为金陵世家,南边亦指金陵而言
52		薛姨妈哭着说道:"……只好拿南边公分里银子并住房折变才够。前两天还听见一个荒信,说是南边的公当铺也因为折本儿收了。"	

续 表

序号	回次	内 容	备 注
53	第101回	大了道:"奶奶大喜。这一签巧得很,奶奶自幼在这里长大,何曾回南京去了。"	
54		贾琏无计可施,想到那亲戚里头薛姨妈家已败,王子腾已死,余者亲戚虽有,但是不能照应。	薛、王俱为金陵旧籍,贾家在金陵尚有亲戚
55	第106回	只见老婆子带了史侯家的两个女人进来,请了贾母的安。……贾母听了,欢喜道:"咱们都是南边人,虽在这里住久了,那些大规矩还是从南方礼儿……"	史侯家为金陵籍,南边亦指金陵
56	第107回	贾母道:"……我索性说了罢,江南甄家还有几两银子,二太太那里收着,该叫人就送去罢。倘或再有点事出来,可不是他们躲过了风暴又遇上了雨么。"	
57	第108回	宝玉……忽然想起十二钗的梦来,便呆呆的退到自己的座上,心里想:"这十二钗说是金陵的,怎么家里这些人如今七大八小就剩了这几个。"	
58	第110回	贾琏道:"……老太太是在南边的坟地虽有,阴宅却没有。老太太的柩是要归到南边去的……"	
59	第111回	只见这个站在当地只管乱喊,家人中有一个眼尖些的看出来了,你道是谁,正是甄家荐来的包勇。	
60	第112回	贾政道:"……再有的在这里和南边置坟产的……"	
61	第114回	只见王夫人那边打发人来说:"……琏二奶奶没有住嘴说这些胡话,要船要轿的,说到金陵归入册子去。……"宝玉道:"这也奇,他到金陵做什么?"袭人轻轻的和宝玉说道:"你不是那年做梦,我还记得说有多少册子,不是琏二奶奶也到那里去么?"	
62		门上的进来回道:"江南甄老爷到来了。"……那甄老爷即是甄宝玉之父,名叫甄应嘉,表字友忠,也是金陵人氏,功勋之后。	

续 表

序号	回次	内　　容	备　注
63	第115回	只听外头传进来说："甄家的太太带了他们家的宝玉来了。"	
64	第116回	（宝玉）伸手在上头取了一本，册上写着"金陵十二钗正册"。……一面叹息，一面又取那"金陵又副册"一看……	
65	第119回	明日贾兰只得先去谢恩，知道甄宝玉也中了，大家序了同年。……（皇上）见第七名贾宝玉是金陵籍贯，第一百三十名又是金陵贾兰，皇上传旨询问，两个姓贾的是金陵人氏，是合贵妃一族。	
66		一日，人报甄老爷同三姑爷来道喜，王夫人便命贾兰出去接待。	
67	第120回	且说贾政扶贾母灵柩，贾蓉送了秦氏、凤姐、鸳鸯的棺木，到了金陵，先安了葬。	

在《红楼梦》一书中，按照出现频率来看，南京分别有"金陵"、"南京"、"南边"、"江南"、"江宁"、"石头城"等不同的名称，在使用上也有着明显的不同。金陵是南京历史上最负盛名的地名，《建康实录》载："越霸中国，与齐楚争强，为楚威王所灭，其地又属楚，乃因山立号，置金陵邑也。楚之金陵，今石头城是也。或云地接华阳金坛之故，故号金陵。"①《红楼梦》中使用"金陵"最多，也最为重要，第1回提及本书亦名《金陵十二钗》，同时在象征仙界的太虚幻境中，有《金陵十二钗正册》、《金陵十二钗副册》等具有预言意味的天书。在涉及书中人物籍贯时，也常有"金陵世家"、"金陵名宦"这样的文字出现，表现了曹雪芹心目中对金陵所具有的深厚感情。梅新林则进一步指出，曹雪芹在《红楼梦》中体现了浓烈的"金陵情结"，"反复重现于《红楼梦》中的'金陵情结'实为作者生命驱力与精神源泉的本质体现与艺术升华，从某种意义上说，没有'金陵情结'，也就没有《红楼梦》；没有如此强有力的'金陵情结'，也就不可能有如此充满生命激情与

---

① （唐）许嵩《建康实录》，中华书局1986年版，第2页。

精神内涵的《红楼梦》"①。

"南京"与"南边"在《红楼梦》中出现频率相当，两者多出现在书中人物的日常言谈中，如第 33 回贾母见宝玉被打，便赌气要带着宝玉回南京去。又如第 54 回贾母提起鸳鸯的父母都在南边，这一南边亦指南京，因贾府老宅在南京，所以贾府人口中常提到南边。在《红楼梦》中，"江南"这个更为广泛的地理概念在很多时候也是指南京，如贾府中人在提及甄家时往往会说"江南甄家"、"江南甄老爷"，而甄家在南京做官居住，这里的江南明显是指南京。江宁府是清代南京地区的行政建置，在第 13 回秦可卿丧事中，贾珍为了丧礼更为风光，替贾蓉捐官，在写履历时便使用了"江南江宁府江宁县"的文字。这份履历是呈报给吏部以填写官照所用，明显是正式的公文，曹雪芹在行文中无意间流露出一丝时代痕迹。至于石头城，原是孙权修筑的一处军事要塞，后成为南京的一个代称，在《红楼梦》中也仅出现在第 2 回贾雨村与冷子兴的交谈中，贾雨村口中的石头城即指南京城。

尽管《红楼梦》一书对南京使用了多种不同的称呼，但金陵是出现频率最高的，而且在其背后还隐含了曹雪芹对南京的特殊情感。它不仅是曹家繁盛历史的见证，更是曹雪芹精神上的故乡，它是现实的地理空间，也是超现实的精神空间。就《红楼梦》中金陵的意义指向来看，大致有三种：第一，它是《红楼梦》五种书名之一，"后因曹雪芹于悼红轩中批阅十载，增删五次，纂成目录，分出章回，则题曰《金陵十二钗》"②，与全书之主旨、寓意有着不可分割的联系。第二，金陵与书中人物家世相关。首先，金陵是贾府旧籍，贾府在金陵尚有老宅。其次，与贾家关系密切的保龄侯史家、都统制王家、紫微舍人薛家俱是金陵籍。从《红楼梦》表现贵族家庭没落这一主题来看，贾、史、王、薛金陵四大家族是勋贵阶层的缩影，金陵世家既是作者所怀念的，又是作者意识到无法改变其没落命运而深深哀悼的。作为贾府影子的江南甄家，亦是金陵籍，且为金陵

---

① 梅新林《〈红楼梦〉的"金陵情结"》，载《红楼梦学刊》2001 年第 4 辑。
② （清）曹雪芹著，无名氏续《红楼梦》，人民文学出版社 2008 年版，第 6—7 页。

显宦。从金陵十二钗的角度来看,作者以《金陵十二钗正册》以及《副册》、《又副册》等揭示她们的命运,金陵是她们在太虚幻境中的一种寓言性质的地理归属。第三,《红楼梦》中的金陵是一种沟通书内与书外,连接过去与未来,贯穿现实与幻想的存在,它是曹雪芹精神上的一个象征与高地,也是弥漫于整部《红楼梦》文本之中的一种浓郁而强烈的心理氛围,"有时你虽然未见'金陵'一词,但你却同样可以在'金陵'与'金陵'的间隙中强烈而真切地感受到它的存在"[1]。

二、《红楼梦》中的京都

在《红楼梦》一书中,与金陵相对应的城市就是那个"然朝代年纪、地舆邦国却反失落无考"的小说世界中的都城,它是贾府的现居地,也是故事发生的主要空间。全书 120 回,除去个别几回的内容是在都城以外展开的,《红楼梦》主要的叙事空间都集中在都城,而不是江南的金陵。与金陵明确的江南属性不同,书中的京都显得缥缈难寻,它在书中有许多不同的称呼,有些还造成了一定的困扰,给人一种都城不确指的印象。这里在检索全书的基础上,将书中涉及都城的不同名称以及出现频率列表如下:

名　　称	出现总次数
京(进京、回京、到京……)	94 次
都中	14 次
京里	9 次
长安	5 次
京中	3 次
京城	2 次
京都	2 次

---

[1] 梅新林《〈红楼梦〉的"金陵情结"》,载《红楼梦学刊》2001 年第 4 辑。

续 表

名　　称	出现总次数
西京	1次
神京	1次
都城	1次

在《红楼梦》中,使用最频繁的是"京"字,以及与之相连出现的"进京"、"回京"、"到京"等内容。"都中"与"京里"的说法在书中较为常见,其他"京中"、"京城"、"京都"的使用则比较少。在这些涉及都城的不同名称中,真正容易使人产生疑惑的是"长安"与"西京"这两种。长安出现在以下几回:

第6回:(刘姥姥)乃劝道:"……这长安城中,遍地都是钱,只可惜没人会去拿去罢了。"[1]

第17至18回:林之孝家的来回:"……(妙玉)因听见长安都中有观音遗迹并贝叶遗文,去岁随了师父上来,现在西门外牟尼院住着。"[2]

第56回:只见榻上少年说道:"我听见老太太说,长安都中也有个宝玉,和我一样的性情,我只不信。"[3]

第79回:香菱道:"……合长安城中,上至王侯,下至买卖人,都称他家是'桂花夏家'。"……香菱道:"他家本姓夏,非常的富贵。其余田地不用说,单有几十顷地独种桂花,凡这长安城里城外桂花局俱是他家的……"[4]

长安本是指汉代的都城,也就是今天的西安市,但在汉唐之后,在行文中以长安指称当时的都城也是非常普遍的现象,在《红楼梦》一书中,长安被用来指称文本中的本朝国都。具体到曹雪芹所处的

---

[1] (清)曹雪芹著,无名氏续《红楼梦》,人民文学出版社2008年版,第92页。
[2] 同上书,第234页。
[3] 同上书,第774页。
[4] 同上书,第1121页。

时代，这里的长安就是指清代的都城北京。但是由于书中长安数次出现，而且第 86 回薛蝌在呈给县衙的文书中说薛蟠是"本籍南京，寄寓西京"，便有一些研究者认为书中长安是指西安①。虽然西京在不同朝代所指各有不同，但其中以长安被称作西京最为著名，联系到书中屡屡出现的长安，似乎《红楼梦》中的都城就是指西安。

但此种说法完全站不住脚，甲戌本"凡例"明确说："书中凡写长安，在文人笔墨之间，则从古之称；凡愚夫妇、儿女子家常口角，则曰'中京'，是不欲着迹于方向也。盖天子之邦，亦当以中为尊，特避其东南西北四字样也。"②实际上，曹雪芹也说过《红楼梦》是"将真事隐去"，"然朝代年纪、地舆邦国却反失落无考"，借石头之口希望读者"只取其事体情理罢了，又何必拘拘于朝代年纪"。如果书中的长安真的是指西安的话，又存在着明显的漏洞。第 15 回王熙凤弄权铁槛寺中出现了长安县，此处离书中的京城"不过百里路程"，来旺儿"两日功夫"就来回一趟，假如长安是指西安，那么如何解释西安百里之内的这一长安县呢？虽然从西汉时就有长安县的建置，但其地素无县城，县署也一直在古长安城中，书中出现的长安节度使衙门也应该在城内，根本没有必要设置在离城百里之外的地方，而且在同一个朝代，国都与属县同用一个地名也是不大可能的。当前普遍认为《红楼梦》后 40 回不是曹雪芹原文，那么第 86 回出现的西京就值得玩味了，笔者认为，这并不是续作者误把前文出现的长安当作西安才用了西京一词，而是续作者了解曹雪芹在全书中对地舆的避讳以及故意模糊地理位置的苦心，所以在这段呈文中用西京与南京对举。其根据在于，书中多次涉及由南入都，或是由都赴南的描写中都有提及舟行的情况，这一点在前 80 回和后 40 回是一致的，说明续作者对书中的都城有明确的认识，它不可能是西安，因为古今皆不可能通过水路从西安到南京。

《红楼梦》中的这一都城，确实给人一种"烟云模糊"的感觉，造成这种现象的原因是作者曹雪芹的主观动机。在《红楼梦》的写作中，

---

① 如刘大杰《〈红楼梦〉的地点问题——并致俞平伯君》，载 1925 年 4 月 20 日北京《晨报副刊》之《艺林旬刊》。
② 陈庆浩《新编石头记脂砚斋评语辑校》（增订本），中国友谊出版公司 1987 年版，第 1 页。

作者屡屡强调自己是"用假语村言,敷演出一段故事来",书中的内容"无朝代年纪可考",也"并无大贤大忠理朝廷治风俗的善政"给读者看,希望读者"取其事体情理罢了",不要过分拘泥于其中。所以在全书中,作者对地理位置故弄玄虚,做了许多模糊处理,其中最为明显的就是对故事主要发生地京都的处理,留下许多疑问与不解,给故事人物与情节蒙上了一层面纱。甲戌本第1回在正文"至脂砚斋甲戌抄阅再评,仍用《石头记》"一段上有朱批曰:"若云雪芹批阅增删,然则开卷至此这一篇楔子又系谁撰?足见作者之笔,狡猾之甚,后文如此处者不少,这正是作者用画家烟云模糊处,观者万不可被作者瞒蔽了去,方是巨眼。"①脂批针对曹雪芹所说的"烟云模糊",正是曹雪芹在写作中刻意为之的一种行为。

《红楼梦》中的地点问题,较早就引起了人们的注意,虽然其中观点与主张颇多,但基本上可以肯定书中的都城就是指当时的北京。支持这一观点的研究者,有些是从自传说的角度出发,认为书中的都城是指曹雪芹从南京北返后一直居住的北京;有些则是从书中寻找线索,如以书中出现的西门、西城门、北门、北下门、兴隆街、鼓楼西大街、西廊、小花枝巷等地名入手,并结合清代北京地名加以推断;有些则从人物行迹出发,书中人物从扬州、南京等处入都,惯走水路,很少有陆行的描写。虽然对于弃船登岸的地点,书中往往作模糊处理,从来不明说其地,但结合当时的实际情况来看,直到曹雪芹生活的时代,利用运河北上的终点一直是通州的张家湾,这在明清时期的小说中也多有体现。具体到《红楼梦》中,这也是证明都城即是北京的线索之一,只不过由于作者的地舆避讳显得较为隐晦②。

在《红楼梦》中,都城与金陵始终是隐然相对的两座城市。一方面,作者对书中的南方地名,特别是南京从来没有任何避讳,虽然使用多种名称指称南京,但并无任何令人产生疑惑的地方,而且还出现了江宁府江宁县这样非常明确的清代地名;但对书中的都城,作者始

---

① 陈庆浩《新编石头记脂砚斋评语辑校》(增订本),中国友谊出版公司1987年版,第12页。
② 见张俊《〈红楼梦〉及其续书与明清小说中的张家湾——兼谈〈红楼梦〉之"地舆"避讳》,载《曹雪芹研究》2018年第2期。

终遮遮掩掩,竭力避讳出现"北京"的字样,以都城、长安等代称之,在单独使用"京"字时也多以上京、进京连用,从来没有出现过"北京"的踪迹。第 46 回凤姐说鸳鸯的父母在南京看房子,从不大上京,这里的"京"与"南京"相对,明显是指北京,但作者故意隐匿了"北"的踪影。"翻遍了全书,从来没有一个'京'字上有'北'字的,因为单提一个'京'字便相当的笼统,如说'北京',则标识了清代的首都。"①不仅是在"京"字之上避讳"北",在"北"字之下也从来没有出现过"京"字,第 7 回宝钗说起自己的冷香丸"从南带至北,现在就埋在梨花树底下",宝钗由南京北上入都,这一南一北,分明就是指南京和北京,"从南带至北,雪芹首次明点北京,仍是出北字时不出京字,出京字时不出北字,总令人容易滑过不觉,却又的的实实,不曾半点含浑"②。作者如此处理,正如甲戌本"凡例"所说,是"特避其东南西北四字样","是不欲着迹于方向也"③。这样的隐晦处理固然可能有多种深层历史原因,但又有着"欲盖弥彰"的一面,作者不仅经常以都城与金陵相对举,而且在书中时常出现一些与北京地名或完全相同,或稍有变异的街巷名。作者避讳直接出现"北京"的字样,又在小说中安排模糊的街巷地名,在掩饰故事发生地的动机下,又时时透露一些痕迹,这种故弄玄虚让人自然而然地联想到书中的都城即是北京。

《红楼梦》只是一部虚构的文学作品,把其中的都城确定为北京,既符合一般情理,也符合曹雪芹自身的经历。从一般情理上讲,小说中所描绘的贾府生活,所展现的上层贵族家族之间的关系网络,在古代只有都城可以为这些内容提供舞台。在曹雪芹的时代,这个都城只能是北京而不可能是其他城市,虽然书中朝代年纪是模糊的,但其中许多细节还是透露了比较明显的时代印记。从曹雪芹的自身经历来看,曹家在南京担任江宁织造多年,经历了一段较为辉煌的时期,其后抄家北归,开始了逐渐没落的过程。对成年以后的曹雪芹而言,在北京生活所感受到的"悲欢离合,炎凉世态"与过去金陵生活的"烈

---

① 启功《读〈红楼梦〉札记》,载《北京师范大学学报》(社会科学版)1963 年第 3 期。
② 周汝昌《石头记会真》,海燕出版社 2004 年版,第 771 页。
③ 陈庆浩《新编石头记脂砚斋评语辑校》(增订本),中国友谊出版公司 1987 年版,第 1 页。

火烹油,鲜花着锦"形成鲜明对比。作者站在北京回望南京,追忆过去的家族繁盛,又从南京审视北京,由悔恨再到醒悟,由一家之兴衰认识到整个封建贵族的衰败是不可挽回的局面。南京对他而言是"秦淮旧梦",代表着美好的往昔,而北京则是"燕市悲歌",凝聚着痛苦的现实,两座城市以各种或隐或显的关系在曹雪芹的生命中成为不可分割的两极,《红楼梦》中的京都与金陵,同样如此。

认为《红楼梦》中的京都就是与南京相对的北京,同样应该认识到它与真实地理概念上的北京并不是完全一致的。费尽心思去落实贾府坐落在何处,考究"京华何处大观园",就是走向了另一个极端。归根结底,《红楼梦》只是一部有着自传色彩的小说,而不是有着小说色彩的自传,其中或许有符合曹雪芹人生经历的内容,也必然有更多作者精心结撰的文字。大观园这一女儿世界的乌托邦,它明显有着超现实的成分,或许在它身上可以发现某些京城园林的影子,但也只是曹雪芹可能参考过某些现实生活中的园林而已。启功在《读〈红楼梦〉札记》中说曹雪芹是"运真实于虚构",恰恰说明了文学虚构与现实的关系。对于《红楼梦》中被称为京都的北京而言,它是有着现实背景的北京,并不是真实的城市图景,那种"按图索骥"去考据书中所写是北京何处的努力,明显误解了曹雪芹的良苦用心。胡适在1928年所作的《考证〈红楼梦〉的新材料》一文中针对俞平伯、顾颉刚讨论该书地点问题的通信写道:"平伯与颉刚对于地点问题曾有很长的讨论,他们的结论是'说了半天还和没有说一样,我们究竟不知道《红楼梦》是在南或在北'。我的答案是:曹雪芹写的是北京,而他心里要写的是金陵;金陵是事实所在,而北京只是文学的背景。"①胡适的这一结论,恰是对这一问题最符合作品实际的解答。

第二节 《红楼梦》中的北京书写

一、虚像与实像:空间移置之后的北京生活

在《红楼梦》一书中,金陵南京与都城北京以贾府旧籍与现居地

---

① 胡适《胡适红楼梦研究论述全编》,上海古籍出版社2013年版,第154—155页。

的空间关系发生了联系。对于贾府中人来说,金陵是南方的故乡,据书中第4回护官符所写,贾家除了宁荣亲派八房在都以外,金陵原籍居住者还有十二房,是一个人口众多的大家族。第2回贾雨村在与冷子兴的交谈中,曾描述了自己见到的金陵贾府老宅景象:"街东是宁国府,街西是荣国府,二宅相连,竟将大半条街占了。大门前虽冷落无人,隔着围墙一望,里面厅殿楼阁,也还都峥嵘轩峻;就是后一带花园子里面树木山石,也还都有蓊蔚洇润之气。"①可以想见当年宁荣二府在金陵钟鸣鼎食一般的生活,可以说,旧籍金陵代表着贾府辉煌的过去。对于这种辉煌的往昔岁月,贾府人的追怀在书中也有所体现。第16回贾元春晋封凤藻宫尚书,加封贤德妃,皇帝准其回家省亲,贾府迎来了再度显耀门庭的"恩典",赵嬷嬷与王熙凤说起过去在金陵接驾时的风光场景:

  凤姐笑道:"若果如此,我可也见个大世面了。可恨我小几岁年纪,若早生二三十年,如今这些老人家也不薄我没见世面了。说起当年太祖皇帝仿舜巡的故事,比一部书还热闹,我偏没造化赶上。"赵嬷嬷道:"嗳哟哟,那可是千载希逢的!那时候我才记事儿,咱们贾府正在姑苏扬州一带监造海舫,修理海塘,只预备接驾一次,把银子花的淌海水似的!说起来……"凤姐忙接道:"我们王府也预备过一次。那时我爷爷专管各国进贡朝贺的事,凡有外国人来,都是我们家养活。粤、闽、滇、浙所有的洋船货物都是我们家的。"

  赵嬷嬷道:"那是谁不知道的?如今还有个口号儿呢,说'东海少了白玉床,龙王来请江南王',这说的就是奶奶府上了。还有如今现在江南的甄家,嗳哟哟,好势派!独他家接驾四次,若不是我们亲眼看见,告诉谁谁也不信的。别讲银子成了土泥,凭是世上所有的,没有不是堆山塞海的。'罪过可惜'四个字竟顾不得了。"凤姐道:"常听见我们太爷也这样说,岂有不信的。只纳罕他家怎么就这么富贵呢?"赵嬷嬷道:"告诉奶奶一句话,也

---

① (清)曹雪芹著,无名氏续《红楼梦》,人民文学出版社2008年版,第26页。

不过拿着皇帝家的银子往皇帝身上使罢了! 谁家有那些钱买这个虚热闹去?"①

在面对即将到来的省亲盛事时,贾府人自然而然地回忆起过去在南方接驾时的盛大场面。甲戌本在这一回的回前评写道:"借省亲事写南巡,出脱多少心中忆昔感今。"②对于这句话的理解,应从小说中的情节与现实世界的曹家历史两方面来看。从小说情节来看,都中的贾府虽然尚且维持着贵族生活的体面,但在外人看来却是"百足之虫,死而不僵","虽说不及先年那样兴盛,较之平常仕宦之家,到底气象不同。如今生齿日繁,事物日盛,主仆上下,安富尊荣者尽多,运筹谋画者无一;其日用排场费用,又不能将就省俭,如今外面的架子虽未甚倒,内囊却也尽上来了"③。所以,过去"银子花的淌海水似的"接驾,不仅是如今的贾府人回忆往昔的盛事,更是怀念过去的豪奢。从现实世界曹家历史来看,在任职江宁织造期间,曹家数次在康熙南巡的过程中接驾,曹雪芹虽然没有经历这段自己家族鼎盛的时期,但他却感受了家族没落以后的清贫与困苦,在这样的背景下,活跃于家族人记忆里的往昔故事也让他追怀过去的金陵旧事。所以,《红楼梦》中贾家、王家乃至甄家的接驾都有着曹家的影子,甲戌本 16 回甄家一句旁的脂批"甄家真是大关键、大节目,勿作泛泛口头语看"④,正是点出了与贾府对应的甄家所具有的某些深层寓意。

在《红楼梦》的研究史上,自传说一直是绕不过去的一环,虽然自传说研究的理路与方法等仍有不少争论,但不能否认自传说有一定的合理之处,对于我们所讨论的《红楼梦》的南北书写也有一定的意义。以曹雪芹的人生经历来看,不论其生于康熙五十年(1715)乙未,还是雍正二年(1724)甲辰,雍正六年抄家北返时不过只是个十四五岁的少年,赶上的也只是曹家辉煌的末期。曹家北返以后,再也没有

---

① (清)曹雪芹著,无名氏续《红楼梦》,人民文学出版社 2008 年版,第 209—210 页。
② 陈庆浩《新编石头记脂砚斋评语辑校》(增订本),中国友谊出版公司 1987 年版,第 267 页。
③ (清)曹雪芹著,无名氏续《红楼梦》,人民文学出版社 2008 年版,第 26 页。
④ 陈庆浩《新编石头记脂砚斋评语辑校》(增订本),中国友谊出版公司 1987 年版,第 281 页。

恢复过去的元气,到了曹雪芹创作《红楼梦》的时期,生活更是穷困潦倒,以至于到了"举家食粥酒常赊"的地步。回忆是人的天性,当处在京都生活冷峻现实中的曹雪芹回忆金陵的时候,带来的是两种不同的体验:一种是过去物质上的富足以及生活上的自由,另一种则是经历丧父、抄家等变故,家道中落所带来的现实生活的巨大变化以及精神上的创伤。所以,"曹雪芹的'童年情结'具有快乐与忧伤的双重内涵,以及不堪回忆又不时回忆的两重意向"①。

在曹雪芹的精神世界里,金陵的位置太重要了,这里是曹家兴衰的转折点,也是曹雪芹人生经历的转折点。在现实世界里,曹家的由盛而衰是在金陵,而在《红楼梦》的虚构世界中,贾府的由盛而衰却是在京都。如果我们把小说中的贾府视作现实世界里曹家的影子的话,就会发现从现实生活到文学文本,作者设计了一次空间的移置,将现实生活中经历变化的城市金陵在小说中置换作了京都,将现实空间里的金陵移置成为叙事空间中的京都。这样,在《红楼梦》文本中,京都与金陵以现居地与旧籍的关系发生联系,而以曹家的经历来看,京都贾府的生活则是金陵曹家生活的一个投射。应当说明的是,小说中的贾府与现实中的曹家并不对等,但曹雪芹塑造的贾府与曹家有着某种相似性,这种相似不在于家庭人物、建筑起居等的一一对应,而在于无法摆脱的盛极而衰的命运。如果说曹雪芹的经历以及从家族人口中听到的曹家往事是一种实景的话,《红楼梦》中京都贾府的生活则是一种虚景,但这种虚景的生成有赖于以实景作为基础。同时,在作者的构思中,京都的贾府与金陵的甄府又构成了一种虚实关系,京都的贾府是虚景,金陵的甄府是实景,甄家不仅在小说中与贾府保持着密切的关系,甄家被抄家治罪更是贾府抄家的一个前奏,脂批提醒读者注意甄家是"大关键、大节目"恰恰体现了作者构思的高超。

曹雪芹在情感上更倾向于金陵,所以《红楼梦》中贾府的没落是在京都,这样就避免了小说文本中的金陵再次"经历"没落与衰败的过程。这一空间移置,起到了更好地服务主题的作用。从石头红尘

---

① 梅新林《〈红楼梦〉的"金陵情结"》,载《红楼梦学刊》2001年第4辑。

历劫这一主题来看,无才补天的石头在神界"自怨自愧,日夜悲哀",当他听到一僧一道议论"红尘中荣华富贵"的时候,便难忍寂寞,"不觉打动凡心,也想到人间去享一享这荣华富贵",主动要求下凡到红尘中去。在红尘历劫主题中,人间往往比神界更为快乐,这是诱使神界中人思凡的原因。而在《红楼梦》中,它具体表现为"富贵场"与"温柔乡",一僧一道表示要把石头带去"那隆盛昌明之邦,诗礼簪缨之族,花柳繁华地,温柔富贵乡去安身立业"。从这一主题的实现来看,将叙事空间设置在都城无疑具备最为明显的优势,以贾府为代表的京城贵族群体是地方城市难以企及的"富贵场",而因京都贾府而存在的大观园以及其中的众多女儿则代表了与之对立的"温柔乡"。

《红楼梦》的另一大主题是贵族家庭的挽歌,作者"把以贾府为代表的贵族家庭由盛转衰的必然命运纳入过去、现在、未来的历史之流中加以立体、全面地展现,因而具有强烈的历史沧桑感"①。但我们也应该注意到,为这一过程提供活动舞台的是王朝的国都,而不是南方的金陵。从这一点上来看,京都就具有了典型环境的意义,作者将叙事空间设置在国家的政治中心,背景更为广阔,也更具有典型意义与代表性。在这样的典型环境之中,作者所写的贵族家庭是伸入到政权体系上层的贵族家庭,生活在都城的宁荣二府权势显赫,元妃赋予了贾家外戚的身份,而贾府日常生活中往来的也不乏郡王、公侯一类的人物,以贾府为核心,曹雪芹描绘了京城上层贵族之间复杂的关系网。同时,远在京城的贾府对地方事务也有所干涉,第4回贾雨村审案中出现的护官符,恰恰体现了以贾府为首的四大家族对金陵地方官场的影响,地方官为了自己的前途,在涉及四大家族的案件上也只能办"糊涂案",第15回王熙凤弄权铁槛寺,同样是贾府对地方官司干涉的直接体现。尽管从过去来看,宁荣二府有着辉煌的往昔,如今也依仗着贾元春在宫中为妃而与一般官宦人家不同,但其衰败的气象已然在管理、经济、教育等方面显现出来。第5回荣宁二公对警幻仙姑的嘱托更是体现了先人对后代子孙的深深哀叹:"吾家自国朝定鼎以来,功名奕世,富贵传流,虽历百年,奈运终数尽,不可挽回者。

---

① 梅新林《红楼梦哲学精神》,华东师范大学出版社2007年版,第367页。

故遗之子孙虽多,竟无可以继业。"①不仅后代子孙没有可以振兴家业之人,第7回焦大的一番醉骂更是揭露了贾府后人龌龊不堪的一面。在这个表面堂皇富丽的贵族家庭背后是千疮百孔无可挽回的颓败命运。京都作为空间背景的典型意义在于,它为贾府等京城贵族提供了一个活动的舞台,作者把贾府一家之腐败罪孽以及内外爆发的种种危机作为一个标本,揭示了旧时代末世中贵族家庭由盛而衰之命运的不可避免。由贾府延展开去,任何一个贵族家庭,都无法避免在数代人之后的盛衰变化。这种命运是先验的,带有天道之命的意味,更是曹雪芹的血泪经历与深度思考之后对尘世人生的一种真切体悟。

二、从听闻者到参与者:文学重塑与心理补偿

以曹雪芹的个人经历来看,曹家辉煌鼎盛时他尚未出生,这一阶段只存在于他的记忆之中,而这种记忆极有可能也是源自他人的讲述。《红楼梦》第16回,王熙凤自述:"可恨我小几岁年纪,若早生二三十年,如今这些老人家也不薄我没见世面了。说起当年太祖皇帝仿舜巡的故事,比一部书还热闹,我偏没造化赶上。"或许正可以看作曹雪芹本人因没有经历家族风光过往而产生的遗憾。引起曹家最终衰败的抄家,曹雪芹是有着切身经历的,但曹家的没落又绝不仅仅是由于抄家所引起的,其中必然有着多方面隐伏已久的问题,最终导致曹家从此一蹶不振。对于这些深层的问题,少年的曹雪芹恐怕既没有经历也不会意识到,因为对当时还是少年的他而言,留在他心目中的只是抄家北返所带来的巨大心理创伤。

金陵是曹雪芹童年的梦,他不断回望、追忆过去的岁月,"秦淮风月忆繁华"有着强烈的向心力。同时,金陵又是繁华梦断的地方,对比当下"燕市哭歌悲遇合"的艰难处境,回忆金陵意味着触动内心深处的伤口。弗洛伊德曾反复强调童年经历对一个人的重要性,"儿童期的印象和经验对人的发展过程有着意想不到的重要作用"②,同时,

---

① (清)曹雪芹著,无名氏续《红楼梦》,人民文学出版社2008年版,第79—80页。
② 王嘉陵编译《弗洛伊德文集》,东方出版社1997年版,第14页。

童年时代的精神创伤也往往是一个人无法抑制的生命冲动。金陵是曹雪芹童年情结的代名词,它在地理上指向南方的精神故乡,在时间上指向过去的盛衰变化,曹雪芹反复在精神与心理上返回金陵,又屡屡陷入其所带来的快乐与忧伤,以及不堪回忆与反复回忆之间的痛苦而难以解脱。由童年创伤所带来的生命冲动便具体指向了两个层面:一是不能经历过往而渴望经历过往,了解家族往昔的欲望;二是由现在的艰难处境回想家族繁盛往昔,对于最终的没落衰败所产生的惋惜感与愧疚感,并由此催生渴望"补天"的欲望。

当曹雪芹将回忆的空间金陵拉回到现实的空间北京以后,他通过《红楼梦》对京城贵族贾府由盛而衰的书写完成了一次"再体验"的过程。这种"再体验"与通过他人口述或文字记录了解过往的过程与结果是不同的,它凝聚了主体自身的思考与创造。对于曹雪芹而言,家族的过往同时意味着鼎盛与衰败,也意味着璀璨与黯淡,这种记忆的形成既有曹雪芹自己所经历的,也有得自他人的部分。而这些因素构成的记忆对于成年以后的曹雪芹而言是不完整的,是带有某种缺憾的,这种不完整与缺憾来自他所没有经历的部分。在《红楼梦》一书中,他以石头下凡及其俗界化身贾宝玉为中心,让作为贾府第四代的贾宝玉感受了这个贵族家庭最后的一抹斜阳之后又经历了家道衰落的变故。《红楼梦》中的贾府不完全是现实中的曹家,只是曹家在曹雪芹虚构世界里的投影,但是,曹雪芹以文学的方式完成了一次对自身经历的重塑。它不是以实写实,因为曹雪芹本人对"实"的了解是间接且残缺的,它是以实写虚、以虚就实,以虚构的贾府盛衰变化弥补了想要了解自家盛衰变化的渴望,又以一家的盛衰预示了传统末世整个贵族阶层不可挽回的颓败之像。导致贾府衰落的原因不一定完全契合真实的曹家衰落之原因,但这其中蕴含了曹雪芹在自身经历基础上的思考。诗礼簪缨的贾府在宁荣二公之后,子孙不外乎贾政这样有德无才以及贾赦、贾珍这样既无才又无德的子孙。曹雪芹笔下贾府的种种危机,以及家族中"安富尊荣者尽多,运筹谋画者无一"的尴尬处境,是曹雪芹对处于末世的贵族家庭难以逃脱衰落命运的揭示,也是他在思考之后的切身感触。在这种文学重塑的过程中,曹雪芹以虚构的写作实现了身份的转换,从过去的听闻者变成了参与者。对家族的往昔变迁,对其中隐伏的忧患,他以虚构的方式实现了"再体验",而这一过程的实现是在现实生活空间的北京与文本中作为叙事背景的北京的交互中完成的。现实生活空间的北京以世情冷暖与人生困苦触动了他反复回望的欲望与动力,而文本空间中的北京则承载了他对家族往昔从追忆到再现再到反思的心路历程,实现了他"再体验"的欲望,也在一定程度上消解了在不堪回忆与反复回忆之间挣扎所带来的痛苦。

在与曹雪芹熟识的敦敏、敦诚兄弟笔下,金陵常出现在与曹雪芹有关的诗歌中。"梦"、"旧家"、"秦淮"等文字屡屡出现,"扬州旧梦久已觉"、"废馆颓楼梦旧家"、"秦淮旧梦人犹在"、"秦淮旧梦忆繁华",或许在他们与曹雪芹的交往中,曹雪芹反复提起过金陵旧家的记忆。当我们把贾宝玉看作是曹雪芹的影子时,往往过分关注贾宝玉的离经叛道精神。在贾府没落的过程中,贾珠早亡,贾宝玉在第四代人中间本应担当起复兴家业的重任,然而他本人却极度厌恶仕途经济之类的言谈,沉浸在大观园的"温柔乡"之中,仿佛家庭盛衰与他没有任何关系。对曹雪芹而言,曹家的衰败与他没有直接关联,抄家时还是少年的他不可能发现多年隐忧,也不具备在当时挽回命运的能力。但当他成年以后,在反复回忆起金陵旧家与旧梦的时候,不可能不对家族的败亡感到忧伤,血缘深处的羁绊足以让他对曹家的衰落产生深深的悔恨。虽然他在《红楼梦》中已经认识到这一过程是无法避免的,其中既有天道命运的不可抗拒,也有大家族自身的经营艰难。但作为本就人丁不旺的曹家后人,在中国传统的社会环境中,个体与家庭以各种各样的关联紧密联合在一起,"如果个体依赖的整体分崩离析,那么个体也就皮之不存,毛将焉附了"①。所以,曹雪芹在描写贾府的过程中既冷峻地认识到其衰落的不可避免,又为这一过程感到惋惜、哀叹。身处北京现实困苦之中的曹雪芹,自然会因为无法挽救家道中落以及无力复兴家业而产生心理愧疚感,并为之忏悔。《红楼梦》第1回作者自云:"自欲将已往所赖天恩祖德,锦衣纨绔之时,饫甘餍肥之日,背父兄教育之恩,负师友规训之德,以至今日一技未成、半生潦倒之罪,编述一集,以告天下人。"②正

---

① 王政《论曹雪芹文化心理层面的深刻矛盾》,载《汕头大学学报》1987年第1期。
② (清)曹雪芹著,无名氏续《红楼梦》,人民文学出版社2008年版,第1页。

是曹雪芹本人真实心态的流露。

　　对于处在这种心理状态中的曹雪芹而言，记忆与现实交织所带来的缺失与痛苦引起了心理上的失衡，文学重塑的过程对他来讲起到了心理补偿的作用。通过写作这一过程，作家内心深处的缺失得到了弥补，痛苦得到了缓释。人生遗憾如果在现实生活中无法得到补偿，就必然会导向精神层面，在文学活动中以审美想象的方式实现补偿。具体到曹雪芹的《红楼梦》来看，曹雪芹为全书设置了石头下凡历劫的神话结构，而石头原初是女娲补天未用，遗弃在青埂峰之下的，它"因见众石俱得补天，独自己无材不堪入选，遂自怨自叹，日夜悲号惭愧"。补天是中国传统儒家使命意识的最高体现，它代表了儒家所信奉的价值观与世界观，对于曹雪芹而言，无材补天更为具体的对应则是生于家族末世，而又无法在存亡绝续之际为家族带来改变，并由此产生深深的悔恨与自责。客观上来看，生活在南京时期的少年曹雪芹并没能力发现隐伏的问题，也不具备改变命运的能力，而在创作《红楼梦》的过程中，他开始尝试着去揭示自己认为可能存在着的问题以及某种解决的方式。但从一开始，他就明确以石头的神话预示了这种尝试最终并不能解决家族衰落的现实状况。石头下凡在俗界的化身贾宝玉并不是振兴贾府的关键人物，相反，一开始一僧一道就明确说带石头下凡是到"温柔富贵乡去安身立业"。贾宝玉抓周时只抓脂粉钗环，被其父视为"将来酒色之徒耳"，就是贾宝玉一生的基本写照。石头因无材补天而渴望入世，但在世间的石头也即贾宝玉既无材补天也无力补天，这一趟人间历程注定不是以振兴贾府为己任，而唯有经历一番盛衰变换，才能认识到红尘乐事的不能永远依恃，"究竟是到头一梦，万境归空，倒不如不去的好"。

　　在以文学方式重塑自我世界的过程中，曹雪芹心理深处由于家族衰落又无能为力而产生的愧疚感得到了一定的释放。虽然他不一定真正清楚自家衰落的具体原因，但在描写贾府由盛而衰的过程中，他开始思考某些具有普遍意义的内因，第2回冷子兴演说荣国府所提到的几种问题就是一种具体的表现。从传统的意义上来看，男性是天生就具有补天使命的群体，贾府的命运也掌握在这些人手上，但在小说中，从贾敬到贾赦、贾政，再到贾珍、贾蓉等几代人，或是有德无才,或是既无才也无德,而贾宝玉又天然地对富贵场持抵触的态度,转而走向温柔乡之中,贾府面临无人维系的现状。曹雪芹在这一过程中感受到了曾经想感知的危机,也尝试提供解决之道,他意识到男性的补天无望,转而将希望寄托在女性身上。第13回秦可卿托梦王熙凤让她早做准备,"此时若不早为后虑,临期只恐后悔无益了",她提出在坟茔附近购置地产,已经表现了女性对家族表面繁华背后隐忧的预知。而王熙凤协理宁国府与第56回敏探春兴利除弊等情节,进一步表现了女性在治家理政方面的优势。不同于男性的空谈文章性理,这些女性更为注重实际的利益,探春对大观园的承包改革就是最直接的表现。"金紫万千可治国,裙钗一二可持家",依靠女性治家或许尚有可为之处,但将挽救家道颓败之势的希望寄托在家族女性身上则是不切实际的。依附于男性的女性本身是不自由的,大观园中的姐妹同样难逃或嫁人或死亡的命运,在那个悲剧的模式里,她们的命运早已注定,即便有补天之才,也无法改变命运的悲剧。

对曹雪芹而言,他在移置之后的空间中,以文学方式重塑了自己所理解与认识的家族盛衰之变。在贾府这个大家族里,贾宝玉无材补天的命运是预设的,同时他也拒绝补天的使命;贾府其他男性只顾自己享乐,无暇顾及家势的变化;敏感的女性率先意识到衰败的先兆,也表现出了某种治理的才能,但其自身悲剧命运以及身份的限制注定了她们的无能为力。在这种文学重塑的过程中,曹雪芹心理上的缺失得到了一定程度的弥补,内心深处的愧疚感与悔恨感也得到了一定的释放。他最终还是认识到,在那个时代,像曹家这样的家庭走向衰败是不可避免的,先验而神秘的天道命运也是不可抗拒的。当曹雪芹回忆金陵旧家的时候就已明白,自己并不具备补天的能力,而传统的补天方法,已然无法实现其目的。

三、"京华何处大观园":处于多重纠葛中心的大观园

在《红楼梦》一书中,曹雪芹笔下的京城贾府生活中最为关键的一个核心就是大观园。从成书的时代直到当下,大观园一直都是《红楼梦》研究中一个无法回避的问题,或争其实有抑或虚无,或争其在

北京抑或南京。大观园之所以如此重要,是因为它在全书主题揭示以及展现作者思想等方面有着不可替代的作用。当我们从书外回归书内,结合南北等因素来看的话,可以发现,大观园在书中处于多重纠葛的中心。

清代是中国传统造园的集大成阶段与总结期,康熙与乾隆的南巡对京城皇家苑囿影响颇大,北京的皇家园林越来越多的吸收了南方园林艺术。同时,清代宗室王公没有就藩的要求,皆在京中居住,所以清代北京聚集了大量王公贵族府第,这些府第中的私家园林数量相比明代增加了许多,私家园林已经成为京城贵族宅邸中不可或缺的一项内容,而且在功能上也越来越多元化[①]。从造园这一层面看,曹雪芹笔下的大观园集中体现了康乾时期京城贵族私家园林的各种特色,在第17回大观园试才题对额的描写中,已对大观园整体风貌有了初步的介绍。作为预备元妃省亲而准备的别院,大观园比一般园林更为精丽豪华,其中山水皆备,各处建筑风格多样,甚至预备了寺庵与道观,这恰恰反映了清代京城园林功能多元化的一面,它不仅是供人游赏之处,还兼具了观戏、居住、读书、礼佛等多种功能。对于当时已是外强中干的贾府来说,元妃省亲带来回光返照的一段短暂辉煌,而为了修建大观园无疑又耗费了大量家财,以至于元妃也说:"以后不可太奢,此皆过分之际。"可以说,大观园于贾府而言,是夕阳中的一抹余晖,书中后半部分贾府的没落与大观园的冷清与衰落是相始终的。大观园代表了贾府这样的京城贵族所达到辉煌的顶峰,也注定是其颓败的开始。

之所以认为大观园在书中处于多重纠葛的中心,可以从这样几个方面来看。首先,大观园在书中是神凡纠葛的中心。在书中,凡间的大观园与神界的太虚幻境有明显的对应关系,脂批在第16回已经提及大观园的重要性,甲戌本回前评说:"大观园用省亲事出题,是大关键处,方见大手笔行文之立意。"[②]而庚辰本则有"大观园系玉兄与

---

① 褚兆文《中国园林史》,东方出版中心2008年版,第294页。
② 陈庆浩《新编石头记脂砚斋评语辑校》(增订本),中国友谊出版公司1987年版,第267页。

十二钗之太虚幻境,岂可草率?"这样的夹批①。甲戌本第5回在描写太虚幻境景致的内容旁有夹批:"已为省亲别墅画下图式矣。"②再结合贾宝玉在大观园中似曾相识的感觉等书中内证,余英时认为"大观园便是太虚幻境的人间投影。这两个世界本来是叠合的"③。从这个意义上来说,大观园是处于神凡纠葛的一个中心,它与太虚幻境有着内在的关联,在人间则为太虚幻境中册上有名的女子提供了一个暂居的人间空间。余英时认为这是一个理想世界,一方面它以"温柔乡"的清静世界与外部"富贵场"的恶浊相对应,体现了作者曹雪芹本人对女性阴柔世界的礼赞。同时,也与第1回作者所表白为闺阁立传的主题相呼应:"今风尘碌碌,一事无成,忽念及当日所有之女子,一一细考较去,觉其行止见识,皆出于我之上。何我堂堂须眉,诚不若彼裙钗哉?实愧则有余,悔又无益之大无可如何之日也!……我之罪固不免,然闺阁中本自历历有人,万不可因我之不肖,自护己短,一并使其泯灭也。"④大观园确实为这些女性提供了一个放飞性灵、展现自我的理想空间。

其次,这一理想世界由于与太虚幻境的关联,又具有很明显的虚幻性,"不论大观园在曹雪芹笔下,如何生动,如何精雕细琢,终究是空中楼阁、纸上园林"⑤,其所对应的理想世界也终究会有倒塌的一刻。从某种意义上来看,大观园兼具乌托邦与异托邦的意义,从其对应太虚幻境的虚幻性来看,它是乌托邦,从其对应义本中的贾府大观园的建筑、山水来看,它又是异托邦。大观园"独立、超然于现实,同时又与现实场所共存于同一种文化"⑥,在乌托邦概念提出者福柯看来,"异托邦最古老的例子也许就是花园。……花园作为距今已有千年历史的非凡创作,在东方有着极其深刻且可以说是多重的含义"⑦,

---

① 陈庆浩《新编石头记脂砚斋评语辑校》(增订本),中国友谊出版公司1987年版,第282页。
② 同上书,第122页。
③ 余英时《红楼梦的两个世界》,上海社会科学院出版社2006年版,第35页。
④ (清)曹雪芹著,无名氏续《红楼梦》,人民文学出版社2008年版,第1页。
⑤ 宋淇《〈红楼梦〉识要——宋淇红学论集》,中国书店2000年版,第15页。
⑥ 葛永海、张莉《明清小说庭院叙事的空间解读——以〈金瓶梅〉与〈红楼梦〉为中心》,载《明清小说研究》2017年第2期。
⑦ [法]福柯著,王喆译《另类空间》,载《世界哲学》2006年第6期。

《红楼梦》中的大观园可谓是最佳的例证。

在神凡纠葛之外,大观园亦是南北纠葛的中心。在《红楼梦》中,北京是以贾府为核心的贵族家庭的现居地,而金陵在书中则是以四大家族为首的世家大族的旧籍。同时,在书中具有重要地位的女性群体中,特别是在太虚幻境中进入金陵十二钗正册、副册、又副册中的女性,其家乡皆是金陵,而其现居地亦是北京。虽然林黛玉、香菱等人籍贯明显不是金陵,但曹雪芹设想了一种"大金陵"的图景,把与其家族关系密切的扬州、苏州都纳入了其构思的"金陵十二钗"体系之中。对于书中众多女儿而言,京都与金陵构成一对南北相互对应的城市,而南北纠葛的中心则是坐落于京都贾府的大观园。

处于南北纠葛中心的大观园,在书中有三重意义。首先,从叙事的角度来看,它是一个有着聚合作用的叙事空间,大观园本因元妃省亲而起,但如果仅作为元妃省亲的别墅一次性使用便失去了真正的价值。从元妃准许宝玉、黛玉等人进园居住开始,它逐渐发挥了聚合的作用,将太虚幻境册上注名之女子聚合到一个相对集中又封闭的空间内居住。在这个作者精心构筑的庭院空间内,众女儿们度过了最为安逸的一段时间,其性格、才智等个性内容得到了极大的彰显,就连潇湘馆、稻香村、蘅芜院等建筑的环境也折射出居住者的性格。可以说,大观园作为一个理想的世界,给了众女儿相对自由的一个生活空间。其次,大观园为这些女性提供了一个暂时的庇护所与安全区。大观园之内的世界与大观园之外的世界是相对立的,对于贾宝玉与园中居住的女孩子而言,"大观园外面的世界是等于不存在的,或即是偶然存在,也只有负面意义。因为大观园以外的世界只代表肮脏和堕落"[1]。尽管曹雪芹与书中的贾宝玉都不想让外界侵入大观园,对园中女孩的生活产生影响,但他们都清楚大观园不可能完全与外面的世界割断联系,更何况正是外面的世界才保证了大观园的存在。当元妃、贾母等与贾府命运关系密切的"保护者"相继离世,贾府也逐渐步入末路,这些女孩命运中早已注定的部分就开始不可阻挡地变成现实了。第三,大观园因为与太虚幻境的对应关系,处在神凡

---

[1] 余英时《红楼梦的两个世界》,上海社会科学院出版社2006年版,第38页。

纠葛的中心,同时,因为金陵十二钗等女子在园内的居住,大观园又处在南北纠葛的中心,这两重纠葛相互缠绕。金陵十二钗等女子在人间的家乡是金陵,而她们被载入太虚幻境中的册子,也就意味她们的命运早已有了固定的轨迹。其后王熙凤患病时吵着要归金陵入册子,就已说明这些女子命运轨迹的终点是金陵,这里的金陵并不是指地理上的金陵,而是指太虚幻境中的"金陵"。这样看来,在这些女性命定的人生轨迹中,大观园作为一个暂时的生活空间,既连接着现实人生的故乡,又与她们最终的寓意性归宿相联系。大观园是她们在红尘中命运的一环,也是启动她们最终命运的一环,她们生命的美好在这里呈现,她们生命的毁灭也在这里实现。

第三节 《红楼梦》中的金陵书写

一、从假(贾)到真(甄):江南甄家的世界

"将真事隐去","用假语村言",是《红楼梦》的基本写法,也与曹雪芹的艺术构思关系紧密。整部《红楼梦》以真(甄)、假(贾)导入,结尾又以真假来作结,可以说,该书是"始于'假作真时真亦假',终于'假去真来真胜假',可谓是伏脉千里、首尾呼应。真(甄)与假(贾)构成了《红楼梦》一书一暗一明两条相互交错、缠绕的主线,起着维系全文、联通人事的作用"[1]。在这一真假(甄贾)体系中,包含了甄士隐与贾雨村以及京都的贾府与江南的甄府两个层面,其中甄士隐与贾雨村"实质上就是贾宝玉固有的'石'、'玉'二重精神——神性与俗性亦即出世与入世精神的象征与导师"[2]。从作者的真假观来看,京都的贾府与江南的甄府在真假(甄贾)体系中更具有现实意义,作者以一种互为倒影、双向勾连的方式,让书中的两家以各种微妙的关系联结在一起,其中隐含着创作背景以及生活素材等多方面的因素。

《红楼梦》中的江南甄府在作者的构思中应当有着非常重要的地

---

[1] 赖振寅《甄真贾假〈红楼梦〉》(上),载《红楼梦学刊》2000年第3辑。
[2] 梅新林《红楼梦哲学精神》,华东师范大学出版社2007年版,第50页。

位,第 2 回冷子兴与贾雨村演说荣国府,甲戌本在"钦差金陵省体仁院总裁甄家"一段上有眉批:"又一个真正之家,特与假家遥对,故写假则知真。"①贾雨村曾在甄家处馆,在说及甄宝玉需要女儿陪伴方能读书时,甲戌本侧批:"甄家之宝玉乃上半部不写者,故此处极力表明,以遥照贾家之宝玉。凡写贾宝玉之文,则正为真宝玉传影。"②据此两处脂批来看,甄(真)家与贾(假)家是一种对应关系,"写假则知真"意味着写贾家即是写甄家,换言之,写甄家也是写贾家,两家之间是一种一而二、二而一的关系。此外,甄宝玉与贾宝玉之间又是一层对应关系,此即彼,彼即此,而且从脂批看来,在曹雪芹的原构思中,下半部会有甄宝玉较多的内容,所以先于此处点明。

在《红楼梦》中,贾、王、史、薛这四大家族俱是金陵籍,但从书中的描写来看,这四家中有现职或承袭先人爵位的后人基本都住在都中,在金陵居住的只是一部分家人,可能多是没有现职或是在家族关系中不属于亲派的房分。这样看来,虽然以贾家为首的四大家族与金陵关系密切,但金陵意味着他们的过去,而京都对他们而言才是现在以及可能的未来。与这几家人不同,甄府则恰恰相反,甄家在金陵做官,现任"钦差金陵省体仁院总裁",这本是虚拟的官衔,但其中钦差二字体现了甄家与皇帝的特殊关系。而且第 16 回赵嬷嬷在讲述"当年太祖皇帝仿舜巡"的故事时提到独有甄家接驾四次,同样体现了甄家与皇室之间非同一般的关系。

从甄家接驾四次,以及脂批的揭示来看,人们很容易把甄家与现实生活中的曹家对应起来,康熙南巡六次,其中四次都有时任江宁织造的曹家人参与。曹家因康熙南巡而盛极一时,也由于各项花销所造成的亏空最后落得抄家北返的结局,"曹雪芹家败落的真正原因在于经济上的侵挪帑银。造成大量亏空的根源则在康熙南巡以及由此带来的内廷无底止的需索"③。这样,从现实生活中的曹家到书中金陵的甄家再到京都的贾家,就形成了一条关系脉络,甄家在书中的重

---

① 陈庆浩《新编石头记脂砚斋评语辑校》(增订本),中国友谊出版公司 1987 年版,第 49 页。
② 同上。
③ 黄进德《曹雪芹家败落原因新探》,见吴新雷、黄进德著《曹雪芹江南家世丛考》,黑龙江教育出版社 2000 年版,第 241 页。

要意义自不待言。

在作者的构思中,江南的甄家与京都的贾府是一种互为倒影、双向勾连的关系,而这种关系又有着过去、现在、未来等不同的指向。从过去来看,甄家与贾家似乎是联系紧密的亲属关系,第2回冷子兴就说:"这甄府和贾府就是老亲,又系世交。两家来往,极其亲热的。"但这种亲属关系具体是怎样的,作者并没有明确交代。从现在来看,四大家族皆以京都为现居地,而以金陵为旧籍,在书中是以一种"北为主,南为辅"的方式生活,屡屡在京都的现实生活中出现南方金陵的影子。而甄家则正好相反,他们是金陵人氏,又在金陵做官,"是个富而好礼之家",但他们又与京都生活关系密切,以一种"南为主,北为辅"的方式生活。甄府虽在南京居住、做官,但他们在京都有自己的宅院,第57回写王夫人带宝玉到京都甄府拜会,"见其家中形景,自与荣宁不甚差别,或有一二稍盛者"。据第56回所写,甄家大小姐与二小姐应当是嫁到了都中,并时常得到贾府的关照。远在江南的甄家与贾家财物往来也比别家更为频繁,第7回通过王熙凤向王夫人回话提及甄家送了东西来,贾府则送了回礼让甄家进鲜船带回南方。第16回贾蔷下姑苏采办女孩子等,赖大提到江南甄家还收着贾府五万银子。第56回甄夫人进宫朝贺,给贾府送礼:上用妆缎蟒缎十二匹,上用杂色缎十二匹,上用各色纱十二匹,上用宫绸十二匹,官用各色缎纱绸绫二十四匹。第64回贾敬之丧,贾珍说江南甄家送了打祭银五百两。第71回,贾母过寿,"送寿礼者络绎不绝",共有十六家送了围屏,"内中只有江南甄家一架大屏十二扇,大红缎子缂丝'满床笏',一面是泥金'百寿图'的,是头等的",贾母特意交代要把这架留下。第75回邸报上有了甄家被抄家的消息,王夫人处"才有甄家的几个人来,还有些东西,不知是作什么机密事"。第107回则通过贾母之口说贾府还收着江南甄家的"几两银子",可见甄家在抄家之际向贾府转移了一部分财产。通过甄府与贾府之间的财物往来,不难发现甄家与贾家之间超乎寻常的关系,相互之间常有礼物馈送,而且甄家在贾母寿诞时所送礼物的精致与华丽超过了京中王侯。在抄家之际向贾府转移财产,更是说明了甄家与贾家的关系不同一般。从未来看,甄府的处境与命运是贾府的先兆,庚辰本第71回甄家送围屏一句旁有夹批："好，一提甄事。盖真事将显，假事将尽。"①已经有了某种预言的意味。第74回抄检大观园时，探春道："你们别忙，自然连你们抄的日子有呢！你们今日早起不曾议论甄家，自己家里好好的抄家，果然今日真抄了。"②

第75回通过尤氏说出邸报上甄家犯罪，抄没家私，调取进京治罪的命运。没过了多久，第105回抄家的厄运就降临在了贾府头上，而此前关于甄家抄家的描写即预示了贾府必然会被抄家的命运。同时，在续作者的笔下，第114回甄应嘉被赐还世职，甄府再度复苏，又预示了贾府最后"沐皇恩贾家延世泽"的结局。续作者这样的安排是否符合曹雪芹的原意，这里不做讨论，但这种处理的方法倒是再一次印证了甄家的命运对贾府命运的先导与统摄作用。

在作者的笔下，京都贾府是金陵旧家，金陵的老宅隐约浮现着贾府过去的往昔，对应着贾府往日的勋业。金陵对贾府而言，指向故乡旧籍，指向昔日的辉煌，但这一层是隐性的，它更像是一层漂浮在贾府宅院之上的云烟。对于贾府而言，京都不仅是现居地，更是贾府现今处于京城上层贵族地位的体现，贾府全部的关系网都依托于此。与之相反，金陵甄府则是现阶段的金陵显宦、江南世家，虽然甄家京城也有住宅，但江南的金陵才是甄府的主场，书中人也皆以"江南甄家"称之。不同于京都贾府的显性呈现，书中甄府的生活是隐性的，作者只以极少的文字描写甄府，但却凸显了其不同一般：甄府虽不是公侯世家，但却与朝廷保持着密切的联系，不仅有进鲜船向皇帝进献时令鲜物，上京之后还有进宫朝贺的机会；甄府实力不俗，京城与金陵两处都有豪华的宅院，与贾府不相上下，送给贾府的礼物更为精贵；甄府与贾府关系非同一般，有大宗财物往来，两家互相照应。凡此种种，无疑都在塑造金陵甄家这样一个典型的南方巨宦家庭。从全书表现贵族家庭没落这一主题来看，贾府反映了京城上层贵族不可挽回的没落之态，而金陵的甄府作为一种"陪衬"表现了地方巨宦瞬间的祸福变幻。在作者看来，在那样一个末世时代，贵族与巨宦、

---

① 陈庆浩《新编石头记脂砚斋评语辑校》（增订本），中国友谊出版公司1987年版，第653页。

② （清）曹雪芹著，无名氏续《红楼梦》，人民文学出版社2008年版，第1030页。

京城与地方,都难以逃脱没落与衰败的命运,这种犹如天道般的命运阴影并不只是笼罩在几家京城公侯身上。

曹雪芹在《红楼梦》中对金陵有一种执着的迷恋,尽管贾、王、史、薛等都可以视作金陵世家,但这是一种过去的光辉。而金陵的甄家则不同,它有一种更为强烈的现实意义,它在书中是当代的金陵大家巨宦,作者只用有限的笔墨描绘便给人以无限的遐想。就甄家的意义来看,它的确与贾府互为倒影、双向勾连,而在文本之外又牵扯曹家的某些历史。但从另一个角度来看,甄家又有着独立的意义,它是作者对金陵记忆的间接凝结,虽然贾府是作者直接与主要表现的内容,但由于作者甄真贾假、虚虚实实的写法,间接的似乎才是云雾背后的真正主角。

甄家最为重要的是甄宝玉这一形象,他与贾宝玉同样是倒影般的人物,二人不仅性格几乎一致,外貌也让人难分彼此。在甄府遭遇抄家变故之前,甄宝玉与贾宝玉几乎是同一个人,但在抄家之后,甄宝玉发生了质的变化。第 115 回甄、贾宝玉第一次在现实空间内相见,二人都有一种似曾相识,素知对方为人的感觉。但在彼此的试探之下,甄宝玉已经走向了文章经济一途,走入贾宝玉称作禄蠹的群体之中。其实早在第 93 回,包勇就曾交代过甄宝玉变化的情况,他大病一场,自言"走到一座牌楼那里,见了一个姑娘领着他到了一座庙里,见了好些柜子,里头见了好些册子。又到屋里,见了无数女子,说是多变了鬼怪似的,也有变做骷髅儿的"①。这里所写明显是指太虚幻境,甄贾宝玉都有了游历太虚幻境的经历,但结果并不同。甄宝玉在太虚幻境见到女子变幻成鬼怪、骷髅,正是宗教与小说中常见的套路,让人经历此一番变化来意识到红尘之变化无常与不可迷恋,所以自此不再厮混于姐妹中间。而经历抄家之变,使他领略了世道人情之艰难,意识到"那些大人先生尽都是显亲扬名的人,便是著书立说,无非言忠言孝,自有一番立德立言的事业,方不枉生在圣明之时,也不致负了父亲师长养育教诲之恩"②。可以说,至此甄宝玉变成了一个彻底的忏悔者形象,抛弃了自己过去的"迂想痴情",开始走上了家

---

① (清)曹雪芹著,无名氏续《红楼梦》,人民文学出版社 2008 年版,第 1290 页。
② 同上书,第 1533 页。

人与社会都认可的道路。我们站在当时的时代来看,这也确实是最有可能复苏家业的道路。贾宝玉之所以游历太虚幻境,是因为警幻仙姑受荣宁二公委托,"以情欲声色等事警其痴顽,或能使彼跳出迷人圈子,然后入于正路"。警幻自己也要贾宝玉"万万解释,改悟前情,留意于孔孟之间,委身于经济之道",但又导之以歌舞与云雨之事,实际上并未让宝玉有所改变,反而促使他更快从"富贵场"退入"温柔乡"之中。似乎可以这样认为,甄宝玉入太虚幻境达到了贾宝玉所没有达到的效果。对于甄、贾宝玉的分化,从神性与俗性的分化、真我与伪我等多方面解释,皆有一定的合理之处,如果我们从作者开头所表达的"背父兄教育之恩,负师友规训之德"的忏悔心态来看,甄宝玉的改变不正是一个忏悔者在那个时代所能做出的最有可能的"洗心革面"吗?当然,后四十回的作者仍有争论,我们也很难说后四十回中的甄宝玉形象符合曹雪芹的原设想,但也不能否定这种可能性的存在。面对同样的幻境警醒与经历抄家等现实变故,甄、贾宝玉的分化体现了两种不同的"醒悟",甄宝玉经历人生的惨痛之后走向更为深入的现实人生,而贾宝玉则在万境归空的梦醒时刻撒手红尘,完成历劫使命之后回归本源。

二、回不去的故乡:金陵与归乡情结

《红楼梦》中的金陵,是一座时隐时现的城市,在江南的它看似缥缈、遥远,但又时常出现在生活在京都的人们口中。书中人与金陵最为直接的联系,在于金陵是许多人共同的故乡。贾、王、史、薛四大家族俱是金陵籍,四家主要人物虽然都在京中居住,但在故乡金陵仍有不少亲属。特别是第2回贾雨村描述中的贾府金陵老宅,虽然门前冷落,但仍然难掩"葱蔚洇润之气"。书中也曾说过鸳鸯的父母在南京看房子,可以想见,虽然贾府主要家眷都在京都,但金陵既有老宅也有仆人,似乎是一个随时可以回去的地方。第33回贾政教训宝玉,贾母护孙心切,便威胁贾政要带了儿媳妇和孙子立刻回南京去,就是这种情形的体现。

在贾、王、史、薛四大家族之外,还有一个极为特殊的群体也以金

陵为故乡,那就是太虚幻境中列入"金陵十二钗"的女子。第 5 回贾宝玉梦游太虚幻境,在薄命司看到贴有各省地名封条的大厨,一心只拣自己家乡的封条看,见到了《金陵十二钗正册》以及《副册》与《又副册》。按照警幻仙姑所说,《正册》所收为"贵省中十二冠首女子",《副册》《又副册》则"又次之",其他"庸常之辈",则"无册可录"。贾宝玉在《又副册》中看到晴雯、袭人、香菱三人的判词,而《正册》则收有薛宝钗、林黛玉、元春、探春、史湘云、妙玉、迎春、惜春、王熙凤、巧姐、李纨、秦可卿十二人的判词。依照警幻的说法,入册的人都应该是金陵之人,只有如此才符合"金陵十二钗"的名目。但比照书中交代这些女子的身世来看,有一些人并不是金陵人,或者也没有交代其具体的籍贯信息。如袭人本是贾府的婢女,就第 19 回写袭人家的情况来看,其母、兄,几个外甥女、侄女皆在京中居住,似乎应当是京中人,亦有可能是作为仆人举家随主人从金陵迁至京都居住。香菱本是甄士隐的女儿英莲,第 1 回已交代其家居住在姑苏,自然应是苏州人。又如妙玉,第 17 回林之孝家的也曾说明她"本是苏州人氏"。林黛玉之父在扬州任巡盐御史,随后死于扬州任上,第 12 回昭儿向凤姐回话时提到贾琏与林黛玉送灵到苏州,从灵柩归乡安葬的习俗来看,林黛玉可能是苏州人。又如秦可卿,第 8 回曾说其父秦业因无女儿所以从养生堂抱养了一儿一女,女儿也就是秦可卿,这样看来秦可卿的身份与籍贯似乎是个谜。对于这些没有交代清楚籍贯,又或者籍贯明显不是金陵的女子来说,她们入选"金陵十二钗"未免有些牵强。

对于这一问题的解答,应当从两个方面来看。第一,金陵是现实地理层面的故乡,但其概念又被作者曹雪芹放大了。在《红楼梦》中实际上有一个大金陵的概念,作者把苏州甚至扬州都纳入了金陵的范畴中。脂批在第 1 回"当日地陷东南,这东南一隅有处曰姑苏"一句旁批曰"是金陵",作者明明说是姑苏,为何批者要说是金陵。从脂砚斋与作者的熟悉程度来看,这应当不是笔误,而是批书人知道曹雪芹的真实想法,苏州极有可能只是金陵的一个化身而已。同样,扬州亦是如此,姑苏、扬州只不过是作者故意设置的一种迷雾,它们都可以归到大金陵这样一个范畴中去。此外,第 16 回说到过去太祖皇帝南巡的故事时,赵嬷嬷曾说"贾府止在姑苏扬州一带监造海舫,修理海塘,只预备接驾一次",可见贾府与姑苏、扬州也有一种密切的关系。在这种背景下,曹雪芹将姑苏、扬州纳入大金陵的地理范畴内就很容易理解了。第二,金陵是具有归宿寓意的神话层面的"故乡"。对于进入"金陵十二钗"册子中的女性而言,册上的判词是她们一生命运的预示,而归薄命司管辖则进一步暗示了"千红一窟"、"万艳同杯"的主题。但这种命运的前定,又似乎预示着这些女子是从太虚幻境下凡历劫,在经受了世间女性的命运历程之后又回到了太虚幻境中那个称作"金陵十二钗"的体系之中。第114回,病重的王熙凤要船要轿,"说到金陵归入册子去",这里的金陵既可以视作是王家在南方的故乡金陵,也可以说是太虚幻境那个神话层面中的"故乡"。对于那些没有交代清楚籍贯,以及籍贯并不是金陵的女子来说,不论她们在现实人生层面的故乡是不是金陵,她们最终要以死亡的方式回到天上的"金陵"中去,完成一次完整的从出发到回归的旅程,金陵就是这一带有神话意味的旅程的终点。

对于《红楼梦》的作者曹雪芹而言,金陵在空间上指向南方,在时间上指向过去。这是一个矛盾的意象,它代表着曹家半个世纪的鼎盛,又见证了曹家的衰败,站在北方、现在的曹雪芹不断将视线投向南方与过去,现实生活的苦楚与冷峻让它对金陵产生了无限的渴望,这种远距离的聚焦使他不断追忆童年的美好。可以说,尽管曹家并不是祖辈金陵人,但多年的南京宦居生活以及深刻的童年记忆,让曹雪芹把金陵视作具有现实与精神两重意义的故乡。由此,我们可以认为,曹雪芹心中有一种浓郁的归乡情结,它指人对于故乡的追忆与回想,在心理上把故乡塑造成熟悉而温馨的记忆,进而激发了归乡的强烈欲望,而其最终结果又可以依情况不同发展成实际的归乡与精神上的归乡。这是一种现实人生中常见的情感状态,游子在长期漂泊之后,意识到故乡的可贵与可亲,于是踏上了归乡之路。这是一个历史悠久的文学母题,思乡与归乡往往相伴而生,在各种各样的文学体裁中都有所表现。成年之后的曹雪芹生活在北京,其生活之贫困在其友人敦敏、敦诚的诗歌中常有表现,敦诚在《寄怀曹雪芹》一诗中云:"劝君莫弹食客铗,劝君莫扣富儿门。"在现实的重压之下,曹雪芹似乎已经动了做食客、求助于富儿的念头,这种现实生活的困窘恰恰是激发人归乡情结的最直接动力。在敦氏兄弟涉及曹雪芹的诗歌中,"衡门僻巷愁今雨,废馆颓楼梦旧家""秦淮旧梦人犹在,燕市悲歌酒易醺""燕市哭歌悲遇合,秦淮风月忆繁华"等诗句都是以秦淮旧梦对应北京现实生活的艰辛不易。这种梦是对童年生活的追忆,更是对故乡的一种呼唤。但归乡并不是那么简单,它还涉及如何归乡等各种问题,对于曹雪芹本人而言,南京既没有自家宅院,也没有可以接纳自己的家人,它是一个遥远而陌生的故乡,实质上也是一个既无法回去也不能回去的故乡。他没有能力回到南京,目前也没有任何有力材料证明曹雪芹曾回到过南京,同时,那个南京是物是人非、世事无常的见证,回忆的美与痛都和它交织在一起,回去的曹雪芹依然无法解决现实的困扰与精神上的悔恨与挣扎。

面对故乡金陵,曹雪芹处于归乡与无法归乡的矛盾之中,最终不能实现实际归乡的夙愿。而在《红楼梦》中,金陵同样是似乎触手可得,但又无法"归去"的故乡。对于贾府而言,金陵是家族的故乡,尽管贾府人嘴上常提起金陵老家来,但从书中的情节来看,前八十回中主要人物基本没有归乡的活动,仅有第16回贾蔷下姑苏采办,曾到金陵甄家支取过银子。如果结合后四十回来看的话,我们可以这样说,归乡并不是生者的行为,在《红楼梦》中它是专属于亡灵的。第120回写道:"且说贾政扶贾母灵柩,贾蓉送了秦氏、凤姐、鸳鸯的棺木,到了金陵,先安了葬。贾蓉自送黛玉的灵也去安葬。"可见,生前无法归乡,死后的贾母、秦可卿、王熙凤等人以亡灵的方式回到了南方的故乡。《红楼梦》中的金陵除去南方的地理意义上的故乡之外,它还是具有神话形态的寓意式的故乡,而回到这一故乡的方式,也只有死亡。第5回死去的秦可卿成为第一个以死亡方式回到太虚幻境的金陵十二钗中的一员。第98回林黛玉魂归离恨天,也意味着绛珠仙草一生眼泪流尽,偿还了灌溉之德,了结此案回到神界。第114回鸳鸯在秦可卿诱导下投缳自尽,同样被解释为归入太虚幻境掌管痴情司。可见,这些进入金陵十二钗册子里的女子,从神界出发,在红尘历劫之后,又以死亡的方式回到了出发地,完成了一个循环。不论是回到南方的故乡,还是回到天上的故乡,都是以死亡的方式来实现的,无疑为归乡这一夙愿染上了浓重的悲剧色彩,这与作者自己在现实生活中对于归乡的实际感受有着直接的关联。现实生活中曹雪芹的归乡情结与无法归乡的实际境遇，在《红楼梦》文本中演化成一种以死亡方式回归人间故乡与天上故乡的文学想象，或许在这一过程中，曹雪芹本人的归乡情结也得到了一种悲情式的释放，实现了一种精神上的归乡。

三、从具象到抽象：意象化的金陵

在《红楼梦》之前的通俗小说中，作者笔下的城市形象往往是具体而形象的，其中常有街巷地名、城市地标或者与城市有关的民俗活动的出现，呈现在读者眼前的是一种可感的城市图景。如果读者恰好有过相应的城市生活经验，自然会由作者所描绘的城市形象勾起回忆、产生共鸣。而在曹雪芹的《红楼梦》中，这一延续了许久的传统被打破了，我们并不否认北京与南京在曹雪芹生活记忆中的重要性，以及在《红楼梦》文本中的重要背景意义，但也要承认这不是一部典型意义上的城市小说，它并不以描绘城市景象为己任。尽管《红楼梦》中金陵出现的频率非常高，但读者难以在其中发现涉及金陵城市生活具体的事物，它给读者的是一种既熟悉又陌生的形象。

从曹雪芹的现实生活，到《红楼梦》的文本世界，从南京到北京，从金陵到京都，一南一北两座城市连接起了回忆与现实以及生活与虚构，而金陵在其中的统摄作用是毋庸置疑的。但在《红楼梦》的文本时空中，金陵的城市形象发生了变异，它经由曹雪芹的处理，从具象的形象演变成抽象的形象，所以，《红楼梦》中的金陵是一种意象化的城市形象。它所包含的范畴明显大于曹雪芹生活时空中的那座南方都市，它凝聚了历史与现实、回忆与虚构、忏悔反思与挣扎超脱、现实故乡与精神故乡等多重意味，是曹雪芹匠心独运的城市意象。

现实生活中的金陵对曹雪芹之所以重要，是因为它与曹家的兴衰历史相关联。作为皇帝家奴的曹家在江宁织造任上达到了一种相对而言的权势高峰，康熙南巡让曹家经历了一段"烈火烹油，鲜花着锦之盛"。曹家的兴盛还体现在文化层面，曹寅以个人良好的文化素养融入以金陵为中心的江南文化圈中，与江南文人学者多有交往，其主持刊刻《全唐诗》《佩文韵府》也堪称一时韵事。尽管曹寅与江南文人,特别是遗民的交往可能有清廷笼络南方文人的需要,但从客观上来看,这也是曹家历史上的一段文化高峰。这种权势高峰与文化高峰的背后,又隐含着现实的尴尬,其民族身份难以归属,钦差身份名高而实卑,几次接驾造成巨大的经济危机,让曹家因此一败涂地。当居住在北京,生活于困顿之中的曹雪芹回忆这段家族历史的时候,曹家的兴衰变化与历史时空中的金陵产生了共鸣。六朝旧事、王谢故家是人们所津津乐道的金陵历史,但六朝的兴衰更替与旧家的兴废无常又彰显了金陵城市文化品格变迁与流逝的一面。金陵的历史文化带给人的就是一种难以排解的惆怅与感伤,这种城市印象、历史情绪与曹雪芹的人生情绪交织在一起。在历史与现实的反复纠葛中,金陵旧家贾府的衰落烙印上了一种历史宿命感,个人的金陵记忆与历史的金陵记忆完成了对接,《红楼梦》中的金陵是一种弥漫了历史感伤情绪的城市意象。

　　曹雪芹笔下的金陵来自童年的回忆,来自跨越时空的远距离聚焦,它在空间上遥远朦胧,但在心灵上又亲切可感。回忆中隐藏着作者童年的快乐与忧伤,在不断回望金陵的心路之旅中,在与现在的时空对比之中,曹雪芹虚化与改造了自己的记忆,以文学重塑了记忆:隐去曹家世代包衣的奴仆身份,改造为一代王朝的勋爵世家;隐去曹家由汉入满的旗籍变化,改造为表面模糊内涵清晰的汉民族本根和汉文化本位;隐去曹家内务府官员外任织造的卑微地位,改造成权势煊赫交通王侯的京师豪门;隐去曹家兴衰系于皇室的政治背景,改造为对贵族家庭的内部观照[①]。这种虚化与改造既符合曹雪芹的创作思路,也是金陵城市形象从具象到抽象的基本演变轨迹。这一改造模糊了真实的金陵城市情景,赋予它背景与起点的意味。因此,《红楼梦》中的金陵是一种虚实交织、时空交错的城市意象。

　　对曹雪芹的成长来说,金陵是一种复合且复杂的记忆,它不仅代表着快乐的童年,也因为抄家北返的经历意味着一种与旧生活的断裂。回望金陵是幸福的,因为它温馨而舒适,回望金陵同时又是痛苦

[①] 刘上生《〈红楼梦〉的真甄假贾和曹雪芹的创作情结》(上),载《红楼梦学刊》1996年第3辑。

的,因为它直接导向了现在的潦倒与没落。在回忆的痛苦往复之中,曹雪芹内心产生了忏悔的意识,他自述欲将"背父兄教育之恩,负师友规训之德"的"我之罪"写出来,又在这一过程中表现出了某种程度的反思,既是对自家衰败内外原因的思索,也通过贾府这一上层贵族构建了一个文化典型,揭示了整个贵族阶层所不可挽回的没落命运。回忆本身是苦乐交织的,甚至有时候痛苦占据了上风,对于自己笔下的贾府,曹雪芹一面揭开其华丽外表背后的罪孽,昭示钟鸣鼎食之家内部隐伏的种种危机,意识到它在末世之中必然衰微的命运,一面又在理性审视之外对它抱有深深的惋惜。一面在今昔对比中以金陵之盛否定京都之衰,一面又在今日的困顿中更加怀恋昔日的繁盛。自始至终,曹雪芹都在这种矛盾的心理中挣扎,《红楼梦》的写作以一种悲剧的结局让作者在一定程度上超脱了出来。神话式的开头,石头以及金陵十二钗等下凡与回归,消解了一部分悲剧因素,归于一种传统的空幻结局。《红楼梦》以金陵始,又以金陵终,这一意象背后是曹雪芹的忏悔与挣扎。

金陵是曹雪芹的现实故乡,它与祖籍意义完全不同,不论他祖籍是辽阳还是丰润,都是一种死的历史。金陵则完全不同,它是曹家四代人的共同记忆,是一种鲜活的当代历史,也是塑造曹雪芹心理的全部世界。从现实的曹家故乡南京,到《红楼梦》中的贾府故乡金陵,这种对故乡的复杂感情是一以贯之的。同时,金陵也是曹雪芹精神上的故乡,它是曹雪芹记忆时光里的美好,是他心理世界所追寻的归宿与寄托,太虚幻境中的"金陵"则是一种寓意性的精神故乡。从现实世界的归乡不得到《红楼梦》中以死亡的方式完成地理意义的归乡与精神意义的归乡,对故乡强烈的向往衬托了现实故乡的难寻,曹雪芹深刻地表现了现实故乡的遥远与精神故乡的缥缈。金陵作为故乡既是现实的,又是精神的,既充满愉悦欢快,又是一种需要以美好的毁灭方能到达的地方,归乡越复杂、痛苦,越能凸显金陵在书中的丰富意味。

总之,在曹雪芹的笔下,金陵呈现的是一种丰富复杂的城市形象,它既有历史积淀又充满现实意义,它不仅具有哲思的韵味,也饱含人生的体悟。从实到虚,从具象到抽象,曹雪芹以自己的血泪浇筑了一个前所未有的金陵意象。

第七章　醉心于江左烟霞：
《儒林外史》中的人文南京

　　曹雪芹终其一生都以一种向往的心态回望南京,却又始终不能回到那个魂牵梦绕的城市,而吴敬梓则要幸运得多,自雍正十一年(1733)移家南京始,到乾隆十九年(1754)病逝于扬州,他人生的后半段基本是在南京度过的。吴敬梓虽以寓客身份"寄居秦淮水亭"①,但在心理上早已融入这座城市,他热爱南京的风土人情,诗文作品中留下不少吟咏南京名胜的篇章,由23首诗歌组成的《金陵景物图诗》就是其中的代表之作。更为重要的是,在他倾注心血,为百年士林作传的小说《儒林外史》中,南京被赋予了重要的意义,全书56回中就有23回的内容发生在南京,俨然形成了全书的一个"中心"。同时,在政治中心北京与文化中心南京的对比之中,吴敬梓的天平也是毫无疑问地倾向南京。曹雪芹以远距离的回忆作为出发点,《红楼梦》中的金陵缥缈悠远,是一种弥漫于字里行间挥之不去的情绪,而吴敬梓以自己的生活经历为基础,构筑了丰富而又形象可感的南京城市形象。可以说,吴敬梓的《儒林外史》是以文人群体为核心,对南京全方位的立体呈现,是明清小说对南京城市情景展现最为生动的一部作品。

---

①　(清)吴敬梓著,李汉秋校注《吴敬梓集系年校注》,中华书局2011年版,第343页。

第一节 《儒林外史》中的南京
与城市文人生活

吴敬梓笔下的南京,涵盖了城市生活的众多方面,从自然环境到风土人情,从文化生产到娱乐消费都有所涉及。吴敬梓在《儒林外史》中以文人群体为主角,而这一群体的生活在当时已然与城市密不可分,他们与传统意义上的文人有了鲜明的差异,不仅在心理上不排斥城市的五光十色,反而乐于享受城市生活所带来的各种便利与乐趣,可谓是一种城市化的文人群体,南京对他们而言具有人文乐土的意义。

一、《儒林外史》中的南京"舆地志"

吴敬梓对南京感情颇深,在《移家赋》中盛赞南京是"金陵佳丽,黄旗紫气,虎踞龙盘,川流山峙"[①],而这种深厚的感情源自多年的南京寓居生活在他身上留下的深深烙印,这既是吴敬梓创作《儒林外史》的内心情感根由,也是赋予书中南京城市情景真实感的生活基础。吴敬梓在《儒林外史》中,描绘了南京的自然景观、人文景观以及城市街巷,从真实地理空间的角度构筑起一个完整而立体的城市形象,以文学书写的方式形成了一部南京"舆地志"。

《儒林外史》中出现了众多江南市镇,对这些市镇的自然风光也有所表现,如第 8 回写二娄回湖州途中行船所见水景,第 14 回写马二先生游览杭州景致等。但与书中出现的南京自然景观相比,差异又十分明显,如第 14 回马二先生游西湖,几乎占了一回的篇幅,可是透过马二浑浑噩噩的眼神,原本秀丽的风景与富庶的城市风光变得呆板而无趣。作者用"跑"字来形容马二的游历过程,黄小田在评点中也称其为"跑西湖",雅致全无。吴敬梓笔下的南京城市风景明显不

---

① (清)吴敬梓著,李汉秋校注《吴敬梓集系年校注》,中华书局 2011 年版,第 8 页。

同,作者不仅较为集中地描绘了南京的自然风物,而且处处透着灵动与韵味。自然风光作为客观物象,对它的审美体验与个体的差异有着密切关联,与马二先生看西湖风光不同,南京的山水自然与城市文人群体的生活息息相关,它不仅为文人活动提供了空间,文人也在山水之间感悟美、获得心灵上的安逸与舒适,这也是南京吸引文人寓居的一个重要因素。在之前的章节,我们曾讨论过南京这座城市的独特之处,山水城林融为一体的特殊城市格局让繁华与寂静、城市建筑与山水自然有机地结合在一起,使南京的城市生活同时具有了闹与静、雅与俗的双重属性。

在自然景观方面,《儒林外史》主要写了雨花台与清凉山两处南京山林,它们是久负盛名的南京名胜。书中第29回有萧金铉等邀杜慎卿去雨花台游览的情景。雨花台地处南京城南,"在城南聚宝山,据冈阜最高处,俯瞰城闉。旧传梁武帝时,云光法师讲经台上,天为雨花,故名"①。第55回又写开茶馆的盖宽与邻居到南门闲逛,二人来到雨花台绝顶,"望着隔江的山色,岚翠鲜明,那江中来往的船只,帆樯历历可数。那一轮红日,沉沉的傍着山头下去了"。雨花台毗邻繁华的聚宝门一带,又因地势之故,可以眺望城内外景致,是南京登高游览的不二之选:"升其巅,远挹江峰,近俯城堞,烟霏雾霭,万景毕纳。《丹阳记》云:江南登览之地三,此其一也。每当重阳佳节,都人士辄于此为龙山会云。"②而登高之后的开阔视野又容易让人产生感慨与万千思绪,自然景致与人物心灵之间实现了某种互动。杜慎卿见农夫观落照,发出"菜佣酒保都有六朝烟水气"的感慨,是全书对南京城市文化气质的第一次揭示,而盖宽登高时南京城中的群贤早已风流云散,雨花台上所见的落日正如天目山樵在夹批中所说:"才见东升又看西没,自古以来几千万年日日如此,无人理会,却被淡淡一语提出。圣贤豪杰,俱当痛苦。"③留给读者的是无限遐思以及个人在历史长河中的渺小感与沧桑感。

---

① (明)陈舜仁《(万历)应天府志》卷21,明万历刻增修本。
② 陈乃勋辑述《新京备乘》,东南大学出版社2014年版,第25—26页。
③ (清)吴敬梓著,李汉秋辑校《儒林外史汇校汇评》,上海古籍出版社2014年版,第671页。

在雨花台之外，书中还写到了南京西部的清凉山。第 33 回写初来南京寓居的杜少卿携妻子游览清凉山，"一边是清凉山，高高下下的竹树；一边是灵隐观，绿树丛中，露出红墙来，十分好看"；第 55 回又写裁缝荆元去清凉山访友，"这清凉山是城西极幽静的所在"，友人于老者在这里造园居住，"那园却有二三百亩大，中间空隙之地，种了许多花卉，堆着几块石头。老者就在那旁边盖了几间茅草房，手植的几树梧桐，长到三四十围大"，一派世外田园的景色。雨花台地处繁华的南京城南，映入登临者眼中的是都市的五光十色，而清凉山处在较为寂静的城市西部，呈现在登临者眼中的是闹中取静的静谧世界，似乎与山名遥相呼应。在这个幽静的山林世界中，酒醉之后的杜少卿携妻之手登山，惹得众人侧目，在家乡时的沉郁心情被一扫而光，其性格中洒脱奔放的一面被激发出来，这也是杜少卿醉心于南京生活的开始。

在对南京山色的描绘上，吴敬梓偏重表现其静谧清幽的一面，而在南京水景的呈现上，则体现了一种富丽与清雅结合的独特美感。南京作为江南都会，城市内外水系颇为发达，《儒林外史》集中描写了由东向西贯穿南京的内秦淮河以及城西的莫愁湖与城北的玄武湖。秦淮河是南京城内最为重要的水系，"城里一道河，东水关到西水关足有十里，便是秦淮河"。它既具有水运交通的功能，又因为流经富庶繁华的南京城南而成为一条重要的城市景观河，在南京市民生活中扮演着重要的角色。吴敬梓本人寓居秦淮河畔，对迷人的水色与绚烂的灯火非常熟悉。

刘汉光先生曾在《〈儒林外史〉的意象式结构——以江湖与祠庙为中心》一文中指出书中的湖意象包含着丰富的内涵，而全书出现的五处湖泊意象中，位于南京的就占了两处。莫愁湖位于南京西部，在"三山门外，昔有妓卢莫愁家此，故名"①，"湖中盛植莲花，红白相间，夏秋之间，风景尤佳"②。第 30 回杜慎卿等人在此组织莫愁湖湖亭大会，品评梨园子弟。在书中出现的几次文人聚会中，这场莫愁湖湖亭大会在排场和热闹程度上都属于佼佼者。《儒林外史》对秦淮河与莫

---

① （明）陆应阳《广舆记》卷 2，清康熙刻本。
② 陈乃勋辑述《新京备乘》，东南大学出版社 2014 年版，第 26 页。

愁湖的描绘抓住了其喧嚣与热闹的一面,尤其是莫愁湖大会,更是书中文人雅集少有的大场面。与此前滑稽的莺脰湖之会、酸腐的西湖诗会相比,莫愁湖大会不仅体现了名士的风流雅致,更表现了南京自然景致与城市文人生活之间的密切关联,凸显了南京城市生活中繁华与恣情任性的一面。玄武湖则是另一面的代表,其位于南京城北太平门外,明代用作黄册库,禁止百姓入内,而且明清时也并无赐湖于人的记载,但第35回却写皇帝将玄武湖赐于庄绍光:

这湖是极宽阔的地方,和西湖也差不多大。……湖中间五座大洲:四座洲贮了图籍,中间洲上一所大花园,赐与庄征君住,有几十间房子。园里合抱的老树,梅花、桃、李、芭蕉、桂、菊,四时不断的花。又有一园的竹子,有数万竿。园内轩窗四启,看着湖光山色,真如仙境。①

吴敬梓的这种虚写笔法,当与庄绍光的人物形象塑造有关,以明代为背景,作为禁地的玄武湖为他创造了一个相对静谧的生活空间,与繁华的都市空间形成了一种若即若离的隔绝感,满足了他不愿为俗务干扰的愿望,以"幻想幻境"营造了一个尘世中的理想世界。此外,与王冕的七泖湖相比,玄武湖是皇帝赐予庄绍光"著书立说,鼓吹修明"之地,因而具备了社会政教意义,是作者创作构思由山林文化向庙堂文化转变的标志之一②。

南京作为六朝古都,悠久的历史还给这座城市遗留下大量的人文景观,书中出现的人文景观主要是各类寺庙庵观。南京城自古寺观众多,"自南朝诸帝崇尚浮屠,臣民波靡,习成风俗,故金陵塔庙甲于天下"③,到吴敬梓的时代,"城里城外,琳宫梵宇,碧瓦朱甍,在六朝时是四百八十寺,到如今,何止四千八百寺"。书中出现的佛教寺庙

---

① (清)吴敬梓著,李汉秋辑校《儒林外史汇校汇评》,上海古籍出版社2014年版,第438页。
② 刘汉光《〈儒林外史〉意象式结构——以江湖与祠庙为中心》,载《学术研究》2001年第6期。
③ (清)陈作霖《凤麓小志》卷1,见《金陵琐志九种》,南京出版社2008年版,第49页。

有报恩寺、承恩寺、鸡鸣寺等,道教宫观则有神乐观和朝天宫,这些寺观不仅是宗教场所,也具备市民日常生活中游览观赏空间的属性,体现出鲜明的世俗化特征。书中人物游览较多的是报恩寺,"大报恩寺在聚宝门外……国朝永乐中敕大建之,准宫阙规制,名大报恩,有御制碑文,其琉璃塔在寺大殿后,即古长干舍利塔也"①。作为曾经的皇家寺庙,报恩寺是明清两代南京城中规模最大的佛教建筑群,又毗邻城南最为繁华的聚宝门地区,这里始终是当时最为重要的商业区与游览区。第28回写萧金铉三人由南门(聚宝门)出城去报恩寺,"那南门热闹轰轰,真是车如游龙,马如流水。三人挤了半日,才挤了出来,望着报恩寺走了进去"。报恩寺建筑宏伟,可供游览之处也很多,三藏禅林、琉璃塔等建筑在小说中曾多次出现。与宋代汴京的大相国寺一般,南京的报恩寺既是宗教场所,又是市民休闲玩赏之处,同时还向外来客人提供房屋租住,实现了宗教与世俗的完美融合。就连其中的僧人都颇具世俗色彩,书中有僧人拿祁门炮仗为杜慎卿等人醒酒一段,被评点者认为是"惯能凑趣"的"雅僧",非报恩寺和尚不能如此,由此可见一斑。

南京的山水自然浸润着六朝风流的余韵,中国人把山水自然视作独立的审美对象予以诗化正是始于六朝时期,而南京正是六朝文化集中体现的符号与象征。在科举对人的异化与压抑之下,山水自然也常被遮蔽而不见其灵性,马二先生游西湖一段就是这种情况的体现,当面对钱塘江而只能以《中庸》中的"载华岳而不重,振河海而不泄"来形容时,一切自然的东西都失去了原本的意义。这种面对自然的变异审美在南京被剔除掉了,对于倾慕六朝风流的名士来讲,南京的山水不论其闹与静、雅与俗,都代表了一种与科举或官场不同的趣味,为他们营造了一个可以暂时逃避尘世烦恼而醉心于真山水自然的世界。同时,南京的山水自然与城市景观又具有明显的开放性,在雨花台之上,两个挑粪的农夫都懂得欣赏落日,引得杜慎卿赞叹不已。后人也曾描绘南京农夫:"虽四时作苦,终日泥涂,然抱瓮余闲,

---

① (明)陈舜仁《(万历)应天府志》卷23,明万历刻增修本。

趁墟早散,偶徜徉于茶酒社中,所谓江南卖菜佣,亦有六朝烟水气也。"①可以说,吴敬梓笔下的南京山水自然既是吸引风流名士的都市风光,又是一种熔铸南京市民精神的天然"养分",它完美地实现了闹与静、雅与俗之间的融合,这正是南京的独特魅力所在。

除了对自然与人文景观的展现,《儒林外史》堪称南京"舆地志"更在于它呈现给读者一个真实的城市地理空间。书中出现的是真实的南京地名,描写的也是南京人熟悉的景象,作者强化了故事时空的当代性与真实感,给同时代的读者一种身在其中的感觉,从而激发起阅读的兴趣。书中出现的南京街巷地名多达三四十处,虽然较少具体描写,但人物言行中所带出的南京街巷地名,基本符合明清时期的实际情况。第41回写杜少卿与武书游河,他们的行动轨迹是从杜少卿所住利涉桥河房出发,沿秦淮河由东南向西北方向行进,一路荡到城市北部的进香河,下午原路返回到利涉桥上岸,之后继续上船饮茶直到夜里,小船继续往西行进到文庙月牙池,碰到庄濯江等人的大船,最后共同返回利涉桥河房,行程耗时与所提到的地名都是真实的。又如第25回之所以写家住水西门的鲍文卿舍近求远跑到城北去找孩子学戏,是因为"北出鼓楼达三牌楼,络金川、仪凤、定淮三门而南,至石城,其地多旷土"②,明代即多为仓储、校场等处,清代亦然,与富庶的城南相比较为贫瘠,所以鲍文卿要特意到城北去找学戏的孩子,书中穷困潦倒的倪霜峰也住在城北三牌楼附近。

二、《儒林外史》对南京城市文化生态的呈现

文学作品如果想要塑造立体的城市形象,仅停留在对自然风物与城市环境等地理空间的展示上是不完整的。城市作为人类生活的主要载体,正是由于人类的居住以及各项活动才赋予城市以完整的意义。所以,如果缺失了对生活于城市中的居民以及围绕他们的日常生活所展开的各类文化活动的观照,城市只会是一个没有灵魂的

---

① (清)陈作霖《凤麓小志》卷3,见《金陵琐志九种》,南京出版社2008年版,第74页。
② (明)顾起元《客座赘语》卷1,中华书局1987年版,第26页。

空间而已。

　　黄安谨在《儒林外史评》序中评价该书"颇涉大江南北风俗事故，又所记大抵日用常情，无虚无缥缈之谈"[①]，点出了吴敬梓在创作中的写实性。对于书中涉及的城市生活，吴敬梓同样采取了近距离审视的叙事视角。就书中出现的南京城市生活而言，吴敬梓既注意到了平民百姓的风俗习惯与生活百态，也从文人生活的角度对南京城市文化活动予以观照。这里的城市文化活动主要是指城市日常生活中所产生的各类文化生产、文化娱乐与消费活动。对于书中在南京生活的文人而言，它具体是指文人雅集、戏曲演出等文化娱乐与消费活动，以及与文学创作、科举考试相关的文化生产活动。南京地处文化兴盛的江南腹地，自六朝以来就以浓厚的文化气息闻名，明清两代则始终是江南科举的中心。江南各地文人的汇聚与南北文化的交流极大地促进了南京各类文化活动的兴盛，相比起书中出现的其他江南市镇，南京这样的大都会不仅文化活动密集而且也影响到了周边的地区，足见南京城市文化生态之繁荣程度。

　　与大众文化活动不同，文人阶层的文化活动虽然在形式上更为丰富，但却相对小众。《儒林外史》中文人间以消遣为目的的文化娱乐与消费活动主要表现为文人雅集与戏曲演出。文人之间的各种集会是士绅日常生活中不可或缺的内容，他们或谈诗论艺或徜徉山水，而江南地区秀丽的自然风光无疑为文人之间的聚会提供了天然的场所。书中描绘了数次文人雅集的场面，如第12回二娄组织的莺脰湖之会，第18回的所谓西湖诗会等。当小说的叙述空间转移到南京时，文人雅集褪去了先前的酸腐气息，转而变得清丽脱俗、风流蕴藉，过去的诗社故套被视作"雅的这样俗"而抛弃。居住在南京的文人与士绅之间聚会频繁，如第34回写薛乡绅请酒，参加者有迟衡山、蘧駪夫、马纯上等人，同回杜少卿在自家河房里与金东崖、马二、季苇萧等人谈论诗文，第49回又写高翰林家"高谈龙虎榜"，参加者除了施御史、万中书之外还有武正字、迟衡山，这些聚会往往兼具社交与会文的性质。从参与人数之多与影响力之大的角度来看，发生在南京的文人

[①] （清）吴敬梓著，李汉秋辑校《儒林外史汇校汇评》，上海古籍出版社2014年版，第694页。

雅集最值得称道的莫愁湖湖亭大会，其初衷是品评全城旦角演员，参与者包括杜慎卿、季苇萧等十三人，地点选在水西门外莫愁湖亭，应邀而来的旦角演员达到六七十人之多。参加的演员先在湖亭外的板桥上走过亮相，之后一人再做一出拿手的剧目。能实现如此盛大、华丽的场面，既与南京富庶繁华的城市环境有关，也离不开城内庞大的戏曲演出队伍。这场大会可谓一时盛事，举办时吸引了众多市民前来观看：

> 城里那些做衙门的、开行的、开字号店的有钱的人，听见莫愁湖大会，都来雇了湖中打鱼的舡，搭了凉蓬，挂了灯，都撑到湖中左右来看。看到高兴的时候，一个个齐声喝彩，直闹到天明才散。①

不仅如此，这场盛会也像泰伯祠大祭一样成为后人追想的"盛事"。第53回徐九公子就表达了一种今不如昔的感慨，他认为莫愁湖大会梨园子弟之后，如今的生旦演员一个入眼的都没有。参与者也因此名声大噪，季苇萧成为人们口中定梨园榜的季先生，跻身"名士"之流，而上榜的戏曲演员同样因此身价倍增。第42回鲍廷玺推荐葛来官给汤家公子时就说："他也是我挂名的徒弟。那年天长杜十七老爷在这里湖亭大会，都是考过，榜上有名的。"②

明清时期城市戏曲演出市场的繁荣在很大程度上源于城市经济的发展与市民文化的兴盛，经济越发达的城市越有可能刺激娱乐消费的增长。就南京的情况来看，明清时期的南京一直是江南地区戏曲演出的中心，戏班云集，名伶辈出。虽然营业性的戏园要到晚清才出现③，但各种形式的演出活动却不少，不仅满足了本地的娱乐需求，同时辐射与带动了周边城镇的戏曲活动。书中南京文人士绅聚会以

---

① （清）吴敬梓著，李汉秋辑校《儒林外史汇校汇评》，上海古籍出版社2014年版，第377页。
② 同上书，第522页。
③ （清）陈作霖《炳烛里谈》卷下《戏园》云："江宁城中向无戏园……光绪中，仪凤园开，实属创见，今则歌舞升平，几成习惯矣。"见《金陵琐志九种》，南京出版社2008年版，第347页。

及宴饮中经常可以看到戏曲演出的场景,如第 46 回庄绍光在庄濯江家作"登高会",宴请汤镇台的同时为虞育德送行,席间即有戏子做戏。又如第 49 回秦中书请高翰林等人,作者描绘了戏班在官绅家中演出的具体情形:

> 一个穿花衣的末脚,拿着一本戏目走上来,打了抢跪,说道:"请老爷先赏两出。"万中书让过了高翰林、施御史,就点了一出《请宴》,一出《饯别》。施御史又点了一出《五台》。高翰林又点了一出《追信》。末脚拿笏板在旁边写了,拿到戏房里去扮。当下秦中书又叫点了一巡清茶。管家来禀道:"请诸位老爷外边坐。"众人陪着万中书从对厅上过来。到了二厅,看见做戏的场口已经铺设的齐楚,两边放了五把圈椅,上面都是大红盘金椅搭,依次坐下。长班带着全班的戏子,都穿了脚色的衣裳,上来禀参了全场。打鼓板才立到沿口,轻轻的打了一下鼓板。只见那贴旦装了一个红娘,一扭一捏,走上场来。长班又上来打了一个抢跪,禀了一声"赏坐",那吹手们才坐下去。①

吴敬梓还通过鲍文卿、鲍廷玺父子两代人的经历对南京戏曲生态的一些情况有所揭示。首先,南京戏行中"淮清桥是三个总寓、一个老郎庵。水西门是一个总寓,一个老郎庵",两处戏班有一百三十多个。南京城中如此庞大的戏曲演出队伍远胜于其他江南城市,说明了南京市民日常生活中戏曲演出的需求之大;其次,戏班要在总寓内挂牌,如有人定戏则需提前在戏子牌上写明日期;最后,戏行行规甚严,"他戏行规矩最大,但凡本行中有不公不法的事,一齐上了庵,烧过香,坐在总寓那里品出不是来,要打就打,要罚就罚,一个字也不敢拗的"。鲍文卿父子所经营的戏班生意兴隆,经常演夜戏,第 25 回写鲍家戏班去上河做夜戏,五更才散戏。此外,外府的人在南京也会点鲍家的戏班,第 42 回汤家二公子考完之后演戏谢神请的就是鲍廷玺的三元班。除南京城内的演出之外,戏班也会承应外府的演出,第

---

① (清)吴敬梓著,李汉秋辑校《儒林外史汇校汇评》,上海古籍出版社 2014 年版,第 602—603 页。

25回鲍文卿的戏班就到天长县杜府去演出,主家要定二十本戏,戏班做了四十多天戏才回到南京,由此可见南京戏班早已名声在外,在附近州府的戏曲演出市场上同样占有一席之地。

就文人的文化活动来看,与文学创作、科举考试相关的文化生产活动主要表现在刻书与选书上,明清两代的南京一直是江南刻书业的中心,陈作霖在《金陵物产风土志》中载:

> 金陵,图书之府也。明时有南监版,较北监为精工。厥后豆巷焦殿撰竑家五车楼、马路街黄检讨虞稷家千顷堂,刊书与毛氏汲古阁等,即近时金陵书局所刊之经史,亦在他省上,盖陶吾镇人善于剞劂也。故京师刻木之匠,江宁南乡人居其大半。①

在明清小说中,涉及南京的作品中也确实常常出现与书业有关的内容,这一产业可谓是南京的地域性特色产业。这一点在《儒林外史》中也有所体现,第48回写王玉辉想去南京散心,很大的原因是因为"那里有极大的书坊,还可以逗着他们刻这三部书",想借出行之机刻自己编辑的《礼书》、《字书》与《乡约书》三部书稿。第28回寄居在状元境刻字店中的季恬逸遇到了诸葛佑拿着银子找人合作选文章刻书,状元境在明清时期南京城中"向为书贾萃止之所"②,"书坊皆在状元境,比屋而居有二十余家,大半皆江右人,虽通行坊本,然琳琅满架亦殊可观"③。从图书销售的市场角度来看,时文的选刻因为科举的关系拥有较大的受众群体,其销售也非常可观。书中的马二先生几乎就是以为书坊主选时文来维持生计,书坊主对待这些选家也较为客气,提供食宿同时还支付一定的报酬,足以满足他们的日常生活。在马二先生的影响下,蘧駪夫、匡超人也走上了这条道路。在小说后半段,这些选家大部分都聚集在南京,所以季恬逸面对诸葛佑的要求能念出一串身在南京的选家名字。不仅如此,他们在南京也常

---

① (清)陈作霖《金陵物产风土志》,见《金陵琐志九种》,南京出版社2008年版,第137页。
② 陈乃勋辑述《新京备乘》,东南大学出版社2014年版,第68页。
③ (清)甘熙《白下琐言》卷2,南京出版社2017年版,第25页。

常参与文人之间的各种聚会,尤以马纯上、蘧駪夫出现较多。作者如此安排,既有叙事与结构的需要,要让包括这些选家在内的书中人物汇聚南京,最终通过泰伯祠大祭做一收束。同时,也应当看到以马纯上为代表的选家,其工作有很大的流动性,为了维持生计他们必须逐利而居,而南京众多的书坊为这些依靠选文为生的人提供了一线生机。此外,南京作为江南科举的中心,清代苏皖二省乡试在此举行也在某种程度上保证了时文图书市场的销路。状元境本就靠近贡院,周边的店铺把举子当作潜在的客户,以他们的需求来做生意,书店自然更是如此。

客观来看,《儒林外史》所描绘的文人群体是一种城市化了的文人群体,不论他们是讲究文行出处的真名士抑或是为衣食奔波的假名士,都不排斥城市生活所带给他们的一切,也都能在城市空间中找到属于自己的角落。文化发达的古都南京吸引了大江南北的名流汇聚于此,他们享受城市生活所带来的舒适与安逸,也享受南京为他们的文化娱乐与消费活动以及文化生产活动所创造的各种便利。南京兼容并包的城市文化品格也为不同地域的文人提供了活动的舞台,他们不仅被南京的文化生活所吸引,同时也以自身的文化活动推进南京城市文化的进一步繁荣。

第二节 向心与离心之间:《儒林外史》中的南北对照

从叙事时空角度来看,吴敬梓的《儒林外史》以独特的构思角度完成了时空之间的大范围跳跃。在叙事时间上,他以自身所处的雍正与乾隆初期的士林状态为基本素材进行审美加工,将故事背景移置为明代成化到万历年间,"经义之文,流俗谓之八股,盖始于成化以后"[①],这正是八股文开始僵化的时期。在这种叙事时间前移的背景下,作者思考的不仅是自己所处时代的科举文化对士人的精神异化,

---

① (清)顾炎武著,黄汝成集释《日知录集释》,上海古籍出版社2006年版,第951页。

更多是从其导源以及几代人的经历出发,展现这一以诱惑与压力同时并存压榨士人的文化制度之残酷与荒谬。在叙事空间上,作者的视线跨越大半个中国,地域转换非常频繁,其"空间操作以江淮地区为中心而及于东西南北,行文没有在一个城市或县分逗留三回以上不作转移的"①。在这样的地域流动中,东南无疑是其重点,第1回楔子中"少顷,风声略定,睁眼看时,只见天上纷纷有百十个小星,都坠向东南角去了",而"东南角"的中心无疑就是书中的南京,这一伙维持文运的星君最后皆以南京为其归结。由此,南京在《儒林外史》的结构上就具有一定的意义,乐蘅军认为全书"呈现了一个涡旋式的结构","涡旋式结构固然不具有建筑结构的严密,可是每一个情节仍然在朝向同一的终点运动(犹如每一水纹都向中心一般)。从故事说,这个终点的象征就是'南京'"②。叶楚炎则从地域叙事的角度认为《儒林外史》"采用的是外围向中心渐次靠拢的结构方式","如同数个拥有相同圆心,但大小不一的圆圈","而这些圆圈的统一圆心,同时也是叙事的核心,便是'太祖皇帝建都的所在'——南京"③。

叙事空间的中心南京在叙事时间上同样具有重要的意义,也处于某种中心位置。从此前的第一代周进、范进等人到第二代二娄、马纯上等人,士林的寒酸、丑态与精神痛苦得到集中体现。第三代则以杜少卿、庄绍光、虞育德等人为中心,他们在南京尽显名士风流,又以泰伯祠大祭完成了一次理想转型与复兴礼乐传统的尝试。到了陈木南等第四代人那里,泰伯祠荒草萋萋,名士风流云散,象征这部"外史"的终结。在这部跨越百年的儒林"外史"中,发生在南京的故事恰好处于马鞍形时间曲线的中心。

在南京这一书中"绝对"中心之外,北京则是一种背景性的次中心,全书空间转移的重心明显是围绕这两座城市来进行的。《儒林外史》中的北京与南京同时具有离心与向心的双重力量,它们以各自所代表的城市文化对士林中人发挥着影响,是两种不同人生路径

---

① 杨义《〈儒林外史〉的时空操作与叙事谋略》,载《江淮论坛》1995年第1期。
② 乐蘅军《世纪的漂泊者——论〈儒林外史〉群像》,见竺青选编《名家解读〈儒林外史〉》,山东人民出版社1999年版,第248页。
③ 叶楚炎《地域叙事视角下的〈儒林外史〉结构——兼论〈儒林外史〉的原貌问题》,载《明清小说研究》2013年第1期。

的分野。

一、不同城市文化在《儒林外史》中的体现

《儒林外史》中的北京与南京代表了不同的城市文化,作者在两座城市的对比中也倾注了不同的感情。书中涉及人物旅行之处,往往都会出现对旅途景物的描绘,往往是寥寥数语便能概括某处风光,如第8回写二娄行船晚景。以北京来看,在第34、35回庄绍光应召入京的描写中,吴敬梓一改之前叙事中的习惯,于庄绍光的旅程中没有任何自然景物的呈现,只是在第35回出京时写到"那日天气寒冷",以冬日的肃杀结束了天子与名士关于"天下教养"的问计之旅。第43回杜少卿在拒绝了巡抚的举荐后,也曾对妻子说:"你好呆!放着南京这样好顽的所在,留着我在家,春天秋天,同你出去看花吃酒,好不快活!为什么要送我到京里去?假使连你也带往京里,京里又冷,你身子又弱,一阵风吹得冻死了,也不好。还是不去的妥当。"①"天气寒冷"浇灭了庄绍光的愿望,而杜少卿同样强调"京里又冷","一阵风吹得冻死了"。在这些名士眼中,与春花秋月、四季缤纷的南京相比,国都北京似乎一直是天气寒冷的冬季。这并不是简单的自然环境的对比,作者刻意通过这种对比强化了南京的宜居,其背后隐藏着的也是对南京所代表的安逸、闲适的城市文化的认同。书中的南京首先就是以其秀丽的山水自然在文人心目中烙下宜居之城与乐居之地的印象。南京的自然环境是他们心向往之与不愿离开的现实基础,虞育德入仕较晚,却不以在南京做闲官为憾,认为"南京好地方,有山有水,又和我家乡相近。我此番去,把妻儿老小接在一处,团圆着,强如做个穷翰林"。庄绍光从北京返回,面对燕子矶发出"我今日复见江山佳丽"的感慨,并且得到了皇帝赐他著书立说的玄武湖,坐拥湖光山色而无心于纷繁世事。

同时,这种将北京视作寒冷之地的背后也隐含了对其所代表的政治文化、官场文化的寓意式展现。在庄绍光的北京之旅中,在孔孟

---

① (清)吴敬梓著,李汉秋辑校《儒林外史汇校汇评》,上海古籍出版社2014年版,第419页。

之乡遇到了光天化日抢劫的响马,在京面对皇帝奏对时被头巾里的蝎子蜇咬,出京途中在借宿的老农家经历贫不能葬的农妪诈尸场面。尽管作者站在庄绍光的角度把这一幕幕戏剧性的场面当作"吉凶悔吝生乎动",是由于自己本不应该进行这趟旅程所引起的无妄之灾。但响马的出没意味着"治人"与"治法"的缺失,头巾里的蝎子与庄绍光被太保公排挤,则是京城官场文化中权力倾轧的表现。而京畿之地、天子脚下的农民尚且贫困如此,更是对北京本应是首善之区的莫大讽刺。

两座城市文化的反差还体现在两场性质不同的礼仪活动上。第35回写庄绍光入朝引见,"用的传胪的仪制",皇帝特许其禁中骑马。作者以虚构的传胪仪制来体现皇帝对庄绍光的特殊礼遇,同时,又借气势恢宏的宫廷礼仪来展现北京城市文化中居于核心的宫廷文化。宫廷所代表的皇权是整个官僚体系的核心,这种威严的礼仪既是权力的象征,又以家天下的无上富贵使人折首臣服。第37回作者用了较大的篇幅描写南京诸文人名士祭祀泰伯祠的典礼,并不厌其详地描绘了各项流程,表现其庄严肃穆之感。不同于宫廷礼仪对权力文化的彰显,吴敬梓在《儒林外史》中刻意淡化了南京的政治意义。泰伯祠祭祀是一群理想化的文人复兴传统礼乐的尝试,它不以秩序与威严使人望而生畏,而是以一种重实践的礼仪观来教化人心,借此以弘扬泰伯所代表的"让德"。从礼仪活动所体现的文化反差来看,一种是以宫廷礼乐凸显权力与威严,一种是以民间礼仪重塑传统精神,北京的城市文化以权力、功名富贵为基础,而南京的城市文化则以理想与脱离功名桎梏的精神复古为核心。

闲斋老人在《儒林外史序》中云:"其书以功名富贵为一篇之骨"①,这正是对该书主题最直接的概括,而通向功名富贵的捷径就是通过八股取士制度进入官场。"八股取士制度造成的社会情境压迫和内在的心理驱力,亦刚亦柔的迫使数代士人不顾'文行出处'而追逐'功名富贵',从而导致了精神的荒谬和荒芜的人间悲喜剧。"②科

---

① (清)吴敬梓著,李汉秋辑校《儒林外史汇校汇评》,上海古籍出版社2014年版,第687页。
② 杨义《〈儒林外史〉的时空操作与叙事谋略》,载《江淮论坛》1995年第1期。

举与功名富贵的中心无疑是当时的国都北京,就其所代表的"首都文化"来看,具体表现在大气磅礴的宫廷文化与复杂微妙的权力文化的交织。庄绍光见识到了宫廷禁城的巍峨与皇家礼仪的气派,这正是宫廷文化的核心所在。作为国家政治与权力的中心,士人们来此追寻自己的政治前途,而与之俱来的则是为追求权力不择手段乃至相互倾轧,权力文化恶的一面在这里被放大了。与追求功名富贵相反的则是讲求文行出处的真名士风度,在《儒林外史》中,南京以其六朝余韵、山水灵气、文化繁盛与经济富庶被吴敬梓视作真名士的理想家园。从明代的时空背景来看,远离政治中心的留都南京一直被官场视为养闲之地,士人们同样乐于享受南京城市生活的安适。南京所体现的"留都文化"在书中表现为安逸澹泊的闲士文化与富贵风流的世俗文化的荟萃。不同于政治中心北京成为权力斗争的漩涡,南京处处弥漫着闲适与安逸的生活气息,杜慎卿所称赞的"六朝烟水气"所代表的就是与追逐功名富贵截然相反的一种生活态度,它体现了南京独特的城市文化气质。

以北京与南京不同的城市文化为中心,它们各自产生向心与离心的作用,并通过人物命运运动轨迹来具体体现不同的向心力与离心力。楔子之后的几回中,人物的运动轨迹凸显了北京的向心力。周进中举之后官至国子监司业,范进中举之后官至通政司,严贡生自认与周进是亲戚进京,荀玫、王惠中举之后授工部主事。这些人物都热衷于功名富贵,同时也是通过科举获得某些利益的群体,对他们的人生而言,北京所代表的功名富贵拥有强大的向心力,是他们人生运动的核心。第8回宁王叛乱,王惠"附逆"落难,这种对北京的向往情结被打碎,吴敬梓的视线开始转向东南,以不能中进士、入翰林的二娄表现了假名士的附庸风雅,以马二的迂腐混沌表现举业对士人精神的压抑,其后匡超人、牛浦郎等已然沦落到为功名富贵而毫无廉耻可言的地步。在北京落幕、南京未出现之前,北京的向心力逐渐衰弱,这并不是意味着功名富贵的诱惑力减小了,而是这一阶段的人物因为各方面限制没能通过科举进入仕途,把对帝都中心的向往转化为追逐现实生活的名利与富贵,他们更像是没有灵魂的漂泊者,在漫无目的的人生旅途中为衣食而奔走。第24回以鲍文卿回乡引出南京，其向心力也开始逐渐发挥作用。一方面，许多漂泊的次要人物，如季苇萧、马纯上、季恬逸等人向南京汇聚，这既是为泰伯祠大祭做准备，也是这些"游食者"为现实生活压迫而转向经济发达大都市的必然选择；另一方面，在杜少卿、虞育德等真名士的身上体现了南京向心力的正向吸引，他们为人文乐土南京所吸引，把它当作精神家园。杜少卿看破科举与世情的虚伪，虞育德则是不以功名富贵为念，南京的城市文化与他们的精神气质相契合。虽然书中后半段南京的向心力无疑处于中心地位，但也应该意识到北京与南京的向心与离心是相对的。庄绍光"辞爵还家"，杜少卿拒绝举荐，虞育德不愿在北京做翰林，反映了北京对于真名士的离心力。北京城市文化中与功名富贵相关的部分是其向心力的根源，与之相关的还包括严酷的政治环境与官场上尔虞我诈等对自由精神的压抑，这又使北京具有了离心力，促使杜少卿等人远离它。南京同样具有一种离心力，享受安逸、闲适生活则意味着放弃未来的功名富贵，这并不是每一个士人的人生目标。杜慎卿短暂停留之后铨选部郎，马纯上以举优进京走了功名捷径，南京不过是这些人旅程中的一个中点，在强大社会氛围的影响下，北京才是这些人的人生终点。

二、作为文人心灵安顿与精神家园的南京

《儒林外史》中北京与南京所体现的不同的城市文化，不是一种单调、枯燥的外在呈现，它更是内化在人物心理中的一种情感因素。城市本身并没有生命，无法自我体验，但却可以经由城市居民的感知从而形成印象，并且给城市居民带来情感的满足与差异化的体验。凯文·林奇早在1960年就将心理学引入城市研究，在《城市意象》一书中提出"城市意象感知"的概念，而城市居民心目中的城市意象，本身就是城市在居民心理上的一种情感投射。这种情感力量不仅影响人对城市的体认，在书中更是关乎一种人生道路的选择。表面上看，南京对真名士的号召力来自其山水自然或是文化生态，其深层原因则是真名士对南京所代表的文化以及南京可以为他们提供的生活空

间与生活模式的认可与接受。而北京所代表的城市文化不能打动真名士的原因就在于它以权力文化限制人的肉体自由,以功名富贵消磨人的精神自由,给以庄绍光、杜少卿为代表的真名士带来负面的情感体验。

客观上来讲,寄居南京的众名士,在心理上并非不想振作一番。庄绍光就强调自己"与山林隐逸不同","君臣之礼是傲不得的",进京路上还对萧昊轩说:"国家承平日久,近来的地方官办事,件件都是虚应故事。像这盗贼横行,全不肯讲究一个弭盗安民的办法。"[①]可见,从内心深处来讲,他仍然是关心国家治理的,否则就不必应召进京了。杜少卿移家南京,源自娄焕文遗言说"或可做出些事业来",虽然他在南京有些"放浪形骸"的意味,但仍积极参与习礼乐、兴政教的修泰伯祠事业。他在萧云仙半生事迹的《西征小纪》上也曾留下题咏,表明他仍在某种程度上肯定"功业",而不是完全自我放逐于城市山林中。

以庄绍光、虞育德、杜少卿为代表的一大批文人,大多属于典型的理想主义者,这意味着他们在权力斗争与复杂官场上的无能为力。明王朝末期,政治体制腐朽不堪,八股选人制度以功名富贵诱导人,全然不顾文行出处,士人的价值观被严重扭曲。在这样的背景下,庄绍光等名士既无政治上游刃有余的手段,本质上也不具备现实的行政治理的能力。他们的道德文章固然趋于完美,但其性格中固执,乃至迂腐的一面吴敬梓本人也非常清楚,因此,实现儒家推崇的事功理想对他们而言只能是梦幻泡影。从这一点上讲,北京城市文化在他们身上所表现出的离心力,不仅是一种被动接受,更像是一种主动选择,他们内心非常清楚自己无法适应,庄绍光的无功而返就是最直接的表现。

在事功理想破灭之后,南京是他们心灵得以安顿的避风港与精神家园。南京以其南北文化汇聚的历史缘由,形成了特有的开放与包容的城市文化品格,不仅接纳了这些事功理想破灭的名士,同时也为他们提供了安身立命的生活空间。以杜少卿为例,在家乡期间的

---

① (清)吴敬梓著,李汉秋辑校《儒林外史汇校汇评》,上海古籍出版社2014年版,第428页。

各种豪举被视为败家行径,是高翰林眼中既不会治生也不能容身的反面典型。但在南京的文化圈子里,他为大多数文人所接受,迟衡山更视他为"海内英豪"与"千秋快士",引来许多人慕名拜会,正是南京包容的城市文化给杜少卿创造了自适的生活空间,使原本茫然的心灵有了可以寄托之处。

这些聚居于南京的城市文人,不仅是享受南京安逸的城市文化,更以自身的努力在理想转型的同时试图以自己的实践去更新南京的城市文化,以一种精神复古重塑士人精神,给固有的南京城市文化注入新的理想精神。这样的动机之所以产生,一方面"先生大约久居金陵,故于风土山川甚习,不惜再三写之"①,"而大祭收结外亦归到南京"②,作者对南京的深厚感情是赋予其重要意义的基础;另一方面,南京远离政治中心,受权力文化影响较小,人文气息的浓郁也为实现某种不同的理想精神提供了现实的可能性。吴敬梓与书中寄居南京的真名士拥有相似的生活经历,"书中杜少卿乃先生自况"③,"散财、移居、辞荐、建祠,皆实事也"④。在他们看来,所谓的科举正途不仅虚伪而且造成了整个士人阶层精神的矮化与异化,在功业理想无法实现的现实困境中,他们开始了理想转向的过程。在这一过程中,既然不能改变八股取士的制度,他们便试图从精神根源上为困于举业,被功名富贵蒙蔽心灵的士人阶层打开一条新路。他们希望通过追寻原始儒家核心的礼乐文化精神,以礼乐兵农的实践来扭转儒林不振的现实境况,这便是"全书结构顶点"的泰伯祠大祭⑤。吴敬梓于1740年辞廷试,并"鸠同志诸君,筑先贤祠于雨花山之麓,祀泰伯以下名贤凡二百三十余人,宇宙极宏丽,工费甚巨"⑥,甚至不惜为此卖掉老家的祖屋。吴敬梓之所以对修复先贤祠如此用心,与当时尊崇儒学、抑制释道的学术思潮有关,更为核心的原因则是对泰伯所具有的时代

---

① 黄小田《儒林外史又识》,同上书,第689页。
② 第24回黄小田评语,同上书,第306页。
③ 群玉斋本《儒林外史》金和跋,同上书,第690页。
④ 齐省堂《增订儒林外史》例言,同上书,第694页。
⑤ 李汉秋编著《儒林外史研究资料集成》,上海古籍出版社2017年版,第18页。
⑥ 群玉斋本《儒林外史》金和跋,见(清)吴敬梓著,李汉秋辑校《儒林外史汇校汇评》,上海古籍出版社2014年版,第690页。

意义的标榜。儒家先圣孔子即推崇泰伯:"子曰:泰伯其可谓至德也已矣,三以天下让,民无得而称焉。"①泰伯礼让天下的"千秋让德"与《儒林外史》讲究文行出处,鄙夷功名富贵的主旨有一定相通之处,对当时的社会风气来讲也有必要加以提倡,而泰伯又是吴地"古今第一个贤人",具有鲜明的地域因缘。所以作者在小说中特意将泰伯予以突出,改先贤祠为泰伯之专祠,作者在现实生活中的所作所为,成为《儒林外史》中泰伯祠大祭的生活基础。第33回吴敬梓借迟衡山之口说:

> 而今读书的朋友,只不过讲个举业,若会做两句诗赋,就算雅极的了。放着经史上礼、乐、兵、农的事,全然不问!我本朝太祖定了天下,大功不差似汤、武,却全然不曾制作礼乐。②

迟衡山看到儒士沉迷举业,全然不顾礼乐兵农等实践事业,因此发出"替朝廷做些正经事,方不愧我辈所学"的号召,引出了修建泰伯祠之事。"我们这南京,古今第一个贤人是吴泰伯,却并不曾有个专祠。那文昌殿、关帝庙,到处都有。小弟意思要约些朋友,各捐几何,盖一所泰伯祠。春秋两仲,用古礼古乐致祭,借此大家习学礼乐,成就出些人才,也可以助一助政教。"③

吴敬梓与他笔下的诸名士,针对儒林醉心于功名富贵而不讲"文行出处"的现实,不约而同的把理想转移到习学礼乐的实践之路上,其落脚点则是在南京修建泰伯祠。南京被他们赋予了传统礼乐文化的载体意义,与北京所代表的科举与功名文化相对立,而泰伯则是具体的"学习对象",他们希望泰伯之"让德"使儒林中人从汲汲于功名富贵的泥沼中跳脱出来,正如张文虎在37回回末总评中所说:"雨花台祠凡祀先贤二百三十人。而此独举泰伯者,泰伯青宫冢嗣而潜逃避位,如弃敝履,其于功名富贵无介意。《儒林外史》

---

① 程树德《论语集释》卷15《泰伯上》,中华书局1990年版,第507页。
② (清)吴敬梓著,李汉秋辑校《儒林外史汇校汇评》,上海古籍出版社2014年版,第415—416页。
③ 同上书,第416页。

除虞、庄、杜、迟诸人,皆不免切切于此。"①吴敬梓不厌其详地描述泰伯祠祭祀礼仪的隆重与繁琐,在看似可读性较低的文字背后,正是对传统礼乐精神讲求习行、实践本质的再现,"足见作者相体裁衣斟酌尽善,盖非此不足以称大祭,而又一目了然,令人望而生厌,煞费苦心"②。但在严峻而又荒诞的现实世界中,名士们眼中"正经事"的"敦孝弟,劝农桑"却被功名中人嘲笑为教养题目文章里的辞藻,言语中充满了讥讽与不屑。

在以"外史"为名的北京与南京城市文化"对照记"中,南京处在一种胜出但又失败的地位。不以功名富贵为念的真名士在南北对比中选择南京作为精神家园,代表了南京城市文化的胜出,但在北京所代表的强大功名文化的压制下,南京群贤以古礼、先贤拯救人心的尝试最终还是败下阵来。当南京众名士风流云散之后,泰伯祠只剩下一片破败的断壁残垣,弥漫着一股浓重的伤感气息,象征着名士们精神复古、理想转向与现实脱节而必然破灭的命运。从小说结局来看,见证了历史上无数兴衰更替的南京,其固有的文化品格中带有变迁和流逝的一面,伴随着真名士的老去与美风物的消歇,在人物心理中折射出浓郁的感伤与怀旧气息,作者借王玉辉、邓质夫、徐九公子等人表现出对已成往事的名士风流的向往与仰慕。在空幻结局之外,如曲终奏雅一般,作者在小说结尾特意描写了南京四位市井奇人,他们出身贫寒但淡然处之,其文化素养与道德修养在某种程度上超越了一般的儒士。各自的技艺组合在一起恰是代表了文人基本文化素养的"琴棋书画"四艺,"以象征《周易》之所谓'继明照于四方',以隐喻礼失于衣冠而求之于草野的意蕴"③。这不仅与作者所赞赏的"真名士乃在民间"相呼应,更是作者心理上对南京所代表的闲适、雅致城市文化的最后一次呼唤,也是经历了事功理想与礼乐教养理想破灭之后的作者在心理上退回到追求"独善其身"的寓言式写照。

---

① (清)吴敬梓著,李汉秋辑校《儒林外史汇校汇评》,上海古籍出版社 2014 年版,第 466 页。
② 第 37 回黄小田评语,同上书,第 461 页。
③ 杨义《〈儒林外史〉的时空操作与叙事谋略》,载《江淮论坛》1995 年第 1 期。

第三节 《儒林外史》中的"金陵情结"

明清小说中的"金陵情结",亦可称之为"南京情结",之所以用"金陵"称之,无疑是突出了金陵这一最具历史厚重感的南京古称。较早针对明清小说作品提出"金陵情结"的是梅新林,他在《〈红楼梦〉的"金陵情结"》一文中,针对曹雪芹的经历与《红楼梦》中涉及金陵的内容,提出了"金陵情结"这一说法。"情结"这一心理学概念由弗洛伊德、荣格提出,荣格在阐释集体无意识理论时强调了情结对于作家创作的重要意义:"它们可能而且往往就是灵感和动力的源泉,而这对于事业上取得显著成就是十分重要的。……这种对于完美的追求必须归因于一种强有力的情结;微弱的情结限制了一个人只能创作出平庸低劣的作品,甚至根本创作不出任何作品。"[1]梅新林从这一理论出发,"联系曹雪芹的人生经历、家族背景及其创作表现,然后由此追溯汉民族知识分子之于'金陵'的接受传统"[2],将曹雪芹在《红楼梦》中对金陵(南京)的特殊情感称之为"金陵情结"。他又具体将《红楼梦》中的"金陵情结"析解为:童年情结、家族情结、民族情结、历史情结与恋母情结。

其后,葛永海在《〈红楼梦〉、〈儒林外史〉中"金陵情结"之比较》中将"金陵情结"加以泛化,认为《儒林外史》的作者吴敬梓同样具有一种"金陵情结"。并从两书所描写的城市内容、结局与审美内涵等方面比较了两书与作者各自的"金陵情结",认为《红楼梦》与《儒林外史》构成古代小说史上关于南京最美妙的两种文学形象:"一返顾,一近观;一忏悔,一审视;发忏悔而神奇绵邈,作审视而冷峻犀利。"[3]同时,葛永海的《明清小说中的"金陵情结"》一文将这一作者与文本对南京的特殊情感由《红楼梦》与《儒林外史》进一步扩大到更为广泛的

---

[1] 霍尔等著,冯川译《荣格心理学入门》,三联书店1987年版,第35—38页。
[2] 梅新林《〈红楼梦〉的"金陵情结"》,载《红楼梦学刊》2001年第4辑。
[3] 葛永海《〈红楼梦〉、〈儒林外史〉中"金陵情结"之比较》,载《红楼梦学刊》2004年第2辑。

明清小说文本中,认为两部作品之前的涉及南京的明清小说将"这种情绪,经过积淀和发挥,到了巨著《红楼梦》与《儒林外史》中,最终成为一种内涵丰富、意蕴深沉的'金陵情结'"①。

从作家心理对创作的影响来看,《红楼梦》与《儒林外史》两部作品无疑是阐释"金陵情结"的最佳范本。两者在"金陵情结"的呈现上各有异同,《红楼梦》更多的是一种意象化、情绪化的南京,缺少真实可感的城市描写。而《儒林外史》则依托于吴敬梓的寓居经历,其笔下的南京是一种与生活真实贴近的南京城市形象。所以,从明清小说对南京城市生活、城市形象的表现上来看,《儒林外史》比《红楼梦》更为具体与直接。同时,我们也应该注意到,明清小说所表现的对南京的特殊情感不仅仅反映在这两部小说中,而是在不同的小说之中都有所体现。事实上,从明代小说到晚清小说中,不同时空的作者对南京的特殊情感一直存在着。

具体到吴敬梓的《儒林外史》来看,尽管葛永海认为该书也具备一种"金陵情结",并将其与《红楼梦》加以对比,但却未对《儒林外史》中的"金陵情结"具体表现为什么做出解析。笔者这里在之前讨论的基础上,认为《儒林外史》的"金陵情结"主要表现为:

一、仰慕情结

在明清小说中,南京被塑造成一座具有浓郁文化气息的城市,在人文环境、地域文化等方面,它都是让人向往、令人仰慕的城市。在吴敬梓的《儒林外史》中,这种对南京地域文化的仰慕情结首先表现在对南京籍文人的推崇上。南京人杰地灵,是产生杰出文人的温床,书中的庄绍光是"南京累代的读书人家。这庄绍光十一二岁就会做一篇七千字的赋,天下皆闻。此时已将及四十岁,名满一时,他却闭户读书,不肯妄交一人"②。作为土生土长的南京文人,庄绍光与虞育德、杜少卿等作者推崇的真名士有一些不同。他既讲究文行出处,又

---

① 葛永海《明清小说中的"金陵情结"》,载《南京社会科学》2004 年第 10 期。
② (清)吴敬梓著,李汉秋辑校《儒林外史汇校汇评》,上海古籍出版社 2014 年版,第 426 页。

没有陷入腐儒之途,在他身上看不到虞育德的迂腐与杜少卿的幼稚,相反,他身上具有一种洒脱、通透的气质。庄家的另一位代表庄濯江,虽不是文人出身,但其经营有道、侠肝义胆、慕文修礼的种种表现,同样体现了他不俗的一面,籍贯南京的庄家在作者笔下有一种地方文化名门的印象,而这种地方文化名门的出现必然是特定地域文化滋养的结果。

在其他明清小说中,这种强调南京籍贯的现象也是较为普遍的。如《鼓掌绝尘》月集中,流落洛阳的张秀原是金陵人氏,第33回在重返金陵途中,遇到旧日相识,"只见那人面如傅粉,唇若涂朱,不长不矮,整整齐齐,一落脸腮胡,一口金陵话"①。第37回张秀到袁州府作小吏,新任府判则是故人陈通之侄陈珍,书中写:"张秀听得他是金陵声音,即便把金陵官话回答了几句。陈府判见张秀讲的也是金陵说话,把他仔细看了两眼,心中暗想道:'看他果然像我金陵人物,想我父亲在时,常说有个张秀,与他交好,莫非就是此人?'"②作者不仅从金陵官话的语言层面突出了金陵的乡土意识,甚至将它落到人物样貌上,似乎在金陵风土的影响之下,人的形象也有所不同。陈珍请张秀推荐先生教子读书,"张秀道:'这近府城大树村中,陈小二客店里,有一个秀才,姓王名瑞,是我金陵人,原是笔下大来得的,他在此寄寓多年。……'陈府判道:'若又是我金陵人,正是乡人遇乡人,非亲也是亲了。'"③在《鼓掌绝尘》中,这种对金陵的强调不仅是一种乡土意识,更带有一定的文化意识,陈府判有意选王秀才当先生就是这种意识的体现,信任不仅来自地域渊源,更来自对乡人文化素养的肯定。

在《鼓掌绝尘》之外,还有不少明清小说的作者在人物出身上强化了这种金陵籍贯意识。《玉娇梨》中,女主人公红玉之父"太常正卿姓白名玄,表字太玄,乃金陵人氏",而红玉"果然是山川所钟,天地阴阳不爽,有百分姿色,自有百分聪明,到得十四五时,便知书能文,竟已成一个女学士"④。男主人公苏友白祖籍并非金陵,却处处以"金陵

---

① (明)金木散人《鼓掌绝尘》,春风文艺出版社1985年版,第359页。
② 同上书,第396—397页。
③ 同上书,第398页。
④ (清)荑荻散人《玉娇梨》,春风文艺出版社1981年版,第2页。

苏友白"自称,足见其对南京风土文化的仰慕。在才子佳人小说中,"男女双方都是年轻美且有才","男女个人以某种机缘相接触,往往以诗词唱和为媒介"①,诗艺与才华是两者沟通的主要途径,《玉娇梨》将男女主人公设置为金陵籍贯,强调了南京的文化气息对于南京人的影响与渗透。作者又把红玉的才华与"山川秀气"相联系,如此看来,南京的文化气息又与地理环境因素产生了关联,南京的文化气息有了更深厚的渊源。

除此之外,还有一些小说将人物籍贯设置为南京,以此表明该人物之文化素养。如《合浦珠》中的钱兰"原籍金陵人氏","兰亦天性颖敏,至十岁便能属文,通《离骚》,兼秦汉诸史。及年十七,即以案首入泮。虽先达名流,见其诗文,莫不啧啧赞赏,翕然推伏。兰亦自负,谓一第易于指掌"②。《品花宝鉴》中,"这人姓梅,名士燮,号铁庵,江南金陵人氏。是个阀阅世家,现任翰林院侍读学士……家世本是金、张,经术复师马、郑。贵胄偏崇儒素,词臣竟屏纷华。蔼蔼乎心似春和,凛凛乎却貌如秋肃。人比他为司马君实、赵清献一流人物。夫人额氏,也是金陵大家"③。《绘芳录》中,祝伯青、王兰都是金陵人,陈小儒寓居金陵,三人"都是才高北斗,学富西园"的青年才俊。

不同的作者都选择将书中主要人物的籍贯设置为金陵,而这些金陵出身的人物具有一定的相似处,即都具备较高的文化修养。从这一点来看,金陵籍贯背后所蕴含的是对金陵地域文化的肯定与推崇,唯有繁盛的地域文化,才有陶冶城市居民性情的可能性。事实上,以《儒林外史》为代表的明清小说对南京浓郁的文化气息都曾有所表现。这种文化气息的形成既有其历史的积淀,也离不开明清时期南京的现实文化环境的助推。吴敬梓对南京地域文化的仰慕,不仅是强调地域文化对南京人的陶养,也意识到南京浓郁的文化气息源自文化环境的繁荣兴旺。与明清时期南京文化环境相关的内容在小说中集中体现在科举与图书事业上相同,尽管吴敬梓本人对八股取士制度戕害士人心灵的现实感触颇深,整部《儒林外史》也把为深

---

① 林辰《明末清初小说述录》,春风文艺出版社1988年版,第60页。
② (清)烟水散人《合浦珠》,中国经济出版社2011年版,第2页。
③ (清)陈森《品花宝鉴》,齐鲁书社1993年版,第1页。

陷科举中的士人寻找出路作为主题，但吴敬梓深深爱恋着的南京恰恰是明清时期江南科举的中心。明代的南国子监，清代的苏皖二省乡试都与南京有关，南京文教中心的地位始终与科举紧密相关。而定期汇聚于此的各路举子，也确实是刺激南京城市文化多元发展的动力之一。在《儒林外史》中，马纯上、蘧䮠夫等选家来到南京谋生，就是为南京浓郁的科举文化与商机所吸引。第33回写状元境书店里贴了许多新封面，其中就有马、蘧二人同选的《历科程墨持运》。正因为南京是江南科举的中心，有许多涉及南京的明清小说中多有与科举有关的情节，这是人物与南京发生关系的一种常见的途径。《欢喜冤家》、《醉醒石》、《平山冷燕》、《醉春风》、《九尾龟》、《梼杌萃编》等明清小说中都有涉及去南京纳监、应试等方面的内容。

在科举之外，南京城市文化在明清小说中体现较多的是刻书业与书店。刻书业在文人的文化生活中意义重大，刻书业的发达不仅为文人个人作品的刊刻提供了可能，而繁荣的刻书业无疑也为城市图书市场提供了丰富货源。在《儒林外史》中，南京刻书业的中心地位得到了凸显，第28回诸葛佑便拿着银子在状元境找人刻书，第48回王玉辉到南京散心，在某种程度上是认为南京大书坊较多，有机会刊刻自己的著作。在《鸳鸯针》中，卜文倩到南京纳监，"当下就去叫个刻字匠来，要刻文稿诗集"，印了千余本，逢人便送。明清时期的书坊往往兼具刻书与售卖的职能，南京的书店业也是彰显南京文化发达的一个方面。《儒林外史》中状元境书店出现多次，突出了其中售卖的时文等与科举相关的书籍。晚清小说《文明小史》第42回中，时代的变迁也影响了状元境的书店，在新学风行之际，状元境的书店响应学堂的需求售卖新学书籍，在学生中影响较大。

强调南京的文化气息，凸显金陵人氏所具有的文化修养，以科举、书坊等文化事项来表现南京文化环境的优越，这些在涉及南京的明清小说中经常出现的内容从城市文化的层面塑造了南京人文都会的形象。而吴敬梓的《儒林外史》所表现出的对南京地域文化的仰慕情结正是来源于此。吴敬梓本人在南京文化圈生活多年的经历，化作了《儒林外史》中杜少卿、虞育德等向往南京、仰慕南京的情结，以人文环境的优越凸显了南京理想生活空间的特质。

二、理想情结

南京繁盛的文化气息、优越的人文环境,在为吴敬梓以及《儒林外史》中的庄绍光、杜少卿、虞育德等人提供了一个理想的生活空间之外,也为他们提供了一个承载理想的舞台。吴敬梓以《儒林外史》批判科举制度对士林造成的异化,抨击只知功名富贵而不问文行出处的文人心理顽疾。对于士林中的种种弊病,对于现实政治的某些问题,吴敬梓并非采取一种避而不闻的态度,《儒林外史》也没有落入到文人隐居、不问世事的旧路上去。反之,吴敬梓着力塑造了一群城市化的文人群体,表现了城市与文人之间的紧密联系,他们对于城市生活都抱有一种积极投入的态度。一方面,城市生活意味着文化生产的便利与文化消费的繁盛,是一种符合文人生活方式的生活空间;另一方面,从治生的角度来看,城市同时意味着生机。吴敬梓关注文人的生活状况与心理世界,《儒林外史》恐怕是明清小说中少有的能够触及文人生活内部并加以细致观照的文学作品。城市恰恰为文人提供了谋生的途径,即便如季恬逸曾经穷困到睡在刻字店的案板上,"每日里拿八个钱买四个吊桶底作两顿吃",也幸运的遇到了刻书的诸葛佑,换来了一段时间的温饱。杜少卿在家乡几乎散尽家产,娄焕文临走前也劝他可到南京去,若是遇到知己,或许"还可做出些事业来",这种建议的背后恐怕也是意识到杜少卿即将出现的经济问题以及南京可能提供的生存机遇。

当南京为《儒林外史》中的文人提供了生命旅途之中的落脚点后,全书的主题也从江湖向庙堂转向,开始涉及治道、人心的层面。庄绍光、杜少卿等城市化的文人群体并不是完全不关心国事与儒林,只是他们内心深处的焦虑与热忱在某种程度上被压抑了。庄绍光一次京华之旅,意识到"我道不行了",关于治道的理想之火被浇灭。而杜少卿从一开始就明确"走出去做不出什么事业","徒惹高人一笑"反不如做自己的事情。其实他们内心深处存在着儒家千年来影响至深的"穷则独善其身,达则兼善天下"的理想情结,不过现实体制与政治环境没有他们可以实现"兼善天下"理想的土壤,以治道带来改变是缺乏现实可行性的。对他们而言,在享受城市生活的表面背后,南京也承载了他们的理想,与他们的理想情结纠缠在一起。

当治道层面的"兼善天下"不能实现的时候,南京为杜少卿等文人群体提供了一个避风港,同样也是他们转而追求"独善其身"的理想家园。庄绍光住在皇帝赐给他的玄武湖中,享受湖光山色的静谧世界。杜少卿在南京游山玩水,寓居秦淮河房,目睹南京最繁华的城市景象,在南京的文化圈中以谈诗论艺消磨时光。虞育德虽然只是国子监博士这样官职小、职务清闲的南都官员,但他不仅积极参与南京文人之间的聚会,也在某些看似迂腐的行为中表现了自己对监生的关怀。庄绍光、杜少卿、虞育德等人的南京生活,是一种安逸、闲适的生活,这种让真名士深深眷恋的城市生活,与南京自六朝以来的城市形象密不可分。与所谓的"金陵王气"相比,富贵名邦更符合南京城市形象的历史定位。在明清小说中,南京较为突出的城市形象就集中在人文都会、休闲都会与风月都会三个层面,而《儒林外史》恰恰将这三种形象全部囊括,又突出了前两种。所以南京可以成为杜少卿心目中的理想生活空间,为文人们提供一种明显有别于北京的生活方式。

在南京满足了文人群体"独善其身"的个人生活理想之后,无法在治道上有所突破的他们在南京试图以传统礼乐的力量感化人心,这种尝试即使针对儒林中人,也具有一定的普遍意义。迟衡山提出朱元璋"大功不差似汤武,却全然不曾制作礼乐"的一种历史批判,其背后的含义既是希望通过对礼乐兵农等实践事业的强调来改变士林只讲举业的畸形现状,同时也是希望传统的礼乐对文人的心理发挥作用,以礼乐的力量扭转被科举异化的文人心灵。他的祭泰伯以习礼乐、助政教的倡议得到了杜少卿、庄绍光等的大力支持,在第37回上演了"祭先圣南京修礼"的情节,参加者几乎囊括书中汇聚在南京的绝大多数文人。之所以选择南京寄予这一理想,是因为吴地是泰伯的封地,泰伯作为南京古先贤之一,与南京有着很深的地域上的渊源。同时,泰伯最为人称道的"让德"也恰恰是"功名富贵"当道时世人最缺乏的心灵要素。对杜少卿、庄绍光、虞育德等人而言,这场泰伯祠祭礼是他们在现实功业理想落空,对治道不能有所为之后的另一种必然选择。融入他们血液深处的理想情结在事功上受到阻碍,则转向匡扶人心层面,杜少卿如此热衷此事,也正说明这一事业在文人心中的重要性其实已然超过了出去做官。

在明清小说中反复出现的南京,在吴敬梓的《儒林外史》中第一次被赋予了如此重要的意义,它不仅实现了文人群体对个人理想生活的追求,更以地域文化与乡土先贤承载了他们以传统礼乐拯救士人心灵的理想,这是南京的城市形象在文学作品中的最有价值的一次升华。

三、怀古情结

古都南京是一座具有厚重历史底蕴的城市,从金陵王气的传说到六朝古都的风流往事,它给后人留下许多关于兴衰更替的话题。这是一座适合怀古的城市,江山胜迹与古迹遗存都在诉说着如烟的往事。同时,王朝的兴衰更替,世事的纷繁变迁,又让南京的历史染上了一抹悲情的韵味,给人一种强烈的历史慨叹之感。南京厚重的历史韵味不仅是南京城市文化形成的一大源头,亦是南京的风云往昔所催生的一种历史咏叹调,这是不同时空作者对南京的一种独特的体悟方式。吴敬梓的《儒林外史》以通俗小说的形式完成了一次"金陵怀古",它有两种不同的表现形式,一种在于全书以明代的南都作为叙事的时空场所,另一种则在于书中人物身上所体现的与六朝风流的相似性。同时,他又以这种特殊的怀古方式对它所处的时代予以折射,进而通过结尾的空幻结局再次回应了南京这座城市被固化的历史咏叹情绪。

在《儒林外史》中,吴敬梓笔下所写的主要还是他所熟悉的,雍乾时期的儒林状貌,但吴敬梓却将故事发生的时间向前移置到明代,"洪武——成化——万历三朝,既是八股取士制度确定——完备——泛滥的三个关键时期,又是明王朝兴盛——衰落——灭亡的三个具有决定意义的时期"①。从反思科举制度的主题来看,这样操作显然

---

① 杜贵晨《〈儒林外史〉假托明代论》,载《中国人民大学学报》2000年第1期。

有着"追本溯源"的意义,清代的科举制度本就与明代一脉相承,在以功名富贵麻痹士人心灵方面,清代统治者与明代本无太大差异,甚至有过之而无不及。同时,这种历史反思又与明代的兴亡发生了联系,吴敬梓写朱元璋的起于草莽,写靖难之役与朱棣在百姓心目中的地位,写宁王之乱等与明代相关的历史事件,其中不乏与正统史书观念相左之处①,其中既蕴含了吴敬梓本人对明代历史的关注与思考,也含有一定程度的民族主义思想。吴敬梓本人并不是明朝遗民,他身上也并不具备强烈的遗民式的反清情绪,但在清代文字狱日益严峻的背景下,长期居留于明代旧都南京的环境之下,也自然会产生一种耐人寻味的情感。这种情感以政治的历史的批判为直接表征,在反思与总结明代兴亡的过程中既影射了现实时空,又对往昔时空表现了惋惜与哀叹。

承载吴敬梓这种历史思绪的城市是南京,它是朱元璋建都之地,又是明代长期的南都,对于明史而言,它有明显的政治寓意与文化寓意。在《儒林外史》中,吴敬梓在第 24 回用大段文字表现南京的繁华与富庶,先塑造了南都一派兴盛场面。其后又在人物行动中带出与明史有关的内容,如第 29 回,杜慎卿等人在雨花台山顶上见到方孝孺等人的祠堂与"夷十族处"碑,联系到靖难之役。杜慎卿评价方孝孺"讲那皋门、雉门","迂而无当",这种看似调侃的评论背后或许正是吴敬梓对方孝孺这种空讲道学,于事功无用的道学八股先生的不屑与批判。在吴敬梓心目中,南京不仅是繁华的留都,更是明王朝的建都之地,是明王朝的发源地,是明史中居于源头意义的文化符号。他以复兴传统儒家礼乐为主旨,以追慕泰伯的"千古让德"为直接对象,通过复兴传统礼乐赋予南京新的文化精神,这种尝试既与吴敬梓对南京的特殊感情有关,也与南京在明代政治、文化上的"源头"地位有关。在北京所代表的权力、政治、功名富贵的城市文化之外,吴敬梓在南京构建起礼乐复古、讲究文行出处的士林文化与之抗衡,而明代南京与政治中心的疏离,文化的繁荣,为塑造理想的城市文化提供了

---

① 参见周兴陆《江风吹倒前朝树:试论〈儒林外史〉的"明史观"》(《明清小说研究》2003 年第 4 期)、杜贵晨《〈儒林外史〉假托明代论》(《中国人民大学学报》2000 年第 1 期)等文。

可能性。

　　吴敬梓笔下的明代南京,城市的繁荣与富庶,文化的兴盛与发达都得到了集中的体现。吴敬梓不仅以明代的南京为时空背景反思八股取士制度、构筑理想文化生活,同时又在南京穿插明代某些史事,将文化的反思与政治的批判交融在一起,表现了自己的明史观。同时,在吴敬梓所处的时代,前明留都早已是过眼云烟,这种时空前置、文学再现的过程,配合书中结尾的空幻结局,又把名士风流云散的命运与"江风吹倒前朝树"的明代兴亡联系在一起,凸显了南京城市文化中鲜明的历史悲情韵味。

　　《儒林外史》中的另一种怀古情结,在于对六朝风度的追慕,它具体表现为书中某些人物的生活方式、言行举止与六朝风流有一定的相似性。六朝是南京文化史上的一个特殊时期,政治上的偏安柔弱与文化上的独树一帜形成鲜明的对比,六朝风流也凝聚成为一个特殊的城市符号。六朝人在思想、性格、行为上的种种不同流俗的表现,成为后人心中向往的一种艺术化的人生。南京作为六朝都会,是六朝文化的集中载体,也是后人凭吊历史、感叹兴亡、遥望古人的一个最佳城市,"金陵怀古"与追想六朝具有天然的联系。在《儒林外史》中,这种追慕六朝风度的怀古情结同样存在。在楔子部分,王冕身上就已经表现出某些六朝风度的迹象,到了杜少卿等人那里,这种六朝风流式的生活方式越来越明显。家居期间的杜少卿本就有一种天然的豪爽气质,而浸染着六朝气息的南京无疑给了他更加适性的生存空间。不论是携妻之手登清凉山,还是装病拒绝巡抚举荐,杜少卿身上都体现了一种与现实社会不同的价值观。虽然称不上惊世骇俗,但这种不以世人所念为念,纵情于山水之间,贫困时仍不失其赤诚等情形与高翰林所代表的世俗群体显然已经格格不入。当他人围绕功名富贵以虚伪的面孔来生活时,这种近乎六朝人的率真、洒脱的生活方式就具有了一定的象征意义。这种生活方式是对南京地域文化的回应,更是对六朝风流的一种现实演绎,尽管我们不能完全把杜少卿与六朝人物画等号,但杜少卿确实是书中与六朝风度最为接近的一个真名士。杜少卿又是吴敬梓本人在书中的影子,所以杜身上所表现出的与六朝风流相似的一面,正是吴敬梓本人所推崇的一种人生态度。书中真名士对南京的向往与仰慕,在某种程度上也就可以视作是对六朝风流的向往与仰慕。

吴敬梓不仅以杜少卿来体现六朝风流,更把对它的欣赏与仰慕进一步外化到南京的城市文化中去,在这种城市文化的熏陶下,贩夫走卒这些为文人所忽视乃至轻视的普通市民身上也体现了某种六朝气质。杜慎卿在雨花台上面对欣赏落日的农夫发出"真乃菜佣酒保都有六朝烟水气"的感慨,还只是一种简单的个人印象。而在结尾出现的四位南京市井奇人身上,那种与六朝风度相似的特立独行则更为突出。第55回回目点明"述往思来"的寓意,显然这四位市井平民被吴敬梓赋予了更为深远的含义,他们的身份为一般士人所不屑,但他们的见识、才华却又明显超越了书中的绝大多数士人。可见,吴敬梓在这四位身上凸显了六朝风流气质,以他们彰显了与一般文人群体所不同的文化形象,并体现了对后者的一种不对比的对比与不批判的批判,并将对"未来"的理想与希望寄托在这四位所代表的文化形象上。从功业理想失败转向传统礼乐复兴,当拯救人心的希望再度落空之后,礼失而求诸野,吴敬梓又将目光转向平民化的六朝风度上,在《儒林外史》中,这种变化颇有一种一唱三叹的味道。

吴敬梓对南京的怀古情结,从明代近百年的"儒林外史"再到对六朝的追慕,跨越了南京城市文化漫长的时空。从对儒林百态的勾勒到对六朝风度的欣赏,这种怀古情结的内里是对清代雍乾时期现实文人生存状态的观照,也是对科举文化所带来的弊病的反思,它不仅契合了诗文中的怀古传统,更体现了南京的城市文化以及吴敬梓本人的文化批判与价值判断。

结　　语

　　从中国众多城市中选取出近千年来最具代表性的和政治象征意义的两个城市,非北京和南京莫属。代表汉唐王朝的长安与洛阳,已是前尘旧事,敷演两宋繁华的汴京与临安,更是湮没无闻。惟有北京与南京,历经明清两代的兴衰更替,见证近代以来的天翻地覆,对当代国家与社会也不无影响。可以说,中国近千年来的历史大变革,多是围绕着这两座城市来进行的。

　　当蒙元建都北京时,一个少数民族的大一统王朝最先赋予北京全国政治中心的地位。当汉人士大夫还在异族统治的不安与焦虑中自怨自艾时,忽必烈以一种前所未有的大手笔让大都北京成为整个亚洲的中心,无数欧亚大陆的异国居民为大都的恢宏与壮丽所折服。蒙元以近百年的历史,造就了北京新的发展时代,辽、金的半壁江山不足称道,北京的全域性意义,是马背上的蒙古人建立的。明成祖朱棣迁都北京,曾被后人演绎为"天子守国门",是为了防御草原上的游牧民族侵扰中原。但更为实际的原因,则是出身军旅的朱棣深切地感受到了北京自蒙元起就越发强烈的王者风范。地势的雄浑塑造了北京城市血脉中的刚强与坚毅,"慷慨悲歌"的燕赵文化正是以武功取天下的帝王所仰慕的。士大夫心中推崇文德教化,但历史上的胜者从来都是以刀剑夺天下。中国历史上无数次风云变幻都是自北方席卷南方,当统治者偏安江南的时候,离灭亡亦不远矣。从这一点来看,北方的北京明显更适合建都。

　　明太祖朱元璋建都南京时,对这座有着"金陵王气"的城市寄予很深,一心要把它打造成符合其功绩的天下都会。但人们称道的虎踞龙蟠之势恰恰影响了城市的建设,为了防御的需要,朱元璋不得不将南京周围连绵不绝的山脉囊括在城墙之内。与北京的城市建设相比,南京地形的起伏变化限制了统治者的手脚,难以实现其心中能够与全国政治中心所契合的都城气度。明人就已意识到,"金陵虽说虎踞龙盘,然南方柔弱,终不能制天下之强"①,朱棣迁都正体现了英明君主的深思远虑。

虽然南北两京在地势上各有千秋,但紫金山的清秀还是抵挡不住燕山的豪迈。在城市气质上,北京如同一个久经风霜又坚忍不拔的壮年,而南京则是一个孱弱而忧郁的文士。在城市历史与文化传承方面,作为六朝古都的南京骨子里流淌着高贵的血,但在现实政治上却缺乏足够的自信。"金陵王气"之说多半牵强附会,反复被提及恰恰是一种自信缺失的表现,以南京建都,以长江为天险的也多是短命王朝。北京自城市建立伊始就与战争烽火有着解不开的缘,尽管没有六朝风度那样深刻的历史渊源,但在朴实大气中给人一种王者风范。南京的城市形象背后,埋藏着一种自卑,一种倔强,但文德在与政治强权的对抗中,总是失败的那一个。

清王朝建立之后,南京改称江宁,满清统治者心中希望它安宁平静,但在清代历史上,数次危机依然逃不开南京。顺治末年,郑成功兵临南京城下,让明代遗民们内心窃喜非常。太平天国运动,乡村秀才出身的洪秀全以南京为天京,时间长达十年之久。这种南北之间的对抗在历史上上演了多次,但始终无法撼动北京的政治地位。中华民国时期,南京政府与北京政府有过类似的交锋,最后以北伐成功确定南京为民国的首都。但随之而来的抗战以及内战,并没有给南京喘息的机会。中华人民共和国建立,国都再次确定为北京,千年来南京与北京之间的政治拉锯落幕了。尽管如此,当今的中国城市中,除了北京,只有南京的市名还保留了过去国都的标志。当代的南京,政治文化不及北京,经济发展略逊上海,苏北人视南京为苏南,苏南的苏锡常又把南京归于苏北,似乎它很难找准自己的定位,只能在明代文化、民国文化的回忆中踽踽独行。

---

① (明)空谷老人《续英烈传》,黄山书社 1988 年版,第 22 页。

国人之于南北两京的曲折委婉的种种情愫,在明清两代的小说中表现得淋漓尽致且姿态万千。

一、北京城与北京人:帝辇京华的繁复与多元

明清两代的北京,其城市文化与城市形象呈现繁复与多元的特点,这与国都的政治地位、居民构成、经济情况等因素都有一定的关联。但在这种表象的背后,构成北京城市文化与城市形象的基调与底色,是北京无可撼动的政治中心地位。北京浓郁的政治色彩,对城市文化的构成、城市形象的塑造、居民性格的形成都起着决定性的作用。在涉及北京的明清小说中,与这一政治地位相关的作品占据了主流。这其中有表现政治变迁,朝政大事的作品。如《续英烈传》写朱棣靖难之役,对比了南北两京的差异,以正面的朱棣形象表现了明人心中对建都北京的赞叹。《魏忠贤小说斥奸书》、《梼杌闲评》、《警世阴阳梦》、《皇明中兴圣烈传》以困扰有明一代政局的阉党之乱为背景,表现了魏忠贤为首的阉党对朝政的侵蚀,深刻展现了北京政治斗争的复杂与残酷。《近报丛谭平虏传》、《剿闯通俗小说》、《新世弘勋》、《樵史通俗演义》等时事小说,聚焦李自成起义、女真入关等重大历史事件,表现了政治中心北京在风雨飘摇中的挣扎,留下了一段惨痛的记忆。

在政治层面,国都北京与地方城市的差异还体现在京城官场的特殊性上。围绕京官这一特殊群体,明清小说表现了京城独特的官场文化。《拍案惊奇》、《清夜钟》、《天凑巧》等小说描绘了明代京城的官场风貌,在权力文化的作用下,京城官场行贿成风。《官场现形记》、《二十年目睹之怪现状》、《负曝闲谈》、《孽海花》、《京华艳史》等具有谴责小说性质的晚清小说则表现了当时北京复杂的官场文化、泛滥的揩客群体、糜烂与困窘交织的京官生活等内容。明清两代小说中,透视北京官场的小说层出不穷,以此为中心,对传统官场文化的方方面面都有所涉及,是此前小说史上未曾有过的情形。通过这些小说的描绘,明清京官的生活状态,京城官场的政治文化与权力文化得到了全面的展现。京城官场的倾轧与斗争,将政治文化与权力

文化的副作用演绎得淋漓尽致。从政治文化的角度看,明清两代的北京是封建官场的典型与浓缩,其范本意义是无可替代的。

北京浓郁的权力与政治文化,源自它是天子居所的现实基础。在明清小说中,对紫禁宫阙的仰慕,对皇家苑囿的赞叹,对禁廷礼仪的铺写,揭开了帝王生活的一角。尽管大多数小说作者对这些内容缺乏生活基础,但表现它们的热情与欲望是难以掩饰的,在不同时空的作者心中,都有一种浓郁的仰视情结。北京之所以成为北京,与它天子之都的特殊地位是分不开的。这种特殊的现实,对京城官场文化,对京城市民生活的影响是非常深远的。在帝王之外,对京城中的勋贵、宗室等群体,明清小说亦有所表现,《红楼梦》《林兰香》写勋贵人家钟鸣鼎食的日常生活,《红楼梦》以对这一群体没落的预言展现了作者的远见卓识。在《二十年目睹之怪现状》等晚清小说中,曹雪芹的预言变成现实,旗人宗室的衰败与沦落越发普遍。

由权力顶端的皇帝到数量庞大的京官,他们共同构筑了北京的政治文化与官派气度。皇家的威严气象是对京城官场最为直接的影响,京城官员无不讲究居官的体面与气派,在服饰、居所、出行等方面处处追求华丽与精致,经济发达、商业繁荣的北京也为他们的生活追求创造了实现的基础。但这种对体面的追求也给京官的生活带来不小的经济压力,他们为了生计钻营奔竞,为敛财又置体面于不顾。所以,北京的政治文化与官派气度又是一种充满矛盾的文化现象,威严与卑微并存,体面与寒酸相伴。

耳濡目染于官场生活的纷繁多样,生活于帝辇之下的北京市民表现出不同于其他城市的市民性格。崇官心理在北京市民身上表现尤为明显,在这种心理影响下,北京市民日常生活也追随着官场的脚步,讲究体面同样是他们对生活的要求。《型世言》描绘明代北京市民在服饰方面"只爱新,不惜钱",与官场奢侈的风气有关。清代小说中,北京市民出行中随处可见的骡车,最开始就是在官场中流行起来的。市井百姓不但习惯乘坐骡车,对车型与装饰的讲究与京官也没有差异。这种弥漫于整个北京市民阶层的生活追求,对于身居京城的外省人而言是无形的心理压力,小说作者也意识到了这一点,并通过某些细节加以表现。

北京市民不仅崇官,更对政治动态、官场风云有着敏锐的洞察力。在外省人眼中,京城市井给人一种"藏龙卧虎"的感觉,贩夫走卒皆有可能是复杂关系网中的一员。京城的政治属性对北京市民生活所产生的各种影响,最终内化为北京市民心理上的傲态,他们自负而虚荣,既因满汉文化的双重熏陶和首善之区的优越感表现出彬彬有礼的一面,甚至对礼节的讲究到了令人生厌的地步。同时,也在外省人面前表现出不友善的一面。所以,外省人在京城所感受到的心理压力,不仅是被动的感知,更来自北京市民主动表现出的心理强势感。一部分北京市民不仅排挤外省人,而且嘲笑甚至欺凌外省人,在北京人的口语中,"怯"字是他们贬损外省人的常用词汇。外省人在京城生活处处留心,生怕因"怯"而被京城人笑话。这种影响从清代一直延续到近代,在作为典型北京曲艺的相声作品中,有不少以"怯"命名的作品,描绘的皆是一口方言的外省人。

北京市民的心理傲态对他们自身来说也是一种沉重的精神负担,他们为了摆阔气、耍架子,甚至穷困潦倒之际仍不忘所谓的体面。现实的经济压力导致他们只能通过虚张声势的大话、空话来弥补,争强好胜的性格不允许他们在言语上输给任何人。北京话俏皮、诙谐的语言特质,好吹嘘、调侃的语言习惯,正是京城文化潜移默化的影响体现。

从市民群体的角度看,构成明清北京城市文化与城市形象的源头,正是以皇家、京官等为代表的官派与四九城内的广大平民。所以,官派气度与平民立场是明清小说涉及北京的作品中最为明显的特色。

生活在帝辇京华,文化生活的丰富程度是外省无法比拟的。北京的城市文化是一种消费文化、娱乐文化。官商的汇聚,平民的需求,商业的发达都是刺激北京消费文化与享乐文化盛行的现实土壤。在这种文化的影响之下,不论官民,对娱乐的追求是一致的,差异仅限于消费能力不同。在明代小说中,官员家中多有蓄养歌童的情形,新、旧帘子胡同是城内小唱弦索演员的聚居区,以杂剧、传奇表演为主的大班也有自己的活动区域。北京城内娼妓业同样兴盛,形成了针对不同群体的差异化服务,《警世通言》等小说作品中的官妓以服务商贾、士人为主,《玉闺红》则描绘了专为下层民众提供服务的所谓土窑妓女,《弁而钗》中的南院则是一种男妓院。

清代小说中,北京市民消费文化、娱乐文化更为发达。清代的北京是国内戏曲演出最为繁盛的城市,戏班的大量汇入为京城的戏曲演出市场不断带来新的活力,花雅各部交相辉映,国粹京剧的形成,离不开京城戏曲文化的推动。南城分布着大量的戏园,是京城主要的戏曲演出场所,这些戏园的商业化与专业化程度在当时的国内首屈一指。听戏的风气弥漫于官民之间,朝廷的行政干预也无法阻挡北京市民听戏的热情,这已经成为北京市民生活中最为常见的一种娱乐方式,也是最能体现京城娱乐文化氛围的一种。在晚清小说中,市民对名角的追捧,对戏曲文化的熟悉,为了听戏不惜典当换钱等情形屡见不鲜。清代北京男伶之风的流行,与戏曲文化的繁荣是分不开的。京城的娱乐文化、消费文化传统带来了戏曲演出的繁荣,而戏曲演出的繁荣又进一步扩展了北京市民的娱乐空间。除了听戏之外,我们还可以在《彭公案》、《小额》等小说中看到北京市民听书、听曲的情形,体现了清代北京曲艺市场多元化特色。

清代北京消费文化、娱乐文化的发达还体现在消费场所的增多上。明清小说中,北京城内的饭馆、茶馆层出不穷。北京市民对生活的讲究也体现在饮食上,各种形式的饭馆在小说中屡屡出现,在当时京城的社交生活中,下馆子的意义与当今社会并没有太大的差别。茶馆以饮茶为主,但又不限于此,它具有休闲、交际、饮食等多种功能,是京城士绅与平民日常消磨时光的主要空间。特别是对于京旗群体而言,泡茶馆更是每日的"功课"。茶馆在京城市民生活中的重要性在于它突出的公共空间性质,以喝茶会友、交际,以喝茶传播、接受信息,它是京城市井社会的一个缩影。

围绕风月主题的京城娱乐文化在清代受到地域、时代等方面的影响。受益于京城市民对戏曲的极大热情,伶人之风自清中叶盛极一时。狎伶文化雅俗荟萃,雅者聚焦于伶人的表演艺术、文化素养等,俗者专注于伶人的色相与自身欲望的满足。晚清妓禁松绑,南方妓女北上改变了北京本地妓女的形象,妓女风气革新,京城社会狎妓的风尚复燃。八大胡同从相公堂子一统天下到青楼妓馆鳞次栉比,形象地表现了北京娼妓业的变迁与世俗好尚的演化。

世俗的消费文化之外,北京的文化消费也有高雅的一面。明代的庙市、内市就以图书、古玩、远方异物而闻名,清代的琉璃厂形成了集中的文化街区,图书、文房、古董等皆有售卖。从宫廷到官绅、士人,他们的文化消费需求在都城北京得以满足,彰显了北京文化古都的一面。

当我们以明清小说为中心完成一次京华之旅以后,可以对明清时期的北京城市文化与城市形象做一概括:北京的城市文化是一种多元的城市文化,它以宫廷文化、官派文化、平民文化为主体。大气磅礴的宫廷文化是北京城市文化的顶层框架,威仪、体面的官场文化是北京城市文化的核心脉络,复杂多元的平民文化则是北京城市文化的基础与扩散的枝叶。三者之间既有明显的差异,也有一定的联系,北京市民对礼节、体面的重视,就是宫廷影响官场、官场辐射平民的结果。在这三种文化中,平民文化的意义值得特别提出,在明清时期,讲究体面、心理高傲、重视娱乐的北京平民文化是外省人对京城市民的最初印象。同时,这种平民文化对当代北京市民的心理也有深远的影响,明清时期的影子依然体现在当代北京人身上。从城市形象上来看,在外省人心中,北京既是明清两代的政治中心城市,也是知名的消费城市、娱乐城市与文化城市,北京的城市形象将肃穆与喧嚣、高雅与世俗完美地融合为一体。

二、南京城与南京人:城市山林的安逸与自足

与北京相比,明清两代的南京在城市文化与城市形象上要单纯许多。不同于北京浓郁的政治文化氛围,南京的政治地位在明清两代逐渐衰弱,从明代的国都到留都,再从明代的留都到清代的省会,过去的辉煌难以掩饰今日的没落。南京的建都史比北京要早许多,"金陵王气"的传说曾是南京人心中自豪的资本,而六朝古都的风流往事更是后人追想的文化记忆。在明清历史的变革中,南京终究还是抵不过北京的强势与压制,政治地位一落千丈。这种政治上的没落并没有激起南京人的反抗,也没有引发他们的焦虑,明清两代的南京人似乎都以这种与政治中心的疏离为幸事。在《续英烈传》中,明代人自己就认为金陵不足以制天下,北京是更理想的选择。尽管罗懋登在《三宝太监西洋记》中以郑和下西洋为契机,描绘了明初南京政治鼎盛时万国来朝的景象,但他的初衷是以国家当初的奋发进取对照当时倭寇骚扰海疆的现实,并非为留都南京争取政治地位。其实,南京人何尝不知道,任何王朝到了南京,就像瘟疫般的沾染上南京的阴湿而变得阴柔,再硬朗的气数都难以抵挡江南温柔的烟雨。"金陵王气"之说缥缈而不切实际,六朝多是半壁江山,那些坐拥江南的君主,做着挥师北伐的梦,但最后往往都是北方的军马席卷江南。南京本质上是一个没落的城市,后人所称道的地势、山水,恰恰是它作为都城难以避免的致命缺陷。

　　南京政治文化的式微,对官场的影响尤为明显。明代的留都南京虽然在名义上保留了与北京类似的行政机构,但事权已被削弱,也不具备号令天下的能力。在《警世通言》、《鸳鸯针》等小说中,明代的南京官是闲官的代名词,除了应付打秋风的关系户,他们并没有什么难以处理的政务,政治风险也比北京官场要小得多。由于远离政治中心,南京官场不像北京那样处于权力漩涡的核心而波诡云谲,反倒是以闲适与安逸而著称,南京官员受到的限制也相对较小。在《官场现形记》、《文明小史》、《二十年目睹之怪现状》、《冷眼观》等小说中,南京官场香艳之风比北京更甚,日常生活追逐享乐的程度也丝毫不亚于都城的同僚。南京官场管制的松懈,在官员群体中形成了两种不同的倾向,一类人因南京的官场氛围轻松而乐意在南京做官,如《儒林外史》中的虞育德,另一类人则是因为南京官场的冶艳、奢侈而渴望在南京做官,其代表就是晚清小说中各类盼着指省江苏的候补官员,如《官场现形记》中的佘小观之流。

　　对于南京人来说,政治地位的变迁对他们生活的影响并不大,他们并不像身处天子脚下的北京人那样保持着对政治风向的敏感,也没有北京人内心根深蒂固的优越感。在富足、繁华的城市山林中,南京人始终有一种朴实的自足心态,面对政治上难以有所建树的现实,南京的城市文化只能向其他方面发展了。

　　明清两代的南京,始终是江南地区最为繁盛的都会之一。《初刻拍案惊奇》称南京是"繁华盛地,富贵名邦"。《醉醒石》说南京"自与别省郡邑不同"。清中期的南京在《儒林外史》中仍是一幅"人烟辐辏,金粉楼台","朝朝寒食,夜夜元宵"的华丽景象。经历太平天国之后,南京都能迅速恢复生气,"六朝金粉,不减昔日繁华"。在长时期的历史积淀中,南京蕴藏着巨大的生机,不论经历何种变故,总能在很短的时间内再现江南名城的繁华景象。繁荣的城市经济,富足的市民生活,是明清小说作者对南京的直接印象。如果说北京多官员勋旧的话,南京在小说作者笔下则以富商巨户居多,城市的富庶与繁华,通过这一群体的日常生活得以表现。

政治文化的黯淡,让南京在其他方面脱颖而出。明清时期的南京是当之无愧的江南文化中心,名副其实的人文都会。在明清小说中,南京籍贯是文化传承的标志与象征,不同时空的作者都热衷于塑造南京出身且文化素养较高的人物。在文学作品中,南京独特的山水气势没有造就政客、权臣,反而养育了文人、学者。南京文化气息的浓厚,还体现在人文环境的优越上。明清两代的南京是江南的科举中心,江南地区举子的往来流动不断为南京的文化土壤输送新鲜的血液。在明清小说中,围绕在南京坐监、应试的举子有多种文化活动的发生,他们诗酒雅集,刊刻诗文,纵情于秦淮风月之中,人文南京使他们流连忘返。

明清小说对南京人文环境的表现,凸显了南京刻书业的发达。在现实时空中,南京是明清两代江南刻书业最为发达的城市,许多小说的早期刻本多为金陵所刻,世德堂、大业堂等皆是著名的书坊,为治小说者所熟悉。在《鸳鸯针》、《儒林外史》、《文明小史》等明清小说中,都对南京刻书业与书坊有所表现。这种文化产业,不仅方便了文人的诗文刊刻,也为文人的治生提供了一个机会。在《儒林外史》中,以马纯上等人为代表的选家以选时文为生,南京书坊为生活困顿的落寞文人带来一线生机,南京与科举的密切关系也为此类书籍的售卖打开了市场。

作为明清时期文化繁荣的城市,南京也是戏曲创作与演出的中心。北京的戏曲生态呈现明显的世俗化、平民化特色,戏园代表了戏曲演出的商业化与大众化发展的道路,狎伶的风气更是将戏曲文化推向了艳俗的轨道。与北京不同，南京并不存在戏园这种商业化的演出场所，在一定程度上保留了戏曲生态文人化、雅化的传统。在《弁而钗》《醒世姻缘传》《绘芳录》等小说中，数量众多的戏班体现了南京戏曲演出的繁荣，在文人聚会、家庭喜庆等活动中，都有戏曲演出的出现，它起着雅化生活、点缀升平的作用。

南京悠久的文化传统、繁盛的文化环境，让人文都会的城市形象在文人心目中产生了深刻的印象，并成为文人心中的理想城市，吸引着他们来到南京。在《儒林外史》中，虞育德、杜少卿等非南京籍的文人在北京与南京的对比中选择南京寓居，正是出于仰慕南京的文化环境与人文气息的情结。政治环境的宽松，人文环境的优越，为寓居南京的文人创造了人生的避风港。南京包容的城市文化品格为人所称道，这种文化品格形成于南北文化的交汇，是来自不同地域的文人汇聚南京并以各自的努力来塑造的。从这一点看，《儒林外史》中杜少卿等人积极参与泰伯祠大祭，也是一次更新南京城市文化、重塑士人精神的尝试。南京就是这样在一代代文人的助推之下，文化的根基越来越深厚。政治文化方面的孱弱，对南京来说是一件幸事，它给人文文化的嬗变与更新创造了温床。

南京是明清时期著名的休闲都会，城市山林的独特自然风貌，河湖交错的水韵景观，历史悠久的人文遗迹，彰显了南京在旅游休闲方面的独特价值。雨花台、清凉山、秦淮河、莫愁湖等南京景致在明清小说中反复出现，直到今天，这些仍是南京的旅游名片。明清小说中的外省人，对南京名胜都有浓厚的兴趣，当他们来到南京，必有慕名游览的情形出现，体现了南京作为休闲都会在外省人心目中的地位。对于南京人而言，这种休闲文化是他们日常化的生活方式，南京的自然景观、人文景观与他们生活的距离非常近。与北京市民听戏、泡茶馆的市井生活明显不同，南京市民更乐意在山水中找寻生活的乐趣。对这种生活逸趣的追求并不是士人阶层的专属，而是"菜佣酒保都有六朝烟水气"。南京的山水自然既是吸引外省人的城市特色，也是陶冶南京人性格中柔弱、安逸一面的基础。从山水自然到文化环境，从文化环境到市民性格，安逸、闲适是一以贯之的主调。

明清两代的南京也是当之无愧的风月都会,这一点对于南京城市文化的形成同样有着重要的作用。在明清小说中,南京风月的变迁与城市的盛衰是同步的,从明代的旧院、十六楼到晚清的钓鱼巷,南京娼妓业的历史也是一部南京城市史。秦淮河作为南京城市地标,两岸的香风脂雨亦是南京风月的代表,几乎每一部与南京有关的明清小说,都会涉及南京的青楼妓馆,都会出现秦淮河的风流蕴藉。秦淮河把南京的富庶繁华、文士风度与妓乐文化完美地融合在一起,构筑了明清南京城市生活中最靓丽与精彩的一幕。无数外省人艳羡南京的青楼名妓,把它视作必须体验的南京特色文化。对于南京市民而言,繁荣的娼妓业也为他们的都市生活增添了不少乐趣。不同于北京的妓女的恶俗形象,南京的妓女得益于江南的环境与文化,在个人姿容、文化修养等方面尚有不少值得称道之处。在明清小说作者笔下,南京的风月文化是一种名妓文化,名妓的号召力使南京风月文化保持了旺盛的生命力。同时,南京的风月文化也是一种集休闲、社交、娱乐、饮食为一体的复合文化现象,最明显的表现就是晚清钓鱼巷妓院的多元化功能。对于南京人而言,风月不仅在于满足情色的需求,也是一种享受城市生活的方式,那些在秦淮河上拥妓饮酒的南京人,切实地感受到了南京城市生活的舒适与惬意。

通过明清小说对南京城市生活的书写,我们也可以对明清时期的南京城市文化与城市形象做一概括:与北京城市文化的多元略有差异,南京城市文化主要体现为繁荣厚重的人文文化与风流自足的世俗文化的交融。政治文化的薄弱,给南京创造与突破的空间。南京市民在富庶的经济环境、和谐的城市山林、发达的娱乐文化中享受城市生活的自足。借助南京本就厚重的文化传统与明清时期繁荣的文化环境,南京在文人、闲士的汇聚与融合中嬗变、更新,赋予南京人文文化以新的理想精神。从城市形象上来看,外省人心中的南京是历史悠久的人文都会、江南闻名的休闲都会以及令人向往的风月都会。这种城市形象的生成既是对南京市民日常生活的提炼,也是无数外省人叙说与传播的结果。

三、作者心态与他者视角：北京与南京城市形象在明清小说中生成的基础

当我们以明清小说作为样本来审视北京与南京城市形象的生成时，有两个现象值得关注：第一，北京与南京的城市形象在明清小说中保持着基本的稳定，但又在不同的时代有所变异，呈现一种稳中有变的发展趋势；第二，涉及北京与南京的明清小说，本地作者少而客籍作者多，小说中的城市生活也多以外省人的视角写出。

第一个现象的出现，是不同时期作者心态的变化所导致的。我们应当明确一个前提，小说文本毕竟只是一种文学的书写，它源自作者对现实生活的提炼与加工，与现实世界既有一定的相似，也有一定的变形。面对纷繁复杂的现实城市生活，能够进入小说文本被呈现的内容，是作者主动选择的结果，具体关注哪些内容，则与不同时空作者对北京与南京的直接观感与心理印象等各方面因素有关。所以，作者心态是影响小说中城市形象生成的一个重要因素。王朝鼎盛时期，城市的繁荣与发达是国家欣欣向荣的象征，小说作者通常也会表现出对城市的赞叹与仰慕心态，其笔下的城市形象也以正面为主。《警世通言》卷 24，冯梦龙写王景隆眼中的北京城"人烟凑集，车马喧阗"，皇都景致是"处处胡同铺锦绣，家家杯斝醉星歌"。卷 32 也形容北京是"北倚雄关，南压区夏，真乃金城天府，万年不拔之基"，是"花锦世界"。这两篇作品以天顺、万历时期为背景，天顺离"仁宣之治"未远，万历时的明王朝尚能感受到光辉的余绪，所以京城形象以正面为主。对南京的描绘同样如此，凌濛初《初刻拍案惊奇》卷 15 称金陵乃建都之地，"鱼龙变化之乡"，秦淮有十里楼台之盛，的确是"繁华盛地，富贵名邦"。当晚明的北京处于内忧外患的困扰中时，留都南京迎来了它在明代发展最为繁盛的时期。

在这种赞叹与仰慕心态的作用下，城市景观同样呈现出一种或威严高大或繁华富丽的景象。在《警世通言》、《贪欣误》等小说中，巍峨的禁城宫阙烟雾缭绕，给人一种神秘而威严的感觉，外省人常常为这样的景象所折服。《梼杌闲评》、《魏忠贤小说斥奸书》中的皇家苑

围,以其华丽的建筑、怡人的景色,让读者对皇家气象有了想象的可能。同时,在《梼杌闲评》等小说中,正阳门前热闹的街市景象,内城御河桥下的酒馆商铺,都在述说着明代北京内城的繁荣与辉煌,呈现了大明国都之非同一般。

在晚清之前,清代小说对北京与南京城市景象的描绘基本延续了明代的风貌,不同的作者都热衷于表现城市的兴旺景象。在《歧路灯》《绿野仙踪》《野叟曝言》等清中期小说中,京城是一幅商业繁华、城市兴旺的景象,作者的眼光仍是聚焦在城市生活光鲜靓丽的一面。《儒林外史》中的南京同样如此,雍乾时南京之富丽、繁华,市民生活之雅致、舒适,得到了吴敬梓集中的展现。

从整体上看,晚清小说之前的作者在心态上对北京与南京表现出较强的向往与依恋,在他们笔下,两座城市也呈现了一种正面而积极的城市形象。这种情况在晚清发生了变化,从小说史的角度看,当时的作家对社会的关注越发深入,各种谴责小说层出不穷。与这种时代背景相呼应,小说作者对城市的审视与观察也发生了变异,他们面对城市的眼光由仰视转移到平视,乃至俯视,对城市形象阴暗、糜烂一面的表现越来越多。《醒游地狱记》中的颐和园同样豪华富丽,但书中的人物面对如此景象却联想到奢华背后是被挪用的海军军费,在日益衰弱的国运中,颐和园也难免会落得"洛阳宫殿"的下场。《二十年目睹之怪现状》中的前门城楼,远观气象雄壮,实际上城门洞里堆满了瓦石垃圾,一大群乞丐就生活在其中,禁城的威仪被这种残破的景象完全消解了。晚清小说中的北京城市生活,充斥着大量的饭馆、妓院、相公堂子,体现了一种畸形繁荣的消费文化,而与之对应的则是市井中为数众多的骗子、乞丐等。这种靓丽与阴暗交织的景象,在描写南京的作品中也有体现。在晚清小说中,秦淮河褪去了过去风流绮丽的朦胧感,变得越来越艳俗与淫靡,士人与名妓的诗酒唱和被官绅与艳妓的丑态所代替。《冷眼观》中,与钓鱼巷河房相对的就是乞丐居住的东水关城洞,华丽与褴褛交相辉映,正是晚清南京城市生活的真实写照。

随着时代的变迁,作者与城市之间的关系也在变化之中,从对城市的喜爱与羡慕,到对城市的审视与暴露,小说作者对城市的关注越来越现实，也越来越客观。事实上，晚清小说所体现的北京与南京城市生活的阴暗面，在明代以及清中前期的城市生活中也是存在的，只是受到时代的影响，作者心态上的京都之恋占据了上峰，就自然忽视了对其他方面的关注。晚清的城市环境与社会生活都产生了较大的变化，作者的心态也随之产生变化，城市形象的变化便越来越明显了。

他者视角是明清小说北京与南京城市书写另一个值得重视的现象：一方面，在涉及北京与南京的明清小说中，作者籍贯以外省为主，本地作者并不多；另一方面，对小说中两座城市的城市生活与城市文化的体现，也多是以外省人的视角来观察与发现的。

在涉及北京与南京的明清小说中，真正土生土长的本地作家屈指可数。描写北京的小说，《儿女英雄传》的作者文康是京旗子弟，生活在北京的时间较长。除此以外，《小额》的作者松友梅与《春阿氏》的作者冷佛同样是京旗出身，熟悉北京的市井生活，所以他们的作品被称作"早期京味小说"，是考察北京市民文化的范本。但在众多涉及北京的明清小说中，除了这几个旗人作家以外，再难寻觅北京作家的身影，《品花宝鉴》对北京城市生活表现颇多，但其作者陈森却是寓居北京的江苏人。这种情况在涉及南京的明清小说中同样如此，我们几乎找不到南京籍的作家，以表现南京文化而知名的《姑妄言》与《儒林外史》，其作者曹去晶与吴敬梓分别是辽东人与安徽人，他们都是寄居南京的文人。

这种现象与当代的城市文学差异非常明显，当代以城市文学知名的作家，他们笔下经常出现的城市往往就是他们的籍贯，即便不是如此，那个城市一般也是他们从小生长的地方。在明清小说中，书写北京与南京的主体，却是寓居北京与南京的外省人。这种现象为探究明清小说中北京与南京城市形象的生成提供了一种新视角，他者视角对城市的聚焦往往会注意到本地人所未能注意到的现象。以《姑妄言》来看，作者与批点者虽长期生活于南京，但他们都是地道的北方人。在小说中，他们常以北方人的视角来反观南京的城市生活，相比纯粹的南京人，他们更能发现南京城市文化的特点。对于在南京市民生活中意义非凡的秦淮游河，南京人只看到了这种活动的热闹与繁华，曹去晶却以此揭示了南京民风奢靡的一面。为了不被称为"俗物","虽贫穷屠贩,亦典衣弃物"去游览秦淮河,在体现了南京市民对游览休闲的热衷以外,也应该看到这种民风给市民带来的经济压力与心理压力。对于南京人的性格,《姑妄言》中也有独到的观察,第8回贾文物在岳父的帮助下中举,"几个学霸老羞成怒",怂恿一堆秀才去文庙哭庙,"那主考官知道了,不胜大怒,传地方官擒拿。江南人称为呆鹅头,那鹅见人走着,他却伸着大长脖子来吓人,被人一脚踢去,他反吓的跑得老远,江南人就是这个样子。无事之时,一人首唱,就有许多人帮衬。及至弄出事来,一哄跑个干净"①。第19回写宦萼在街头围观时,林钝翁批语道:"江南风俗,街上勿论有大小事,即围上无限的人看,所以谓之呆鹅头也。"作者与批点者看到了一部分南京人的性格:他们爱看热闹,喜欢附和,但却缺乏真正参与的勇气,也不敢承担必要的责任。类似这样的例子在书中还有很多,在作者与批点者淳朴的北方人眼中,不少南方人习以为常的风俗都显得有些可笑。这种文化的差异,南京人是感受不到的,却被外省籍作家敏锐的眼光抓取到了。对于北京与南京城市文化的体现,外省籍作家的优势就在于,他们从自己的原生文化背景以及与城市之间若即若离的关系出发,发现城市生活中的某些本地人不易察觉的部分。

　　在小说文本内部,城市形象以及城市生活同样多是以外省人的视角予以呈现的。与一般府县城市不同,由于各种特殊的因素,北京与南京人口流动非常密集,大量外省人的涌入不断为城市生活创造新的生机。对于本地人习以为常的各种风俗习惯,外省人显得较为敏感。清代小说中的北京市民普遍讲究体面、重视礼仪,京城人之间的同质化导致彼此之间难以察觉,外省人却对此非常在意。他们在北京会模仿京城人的生活做派,在日常活动中处处注意自己的言行举止,以外省人的视角将隐伏的市民文化予以显现。外省人在观察城市生活的同时也在形成自己对城市的印象,并以不断的传播与扩散进一步强化外界对北京与南京的理解与认识。吴敬梓的《儒林外史》是明清小说中对南京人文文化塑造最为成功的作品。在南京的文化圈里,除了庄绍光是南京籍文人以外,其他大部分都是寓居南京

----

① (清)曹去晶《姑妄言》,中国文联出版社1999年版,第403页。

的外省籍文人。他们不仅受到南京文化环境的吸引来到南京居住，同时也在不断发现、挖掘南京的文化基因。杜慎卿面对雨花台上观落日的农夫，发出南京"真乃菜佣酒保都有六朝烟水气"的感慨，这正是以外省人的视角对南京城市文化品格所做出的概括。北京与南京的城市文化，既有本土的、传统的源头，也与不同地域文化在北京与南京的杂糅与更新有关，越是开放、外向的城市越是充满活力，很难想象与世隔绝的城市能形成什么值得称道的成就。《儒林外史》中的南京，杜少卿等外省籍文人汇入后，以他们的文化活动在呼应南京传统人文文化的同时，也为它注入新的理想精神与文化活力，这正是外省人对南京城市文化的重要贡献。

在作家心态的影响以及他者视角的叙说中，北京与南京的城市生活得到了多方面的展示，城市文化逐渐明晰，也形成了较为完整的城市形象。通过北京与南京这一对双城意象的书写，在对城与人、城与城的聚焦中，明清两代的小说作者们展现了绵延不绝的京都之恋，塑造了北京与南京在明清文学史、文化史上最为经典的形象，对近现代影响深远。

附录一　明清小说涉及北京的作品列表

本表以江苏省社会科学院明清小说研究中心主编《中国通俗小说总目提要》(中国文联出版公司1990年版)、朱一玄主编《中国古代小说总目提要》(人民文学出版社2005年版)等书目为基础,仅收录明清通俗小说中对明清时期北京有所描写的小说作品,所收篇目下限为1911年。

序号	小说题目	作　者	作品问世或刊刻出版年代	相关章节与内容	备注
1	于少保萃忠全传(十卷四十回)	孙高亮	明万历间刊本,大约成书于万历初	写土木堡之变后,北京城中的政治斗争与于谦组织京城保卫战等事	
2	承运传(四卷三十九回)	不题撰人	明万历间福建坊刊本	演述朱棣"靖难"始末,北京为故事发生地	
3	皇明诸司公案(六卷五十九则)	余象斗	明万历间三台馆刊本	卷6"杨御史判释冤诬"一则写京中官员被诬陷入狱事	
4	江湖奇闻杜骗新书(四卷八十三则)	张应俞	明万历间书林汉冲张怀耿刊本	第11则"大解被棍白日抢"一则写北京恶棍抢劫事	
5	警世通言(四十卷)	冯梦龙	明金陵兼善堂刊本,首天启甲子(1624)无碍居士序	卷24玉堂春故事发生在北京;卷32杜十娘为北京名妓	

续　表

序号	小说题目	作　者	作品问世或刊刻出版年代	相关章节与内容	备注
6	七曜平妖传（六卷七十二回）	沈会极	清初写刻本，首天启甲子(1624)文光斗序	第2回写京城皇帝大婚	
7	醒世恒言（四十卷）	冯梦龙	明金阊叶敬池刊本，首天启丁卯(1627)可一居士序	卷27写发生于北京的继母残害继子女事	
8	警世阴阳梦（十卷四十回）	题"长安道人国清编次"	明崇祯元年(1628)刊本	写魏忠贤事，北京为故事背景	
9	魏忠贤小说斥奸书（八卷四十回）	题"吴越草莽臣撰"	明崇祯元年序刻本	写魏忠贤事，北京为故事背景	
10	初刻拍案惊奇（四十卷）	凌濛初	尚友堂原刊本，末题"崇祯戊辰(1628)初冬即空观主人识"	卷3写北京城中侠客；卷21写北京城中官员事	
11	皇明中兴圣烈传（五卷）	原题"西湖义士述"	崇祯刊本	写魏忠贤事，北京为故事背景	
12	弁而钗（四卷二十回）	题"醉西湖心月主人著"	笔耕山房刊本	"情奇纪"写李又仙为救父在京沦为男妓事	
13	近报丛谭平虏传（二卷十九回）	不题撰人，作者当为作序者吟啸主人	明刊本，当成于崇祯三年(1630)	写明末女真入关，袁崇焕率兵入卫京城事	
14	二刻拍案惊奇（三十九卷）	凌濛初	明尚友堂刊本，首崇祯壬申(1632)睡乡居士序	卷3、卷4、卷9、卷17均有涉及北京的描写	
15	天凑巧（残存三回）	题"罗浮散客鉴定"	清初刊本，约成书于天启年间	第2回涉及陈都宪在北京做官事	此书残缺
16	贪欣误（六回）	题"罗浮散客鉴定"	明刊本	第4回写张福拐带彭素芳到京后发迹事	

续 表

序号	小说题目	作 者	作品问世或刊刻出版年代	相关章节与内容	备注
17	欢喜冤家(二十四回)	不题撰人,据序知为"西湖渔隐主人"著	山水邻原刊本	第16回涉及京纳监事	
18	皇明大儒王阳明先生出身靖难录(三卷)	冯梦龙	原刊本已佚,有日本庆应纪元乙丑(1865)弘毅馆刊本	涉及王阳明在京读书、应试、做官等事	
19	石点头(十四卷)	题"天然痴叟"著,或谓即席浪仙	明叶敬池刊本	卷2涉及在京应试、读书事	
20	型世言(四十回)	陆人龙	明峥霄馆刊本,刊行当在崇祯年间	第5回写北京锦衣卫校尉耿埴事	
21	西湖二集(三十四卷)	周清源	明刊原本	卷18涉及商辂在京居官事	
22	明镜公案(七卷)	葛天民、吴沛泉汇编	三槐堂王昆源刻本	卷3、卷4有涉及北京盗案与政治倾轧	此书残缺
23	玉闺红(六卷三十回)	撰人题"东鲁落落平生"	明末刊本	写李闰贞被骗而沦为妓女事,对北京下层妓院的描述触目惊心	此书残缺
24	梼杌闲评(五十回)	不题撰人	京都藏版本	写魏忠贤事,北京为故事背景	
25	剿闯通俗小说(十回)	题"西湖懒道人口授"	明弘光元年(1645)兴文馆刊本	涉及李自成进京等重大历史事件	
26	红白花传(十回)	不题撰人	光武二年抄本(1898,韩国高宗年号)	涉及在京居官、应试等事	
27	鸳鸯针(四卷十六回)	题"华阳散人编辑",或谓即吴拱宸	写刻本	第1、2、3卷涉及在北京应试、避难等事	

续　表

序号	小说题目	作　者	作品问世或刊刻出版年代	相关章节与内容	备注
28	金云翘传（二十回）	题"青心才人编次"	"本衙藏版"本	故事主人公为北京人氏	
29	醉醒石（十五回）	题"东鲁古狂生编辑"	清初原刊本	第8、9、12、15回对北京世情多有描写	
30	清夜钟（十六回）	题"薇园主人述"	明隆武间（约1645）刻本	第1、7、13回涉及北京	此书残缺
31	壶中天	不题撰人	旧抄本	第7、8回涉及北京	此书残缺
32	新世弘勋（二十二回）	题"蓬蒿子编"	清顺治间庆云楼刻本，首顺治辛卯（1651）蓬蒿子序	对李自成攻占北京之后的城市情况多有描写	
33	樵史通俗演义（四十回）	题"江左樵子编辑"，或谓即陆应旸	清初刻本	写明末时事，涉及魏忠贤祸乱朝政、李自成攻占北京等事	
34	十二楼（十二卷）	李渔	顺治十五年（1658）广顺堂刊本	卷六写严世藩迫害权汝修事	
35	平山冷燕（二十回）	原刻本不题撰人，作序者天花藏主人即为作者，或谓即嘉兴徐震	顺治十五年（1658）序刻本	书中涉及在北京居官、应试等内容	
36	玉娇梨	题"荑荻散人编次"，或谓即徐震	清初刊本，当刻于康熙以前	书中涉及在北京居官、纳监、应试等内容	
37	闪电窗	题"酌玄亭主人编辑"，或谓即丁耀亢	酌玄亭梓行本	写福建举子在京应试等事	此书残缺

续表

序号	小说题目	作者	作品问世或刊刻出版年代	相关章节与内容	备注
38	人中画（十六卷）	不题撰人	啸花轩刊本，当为顺治间所刊	书中涉及在京应试、选官等内容	
39	都是幻（二集十二回）	题"潇湘迷津渡者辑"	清初刊本	书中涉及在京应试、避难等内容	
40	笔梨园	题"潇湘迷津渡者编辑"	不详	书中涉及在京做生意、谋官等内容	此书残缺
41	才美巧相逢宛如约（十六回）	不题撰人	清初刻本	书中涉及在京应试、天子赐婚等内容	
42	赛花铃（十六回）	题"吴□白云道人编本"、"南湖烟水散人校阅"，或谓即徐震	"本衙藏版"本，即原刻本	书中涉及在京应试、纳监等内容	
43	情梦柝（四卷二十回）	题"蕙水安阳酒民"著	康熙间啸花轩藏版本	书中涉及在京应试等内容	
44	醉春风（八卷八回）	题"江左淮庵述"	啸花轩藏版本	书中涉及在京纳监、商业、选官等内容	
45	春柳莺（十回）	题"南北（一作南轩）鹖冠史者编"	康熙壬寅（1662）刊本	书中涉及在京应试、议婚等内容	
46	吴江雪（二十四回）	题"蘅香草堂编著"	东吴赤绿山房梓行本	书中涉及在京应试、天子赐婚等内容	
47	西湖佳话古今遗迹（十六卷）	题"古吴墨浪子搜辑"	金陵王衙精刊本，首康熙间自序	卷8写于谦事，涉及土木堡之变后的北京	
48	归莲梦（十二回）	题"苏庵主人新编"	清初刻本	书中涉及在京纳监、应试等内容	

续 表

序号	小说题目	作者	作品问世或刊刻出版年代	相关章节与内容	备注
49	灯月缘奇遇小说（十二回）	题"樵李烟水散人戏述"，或谓即徐震	啸花轩刊本	书中涉及李自成攻占北京等内容	
50	合浦珠（四卷十六回）	题"樵李烟水散人编"，或谓即徐震	清初写刻本	书中涉及在京纳监等内容	
51	生绡剪（十九回）	题"谷口生"等（分见各篇）	原板活字本，或刊于康熙初年	第7、8、14回有涉及北京的内容	
52	珍珠舶（六卷十八回）	题"鸳湖烟水散人著"，或谓即徐震	日本抄本	卷4涉及李自成攻占北京造成的悲欢离合	
53	飞花咏（十六回）	不题撰人	清初刊本	书中涉及在京应试等内容	
54	错错认锦疑团小传（十六回）	不题撰人，据序，知为天花藏主人作，或谓即徐震	清刊本，有康熙壬子（1672）天花藏主人序	书中涉及在京应试等内容	此书残缺
55	麟儿报（十六回）	不题撰人	康熙十一年（1672）序刊本	书中涉及在京避祸、应试等内容	
56	世无匹传奇（四卷十六回）	题"古吴娥川主人编次"	清乾嘉间金阊黄金屋刻本	书中涉及在京托门路、纳监等内容	
57	炎凉岸（八回）	题"娥川主人编次"	日抄本	书中涉及在京选官、系狱等世态炎凉内容	
58	玉支玑小传（六卷二十回）	题"天花藏主人述"，或谓即徐震	写刻本	书中涉及在京应试、议婚等内容	

续 表

序号	小说题目	作者	作品问世或刊刻出版年代	相关章节与内容	备注
59	两交婚小传（十八回）	不题撰人，或以为作序之天花藏主人即作者	清初刊本	书中涉及在京居官、应试、赐婚等内容	
60	定情人（十六回）	不题撰人	清初写刻本	书中涉及在京应试、议婚等内容	
61	好逑传（十八回）	题"名教中人编次"	"好德堂本"，写刻本	书中涉及在京居官、应试、赐婚等内容	
62	快心编（三集三十二回）	题"天花才子编辑"	"课花书屋藏板"本	书中涉及在京应试、议婚等内容	
63	孤山再梦（三卷六回）	王伏羌	清抄本，有康熙丙辰(1676)序	书中涉及在京应试	
64	凤凰池（十六回）	刘璋	刊本，大约成书并刊刻于康熙中后期	书中涉及在京应试、赐婚等内容	
65	姑妄言（二十四回）	曹去晶	成书于雍正八年(1730)，有抄本	书中涉及在京应试、居官等内容	
66	女仙外史（一百回）	吕熊	钓璜轩刊本，有康熙四十七年(1704)陈奕禧序	书中涉及朱棣"靖难"北京起兵等内容	
67	醒世姻缘传（一百回）	题"西周生辑著"	顺治年间刊本	书中涉及在京纳监、应试、居官、婆妾等内容	
68	驻春园小史（六卷二十四回）	题"吴航野客编次"	乾隆三余堂刻本，首乾隆壬寅(1782)水箬散人序	书中涉及在京纳监、应试等内容	
69	巧联珠（十五回）	刘璋	雍正元年(1723)五彩堂编次本	书中涉及在京应试、狎妓等内容	

续　表

序号	小说题目	作　者	作品问世或刊刻出版年代	相关章节与内容	备注
70	二刻醒世恒言(二十四回)	题心远主人著	清雍正间原刊本,首雍正丙午(1726)序	上函第1、8回对北京世情多有描写	
71	飞花艳想(十八回)	刘璋	雍正间刊本,首雍正七年(1729)自序	书中涉及在京托门路、应试等内容	
72	林兰香(八卷六十四回)	题"随园下士编辑"	道光十八年(1838)"本衙藏版"本	描写北京勋贵家庭生活	
73	五色石(八卷)	题"笔练阁编述",或谓即徐述夔	原刊本	卷4写秀才在京做书记事	
74	快士传(十六卷)	题"五色石主人新编",或谓即徐述夔	写刻本	书中涉及在京纳监、入幕、选官等内容	
75	金石缘(二十四回)	不题撰人	嘉庆五年(1800)鼎翰楼刊本	书中涉及在京应试、托门路等内容	
76	野叟曝言(二十卷一百五十四回)	夏敬渠	成书于乾隆年间,初以抄本流传,较早刊本为光绪辛巳(1881)毗陵汇珍楼新刊初版活字本	书中涉及文素臣几次进京的经历	
77	儒林外史(五十六回)	吴敬梓	嘉庆八年(1803)卧闲草堂本	书中有庄绍光进京的内容	
78	红楼梦(一百二十回)	曹雪芹	1759年即有抄本出现	描写京城中的勋贵生活	
79	绿野仙踪(一百回)	李百川	据抄本作者自序,此书完成于乾隆壬午(1762),此后即有抄本行世	书中涉及在京应试、政治斗争等内容	

续 表

序号	小说题目	作 者	作品问世或刊刻出版年代	相关章节与内容	备注
80	双姻缘(四卷十二回)	题"笑花主人编"	改过轩藏板本	书中涉及京城中的政治斗争	
81	铁花仙史(二十六回)	题"云封山人编次"	刊本,当刊于康熙间或其后	书中涉及在京应试等内容	
82	金兰筏(四卷二十回)	题"惜阴堂主人编辑"	乾隆间刊本	书中涉及在京应试等内容	
83	雪月梅传(五十回)	陈朗	德华堂藏版本,首乾隆四十年(1775)跋	书中涉及岑生被钦赐内阁中书之后在京的经历	
84	歧路灯(一百零八回)	李绿园	约在1777年书成,向以抄本流传,民国十三年出现清义堂石印本	书中涉及谭绍闻等在京应试、纳监、选官等内容	
85	娱目醒心编(十卷)	杜纲	乾隆五十七年(1792)原刊本	卷9、14涉及京中举子、优伶等内容	
86	虞宾传	题"寓情翁撰"	嘉庆辛酉(1801)抄本	书中涉及在京应试等内容	此书残缺
87	红楼复梦(一百回)	作者陈姓,字少海、南阳,号小和山樵、红楼复梦人	嘉庆十年(1805)金谷园刊本	描写京城中的勋贵生活	
88	白圭志(四卷十六回)	崔象川	嘉庆十年(1805)补余轩刊本	书中涉及在京应试、赐婚等内容	
89	玉蟾记(六卷五十三回)	崔象川	道光七年(1827)绿玉山房刊本	书中涉及严嵩、赵文华在京狼狈为奸等内容	
90	警富新书(四十回)	不题撰人,序云安和先生撰	嘉庆十四年(1809)翰选楼刊本	书中涉及进京上告、鸣冤等内容	

续　表

序号	小说题目	作　者	作品问世或刊刻出版年代	相关章节与内容	备注
91	听月楼（二十回）	不题撰人	嘉庆二十四年（1819）同文堂刊本	书中涉及在京应试等内容	
92	海公大红袍全传（六十回）	清代无名氏	嘉庆十八年（1813）二经楼刊本	书中涉及海瑞在京居官等内容	
93	天豹图（十二卷四十回）	不题撰人	嘉庆十九年（1814）半胜书坊刊本	书中涉及进京报仇、救驾等内容	
94	西湖小史（四卷十六回）	题"上谷蓉江氏著"	光绪丙子（1876）六经堂重镌袖珍本	书中涉及在京应试等内容	
95	八段锦（八段）	题"醒世居士编辑"	醉月楼刊本	第5段写外省人进京贸易，被引诱险些丧命的故事	
96	碧玉楼（十八回）	题"竹溪修真山人编次"	积善堂刊本	书中涉及进京遇异人赠药的内容	
97	施公案（五百二十八回）	不题撰人	嘉庆庚辰（1820）厦门文德堂藏版	书中涉及施世纶在京居官、破案等内容	
98	意中缘（十二回）	题"南陵居士戏蝶逸人编次"	悦花楼藏板本	书中涉及进京避难、投亲等内容	
99	如意君传（七十二回）	陈天池	撷华书局排印本	书中涉及在京应试、选驸马等内容	
100	大明正德皇帝游江南传（七卷四十五回）	何梦梅	道光二十二年（1842）宝文堂藏板本	书中涉及正德、刘瑾等内容	
101	升仙传演义（八卷五十六回）	题"倚云氏著"	道光二十七年（1847）重刊本	书中涉及在京应试、与严嵩斗争、皇帝御审等内容	

续　表

序号	小说题目	作　者	作品问世或刊刻出版年代	相关章节与内容	备注
102	品花宝鉴(六十回)	陈森	道光己酉(1849)刊本	书中涉及北京贵公子与男伶之间的情谊,对清代北京梨园展现颇多	
103	儿女英雄传(四十一回)	文康	成书约在道光末以后,现存最早版本为光绪四年(1878)北京聚珍堂活字本	写安骥、安学海父子经历,对北京旗人生活多有反映	
104	绣球缘(四卷二十九回)	不题撰人	咸丰元年(1851)广州富桂堂刊本	书中涉及在京应试、皇帝微服出行等	
105	花月痕(五十二回)	魏秀仁	全书最后完稿于同治五年(1866),较早刊本为1888年闽双笏庐原刻本	书中涉及在京应试、京中男伶等内容	
106	泣红亭(二十回)	尹湛纳希	光绪四年(1878)抄本	书中涉及官员进京朝见等内容	
107	红云泪	尹湛纳希	作者手抄本	书中涉及京中贵族生活	此书残缺
108	铁冠图(五十回)	题"松排山人编"	光绪四年(1878)宏文堂刊本	书中涉及李自成攻占北京等内容	
109	绘芳录(八十回)	题"西泠野樵著"	光绪二十年(1894)上海书局石印本	书中涉及在京应试、皇太后寿诞、京中戏班等内容	
110	前明正德白牡丹传(四十六回)	题"武荣翁山柱砥编"	光绪辛卯(1891)上海博古斋刊小本	书中涉及正德在京城出游等内容	
111	永庆升平前传(十二卷九十七回)	不题撰人,由郭广瑞整理	光绪十八年(1892)北京宝文堂刊本	书中涉及北京城中发生的武侠故事	

续 表

序号	小说题目	作 者	作品问世或刊刻出版年代	相关章节与内容	备注
112	永庆升平后传（十二卷一百回）	题"都门贪梦道人撰"	光绪二十年（1894）北京本立堂刊本	书中涉及北京城中发生的武侠故事	
113	彭公案（二十三卷一百回）	题"贪梦道人撰"	光绪十八年（1892）立本堂刊本	书中涉及彭公、黄三太、杨香武在北京的故事	
114	续彭公案（四卷八十回）	不题撰人	北京泰山堂刊小本	书中涉及发生在北京的武侠故事	
115	再续彭公案（八十一回）	不题撰人	上海共和书局石印本	书中涉及发生在北京的武侠故事	
116	五续彭公案（四十回）	不题撰人	上海茂记书庄石印本	书中涉及发生在北京的武侠故事	
117	春阿氏（十八回）	冷佛	此书有宣统三年（1911）抄本	书中涉及京城中旗人生活、司法运作等内容	
118	蜃楼外史（四十回）	题"雪溪八泳楼主述，吴中梦华居士编"	字林沪报馆铅印本	书中涉及在京应试等内容	
119	金钟传（八卷六十四回）	署"正一子、克明子著"	光绪丙午（1896）乐善堂刊本	书中涉及在京访友、应试、议婚等内容	
120	案中奇缘（十二回）	不题撰人	光绪丁酉（1897）文宜书局石印袖珍本	书中涉及在京应试、政治斗争等内容	
121	仙卜奇缘（八卷四十回）	题"吴毓恕撰"	光绪丁酉（1897）上海书局石印本	书中涉及在京应试等内容	
122	才子奇缘（四卷三十二回）	不题撰人	光绪二十五年（1899）上海书局石印本	书中涉及在京纳监、应试等内容	
123	南朝金粉录（三十回）	题"燕山逸叟编辑"	光绪二十五年（1899）石印本	书中涉及在京居官等内容	

续 表

序号	小说题目	作 者	作品问世或刊刻出版年代	相关章节与内容	备注
124	捉拿康梁二逆演义(四卷四十回)	题"古润野道人著"	光绪己亥(1899)石印本	写戊戌变法,涉及当时发生在北京的重大历史事件	
125	救劫传(十六回)	胡思敬	光绪壬寅(1902)《杭州白话报》连载	涉及义和团与庚子事变等发生于北京的重大历史事件	
126	官场现形记(六十回)	李伯元	光绪癸卯(1903)上海《世界繁华报》排印本	对北京官场生活有细致的表现	
127	二十年目睹之怪现状(一百零八回)	吴趼人	光绪二十九年(1903)八月《新小说》(月刊)第八号至第二年第廿四号连载	对晚清京城市井风貌、官场生活等有所表现	
128	邻女语(十二回)	连梦青	光绪癸卯(1903)六月《绣像小说》开始登载	涉及庚子事变前后的北京	
129	负曝闲谈(三十回)	欧阳巨源	1903年先由《绣像小说》发表	对北京市井风貌、官场生活等有所表现	
130	老残游记(二十卷 二集九卷 外编残稿一卷)	刘鹗	此书最早刊本为《天津日日新闻》剪报本与该社刊印的单行本	外编涉及北京城内新出现的巡警风貌等内容	
131	孽海花(三十五回)	曾朴	1903年《江苏》杂志开始登载,至30年代定稿	对京官生活、官场风貌、宫闱秘史等有所表现	
132	轰天雷(十四回)	孙景贤	光绪二十九年(1903)大同印书局出版	书中涉及苟北山在京经历	
133	痴人说梦记(三十回)	题"旅生著"	1904年《绣像小说》第十九期至第五十四期载	书中涉及在京应试等内容,对晚清京城风貌有所表现	

续 表

序号	小说题目	作 者	作品问世或刊刻出版年代	相关章节与内容	备注
134	中国现在记（十二回）	李伯元	1904年《时报》创刊号刊起,陆续连载至第172号为止	书中涉及在京应试、京城官场、政治掮客等内容	
135	京华艳史（四回）	署"中原浪子"	光绪三十一年（1905）《新新小说》第五期至第七期载,未完	对晚清京城的污秽龌龊,达官贵人的丑态多有表现	
136	廿载繁华梦（四十回）	黄小配	光绪乙巳（1905）香港《时事画报》连载	对外省官员进京走门路、政治掮客等有所表现	
137	新石头记（四十回）	吴趼人	光绪三十一年（1905）八月至十一月《南方报》载十一回,光绪三十四年（1908）上海改良小说社出版单行本	以贾宝玉、薛蟠的经历描写了庚子事变前北京的各种乱象	
138	官世界（三十二回）	作者署"蜀冈蠖叟"	光绪乙巳（1905）十二月公益书局刊	写庚子事变,八国联军进北京后的景象	
139	糊涂世界（十二卷十二回）	吴趼人	光绪丙午年（1906）上海世界繁华报馆铅印本	书中涉及在京托门路以及政治掮客等内容	
140	恨海（十回）	吴趼人	光绪三十二年（1906）上海广智书局排印本	写庚子事变造成的悲欢离合	
141	禽海石（十回）	符霖	光绪三十二年（1906）群学社刊	写庚子事变造成的悲欢离合	
142	斯文变相（十回）	署"遁庐著"	光绪丙午（1906）乐群小说社铅印本	写冷镜微到北京上万言书,被下刑部大狱	

续 表

序号	小说题目	作者	作品问世或刊刻出版年代	相关章节与内容	备注
143	钱塘狱（十回）	署"讷夫偶著"	光绪三十二年（1906）上海小说林编译所袖珍铅印本	书中涉及在京访查凶案真凶等内容	
144	九尾龟（十二集一百九十二回）	张春帆	光绪三十二年（1906）点石斋开始刊印，至宣统二年（1910）止	书中涉及在京谋缺等内容，对京城官场生活、伶人风貌、青楼妓女多有表现	
145	梼杌萃编（十二编四十回）	钱锡宝	抄本	书中涉及在京应试、打点门路、官场生活等内容	
146	新茶花（二编三十回）	题"心青著"	光绪三十三年（1907）上海申江小说社印行	书中涉及京城官场丑态	
147	黄粱梦（三十一回）	黄小配	《粤东小说林》载至第七回，1907年移至《中外小说林》连载	写相国和珍经历与家庭生活	此书残缺
148	傀儡记（四卷十六回）	苏同	光绪三十三年（1907）自印本	书中涉及在京捐官、京城官场生活等内容	
149	无耻奴（十卷四十回）	苏同	光绪三十三年（1907）上海开明书店初版	书中涉及在京打点门路、官场生活等内容	
150	小额（不分回）	松友梅	成书前曾于报上连载，后有光绪三十四年（1908）北京和记排书局刊本	涉及晚清旗人生活、北京市井风貌	
151	冷眼观（三十回）	王静庄	光绪丁未（1907）小说林社印行本	书中涉及京城市井、庚子事变等内容	

续　表

序号	小说题目	作　者	作品问世或刊刻出版年代	相关章节与内容	备注
152	宦海潮（二卷三十二回）	黄小配	光绪戊申（1908）铅印本	书中涉及在京应试、捐官与京城官场生活	
153	大马扁（十六回）	黄小配	明治四十二年（1908）日本东京三光堂排印本	写康有为经历，涉及戊戌变法等内容	
154	惨女界（二卷三十回）	署"吕侠人著"	光绪三十四年（1908）商务印书馆排印本	书中涉及京城中的女性家庭生活	
155	医界镜（二十二回）	作者署"儒林医隐"	光绪三十四年（1908）铅印本	书中涉及在京捐官等内容	
156	九尾狐（六十二回）	评花主人	光绪三十四年（1908）至宣统二年（1910）社会小说社刊	书中涉及京中妓女、伶人等生活	
157	掌故演义（七回）	不题撰人	光绪三十四年（1908）上海点石斋排印本	书中涉及吴三桂与陈圆圆，以及李自成进北京等内容	
158	白话痛史（四卷）	杭慎修	《杭州白话新报》连载，宣统元年（1909）由该报馆发行单行本	书中涉及义和团与庚子事变等内容	
159	宦海升沉录（二十二回）	黄小配	宣统元年（1909）香港实报馆排印本	写袁世凯经历，涉及京城官场等内容	
160	吴三桂（十回）	不题撰人	宣统二年（1910）广州觉群小说社铅印本	书中涉及吴三桂与陈圆圆，以及李自成进北京等内容	
161	最近官场秘密史（三十二卷）	署"著者天公，校者慧珠"	宣统二年（1910）上海新新小说社铅印本	书中涉及京中官场生活以及政治掮客等内容	

续 表

序号	小说题目	作 者	作品问世或刊刻出版年代	相关章节与内容	备注
162	最近社会秘密史(二编二十八回)	陆士谔	宣统二年(1910)新新小说社刊本	书中涉及京城军机被门政讹诈事	此书残缺
163	小学生旅行(八章)	题"著者亚东一郎"	宣统三年(1911)《小说月报》第二期至第五期载	写主人公在京游历经历	
164	醒游地狱记(十二回)	题"不才偶述"	宣统三年(1911)《小说月报》第六全第十期载	写主人公在京游历经历	
165	美人关(十回)	不题撰人	宣统三年(1911)香江图书阁刊本	书中涉及吴三桂与陈圆圆,以及李自成进北京等内容	
166	吴三桂演义(四卷四十回)	不题撰人	宣统辛亥(1911)上海书局石印本	书中涉及吴三桂与陈圆圆,以及李自成进北京等内容	
167	竹卢马(四卷三十回)	不题撰人	上海萃英书局石印本	书中涉及在京应试、政治斗争等内容	

附录二 明清小说涉及南京的作品列表

本表以江苏省社会科学院明清小说研究中心主编《中国通俗小说总目提要》(中国文联出版公司1990年版)、朱一玄主编《中国古代小说总目提要》(人民文学出版社2005年版)等书目为基础,仅收录明清通俗小说中对明清时期南京有所描写的小说作品,所收篇目下限为1911年。

序号	小说题目	作者	作品问世或刊刻出版年代	相关章节与内容	备注
1	英烈传(八十回)	不题撰人	明万历十九年(1591)刊本	书中涉及朱元璋定都南京的内容	
2	承运传(四卷三十九回)	不题撰人	明万历间福建坊刊本	演述朱棣"靖难"始末,朱棣攻破南京继位	
3	龙图公案	不题撰人	繁本,十卷一百则,清初刊大字本;简本,乾隆乙未(1775)书业堂刊本	书中涉及发生在南京的案件	
4	三宝太监西洋记通俗演义(二十卷一百回)	罗懋登	明三山道人刻本,首万历二十六年(1598)二南里人序	书中涉及郑和下西洋之前发生在南京的故事	
5	皇明诸司公案(六卷五十九则)	余象斗	明万历间三台馆刊本	卷4"王尚书判斩妖人"一则发生在南京	

续 表

序号	小说题目	作 者	作品问世或刊刻出版年代	相关章节与内容	备注
6	古今律条公案(七卷首一卷四十六则)	目录页题"海若汤先生汇集",卷端题"金陵陈玉秀选校"	明万历间"书林师俭堂"梓行本	卷1"董推府断问谋害举人"一则发生在南京	此书残缺
7	续英烈传(五卷三十四回)	题"空谷老人编次"	旧刊大字本	书中"靖难"之役,涉及南京	
8	江湖奇闻杜骗新书(四卷八十三则)	张应俞	明万历间书林汉冲张怀耿刊本	书中涉及发生在南京的各种骗术	
9	喻世明言(四十卷)	冯梦龙	明天许斋刊本	卷28"黄贞女"事发生在南京	
10	警世通言(四十卷)	冯梦龙	明金陵兼善堂刊本,首天启甲子(1624)无碍居士序	第11、17、22卷都有涉及南京的内容	
11	初刻拍案惊奇(四十卷)	凌濛初	尚友堂原刊本,末题"崇祯戊辰(1628)初冬即空观主人识"	卷15故事发生在南京	
12	弁而钗(四卷二十回)	题"醉西湖心月主人著"	笔耕山房刊本	"情烈纪"涉及南京梨园	
13	鼓掌绝尘(四集四十回)	题"古吴金木散人编"	明崇祯"本衙藏板"本	主人公为金陵人氏,对南京教坊等有所涉及	
14	天凑巧(残存三回)	题"罗浮散客鉴定"	清初刊本,约成书于天启年间	书中涉及在南京应试等内容	此书残缺
15	欢喜冤家(二十四回)	不题撰人,据序知为"西湖渔隐主人"著	山水邻原刊本	第23回涉及在南京纳监等事	

续 表

序号	小说题目	作者	作品问世或刊刻出版年代	相关章节与内容	备注
16	皇明大儒王阳明先生出身靖难录（三卷）	冯梦龙	原刊本已佚，有日本庆应纪元乙丑（1865）弘毅馆刊本	涉及王阳明在南京居官等事	
17	型世言（四十回）	陆人龙	明峥霄馆刊本，刊行当在崇祯年间	第1、34、35回涉及南京	
18	明镜公案（七卷）	葛天民、吴沛泉汇编	三槐堂王昆源刻本	卷3有涉及南京的盗案	
19	鸳鸯针（四卷十六回）	题"华阳散人编辑"，或谓即吴拱宸	写刻本	各卷均有涉及举子在南京打秋风、避难、纳监、商业生活等内容	
20	醉醒石（十五回）	题"东鲁古狂生编辑"	清初原刊本	第1、13回涉及在南京纳监、商业生活等内容	
21	樵史通俗演义（四十回）	题"江左樵子编辑"，或谓即陆应旸	清初刻本	写明末时事，涉及弘光政权在南都的乱象	
22	无声戏合集	李渔	清初前后两集合刊本	第10回、外编卷4涉及南京市井生活	
23	女才子书（十二卷）	题"烟水散人著"，或谓即徐震	清初刻本	卷3"张小莲"发生在南京	
24	平山冷燕（二十回）	原刻本不题撰人，作序者天花藏主人即为作者，或谓即嘉兴徐震	顺治十五年（1658）刻本	书中涉及在南京纳监、应试等内容	

续 表

序号	小说题目	作者	作品问世或刊刻出版年代	相关章节与内容	备注
25	玉娇梨	题"荑荻散人编次",或谓即徐震	清初刊本,当刻于康熙以前	主人公为金陵人氏,涉及在南京访友等内容	
26	醉春风(八卷八回)	题"江左淮庵述"	啸花轩藏版本	书中涉及在南京纳监等内容	
27	十二笑(十二卷)	题"墨憨斋新编",疑非冯梦龙	清初刻本	第4、6回涉及南京赌场等内容	
28	灯月缘奇遇小说(十二回)	题"樵李烟水散人戏述",或谓即徐震	啸花轩刊本	书中涉及在南京避难等内容	
29	桃花影(四卷十二回)	题"樵李烟水散人编次",或谓即徐震	清代写刻本	书中涉及在南京应试等内容	
30	合浦珠(四卷十六回)	题"樵李烟水散人编",或谓即徐震	清初写刻本	书中涉及在南京访友等内容	
31	生绡剪(十九回)	题"谷口生"等(分见各篇)	原板活字本,或刊于康熙初年	第3、7、10回有涉及南京的内容	
32	生花梦(十二回)	题"古吴娥川主人编次"	"本衙藏板"本	书中涉及在南京纳监等内容	
33	闹花丛(四卷十二回)	题"姑苏痴情士笔"	康熙间刊本	主人公为南京人氏	
34	姑妄言(二十四回)	曹去晶	成书于雍正八年(1730),有抄本	书中主人公多为南京人氏,对南京市井生活多有表现	

续　表

序号	小说题目	作　者	作品问世或刊刻出版年代	相关章节与内容	备注
35	女仙外史（一百回）	吕熊	钓璜轩刊本，有康熙四十七年（1704）陈奕禧序	书中涉及朱棣"靖难"，进入南京等内容	
36	醒梦骈言（十二回）	题"蒲崖主人偶辑"	稼史刊刻大字本	第11回故事发生在南京	
37	桃花扇（六卷十六回）	题"竹窗斋评"，"瀚香楼梓"	乾隆初年刻本	以侯方域、李香君故事串起南都弘光政权的丑态	
38	儒林外史（五十六回）	吴敬梓	嘉庆八年（1803）卧闲草堂本	书中对南京文士生活与市井风貌多有描绘	
39	红楼梦（一百二十回）	曹雪芹	1759年即有抄本出现	贾家原籍金陵，书中多次提及	
40	雪月梅传（五十回）	陈朗	德华堂藏版本，首乾隆四十年（1775）跋	主人公为金陵人氏，家居金陵	
41	娱目醒心编（十卷）	杜纲	乾隆五十七年（1792）原刊本	卷9涉及在南京应试等内容	
42	红楼复梦（一百回）	作者陈姓，字少海、南阳，号小和山樵、红楼复梦人	嘉庆十年（1805）金谷园刊本	贾氏荣国府迁回金陵旧宅居住	
43	海公大红袍全传（六十回）	清代无名氏	嘉庆十八年（1813）二经楼刊本	书中涉及海瑞在南京居官并于南京去世	
44	八段锦（八段）	题"醒世居士编辑"	醉月楼刊本	第2段故事发生在南京	
45	欢喜浪史（十二回）	不题撰人	坊刊本	书中涉及在南京遇异人赠药的内容	

续　表

序号	小说题目	作　者	作品问世或刊刻出版年代	相关章节与内容	备注
46	风月鉴(十六回)	吴贻先	嘉庆间刊本,首嘉庆庚辰(1820)序	仿《红楼梦》而作,主人公家居南京	
47	载阳堂意外缘(十八回)	周竹安	光绪己亥(1899)上海书局石印本	写发生于南京的艳情故事	
48	五美缘(八十回)	不题撰人	道光二十三年(1843)慎德堂本	书中涉及对南京商业活动的描写	
49	品花宝鉴(六十回)	陈森	道光己酉(1849)刊本	书中涉及杜琴言随义父赴任途中在南京访友等内容	
50	绘芳录(八十回)	题"西泠野樵著"	光绪二十年(1894)上海书局石印本	书中涉及在南京居官、南京妓女与伶人等内容	
51	扫荡粤逆演义(四卷八回)	题"遭劫余生撰"	光绪丁酉(1897)上海书局石印本	书中涉及太平天国占领南京与清兵围困南京等内容	
52	南朝金粉录(三十回)	题"燕山逸叟编辑"	光绪二十五年(1899)石印本	书中涉及南京市井生活、秦淮河两岸妓女人家等内容	
53	官场现形记(六十回)	李伯元	光绪癸卯(1903)上海《世界繁华报》排印本	对南京官场生活多有表现	
54	文明小史(六十回)	李伯元	光绪癸卯(1903)上海《绣像小说》创刊号开始连载,至第五十六期刊毕	对南京官场生活多有表现	
55	二十年目睹之怪现状(一百零八回)	吴趼人	光绪二十九年(1903)八月《新小说》(月刊)第八号至第二年第廿四号连载	写九死一生在南京期间的经历	

续　表

序号	小说题目	作者	作品问世或刊刻出版年代	相关章节与内容	备注
56	洪秀全演义（四集五十四回）	黄小配	1905年香港《有所谓报》和《少年报》连载	书中涉及太平天国占领南京与清兵围困南京等内容	
57	泡影录（八回）	彭俞	光绪三十二年（1906）上海小说林铅印本	书写主人公去南京报名参加新式军队期间的故事	
58	斯文变相（十回）	署"遁庐著"	光绪丙午（1906）乐群小说社铅印本	写冷镜微到南京随柳树人读书	
59	九尾龟（十二集一百九十二回）	张春帆	光绪三十二年（1906）点石斋开始刊印，至宣统二年（1910）止	书中涉及章秋谷在南京应试期间的生活	
60	梼杌萃编（十二编四十回）	钱锡宝	抄本	书中涉及在南京应试、官场丑态等内容	
61	冷眼观（三十回）	王静庄	光绪丁未（1907）小说林社印行本	书中涉及主人公在南京处馆期间的经历	
62	照胆镜（三回）	题"天南僇民著"	宣统元年（1909）四月《砭群丛报》第一期至第三期连载	书中涉及南京官场生活	
63	官场离婚案（十二章）	题"天梦著"	宣统二年（1910）上海改良小说社刊本	书中涉及南京官场生活	
64	秘密女子（二编十回）	题"睡狮新著"	宣统三年（1911）改良小说社排印本	书中主人公生活在南京	
65	小毛子传（十回）	小鹤	1911年明明学社刊	写南京妓女小毛子的经历	

续 表

序号	小说题目	作 者	作品问世或刊刻出版年代	相关章节与内容	备注
66	小毛子传(五节)	冷史	1911年文明光复社袖珍本	写南京妓女小毛子的经历	
67	吴淑卿义侠传(二集十六章)	署作者为"卧雪生"	宣统三年(1911)振汉书社石印本	写革命军攻占南京等事	

参 考 文 献

小说、笔记类：

1. （明）孙高亮著.于少保萃忠全传[M].北京：人民文学出版社,1988.
2. （明）冯梦龙编.警世通言[M].北京：人民文学出版社,1956.
3. （明）冯梦龙编.醒世恒言[M].北京：人民文学出版社,1956.
4. （明）长安道人国清编次.警世阴阳梦[M].沈阳：春风文艺出版社,1985.
5. （明）吴越草莽臣著.魏忠贤小说斥奸书[M].上海：上海古籍出版社,1994.
6. （明）凌濛初著.拍案惊奇[M].上海：上海古籍出版社,1982.
7. （明）醉西湖心月主人著.弁而钗[M].延边：延边出版社,1999.
8. （明）金木散人著.鼓掌绝尘[M].沈阳：春风文艺出版社,1985.
9. （明）凌濛初著.二刻拍案惊奇[M].上海：上海古籍出版社,1985.
10. （明）西湖逸史撰.天凑巧[M].上海：上海古籍出版社,1994.
11. （明）罗浮散客鉴定.贪欣误[M].上海：上海古籍出版社,1994.
12. （明）西湖渔隐主人著.欢喜冤家[M].北京：北京师范大学出版社,1982.

13.（明）天然痴叟著.石点头[M].上海：上海古籍出版社,1985.

14.（明）陆人龙著.型世言[M].济南：齐鲁书社,1995.

15.（明）佚名著.梼杌闲评[M].济南：齐鲁书社,1995.

16.（明）懒道人口授.剿闯小说[M].上海：上海古籍出版社,1994.

17.（清）华阳散人编辑.鸳鸯针[M].沈阳：春风文艺出版社,1985.

18.（清）东鲁古狂生编辑.醉醒石[M].上海：上海古籍出版社,1992.

19.（清）江左樵子编辑.樵史通俗演义[M].北京：人民文学出版社,1989.

20.（清）李渔著.十二楼[M].上海：上海古籍版社,1986.

21.（清）酌玄亭主人编辑.闪电窗[M].上海：上海古籍出版社,1994.

22.（清）江左淮庵述.醉春风[M].长春：时代文艺出版社,2003.

23.（清）西周生著.醒世姻缘传[M].济南：齐鲁书社,1980.

24.（清）心远主人著.二刻醒世恒言[M].上海：上海古籍出版社,1994.

25.（清）曹去晶著.姑妄言[M].北京：中国文联出版社,1999.

26.（清）夏敬渠著.野叟曝言[M].北京：作家出版社,1993.

27.（清）吴敬梓著.儒林外史[M].上海：上海古籍出版社,2014.

28.（清）曹雪芹著.红楼梦[M].北京：人民文学出版社,2008.

29.（清）李绿园著.歧路灯[M].济南：齐鲁书社,1998.

30.（清）草亭老人编.娱目醒心编[M].上海：古典文学出版社,1957.

31.（清）醒世居士编辑.八段锦[M].上海：上海人民出版社,1994.

32.（清）吴贻先著.风月鉴[M].上海：上海古籍出版社,1994.

33.（清）周竹安著.载阳堂意外缘[M].上海：上海古籍出版社,1994.

34.（清）贪梦道人撰.彭公案[M].北京：华夏出版社,1995.

35.（清）陈森著.品花宝鉴[M].济南：齐鲁书社,1993.

36.（清）文康著.儿女英雄传[M].济南：齐鲁书社,1990.

37.（清）尹湛纳希著.泣红亭[M].呼和浩特：内蒙古人民出版社,2010.

38.（清）西泠野樵著.绘芳录[M]长春：吉林文史出版社,1988.

39.（清）郭广瑞.永庆升平前传[M]北京：宝文堂书店,1988.

40.（清）贪梦道人.《永庆升平后传》[M].北京：宝文堂书店,1988.

41.（清）牢骚子著.南朝金粉录[M].北京：中央民族学院出版社,1994.

42.（清）李伯元著.官场现形记[M].郑州：中州古籍出版社,1995.

43.（清）李伯元著.文明小史[M].南昌：江西人民出版社,1983.

44.（清）吴趼人著.二十年目睹之怪现状[M].南昌：百花洲文艺出版社,1988.

45.（清）蘧园著.负曝闲谈[M].南昌：百花洲文艺出版社,1988.

46.（清）曾朴著.孽海花[M].济南：齐鲁书社,1998.

47.（清）藤谷古香著.轰天雷[M].南昌：百花洲文艺出版社,1996.

48.（清）旅生著.痴人说梦记[M].南昌：江西人民出版社,1989.

49.（清）黄小配著.廿载繁华梦[M].南昌：百花洲文艺出版社,1996.

50.（清）黄小配著.宦海升沉录[M].南昌：百花洲文艺出版社,1996.

51.（清）张春帆著.九尾龟[M].济南：齐鲁书社,1993.

52.（清）诞叟著.梼杌萃编[M].天津：天津古籍出版社,2006.

53.（清）苏同著.无耻奴[M].北京：中国文史出版社,2005.

54.（清）梦花馆主江荫香著.九尾狐[M]南昌：百花洲文艺出版社,1991.

55.（清）徐珂编撰.清稗类钞[M].北京：中华书局,1986.

56.（清）八宝王郎著.冷眼观[M].南昌：百花洲文艺出版

社,1991.

57.（清）不才著.醒游地狱记[M].上海：商务印书馆,1914.

58.亚东一郎著.小学生旅行[M].上海：商务印书馆,1924.

59.上海古籍出版社编.汉魏六朝笔记小说大观[M].上海：上海古籍出版社,1999.

60.上海古籍出版社编.唐五代笔记小说大观[M].上海：上海古籍出版社,2000.

61.上海古籍出版社编.宋元笔记小说大观[M].上海：上海古籍出版社,2001.

62.上海古籍出版社编.明代笔记小说大观[M].上海：上海古籍出版社,2005.

63.张次溪编纂.清代燕都梨园史料[M].北京：中国戏剧出版社,1988.

64.路工、谭天合编.古本平话小说集[M].北京：人民文学出版社,1984.

65.石昌渝主编.中国古代小说总目[M].太原：山西教育出版社,2004.

66.江苏省社会科学院明清小说研究中心编.中国通俗小说总目提要[M].北京：中国文联出版公司,1990.

67.朱一玄编.中国古代小说总目提要[M].北京：人民文学出版社,2005.

68.（明）蒋一葵著.长安客话[M].北京：北京古籍出版社,1982.

69.（明）沈榜编著.宛署杂记[M].北京：北京古籍出版社,1980.

70.（明）刘侗、于奕正著.帝京景物略[M].北京：北京古籍出版社,1980.

71.（明）周晖撰.金陵琐事[M].南京：南京出版社,2007.

72.（明）顾起元撰.客座赘语[M].北京：中华书局,1987.

73.（清）余怀著.板桥杂记[M].上海：上海古籍出版社,2000.

74.（清）富察敦崇.燕京岁时记[M].北京：北京古籍出版社,1981.

75.（清）孙承泽纂.天府广记[M].北京：北京古籍出版社,1984.

76. （清）于敏中编著.日下旧闻考[M].北京：北京古籍出版社,1981.

77. （清）杨米人等著,路工编选.清代北京竹枝词[M].北京：北京古籍出版社,1982.

78. （清）震钧.天咫偶闻[M].北京：北京古籍出版社,1982.

79. （清）珠泉居士撰.续板桥杂记[M].南京：南京出版社,2006.

80. （清）甘熙撰.白下琐言[M].南京：南京出版社,2017.

81. （清）缪荃孙编纂.秦淮广纪[M].南京：南京出版社,2017.

82. （清）陈作霖等撰.金陵琐志九种[M].南京：南京出版社,2008.

83. 夏仁虎.旧京琐记[M].北京：北京古籍出版社,1986.

84. 夏仁虎撰.秦淮志[M].南京：南京出版社,2006.

85. 何刚德著.春明梦录[M].北京：北京古籍出版社,1995.

论著类：

1. 徐苹芳编.明清北京城图[M].北京：地图出版社,1986.
2. 戴均良主编.中国城市发展史[M].哈尔滨：黑龙江人民出版社,1992.
3. 王书奴著.中国娼妓史[M].上海：上海书店,1992.
4. 张俊著.清代小说史[M].杭州：浙江古籍出版社,1997.
5. 史念海著.中国古都和文化[M].北京：中华书局,1998.
6. 鲁迅著.中国小说史略[M].上海：上海古籍出版社,1998.
7. 北京大学历史系编.《北京史》(增订版)[M].北京：北京出版社,1999.
8. [美]施坚雅著,叶光庭等译.中国帝国晚期的城市[M].中华书局,2000.
9. 陈大康著.明代小说史[M].上海：上海文艺出版社,2000.
10. 方志远著.明代城市与市民文学[M].北京：中华书局,2004.
11. 葛永海著.古代小说与城市研究[M].上海：复旦大学出版社,2004.
12. [美]林达·约翰逊著,成一农译.帝国晚期的江南城市[M].

上海：上海人民出版社,2005.

13. 陈平原、王德威编.都市想象与文化记忆[M].北京：北京大学出版社,2005.

14. 顾鸣堂著.《儒林外史》与江南士绅生活[M].北京：商务印书馆,2005.

15. 薛冰著.家住六朝烟水间[M].南京：南京师范大学出版社,2005.

16. 陈宝良著.飘摇的传统：明代城市生活长卷[M].长沙：湖南人民出版社,2006.

17. 赵世瑜著.腐朽与神奇：清代城市生活长卷[M].长沙：湖南人民出版社,2006.

18. 韩大成著.明代城市研究[M].北京：中华书局,2009.

19. 刘芳著.汴京与临安：两宋文学中的双城记[M].上海：上海古籍出版社,2013.

20. 谢昆岑著.长安与洛阳：汉唐文学中的帝都气象[M].上海：上海古籍出版社,2013.

21. 邓大情著.上海与广州：近代小说中的商业都会[M].上海：上海古籍出版社,2014.

22. 蒋朝军著.苏州与扬州：最是红尘中一二等富贵风流之地[M].上海：上海古籍出版社,2014.

23. 王建伟主编.北京文化史[M].北京：人民出版社,2014.

24. 赵园著.北京：城与人[M].北京：北京大学出版社,2014.

25. 朱炳贵编著.老地图：南京旧影[M].南京：南京出版社,2014.

26. 薛冰著.南京城市史[M].南京：东南大学出版社,2015.

27. 张艳丽主编.北京城市生活史[M].北京：人民出版社,2016.

28. 巫仁恕著.优游坊厢：明清江南城市的休闲消费与空间变迁[M].北京：中华书局,2017.

论文类：

1. 杨子坚.南京与中国古代文学.南京大学学报(哲学社会科学

版)[J].1995(3).

2. 郭黎安.从《儒林外史》看明清南京的城市风貌.大同高等专科学校学报[J].1997(3).

3. 梅新林.《红楼梦》的"金陵情结".红楼梦学刊[J].2001(4).

4. 葛永海.明清小说中的"金陵情结".南京社会科学[J].2004(1).

5. 葛永海.《红楼梦》、《儒林外史》中"金陵情结"之比较.红楼梦学刊[J].2004(2).

6. 葛永海.试论早期京味小说的市井情味——以《小额》、《春阿氏》为例.北京社会科学[J].2004(4).

7. 孙逊、葛永海.中国古代小说中的"东京故事".文学评论[J].2004(4).

8. 孙逊、葛永海.中国古代小说中的"双城"意象及其文化蕴涵.中国社会科学[J].2004(6).

9. 孙逊、刘方.中国古代小说中的城市书写及现代阐释.中国社会科学[J].2007(5).

10. 孙逊、孙萌.从《儒林外史》中的文人聚会看明清江南城市的文化功能.天津社会科学[J].2011(4).

11. 周晓琳.想像与还原——清代中前期小说关于三大都城的叙事.内江师范学院学报[J].2012(1).

12. 陈文新.《儒林外史》中的山水、田园与南京风物.明清小说研究[J],2014(1).

13. 梅新林、纪兰香.论《孽海花》的上海——北京都市书写及其文化意蕴.明清小说研究[J],2014(1).

后　　记

　　2016年3月,我第一次来到上海师范大学人文与传播学院。在古色古香的文苑楼13楼办公室中,见到了后来成为我博导的孙逊先生。当时的孙先生亲切温和,询问我硕士论文的情况以及对于读博有何想法,先生和蔼的态度打消了我之前的顾虑与紧张,这是孙先生给我的第一印象。现在回想起来,我依然感谢孙先生能够收我入门,让我在上海度过了三年苦乐交织的生活。

　　在孙先生的课堂上,我们按照先生布置的书目阅读,然后向他汇报内心的想法与思考,先生则从中点拨,为我们提炼出一个个值得钻研的题目。在这样的过程中,我感受到了硕士阶段科研训练上的欠缺,也意识到了自己的不足。同时,在先生提纲挈领地点拨与指导中,我也深深为先生学识之渊博、视野之宏阔、思维之活跃所折服,见识到了一个真正学者的风范。奈何弟子愚钝,动笔又慢,常常是在先生催促下才把想法形成论文。每次交给先生的论文,先生不仅与我讨论思路,梳理结构,甚至字句与标点上的问题都会——用红笔圈出。还记得孙先生在办公室对我的谆谆教诲,嘱咐我动手要勤,我能真切地感受到先生对我的期望。但遗憾的是,这三年的时光让自己越来越意识到科研的高要求与自我能力之间的差距,觉得自己有负于先生对我的期许与要求。

　　这篇博士论文,题目来自于先生构想的古代小说双城意象这一思路。从选题到结构框架,先生对我帮助颇多,这其中凝聚了先生的不少心血。记得毕业答辩前后还和先生聊天,他帮我构思毕业以后的科研方向,关心我的就业与个人发展,当时他希望我的博士论文能够尽快出版,这样他主持的"中国古代小说双城书系"就圆满了,也了却了他的一桩心愿。毕业以后,先生仍一直关心本书的出版事宜,帮我与出版社联系。可是我却因为各种原因一直搁置不前,直到今年才最终得以出版,但遗憾的是,先生却已在 2020 年末那个寒冷的冬天永远地离开了我们,我再也无法把这本书亲自交到他的手中了。

如今,"中国古代小说双城书系"已经全部出齐,我们可以告慰先生的在天之灵了。

张　旭

2021 年 9 月于无锡